Scarlet
스칼렛

Scarlet

스칼렛

담백한 죽음

달콤한 낮잠

달빛의선율 장편 소설

목차

0.
Middle of nowhere

세상의 어떤 일이든 처음 한 번의 시도가 어려운 법이다.

어렵게 첫걸음을 뗀 아이는 당연하다는 듯 다음 걸음을 내딛고, 처음 엄마 품을 떠나 또래에 섞인 아이는 다음 날에도 아무렇지 않게 유치원 버스에 오르게 된다. 그렇듯 무엇이든 처음 한 번을 해치우고 나면 그것은 아무것도 아닌 일이 되어 버린다.

그것이 말귀를 알아듣기 시작한 아이에게 고함을 지르는 일이라거나, 숙제를 잊은 초등학교 1학년 아이의 뺨을 후려치는 일이 될 수도 있었다.

─철썩.

다 큰 딸의 얼굴이 붓도록 때리는 것도.

"고개 들어."

음침한 남자의 목소리와 함께 이번엔 반대편으로 손이 날아왔다. 두터운 손바닥이 정확히 뺨을 후려쳤고, 그 충격으로 기우뚱한 몸은 차가운 서재 바닥에 나뒹굴었다.

"그만하세요, 여보! 유민아, 뭐하니? 어서 잘못했다고 빌어!"

어머니의 목소리는 걱정보다 공포에 질려 있었다.

"대체 교육을 어떻게 시켰길래 이것들이 하나같이 저 모양 저 꼴이야!"

"한창 그럴 나이잖아요. 공부하느라 지쳐서 잠깐 그런 거예요. 그러니까……"

"어디서 건방지게 애비한테 눈 똑바로 뜨고 대들어? 네가 그렇게 편한 인생 살 수 있는 게 누구 덕인데! 배가 부르니 그딴 망상이나 하는 거지. 한 번만 더 저년 입에서 같은 소리 나오면 당신이고 저년이고 당장 내쫓을 줄 알아!"

"아, 알았어요. 알았으니까 이제 그만 화 푸세요. 유민아, 어서 죄송하다고 해. 어서!"

비릿한 피 냄새에 속이 울렁거렸다. 코를 맞지 않아도 코피가 날 수 있다는 건 열 살 때 이미 겪어 봐서 안다. 처음으로 가수가 되고 싶다고 했던 날. 한참 꿈을 먹으며 응석을 부릴 나이에 그녀는 부모의 억압 앞에서 꿈을 꺾는 게 얼마나 간단한 일인지도 알았다. 익숙하다 해서 폭력에서 오는 고통이 작게 느껴지진 않는단 것도.

"알았어요."

유민은 짧게 대답했다. 열여덟 살의 자존심이었다. 가쁜 숨을 몰아쉬면서도 그녀는 눈물 한 방울 흘리지 않았다. 물론 죄송하다는 말도 하지 않았다.

"저, 저 건방진⋯⋯!"

그런 유민의 태도에 더 화가 치민 남자는 책상에 놓여 있던 서류뭉치를 집어 던졌다. 촤르륵, 소리와 함께 하얀 종이들이 그녀의 주변에 흩어졌다.

"여보, 여보! 제가 잘 타이를 테니까 이제 제발⋯⋯."

"당신도 똑같아! 꼴도 보기 싫으니까 당장 나가!"

"악!"

간신히 그의 옷자락 끝을 붙잡으며 울먹이던 어머니에게 남자가 손을 치켜 올렸다. 어머니는 반사적으로 비명을 지르곤 몸을 움츠렸다. 어느 시점에서 주먹이 날아올지 철저히 잘 아는 사람의 움직임이다. 그러나 남자는 저를 빤히 바라보는 유민의 눈초리에 멈칫했다. 그제야 다 큰 딸 앞에서 어머니를 때리는 짓은 체면을 구기는 일이라 생각한 건지도 모른다.

"이 쓸모없는 것들!"

남자는 제 분을 이기지 못해 씩씩거리며 자리를 벗어났다. 그제야 어머니는 급히 티슈 통을 집어 들고 왔다. 유민은 말없이 그녀의 손에서 티슈를 뺏어 들었다.

"유민아, 네 아버지 말씀 들어. 응?"

순간 유민은 저도 모르게 헛웃음을 지으려다 고개를 돌렸다.

아버지라니. 그 남자는 아버지란 이름으로 가족의 최상위에 군림하는 자. 그에게 가족이란 건 이름뿐, 최소한의 애정조차 없었다.

"아버지 말씀이 틀린 건 아니야. 사실 사진이야 언제든 취미로 할 수 있는 거잖아. 아니, 네가 굳이 미국에 있는 대학까지 가야

할 이유가 있니? 그리고 너 혼자 외국 가서 생활하는 건 나도 반대야."

유민은 묵묵히 어머니의 말을 들으며 빨갛게 물든 티슈를 뭉쳤다.

"원하는 공부 시켜 줄게. 음악이건 미술이건. 하지만 집에 있도록 해. 아버진 널 걱정해서 보낼 생각이 없으신 거야. 다 널 걱정해서 하는 말이잖아. 잘되라고, 나중을 위해서 하는 말이니까. 이게 다 유리 그 계집애 때문에……."

"……."

"하지만 알잖니. 아버지 원래는 자상한 분이야. 요즘 회사 일도 복잡하고…… 아무래도 큰일 하시는 분이니까 스트레스가 이만저만이 아닐 거야. 옛날엔 아버지도……."

현기증이 일었다. 그것이 비릿한 피 냄새 탓인지, 끝도 없이 이어지는 어머니의 궤변 탓인지는 알 수가 없다. 그녀는 회피하듯 눈을 감으며 내뱉었다.

"알았다구요."

어차피 이젠 다 틀렸다는 거.

유민은 손에 잡히는 대로 코트 하나만 걸치고 밖으로 나섰다. 물론 갈 곳은 없다. 고급스러운 주택이 즐비한 동네는 연말의 들뜸 따위와는 상관없다는 듯 고고하다. 몇 년째 살아왔음에도 도무지 정감이 가지 않는 길목을 무심히 걸었다. 맞지 않은 옷을 입은 듯 불편함이 가득해 땅만 보며 걷다 보니 공원이었다.

벌써 12월도 중순이고 연말과 방학을 앞둔 때였다. 마지막 겨울

비가 휩쓸고 간 공원의 풍경은 젖은 낙엽과 바짝 마른 잔디로 황량하기 그지없었다. 유민은 마른 나뭇잎이 무성히 쌓인 벤치로 터덜터덜 걸어가 앉았다.

"하아……."

화끈거리던 뺨에 차디찬 바람이 닿자 이젠 다른 고통이 밀려들었다. 휑한 목둘레와 덜 잠긴 단추 사이로 파고드는 바람의 냉기에 그녀는 점점 움츠러들고 있었다. 아마도 이 추위가 집을 뛰쳐나오게 되는 순간 맞닥뜨리게 될 사회의 모습인지도 모른다.

이대로 아무 준비 없이 혹독한 추위 속으로 뛰어드는 것. 아버지의 그늘 아래 있는 것.

어느 쪽이 더 견디기 쉬울까.

"뭐 이래. 쉬운 게 없잖아."

기막힌 현실에 헛웃음이 난다. 물론 손 놓고 구경만 한 건 아니었다. 멋모르고 꾸었던 꿈이 산산조각 난 이후로도 그녀는 끊임없이 자신이 할 일을 찾아왔고, 누구도 방해하지 못하도록 나름 치밀하게 준비를 해 왔다. 단지 그 계획이 예상하지 못한 곳에서 덜미를 잡히며 어그러졌을 뿐.

'뉴욕에 있는…… 학교라구요?'

[네. 물론 유민이 성적으로는 충분히 가고도 남는 곳이에요. 사실 학교 입장에서는 유민이 같은 아이가 아이비리그 같은 곳을 노려 준다면 더 바랄 게 없긴 하지만 본인이 SVA로 가길 원하니……]

'네? SVA라면……?'

[아, 모르셨어요? School of Visual Arts라고 디자인, 영상예

술 쪽 학교인데…….]

느닷없이 걸려 온 담임의 전화에 어머니는 기함했다.

[물론 그쪽이 맘에 안 드시면 제가 알아본 학교 중엔 예비 유학생 체험 프로그램도 있고 하니까…….]

진학을 위해 부모님과 상담을 하는 건 당연한 일이다. 하지만 이제 2학년인 그녀에겐 아직 이른 이야기였다. 그렇기에 그녀의 어머니에게 상담을 빙자해 굳이 전화를 걸어온 것에는 분명 다른 속셈이 묻어 있었을 것이다.

어차피 3학년에도 내가 맡을 아이, 쉽게 만나기 힘든 우수한 조건의 아이니 웬만하면 더 나은 대학을, 아니면 국내의 손꼽히는 명문대학을 권해 보자. 미리 준비하는 것도 나쁘지 않지…….

그 빤한 속이 들여다보여 웃음이 났다.

"진짜 믿을 사람 하나 없네."

등받이에 기댄 유민이 눈을 감았다. 사진기 하나를 든 채 세계 이곳저곳을 자유로이 누빌 날을 꿈꿨다. 한 장의 사진으로 많은 이야기를 전할 수 있는 사람이 되는 건 어떤 기분일까.

아니, 갈망한 건 그 이미지가 주는 자유로움 그 자체였을 것이다. 뭐든 좋았다. 담임의 말대로 아이비리그라도 상관없을지 모른다. 어떤 방식으로든 도망칠 수만 있다면.

하지만 담임은 몰랐을 것이다. 애초에 꿈을 꿀 수 없는 사람도 있다는 걸. 숨이 턱턱 막히는 집안의 건조한 공기에서, 그 지독한 남자에게서 도망칠 수 없었다는 걸. 그 악의 없는 욕심에 한 줄기 희망마저 말라붙었다는 걸…….

목이 메어 저도 모르게 이를 악물었을 때였다.

부스럭.

―헥헥헥…….

묘한 소리에 놀란 유민이 눈을 뜨고 옆으로 고개를 돌린 순간,

―멍멍! 컹!

"꺄악―!"

커다란 황금빛 물결이 그녀의 얼굴로 뛰어들었다.

심장이 떨어지는 줄 알았다.

다짜고짜 덤벼든 녀석은 멋대로 그녀에게 몸을 비벼 댔다. 북슬 북슬, 햇살이 녹아 있는 듯한 황금색 털. 이상하게 웃고 있는 것처럼 보이는 저 입. 잘못 본 게 아니라면 골든리트리버. 그것도 쓸데없이 사람을 너무 좋아하는.

"죄송합니다, 그 녀석 좀 잡아 주세요."

어디선가 들려온 말에 유민은 황급히 녀석을 붙잡았다. 그사이에도 정신없이 제게 몸을 비비던 녀석은 뭐가 그리 좋은지 미친 듯이 꼬리를 흔들며 핥기까지 했다.

"아, 야, 아닛! 하지 마! 잠깐 가만히 좀…….."

"죄송해요, 죄송합니다. 야, 고구마. 빨리 내려와."

서둘러 다가온 남자가 개의 목줄을 쥐고 목덜미를 토닥거렸다. 하지만 이상하게 신이 난 녀석은 그녀의 몸에 코를 박고 킁킁거리며 도무지 움직일 마음이 없어 보였다. 게다가 남자는 처음 개를 잡아 달라며 말을 건네 왔을 때도 느꼈지만, 묘하게 느긋한 태도였다. 그녀의 코트 자락은 금세 녀석의 흙 발자국과 황금색 털로 엉망진창이 되고 말았다.

'대체 뭐하는 사람이야!'

그 태연함에 울컥한 유민이 고개를 치켜들었다. 키가 훤칠하게 큰 남자였다. 허리 조금 아래를 덮는 피코트와 그 밑으로 보이는 긴 다리가 꽤 돋보이는. 그런데 차콜색의 커다란 목도리로 얼굴의 절반을 가려 놓은 꼴이 어지간히 추위를 타는구나 싶었다. 그런 수 상한 꼴을 한 주제에 가볍게 눈웃음을 치는 눈매가 꽤 예쁜……

'뭘 그리 자세히 보고 있는데!'

흠칫한 유민이 얼른 눈을 내리깔았다.

"미안해요. 옷까지 다 망친 거 같은데……"

"괜찮아요. 어차피 드라이 맡길 거라서."

"정말 미안합니다. 제가 세탁비 드릴게요."

끈을 고쳐 쥔 남자가 주섬주섬 옷자락을 뒤지자 유민은 황급히 손을 내저었다. 이런 일로 돈을 받거나 엮이고 싶진 않았다.

"아니, 그건 됐어요. 저…… 그런데 설마 고구마라는 게 얘 이 름이에요?"

"네. 맛있게 생겼죠?"

"네?"

"농담이에요. 그냥 색깔이 고구마 같아서 고구마예요. 구운 호 박고구마색이잖아요."

"……"

"보고 있으면 이상하게 배가 고프긴 해요. 식욕 당기는 색이 라."

마지막 저 말은 분명 진심이다. 차분하고 느릿한 말투랑 농담은 도무지 어울리지가 않았다. 그래서 섣불리 웃을 수가 없었다. 그 떨떠름한 얼굴을 봤는지 남자는 멋쩍게 웃으며 말을 이었다.

"사실 얘가 원래 이런 녀석은 아니에요. 나름 신사적인 놈인데……."

아니, 충분히 그런 녀석으로 보여요.

그의 카멜색 코트와 어두운 색상의 바지 여기저기에 정확히 쾅쾅 찍혀 있는 발자국이 어떤 의미인지 그도 모르진 않을 것이다.

"별로…… 설득력이 없나요?"

그녀의 시선을 따라 제 몸을 내려다보던 그가 나직하게 웃음을 터뜨렸다. 그리고 그제야 잊고 있었다는 듯이 머플러를 조금 풀어 내렸다. 유민은 그 과정을 유심히 바라봤다. 왠지 생각했던 대로의 이미지였다. 선이 고운 턱 라인과 뚜렷하게 호선을 그리는 입매. 사람 좋아 보이는 미소…….

꽤 젊은 남자였다. 아마도 대학생쯤 되지 않았을까?

"아무튼 초면에 실례가 많았습니다. 저 수상한 사람은 아니니까 안심하세요."

"실례는 고구마가 했고, 수상한 사람인지 아닌지는 지금 섣불리 판단할 건 아닌 거 같아요."

"그, 그런가요?"

"그보다 얘 좀 떼어 주시면 안 될까요?"

"그게…… 저도 지금 노력 중이긴 한데……. 고구마, 제발 그만하자."

다시 멋쩍은 웃음을 짓던 그가 조심스럽게 줄을 당겼다. 섣불리 힘을 쓰지 않고 어떻게든 녀석의 흥분을 달래 보려 애를 쓰는 기색에 그녀는 저도 모르게 헛웃음을 지었다. 애완견 하나 이기지 못하는 남자인가. 마치 그 마음을 읽어 낸 듯 남자가 웃음을 터뜨렸다.

"이 녀석이 보기엔 건강해 보여도 속은 엉망이거든요. 나이도 많고. 그래서 조금 존중해 주는 중이에요."

"……."

"평생 제대로 짖지도, 뛰지도 못해서 이젠 하고 싶은 대로 두고 싶은데…… 이런 일이 생길 줄은 정말 몰랐어요. 정말 점잖은 녀석인데……."

애써 변명해 주는 남자의 마음이 통한 걸까. 그제야 벤치에서 뛰어내린 녀석은 다시 그의 다리에 몸을 문지르며 애정을 표시했다. 제가 뭔 짓을 해도 사랑받는다는 걸 아는 것처럼. 왠지 그 순간부터 그녀는 아무 말도 하고 싶지가 않았다. 뭔가 울컥 치미는 느낌이었다.

분명 나이가 있는 어른인데, 남자는 세상의 모든 빛을 투영하는 것처럼 맑은 미소를 지었다. 그 해사한 얼굴. 누구에게든 언성 한 번 높이지 않았을 부드러운 목소리. 제 옷을 망치고, 말을 듣지 않는 짐승의 사정까지 살피는 성품.

"그보다 오늘 꽤 추운데, 계속 여기 앉아 계실 거예요?"

처음 보는 사람도 걱정할 수 있는 여유.

그 모든 게 그가 속한 환경을 보여 준다. 아무 걱정도, 고민도 없이 살아 독해질 필요가 없는 사람. 그렇기에 허술하게 곁을 내 주고도 누구도 경계하지 않는 사람. 아무 고민도 없이 인생 편하게 사는 듯한 그 천진난만함이 싫었다.

극명히 대비되는 저 자신이 더 미워지니까.

"먼저 가세요."

"저기, 혹시 괜찮으면 따뜻한 데 가서 차라도……. 아, 이건 절대 작업 그런 게 아니라, 고구마가 옷 망친 것도 있고 하니까…….."

"그냥 가시라고요."

싸늘하게 내뱉은 말에 남자는 잠시 굳은 채 그 자리에 서 있었다. 유민은 꿋꿋하게 남자를 외면했다. 괜한 자격지심에 화풀이를 한 것임을 깨닫자 숨고만 싶었다. 그래서 남자가 어디론가 걸음을 옮기기 시작했을 땐 차라리 다행스러웠다. 이상하게 눈시울이 붉어지려는 걸 보이지 않아도 되니까.

그런데…….

—멍멍멍! 컹!

그새 익숙해진 짖는 소리가 들려왔다.

"마셔요."

그리고 눈앞에 선 남자가 뭔가를 내민다.

굳어 버린 그녀가 멍하니 바라보고만 있자 그는 아무렇지 않게 눈앞에서 뚜껑을 따더니 불쑥 내밀었다. 그제야 캔커피라는 걸 알았다. 얼결에 받아 든 순간 왠지 가슴이 일렁였다. 이제 당연하다는 듯 벤치로 뛰어올라 끙끙거리며 코를 들이대는 고구마 녀석에게서, 그가 건넨 캔커피에서…… 녹작지근한 온기가 건너온다.

대체 뭐지, 이 사람.

얼떨떨한 기분으로 고구마 녀석의 황금빛 털을 바라보고 있자 그가 조금 떨어진 옆자리에 털썩 앉으며 남은 캔 하나를 땄다.

"괜찮으면 그거 마실 동안만 같이 있어요. 고구마도 헤어지기 섭섭한가 봐요."

지금의 기분을 뭐라 정의 내려야 할까. 묘한 안도감과…… 반가움. 그리고 민망함이 뒤섞여 입이 열리질 않았다.

"그냥 앉아 있으면 돼요. 아, 이것도 먹어 봐요. 맛있어요."

정말 이상한 사람. 아니, 이상한 건 그녀 자신인지도 모른다. 누군지도 모를 남자에게 처음으로 옆자릴 내주고, 그가 건네는 과자를 입에 대고 있다는 사실이 믿기질 않았다.

─오독.

짜지도 달지도 않은 담백한 치즈의 맛이 입안에 퍼졌다.

"……맛있다."

저도 모르게 중얼거린 순간 남자가 환하게 웃었다.

"그렇죠? 이렇게 커피랑 먹으면 딱 좋아요. 원래는 아메리카노랑 먹어야 제맛인데…… 뭐 아쉬운 대로 캔커피도 나쁘진 않은 거 같아요."

"아……."

"더 먹고 싶으면 여기."

당황함을 감추지도 못한 채 멀뚱히 바라보는 그녀에게 남자가 뭔가를 내밀었다. 작은 봉투였다. 딱히 더 먹고 싶은 건 아니었지만 왜인지 시선이 절로 그리로 향했다. 그리고 발견한 것은…….

헬로 퍼피. 애견용. 치즈맛.

"애견……용?"

유민은 침착하려 애쓰며 물었다.

"네. 그런데 이건……."

"악! 미쳤어!"

남자의 대답이 채 이어지기도 전에 비명을 지르며 일어선 유민은 저도 모르게 남자의 정강이를 걷어차 버렸다.

"악!"

"미쳤어요? 지금 제정신이세요? 어떻게 사람한테 이런 걸 먹여요? 제가 개예요? 무슨 이딴 사람이 다 있어?"

"저, 저기 잠깐만…… 이건 그게 아니라……."

정강이를 붙든 채 쩔쩔매던 남자가 황급히 자리에서 일어섰다.

"가까이 오지 마요! 내가 미쳐 진짜!"

"잠깐, 잠깐만요!"

후다닥 돌아서려는 찰나, 남자는 잽싸게 그녀의 팔을 붙들었다. 그제야 제가 뭘 한 건지 깨달은 유민이 멈칫 놀라며 남자를 바라봤다. 세상에, 아무리 기가 막히고 눈이 뒤집혔어도 그렇지. 처음 보는 사람을 발로 차다니. 대체 무슨 짓을 해 버린 거야!

하지만 남자는 화를 내지 않았다. 도리어 그녀를 바라보며 싱긋 웃어 보이더니 한 손으로 목에 걸고 있던 머플러를 스르륵 풀어냈다. 그의 온기를 품은 머플러는 천천히 그녀의 야윈 목을 감싸 왔다. 그의 손끝이 그녀의 긴 머리카락을 스친 순간, 잠시 흠칫하며 어깨를 움츠렸던 그녀는 혼란스러운 눈을 들어 그를 바라봤다.

"빌려 주는 거니까 다음에 만나면 꼭 줘요."

"……."

"나도 이 동네 사니까."

대체 여기선 무슨 말을 해야 하는 걸까.

여전히 저를 향한 미소를 보고서도 그녀는 끝내 입을 열지 못했다. 도무지 이 남자의 속내를…… 알 수가 없었으니까.

"잘했어, 고구마."

　후다닥 달려가는 뒷모습을 보던 남자가 그 자리에 쭈그려 앉으며 개를 끌어안았다. 정신없이 부비고 쓰다듬으며 한동안 기쁨을 감추지 못하던 그는 잠시 후, 고구마의 머리통을 붙잡고 중얼거렸다.

　"너도 매일 봤잖아. 가까이서 보니까 더 예쁘다. 그치?"

　고구마는 말이 없었다. 젖은 콧등을 남자의 얼굴에 댄 채 끙끙댈 뿐.

　"그래. 맞아, 그 사람. 네가 잘 봤어."

　하지만 남자는 대답이라도 들은 듯 아주 행복한 얼굴로 웃음을 터뜨렸다.

1화.
Mr. Enigma

자율학습 시간이 끝나자 교실은 금세 소란스러워졌다. 옹기종기 모여 묵혀 둔 수다를 풀기 시작한 여학생들 틈을 벗어난 유민이 사물함으로 다가가 별생각 없이 문을 열고는 흠칫했다. 두툼한 니트 뭉치가 떡하니 자리를 잡고 있었다.

"아, 맞다."

곧 그것의 정체를 깨달은 유민이 곱게 접힌 머플러를 꺼내 들었다.

'빌려 주는 거니까 다음에 만나면 꼭 줘요. 나도 이 동네 사니까.'

물론 그 남자의 말을 신뢰하는 건 아니었다. 이유 없이 남에게 친절한 사람이 정상인일 리가 없으니까. 그럼에도 그 말을 떠올린 건 핑계였다. 정말로 또 만날지 모르니까, 일단은 가지고 있어야 해. 자연스럽게.

"따로 챙겨 들고 다니는 건 귀찮잖아. 계속 가지고 있는 것도 찜찜하고."

그렇게 자기 합리화를 마칠 무렵,

"왁!"

뭔가가 등 뒤에 매달렸다. 유일한 친구인 인정이었다.

"아파."

"계집애. 놀라는 척이라도 좀 해라. 넌 진짜 감정이라는 게 있긴 있는 거냐?"

"남의 감정에 대해 따지기 전에 내 앞에 뭐가 있는지나 좀 보고 이야기하는 게 어때?"

사물함 문에 붙은 거울을 힐끗 본 인정이 혀를 찼다.

"그보다, 뭐가 찜찜하다는 거야?"

"어, 있어. 그런 게. 그럼 나 먼저 가 봐야겠다."

"너 아직도 그 아르바……. 아차."

무심히 말을 잇던 인정이 재빨리 제 입을 붙들더니 씩 웃었다. 고등학교 생활 내내 학원을 핑계로 야간자율학습을 빠졌던 유민이, 사실 그 시간 동안 착실하게 아르바이트를 해 몰래 돈을 모으고 있었다는 건 둘만의 비밀이었다. 다행히 주변에 들은 사람이 있는 것 같진 않았다. 멋쩍게 웃는 인정을 향해 고개를 저어 보인 유민이 사물함을 닫았다.

"지금 바로 가게?"

"응. 참, 그리고 아마 내일부터는 나도 같이 공부할지도 몰라."

"오, 그래? 목표달성이라도 한 거야?"

"유민이 네가 웬일이야?"

갑작스럽게 끼어든 목소리에 자리로 돌아가던 두 사람이 멈칫했다. 반장인 혜연과 그 무리들이 떡하니 통로를 막고 서서 말을 걸어왔다. 유민은 무표정한 얼굴로 그녀들을 바라봤다. 제 기억상, 일 년 동안 그녀들과 좋은 일로 이야기를 나눈 건 세 손가락 안에 꼽는다.

"뭔데?"

인정이 삐딱하게 물었다.

"아니, 공주님이 왜 그런 걸 들고 다니나 해서."

혜연이 새침하게 웃으며 주변을 둘러보자 그녀의 일행들이 깔깔거리며 끼어들었다.

"아무리 봐도 어디 보세품 같은데. 어우, 거기다 칙칙하게 먹색이야."

"칙칙하고 어두운 게 잘 어울리네. 그런데 공주님이 그런 물건 들고 다니면 좀 부끄럽지 않을까?"

"하, 대체 뭔 상관? 남의 일에 관심도 많다."

인정이 눈살을 찌푸렸다. 그녀들과 별로 친하지 않기는 인정도 마찬가지였다. 지리적 위치상 이곳은 돈 좀 있다는 집안의 자제들이 득시글거리는 사립 여자 고등학교였고, 인정은 평범한 집안의 친구였다.

"누가 너한테 물었니? 넌 빠져. 어차피 말해 봤자 알아듣지도 못하는 게. 하긴, 끼리끼리라더니. 야, 한쪽이 못 맞춰 주니까 공주님이 몸소 내려가실 모양인가 봐."

"하긴, 원래도 그쪽이 더 잘 어울렸는지도 모르지."

키득거리는 그녀들을 슥 바라보던 유민이 고개를 돌리곤 툭하니 내뱉었다.

"아무튼 나 지금 행정실 들렀다가 갈 건데 넌 어떡할래?"

"음. 난 너 가는 거나 배웅해야겠다. 요즘 다이어트 중이라 석식 안 먹거든."

"야, 너희들 지금 뭐하는 거야? 사람 무시해?"

대꾸도 하지 않고 대화를 이어 가는 두 사람을 향해 그녀들 중한 사람이 소리를 꽥 질렀다. 유민이 무표정한 얼굴로 적당히 대답했다.

"미안, 꼭 대답해야 하는 말인 줄 몰랐어."

부모님의 재산이나 지위로 서열이 갈리는 교내에서 유민은 특별히 눈에 띌 만한 존재가 아니었다. 알아주는 대기업인 혜연의 집안이나, 비슷한 수준인 그 친구들에 비하자면 서민에 가깝다. 그럼에도 그녀들의 입에서 나오는 말은 언제나 도도하고 야무진 유민의 태도에 대한 비꼼이다. 그리고 어떻게 반응을 해야 할지는 사실, 알 수가 없었다. 그래서 피하는 것뿐이었는데······.

"나 재밌는 말 들었다?"

갑자기 혜연이 반 아이들 모두에게 들리란 듯 큰 소리로 말했다.

"뭔데?"

"아, 어떤 국회의원 집 이야긴데, 멀쩡한 딸자식 재벌가에 팔아서 득세해 보려다가 딸이 가출하는 바람에 낙동강 오리알 되었다더라."

"어머, 팔다니 무슨 소리야?"

"뭐긴, 정략결혼이지. 자그마치 열네 살이나 차이 나는 늙다리랑 결혼시키려고 했었대나 봐."

"헉, 끔찍해. 나라면 자살한다."

"근데 딸이 하나 또 있대. 그 딸이 내년에 졸업하는데, 얼굴이 좀 반반하거든. 어디로 쓸모 있을지 기대되지 않니?"

"꺄하핫. 웬일이야, 웬일~"

알 만한 사람은 다 아는 그녀의 집안 이야기에 반 아이들이 웃음을 터뜨렸다. 말이 집안끼리의 친분이었지, 아버지란 사람이 언니인 유리에게 혼처라고 내놓은 자리는 재벌가란 것을 **빼면** 그야말로 최악이었다. 물리학도였던 유리가 24살, 대학원에 진학할 무렵이었다. 그리고 유리는 별다른 말도, 징조도 없이 어느 날 갑자기 사라졌다. 당연히 아버지는 분노했고 그 모든 후폭풍은 고스란히 유민에게 돌아왔다.

더한 폭력과 더한 압박으로.

"왜, 뭐 찔리는 거 있니?"

아무 말 않고 그저 바라만 보는 유민의 태도에 혜연은 이겼다는 듯이 미소를 지었다.

"나도 재미있는 이야기가 생각나서."

"뭐?"

"1지망이 Y대학 음대라는 앤데…… 요즘 걔네 부모님 무지 바쁘신가 봐. 혹시 돈으로 꼬실 만한 교수가 있나 하고."

"……"

"그런데 걔네 집안에는 이전에 대리시험 치다 걸린 사람이 있어서, 이번엔 어찌하나 주시하는 곳이 많대. 그래서 쉽진 않을 거라더라. 그렇다고 수준 떨어지는 곳에 넣을 수도 없고, 그 대단한 집안에서 재수 시킬 수도 없어서 참 난감한가 봐. 조만간 외국대학에 기부금입학이나 하지 않을까?"

"너, 너 그게 무슨 뜻이야?"

"왜, 뭐 찔리는 거 있어?"

이 역시 알 만한 아이들은 다 아는 혜연의 이야기였다. 어차피 그 바닥이 그 바닥. 똑같은 소문이 돌고 도는 곳에서 이런 이야기를 입에 올려 봐야 새로울 건 없다. 어디선가 키득거리는 소리가 들리자 혜연이 눈을 부릅떴다. 그사이 좀 더 가까이 다가간 유민이 엷게 웃으며 말했다.

"요즘 밤새워 연습하나 보다. 너 비비 떴어."

유치하기 짝이 없는 심술에 이젠 진저리가 난다. 저 아이들과 3학년 때 또 같은 반이 되어야 하는 게 아쉬울 따름이었다.

"하여간 혜연이 걔 왜 그러나 몰라. 왜 맨날 널 못 잡아먹어 안 달이라니?"

"내가 싫은가 보지, 뭐."

유민이 가볍게 웃으며 대꾸했다.

"싫으면 상종을 안 하면 될 거 아냐. 하여간 유치해 죽겠어. 오글오글."

진저리를 내는 건 인정도 마찬가지였다. 제 손끝을 오므리며 부르르 떠는 모습에 유민이 나직하게 웃음을 터뜨렸다. 석식 시간이라선지 급식실과는 정반대인 행정실 쪽 복도는 조용했다.

"하, 누가 아니래요. 피곤해 죽겠어요. 요즘 애들 다루기 너무 힘들어."

"그래도 최 선생님 반은 양호하지 않아요? 유민이나 인정이 같은 애들도 있고. 부럽다."

동시에 멈춰 선 두 사람이 서로를 마주 봤다. 행정실 근처의 휴게실에서 들려오는 목소리였다. 자판기 두어 대가 놓여 있어 종종 3학년들이나 선생님들이 들르곤 하는 곳이다. 유민은 가만히 제 입술에 손가락을 올렸다.

"걔들도 공부만 잘하지 까다로워요."

"누가 부잣집 딸내미들 아니랄까 봐 아주 사람을 밑으로 깔아 보죠? 부모 잘 만나서 툭하면 명품이나 턱턱 사 들이고. 걔들 용돈이 우리 월급보다 더 많을걸요?"

"아니, 뭐. 유민이나 인정이는 딱히 그런 정도는 아니에요. 공부만 유독 더 잘하는 애들이지."

"그래요? 그래도 최 선생님은 좋겠어요. 저렇게 잘난 애가 아이비리그 어디라도 떡하니 붙어 주면 어우~ 완전 손 안 대고 코 푸는 격인데."

"그거야 그렇지만 사람 말을 귓등으로나 들어야 말이죠. 무지 건방진 애라 여간해선 남의 조언은…… 어머."

재잘거리며 떠들고 있던 여선생 세 사람이 동시에 입을 다물었다.

"유, 유민아."

휑하니 소리가 울리는 휴게실에서 그런 말을 떠들어 댄다는 건 아무도 오지 않을 거란 자신이 있어서였을까. 버젓이 입방아에 올려 대던 본인이 나타나자 그녀들은 적잖이 당황한 눈치였다.

"여기 계셨네요. 그렇지 않아도 드릴 말씀이 있어서 찾아뵈러 가는 중이었어요."

"어, 응. 그래, 무슨 일로⋯⋯."

고작 30대 초반. 아직 연륜이 부족한 그녀는 당황함을 감추지 못하고 힘겹게 웃었다.

"좋은 정보를 주신 건 고맙지만, 부모님께선 저 혼자 해외로 나가는 게 별로 내키지 않으신 거 같아요. 저도 굳이 반대를 무릅쓰고 나가고 싶진 않구요."

"그, 그렇구나. 그럼 국내 대학으로 알아보는⋯⋯."

"그것도 아직은 모르겠어요. 딱히 배우고 싶은 것도 없어서 그만둘까 생각 중이에요."

"뭐? 무슨 소리야?"

이번엔 인정이 놀라며 끼어들었다. 그러나 유민은 침착하게 말을 이었다.

"뭘 하고 싶은지도 알 수 없는데 무작정 대학에 가는 것도 어찌 생각하면 낭비죠. 선생님 말씀처럼요."

"뭐, 뭐가?"

"아무리 돈이 있어도 어린 학생들이 고가의 물건을 막 들고 다니는 거나⋯⋯ 별 쓸모도 없는데 몇 달 치 월급이랑 맞먹는 물건을 사 들고 다니는 거처럼요. 확실히 별로 보기에 좋진 않은 거 같아요."

그 순간, 어깨에 메고 있던 샤넬 가방을 등 뒤로 슥 밀어낸 담임이 헛기침을 했다.

"이만 가 볼게요."

꾸벅 고개를 숙이고 돌아서 나왔다. 제 고분고분하지 않은 태도가 더욱 반감을 사는 건 알고 있었다. 하지만 제 태도가 바뀐다 해서 그들이 바뀌리란 보장은 없다. 도리어 만만할수록 더 처참히 뭉개는 게 가진 자들의 태도라는 걸 익히 봐 왔다.

"넌 참 좋은 친구야."

"왜 갑자기 헛소리냐? 느닷없이."

그래서 인정이 좋았다. 아무것도 바라지 않고, 적의도 없는 유일한 사람.

하지만 이 친구도 언제 제 곁을 떠날지 알 수 없다. 아니, 길이 다른 이상은 헤어져야 할 사이였다. 그녀의 위에 아버지가 있는 한 그녀는 무엇도 마음대로 가질 수 없었으니까.

집안은 비어 있었다. 이미 차가워진 반찬들을 내려다보던 유민은 방으로 돌아가 코트와 머플러를 꺼내 들었다. 무슨 생각이었는지는 알 수가 없었다. 또 아버지가 사실을 알면 몸 어디 한 군데가 부러질지도 모를 일이었다.

아니, 모를 것이다. 그녀가 저녁을 먹었는지 먹지 않았는지. 오늘 그녀가 어떤 모욕을 당했는지. 그렇게 방으로 돌아온 그녀가 눈물을 참기 위해 얼마나 입술을 깨물었는지. 그렇게나 옭아매면서도 부모란 사람들은 정작 그녀에 대해 관심이 없었으니까.

'나도 이 동네 사니까.'

그래서 그 남자의 말은 정말 이상하게 들렸다. 유민은 제가 어디에 사는지 말한 적이 없었다. 공원에 나타났다고 그 동네에 살라는 법도 없었다. 하지만 그때 그는 마치 그녀가 어디에 사는지 아는 것처럼 말했다. 마치, 내내 그녀를 지켜보기라도 한 것처럼.

유민은 차근차근 주변을 살피며 걸었다. 묘하게 세상이 낯설었다. 언제나 땅만 보거나, 다른 생각을 하거나. 그저 지나치기에만 바빴던 풍경을 자세히 곱씹으며 바라보니 이런 곳이었구나, 싶었다. 불이 켜진 저 집에선 한창 저녁 식사를 하고 있겠지. 저 작고 세련된 레스토랑에는 일을 마친 연인들이 와서 막 데이트를 시작하고 있겠지.

저만 혼자라는 사실을 인정하고 싶지 않아 외면해 온 풍경이 그녀의 머릿속에 잔잔히 펼쳐지고 있었다. 이상하게 그 남자의 머플러를 두르고 있는 지금은 그런 생각을 해도 외롭지가 않았다.

점차 낮아지는 언덕길을 쭉 내려가 공원을 둘러 있는 한적한 일방통행로에 접어들고, 문득 옆을 돌아보았을 때였다. 이런 곳이 있었던가? 제법 넓은 뜰이 있고 그 안쪽엔 아담한 3층 건물이 있었다. 환하게 불빛이 비쳐 나오는 테라스와 통유리로 된 커다란 창. 처음 보는 곳인데 묘하게 눈길을 잡는 곳이었다.

아, 이유는 알았다. 저 빛이다. 그에게서 느껴지던 그 온기를 품은……

홀린 듯 저도 모르게 멈춰 섰을 때였다. 유리문이 벌컥 열리더니 뭔가 튀어나왔다.

—컹!

북슬북슬한 황금색 털.

아주 낯이 익고 반가운 느낌에 그녀의 목소리가 높아졌다.

"고구마?"

"고구마!"

그리고 따라 나온 누군가가 그녀와 동시에 고구마를 부르곤 멈칫했다.

정말…… 있었다.

"어라? 또 뵙네요."

유민은 남자의 하얀 가운 차림을 보며 눈을 휘둥그렇게 떴다.

"여기서 뭐 하세요? 아니, 그보다 여긴 뭐 하는 곳이에요?"

"아, 여긴 병원이에요. 동물병원."

저 건물의 정체도 놀라웠지만, 남자는 더 경악스러웠다. 동물병원에서 가운을 입고 있는 사람이면 설마…… 수의사?

'그럼 아저씨잖아.'

"수의사는 아니에요."

엉뚱한 소리에 멍하니 남자를 바라보던 유민이 갑자기 소리를 질렀다.

"뭐라구요? 수의사도 아니면서 가운은 왜 입고 있는데요? 설마 불법으로 진료실도 들어가고 수술실도 막 들어가고 그러는 거예요?"

"아, 아니 전 그런 게 아니라 사정이……."

"아니긴 뭐가 아니에요! 이 사기꾼! 빨리 벗어요!"

제 어디에 이런 폭력성이 숨어 있었는지. 맹세하지만 지금껏 이런 적은 한 번도 없었고, 이런 생각조차 한 적이 없었다. 그런데 이 남자 앞에선 행동이 제어가 되지 않는다. 그러고 보면 처음 만난 날에도 이 남자의 정강이를 걷어찼었지!

―부욱.

그런데 뭐가 잘못된 걸까. 아니, 가운이란 게 이렇게 약했었나?

단추가 풀리고 남자의 하얀 어깨와 깊은 쇄골이 드러나자 유민은 뭘 어찌해야 할 줄도 모르고 그대로 굳어 버렸다. 짧게 신음을 흘린 그가 조심스럽게 그녀의 손을 밀어내곤 후다닥 가운을 추켜 올렸다.

"죄······송해요."

그대로 고개를 숙이는 수밖에 없었다. 그리고 그제야 보이는 고구마의 다리······ 다리!

다리털과 배 부분이 온통 축축하게 젖어 있다. 거기다 장화라도 신은 것처럼 흙탕물로 범벅이 된 저 우람한 발이라니! 처음 만났을 때처럼 고구마 녀석이 제 몸에 발 도장을 찍지 않은 게 천만다행이었다.

"하하, 아직 물웅덩이가 남아서······. 고구마가 물을 좀 많이 좋아하거든요."

"정말 죄송해요. 죄송해요."

"아닙니다. 편하다고 주워 입은 제 탓이에요."

그럴 수만 있다면 당장 10m쯤 파고 들어가 숨고만 싶었다.

─컹컹, 컹!

그 와중에 신이 난 고구마는 연신 짖어 대며 그녀의 뒤를 어슬렁거렸다. 왠지 뒷걸음질로 물러나려는 방향을 교묘히 막는 것 같은데······ 기분 탓이겠지? 그사이 물끄러미 그녀를 내려다보던 남자는 작게 웃음을 터뜨렸다.

"저기, 수상한 곳은 아니니까 잠깐 들렀다 갈래요?"

"아, 아니 전 그냥······. 이 머플러만 돌려주려고······."

"괜찮으니까 들어와요."

유민은 쩔쩔매면서도 못 이긴 척 고구마가 떠미는 대로 걸음을 떼었다. 커다란 유리창 밖으로 흘러나오는 뽀얀 빛은 왠지 동화 속 한 장면처럼 몽환적이었다. 만약 이상한 나라가 정말 있다면 이런 곳이 입구일지도 몰라. 앨리스는 토끼를 따라 이상한 나라에 당도했었는데, 그녀의 곁엔 커다란 골든리트리버가 함께였다.

"리가야……?"

간판이라곤 글씨만 덜렁 붙어 있는 데다 꽤 집중해야 간신히 읽을 수 있었다. 장사를 할 마음이 없나 보네, 중얼거리는 말을 들었는지 문을 열던 남자가 나직하게 웃는다. 아담해 보이는 건물이었는데 내부는 의외로 넓었다. 보이는 거라곤 티 테이블과 의자, 그리고 벽면을 따라 푹신한 소파가 놓인 것이 애견용품을 잔뜩 놓은 다른 병원과 달리 카페라는 말이 더 어울렸다. 꼭 당장이라도 누군가가 다가와 커피 주문을 받을 것처럼.

"차 한 잔 해요."

그리고 남자가 말했다. 유민은 흠칫 놀라며 고개를 들었다. 어느새 제 옆에 선 남자가 그녀를 내려다보며 미소를 짓고 있었다.

"아, 그게……."

"사양하지 말아요. 날도 추운데. 커피가 좀 걸리면 율무차나 호박차. 녹차도 있는데…… 그쪽은 코코아가 좋을 거 같아요."

"그렇게 마음대로 정하지 말아 주실래요?"

"그럼 바로 타 올 테니까 조금만 기다리세요. 고구마, 넌 얌전히 앉아 있어."

짐짓 인상을 써 보였지만 남자는 아무렇지 않게 웃더니 가운을 펄럭이며 프런트 뒤편으로 사라졌다. 사실 배가 고팠고 뭔가 단것이 먹고 싶다고 생각은 했었는데 꼭 그 속내를 보인 것만 같아 좀 쑥스러웠다.

고구마는 언제 그렇게 날뛰었냐는 듯이 얌전히 자리를 잡고 엎드렸다. 유민은 머플러를 벗어 얌전히 무릎에 놓았다. 그리고 주변을 둘러봤다. 소파 위엔 덩치가 큰 고양이 한 마리와 조그만 시츄한 마리가 늘어져 있었고, 예닐곱 마리의 개들은 그녀의 주변을 돌며 호기심을 드러냈다. 무심히 손을 뻗자 우르르 몰려와 그녀의 손바닥에 콧등을 들이댄다. 뭐 이런 곳이 다 있나. 개나 고양이나, 이런 손님에게 아주 익숙해 보였다.

"오래 기다렸죠? 드세요. 과자도 있어요."

그리고 다시 나타난 남자의 말에 유민은 저도 모르게 흠칫했다.

"손님이 사다 주신 건데, 저기 앞 과자점에서 파는 수제쿠키예요."

남자는 아무렇지 않은 태도로 들고 온 잔과 초코칩이 박힌 쿠키를 차례로 놓았다.

유민은 자연스레 맞은편 자리에 앉은 남자를 향해 인상을 썼다.

"믿어도 돼요?"

"아…… 이건 그때 그거 아니에요."

"……좀 악취미 있어요? 어떻게 사람한테 그런 걸 먹이고 그러세요?"

"하하……."

그제야 남자는 멋쩍은 듯 이마를 문지르며 웃었다.

"뭘 먹였는데?"

갑자기 뒤편에서 가운 차림의 남자가 나타났다. 좀 싸늘한 표정에 안경까지 써서인지 첫인상이 아주 나빴다. 게다가 그는 그녀와 눈이 마주치자 묘하게 눈살을 찌푸렸다.

"강윤, 너 대체 또 뭘 주워 온 거냐?"

"또는 무슨. 그리고 손님한테 그런 말이 어딨어?"

"손님? 그래서 환자는?"

"……."

강윤이라는 이름이구나. 속으로 되뇌는 사이 그는 할 말이 없어졌는지 엷게 웃으며 제 앞에 놓인 찻잔을 들었다. 그러자 남자는 한심하다는 표정으로 고개를 저었다.

"자꾸 저런 거 주워 오지 말라고 했지? 이러다 우리 병원 망하면 네가 책임질 거야?"

고까운 남자의 말에 보란 듯 코코아 잔을 집어 든 유민이 중얼거렸다.

"어차피 이대로도 망할 거 같은데요? 아직 초저녁인데 손님도 없고. 밖에서 보면 여기가 뭐하는 덴 줄도 모르겠고. 여기 땅값이 얼만데 쓸데없이 넓기만 하고. 장사의 기본이 안 되어 있잖아요. 인테리어도 이게 뭐야. 커피숍도 아니고, 병원도 아니고……."

"애견카페도 같이 할 거다, 왜?"

"애견카페요?"

"그래. 여기 공짜로 먹고 자는 이놈들 재롱떨어서 자기 밥값은 벌라고 해야지."

"……그런데 왜 안 하세요?"

"사람 뽑기 귀찮아서 미뤘지."

장사할 마음이 없는 건 확실하다. 그런데도 피도 눈물도 없는 소리를 잘도 지껄여 대던 남자가 삐죽 입술을 비틀었다.

"그리고 네가 뭘 몰라서 그러는데, 이 병원 인기 많아. 아줌마들 입소문 때문에 손님이 미어터질 지경이거든. 이런 훈남이 둘이나 있으니 당연하겠지만."

"헐……."

유민이 경악하자 남자는 뿌듯하게 웃더니 윤에게 눈을 돌렸다.

"그런데 너 설마 또 사람한테 개 먹이 먹였냐?"

"그런 거 아니라니까."

"하긴, 먹고 죽지만 않으면 되지. 안 죽으니까 걱정 마."

남자의 마지막 말은 유민을 향한 것이었다. 유유상종이라더니, 발상 하난 기막히다.

"저기요, 그게 먹어서 안 죽는 걸로 문제가 해결되는 게 아니거든요?"

정당한 태클에 남자는 힐끗 그녀를 바라보더니 또 퉁명스레 말을 이었다.

"그러게 굳이 누구 주고 싶으면 봉투는 보이지 말랬잖아."

"그렇게 사기 치는 거나 가르치지 마시라구요!"

"적당히 먹이고 보내. 설마 진짜로 주워 기르는 거면 난 반대다."

왠지 더 상대했다간 정신이 이상해질 것만 같았다. 강윤이라는 사람도 정상 같진 않았지만 저 인간은 더 했다.

"그런데 리가야가 무슨 뜻이에요? 혹시 저 아저씨 이름 따서 지은 건 아니죠?"

입술을 삐죽거리던 유민은 들으란 듯 강윤을 향해 물었다. 이곳은 이상하게 모든 걸 궁금하게 만들었다. 저 남자조차도 구박은

할망정, 처음 보는 사람을 배척하지 않는 사람이었다.

"이름…… 품, 푸흡. 푸하하하!"

그런데 저만치 뒤로 사라지던 남자가 갑자기 자지러졌다. 하여간 마지막까지 무례하다. 유민이 눈살을 찌푸리자 왠지 조금 난처한 얼굴을 하던 그가 천천히 입을 열었다.

"리가야. 타갈로그어로 행복이라는 뜻이에요."

"아…….."

"그러고 보니 정식으로 소개를 안 했네요. 강윤이라고 합니다. 외자예요. 저 친구는 문영신이라고 하구요. 여기 원장이에요."

부끄러움을 느낄 새도 없이 그는 자연스럽게 말을 돌려 줬다. 유민은 조금 당황하며 입을 열었다.

"아, 저는…….."

"알아요. 우유민 씨, 맞죠?"

"네? 어떻게……."

"글쎄요. 어떻게 설명해야 할지…… 아무튼 알고 있었어요. 만난 적도 있고."

"우리가요?"

"그리고 날마다 보고 있었어요."

왠지 그 순간, 이건 아니라는 생각이 들었다.

"날마다 보고 계셨다고요?"

"네. 매일 이 앞을 지나가잖아요. 여기 3층에서 보면 잘 보이거든요."

해맑게 웃는 얼굴로, 남자는 저런 말을 아무렇지 않게 했다.

"저기…… 강윤 씨는……."

왠지 그의 이름을 입에 올린 순간, 남자는 조금 기대 어린 표정을 했다. 너무 순수하게 바라보는 그 표정에 왠지 말문이 막히는 느낌이었다. 정말 아는 사람일 수도 있어. 그래, 내가 생각하는 그런 건 아닐 거야. 그냥, 자주 집 앞을 지나가니까 눈에 보이고, 그러다 보면 어찌어찌 이름을 알…… 수는 없는 거잖아!

"혹시…… 스토커세요?"

이번에도 유민은 침착하려 애썼다. 그와 대조적으로 가라앉은 듯 평온한 얼굴로 뭔가를 생각하던 남자가 천진하게 말했다.

"음, 뉘앙스는 다르지만 뜻만 생각하면 조금 비슷할지도……."

동시에 유민은 자리를 박차고 일어섰다. 동시에 그녀의 손에 머플러가 들렸다.

"어? 그거 다 드신……."

"아니요! 괜찮아요. 저 이만 늦었으니까 돌아갈게요."

"저기, 그 머플러는 돌려주시러 온 게……."

"빨아서 줄 거예요!"

제 체취가 그대로 남아 있을 머플러에 무슨 짓을 할 줄 알고!

하지만 굳이 돌려주겠다는 말을 덧붙이는 이유 역시 알 수가 없다.

유리문을 박차고 뛰쳐나가는 그녀의 등 뒤로 왠지 걱정스러운 듯한 목소리가 들려왔다.

"위험하니까 밝은 길로만 가세요."

그러는 본인이 훨씬 더 위험해 보인다는 걸 모르는 듯, 해맑기만 한…….

한가한 점심시간이었다. 병원의 문을 열고 들어서자, 프런트에서 뭔가를 뒤적이던 윤이 습관처럼 인사를 건네며 고개를 들었다.

"어서 오세…… 유민 씨?"

눈이 마주친 순간 윤은 눈을 휘둥그렇게 떴다. 그 놀람이 이윽고 환한 웃음으로 돌아오는 광경은 왠지 눈을 뗄 수 없게 만드는 묘한 매력이 있었다. 가만히 바라보던 유민이 눈썹을 찡그렸다. 정말 남자가 저렇게 웃어도 되는 거야?

"이 시간에 웬일이에요? 아, 잠깐 앉아서……."

"아니 괜찮아요. 그냥 거기 있어요. 어차피 자리도 없는걸."

유민은 허둥거리며 프런트 밖으로 나서려는 강윤을 제지했다. 슬쩍 둘러봐도 분위기가 영 좋지 않다. 간호사들은 그렇다 치더라도, 이곳저곳 자리를 잡고 앉은 여자들이 줄곧 저를 흘끔거리는 게 꼭 수영장이나 에어로빅 센터의 터줏대감 아줌마들을 연상케 했다.

'저런 얼굴을 앉혀 놓으니 당연히 손님이 득시글거리지.'

장사를 할 마음이 없는 건 절대 아닌 모양이다. 게다가 왠지 이런 분위기에서 아무렇지 않은 얼굴로 앉아 있는 윤의 모습은 마음에 들지 않았다. 유민은 불퉁한 태도로 뭔가를 내밀었다.

"코코아 답례요."

"네?"

"그럼 이만 갈게요. 곧 수업 시간이라."

"잠깐만요, 유민 씨."

곧장 몸을 돌려 나가 버리는 유민을 차마 잡지 못한 윤은 난처한 표정으로 프런트에 놓인 상자를 바라봤다. 무엇 때문인지는 모르지만, 분명 그녀는 기분이 상해 있었다. 다신 오지 않을 것처럼.

그러나 유민은 정확히 이틀 후에 아무렇지 않게 다시 나타났고, 그 이후로도 종종 모습을 드러냈다. 주로 방과 후, 교복을 입은 채로 와서 20여 분 정도 고구마나 다른 강아지들과 장난을 치거나 소파에 앉아 뚱뚱한 고양이 톰을 괴롭히다 가는 게 전부였지만, 며칠도 되지 않아 병원의 모두가 그녀의 존재를 익숙하게 여기기 시작했다.

그리고 오늘은 점심때쯤, 교복을 입은 그대로 쇼핑백을 든 채 나타났다.

"안녕하세요."

"어, 유민이 또 왔네? 오늘은 일찍 끝난 거야?"

마침 간식 시간이었는지 간식 봉투를 뜯던 간호사 은영이 그녀를 보며 반겼다. 이젠 낯이 익은 고구마와 강아지들이 모두 몰려와 그녀를 보며 신나게 꼬리를 흔들어 댔다.

"또 왔냐?"

"아저씨 보러 온 거 아니니까 신경 끄세요."

"너 그런데 왜 자꾸 아저씨라고 부르냐?"

이상하게 쌀쌀맞은 영신의 말에 유민은 더 대답하지 않고 테이블로 다가가 은영이 놓아둔 과자를 집어 들었다. 그러고는 열심히 꼬리를 흔드는 고구마에게 던져 주곤 또 하나를 집어 익숙하게 제 입에 넣었다.

"김 간호사님. 강윤 씨는요?"

"너까지 주워 먹지 마라. 윤이 자식 때문에 이젠 아무나 와서 먹어 대는 통에 주문하는 것도 귀찮아 죽겠는데."

"쩨쩨하게……."

"뭐? 야, 그거 특별 주문한 유기농이라 비싸다고, 인마!"

"또 위층에 있어요?"

"그리고 너 윤이가 몇 살인 줄은 알고 그렇게 이름 불러 대는 거냐?"

틱틱대는 영신의 말을 무시하며 천장을 가리켜 보이던 유민은 그대로 걸음을 뗐다. 기가 막힌 영신이 멀거니 그 뒷모습을 바라보자 꼴이 우스운지 은영이 입을 가리며 키득거렸다.

"쯧, 무슨 애가 진짜. 네 부모님은 어른이 말을 하면 대답을 하라고 안 가르치던?"

그 순간 휙 하니 뒤를 돌아본 유민이 싸늘하게 내뱉었다.

"남의 부모님 안부는 왜 물어보세요? 혹시 청혼하시게요?"

"뭐?"

"근데 아저씨는 됐거든요? 트럭으로 주면 바로 난지도로 발송해 버릴 거예요."

"풉, 푸흡……."

결국 은영의 참던 웃음이 터졌다.

"와, 무슨 저런……. 어우, 저 싸가지."

기막혀하며 허공을 바라보는 영신의 옆에서 은영이 마지막으로 쐐기를 박았다.

"그래도 어린애가 사람 보는 눈은 있네요? 푸흣……."

이제 건물의 구조에도 익숙해진 유민은 막힘없이 걸음을 옮겨 갔다. 진료실과 방사선실 등, 복도를 따라 제법 병원답게 갖춰진 시설을 지나면 정면으로 엘리베이터가 있고 왼쪽을 보면 바로 위 층으로 향하는 계단이 있다. 2층엔 입원실과 애견용 호텔 등의 시 설을 갖춰 놓았는데, 1층에서 윤을 찾지 못하면 대개는 입원실 근 처에서 볼 수 있었다.

"강윤 씨!"

'왔어요?'

꼭 환청처럼 목소리가 들렸지만 그는 없었다. 혹시나 해서 내다 본 2층의 테라스도 비어 있다. 그러고 보면 은영이나 영신이나, 그 가 위에 있다고 대답하진 않았다.

"뭐야. 재미없게."

있어야 할 곳에 그가 없다는 사실이 어색해서일까. 왠지 유민의 어깨가 축 처졌다.

처음 리가야에 왔던 날, 그렇게 도망치고 나서 다신 얼씬도 안 할 거라 다짐했었다. 낯선 남자가 제 이름을 알고 있다는 건 누가 생각해도 이상하고 위험한 일이었으니까. 그러나 하루도 되지 않 아 생각이 바뀌었다. 세상 어느 스토커가 제 입으로 그런 말을 할 까.

하지만 저 자신의 판단만을 믿을 수는 없었다. 그의 곱상한 외 모 덕에 좋은 쪽으로만 생각하려는 건지도 모르니까. 그래서 답례 라는 핑계로 케이크를 사 들고 일부러 점심시간에 짬을 내 찾아갔 었다.

그런데 정작 유리창 너머로 앉아 있는 그의 모습을 발견했을 때는 반가움에 가슴이 두근거릴 지경이었다. 왠지 여자들이 득시글거리는 곳에 혼자 앉아 있는 모습은 마음에 들지 않았지만, 반면 그것은 그가 위험하지 않은 사람이란 증거이기도 했다.

차림새로 봐선 딱히 간호사도 아닌 것 같고, 원무직원을 따로 쓰기엔 병원의 규모를 봐선 무리가 있다. 게다가 원장이란 사람과 말을 트고 지내는 걸 봐선 정말 사적인 친구일 뿐 뭔가 일로 엮이는 거 같진 않은데…….

대체 정체가 뭘까.

난 그런 사람한테 왜 관심이 가는 거지.

"말하자면 그냥 좀 이상한 사람……?"

"그래? 구체적으로 어떤 게 이상한데?"

인정의 말투가 시큰둥하다.

"좀…… 바보랄까?"

누구에게든 헤실헤실 웃고 친절하지. 처음 보는 사람을 진심으로 걱정하고, 하다못해 애완견인 고구마에게도 꼼짝을 못 한다. 타인의 기분 나쁜 태도에도 화도 낼 줄 모르고. 게다가 제 얼굴을 볼 때면 꼭 주인 기다렸던 강아지처럼 웃고.

중얼거리듯 설명하던 유민이 눈살을 찌푸렸다. 이거 진짜 바보 같잖아!

"게다가 친구가 동물병원 원장이야."

"친구가? 그럼 그 사람도 설마 아저씨?"

유민은 마지못해 고개를 끄덕거렸다. 그 얼굴을 아저씨라고 부르면 좀 미안하지만.

"뭐 성격이야 원래 그런가 보다 하겠는데…… 결정적인 건 도무지 무슨 일을 하는 사람인지 모르겠단 거야. 병원에 종일 죽치고 있어."

"최악인데?"

"혹시, 정말 어디 모자란 사람은 아닐까?"

"그런데 그런 사람한테 간식은 왜 사다 줬어."

"……답례?"

물끄러미 그녀를 바라보던 인정이 어깨에 손을 턱하니 올리며 진지하게 말했다.

"유민아, 충고하는데 그런 사람한테 관심 주지 마. 평강공주병도 아니고 그게 뭐야."

"아니야, 그런 거."

그래, 지금껏 그런 감정은 가진 적이 없었다. 유민은 애초에 그런 감정 자체를 혐오했다. 아주 잠깐 사람을 행복하게 만들며 눈속임을 하다 끝내는 서로를 불행하게 만드는 것. 아니, 목적을 가진 사람이 그럴듯하게 포장한 말로 타인을 현혹시켜 지옥에 빠뜨리고, 결국은 주변 사람들마저 괴롭게 만드는 것. 그것이 그런 감정.

그 감정의 결말엔 언제나 아버지가 있다. 끔찍하게 뻔한 결과.

"난 절대 결혼, 연애 같은 거 안 해."

"그래. 네가 그럴 리가 없지."

인정은 순순히 고개를 끄덕였다.

"그런데 너 그 쇼핑백에 아주 예쁘게 포장된 물건은 대체 뭐냐?"

그러나 뒤이은 질문엔 왠지 대답하기가 어려웠다.

"그래, 난 이만 가마. 방학 잘 보내라."

결국, 고개를 절레절레 저어 버린 인정이 그녀를 향해 손을 흔들며 말했다.

"내가 이걸 왜 산 거야."

한숨을 푹 내쉰 유민은 손에 들고 있던 쇼핑백을 내려다봤다. 아직 그에게 머플러를 돌려주지 못했다. 정확한 돌려주지 않았다는 게 맞다. 그 역시 습관처럼 머플러를 두르고 다니는 그녀를 보면서도 돌려 달라고 말하지 않았다. 그 이유야 뻔했다. 별 의미 없는 물건이라서, 혹은 그에겐 그냥 남에게 줘도 상관없었던 물건이라서.

하지만 유민은 이상하게 신경이 쓰였다. 게다가 아무리 세탁을 했어도 제가 감고 다닌 걸 돌려주고 싶진 않았다.

물론, 엷은 크림베이지 색상의 머플러라면 처음 만났을 때처럼 얼굴을 온통 감고 다녀도 덜 수상해 보일 거란 생각은 했던 것 같다. 이걸 받는 그의 얼굴이 어떨지 조금은 상상했던 것 같기도 하고…….

─꼬르륵.

게다가 배도 고프고.

눈치도 없는 배를 툭툭 치던 유민이 다시 계단으로 다가갔을 때였다. 어디선가 작은 음악소리가 들려왔다. 꽉 막아 놓은 틈새로 흘러나오는 듯 작고 먹먹한 피아노 소리였다. 저도 모르게 주변을 두리번거렸다.

　소리는 위층의 계단을 통해 흘러나오고 있었다. 그제야 3층이 있었단 사실을 깨달았지만 막상 계단 앞에 서자 머뭇거려야 했다. 병원은 2층으로도 충분히 구색을 갖추고 남았다. 그렇다면 3층은 지극히 사적인 공간이란 결론이 나온다.

　평소 같으면 이 정도의 생각으로도 돌아섰을 텐데 유민은 계단에 발을 올렸다. 한 걸음을 떼어 버리자 다음은 쉬웠다. 단숨에 계단을 오르고 굳게 닫혀 있는 문을 열자…… 하늘이 보였다.

　잠시 멍하니 서 있었다. 2층과 같은 구조라고 생각했는데 의외의 풍경이었다. 조금 당황했지만 계속해서 들려오는 피아노 소리가 호기심을 자극했다. 이끌리듯 천천히 걸음을 떼었다. 아까와는 달리 그녀의 걸음이 움츠러들었다.

　꼼꼼하게 펼쳐진 마룻바닥을 건너고 커다란 창이 있는 건물로 다가갔다. 겨울이 아니었다면 테두리를 따라 만들어진 화단에 꽃이 잔뜩 피어 있을 것처럼 예쁜 건물이었다. 유민은 바깥의 풍경이 그대로 비쳐 보이는 유리창에 얼굴을 가까이 가져다 대봤다.

　"강윤 씨……?"

　정말 이상한 나라다. 이상한 나라에 떨어진 게 틀림없었다. 거짓말처럼 그가 있었다. 커다란 그랜드피아노와 함께.

　웬만큼 방음장치가 되어 있었던 건지 문을 열자마자 사근거리는 피아노 소리가 공간을 가득 메우고 있다가 울컥, 쏟아졌다. 저도 모르게 숨을 들이켰다. 뒤이은 발랄한 음색이 통통 튀듯 그녀의 주위에 머무른다. 마치 자잘하게 튀는 빗방울처럼 그녀의 온몸으로 음악이 튀고 있었다.

'그럴 리가!'

갑작스럽게 현실로 끌려온 느낌에 움찔한 순간,

—툭.

그녀의 손에서 쇼핑백이 미끄러져 떨어졌다. 그제야 피아노 소리가 멈추고 그가 고개를 돌렸다.

"왔어요?"

그는 언제나처럼 같은 얼굴로 웃었다. 마치 올 것을 예측이라도 한 듯한 태도였다.

"거기 있지 말고 이리로."

"아니, 난 그냥……"

미적미적 뒤로 물러서는 걸 봤는지 후다닥 자리에서 일어난 그가 다가와 손을 잡아끌었다. 멋대로 남의 손을 잡는 무례함을 탓하기엔 이미 제가 저지른 것이 커 유민은 뭐라 하지도 못하고 얼결에 이끌려 피아노 앞에 앉았다.

"음."

나란히 앉아 짧게 뭔가를 생각하던 그가 곧 연주를 시작했다. 그는 손이 예뻤다. 지금껏 의식하지 않았던 것이 눈에 들어오자 이상하게 가슴이 뛴다. 아름답다는 말이 무엇인지 대번에 이해할 것 같았다. 어떻게 이런 연주를 할 수 있는 걸까. 정오의 햇살이 너무 밝아 도리어 어두워 보이는 거실에서 그의 기다란 손끝을 통해 흘러나온 선율은 지금껏 들어 본 적이 없을 만큼 부드럽고 여유로웠다.

아니, 들어 본 적이 없었다.

또래의 친구들처럼 아이돌에게 열광하거나 좋아하는 노래를 찾아 들으며 행복해하는 것마저 그녀에겐 사치였다. 가수의 꿈을 억압당했던 기억이 아니라도 지금의 현실에선 마찬가지였다. 그것으로는 위로가 되지 않으니까. 이상하리만치 사람을 감성적으로 만들고, 약하게 만들 뿐이니까.

독하게 마음을 비우고 버티던 그녀에겐 독약이나 다름없는 것. 그래서 아무것도 듣지 않았고, 그럴 일이 있다면 피해 왔다. TV나 라디오도 별로 접해 본 적이 없으니 무엇도 익숙할 리가 없었다.

이렇게나…… 반갑고 가슴이 설렐 만큼 익숙한 느낌일 리가 없는데…….

동화가 현실이 된다는 게 이런 기분일까. 어쩌면 피터팬은 삶에 지친 웬디가 만들어 낸 꿈이었을지도 모른다. 그렇게 꿈에서 깬 웬디가 눈을 뜨고 바라본 것은…….

"무슨 곡이에요?"

유민은 그의 옆얼굴을 보며 물었다. 그가 쑥스럽게 웃었다.

"자작곡이에요."

"……."

"몽 레브(Mon Reve)."

한 사람의 어른일 뿐이었다.

크리스마스와 연말. 그리고 새해를 가만히 흘려보내는 동안 유민은 리가야에 가지 않았다. 가지 못했다. 그 자리에서 왜 도망치듯 나와 버렸는지 알 수가 없었다. 어차피 잘 알지도 못하는 사람한테서 그보다 더한 낯설음이 덮쳐 왔었다.

강윤.

습관처럼 검색어를 치고 난 유민은 한참이나 노트북 화면을 바라봤다.

"피아니스트…… 강윤."

풀썩, 고개를 떨어뜨렸다. 정말 몰랐다. 그러고 보면 그가 자신의 이름을 말할 때 그녀의 반응을 유심히 보긴 했었지. 얼굴은 몰라도 이름을 들으면 알 거로 생각했던 걸까. 게다가 그가 연주했던 '몽 레브'는 그의 대표곡이었다. 모 대기업의 캠페인 송과 각종 CF 등의 배경음악으로 사용되며 그를 메이저의 반열로 끌어올렸단 평가를 받는.

'그래서 낯이 익었던 건가.'

스치듯 들은 기억이 있을지도 모르니까. 기시감과 함께 느껴지던 반가움과 왠지 모를 설렘은 설명할 길이 없었지만 유민은 더 생각하지 않았다. 모니터를 통해 눈으로 보고 있는 것들이 더욱 중요하게 다가오고 있었다.

해외의 유명 콩쿠르에서 우승했다느니, 외국의 어느 유명 대학을 다녔다느니 하는 둥의 이력은 그가 만들어 내는 곡들에 비하면 아무것도 아니었다. 언론은 쏟아지는 햇살 아래서 듣고 싶은 곡, 빛을 연주하는 남자, 등등의 낯간지러운 수식어로 그를 찬양했고, 누구에게나 사랑받고 마는 그 마성의 정체를 앞다퉈 설명해 댔다.

가볍게 흥얼거릴 수 있는 아름다운 선율. 클래식이나 뉴에이지를 잘 모르는 사람들마저도 쉽게 이해시키는 설득력. 무엇보다 그의 번듯한 외모가 한몫했음이 분명하다. 동물병원에 죽치고 앉아 있던 여자들이 무얼 노린 건지도 뻔했다. 철저하게 그녀 자신만 몰랐던 모양이다.

게다가 학원에서 만난 인정은 그의 이름을 듣자마자 반응했다.

"뭐? 잠깐만, 강윤이라면 설마 내가 아는 그 피아니스트 강윤?"

"……응."

"헐, 미쳤어. 그 강윤이 널 스토킹했다는 거야?"

아, 그런 이야기가 되는 거구나. 새삼 눈살을 찌푸린 순간 키득거리던 인정이 잽싸게 말을 이었다.

"그 병원이 어디야? 나도 어디서 병든 애 하나 주워서 데리고 가 봐야겠다. 그 김에 가서 사인 받고 사진 찍고………."

"무슨 말도 안 되는 소리야."

"그런가? 그런데 너 왠지 기운이 없어 보인다?"

예리한 친구 같으니. 왠지 흠칫한 유민은 애써 웃음을 지었다.

"아니. 그냥 뭐랄까. 내가 알던 사람이 아닌 거 같아서……."

"무슨 이상한 소리야."

"그렇잖아. 그런 대단한 사람일 거라곤 생각지도 못했는데."

"야, 사람이 그렇게 쉽게 변해? 그냥 그 바보 스토커는 애초부터 강윤이란 사람인 거야. 오히려 거기서 정체가 뭔지만 알게 된 거니 잘된 거 아냐?"

명쾌했다. 분명 현실적으로는 인정의 말이 맞았다. 제 옆에 앉아 피아노를 쳐 주던 남자는 여전히 바보 같고, 여전히 헤실헤실 웃어 대는 강윤일 뿐 달라진 건 아무것도 없었다. 그런데도 이상하게 허전한 마음은 달랠 길이 없었다. 달라진 건 그저 제 느낌뿐인데도…….

"그보다 너 대학 정말 안 갈 거야?"

갑작스러운 인정의 질문에 잠시 멍하니 바라보던 유민이 아, 하고 대답했다. 그러고 보니 그런 말을 했었지.

"모르겠어. 어떻게 해야 할지."

"그래도 일단은 아무 대학이라도 들어가는 게 낫지 않을까? 혹시 나중을 위해서라도."

왠지 조금 답답해졌다. 인정은 그녀의 상황을 단순히 아버지와의 불화, 혹은 가족끼리 사이가 좋지 않다, 정도로만 알고 있었다. 부모님의 반대를 무릅쓰고 사진을 배우려다 좌절한 것치곤 너무 심각해졌구나, 하고 생각하는 건지도 모른다. 평범하게 맞벌이를 하는 부모님 밑에서 정상적으로, 행복하게 자란 인정에게 상식적이지 않은 아버지의 심리나 자신이 처한 상황을 모두 설명하는 건 무리였다. 그런 난처함을 읽은 걸까. 인정이 먼저 고개를 끄덕이며 말을 돌렸다.

"하긴, 아직 일 년이나 남았잖아. 느긋하게 생각해. 나중에 가면 생각이 바뀔지도 몰라."

"응. 생각 좀 더 해 봐야지. 어, 나 늦었다. 들어갈게."

"그래, 조심해서 들어가."

인정이 가볍게 손을 흔들었다.

집으로 돌아오니 웬일로 주차장엔 아버지의 차가 있었다. 그가 이렇게 대낮부터 집에 오는 날은 뭔가 사건이 터졌거나 아주 기분이 나쁠 때가 대부분이었다.

'오늘은 쉬는 게 어떻겠니?'

이상하게 예감이 안 좋다며 중얼거리던 어머니의 목소리가 떠오른다. 그러나 최대한 그의 심기를 거스르지 않으려 노력하지 않았던가. 이 가식적인 평화가 지속되길 바라는 어머니를 위해서, 내키지 않는 연말연시의 모임에도 나가 그의 사랑스러운 딸 역할도 충실하게 이행했었다. 자상한 아버지라는 탈을 쓴 그의 위선을 견디며 꿋꿋하게 미소를 지었던 기억이 떠오르자 기분이 더욱 가라앉았다.

별일은 없을 거야. 무겁게 발걸음을 떼었다.

"다녀왔습니다."

그러나 집 안에 들어섰을 때부터 느껴지는 공기의 무게. 이 익숙한 분위기를 모를 수가 없다. 유민은 제 방 앞을 가득 메운 물건들을 바라봤다. 눈을 돌리자 서랍째로 뒤집어 놓은 듯 헝클어진 그녀의 방 안의 풍경이 보였다. 그리고 백화점을 통째로 털어 온 듯 잔뜩 쌓여 있는 새 옷과 쇼핑백까지.

"뭐…… 하시는 거예요?"

어떤 상황인지는 충분히 알고도 남았다. 이미 유리가 겪은 일이 그녀에게도 반복되는 것이었다. 24살의 딸에게 준 아버지의 선물. 멋대로 사들고 온 물건과 함께 그녀의 방을 채우겠다는 핑계로 그녀의 방을 온통 뒤집어엎었던 기막힌 선물.

유민은 제 방 가운데에 선 그림자를 바라봤다. 그때와 다른 점은 딱 하나였다. 유리에게선 찾지 못했던 흔적이 그녀에게선 발견된 것이다.

"어떻게 된 거냐?"

그 남자가 눈앞에 뭔가를 내밀며 물었다.

"감히 나 모르게 이런 거나 만들어?"

그 남자가 내민 통장을 보며 유민은 싸늘하게 되물었다.

"내 방 뒤지신 거예요?"

한바탕 폭풍이 지나갔다. 왠지 그다음부터는 기억에 없었다.

눈을 뜨니 침대 위였다. 차가운 조명을 멍하니 바라보다 고개를 돌리자 머리 어딘가에서 아찔한 고통이 밀려들었다.

"그냥 누워 있어. 부딪쳐서 그래. 가벼운 뇌진탕이래."

어머니가 재빨리 그녀를 토닥였다. 그 손길마저도 소름이 끼쳐 저도 모르게 손을 들어 올리려던 유민은 다시 통증을 느끼며 굳었다. 팔에 꽂혀 있는 주삿바늘과 가느다란 호스가 눈에 들어왔다.

"윤 박사님이 왔다 가셨어. 일단은 어찌 될지 모르니까 당분간은 집에서 푹 쉬래."

"……뭐라고 변명했어요?"

"응?"

"내가 왜 이렇게 됐는지 경과는 말해 줘야 할 거 아니에요. 아버지란 사람이 후려치는 바람에 쓰러져서 부딪쳤다고 말하진 않았을 텐데."

"그, 그건……."

"이번에도 계단이에요?"

지금도 또렷하게 기억한다. 중학교 때의 일이었다. 제 분을 이기지 못한 아버지의 무자비한 폭행에 처음으로 실신을 했던 적이 있었다. 온몸에 피멍이 든 그녀를 안고 병원에 간 어머니는 다급한 목소리로 그녀가 집 안의 계단에서 굴러떨어졌다고 말했다. 그리고 병실에서도 가물가물 정신을 차리지 못하는 그녀에게 그렇게 대답하라며 채근했다. 그때 그녀를 진료했던 선생님이 윤 박사였다. 윤 박사가 비슷한 일로 그녀를 진료한 건 이번이 세 번째다.

"그러게 왜 그런 짓을 했니? 대체 그 돈은 어디서 난 거야?"

"······."

"학원도 통 나가지 않았다며. 그렇게 몰래 일을 꾸미면 어떡하니? 대체 왜 그랬어. 용돈이 부족해? 사고 싶은 게 있으면 엄마한테 말을 하지 그랬어. 아버지가 실망이 이만저만이 아니셔. 행여 네가 나쁜 물이 들까 봐 그러시는 거고, 그렇게까지 하실 마음은 없으셨는데 원래 아버지가 좀 울컥하시는 게 있잖니. 그러니 제발 눈 밖에 나는 일은 하지 말자. 아무튼 아버지도 지금은 미안해하고 계시니까······."

이번에도 어머니는 그녀를 먼저 책망했다. 어차피 때릴 사람은 때릴 거니까 맞는 사람이 조심하자는 논리다. 그냥 그의 비위만 함께 맞춰 주면 될 거로 여기는 편한 이기심. 이젠 화도 나지 않는데 이상하게 귓가가 먹먹했다. 뭔가가 치솟는 것도 같은데 알 수가 없었다.

대체 언제쯤이면 이 모든 현실에서 마음을 비울 수 있을까.

대체 언제가 되어야······ 이 말도 안 되는 세상에서 벗어날 수 있을까.

그런 생각마저도 이젠 부질없었다. 이미 목적을 상실한 돈이었다. 더 이상 뭘 할 수도 없어 기억 저편으로 미뤄 둔 지가 언젠데, 그것이 이제 와 이런 사달을 낼 줄은 몰랐다. 미리 잘 숨겨 뒀어야 했는데. 아니, 불태워 버리기라도 할걸…….

　문득 기가 막혔다. 애초에 문제는 제 구역을 서슴없이 침범하고 인격을 모독한 아버지인데, 이젠 스스로도 자신을 탓하고 있다니.

　"이거 봐. 아버지가 너 보라고 가져다 놓으셨어. 예쁘지? 그러고 보면 네 아버지도 옛날엔 이런 꽃 참 좋아하셨는데……."

　유민은 천진하게 꽃바구니를 든 채 웃어 보이는 어머니를 바라봤다. 어머니는 아직도 과거를 살고 있다. 다정했던 시절의 아버지를 생각하며, 다정할 수밖에 없던 아버지를 사랑했다. 가난하고 야망이 컸던 고학생에게 이름난 식품회사의 따님은 그저 도약을 위한 발판이었고, 먹잇감이었다는 사실을 인정하려 들지 않았다.

　밖에서는 내색하지 못하는 그 폭력성은 만만한 곳에서는 주저없이 폭발했고, 그러고 나면 그 남자는 뭐에 씐 것처럼 다정해졌다. 그토록 전형적인 폭력범의 행태를 그대로 답습하는 아버지에게 어머니는 완벽히 길들여져 있었다.

　"나 그만 잘게요."

　차갑게 말한 유민은 천천히 고개를 돌려 눈을 감아 버렸다.

　"어, 그래. 그럼 푹 자고 내일 일어나면 엄마가 맛있는 거 만들어 줄게. 잘 자렴."

　차가운 손이 그녀의 이마를 짚어 보고 사라졌다. 문이 닫히는 소리가 들리고서야 유민은 눈을 떴다. 조금의 온기도 느낄 수 없는 집 안의 공기. 가슴이 휑하니 시려 온다. 멍하니 창밖에 눈을 돌리자 늦은 오후로 접어든 하늘이 어느덧 붉어져 있었다. 처음 나섰을 땐 시리도록 푸른 겨울 하늘이었는데, 정신을 잃은 몇 시간 동안 그대로 세상과 유리된 기분이었다.

모든 게 꿈인 것처럼 아련해 다시 눈을 감아 버렸다. 그리고 아끼는 동화책을 읽듯 천천히 기억을 되짚었다. 조그만 뜰에서 황금빛 털을 날리며 뛰던 고구마가 문을 열고 들어가 깨끗한 바닥을 더럽히고, 소파 위의 고양이 톰은 나른하게 기지개를 켰다. 열심히 그 주위를 맴도는 강아지들. 간식을 꺼내는 간호사. 못돼 먹은 영신의 퉁명스러운 목소리. 리가야. 행복……

그리고 그 남자, 강윤.

그의…… 피아노.

불현듯 자리에서 일어난 유민은 제 팔에 꽂혀 있던 바늘을 뽑아냈다. 몸 이곳저곳에서 통증이 밀려와 저도 모르게 숨을 들이켰다. 악착같이 이를 물고 몸을 움직인 유민은 대충 겉옷을 걸치고 무작정 집을 나섰다.

그렇게 리가야에 도착해 문을 열어젖히자 영신과 은영이 그녀를 보며 경악했다. 지금의 제 몰골이 어떤지 잘 알고는 있었다.

"올라가 봐. 위에 있어."

뭔가 말을 하려는 은영을 가볍게 제지한 영신이 툭 내뱉었다. 유민은 묵묵히 그들의 곁을 스쳐 갔다. 그리고 입원실 앞에서 익숙한 실루엣을 발견하곤 고개를 숙여 버렸다. 그가 어떤 얼굴을 하고 있는지, 지금은 알고 싶지 않았다.

"나에 대해 얼마나 알고 있어요?"

"……."

"아니, 언제부터였어요? 언제부터…… 날 봤어요? 아니, 날……
나를……."

두서없는 말조차 더 이을 수가 없었다. 무엇이 궁금한 건지, 그
에게 뭘 원하는 건지, 그가 어떤 대답을 하길 바라는 건지 알 수가
없었다. 그저 혼란스러웠다. 무작정 뭔가가 이끄는 대로 찾아왔는
데, 정작 그를 앞에 두고도 어떤 말을 해야 할지 알 수가 없었다.
그사이에도 내내 그녀의 어깨에 얹혀 있던 바윗덩이는 점점 더 커
져만 갔다. 힘들다며 아이처럼 떼쓰고 울고 싶은데 이젠 그럴 기
운조차 없이 그 짐을 든 채 가라앉는다. 끝도 없는 심연으로. 뭐가
될지 알 수가 없는 곳으로.

이젠 다 싫다. 모든 게 끔찍해 이젠 다 놓아 버리고만 싶었다.
그렇게 뭔가 끊어지기 직전이었다.

"올라갈래요?"

"네?"

갑작스러운 말과 함께 윤이 그녀의 손을 잡아끌었다. 미처 뭐라
할 새도 없이 그의 손에 이끌려 계단을 오르고, 피아노가 있던 그
곳에 들어섰다.

"코코아 괜찮죠?"

대답도 하지 않았는데 바로 보이는 소파에 그녀를 앉힌 윤은 어
디론가 뚜벅뚜벅 걸어갔다. 멍하니 그의 동선을 따르던 유민의 시
선이 주변을 향했다. 가구라곤 그랜드피아노와 그녀가 앉은 소파.
그리고 심플한 주방테이블이 전부인데도 왠지 따뜻한 느낌이 밀려
들었다.

"이번엔 다 마시고 가요."

전보다 커다란 머그컵이 놓이자 유민은 그제야 그의 얼굴을 바라봤다.

"이제 얼굴 좀 볼 마음이 들어요?"

그렇게 여느 때와 다름없는 그 미소를 마주 봤다.

그 순간, 가슴이 욱신거렸다. 그 천진한 미소를 보며 얼마나 추한 생각을 해 왔는지 알기나 할까. 차라리 조금 부족한 사람이길 바랐다는 걸. 그럼 이런 나라도 소중하게 여겨 줄 거라 기대했었다는 걸……. 어쩌면 인정을 친구로 선택한 것 역시 그런 비슷한 마음이었을지도 모른다. 그렇게 생각하니 소름이 돋았다.

하지만 그는 그냥 어른이고, 남자였다.

그것만으로도 충분히 먼 존재였다. 천국의 끝과 지옥의 끝으로 쭉 갈라진 듯 그가 아득하게 멀어졌다. 상상과 현실의 괴리는 언제나 존재했음에도, 세상은 언제나 그래 왔던 걸 알면서도 한순간 기대했었다.

언젠가는 의지할 수 있는 사람이 생길 거야. 이런 구렁텅이에서 유일하게 빛이 되어 줄 친구가 생길 거야. 인정이를 얻었던 것처럼 조금 남다른 느낌이었던 그가…….

그러니까, 인정이는…… 강윤은…… 이런 상황에서 결국 그를 찾아온 건…….

"그만."

"……."

"사람 앞에 두고 그렇게 바라보면 기분이 이상하잖아요."

그 입가에 설핏 미소가 어리는 걸 본 유민이 흠칫하며 눈을 떨겠다.

"미안……."

"미안해하지도 말고."

그녀의 남은 말마저 잘라 낸 윤이 다시 그녀를 바라보며 웃었다. 그 부드러운 눈빛엔 어떤 측은함도 동정심도 없었다.

"좀 더 편하게 생각해도 돼요. 여기선 아무도 유민 씨한테 강요하지 않으니까."

아무런 필터도 거치지 않고, 오직 그녀를 똑바로 직시하는 눈이 있었다.

"하고 싶은 말이 있으면 뭐든 해도 좋아요."

"……."

"아니, 원하는 게 있으면 말해 봐요."

"피아노……."

그 순간 저도 모르게 나온 말에 멈칫했다. 하지만 그 말이 나온 순간 알 것 같았다.

그는 그녀의 멍든 눈가를 보면서도 아무 말 하지 않았다.

그녀의 찢어진 입술을 봤으면서도 손을 대지 않았다.

이런 행색으로 느닷없이 나타나 울먹여도 아무것도 묻지 않았다.

그 어떤 위로도 그녀에겐 상처가 되리란 걸, 그는 알고 있었다.

어떤 상황에라도 고개를 드는 자존심이 그녀를 지키는 최후의 보루란 걸 알고 있었다. 그는 어디까지 그녀를 알고 이해하는 걸까. 아니, 지금 우유민에게 가장 필요한 것이 뭔지 그는 알고 있을까.

"피아노 쳐 주세요."

그의 피아노라면 절대 거짓말은 하지 못할 테니까.

그라면 마지막까지 그를 시험하려는 자신도 받아 줄 테니까.

2화.
Time to leave

세상의 모든 색이 모이면 하나의 투명한 빛을 이룬다. 지구상에 존재하는 사물과 생명은 빛의 어떤 부분을 산란시키느냐에 따라서 색을 품는다. 그러나 이 모든 건 시각세포가 뇌로 전달하는 감각. 그저 눈을 뜨면 보이는 것.

소리는 듣고, 색은 본다. 타인의 감정은 말로 전하기 전엔 알 수가 없다.

하지만 그 당연한 법칙과 동떨어진 사람도 세상엔 존재했다.

호텔 라비타(La vita)의 연회장에선 느른한 재즈풍 편곡의 Scarborough Fair가 연주되고 있었다. 피아노와 첼로, 그리고 콘트라베이스의 음이 잔잔히 어우러져 꽤 멋진 음색을 들려줬다. 그저 배경음악으로만 치부되는 것이 안타까울 만큼.

윤은 잠시 그 입구에 선 채 음악에만 신경을 집중했다. 듣기 좋은 음악은 그의 감각을 한껏 말랑하게 만들곤 했다.

"강윤—!"

갑자기 윤의 시야에 기분 좋은 빛이 아른거렸다. 황금빛, 오후의 햇살 같은.

뒤를 돌아보는 윤의 표정이 밝아졌다.

"오랜만이다, 송준영."

"자식, 이럴 때나 얼굴 한 번 보는구만. 어때? 잘 지내고 있어?"

정장 슈트를 단정히 빼입었지만, 태닝된 피부와 짧은 머리 탓에 조금 날티 나 보이는 남자가 그를 내려다봤다. 윤이 해맑게 물었다.

"설마 그 나이에 더 큰 거야? 아니면 키높이……?"

"아니아니, 그건 중요하지 않아. 그보다 너 아직도 신이랑 동거 중이면 빨리 결별해. 연습실 필요한 거라면 우리 호텔 라운지에서 해도 괜찮잖아. 관객도 있고."

정곡을 찔린 준영이 짓궂게 받아치자 윤은 웃음을 터뜨렸다. 고등학교 시절 동창으로 일 년에 두어 번이나 볼까 말까 한 사이지만, 언제나 한결같은 친구다.

"참, 정하 귀국했다. 들었지? 이 자식 또 무슨 사고를 친 건지……."

"누가 사고를 치는데?"

그 순간 윤의 시야에 암막이 내려앉았다. 그가 아는 가장 차가운 블랙, 정하의 목소리였다. 특유의 차가운 표정으로 묻는 정하를 보면서도 준영은 별일 아니라는 듯 건성으로 대꾸했다.

"소문이 그런 걸 어째. 그러게 평소에 행실을 잘했어야지."

"아직도 내 이름이 한국에 오르내리고 있어? 그거 참 영광이네."

"그나저나 신이 자식만 여기 끼면 딱 그때 멤버인데? 이야, 우리가 벌써 서른이라니. 그 마지막 연주회가 벌써 몇 년 전이지?"

"그러게. 윤이 빼곤 다 헛배웠지."

"무슨 소리. 제대로 음악하면서 제대로 집안이랑 척을 졌잖아. 그게 포인트지. 우리 어머니는 참 배가 부르셨다니까. 윤이나 정하너 같은 놈이 아들이 아니라는 걸 행운으로 아셔야 하는데. 일단 들어가자. 나도 인사는 드려야지. 어머니와 우리 라비타를 대표해서."

짐짓 혀를 차며 고개를 저어 보이던 준영이 히죽 웃으며 앞장섰다. 꽤 오랜만에 만난 사이임에도 변함이 없다. 판이하게 다른 두 사람이 서로를 갈구는 걸 보며 웃던 윤이 그 뒤를 따랐다.

"어서 오게."

"오랜만입니다. 이쪽으로 앉으시죠, 도련님."

가장 안쪽에 자리한 귀빈석에 도착하자 점잖게 차려입은 남자들이 선뜻 일어나 그를 반겼다. 반가운 듯 내놓는 말, 웃는 얼굴과는 달리 불투명하게 죽어 있는 빛의 영상이 그의 시야를 덮는다.

"오랜만입니다. 작은아버지."

그룹의 부회장직을 맡고 있는 작은아버지 강정민과 이사진들이었다. 습관적으로 웃어 보인 윤은 애써 감각을 닫고, 모든 감정의 색을 걷어 냈다.

"생신 축하드립니다. 아버지."

그리고 반백발을 한 장년의 남자를 바라봤다. 반가운 미소도 정겨운 스킨십도 없지만, 한눈에도 닮은 두 사람은 부자지간이 확실했다. 하지만 남자의 입에선 다소 딱딱한 말이 흘러나왔다.

"네가 올 줄은 몰랐구나."

KS그룹의 회장 강정석. 그의 62세 생일을 맞이해 의례적으로 벌어지는 만찬행사였다. 전략기획실의 팀장급 이상 임원을 비롯해 각 계열사의 사장단, 그리고 정재계의 인사들을 초대한 지극히 불편한 자리다.

윤은 특유의 밝은 미소를 지으며 말했다.

"생신 때는 언제나 찾아뵌 걸로 기억하는데요."

"참, 그랬구나. 요즘은 1년이 꼭 10년처럼 느껴지니 말이다. 하긴, 네가 자주 들락거려 봐야 좋을 건 없지. 불편하게 여기는 놈들이 한둘이겠니?"

비꼼이 가득한 그의 말투에 어디선가 혀를 차는 소리가 들려왔다. 어둑하고 불편한 감정과 함께 우중충한 빛이 눈앞을 채운다. 강 회장을 향한 강한 적의였다. 그와 가장 가까운 사람들에게서 느껴지는 감정에 윤의 미소가 점차 가라앉았다.

"어떠냐. 이래도 내 제안은 거부할 테냐?"

강 회장이 여보란 듯 장난스럽게 웃어 보였다. 그 웃음 뒤에 느껴지는 씁쓸함. 이 모든 감정을 읽어 내리란 걸 아는 사람의 웃음이었다.

"글쎄요. 강 회장님은 저보다 가진 게 많으셔서 성에 차실지……."

"고얀 놈. 뻔히 보고도 그런 말이나 하고 있질 않나. 그래서 애비 생신에 말장난이나 하자고 온 게냐? 못된 놈 같으니."

"그럴 리가요. 이제부터 제 선물 받으셔야죠."

"흠, 잘나가는 피아니스트가 주는 선물은 뭔지, 기대되는구나."

짐짓 눈살을 찌푸려 보이는 강 회장에게 엷게 미소를 보인 윤은 그대로 피아노를 향해 걸었다.

세월은 깊게 패인 두 사람 사이의 골조차 무뎌지게 만드는 모양이다. 지금껏 숨길 수도, 숨길 마음도 없었던 저를 향한 미움과 원망. 그러나 어쩔 수 없는 핏줄에 대한 집착으로 얼룩졌던 강 회장의 마음도 어느덧 잔잔한 애정과 외로움에 물들어 있었다.

하지만 아무리 세월이 지나도 과거는 없어지지도, 달라지지도 않는다. 그렇기에 저로 인해 일깨워질 과거가, 나이 들어 점차 약해져 가는 그에게 어떤 영향을 미칠지는 미지수였다.

어머니와 형의 죽음. 그 죽음에 책임이 있는 자신이 곁에 있는 한…….

피아노 앞에 앉은 윤이 건반 위에 손을 올렸다.

Pavane Pour une infante defunte.

우울하고 우아한 원곡보다 조금 빠른 템포의 보사노바풍 연주가 잔잔히 흐르기 시작했다. 그 특유의 화사한 공기가 연회장을 메우자 아까와는 달리 모두의 관심이 그의 음악으로 쏠렸다.

아니, 모두 핑계다.

유치원에 입학했을 무렵 이미 자신이 남과 다르다는 사실을 인지했었다. 지금보다 훨씬 강하게 남의 감정을 읽어 들이던 그 시절은 지독했다. 끊임없이 들려오는 소리, 이어 눈앞을 뒤덮는 색채의 향연. 그의 유년은 두통과 어지럼증으로 얼룩져 있었다. 특히 증오와 갈망 등의 질척한 감정은 독이었다. 그런 감정에 감화하다 그대로 늘어져 버리는 어린것을 안고 어머니는 미친 듯이 병원을 찾아 헤매야 했다.

원인을 알 수 없는 병. 어떤 현상인지 이름 붙일 수 없는 기묘한 능력은 그의 심신을 좀먹었다. 그리고 바쁜 아버지를 대신해 고군분투하던 어머니는 지쳐 갔다. 그것이 불행의 시작이었다.

수많은 사람들. 그리고 절대 같을 수 없는 각자의 감정. 그만큼 많은 빛과 어둠, 그리고 색. 감정에 산란하는 색상. 감각기관이 느끼는 혼란……. 그러나 무엇보다 견디기 힘든 건 가까운 가족에게서 느껴지는 감정이었다. 그것을 견딜 수 없어 아버지의 곁을 떠났다. 더는 살 수가 없어서.

연주가 끝나자 우렁찬 박수 소리가 쏟아졌다. 하지만 피아노 앞에 앉은 지금은 모든 것이 희미하다. 오로지 흑과 백으로만 이루어진 세상이 그의 눈앞에 있었다.

"자, 그럼 다음 곡은 뭐로 할까?"

어느새 첼로를 들고 나타난 준영이 물었다.

"설마 나까지 하라는 건 아니겠지?"

싸늘하게 묻는 정하에게 시선을 돌리자 그의 손에 들린 바이올린이 눈에 띈다.

"조율 잘 되어 있는 거야. 오랜만인데 아무렴 어떠냐. 실수해도 봐주마."

"그럼 강윤의 '사계' 중에 Last winter로 하지."

"오, 민정하. 자신 있나 보다?"

도란도란 이어지는 말에 웃음을 터뜨린 윤이 가볍게 건반을 눌렀다. 그가 처음 작곡했던 곡이자 애초에 정하의 바이올린을 염두에 두고 만든 것이다. 그래서였을까. 뚜렷하게 검은 궤적을 그려 나가는 정하의 바이올린 연주가 이어지자 차분해진 머릿속은 오직 한 사람의 모습만을 떠올리고 있었다.

12년 전 그의 길을 제시했던 소녀, 우유민.

강윤의 빛이자 영원한 뮤즈.

'언제부터였어요? 언제부터…… 날 봤어요?'

그렇게 물어온 그녀는 무너지기 일보 직전의 모습이었다. 어떤 사람도 버티지 못할 좌절과 절망, 고통, 두려움, 상처. 그렇게 미움과 증오, 분노에 자아가 잠식당하는 순간이었다. 순식간에 빛을 잃고 어둠에 빠져드는 순간.

이대로 그녀의 빛마저 점멸하게 될까 두려웠다. 다급하게 손을 뻗어 버렸다. 이어 봇물 터지듯 밀려들 감정의 폭격을 대비했는데…….

아무것도 없었다.

차갑고 여린 그녀의 작은 손을 붙잡자 투명한 가을의 햇살처럼, 겨울의 공기처럼 시리도록 맑은 빛만이 전해져 왔다. 반짝반짝. 누구도 흉내 낼 수 없는 황홀한 빛이 그의 눈앞에서, 그녀와 함께 있었다. 그것이 너무나 행복했다.

'우리…… 친구 맞죠?'

아주 어려운 말이라도 꺼낸 듯, 그녀의 목소리가 떨려 왔다.

그 순간, 그의 심장에도 가벼운 떨림이 전해졌다.

'물론이죠.'

◈

　　사박사박. 노랗게 마른 잔디에서 옅은 햇빛 냄새가 난다. 뜰을 가로지르는 발걸음이 가볍다. 어깨를 덮는 생머리가 한가로운 주말 오후의 빛을 받으며 찰랑거렸다. 잎에 들었던 단풍도, 가을 내 풍요롭게 맺힌 열매도 서서히 말라 가는 계절이었다. 검은 비닐봉투를 손목에 대롱대롱 매단 유민은 뛰듯이 건물 뒤의 계단을 오르고 굳게 닫힌 문 앞에서 열쇠를 꺼내 들었다.

　　─철컥.

　　이제는 익숙한 리가야의 3층. 강윤의 연습실 문을 열자 아주 오래전의 기억이 바로 어제 일처럼 생생하게 떠올랐다.

　　'받아요.'

　　머뭇거리는 그녀의 손을 붙잡은 그는 뭔가를 꺼내 그녀의 손에 쥐어 줬다.

　　'열쇠니까 잃어버리면 큰일 나요.'

　　당부하던 그가 나직하게 웃었다. 그제야 문득, 그와 손을 잡아 본 게 세 번째라는 걸 깨달았다. 세 번 만에야 알아챈 그의 온도. 그의 손바닥에서 느껴지는 녹지근한 온기에 곤두섰던 감정이 서서히 누그러졌다.

　　'방금 쳤던 곡은…… 뭐였어요?'

　　'수르 라 플라주(Sur la plage). 해변에서라는 뜻이에요.'

　　밝은 곡이었지만 희망을 전하며 내일을 노래하는 느낌은 아니었다. 산뜻한 바람처럼 가벼운 멜로디가 귓가에 감겨 왔다. 늦은 오후, 해변 위로 비치는 햇살처럼 조금은 쓸쓸한 무관심.

　그때, 그녀에게 넘치는 위로보다 필요했던 건 스스로 자신을 추스르는 동안 그저 지켜보며 기다려 줄 그 무엇. 언제가 될지 모르는 미래의 희망보다 단지, 이 순간 그녀와 함께 있어 줄 사람이었다. 그렇게 정확히 그녀가 필요로 하는 걸 짚어 낸 그는 아무 일도 없었다는 듯이 맑게 웃었다.

　'언제든지 와요. 난 여기 있을 테니까.'

　유민은 덩그러니 놓인 피아노를 바라봤다. 있어야 할 사람이 보이지 않았지만 그녀는 익숙한 듯 주방 테이블로 다가가 봉투에 든 컵라면을 꺼내 놓았다. 그러나 한참이 지나도 윤은 오지 않았다. 괜스레 피아노 건반을 눌러도 보고 휴대폰을 만지작거리며 시간을 보냈다. 그러고는 배가 고파 컵라면 하나를 해치우고 연습실을 나섰다. 입원실을 훑어보고, 다시 1층으로 내려간다. 토도독, 뛰는 발걸음이 제집인 양 자연스럽다.

　혹한이 가실 무렵부터 강윤은 다시 공원 산책을 시작했다. 펄쩍펄쩍 뛰는 고구마와 분양이 안 된 비글 한 마리를 데리고 어슬렁 동네를 돈다. 그러고는 으레 뜰이 보이는 테라스에 앉아 과자를 나눠 먹고, 영신에게 핀잔을 듣는다. 그것이 그의 봄.

　이르게 찾아온 더위는 웬만큼 더위에 강한 그녀조차 진을 쏙 뺄 정도였다. 그런 날에도 강윤은 뜰에 나와 있었다. 짙푸른 잔디밭에 물을 뿌리며 겸사겸사 고구마와 다른 개들을 씻기는 그의 모습을 종종 보곤 했다.

　그리고 늦은 가을이었다. 그를 처음 봤을 때보단 조금 이른, 늦은 가을과 겨울을 아우르는 시기.

"너 자꾸 멋대로 연습실 쪽으로 들락거릴래?"

카페가 있는 곳으로 나오자 영신이 짐짓 껄렁하게 물었다. 휘릭, 주변을 훑어본 유민은 곧장 현관 근처에 엎드린 고구마에게 다가갔다. 그 많던 녀석들은 좋은 주인을 만나 하나둘 자취를 감췄지만 고구마는 아직 남아 있었다. 가만히 고구마의 목덜미를 쓰다듬던 유민이 중얼거렸다.

"그럼 자물쇠를 하나 더 다시든가."

"달아 봤자 윤이 자식이 또 줄 거 뻔한데 뭘 돈을 들이냐?"

"어머, 유민이 왔네? 잘 왔어. 아이스크림 먹자."

때마침 문을 열고 들어서는 은영이 그녀를 보고 알은체를 한다. 하필 지금 오냐며 투덜거리던 영신이 은영에게서 받아 든 봉투를 뒤적거리더니 커다란 콘을 하나 꺼내 그녀에게 휙 던졌다.

"무슨 고3이 만날 이렇게 놀러만 다녀? 공부 안 해?"

"전 수험생 아닌데요?"

"뭐야, 대학 안 가?"

"아니요. 수시 붙었는데요?"

"아…… 재수 없어."

"원장님, 그거 농담이라고 한 거 아니죠?"

"자꾸 유민이랑 싸우지 좀 마세요. 애도 아니고 진짜."

정색하는 은영에 이어 언제 온 건지 또 한 명의 간호사 지민이 핀잔하자 영신은 투덜거리며 하드를 베어 물었다.

"왜들 나한테만 그래? 하여간 윤이 자식이 주워 온 거치고 제대로 된 물건이 없다니까. 이거 봐, 이거."

고구마의 곁으로 온 영신이 손을 뻗었다. 고구마는 심드렁하게 엎드려 거들떠도 보지 않는다. 싫어하는 기색이 역력한 고구마의 태도에 은영이 키득거리자 영신은 더욱 못마땅한 듯 눈살을 찌푸렸다.

"어쭈, 이 자식이. 서열 정리 좀 제대로 해 봐? 응? 이 건방진 노인네 같으니."

말과 동시에 영신은 고구마의 얼굴 살을 붙잡아 늘리며 으르렁거렸다.

"어우, 원장님! 고구마 좀 그만 괴롭혀요. 그러니까 싫어하잖아요!"

이젠 이골이 난 듯 고구마는 아예 눈까지 감아 버린 채 무시했고, 영신은 그게 또 못마땅해 얼굴 살을 잡고 쭉쭉 늘려 댔다. 그런 유치한 다툼이 이젠 새삼스럽지도 않아 유민은 느긋하게 아이스크림을 입에 물고 그 광경을 바라봤다. 성격이 저 지경이라도 영신은 주변 사람들에게 제법 인기가 있었다. 늘 주변 사람과 다퉈 대고 툴툴거리지만 결국은 곁을 내주고야 마는 그의 성품은 도리어 매사 친절하지만 비밀스러운 강윤과 대조적이면서도 잘 어울렸다.

"아저씨는 왜 저한테 잘해 주세요?"

물론 그의 태도에 친절함이란 말은 어울리지 않았다. 하지만 제 집처럼 들락거리는 유민을 못마땅해하면서도 한 번도 돌아가란 말은 하지 않는 건 그 나름의 친절이었다. 영신은 태연히 대답했다.

"윤이 친구잖아. 그러면 뭐 노숙자에 땅거지가 와도 쫓아내진 않지."

"……."

노숙자에 거지라니. 기분이 상해 입을 다물자 영신은 통 반응이 없는 고구마를 마지막으로 툭 건드리더니 자리에서 일어섰다. 그러고는 특유의 심술궂은 웃음기를 올린다.

"그런 절대적인 믿음이란 게 있단다. 애들은 모르는."

"지금 애 취급하시는 거예요?"

"그럼 네가 애지, 어른이냐? 작고 말라 가지고 젖비린내나 풀풀 풍기는 주제에."

울컥한 유민이 벌떡 일어나 돌아서려는 순간, 영신은 다시 말했다.

"겪어 보면 알아. 지금이야 잉여에 똥 멍청이에 로리콘 변태로만 보일지 모르겠다만……."

"원장님은 꼭 말을 하셔도 으휴……. 유민아, 신경 쓰지 마."

"누가 뭐래? 아무튼 윤이는 그게 전부가 아니야. 아무튼 그런 사람이 곁에 있는 게 얼마나 대단한지는 좀 더 커서 사회생활 해 봐야 알지."

나도 알아요.

하마터면 그렇게 이야기할 뻔했다. 그 순간, 누구보다 그를 잘 아는 것처럼 이야기하는 사람이 있다는 게 싫었다.

하지만 친구라는 이름으로 독점하기엔 그는 너무 많은 사람들에게 사랑받고 있었다. 저 자신은 고작 동물병원에나 와야 그를 만날 수 있는, 오랜 시간을 함께 지내온 영신에 비하면 아무것도 아닌 존재였다. 그의 얼굴이라도 보기 위해 카페에 죽치고 앉아 있는 여자들과 다를 바 없는.

'고작 친구인데 뭘…….'

저도 모르게 그리 생각했다가 고개를 저었다. 고작 친구라니. 무엇보다 오래 간직할 수 있는 이름이 아니었던가. 친구라면 언제 어디서건 만나도 이상하지 않다. 우정은 상대의 애정을 바라며 썩어 가는 사랑과는 다를 테니까.

—땡그랑.

그때, 작은 종소리와 함께 카페의 문이 열렸다.

"왔네."

먼저 입을 연 건 영신이었다. 언뜻 봤을 땐 몰라봤다. 그저 키가 큰 남자라고만 생각했을 뿐.

"어, 언제 왔어요?"

그런데 윤의 목소리가 들려왔다. 그제야 슈트 차림과는 조금 어울리지 않는 크림색 머플러를 발견했다.

"강윤…… 씨?"

"이런, 유민 씨 올 줄 알았으면 좀 더 일찍 오는 건데. 잠깐만요."

왠지 얼떨떨해진 유민은 눈만 휘둥그레 뜬 채 바삐 움직이는 윤을 바라봤다. 벌떡 일어나 달려드는 고구마를 보니 정말 윤이 맞긴 맞나 보다. 옷차림 탓인지 평소보다 커 보이는 키와 반듯한 어깨가 눈에 들어오자 묘하게 가슴이 일렁였다.

들고 온 상자를 소파에 내려 둔 윤은 그 옆에다 곱게 벗은 머플러를 개켜 놓았다. 이어 재킷을 벗고 넥타이를 풀어 내리더니 머리를 조금 헝클였다. 그제야 윤이 된 것 같았다.

"그런데 이 상자는 뭐냐? 너 또 설마……."

상자 곁에 선 영신이 눈살을 찌푸렸다. 어느덧 모여든 사람들

사이에서 은영이 조심스럽게 뚜껑을 연 순간,

—하악!

겁에 질린 눈을 한 새끼 고양이 한 마리가 털을 잔뜩 곤두세웠다.

"고양이다."

저도 모르게 중얼거리자 어느새 다가온 윤이 그녀의 어깨를 건드렸다. 바로 옆에 선 그는 올려다보기가 조금 불편할 만큼 크다. 내가 작은 건 아니라고. 괜스레 입술을 삐죽이던 유민이 흘겨보자 윤은 너털웃음을 짓더니 물었다.

"언제 온 거예요? 혹시 오래 기다렸어요?"

"아니, 뭐. 딱히 오래 기다린 건 아니에요. 그보다 어디 중요한 데 다녀오셨나 봐요? 그런 모습 첨 봤어요."

"하하⋯⋯. 그런가요?"

"야야, 윤아. 너 그러고 있지 말고 이 녀석 어떻게 좀 해 봐. 이 쪼그만 놈이 건방지네?"

"무슨 수의사가 그런 것도 못 잡아요?"

유민이 기막혀하며 핀잔하자 영신은 팔짱까지 끼며 고개를 저었다.

"난 저렇게 너무 작고 앙칼진 놈은 싫다고. 저런 놈이 잘 죽는단 말이야."

"어휴, 제가 잡아 볼게요."

"아니에요. 제가 할 테니까 그냥 두세요."

결국 은영이 나서려는데 윤이 가볍게 제지했다. 그러고는 다시 유민을 바라봤다. 그녀와의 시간을 뒤로 미뤄야 한다는 게 미안하고 마음에 걸리는 눈치였다. 어차피 평소에도 병원 일을 돕거나 동물을 돌보는 걸 봐 왔기에 크게 다를 바는 없는 상황임에도.

유민은 자연스럽게 고구마에게로 관심을 돌렸다. 그런 유민의 태도에 윤은 멋쩍게 웃더니 상자를 살피곤 자리에 앉았다. 그렇게 소파에 앉은 윤은 책을 읽고, 은영이 건네는 차를 마시기도 하며 시간을 보냈다. 메모지를 가지고 뭔가 끼적이기도 했다.

뭘 하려는 걸까.

눈으로 봐서 다른 건 없었다. 언제나와 같이 그의 주위는 온화한 공기로 가득하다. 누구에게나 친절하고 편안하게 곁을 제공하는 그의 태도. 어쩐지 오늘따라 조금은 마음에 들지 않는 모습…….

괜스레 입술을 삐죽이던 유민이 다시 고구마의 목덜미를 쓸어내렸다. 왜 갑자기 이런 기분이 드는 건지 알 수가 없었다.

정말이지 이상한 남자였다. 남에게 크게 관심을 주지 않는 것 같으면서도, 타인의 사정은 또 기막히게 알아내 종종 도와주는 광경을 보게 된다. 말하지 않아도 다 아는 것처럼. 마치 그 속을 읽어 내는 것처럼 상대를 배려하고 심지어 오지랖도 넓었다. 단순히 눈썰미가 좋거나, 혹은 지나치게 눈치가 빠른 타입이겠지, 싶으면서도 약삭빠른 느낌은 주지 않는 게 신기했다. 아무래도 소년처럼 해사한 저 외모 탓인지도 모르겠지만…….

성격을 완성하는 것도 결국 얼굴발이란 소린가.

"이야, 벌써 나왔네."

그렇게 한 시간쯤 지났을까. 은영의 말에 고개를 들자 어느새 상자 속에서 나온 고양이는 뭔가 메모 중인 그의 펜을 건드리며 놀고 있었다. 방해를 무릅쓰고 꿋꿋하게 버티던 그가 결국 키득거리며 손가락을 움직였다. 금세 순해진 고양이는 순순히 이끄는 대로 그의 품에 들어왔다.

"어떻게 한 거예요?"

연습실로 오자마자 묻는 것이 어지간히 신기하게 보였던 모양이다. 윤은 초롱초롱 눈을 빛내며 묻는 유민을 가만히 내려다보다 멋쩍게 웃었다.

"음, 글쎄요. 별건 아니에요. 그냥…… 기다림?"

"그래도 동물이 보통 사람한테 그리 쉽게 다가가진 않아요. 고구마가 유독 강윤 씨를 좋아하는 것도 이상하고."

좋아한다기보단 왠지 무시하는 것도 같고. 중얼중얼 덧붙이는 말에 다시 웃음을 터뜨린 윤이 제 옷으로 눈을 돌렸다. 고양이 털이 묻은 재킷과 바지는 지금으로선 어찌할 도리가 없고.

"저녁은 먹었어요?"

"아까 컵라면 먹었어요. 강윤 씨는요?"

"저는 간단히 먹고 왔어요."

"두 개 사 왔는데 하나 남았어요. 조금 있다 출출하면 드세요. 놔두고 갈 거니까. 그보다 비결이 뭐냐니깐 왜 자꾸 말을 돌려요? 말해 주기 싫은 거예요? 설마 무슨 기업 비밀?"

"하핫…… 아니에요. 그런 게 아니라, 다른 사람이랑 똑같아요. 움직여 줄 때까지 기다리고 기다리다 보면 자연스럽게 다가오거든요. 동물의…… 마음을 알 수는 없으니까."

"이상하네."

"뭐가요?"

"그리 이야기하면 꼭 남의 마음은 다 보는 것 같잖아요. 그러고 보면 강윤 씨 되게 예리하기도 하고."

뭔가를 꿰뚫어 볼 것처럼 빤히 바라보는 유민에게 그가 할 수 있는 건 그저 웃어 주는 것뿐이었다.

"피아노 쳐 줘요. 오늘은 늦었으니까 한 곡만 듣고 갈래요."

내내 재잘거리며 주변을 돌던 유민은 어느새 피아노 앞이었다.

"내가 지금 듣고 싶은 곡이 뭔지 맞춰 봐요."

"음, 어려운데요?"

"에이, 지금까진 다 맞췄으면서."

두 사람에겐 일종의 놀이였다. 결국 그런 억지에도 그녀의 옆자리에 앉고 만 윤은 가만히 그녀의 얼굴을 응시했다. 또래보다 어른스러운 눈이 그를 마주 본다. 1년 전과는 사뭇 달라진 눈매에선 제법 고혹적인 매력도 풍겼지만, 그렇기에 새삼 그녀가 얼마나 어렸는지 알 수 있을 것 같았다.

그러나 오늘은 주의 깊게 살펴 온 폭력의 흔적도, 정신적인 피폐함도 느껴지지 않았다. 단지…… 이상하게 들뜬 듯, 헤실거리는 웃음. 그 미소가 왠지 마음에 걸렸을 뿐.

그의 손가락이 움직이기 시작했다.

선택한 곡은 베토벤의 피아노 소나타 No. 17 in D minor, Op. 31, No. 2. 재즈풍 리듬이 담겨 있는 그의 편곡 버전 Tempest였다. 긴박하게 몰아치는 원곡의 분위기를 그대로 계승했지만, 잔잔하게 반복되는 강약의 리듬감 탓에 듣는 사람에게 부담이 되지 않는.

4분여의 연주가 끝나자 유민이 작게 한숨을 흘렸다. 역시나 평소와 다른 느낌에 조금 당황하며 부르려는 때였다.

"유민……."

"바보, 틀렸어요."

"……."

"나 오늘 기분 무지 좋은데."

다시 이어지는 웃음소리. 그리고 그녀가 말했다.

"나 곧 결혼하거든요."

새삼스럽진 않았다. 언제나 일은 첫걸음을 떼는 것만이 어려울 뿐.

이미 한 번 실패한 전적을 가진 아버지가 더 뻔뻔해질 건 예상했었다. 다만 계산하지 못했던 건 그 시기였다. 적어도 유리가 그런 말을 들었을 때는 24살, 대학 생활을 마쳐 갈 무렵이었다.

어쩐 일로 대학을 권하나 했던 아버지는 역시나 한 여자대학교에 원서를 넣게 했었다. 유리가 남자를 만나 가출했을 거라 믿는 아버지니 유민에겐 그런 가능성마저 차단하려는 속셈이었다. 하지만 신경 쓰지 않았다. 그저 4년이란 시간이 생겼다는 것만이 중요했으니까.

이제 성인이 될 것이다. 그러다 보면 언젠가는 방법을 찾을지도 몰라.

그것은 아주 희박했던 희망.

"그나저나, 지금 의원님 따님이 대학생이시던가요?"

"아, 아닙니다. 이제 입학할 예정이죠."

"허…… 그렇군요."

"그런데 그건 왜 물으시는지."

서재의 문틈으로 흘러나온 소리에 유민은 주춤했다. 그날 찾아 온 손님은 아버지와 뜻을 같이하는 의원 중 한 명으로, 최근 자주 출몰해 그녀를 관찰하듯 살피곤 했었다.

"하핫, 사실 따님을 몇 번 보다 보니 이상하게 욕심이 나서요. 아시다시피, 제 누님이 삼연모직의 안사람이고 누님에게 아들이 하나 있는데……."

"아아, 네. 들은 적이 있습니다만."

잠시간의 정적이 무엇을 뜻하는지 그 순간엔 몰랐다. 정적을 깬 건 아버지의 목소리였다.

"그런데…… 결혼하지, 않았던가요?"

"얼마 전에 이혼했습니다. 허허, 그것보다 일단 따님이 너무 어리셔서 허허……. 뭐, 워낙 참한 따님이라 사실 이런 자리에 넣기도 좀 그러시겠죠. 이혼남이니. 그래도 삼연모직의 유일한 후계자 아닙니까? 이렇게 의원님이랑 사돈으로 뭉칠 수 있게 되면 어떨까 했죠. 그런데 이제 고등학교 졸업하는 거라고 하니, 허헛……."

그리고 또 정적. 이해하지 못할 상황이었다. 그 순간 아버지는 고민을 하고 있었다.

"꼭 그렇지만도 않은 게…… 생각해 보니 그런 검증된 집안이 랑 연을 맺으면……."

"그렇습니다. 제 말이 그 말이에요."

이미 결론을 낸 듯한 상황에 남자의 목소리가 밝아졌다.

아버지는 순수하게 딸을 걱정하는 부모처럼 말했다.

"물론 나이 차이가 많고 우리 딸이 너무 어리긴 합니다만, 어차 피 언젠가는 보내야 할 입장 아닙니까. 딸 가진 부모의 처지로 안 심할 자리가 있다는 건……."

그날 밤, 아버지는 모처럼 인자한 미소를 보였다.

"물론 강요하진 않으마. 네 의견 존중할 테니 생각해 보거라."

물론 믿지 않는다. 그것은 이미 통보나 다름없었다. 내내 눈치 를 보며 안절부절못하던 어머니는 아버지가 사라지고 나서야 그녀 의 옆으로 다가와 미소를 지었다.

"그래, 일단은 네 생각이 중요하지. 넌 어떠니?"

물을 것도 없는 질문이란 걸 전혀 생각하지 않았던 모양이다.

어머니의 옷장을 가득 메운 고급브랜드 로원의 모체이자 대기업 인 JL의 계열사 삼연모직. 그 삼연의 하나뿐인 아들이 34살이나 먹은 이혼남이란 것쯤은 그들에게 아무런 흠이 아니었다.

"결혼 같은 거 안 하고 그냥 혼자 살면 안 되나?"

"무슨 소리니? 결혼을 안 하면 어쩌려고? 유민아, 여자의 인생 에서 결혼은 중요한 거야. 여자 혼자 세상 살기가 얼마나 힘든 줄 아니?"

"……."

"지금은 네가 어려서 잘 못 느끼는 건지도 모르겠다만, 사회에 나가 보면 알 거야. 사회적으로 한자리하고 있는 남자가 곁에 있는 게 어떤 의미인지. 여자들은 죽었다 깨나도 그렇게 못해. 수천 배의 노력을 들여도 결국은 여자니까, 그런 소리밖에 못 듣는다고. 그렇다고 아무하고나 결혼하는 것도 안 돼. 그러니 아버지는……."

미련한 것 같아도 어쩌면 어머니가 가장 영악했던 건지 모른다. 태어날 때부터 부자였고, 상류층이었던 어머니는 차라리 폭력을 견딜지언정 이혼녀라는 타이틀과 함께 사회생활을 하는 게 싫었던 건지도.

"알았어요. 생각해 볼게요."

그녀의 대답은 공허하게 빈 벽을 울렸다.

급격하게 잠이 쏟아졌다. 하지만 가슴을 압박하던 무게감도, 온몸을 짓누르던 피로감도 없었고 기분이 저조해지지도 않았다. 팽팽하게 당겨지던 뭔가가 결국엔 핑, 소리와 함께 끊어진다. 그러고 나니 이상하게 마음이 편했다.

어차피 어떤 식으로든 아버지의 도구로 쓰이리란 것쯤은 알고 있었다. 이것도 짧게 계산을 하자면 아버지와 낯모르는 어떤 남자를 두고 저울질을 하는 것뿐. 끔찍하지만 언젠간 닥칠 일. 그것이 누구가 되었든, 언제가 되었든.

다음 날, 눈을 뜬 유민은 제일 먼저 머리맡에 놓인 곰 인형을 집어 들었다. 봉제 선을 뜯어내고 솜 사이에 있던 USB메모리를 꺼냈다. 창백한 손바닥과 뚜렷하게 대비되는 까만 메모리를 한참 동안 바라봤다.

뒤집으려 마음만 먹으면 뒤집을 수는 있을지 모른다. 하지만 아버지의 반격도 만만치는 않을 것이다. 그렇게 닥쳐올 후폭풍이 어떨지는 쉽게 상상할 수 있다. 절대 쉽지 않으리란 것도 알 수 있다.

생각해 보자.

그 상황을 견뎌 내기만 한다면…… 지금보다 나아질까?

한동안 손에 든 걸 멍하니 바라보고만 있었다. 갈수록 어렵고 힘든 일들이 꼬리에 꼬리를 물며 전개되는데, 생각하는 것만으로도 벌써부터 지칠 것만 같았다. 어느 시점에서 해결이 되는 게 아니라 끝도 없는 싸움이 될 게 뻔했다. 그렇게 생각하다 어느 순간 의문이 들었다.

그렇게까지 해서 나에게 남는 게 뭘까?

왠지 더는 아무것도 떠오르지 않았다. 그리고 깨달았다. 이제 싸울 의욕도, 살아갈 의욕도 사라져 버린 지 오래라는 걸. 다시 솜 사이로 메모리를 집어넣는 유민의 얼굴엔 아무런 표정도 없었다. 영혼을 잃어버린 사람처럼 그렇게 온몸과 행동이 텅 비어 버렸다.

강윤을 찾은 것도 의미 없었다. 그냥 막연히 이 소식이나 전해야겠단 생각뿐이었고, 피아노를 쳐 달라 한 것도 다분히 충동적이었다. 뭔가에 취한 것처럼 조금은 들뜬 기분이었다.

아무렇지 않았다. 정말로.

그런데 그가 연주를 시작했을 때 가슴이 철렁했다. 저 자신도 알지 못하는 제 상태를 짚어 낸 그의 피아노. 거센 폭풍이 휩쓸고 지나간 자리처럼 아무것도 남지 않은 감정의 잔재를. 이젠 더 화를 내지도 지치지도 못하는 그녀 대신 그의 피아노가 말했다.

잃어버린 감정을 찾은 것처럼 가슴이 짓눌리고, 아팠다. 그 순간 일그러지는 얼굴을 가리려 숨을 내쉬곤 웃어 버렸다.

"바보, 틀렸어요."

다신, 들을 수 없을지도 몰라. 그 생각은 애써 지워야 했다.

◈

―삑.

작은 신호음에 그제야 정신이 조금 들어온 윤은 가볍게 숨을 내쉬고 묵직한 현관을 열었다. 인적이 없는 거실은 서늘했다. 곧바로 거실을 가로질러 조금 열려 있는 베란다의 문을 닫았다. 바깥으로 보이는 한강과 도심지의 풍경은 이미 인위적인 불빛들로 얼룩져 있었다. 깊은 밤이지만, 잠을 이룰 수 없는 건 저 자신만은 아닐지도 모른다. 독한 커피를 단숨에 들이켠 것처럼 가슴이 뛰어 댔다.

"결혼……."

멍하니 야경을 바라보던 윤이 중얼거렸다. 생전 처음 들어 보는 단어처럼 생경했다. 그럼에도 유민의 입에서 나온 그 단어에 등골이 서늘했었다. 그땐 미처 떠올리지 못했지만 본능적으로 그 단어가 품고 있는 의미를 깨달았던 거다.

그녀가…… 다른 남자의 여자가 된다.

"있을 법하지. 나름 잘사는 집에 아버지는 국회의원. 그런 집안의 여자라면 뭐, 잡벌레 꼬이느니 미리 상대 정해 놓는 거야 나름의 전략 아니겠냐. 게다가…… 우재명이라고 했던가? 걔 아버지, 소문이 영 그래. 제법 야망도 크다고 들었고."

유민이 가고 난 후, 사정을 전해 들은 영신이 한 말이었다.

"너무 어린 게 탈이다만."

그래, 그에게 그녀는 어렸다.

그래서 공원 벤치에 앉아 있던 그녀를 발견했을 때, 갑작스럽게 뛰는 심장을 억눌러야 했다. 새빨갛게 부어 있던 뺨에 향하는 손을 애써 붙들어야 했다. 그녀는 그때 겨우 열여덟이었다.

아직은 교복이 더 잘 어울리는 나이. 어른처럼 무심한 표정이 잘 어울려도, 가끔 짓는 눈웃음이 너무나 예뻐도 그녀는 아직 아이였다. 이미 어른인 제가 함부로 손대서는 안 될.

그래서 그런 감정은 아닐 거로 생각했었다. 어울리지 않아도 우정이라고 생각했었다. 그렇게 생각해야만 했다.

조금 특별하게 느껴지는 건 언제나 주위를 둘러싸고 있는 그 맑은 빛. 해바라기가 태양을 향하듯, 그저 타고난 섭리처럼. 그러니까 이 강한 끌림은 결국 제가 가진 저주받은 능력 탓일 거라고…… 그렇게…….

'나 곧 결혼하거든요.'

생각했는데…….

"그런데 애가 너무 담담하네. 그 나이에 결혼하라면 보통 기겁할 텐데. 아니면 너무 충격이라 반응을 못 하는 건가? 보니까 아버지가 보통 가부장적인 게 아닌 모양인데…… 꼭 우울증 마지막에 도리어 밝아지는 거, 그거 보는 기분이었어."

날카롭게 유민의 상태를 분석하던 영신이 흘깃 윤을 바라봤다.

"뭐, 본인은 크게 거부감이 없는지도 모르지. 어쨌거나 우리가 신경 쓸 일은 아닌 거 같다."

아니, 그건 아니었다.

'어떤 사람이에요?'

돌아가려는 유민의 등 뒤에서 물었을 때였다. 멈칫하던 그녀가 조금 틈을 두고 뒤를 돌아봤다. 언제나처럼 무표정한 얼굴로 아무렇지 않게 말했다.

'몰라요. 이름도, 얼굴도 모르는 사람이라서.'

그녀는 어떤 일이 있어도 절대 울지 않았으니까.

'아는 건 삼연모직 아들이라는 것 정도?'

작게 내뱉으며 짓던 쓸쓸한 웃음. 도리어 즐거워 보이는 모습에서 느껴지던 이질감. 그리고 그의 손끝에서 흘러나온 Tempest에 그녀가 흔들린 감정을 숨기며 지어냈던 웃음. 이젠 그녀 스스로 인식하는 감정보다 그가 느끼는 감상이 더 정확했다. 그만큼 그녀는 균형을 잃은 지 오래였다.

이제 뭐가 되든 상관없으니 물 흐르듯이. 마저 짓뭉개져도 상관없으니 아무렇지 않게.

어차피 내일 죽든 10년 후에 죽든, 죽는 건 죽는 것. 똑같은 결과, 그로 인한 해방감.

그건 눈앞에 오직 죽음이란 단어로 가득한 우울증 환자의 유쾌함이었던 거다.

그런 모습으로 도움을 청하러 온 것이었다. 본능적으로.

"어떻게든 해야겠어."

"뭘? 뭘 어쩌게? 설마 네가 결혼이라도 해 줄 생각은 아닐 테고. 너희 그런 사이도 아니고 왜 네가 네 인생을 거기다······."

그 순간, 윤은 고개를 끄덕였다.

"그거야!"

"응. 이 미친 노인네들이 정신이 나간 거지. 내가 아무리 양심이 없어도 그렇지 그런 어린애랑 뭘 해. 나 너무 순진한 애들은 싫어해. 알잖아. 그래, 잠깐 얼굴만 봐 주고 갈 거야. 그러니까 자기는 그 방에서 꼼짝 말고 기다려. 하던 건 마저 해야지. 응?"

번드르르하게 슈트를 빼입은 남자는 옆에서 누가 듣건 말건 휴대폰을 잡고 잘도 떠들어 댔다. 약속 장소는 한 호텔의 최상층에 위치한 라운지 카페였다. 그러나 유민은 차마 들어서지 못하고 결국 입구에서 돌아서 버렸다. 그리고 잠시간 그 앞의 넓은 홀에서 바깥을 내다보며 숨을 돌릴 때였다. 그 안엔 누가 봐도 어색해 보이는 커플들이 많았다. 처음 입어 보는 어른스러운 원피스 차림의 자신도, 곧 그런 모습으로 낯선 남자와 마주 앉아 있게 될 것이다.

"이 노인네가 뭐 좋은 일이라고 행여 늦을까 봐 시간도 일찍 알려 줬다니까. 후, 약속 시간 5분이나 남았네. 이 계집애 올 거면 빨리 좀 오든가……."

내내 떠들던 남자가 문득 눈을 돌리더니 유민을 힐끗거렸다.

"잠깐만…… 아니, 아니야. 그럴 리가 없잖아. 아니라니까 그러네. 어허. 그러니까 내 생각은……."

뭐라고 하는지는 모르겠지만 쨍쨍 울리는 여자의 목소리에 대충 얼버무리던 남자가 입을 다물었다. 그제야 뭔가를 떠올린 눈치였다.

"야, 나 생각 바뀌었다. 그냥 집으로 가라."

순식간에 태도를 바꾼 남자가 이번엔 정확히 유민의 얼굴을 보고 웃었다.

그리고 그녀도 알았다. 그가 바로 오늘의 맞선 상대였다.

34살이라는 나이치고 남자는 그다지 나이 들어 보이지 않았다. 잘 봐 줘야 이십 대 후반에서 갓 서른 정도. 하지만 그런 건 중요하지 않다.

　"긴말 안 할게요. 그쪽에서 먼저 거절해 주세요."

　유민은 내내 준비했던 말을 꺼냈다. 이제 방법은 이것뿐이었다. 그러자 흥미롭다는 듯 잠시간 바라보던 남자가 툭 하니 내뱉었다.

　"당돌한 아가씨네."

　"……."

　"하긴, 요즘 애들이 다 그렇지, 뭐. 발랑 까져 가지고 어른 무서운 줄도 모르고."

　어떤 말을 들어도 상관없었다. 어차피 어떤 사람인지는 대충 들어 알고는 있었다. 그 재력으로 수많은 여자들과 놀아나는 바람둥이에 난봉꾼. 숨겨 둔 자식이 나온대도 이상할 것 없는 남자.

　절대 싫어.

　그러나 상황은 그녀가 생각할 여유를 주지 않고 흘러갔다. 그녀는 거절도, 허락도 하지 않았는데, 두 집안은 이야기가 나왔을 때부터 벌써 날이라도 잡은 양 상황을 재촉해 갔다. 오늘의 만남도 예의상 얼굴이라도 알아 두자는 것뿐이었다. 식은 그녀가 졸업을 하는 대로 올리는 것으로 거의 잠정 합의가 되었다. 이미 결혼 당사자의 감정 따위는 중요하지 않은 게 되어 버렸다.

　'하하핫……. 애비로서 이런 말은 뭐하지만, 어차피 어린 여자 싫다는 남자 없습니다. 게다가 죽도록 연애해서 결혼하나, 옛날처럼 선을 봐서 결혼하나 여자 팔자는 똑같죠.'

　큰 소리로 웃음을 터뜨리며 통화 중인 아버지의 얼굴이 구겨지게 만드는 건 어렵지 않았다. 싫다, 한마디면 될 일. 차라리 그렇게라도 해서, 아버지가 휘두른 손에 어딘가 잘못 맞아 그대로 죽어 버리기라도 했으면…….

유민은 악착같이 정신을 붙들었다.

"어차피 그쪽도 제가 마음에 들어서 나온 건 아니잖아요."

"그래, 첨엔 그랬지."

처음엔? 저도 모르게 눈썹을 찡그리자 남자가 히죽 웃었다.

"완전히 햇병아리 어린앤 줄 알았더니 괜찮네. 맘에 들어. 얼굴도 그만하면 예쁘고. 몸매는 좀 빈약하지만 뚱뚱한 거보단 낫겠지."

"……그런 품평이나 들으러 온 거 아니에요."

"아, 참. 그랬지. 애인도 아니고 와이프 될 사람인데 좀 다르게 대해야지. 그나저나 열아홉이면 설마, 결혼하고 한동안 손가락만 빨아야 한단 소린가? 그건 아니겠지?"

저도 모르게 웃었다. 기가 막힌데 그의 말이 순수하게 웃겼다.

"웃기는. 하긴, 요즘 고등학생이 처녀가 어딨어? 어리다는 거 빼곤 어른이나 똑같지. 보고 판단하겠다고 했는데 괜한 걱정을 했네. 이대로 진행해도 되겠는데?"

그렇게 마지막으로 바랐던 순간마저 끝이 났음을 깨달았다. 바보처럼 마지막까지 남자가 거절해 주길 바랐다. 그렇게 결혼 이야기가 없던 게 되면 아버지도 어쩔 수 없이 포기할 거로만 생각했다. 아무것도 하지 않는 한, 아무것도 되지 않는다는 걸 알면서…….

바닥없는 늪으로 가라앉은 듯 몸이 무거웠다. 허탈해진 마음이 붕 떠오르고 멍한 머릿속엔 그제야 주변의 소리가 들려오기 시작했다. 내내 카페에서 흘러나오던 노래는 어느덧 은은한 파도 소리로 바뀌고…… 낯익은 멜로디가 흘러나왔다.

'수르 라 플라주(Sur la plage). 해변에서라는 뜻이에요.'

—Say goodbye to all your friends. Time to leave and go home again.

그의 피아노에 맞춰 여자가 나른하게 흥얼거리듯 가사를 읊는다. 저도 모르게 곡에 집중한 순간, 눈앞의 남자가 내뱉었다.

"따분한데 더 따분한 노래나 틀고 있네. 우리 친해져 볼 겸 그만 나가서 뭐라도 좀 할까? 영화 볼래?"

—There's nothing like you and me…….

그 어떤 것도 너와 나 같을 순 없어.

그 순간, 정신이 번쩍 들었다.

'다시는 윤을 만날 수 없어.'

한 번의 이혼을 경험한 남자다. 저런 인생을 당연하다 생각하는 남자는 이제 어린 아내를 더욱 옭아매고 자신이 놀아난 만큼 그녀에게 정숙을 강요할 것이다. 상대를 우습게 아는 남자. 그저 자신의 소유물로 생각하는 남자. 그런 남자가 다른 남자인 친구를 용납할 리는 없을 테니까. 바로, 아버지처럼.

이제 그의 옆자리에 앉아 그의 피아노를 듣는 일은 없는 거다.

'윤이…… 보고 싶어.'

그리웠다. 가슴이 먹먹해 숨이 막힐 만큼. 뭔가 울컥 목을 타고 올라와 견딜 수가 없었다. 이런 결혼을 하는 것보다, 아버지의 폭행을 견디는 것보다 그를 볼 수 없다는 사실이 견딜 수가 없었다.

"유민 씨."

그때였다. 이젠 환청이 들리는 거로 생각했는데…… 누군가가 그녀의 팔을 낚아채듯 붙들었다. 흠칫 놀라며 고개를 돌리자 그곳엔…….

"당신 누군데 함부로 남의 여자한테……."

"아직은 그럴 자격 없을 텐데요."

"뭐……!"

"늦은 거 아니죠?"

단호하게 쏘아붙인 윤이 자연스럽게 그녀를 일으켰다. 급하게 뛰어온 건지 이 추운 날 상기된 얼굴로 숨을 고르며 그녀를 바라봤다.

꿈인지 생시인지 분간을 할 수 없어 유민은 멍한 얼굴로 눈을 깜빡였다.

"어째서……."

처음으로 목 놓아 울고 싶었던 날. 눈물이 떨어지기 직전에 나타난 그는 여전히 속내를 알 수 없는 미소를 보였다.

그런 얼굴로 말했다.

"돌아가요, 나랑."

❖

한 발 한 발. 내딛는 발에 감각이 없다. 눈앞에 그가 있는데도 이상하게 실감이 나지 않았다. 단정한 슈트 차림. 쭉 뻗은 등이 아주 낯설다. 당연한 듯 그녀의 가방과 코트까지 챙겨 들고, 당연한 듯 손을 잡아끄는 느낌이 낯설어서 가슴이 뛴다. 숨이 차올라 저도 모르게 발을 멈췄다.

"잠깐…… 잠깐만요."

그 순간 익숙하지 않은 구두 굽이 바닥에 미끄러졌다. 제대로 균형을 잃어 꼼짝없이 넘어질 찰나,

"괜찮아요?"

귓가에 그의 목소리가 닿았다. 질끈 감아 버린 눈을 차마 뜰 수가 없었다. 단단하지만 포근한 감촉이 몸을 감싸고 있었다.

두근두근.

내내 울렁거리던 심장이 거세게 요동쳤다. 화들짝 놀라며 그를 밀어낸 유민이 숨을 골랐다. 이건 아무것도 아닌데. 그냥 넘어진 걸 잡아 줬을 뿐인데. 왜 뛰는지 영문조차 알 수 없었다.

"여, 여긴 어떻게…… 어떻게 왔어요?"

윤은 물끄러미 그녀의 얼굴을 응시했다. 뭔가를 살피는 듯 신중하게 얼굴을 바라보더니 천천히 시선을 내렸다. 뭔가 조금 마음에 들지 않는 눈치다.

"왜 그렇게 춥게 입었어요?"

"네?"

"온몸이 차갑잖아요."

갑자기 얼굴이 확 달아올랐다.

"지, 지금 그게 중요하냐구요! 대체 어쩌려고, 이렇게 나타나면 이제 어떡……."

저도 모르게 목소리가 높아진 걸 깨닫고 입을 다물었다. 사람이란 게 이렇게나 간사하다니. 그 자리에서 끌어내 준 그에게 이젠

투정까지 부릴 셈인가.

그러나 멋대로 이 자리를 파토 낸 것도 모자라 남자가 찾으러 왔다는 소식은 순식간에 아버지에게 전해질 것이다. 오랜 시간 동안 뼛속까지 새겨진 폭력의 기억이 다시금 되살아나 피가 얼어붙는 기분이었다.

아니, 그건 아무렇지 않았다. 고통이야 지옥 같아도 그 순간이 지나면 아무것도 아니라는 걸 아니까. 하지만 강윤은…… 되뇜과 동시에 가슴이 철렁 내려앉았다. 아버지는 그를 가만두지 않을 거다. 그 악마 같은 인간은 남을 짓밟는 방법 따윈 얼마든지 알고 있을 테니까.

"걱정 마세요, 이제 괜찮으니까."

그래서 너무도 태연한 그의 태도에 결국 화를 내 버렸다.

"괜찮긴 뭐가요! 알고 있잖아요. 지금 내 상황이 비정상이라는 거. 괜찮지 않다는 거 다 알잖아요. 왜 왔어요? 대체 어떻게 알고 와선 바보처럼 웃기만 하고, 그렇게 웃는다고 달라지는 것도 아닌데. 강윤 씨가 자꾸 그러니까…… 그러니까……."

정말 괜찮을 거라고 생각하게 되잖아. 그 얼굴을 보면 자꾸 현실을 잊게 되잖아.

본심을 내뱉으려던 유민이 간신히 말을 돌렸다.

"정말…… 남의 속도 모르고."

그의 미소가 씁쓸했다. 안다. 분명 그가 잘못한 건 없고 이래선 안 된다는 것도 아는데 북받친 감정이 좀처럼 진정되질 않았다.

"미안해요."

결국 그가 먼저 사과하게 만들었다.

"그러지 마요. 이건 강윤 씨가 잘못한 게 아니라 그냥……."

"우리 결혼해요."

갑작스러운 말에 유민은 잠시 멍한 얼굴을 했다. 그의 나긋한 목소리가 천둥처럼 컸는데 그 짧고 간결한 말을 알아듣지 못했다. 무슨 말인가, 했다가 잘못 들은 거로 생각했다. 그의 얼굴이 너무 평온해서. 그런데.

"미안해요. 순서가 엉망이지만 이제 우리가 결혼하는 수밖에 다른 방법이 없어요."

분명 결혼이라고 했다. 움찔한 유민이 저도 모르게 뒤로 물러났다. 그러자 큰 걸음으로 성큼 따라붙은 윤이 그녀의 손을 잡아 올렸다.

"갑자기 이런 말 꺼내면 놀라는 거 알아요. 그런데 시간이 없었어요."

그리고 놀람으로 굳어 버린 그녀를 내려다보며 말했다.

"너무 급해서 아무것도 준비 못 했어요. 미안해요. 프러포즈를 이렇게밖에 못 해서 정말 미안해요."

처음 만났을 때처럼, 실없는 말조차 진심으로 들리게 하는 그 말투로. 정말 미안해 보이는 얼굴로…….

한참 만에야 유민은 간신히 입술을 움직였다.

"거……짓말."

"아닙니다. 내가 이런 일로 유민 씨한테 거짓말할 리가 없잖아요."

"아니, 미쳤어요. 강윤 씨는 지금 미친 거라구요. 지금 무슨 소릴 한 건지나 아세요? 싫어요, 나 때문에 이러는 거 싫어. 우린 친

군데…… 친구끼리 왜요? 이거 놔요, 나 다시 돌아갈래요. 돌아가
서 일단……."

"여기서 돌아가면요?"

손을 뿌리치려던 유민이 흠칫했다. 이대로 돌아가 아무 일도 아
니었다고, 그냥 넘어가 달라고 말할 생각이었다. 그러고 나면? 그
징그러운 남자와 나란히 식장에 들어서게 되겠지. 그리고 한집에
서, 같은 공간에서 그 남자와…….

상상만으로도 소름이 끼쳐 몸이 떨렸다. 그렇게 창백해진 유민
의 얼굴을 가만히 응시하던 윤이 차분히 입을 열었다.

"그래요. 유민 씨만 괜찮다면 그것도 상관없어요."

"……!"

"하지만 아니라는 거 알아요. 그래서 날 찾아온 거잖아요."

"아니, 그게 아니라, 난!"

"그리고 다른 사람들에겐 날 뭐라고 설명할 건데요? 친구? 현
실적으로 우리가 친구로 보일 거라 생각해요? 나이도 많은 남자랑
친구라면서 오고 가는 거, 이해해 줄 사람 아무도 없을 거예요."

"……."

"그리고 설령 이 결혼이 무효화된다 해도 같은 이야기가 또 나
오는 거 시간문제예요. 난 유민 씨가 불행해지는 거 바라지 않아
요. 어떻게 생각할진 모르겠지만, 난 절대로 유민 씨를 불행하게
만들진 않을 겁니다. 그러니까, 날 믿어 봐요."

또 덧없는 희망 하나가 조그맣게 싹을 틔우는 순간이었다. 하지
만 그 역시 비현실적인 대안인 건 마찬가지였다. 이 사람은 가장
중요한 걸 생각하지 않고 있으니까. 결혼의 조건. 생각하는 것만으

로도 비참해 눈물이 터질 것 같은 그 조건을.

"강윤 씨…… 돈 많아요?"

"웬만큼은 됩니다."

천진하게 대답하는 모습을 보니 절로 헛웃음이 터져 나왔다.

"바보! 그 사람이…… 아버지가, 날 팔아먹으려고 작정한 그 사람이 강윤 씨한테…… 고작 피아니스트한테 만족할 거 같냔 말이에요!"

결국 그렇게 아픈 소리까지 내뱉고야 말았다.

그러나 그는 그 순간에도 빙그레 웃어 보였다.

"괜찮을 거예요. 그보다 유민 씨, 배고프죠? 우리 밥 먹으러 갈래요?"

"이걸 어쩐다……."

남자는 짐짓 고민 어린 투로 입을 열었다. 하지만 이 만남을 선뜻 받아들였다는 것부터가 그의 흔들림을 증명하는 것. 윤은 묵묵히 눈앞의 남자를 바라봤다. 보지 않으려 해도 이 남자의 감정은 만만하지 않았다. 뿌연 매연이 송진처럼 시야에 덕지덕지 들러붙는 듯한 불쾌감은 소름이 끼칠 정도다. 권력을 향한 그의 신념적인 집착에 비하면 흔히 볼 수 있는 단순한 재물의 탐욕 따윈 순수해 보일 지경이었다.

"하지만 우리 유민이는 이미 지금……."

윤은 조심스럽게 끼어드는 목소리를 향해 눈을 돌렸다. 그 주인

공은 유민의 어머니, 심 여사였다. 끊임없이 남편의 눈치를 보고 있던 그녀가 흠칫하더니 입을 다물었다. 유민을 닮은 무심하고 잔잔한 눈동자의 미인이었지만, 그 행동부터 표정 하나까지 섬뜩하도록 생기가 없었다.

"허허…… 이거 참, 흠……. 고민이 돼서 큰일입니다."

"이미 연락을 받으신 걸로 알지만, 직접 찾아뵙고 인사는 드리는 것이 예의일 것 같아서 온 거니 너무 부담 갖지 마십시오."

"아니, 뭐 그런 게 문제겠습니까? 일단 당사자들의 마음이 제일 중요한 거지요."

남자는 발을 빼듯 말했지만 그 말투는 한결 누그러졌고, 어느덧 그의 입가엔 흡족해 보이는 미소마저 떠올랐다. 그리고 윤은 제작전이 성공했음을 알았다.

'무슨 일로 찾아온 건가 했더니…….'

강 회장의 미간에 살짝 주름이 졌다.

'느닷없이 아들의 결혼 이야기라. 재밌구나.'

윤은 말없이 미소를 올렸다. 빈정거리는 말투와는 달리 강 회장의 감정은 미미한 바람에 흔들리고 있었다. 갓 밀려드는 봄기운처럼 설렘 가득한 즐거움이 느껴졌다.

'그래, 그 아가씬 몇 살이고?'

그리고 조금 곤란한 질문을 했다.

'이제 열아홉입니다. 내년 2월에 졸업하고 대학 진학할 예정이구요.'

예상대로 강 회장의 얼굴이 슬쩍 굳었다. 자못 심각한 듯 눈썹을 찡그리고 턱을 쓰다듬던 강 회장은 잠시 후, 허탈하게 웃음을 터뜨렸다.

'이런, 내 아들이 도둑놈이었다니. 그럼 설마 지금까지 고등학생이랑 연애를 했다, 이거냐?'

역시나 곤란한 질문이었다. 멋쩍게 웃음을 터뜨린 윤은 차분히 입을 열었다.

'말하자면 길지만…… 저한테 아주 소중한 여자입니다.'

'그래, 뭐. 네가 그렇게까지 말한다면야 굳이 반대할 생각은 없다만…….'

'아니, 허락을 받으려고 꺼낸 말이 아닙니다. 이건 부탁이 될 수도 있고, 거래가 될 수도 있는 말입니다.'

강 회장이 웃음을 터뜨렸다. 그 눈빛엔 흥미롭다는 기색이 역력했다.

'그래, 어차피 내가 무슨 이야길 꺼낼지는 이미 알고 있겠구나.'

그날 오후, 우재명은 한 통의 전화를 받았다.

'KS그룹의…… 강 회장님이 저를 왜…….'

처음엔 놀랐고, 그다음엔 궁금했다. 재명은 수화기 너머로 들려오는 말에 귀를 곤두세웠다. 차 실장이라고 자신을 소개한 사람은 되도록 빠른 시일 내에 만났으면 한다는 강정석의 말을 전해 왔다. 고민의 시간은 길지 않았다. 다음 날, 우재명은 이른 아침부터 KS그룹 본사의 회장실에 모습을 드러냈고, 그곳에서 뜻밖의 이야기를 듣게 되었다.

'제 딸이랑…… 회장님의 아드님이요?'

'그렇습니다. 허헛…… 자식 이기는 부모 없다고 하니 어쩔 수 없지요. 다만, 우유민 양이 아직 학생이라고 들어서…… 그 부분에 대해선 조금 죄송하게 생각합니다. 나이 든 아들놈이 그런 염치 없는 짓을 하고 다니리라곤…….'

'아, 아닙니다. 그런 거야 젊은 청춘들이니 그럴 수도 있지요.'

즐거운 기색이 역력한 얼굴로 껄껄 웃는 강 회장의 앞에서 우재명은 쩔쩔맸다.

'아무튼 되도록 빠른 시일 내에 진행을 했으면 합니다. 아시다시피, 우리 아들놈은 급하다면 급한 나이고, 저 역시 이젠 뒷방으로 물러나 손주 녀석 재롱이나 보고 즐길 나이 아닙니까?'

그렇게까지 많은 나이는 아니었음에도 굳이 그런 이야기를 꺼냄은 은근한 압박이었다.

어떻게 말을 얼버무리고 나왔는지조차 기억에 없었다. 마지막까지, 그는 고민에 고민을 거듭했다. 맞선 장소에 딸을 보내 놓고도 마음 한 켠엔 강 회장의 제안을 담아 두고 있었다.

KS항공의 모태이자 고속버스, 교육, 의료복지사업에서 전자제품, 건설사까지, 대한민국의 내로라하는 회사들을 두루 거느린 KS그룹과 삼연모직은 게임조차 되지 않았다. 그럼에도 고민이 깊어지는 건 KS그룹의 정치적 성향 탓이었다. 중립노선을 취하고는 있지만 그건 표면적인 스탠스일 뿐, 조금만 눈여겨보면 어느 쪽으로 기울어 있는지는 충분히 알 수 있었다. 하필 그것이 반대쪽으로 기울어 있을 뿐이었다. 이대로 강 회장과 연을 맺는다면 그의 행보를 지적하는 사람이 많아질 것이고, 삼연과의 결합을 주선한 주 의원과의 사이도 불가피하게 벌어질 것이다. 지금껏 쌓아 온 정치적 커리어에 중대한 오점이 될지 모를 일이었다.

"이것 참……."

게다가 강윤의 방문 역시 난처하긴 마찬가지였다.

그가 이름난 피아니스트인 것도 모자라 KS그룹의 하나뿐인 아들이라는 사실도, 훤칠하게 잘생긴 남자란 사실도 막상 눈으로 접하니 이상하게 마음이 급해졌다. 깍듯한 태도로 용건을 말하던 윤은 서재를 나서며 심 여사에게도 다정히 인사를 전했다.

"이만 가 보겠습니다, 어머님."

"어머, 어머님이라니……."

"참, 온 김에 유민 씨 얼굴이라도 보고 싶은데 어디 있는지 알 수 있을까요?"

자연스럽게 나온 이야기에 문득 심 여사가 그의 눈치를 살폈다. 저도 모르게 고개를 끄덕이곤 돌아서자 등 뒤로 심 여사의 목소리가 이어졌다.

"사실…… 민망하지만, 유민인 지금 라비타 호텔에서……."

그렇게 깨닫지 못한 사이에 우재명은 이미 마음을 결정하고 있었다.

밥이나 먹자는 윤의 제안은 기가 막히다 못해 그녀의 남은 전투력마저 날려 버린 말이었다. 이 사람 진짜 미쳤구나, 하고 생각하니 푸슉, 머릿속을 메운 뭔가가 빠져나갔다. 황당해하는 유민의 얼굴을 보며 그는 웃음을 터뜨렸다.

"시간이 지나면 자연스럽게 알게 될 거니까, 일단은 마음 편하게 식사부터 하자구요."

그에게 차가 있었다는 사실에 놀랄 틈도 없었다. 빠르게 문을 연 그에게 떠밀리다시피 차에 오르고 곧 어느 한정식집에 들어가 앉을 때도 유민은 입을 꾹 다물고 있었다. 내내 그녀의 차가운 몸을 걱정하던 그는 따뜻한 온돌방을 요구했고 전복죽을 주문하더니 당연하다는 듯 옆자리에 앉았다.

"이거 왜 이래요?"

그리고 놀라며 물었다. 유민은 그의 시선이 향하는 대로 눈을 옮겼다. 처음 신어 보는 구두 탓에 뒤꿈치가 몽땅 까져 있었는데 아픈 줄도 몰랐다. 그제야 욱신거리는 통증에 유민이 눈살을 찌푸렸다.

"괜찮아요. 신경 쓰지 마세요."

"어떻게 신경을 안 써요? 잠깐 기다려요."

어디론가 사라진 윤이 다시 나타났을 땐 이미 전복죽이 식탁 위에 놓여 있었다. 그의 손에는 작은 밴드와 새 운동화 한 켤레가 들려 있었다.

유민은 눈앞에 앉은 남자를 물끄러미 바라봤다. 스타킹을 신고 있는 그녀의 다리를 보며, 걱정 반 당황스러움 반. 어쩔 줄 몰라 하는 기색이 역력한 모습을 보니 저도 모르게 웃음이 나왔다.

"바보."

"미, 미안해요. 이걸 어떻게 해야 할지……. 저기 스타킹을 벗어야 이걸 붙일 거 같은데, 아니, 내키지 않으면 안 해도 괜찮지만, 저기 그러니까……."

"잠깐 돌아앉아요. 벗을 거니까."

당황하는 윤의 반응이 재미있다. 이윽고 재빨리 돌아앉은 남자의 넓은 등을 바라보며 유민은 스르륵 스타킹을 벗어 던졌다.

"다 됐어요."

그러고는 그의 반응을 기다렸다.

그러나 윤은 서슴없이 그녀의 발목을 붙잡고 준비해 온 약을 발랐다. 조금은 심술이었는데. 당황하는 모습이 보고 싶었던 것도 같은데, 너무 담백한 그의 태도에 도리어 실망해 버렸다. 아니, 쓸데없이 부드러운 손길에 괜히 가슴만 콩닥거려서 민망해졌다. 그렇게 눈을 떨구고 있는데, 그는 태연히 조치를 하곤 마지막으로 조심스럽게 밴드를 붙였다.

"혹시 이거 나 때문이에요?"

"뭐가요?"

"아까, 너무 빨리 걸어서 그런 게 아닌가 싶어서요. 미안해요. 그땐 나도 내 정신이 아니었어요."

"왜요?"

대답은 하지 않고 미묘하게 웃어넘긴 그가 이번엔 숟가락을 집어 건넸다.

"남기지 말고 다 먹어요."

"별로 입맛이 없어요."

"그래도 먹어요. 안 그럼 내가 먹여 줄 거니까."

유민은 어쩔 수 없이 숟가락을 받아 들었다. 적당히 식은 죽을 한 입 넣자 미지근한 온기가 느껴졌다. 뜨겁지도 차갑지도 않은 적당한 온기. 이상하게 마음이 편해졌다. 아직 아무것도 해결되지 않았음에도 이상하게 아무런 걱정도 들지 않았다. 다시 죽을 떠서 입에 넣고 오물거렸다. 잔뜩 긴장했던 어깨가 느슨히 내려앉는 기분이 들었다.

"맛있어요?"

그의 질문에 유민은 고개를 끄덕였다. 그의 미소가 더욱 진해졌다.

결혼은 싫었다. 사랑이란 감정 따윈 생각해 본 적도 없었다. 언젠가 한 남자를 만나고, 그렇게 열렬하게 사랑에 빠져 결혼을 하고 아이를 낳는다는 평범한 미래는 염두에도 두지 않았다. 그러나 지금은 문득, 그런 생각이 들었다.

'그런 절대적인 믿음이란 게 있단다. 애들은 모르는.'

이 남자라면…… 괜찮을지도 몰라.

정말 평생을 함께 살아도…….

"괜찮아요."

갑자기 들려온 윤의 목소리에 잔뜩 긴장해 있던 유민은 흠칫하며 고개를 돌렸다. 어느새 옆에 선 그가 빙그레 웃어 보이더니 그녀의 손을 꼭 붙잡았다.

"정 무서우면 같이 들어갈래요?"

"미, 미쳤어요? 무섭긴 누가……. 얼른 가요. 빨리."

그녀가 정색하자 윤은 다시 웃음을 터뜨렸다.

"알았어요. 그럼 내일 또 봐요. 리가야에 있을 거예요."

그러고는 미련 없이 등을 돌렸다. 유민은 그의 얌전한 검은색 승용차가 저 멀리 사라질 때까지 그 자리에 서 있었다.

괜찮아요, 괜찮아요.

다시금 그의 목소리를 떠올리자 마법처럼 마음이 가라앉았다.

각오했던 것과 달리 모든 일은 너무나 쉽게 풀려 있었다. 어안이 벙벙할 만큼.

아버지는 그녀의 얼굴을 보며 웃음을 터뜨렸다. 지금껏 본 적이 없는 얼굴로 웃으며 여기저기 전화를 하는 그의 목소리는 끝도 없이 기고만장했다.

"어쩔 수 없지 않습니까. 그렇게 자식들이 서로 좋아 죽겠다는데 그걸 말리는 건 부모가 아니죠. 하하하하……."

항의하는 주 의원과 삼연모직의 관계자들에게도 그는 고자세를 유지했다. 그리고 그때보다 더욱 급하게 일을 진행했다. 할 수만 있다면 당장 내일이라도 결혼을 시킬 기세였다.

이 모든 상황에 대한 실체를 안 건 그날 밤이었다.

"어떻게 그런 남자랑 연애를 한 거니? 세상에…… 너무 잘생기고 멋져서 엄마도 그만 설레었잖니. 우리 딸은 정말 복도 많지."

어머니가 발그레한 얼굴로 웃음을 터뜨렸다. 그 모습을 보면서도 유민은 웃을 수가 없었다. 윤이 이미 이 집안에 발을 들였고, 부모님을 먼저 구워삶아 놓았다는 것보다 더한 진실에 대한 직후였다.

"KS그룹이라니, 어휴. 엄마 가슴이 두근거려서 도무지 진정이 안 된다. 우리 딸이 그런 집안이랑……."

대한민국 사람이라면 누구나 한 번쯤은 듣고 자랐을 그 이름. 메이저 항공사 중에서도 으뜸으로 치는 KS항공과 KS전자를 가진 대기업. 그리고 강윤······.

예상은커녕 상상조차 하지 못했던 조합에 갑자기 머리가 지끈거렸다. 결국 어머니가 옳았다. 사회적으로 이름난 사람의 힘 앞에 아버지는 아주 쉽게 고개를 숙였다. 그래, 결국은 그렇게······ 되는 세상의 이치였다.

시간이 어떻게 가는지조차 알 수 없었다.

지독하게 추웠던 겨울 내내 유민은 부모님의 손에 이끌려 결혼 준비를 해야 했다. 윤을 만나도 아무것도 물을 수 없었다. 아무것도 묻지 않는 그녀에게 그 역시 아무것도 설명하지 못했다. 그냥 그렇게, 거부할 수 없는 파도에 떠밀리듯, 컨베이어벨트에 실린 상품처럼 준비가 되어 가는 과정을 손 놓고 바라봤을 뿐.

그렇게 무엇으로도 벗어날 수 없는 시간이 닥쳐왔다.

끝도 없이 내리던 눈이 군데군데 얼어붙은 2월의 어느 날. 유민은 하얀 웨딩드레스를 입고 대기실에 앉아 있었다. 축하의 말을 늘어놓는 사람들, 눈물짓는 어머니. 그리고······ 아버지.

"고분고분 말 잘 듣고 오래 사랑받도록 해라. 이 애비는 그거면 된다. 알겠니?"

기쁘게 웃던 아버지가 말했다.

'하여튼 이놈이고 저놈이고, 남자라면 그저 어리고 예쁜 것들한테 사족을 못 쓰는 거지.'

그 얼굴 위로, 언젠가 어머니 앞에서 박장대소하던 모습이 겹쳐 보였다.

온몸이 차게 식는다. 유민은 굳은 얼굴로 아버지의 웃는 얼굴을 바라봤다.

'괜찮아요.'

이상했다.

다시 윤의 목소리를, 그의 온기를 떠올리는 지금은 느낌이 달랐다.

쿵— 쿵— 불안하게 뛰는 심장에선 조금의 설렘도 느낄 수가 없었다.

3화.
Dreamer

"⋯⋯유민 씨?"

나직한 부름에 유민은 천천히 눈을 들었다. 이미 열려 있는 문 너머로 보이는 풍경을 가만히 바라보고 시선을 내렸다. 라비타 호 텔의 스위트룸 앞이었다. 그제야 결혼식을 마쳤다는 게 실감이 났 다. 이제 남은 순서는⋯⋯.

"들어가요."

이미 각오한 마음과는 달리 몸은 좀체 움직이지 않았다. 결국 윤이 손을 내밀었고, 그 손을 붙잡고서야 겨우 휘청거리듯 안으로 들어섰다. 내부의 모습을 구경할 새도 없이 눈앞의 푹신해 보이는 소파에 쓰러지듯 기대앉자 그대로 빨려드는 기분이었다. 그녀의 눈꺼풀이 느른하게 감긴다. 굳은 표정조차도 유지하지 못할 만큼 지쳐 버렸다.

"이거 두 번은 못하겠네요. 왜 검은 머리 파뿌리 되도록 살라는지 알 거 같습니다."

실없는 말을 입에 올리던 그가 천천히 그녀의 앞에 다가와 앉았다. 느릿하게 눈을 깜빡이는 사이 훅 낮아진 그의 눈높이. 초점 없는 시야에 그의 얼굴이 들어왔다. 유민은 멍하니 그 얼굴을 눈에 담았다. 잘 정리해 놓은 머리카락과 고운 피부. 하지만 조금은 지쳐 보이는 얼굴……. 그런 모습으로도 싱긋 웃던 그는 무릎에 놓인 그녀의 손을 꼭 잡았다.

"고마워요, 웃어 줘서."

무슨 소리인지 물으려 했는데 목소리가 나오지 않았다. 의아한 얼굴과 조금 달싹이는 입술을 본 걸까. 너털웃음 사이로 그의 목소리가 이어졌다.

"신부가 너무 슬픈 얼굴이면 내가 나쁜 놈이 된 거 같잖아요."

"……."

"가뜩이나 여기저기서 도둑놈이라고 난리들인데."

그 순간 유민이 작게 웃었다. 새해가 지나 그는 31살. 그리고 자신은 갓 20살……. 간신히 띠동갑은 면했지만 강산이 변하고도 1년이 더 지난, 어마어마한 나이 차이긴 했다.

"지금 웃었죠?"

그 순간 잽싸게 표정을 굳힌 유민이 가볍게 눈을 흘겼다. 미미한 표정 변화도 빠짐없이 잡아낸 윤이 웃음을 터뜨렸다.

"이거 알아요? 유민 씨, 오늘 진짜 예뻤어요. 원래도 예쁘긴 했는데 오늘은 특별히 더. 음, 그런데 화장은 조금 진하고…… 지금은 지웠으면 좋겠다 싶어요."

"……알았어요. 그만해. 바보 같아요."

그제야 그의 넉살에 핀잔할 여유가 생겼다. 가볍게 숨을 내쉰 유민이 몸을 세워 앉았다.

"씻고 올게요."

"그래요. 욕실이 두 개니까 서로 씻고 나오면 빠르겠죠? 내가 거실 쪽 쓸 테니까, 유민 씨가 방에 있는 쪽 써요. 그리고 그 담엔……."

"……."

"맛있는 거 시켜 먹어요."

룸서비스 메뉴판을 든 그가 싱긋 웃었다.

긴장했던 게 허탈할 만큼 말간 미소를 본 순간, 오늘이 어떤 날이었는지 잊어버릴 지경이었다. 유민은 욕실에 들어서자마자 어깨를 덮고 있던 머리카락을 대충 뒤로 잡아 묶으며 거울을 바라봤다. 누구도 설명해 준 적 없지만, 어떤 밤이 되어야 하는지 알고 있었다. 자신이 팔려 왔음을 절실히 깨닫게 되는 순간이 곧 올 것임을. 그러니 이건 잠시간의 유예.

하지만 아직도 실감은 나지 않는다.

곱게 세팅해 치렁치렁 늘어뜨린 머리카락을 반묶음으로 땋고 그 위에 화관과 면사포를 얹었었다. 어깨가 드러나는 새하얀 드레스는 아주 예뻤지만 별 감흥이 없었고 지금은 기억도 나지 않았다. 눈앞에 있는 건 그저 검은색 니트 원피스를 입은 낯선 여자였다. 장례식에라도 온 듯 창백한 얼굴의.

유민은 조심스럽게 속눈썹을 떼어 냈다. 눈꺼풀이 조금 가벼워진 기분이 든다. 깨끗하게 화장을 지우고 젖은 얼굴을 들었다. 속눈썹에 맺힌 물기 탓일까. 거울 너머로 비치는 화사한 욕실의 풍경이 아른거렸다.

그리고 한 장면, 한 장면, 편집된 화면처럼 오늘의 일이 떠올랐다.

화려한 유리 장식 사이로 비치던 은은한 조명. 그 빛 가운데 서서 저를 기다리던 남자.

아버지의 손을 잡고 버진로드를 걸었다. 그 손을 잡고 모두의 시선이 향하는 곳으로 걸어야 했다. 아버지의 손이 날아올 때처럼, 그렇게 몸과 마음을 비워 버린 채.

'웃어요.'

그녀의 손을 건네받은 남자가 속삭였다. 웃을 수가 없었다. 그대로 눈물이 쏟아질 것 같아서. 하얀 장갑 너머로 감춰진 그의 온기가 서먹해서…….

그때였다.

'와아―.'

어디선가 웃음소리가 터져 나왔다.

'그렇게 좋나?'

'부럽다!'

'와하하핫…….'

그리고 그의 친구들이라 추측되는 사람들의 야유와 휘파람 소리. 어느새 그녀의 뺨에 닿아 있던 그의 입술. 말랑하고 부드러운 감촉이 살며시 그녀의 뺨을 건드리고 천천히 물러났다. 휘둥그레 뜬 그녀의 눈을 지그시 바라보던 그가 작게 웃으며 속삭였다.

'좋은 날이잖아요.'

정말…… 웃었을까?

기억이 되감겼다. 다시 버진로드의 끝자락에 섰다. 아버지가 웃었다. 아버지가 내민 손 위에 그녀는 천천히 손을 올렸다.

'고분고분 말 잘 듣고 오래 사랑받도록 해라. 이 애비는 그거면 된다. 알겠니?'

대기실에서 아버지는 그녀의 드러난 어깨를 토닥였다. 웅웅—귓속으로 비바람이 치고 기억은 점점 더 앞으로 가 파안대소를 하는 아버지의 얼굴을 비췄다.

'하여튼 이놈이고 저놈이고, 남자라면 그저 어리고 예쁜 것들한테 사족을 못 쓰는 거지.'

—쏴아.

다시 물을 틀었다. 손바닥에 느껴지던 아버지의 감촉을 되살리자 끔찍했다. 몸서리를 치며 씻고 또 씻었다. 그러나 아무리 씻어도 그 감촉은 여전히 남아 있었다. 도리어 손목을 타고 올라온 소름은 팔로, 어깨로…… 온몸으로 번져만 갔다.

'좋은 날이잖아요.'

좋은 날이어야 하는데. 아버지의 곁을 떠나는 아주 홀가분하고 행복한 날이어야 하는데.

자꾸 눈앞이 흐려졌다.

윤은 아직도 물기가 뚝뚝 떨어지는 머리카락을 대충 문지르며 거실로 나왔다. 행여 유민이 먼저 나와 심심하게 기다리고 있을까 봐 서둘렀지만, 괜한 걱정이었나 보다. 비어 있는 거실과 소파를 바라보던 윤이 허탈하게 웃음을 터뜨렸다.

"……여자는 오래 걸리는구나."

괜스레 멋쩍어 중얼거리곤 소파에 앉았다. 등받이에 몸을 기댄 순간 나른해졌다. 정말 극도로 피곤한 날이었다.

예식장은 크리스마스트리의 전등처럼 수많은 감정의 색과 빛으로 얼룩져 있었다. 부드럽게 흐르는 음악을 따라 시시각각 변하는 시야 속 풍경은 버겁도록 찬란했다.

그런 풍경 속에 그녀가 모습을 드러냈다.

어떤 곳에 있어도 한눈에 찾을 수 있다. 오늘의 주인공이 아니었더라도, 그토록 아름다운 드레스를 입지 않았더라도 그의 눈에는 무엇보다 먼저 보일 테니까. 볼 수밖에 없을 테니까. 언제나 가장 아름답고 황홀한 빛. 나의 빛.

그러나 그녀는 밀랍인형처럼 굳은 얼굴로 눈을 내리깔았다.

그렇게 그녀의 손을 건네받은 순간, 잠시 마주쳤던 시선에 어린 강한 불신(不信).

무슨 생각을 하고 있는 걸까. 그녀는 지금 뭘 원하는 걸까.

아무것도 알 수가 없어 괴로웠다. 그저 심하게 뒤틀린 그녀의 마음을 짐작하면서도 아무것도 할 수가 없어 안타까웠다. 어떻게 해야 하나. 손을 잡아도 느껴지지 않고, 그 얼굴을 봐도 보이지 않는 그녀의 마음은 어떻게 달래야 하나…… 그럼에도 아무것도 물을 수 없었던 윤은 그녀의 얼굴을 보며 작게 속삭였다.

'웃어요.'

그녀는 웃지 않았다. 그저 멍하니 바라봤을 뿐. 표정을 잃어버린 듯 굳은 얼굴이 애달파 그만 입을 맞춰 버렸다. 그제야 그녀는 조금 당황하며 눈을 크게 떴다. 반짝 생명이 깃든 것처럼. 입맞춤에 눈을 뜬 동화 속의 공주처럼. 그 과정이 너무 예뻤다.

'좋은 날이잖아요.'

언뜻 그녀의 입가에 웃음기가 맺혔다. 아주 희미했지만, 그를 행복하게 만들기엔 충분한.

—쿵.

갑자기 뭔가 부딪치는 소리가 났다. 거의 반사적으로 튀어 오른 윤이 욕실로 뛰어갔다.

"유민 씨!"

문을 두드렸지만 아무런 대답도 없었다. 아무런 움직임도 느껴지지 않는 균일한 물소리에 등골이 서늘해졌다. 재차 유민을 부르며 문을 두드리던 윤은 결국 문고리를 잡았다. 문은 잠겨 있지 않았다.

"유민……!"

그리고 눈앞에 보이는 모습에 윤은 잠시 굳어 버렸다.

온몸을 옹크린 유민이 욕조 안에 쓰러져 있었다. 처음 호텔 방에 왔을 때와 똑같은 검은 원피스 차림으로 하염없이 물줄기를 맞으며. 황급히 달려간 윤이 물을 잠그고 그녀를 안아 올리자 내내 찬물을 맞고 있었는지 흠뻑 젖은 몸에선 얼어붙을 듯 차가운 기운만이 올라왔다. 심장이 급격히 뛰어올랐다.

"안 돼! 유민 씨, 유민 씨!"

윤은 부스에 걸려 있던 타올을 당겨 재빨리 그녀의 몸을 감쌌다. 이 추운 계절에 흠뻑 젖도록 찬물을 맞고 있었다. 대체 얼마나 이러고 있었는지 가늠도 되지 않았다. 그녀를 안은 그의 옷자락도 차게 젖어 갔다.

"유민 씨, 제발. 눈 좀 떠 봐요. 유민 씨……."

핏기 없는 얼굴을 문지르고 건드려 봐도 그녀는 좀처럼 눈을 뜨지 못했다. 파랗게 변한 입술에서 간신히 흘러나오는 숨만이 그녀가 살아 있다는 걸 알리는 것만 같았다. 아니, 희미하게 목소리가 새어 나왔다.

"……어."

"유민 씨!"

"싫……어요, 싫어……."

"뭐가요, 뭐가 싫어요? 말해 봐요."

"아버지……."

아! 윤은 저도 모르게 숨을 멈췄다.

"하지 마…… 손대지 마세요. 싫어……."

"일단은 괜찮습니다만, 체력이 많이 떨어졌어요. 큰 스트레스를 받아서 기력을 잃은 상태예요. 한동안 푹 쉬게 두세요. 일이나 공부 중이라도 어지간하면 쉴 수 있게 해 주시고, 일어나면 뭐라도 챙겨 먹이세요."

싱긋 웃던 정 원장이 자리에서 일어났다. 윤은 그제야 한시름 놓으며 미소를 지었다.

"지금 봐서는 별 이상은 없어 보이지만, 그래도 혹시 모르니 언제 우리 병원에 한번 데려와서 정밀검사라도 받아 봐요."

"네."

"아무래도 우리 새 신부께서 예쁘게 보이려고 다이어트를 너무 하신 거 같은데, 앞으로는 절대 금지입니다. 너무 말라서 자칫 영양실조로 갈 지경이에요. 지금보다 살이 조금 붙어야 더 예쁘실 거 같다고 꼭 전해 주시구요."

"하핫, 알겠습니다."

현관까지 배웅하는 윤에게 정 원장은 마지막으로 돌아보며 말했다.

"요즘엔 두통 없지요?"

"네, 많이 좋아졌습니다."

"병이란 심리적인 것도 무시 못 합니다. 만병의 근원은 스트레스니까, 너무 참지도 말고 쌓아 두지도 마세요. 뭐, 말은 쉽지만 사실 그것도 쉬운 일은 아니긴 합니다. 허허……."

흘깃 그의 얼굴을 훑던 정 원장이 너털웃음을 터뜨렸다.

"다시 한 번 결혼, 축하합니다. 오래오래 웃으면서 살 수 있는 것이 제일 큰 행복이라지 않습니까? 우리 강윤 씨는 아주 행복하게 잘 살 것 같습니다."

"고맙습니다."

정 원장은 마지막으로 윤의 어깨를 툭툭 두드려 주곤 걸음을 옮겼다. 아버지의 친구이자 KS의료원 소속 병원 중 하나인 KS서울병원의 원장으로, 이런 자리까지 부르기엔 다소 무거운 위치에 있는 사람이었다. 하지만 어쩔 수 없었다. 결혼식 당일 신부가 쓰러졌다는 사실이 밖으로 새어 나가 봐야 좋을 일은 없었으니까. 그리고 정 원장 역시 저를 찾는 사정을 쉽게 꿰뚫고는 흔쾌히 찾아와 줬다.

방으로 돌아온 윤은 작은 의자를 끌어다 침대 옆에 놓고 앉았다. 곤히 잠이 든 유민의 얼굴엔 다행히 핏기가 돌고 있었지만 서걱거리는 심정은 달랠 길이 없었다.

오늘이 그녀에게 행복한 날은 되지 않을 거로 생각은 했지만, 현실은 그 이상이었다.

둘의 결혼은 겉으로야 두 사람의 열렬한 연애 끝에 이른 결말을 맺은 거로 알려졌지만, 그 속사정을 아는 이 역시 적지 않다. 그만큼이나 좁은 것이 정재계의 소식이다. 그리고 그 사실을 유민은 매우 잘 알고 있었을 것이다.

정략결혼을 넘어선 매매혼.

정상적인 만남이라 하더라도 정치인과 기업인의 결합, 지나치게 어린 신부와 급한 결혼이라는 키워드만으로도 뒷이야기는 무궁무진하게 만들어진다. 그러니 두 사람을 보며 짓는 웃음, 소곤거리는 목소리가 그녀에게 어떻게 보이고 들렸을지는 설명하지 않아도 알 수 있다. 그런 상황에서 그녀는 무엇보다 끔찍한 아버지의 손을 잡고, 모두의 시선을 견디며, 그렇게 저를 향해 걸어야 했다.

그래서 더 웃길 바랐다. 그래야 그녀의 비참함이 줄어들 테니까. 그렇게…… 막연하게만 생각했다.

끝끝내 그녀는 눈물을 보이지 않았다. 그 의미가 무엇인지 모르지 않는다.

이젠 차라리 그녀가 울었으면 좋겠다. 제 가슴에 얼굴을 묻고 속 시원하게 울어 버렸으면 좋겠다. 펑펑 울고, 울부짖어 쌓인 응어리라도 풀었으면……..

"하아…… 강윤, 넌 아직 멀었다."

그의 입가에서 자조 섞인 웃음이 토해졌다. 끝없이 살피고 관찰하는 건 이제 끝이다. 상처 입은 고양이를 불러들였을 때처럼, 그녀는 막연히 기다리고 기다리는 것만으론 되지 않는단 걸 확실히 알았다. 말하지 않고 보여 주지 않으면 이제, 그 벽을 깨부숴 줄 때였다. 확연히 달라진 세상을 보여 줄 때였다.

"푹 쉬어요."

이젠 내 곁에서.

한숨 자고 눈을 뜨면 다 잊어버리게. 오늘보다 내일, 내일보다 모레 더 크게 웃도록.

작게 속삭이던 윤이 그녀의 손을 꼭 붙잡았다. 부드러운 손에도 어느덧 온기가 돌아왔다. 그의 입가에 옅은 미소가 머물렀다.

잔뜩 인상을 찌푸린 유민이 주변을 둘러봤다. 이상하게, 어제의 기억이 없다. 분명 오후쯤 완전히 지쳐서 객실에 들어오긴 들어온 것 같은데…… 아침이다.

"으……."

독일식 디자인으로 자연 채광이 잘 들어온다는 라비타 호텔 객실은 소문 이상이었다. 이렇게나 환하게 햇살이 들이치는 줄은 꿈에도 몰랐다. 유민은 부스스한 눈을 비벼 가며 거실로 나갔다. 이상하게 온몸이 개운했다. 왜인지 뒤통수가 욱신거리고 왼쪽 팔 어딘가가 멍울진 것처럼 아프긴 하지만, 컨디션은 아주 괜찮았다.

마치, 모든 게 다 꿈이었던 것처럼.

"일어났어요?"

그럴 린 없겠지만.

흠칫 놀란 유민이 눈을 돌리자 막 욕실에서 나오던 윤이 싱긋 웃었다. 이상하게 혼란스러워진 유민이 눈만 깜빡이자 윤은 빤히 그녀의 얼굴을 바라보다 슬그머니 눈을 내리더니 말했다.

"그보다…… 옷은 갈아입는 게 좋겠어요."

"옷이요?"

동시에 유민이 눈을 내렸다. 흔히 보는 하얀 욕실 가운이 헐렁하게 그녀의 몸에 감겨 있었다. 대충 묶은 허리띠는 풀어지기 일보 직전이고 이미 벌어진 앞섶에선 그녀의 동그란 가슴이 반쯤…….

"꺅, 꺄악!"

비명을 지른 유민이 후다닥 가운을 여몄다. 그리고 그제야 뭔가 하나둘 떠오르기 시작했다. 지친 채 거울을 바라보던 기억. 분명 그때도 옷은 제대로 입고 있었다. 완전히 패닉 상태에 빠져 있을 때도, 제 몸을 제 마음대로 움직일 수 없었던 그때도 분명 옷을 입고 있었던 기억이…… 난다!

푸르르 떨던 유민이 눈을 부릅뜨며 물었다.

"내, 내 옷 누가 벗겼어요? 누가 갈아입혔어요?"

"그야 당연히 내가……."

"아악! 미쳤어, 미쳤어! 이 저질, 변태!"

믿고 싶지 않은 현실을 깨달은 유민이 비명을 지르며 방으로 도망쳤다.

"변태라뇨. 난 이제 남편⋯⋯."

그러나 쾅, 소리와 함께 문이 닫힌 순간 윤은 멋쩍게 머리를 긁적여야 했다. 이제야 한 걸음. 갈 길이 멀지만 어떠랴. 내일은 두 걸음, 모레는 세 걸음. 점점 더 가까이 다가오는 그녀의 모습을 기대하는 것도 나쁘진 않다. 오랜만에 듣는 그녀의 비명 소리에 왠지 즐거워진 윤은 나직하게 웃음을 터뜨렸다.

유민이 쭈뼛거리며 밖으로 나온 것은 꽤나 시간이 흘러서였다. 언제 준비해 둔 건지 화장대 위에는 곱게 개어진 새 티셔츠와 바지가 놓여 있었고, 유민은 고민 끝에 주섬주섬 그 옷을 집어 입었다. 소재가 좋은 니트와 끼지도 크지도 않게 딱 맞는 사이즈의 바지가 신기했다. 윤이 골라 왔을 것이 분명한데⋯⋯ 남의 사이즈는 또 어떻게 안 걸까.

뜬금없는 생각을 하며 힐끗거리자 소파에 앉아 태연히 신문을 보고 있던 그가 고개를 들었다.

"아, 다행이다. 잘 맞네요? 예뻐요."

"⋯⋯."

예쁘다는 말을 들어 기분이 나쁠 사람은 없겠지만, 저 사람은 너무 남발하는 경향이 있다. 게다가 방금 말은 주체도 애매했다고. 대답 없이 눈만 굴리고 있는데 그는 얌전히 신문을 접어 놓더니 일어섰다.

"배고프지 않아요? 벌써 아홉 시 넘었거든요. 빨리 밥 먹으러 가요."

어떤 기분이냐면…… 너무 아무렇지 않아서 도리어 불편해지는 기분이다. 어제 그런 일이 있었는데도 윤은 별다른 질문을 하지 않았다.

더 화를 낼 기운도 없어 멍하니, 아무 생각도 할 수 없게 되는 일이야 종종 있었지만 그렇게까지 정신을 가누지 못하고 쓰러진 적은 처음이었다. 게다가 그 일을 되살리는 지금은 짜증스럽고 불쾌하긴 하지만 몸까지 반응이 오진 않는다. 아마 너무 지쳤던 거다. 심적으로도, 체력적으로도.

덕분에 정작 걱정했던 밤도 그렇게 넘어가 버렸는데 윤은 그것에 대해 어떻게 생각하는 걸까. 묻지 않아 고마운데, 이상하게 뭔가가 마음에 걸렸다.

"빨리 나와요."

그녀와 커플로 맞춘 듯한 크림색 니트 티셔츠에 고동색 바지를 입은 그가 재촉하듯 손짓했다. 머뭇거리며 방을 나서고, 당연하다는 듯 내민 손을 붙잡았다. 그렇게 호텔의 복도를 걸어 나와 엘리베이터에 오르자 눈앞엔 마침 한 커플이 서로의 허리를 감고 다정히 대화 중이었다. 괜스레 민망해진 유민이 외면한 순간 뭔가가 그녀의 허리를 훅 당겼다.

"뭐, 뭐 하시는……."

"좀 더 붙어요. 사람 더 탈 테니까."

"알았어요. 알았으니까 이것 좀……."

"뭐요?"

"허, 허리에 손이요!"

"이게 왜요?"

정말 몰라서 묻나 싶다. 말똥말똥. 순박하기까지 한 눈동자가 그녀를 내려다보는데 이상하게 얄밉다. 하지만 더 뭐라 말을 할 수도 없는 상황이었다. 갑자기 밀려드는 사람들, 게다가 그를 알아본 몇몇 사람들이 흘깃거리기 시작했다. 대놓고 치한 취급했다간 괜한 구설수에 오를지도 몰라.

"몸은 어때요? 어젯밤……."

그런데 잔뜩 고개를 기울인 윤이 작게 속삭였다. 힉! 저도 모르게 비명을 삼킨 유민이 작게 대답했다.

"그, 그러게요. 나 그러고 보니 어제는 어떻게 된 거였어요? 전. 혀! 아무것도. 아무것도 기억에 없어요."

"그럴 수밖에 없죠. 우린 어제가 진짜 첫날밤이었는데 그렇게……."

"무, 무슨 말을 하는 거예요!"

"유민 씨가 먼저 잠들어 버리는 바람에 정말 재미 하나도 없었어요. 할 게 얼마나 많은데 어떻게 그래요?"

아, 진짜! 이 사람이 진짜!

유민이 경악하며 눈을 크게 뜨자 다시 웃음을 터뜨린 그가 은근하게 말했다.

"같이 맛있는 거 먹기로 했잖아요. 밥도 안 먹고 말 상대도 안해 주고. 그리고 오늘 뭐 할지 계획도 짜고 할 생각이었는데……. 우리 지금까지 데이트도 한 번 제대로 못 한 거 알아요? 매일 병원에서만 보고."

"아……."

"그렇게 힘들었어요?"

뭐라 대답할 새도 없이 머리 위로 올라온 손이 슥슥, 그녀의 머리카락을 쓸어내렸다. 흠칫하며 목을 움츠리자 다정하게 머리를 쓰다듬던 그가 이번엔 슬쩍 그녀의 뺨을 쥐며 속삭였다.

"앞으로는 너무 힘들고 지치면 꼭 이야기해 줘요."

아무 말도 못 했다. 얼굴을 감싸는 손길이 너무 다정해서. 아니, 그보다는 그의 얼굴이 너무 가까운 곳에 있어서. 조금만 가까웠으면 입술이 닿고도 남을 거리라서. 장난을 치는 거려니 생각했던 마음도 쑥 들어가 버렸다. 그러고 보면 원래도 지나치게 숨김이 없어 도리어 오해를 사는 남자였잖아. 허둥지둥 고개만 끄덕이는 유민을 향해 그가 맑게 웃어 보였다.

이상해. 뭔가…… 다르다.

아주 많이.

자꾸 눈이 간다. 운전 중인 모습을 본 건 이번이 두 번째. 단정하고 고운 옆 선과 턱의 라인을 힐끗거리곤 눈을 내리깔았다. 남자가 제일 멋질 때는 운전대를 잡고 있을 때라더니 저 잘생긴 남자도 마찬가지인 모양이다. 뜬구름 잡는 소리나 지껄이며 바보처럼 웃던 윤이 확실한데…… 다르다. 묘하게 진지해 보이는 눈빛이라 그런 건가. 아, 그러고 보면 피아노를 앞에 둘 때의 모습도 지금과 비슷했던 것 같다. 그러니 어떤 남자든 자기 할 일에 열중하는 건 멋진 건지도…….

그렇게 이해하려 해도 끊임없이 덮쳐 오는 낯섦. 뭔가 확연하게 다른데, 그 차이를 알 수 없었다.

'변태라뇨. 난 이제 남편…….'

천연덕스럽게 항의하던 목소리를 떠올렸다. 남편, 남편이
라……. 입 안으로 굴려 본 단어의 느낌이 묘하다. 조금 더 어
른스럽고 농밀한 느낌. 지금의 우리와는 별 상관 없어 보이는
단어.

적당히 거리를 둔 친구로 기껏해야 손만 잡아 본 사이였다. 친
구지만 나이 차와 그의 성품 탓에 서로 존대해 왔고, 심한 장난을
쳐 본 기억도 없어 스킨십이라곤 어깨동무조차 해 본 적 없는 사
이.

그런 사이임에도 이제 부부가 되었다. 만약 어제 그 일이 없었
다면 정말 그와 한 침대에 누웠을까. 그와 얼굴을 마주 보고, 깍지
낀 손을 겹치며 서로의 입술을 맞대고…….

"무슨 생각 해요?"

"네?"

화들짝 놀라며 고개를 돌렸다. 와, 무슨 이런 생각을 다 하고
있었지? 제정신인가? 심장이 뛰는 것도 모자라 확 달아오른 얼굴
을 숨길 수가 없었는데 다행히 윤은 이쪽을 보고 있지 않았다.

"혼자서 그렇게 있으면 심심하잖아요. 무슨 생각을 그렇게 하고
있어요? 고민 있어요? 같이 고민할래요?"

아무래도 그 강윤이 맞긴 맞는 거지. 저런 사람을 상대로 무슨
생각을 한 거야. 유민은 한껏 눈살을 찌푸리며 물었다.

"그런데 지금 어디 가는 거예요?"

"집이요."

그녀의 얼굴에서 표정이 사라졌다.

그 순간 아, 하고 뭔가 떠올린 윤이 재빨리 정정했다.

"우리 집이요. 이제부터 유민 씨 집은 여기뿐이니까, 잘 기억해요."

우리 집.

그 역시 낯선 어감이었다. 그녀에게 집이란 기분 좋게 '우리집'이라고 부를 수 있는 게 아니었으니. 원래부터 그의 앞으로 되어 있던 집에 필요한 물건을 조금 더 채운 것이 두 사람의 집이되었다. 상견례를 끝낸 후, 강 회장은 혼수나 예단 같은 번거로운절차를 생략했으면 좋겠다고 했다. 안사람이 없기에 나서서 챙길사람이 없다는 것도 그 이유 중 하나였다. 그렇게까지 말을 하니유민의 부모님으로서도 기어이 해내겠다는 말을 하기가 힘들어졌다. 송구스러워하던 어머니는 그래도 집안 인테리어라도 해 줘야하지 않겠냐며 말을 전해 왔지만 윤은 그것마저도 거절했다.

그러다 보니 유민이나 그녀의 가족은 윤의 집을 본 적이 없었다. 그 위치나 규모에 대해 말이 오가기도 전에 시작된 결혼 준비로 눈코 뜰 새 없이 바빠진 탓이었다. 유민은 멍하니 차창 밖을 바라봤다. 한남대교를 건너 한 고급 주택가의 언덕길을 오르던 차는어느덧 야트막한 건물의 지하주차장에 진입했다.

"들어와요."

현관을 열고 들어선 윤이 뒤를 돌아봤지만 유민은 망설이듯 고개를 돌렸다. 오라는 대로 넙죽 들어서는 성격도 아니지만, 애초에타인의 집에 들어가 본 경험이 전무했다. 초등학교 시절 친구의생일 파티조차 가 본 기억이 없었으니까. 어찌해야 하나, 하고 아주 잠깐 생각했을 때였다.

"엄맛!"

어느새 윤의 팔이 그녀의 허벅지와 등허리를 감아 올렸다. 불쑥 높아진 눈높이에 당황하며 그의 목을 휘감은 사이, 좁은 복도를 지나 탁 트인 거실에 들어서 있었다.

"뭐, 뭐 하시는 거예요! 내, 내려놔요! 내려요, 빨리!"

"가만있어요. 집 소개하는 거니까. 일단 여기가 거실이고, 방금 복도 뒤편이 주방. 보이죠? 그리고 이쪽이 내 방이고, 여긴 욕실."

"보, 보고 있어요. 내가 알아서 볼 테니까……."

하지만 윤은 내려놓는 대신 가볍게 그녀를 더 추켜올리는 것으로 대답을 대신했다. 유민은 정신없이 손에 잡히는 옷자락을 쥐었다. 너른 등판을 가린 니트가 그녀의 손에 구겨지고 있었다. 한 번도 누군가에게 이런 식으로 안겨 본 적이 없어선지 그저 당황스러웠다. 뭔가 보이기는 하는데 뭐를 보고 있는지조차 모르겠다.

제멋대로 이곳저곳을 성큼성큼 걸으며 설명하던 윤이 그녀를 내려놓은 건 꽤 시간이 지나서였다. 아담한 방. 작은 침대와 책상으로 심플하게 꾸며 놓은 방문을 열어 보인 윤이 싱긋 웃어 보였다.

"여긴 유민 씨 방이에요."

유민은 의아한 눈으로 윤을 바라봤다. 잠시간 그녀를 내려다보는 시선에서 어떤 감정이 느껴졌다. 단순한 호의를 넘어선 그 어떤 감정……. 그만큼이나 복잡한 마음이 된 유민이 먼저 입을 열었다.

"어째서 이렇게……."

그러나 천천히 뺨을 쓰는 손길에 더 말을 잇지는 못했다.

"유민 씨에게 무리해서 아내 노릇을 시킬 생각은 없습니다."

"……."

"그건 유민 씨에게도 상처가 될 거고, 그렇게 유민 씨를 가지는 건 나 역시 별로 기쁘진 않을 거 같아요. 그래서 더 시간을 주려고 생각 중입니다."

"시간을 줘도…… 안 되면요?"

내내 생각했던 말을 내뱉은 순간, 윤의 웃음이 조금 서글프게 느껴지는 건 착각일까.

"연애해요, 지금부터."

"네?"

"순서는 엉망이지만 그렇게 해 봐요. 다른 연인들처럼 데이트도 하고, 천천히. 그렇게 더 알아보고 사귀어 보는 거예요."

"하, 하지만 난……."

"알아요. 아직 나한테 그런 감정은 없는 거. 지금 많이 혼란스러운 것도 알아요. 그러니까 유민 씨는 받아 주기만 해요. 그냥 아무것도 하지 말고 받아만 줘요. 내가 다 할 테니까."

차마 그 말에 대답을 할 수 없었다. 이럴 땐 어떤 얼굴을 해야 하는 걸까. 그걸 알 수 없어 저도 모르게 미간을 모은 채 발끝만 바라보자 어디선가 풋 하고 바람 빠지는 소리가 나더니 엉뚱한 말이 나왔다.

"유민 씨, 지금 표정 되게 귀여운 거 알아요?"

"네?"

황당해하며 고개를 든 순간 쪽, 하고 그녀의 이마를 건드리고 간 입술에 심장이 발끝까지 툭 떨어졌다.

"지금 뭐, 뭐 하시는……."

"왜요, 결혼식 때도 했었잖아요."

"그, 그땐 그때죠!"

그때는 정신이 나가 있어서 가만있었던 거라고 할 수도 없고!

그러나 대수롭지 않다는 듯 웃던 윤은 그녀의 머리카락을 슥슥 문지르며 말했다.

"그럼 슬슬 나갈 준비해야겠어요."

옷을 갈아입고 나온 윤의 눈앞에 보인 건 유민의 모습이었다. 걱정했던 것보다 활기찬 모습으로 거실 이곳저곳을 돌아다니던 유민은 어느덧 탁 트인 베란다 바깥을 보며 서 있었다. 무슨 생각을 하는 걸까. 언제나 그것이 가장 궁금했다.

'유민 씨 본가에요. 한 번은 인사드리러 가야죠.'

어딜 가느냐는 말에 나온 대답이었다. 그 순간 확연히 굳은 얼굴을 보며 윤은 다시금 결심을 되새겼다. 마침 뒤를 돌아본 유민이 툭 하니 내뱉곤 앞장섰다.

"이제 가요."

"아니에요. 유민 씨는 집에서 쉬고 저 혼자 다녀올 겁니다."

유민은 의아한 얼굴을 했다.

"네? 원래 같이 인사 드려야 하는 걸로 아는데……."

그녀가 아는 사실이 정확했지만 윤은 빙그레 웃으며 고개를 저었다.

"그거야 알지만, 오늘은 유민 씨 몸도 안 좋으니 집에서 쉬는 걸로 해요."

"하지만 이렇게 무작정……."

"걱정 마요. 사위 사랑은 장모라잖아요. 가서 선물 전해 드리고

유민 씨 몫까지 합쳐서 사위 노릇 잘하고 올 테니까 푹 쉬고 있어
요."

　그러나 유민은 여전히 안절부절못한 태도로 그의 뒤를 졸졸 따
라 나오더니 결국 현관 앞에 선 채 한참을 올려다보고 있었다. 그
눈빛이 꼭 버려진 강아지처럼 애처롭다. 저도 모르게 손을 뻗은
윤은 가볍게 그녀의 어깨를 껴안아 토닥이곤 웃었다.

　"우리 강 서방 어서 와요, 어서."
　심 여사의 목소리는 한껏 들떠 있었다. 유민이 오지 않았음에도
개의치 않는 태도였다. 놀라지 마시라고 미리 연락은 했지만 적
어도 어디가 아픈 건지, 얼마나 아픈 건지 정도는 물어보는 것이
정상일 텐데, 서재로 안내하는 동안 재잘재잘 떠드는 그녀의 입에
선 정작 유민의 안부를 묻는 말은 나오지 않았다.
　"어서 오게, 강 서방. 하하하…… 피곤하지 않은가? 이렇게 바
로 올 줄은 몰랐네만, 참, 사람이 제대로긴 제대로야. 하긴 우린
딸밖에 없으니, 사위가 아들처럼 살갑게 굴어 주면 고맙지. 이제
강 서방은 우리 집안의 아들인 거나 다름없지 않은가? 편하게 자
주 오게. 하하……."
　"어휴, 그렇게 자꾸 떠드시면 어떡해요. 강 서방, 좀 들어요."
　"하하핫, 그렇군. 모처럼 우리 심 여사가 열심히 준비한 거니
섭섭하지 않게 많이 먹게나."
　그것은 우재명의 태도도 마찬가지였다. 정성스럽게 준비한 다과
를 바라보며 윤은 쓴웃음을 지었다.
　"유민 씨는 몸이 좋지 않아서 데려오지 못했습니다."

"아, 괜찮네. 너무 신경 쓰지 말게. 사실 유민이가 큰 행사 같은 걸 앞두고 스트레스를 좀 심하게 받는 편이라네. 시간 지나면 괜찮아질 거니까."

"그래요, 유민이가 좀 그런 면이 있긴 해요. 그래도 원래 몸이 약하거나 어디 병이 있거나 하는 건 아니니까 오해는 말구요."

딸의 건강 상태에 대해 염려하는 게 아닌, 마치 상품의 하자를 따지고 나올까 무서운 상점 주인의 말과 다를 바가 없었다. 행여 반품이라도 할까 노심초사하는 그들의 마음이 보이자 윤의 웃음이 점점 잦아들었다.

'너무 말라서 자칫 영양실조로 갈 지경이에요.'

정 원장의 말이 아니라도 충분히 알 수 있었다. 흠뻑 젖은 옷을 벗기고 한 줌도 되지 않을 것 같은 몸을 봤을 때. 몸의 여기저기에 남은 오래된 흉터와 색이 빠져 가는 멍을 봤을 때는…… 그저 멍했다. 아무 일 없었다는 듯 즐겁게 웃는 두 사람의 목소리에 시야는 여전히 먹구름이 낀 것처럼 어둑하다. 그 가운데 달갑지 않은 즐거움으로 반짝 빛이 든다. 유민은 그렇게나 힘들고 괴로웠는데, 두 사람은 즐겁다. 처음으로…… 진심으로 사람이 미워졌다. 그리고 유민이 미친 듯이 그리워졌다. 당장이라도 뛰어가 안아 주고 싶을 만큼.

윤은 말없이 안주머니에 넣어 둔 봉투를 꺼내 놓았다.

"그럼 유민 씨가 걱정돼서 이만 가 봐야겠습니다. 이건 약소한 선물이니 받아 주세요."

"어, 벌써 가다니…… 식사는 다 하고 가지 그러나."

"아침을 늦게 먹어서 크게 배가 고프진 않습니다. 가서 유민 씨랑 점심 함께하겠습니다."

"뭐, 정 그렇다면 어쩔 수 없지. 아주 우리 강 서방, 유민이에게 푹 빠졌구만. 하하."

뿌듯하게 웃던 우재명이 슬그머니 봉투를 집어 들었다. 잠시 그 과정에 눈을 두었다가 일어난 윤이 두 사람을 향해 꾸벅 고개를 숙여 보였다. 그리고 돌아서는 그의 등 뒤로 우재명의 목소리가 들려왔다.

"잠깐, 이건 뭔가?"

돌아보는 윤의 입가에 냉소가 맺혔다. 재명의 얼굴에 당황이 어렸다. 그사이 봉투를 열어 본 건지 그의 손엔 항공권과 숙박권이 들려 있었다. 재명의 일정을 배려해 약 열흘가량의 지중해 연안 도시에서 휴식을 취하도록 선택한 여행권이었다.

"선물이 뭐 잘못되었습니까?"

태연히 묻는 윤을 빤히 바라보던 재명이 잠시 후, 픽 웃음을 터 뜨렸다.

"알 만한 나이에 그러는 거 재미없지 않은가, 강 서방. KS그룹 의 아들이 결혼 인사로 내놓는 선물치곤 너무 사소해서 깜짝 놀랐 네. 허헛……."

기막히게 본성을 드러내는 말이었다. 결혼 전, 다소 저자세로 보여 주던 열등감과 치욕을 만회하듯 재명은 온몸으로 저를 향한 미움을 거리낌 없이 발산하고 있었다. 그렇게 부드럽게 웃는 얼굴 로. 그래서 그가 유민의 아버지라는 사실을 잠시 잊을 수 있었다.

"글쎄요. 제가 KS그룹 회장님의 아들인 건 맞지만, 그건 그뿐, 전 피아니스트 수입으로만 살아왔습니다. 재산은 대부분 부동산이

랑 주식이라 유통할 수 있는 현금이 많진 않아서 사실 그것도 제
겐 꽤 큰 지출이었는데…….”

“허…….”

“하나뿐인 딸을 제게 주셨으니 허전하실까 준비한 건데 괜한 짓
을 했나 봅니다.”

재명의 입가에서 웃음기가 사라졌다. 윤은 싱긋 웃으며 덧붙였
다.

“아니면, 뭔가 다른 걸 원하셨습니까?”

—콰장창.

요란한 소리가 서재 안을 울렸다. 책상 위에 놓여 있던 모니터
와 액자 등이 사정없이 서재 바닥을 나뒹굴며 요란한 소리를 냈
다. 심 여사가 비명을 지르며 떨기 시작했지만 재명은 한참 동안
난동을 피우고서야 씩씩거리며 그 자리에 멈춰 섰다.

“빌어먹을—!”

완전히 한 방 먹어 버렸다.

‘꼭 뭔가 거래라도 한 것 같은 느낌이 들어서 물었습니다. 아니
라면 됐습니다.’

마지막까지 웃으며 남긴 윤의 말이 귓가에 아른거리자 다시 머
리끝까지 열이 올랐다.

“날 속였어!”

‘결혼식에 부모를 초대하는 건 그저 자식으로서의 도리일 뿐,
별 의미는 없었습니다.’

윤의 친절한 설명에 뒷골이 띵했다. 분명 강 회장이 내뱉은 말

의 뉘앙스는 그게 아니었는데 윤은 본가로 들어갈 생각조차 없는 듯했다. 황망하게 휴대폰을 꺼낸 그가 유민의 번호를 누르는 사이 윤이 물었다.

'그렇게 전화를 걸면 뭐라고 하실 겁니까? 원하는 걸 얻지 못했으니 이 결혼은 취소하겠다고 말하실 겁니까?'

그리고 주춤하는 그에게 윤은 마지막으로 내뱉었다.

'앞으로도 연락은 유민 씨가 원할 때 하겠습니다.'

"순해 빠진 얼굴 하고선 호랑이 자식은 호랑이었다 이거지."

처음부터 이런 상황을 준비해 왔음이 분명했다. 그 후, 부랴부랴 전화를 걸었던 유민의 번호는 이미 결번이었고, 그의 집은 어디에 있는지조차 알 수가 없었다. 심지어 이런 일로 강 회장을 찾아 따질 수도 없는 노릇이니 완벽하게 당해 버린 셈이다.

'제 어미 잡아먹은 자식이랍니다. 그런 놈을 대체 뭘 믿고 맡긴다는 겁니까?'

저를 찾아와 소리 지르던 주 의원의 목소리가 새삼 떠올랐다. 그러나 이미 모든 게 늦어 있었다.

재명의 입가에 묘한 웃음기가 어렸다.

윤은 괜찮다고 했지만, 순식간에 본색을 드러낼 아버지의 태도에 그의 미소 짓는 얼굴이 서서히 굳어 가는 걸 상상하긴 쉽다. 불안해지는 건 어쩔 수 없는 일.

유민은 한숨을 쉬며 방으로 들어섰다. 낯선 물건들 사이에 낯익은 물건 몇 개가 눈에 들어왔다. 언젠가 강 회장 측에서 보낸 사람을 통해 꼭 필요한 물건과 서적, 그리고 옷가지 몇 벌만 챙겨 보낸 기억이 있다. 그중에 침대 머리맡에 놓아 둔 인형을 집어 들었다. 하얀 털의 곰 인형으로, 인정에게 처음으로 받아 본 생일 선물이었다. 유민은 엉성한 바느질 선을 잠시 바라봤다.

"그래도 이 정도로 끝났잖아…… 괜찮을 거야."

타이르듯 중얼거리곤 다시 인형을 내려놓았다. 슬쩍 토닥이는 손길엔 힘이 없었다.

다시 거실로 나왔다. 40여 평의 공간은 유독 거실이 넓었고 방은 두 개뿐이었다. 누군가 자주 드나들며 살림을 한 흔적 따위도 없다. 흔히 TV가 놓이는 거실의 벽면엔 눈에 띄게 커다란 그림이 하나…… 황금빛 물결이 일렁이는 늦은 오후의 바다가 있다. 그 반대편 끝에는 작은 벽으로 복도를 만든 현관과 모델하우스처럼 깨끗한 주방이 있고, 근처엔 작은 소파가 놓여 있었다. 휑할 만큼 물건이 없지만 그 점이 마음에 들었다.

마지막으로 시선이 닿은 것은 피아노였다. 아니, 처음부터 가장 눈에 띄지만 너무 강윤스러운 물건이라 어색하지가 않았다. 한강이 내다보이는 베란다의 앞에 자리한 그랜드피아노는 묘하게 운치가 있었다. 유민은 천천히 피아노의 옆으로 다가섰다. 그의 연습실에 있던 것과 같은 거다. 언제 옮겨 온 걸까. 슬며시 손을 올려 쓸어낸 순간, 왠지 모를 온기가 가슴 속을 잔잔히 메웠다. 그만큼 애정이 깃들어 있다는 걸 안다. 피아노를 바라볼 때 윤의 표정은 보는 사람의 가슴이 두근거릴 만큼 애정이 넘치니까.

느닷없이 아버지의 말이 떠오른 것도 아마 그래서였을 것이다.

'고분고분 말 잘 듣고 오래 사랑받도록 해라.'

그 말에는 언젠가는 변할 마음이라는 게 전제되어 있다. 그 자신도 아내를 오래 사랑하지 못했으면서, 저는 어떻게 오래 사랑받으라는 말일까. 방법도 알 수 없는데.

'그래서 더 시간을 주려고 생각 중입니다.'

그리고 윤은 기다리겠다고 했다.

'그냥 아무것도 하지 말고 받아만 줘요. 내가 다 할 테니까.'

그렇게까지 해서 그가 바라는 게 뭔지도 역시 알 수는 없다.

확실한 건 그렇게 마음을 열고, 정말로 그를 사랑하게 되면 다시 그 지옥이 반복될 거란 거뿐. 어차피 사랑이란 감정은 아주 짧게 머물렀다 사라질 테니까.

'그러면 나도 엄마처럼 될까?'

왠지 조금은 어머니의 허전함을 이해할 것도 같았다. 아니, 이해할 수 없었다. 그녀가 사랑하는 남편은 눈앞에서 폭언을 내뱉고 손을 들어 그녀의 뺨을 후려쳤었다. 유민은 그 광경에 윤을 대입해 봤다.

윤이…… 저를 외면한다. 화를 낸다. 손을 들어 올린다…….

바로 고개를 저었다. 말이 안 된다. 도무지 상상도 되지 않는 장면이었다. 그렇기에, 그것이 현실이 된다면 더 버틸 수 없을 것이다.

'나라면…… 차라리 죽어 버릴 거야.'

그러니 좋아해선 안 돼. 사랑하는 건 더더욱…….

언제 잠이 들었던 걸까.

"유민 씨."

나직한 부름에 유민은 부스스 눈을 떴다. 비몽사몽 정신이 없는 눈으로 멍하니 눈앞을 바라보고 다시 눈을 깜빡였다. 뭔가 이상한 일이 벌어진 것 같다.

"여긴…… 내 방 아니에요?"

진심으로 궁금해서 물었다. 혹시, 실수로 윤의 방으로 들어간 게 아닌가 하고.

그러자 머리맡에 두 팔을 괴고 엎드려 있던 남자는 해맑게 웃으며 대답했다.

"맞아요."

"……."

"유민 씨 자는 모습이 너무 예뻐서 그냥 둘까 했는데, 오늘 할 건 해야 해서요. 어쩔 수 없이 깨웠어요."

너무 태연하고 당당해서 아, 그런가 하고 넘어갈 뻔했다.

"여긴 내 방이라구요."

"알아요."

"이렇게 마음대로 들어와도 되는 거예요? 이럴 거면 방을 나눈 의미가 없잖아요."

"서로의 방 이전에 우리 집이니까."

너무 그럴듯한 소리에 할 말을 잃은 사이 윤은 씩 웃더니 조심스럽게 유민을 당겨 안았다. 단단한 남자의 몸이 그녀의 작은 몸을 감싸고, 곧 시린 햇살처럼 아련한 향이 훅 풍겨 왔다. 목구멍이 턱, 막히는 느낌에 숨을 들이켜며 굳어 버렸다.

두근두근.

그의 가슴에서 기분 좋은 소리가 난다. 조금 빠른 듯도 하고, 차분한 것도 같은 박동이 천천히 그녀의 몸을 타고 전해진다. 그렇게 살아 있는 타인의 품 안은 알면 알수록 따뜻하고 포근했다. 잠들기 전에 했던 생각이 가물가물 떠올랐지만 어째선지 밀치기도 쉽지 않고, 그래서 그의 얼굴을 보는 것도 쉽진 않았다.

이렇게 약해지면 안 되는데…….

유민은 한참 만에야 간신히 입을 열었다.

"……답답해요."

"아, 미안해요."

그제야 윤은 느슨하게 팔을 풀었다. 유민은 움찔거리며 조금 물러났다.

"왜 그래요, 갑자기? 무슨 일 있었어요?"

"아니요. 그냥 너무 좋아서 그런가 봐요."

"……."

"유민 씨랑 이렇게 지내게 된 게 너무 좋아요."

윤은 진심으로 행복했다. 그곳에 보내지 않는다는 것만으로 이리 좋을 줄은 몰랐다. 고작 두 시간 정도 떨어져 있었을 뿐인데, 그사이에도 그의 가슴속에선 뭔가 불쑥불쑥 자라고 있었나 보다. 볼수록 애틋하고 생각할수록 애달파 어찌해야 할지 모르겠다.

그사이 다시 미간을 찌푸린 유민이 뭔가 생각하듯 고개를 갸웃거린다. 당황하거나 뭔가를 생각할 때 가지런한 눈썹의 위쪽이 보조개처럼 쏙 들어가곤 하는데, 그게 정말 너무 예뻐서 미치겠다. 감당이 안 될 만큼.

저도 모르게 입을 맞추려다 참아 낸 윤은 잽싸게 그녀를 잡아 일으켰다. 왜, 라고 묻는 듯 입을 살짝 벌린 그녀의 눈에 의아함이 가득하다. 빙그레 웃던 윤이 말했다.

"데이트 가요."

❖

시식 코너 앞에 선 윤이 진지하게 고민하다 힐끗 유민을 바라봤다.

"유민 씨는 이거 어때요? 맛있었어요?"

진지하게 묻는데, 장난감을 앞에 두고 사고 싶어 안달 난 초등학생처럼 눈이 빛나고 있다. 고개를 끄덕이자 윤은 곧바로 말을 이었다.

"그럼 이거 세 팩 살 테니까 여기 서비스로 붙은 거 하나 더 주시면 안 될까요?"

능청스럽게 웃으며 하는 말에 물건을 담던 아주머니가 웃음을 터뜨렸다.

"어우, 신랑이 아주 꾼이네. 살림 잘하겠어요. 자요."

윤의 입가가 길게 늘어졌다. 카트는 어느새 온갖 식재료와 물품들로 가득인데 그 위에 커다란 만두 세 팩이 올려졌다. 무거워서 밀지도 못할 지경이다.

"이렇게 많이 사면 누가 다 먹어요?"

"아, 그러네요?"

그제야 깨달았다는 듯 대답하는데 별로 고민하는 기색은 없다. 아니나 다를까.

"다 못 먹겠으면 도시락 싸서 놀러 가죠, 뭐."

결론도 아주 빠르다.

"그보다 유민 씨 어떡하죠?"

"뭐가요?"

"유민 씨랑 마트 오면 꼭 카트 태워 주려고 했는데…… 깜빡했어요."

고민은 아주 쓸데없는 것뿐이다. 유민은 고개를 절레절레 저었다.

"그런 건 제발 잊어 주세요. 부탁이니까."

이상한 데서 풀이 죽은 남자는 무거운 카트를 별 힘도 들이지 않고 슥슥 밀고 갔다. 천천히 그 뒤를 따르는데, 잠시 걷던 윤이 멈칫하며 주변을 돌아보더니 곧장 그녀를 바라봤다. 기분 나쁜 소리라도 들은 것처럼 미묘하게 굳은 얼굴이었다. 그런 얼굴로 잠시 뭔가를 생각하던 윤이 작게 한숨을 내쉬었다.

"하여간 유민 씨는 너무 예뻐서 큰일이네요."

"네?"

도무지 영문을 알 수 없는 소리다. 때마침 근처를 지나는 건지 웅성거리는 남자들의 목소리가 들려왔다. 흠칫 놀란 유민은 엉겁결에 윤이 있는 곳으로 한 걸음 다가붙었다. 왠지 그 순간 묘하게 웃던 윤이 한쪽 팔꿈치를 슥 들어 보였다.

"내 거라고 티 좀 내고 싶은데…… 안 될까요?"

정말 가지가지 한다. 여기서 원하는 대로 해 주지 않으면 '데이트잖아요.' 라고 울상을 지을 게 뻔하다. 떨떠름하게 잠시 바라보던 유민은 결국 그의 팔꿈치에 손을 올렸다. 그제야 그의 입가에 미소가 맺힌다.

정말 애도 아니고.

그러나 심장 어딘가가 가려운 느낌. 남은 손마저 괜스레 불편해져 슬그머니 점퍼 주머니에 넣어 버렸다. 뭔가가 잡혔다. 방금 전 새로 장만한 휴대폰이었다.

'우리 커플 휴대폰 만들어요.'

처음 집을 나서자마자 도착한 곳은 근처의 휴대폰 대리점이었다. 최신 기종의 휴대폰 앞에서 싱글벙글하던 그가 같은 기종 두 대를 고르고, 새로운 번호를 받았다. 물론 뒤의 번호는 같게. 그리고 유민은 그제야 제 휴대폰이 분실 신고가 되어 있다는 사실을 알았다.

'어떻게 된 거예요?'

조수석의 문을 열어 준 윤은 그녀가 자리에 앉자 곧바로 안전벨트를 채웠다. 그의 머리가 가슴께를 스칠 듯 낮아지자 불쑥 물은 말이었다. 조금 멈칫하며 웃어 보이던 그는 말없이 운전석으로 돌아갔다.

'미안해요.'

그러고는 불쑥 사과부터 했다.

'묻지도 않고 마음대로 일 벌였어요. 하지만 후회는 안 합니다.'

'……'

'기분 나쁘면 나쁘다고 이야기해 줘요. 사실 유민 씨 부모님께 선언하고 왔어요. 유민 씨가 가고 싶다고 하지 않는 한 거긴 다신 안 갈 거라고. 그리고 실례도 좀 저지른 거 같아요.'

'전혀 안 나빠요.'

아마, 그러리라 예상은 했었던 것 같았다. 대답이 이리 쉬운 걸 보면.

오히려 쿨한 대답에 놀란 듯 잠시 바라보던 윤이 멋쩍게 말을 이었다.

'난 유민 씨가 부모님이랑 만나지 않았으면 좋겠어요.'

그럴 수만 있다면, 영원히 그러고 싶다고 대답하고 싶었다.

'아니, 다신 마주치게 두지 않을 겁니다.'

그래서 다짐하듯 부연하는 목소리에 속이 편해졌다.

다신 만나지 않아도 돼. 이 넓은 서울 땅이면 충분히 숨을 수 있다. 물론 우연히, 어디에선가 마주칠 수는 있겠지만, 일부러 찾아가서 만나거나 하는 일은 다신 없을 것이다. 그러나 모든 걱정이 사라지는 건 아니었다.

'하지만…… 찾으러 오면요?'

그 질문을 꺼낸 순간, 떠올랐다. 이미 바뀐 전화번호. 치밀하게 분실 신고를 해 행여 그사이에 연락이 올 것마저 차단한 그가 다른 준비를 안 했을까.

'어차피 집 주소는 아무도 모릅니다. 설령 알아냈다 해도 진입은 힘들 테고, 경비실에 물으면 그런 사람 없다고만 대답할 겁니다.'

집은 4층짜리 건물로, 총 8가구밖에 없는 빌라지만, 입주민이 아니면 건물 입구는 물론 엘리베이터조차 움직일 수 없어 출입이 쉽지는 않은 곳이기에 쉽게 수긍이 갔다.

'문제는 리가야에 갈 수 있느냐인데…….'

'거긴 괜찮아요.'

유민은 가볍게 대답했다. 그 동네에서 산 것만 몇 년인데, 그런 그녀도 리가야를 발견한 건 한참 나중이었다. 본가에서 조금 멀기도 하거니와, 부모님이 다니는 길목이야 훤하고, 그들은 동물이라면 질색했다. 절대 마주칠 이유가 없었다.

'다행이네요.'

같은 생각을 떠올린 건지 윤은 더 묻지 않고 웃음 지었다.

집에 돌아왔을 땐 이미 땅거미가 어스름하게 깔릴 무렵이었다. 이미 트렁크에 짐을 실을 때 한 번 후회했던 윤은 주차장에서 엘리베이터로 이동하는 중에도 또 한 번 한숨을 내뱉어 헛웃음을 짓게 만들었다.

"하나 이리 주세요. 같이 들어요."

"괜찮아요. 그냥 이거만 들어 줘요."

푸짐한 봉투 중 하나를 들어 올리려는 유민을 재빨리 말리던 그가 작은 상자 하나를 내밀었다. 기어이 사 온 커플 컵이었다. 그뿐 아니라 커플 슬리퍼, 커플 칫솔, 커플 잠옷……. 심지어 마트에서 해맑은 얼굴로 속옷 세트까지 집어 드는 걸 봤을 땐 기겁했다. 간신히 뜯어말리자 또 시무룩해지던 얼굴을 생각하면 지금도 기가 막힌다.

게다가, 굳이 그녀를 커다란 주방 테이블 앞에 앉혀 둔 윤은 사 온 물건을 정리하며 이건 어디에 쓸 거고, 어떻게 쓸 건지 아주 신이 나서 설명하기 시작했다. 이젠 더 기도 안 막혀 물끄러미 그 모습을 바라보며 고개만 끄덕였다.

문제는 그다음이었다.

밥을 안치고 난 그가 익숙하게 된장을 꺼내 미리 받아 둔 쌀뜨물에 풀기 시작했을 땐 뭔가 충격적이었다.

"······안 어울려요."

"뭐가요?"

"아무리 봐도 파스타나 스테이크 같은 거나 만들고 있을 거 같단 말이에요."

"물론 그것도 좋아하지만 오늘은 추우니 국물 요리로."

태연히 말하던 그가 양파 하나랑 파를 꺼내 그녀 앞에 놓았다.

"자, 유민 씨도 같이 해요. 껍질 까서 예쁘게 썰어 주세요."

그리고 도마와 칼이 놓였다. 뭐라 할 새도 없이 다시 냉장고로 향한 윤이 말을 이었다.

"밑반찬도 있으니까, 간단히 찌개만 끓이고······. 아, 이 밑반찬은 아마 어제······."

─탕!

─투웅! 툭.

윤의 말이 멈췄다. 동시에 그의 시선은 제 다리 옆의 동그란 물체로 향했다. 보기 좋게 날아간 양파가 정확히 그의 다리를 맞춘 것이다. 다시 눈을 돌린 그가 유민을 바라봤다. 움푹 패여 결이 일어난 도마와 그 옆의 칼. 본인도 놀랐는지 잔뜩 힘을 준 손이 부들부들 떨리고 있었다.

"구, 굳이 이렇게 만들어 먹어야 해요? 그냥 사 먹으면 되잖아요!"

그 순간 유민은 저도 모르게 화를 내 버렸다.

"그래요. 난 이런 거 못해요. 안 해 봐서 몰라요. 이런 거나 시키려고 데려온 거면……."

자격지심이란 걸 알면서도, 울컥 올라온 감정을 추스를 수가 없었다. 요리라곤 1학년 가사실습 때 해 본 것이 전부다. 그나마도 제가 칼을 잡을 때마다 흠칫거리며 피하던 조원들의 모습만 기억할 뿐, 아무것도 몰랐다.

'오래 사랑받도록 해라.'

이 순간에도 떠오르는 건 아버지의 말이었다. 헛웃음이 나도록 할 줄 아는 게 없는데 대체 무슨 수로 사랑받으란 말인가. 사랑을 받아 본 기억도 없고, 사랑을 나누는 부부의 모습도 본 기억이 없다. 그녀가 생각하는 부부의 모습이란 부모님이 전부다. 아내란 당연하다는 듯 남편이 하라는 대로 해야 하는 인형. 그리고 버림받을까 노심초사하는 어머니의 모습. 싫어. 그렇게 되진 않을 거야. 다시 어깨가 무겁고 머리가 어지러워 눈을 감아 버렸다.

"다친 덴 없죠?"

그러나 들려온 말은 뜻밖이었다.

흠칫 놀란 유민이 고개를 들자 어느새 양파를 집어 놓은 윤이 그녀의 앞에 와 있었다. 그제야 이성이 돌아왔다.

"미안해요."

나직한 말투로 먼저 사과하던 윤은 조심스럽게 그녀의 손을 붙잡아 칼을 뺏어 들었다. 그제야 유민은 제가 칼을 힘껏 쥐고 있었다는 사실도 깨달았다. 윤은 단어를 고르듯 신중하게 말을 이었다.

"이런 걸 너무 쉽게 생각했어요. 난 절대로 유민 씨한테 그런 걸 바라고 데려온 거 아니에요."

"······."

"그냥 같이 있고 싶었어요. 내가 만든 요리를 유민 씨가 먹는 것도 좋고, 유민 씨가 물을 부어 주던 컵라면도 좋았어요. 아니, 그냥 아무것도 안 해도 이렇게 마주 앉아서 이야기할 수 있는 게 좋아요."

"······."

"중요한 건 누가 요리를 하느냐가 아니라 이 시간 동안 우리가 함께 있는 거니까."

대체 여기선 어떤 말을 해야 할까. 어째서 이런 사람 앞에서 이런 짓밖에 할 수 없는 걸까. 왜 이렇게 삐뚤어져 버린 걸까······.

가볍게 웃으며 넘길 일조차 웃을 수 없었다. 어느덧 화끈해진 눈가로 물기가 맺힌다. 절대 그의 잘못이 아닌데. 사과해야 한다는 걸 알면서도 목구멍으로 뜨거운 게 타고 올라와 도저히 입을 열 수가 없었다. 입을 여는 순간 뭔가가 울컥 쏟아져 나올 것만 같아서. 가슴을 메운 감정을 다 토해 놓고 울어 버릴 거 같아서.

하지만 여기서 울고 싶진 않았다. 우는 순간 정말 밑바닥까지 보일 테니까.

"그보다 유민 씨는 너무 말랐어요. 솔직히 말하면 요리에 취미 들이는 건 추천하고 싶어요. 그래야 살 좀 붙을 텐데······."

"훗······."

"아, 웃었다."

얼른 입술을 깨문 유민이 눈을 흘겼다. 가슴을 에던 통증이 사라지기도 전에 바보처럼 너무 솔직하게 속내를 털어놓는 저 사람을······ 대체 어떻게 생각해야 할까. 결국 화를 내지도 못하고, 울지도 못하고, 웃지도 못했다. 그렇게 어정쩡한 얼굴을 한 유민을 내려다보던 그가 싱긋 웃었다.

"일단은 먹고 시작하죠."

어느새 밥이 다 된 밥솥에서 고소한 향이 풍긴다.

왠지 그 냄새가 아주 따뜻했다.

4화.

A little closer

　설핏 잠이 깬 유민은 어슴푸레 푸른빛이 드는 창을 힐끗 보곤 다시 뒤척이며 이불을 몸에 감았다. 아직 일어날 시간은 아니니까 좀 더 자자…….

　"유민 씨!"

　는 개뿔.

　벌컥 문이 열리더니 윤이 들이닥쳤다. 아침은 아침인 모양이다.

　'내가 왜 깨워 달라고 했을까!'

　머릿속이 조금 깨어나자마자 드는 후회였다.

　저혈압인 유민은 아침이 괴롭다. 힘겹게 일어나 축축 늘어져 비몽사몽간에 하루를 시작하는 게 그녀의 일과였다. 그의 품에 반쯤 안기다시피 하며 질질 끌려 나온 유민은 주방 테이블 앞 그녀의 자리에 앉혀졌다. 눈앞에 놓인 우유 잔이 희미하다.

"빨리 마시고 준비해요."

부스스한 제 모습과는 달리 윤은 이미 꼭 맞는 운동복을 말끔하게 차려입고 있었다. 어제는 결혼 답례품을 고르기 위해 백화점을 돌아야 했고, 거기서 반쯤 강제로 선택해야 했던 커플 운동복이었다. 윤은 보란 듯 제 몫의 우유를 꿀꺽꿀꺽 마셔 댔다. 어쩐지 그 모습이 얄미워진 유민은 무거운 눈꺼풀을 몇 번 깜빡이다 툭 내뱉었다.

"우유 많이 마시면 안 돼요."

"그런 게 어딨어요? 그냥 나가면 허기질 수 있으니까 쭉 들이켜요."

이 남자는 참 이상한 데서 단호하다. 윤이 다시 우유 잔을 입술에 대자 유민이 작게 중얼거렸다.

"난 살찌면…… 가슴만 커지는데……."

"푸읍!"

"살찌라더니 우유까지 마시게 하면 난 이대로 젖소부인……."

"쿨럭쿨럭! 유, 유민……."

기침 탓인지, 아니면 다른 이유가 있는 건지. 윤이 달아오른 얼굴로 간신히 기침을 수습하는 사이 유민은 태연히 식탁 위에 턱을 괴며 물었다.

"뭘 그리 당황해요? 무슨 상상 했어요?"

"그, 그게 아니라…… 쿨럭!"

"변태."

"그런 거 아, 아닙니다. 잠깐 화장실 좀……."

윤은 벌게진 얼굴로 황급히 자리를 벗어났다.

"바보."

서른한 살의 남자가 어쩜 저러나 모르겠다. 그 나이 되도록 연애 한 번 안 해 봤을 리도 없는데……. 그래, 저 남자도 어른의 연애란 걸 했을 거다. 사랑하는 여자와 입을 맞추고, 같이 밤을 지새우며 20대의 열정도 불태웠을 거야. 왠지 별로 상상은 안 가지만 그 역시 남자니까.

'어떤 여자였을까?'

문득 궁금해졌다. 저런 남자 곁에서도 잘 어울릴 만한 여자라면 분명 예뻤겠지. 저 남자만큼 착하고 어른스러운 여자였을 거야. 어쩌면 상대를 리드할 만큼 지적이고 세련된 여자였을지도 몰라.

낯도 모르는 여자들의 조건을 떠올리는데 어쩐지 가슴 한쪽이 아릿하다. 정말로 윤은 그런 여자를 좋아하는 걸까……. 눈살을 찌푸리던 유민은 잔을 들어 우유를 한 모금 입에 넣었다. 너무 뜨겁지 않게 잘 데워진 우유의 고소한 향이 코끝에 머무른다. 그러자 묘한 의문이 들었다.

'내가 왜 이런 걸 궁금해하는 건데?'

벌써 3일이나 함께 지냈더니 바보 병이 옮은 모양이다.

"빨리 와요."

차가운 공기가 폐로 깊숙이 스며든다. 가슴속까지 시려 오는 날씨임에도 굳이 운동을 나올 건 뭐람. 유민은 저만치 앞에서 툭툭 뛰며 기다리고 있는 윤을 노려봤다. 도무지 따라잡을 수가 없다. 저 남자는 이른 아침부터 왜 이리 기운이 넘치는지 모르겠다.

"천천히 좀 가요. 못 따라가겠단 말이에요."

"유민 씨, 그렇게 뛰면 운동이 안 되잖아요."

왠지 울컥한 유민이 입술을 삐죽였다. 난 애초에 운동을 하고 싶지 않았다고!

"……잡히면 가만 안 둬요."

표정이 좋지 않다는 걸 알아챈 걸까. 싱긋 웃던 윤이 뛰는 속도를 조금 올린다. 결국 몇 걸음 뛰지도 못하고 다시 걷기 시작한 유민은 저만치 앞서 가는 뒷모습을 보며 피식 웃어 버렸다.

묘하게 느긋한 하루하루였다. 한결 편해진 마음이 어색하기도 하다. 유민은 문득 그와 함께했던 첫 저녁 식사를 떠올렸다. 어색한 분위기를 적당히 달래 가며 그녀가 밥을 다 먹도록 유도한 그는 당연하다는 듯이 욕실까지 따라 들어와 나란히 칫솔을 물었다. 그러고는 자연스럽게 손을 잡고 그녀를 피아노로 데려가 앉혔다. 늦은 시간이라는 걸 떠올리며 얼굴을 굳히는 유민에게 그는 괜찮다는 듯 웃으며 말했다.

'젊은 연예인들이 많이 사는 곳이라 어느 정도 소란스러운 건 그냥 넘어가 주거든요.'

하도 기가 막혀 저도 모르게 핀잔을 해 버렸다.

'……말도 안 돼. 요즘 층간소음 때문에 살인 나는 거 몰라요?'

'하하, 농담이에요. 방음 잘 되어 있으니까 걱정 마요.'

잠시 찌푸렸던 눈가도 그가 연주를 시작하자 서서히 풀어졌다. 이제 그의 곡은 대부분 외운 유민은 어떤 곡인지 묻지 않는다. 어떤 기분일 때, 어떤 곡을 치는지도 잘 안다.

지금 연주하는 곡의 이름은 Last winter. 원곡은 첼로와 바이올린을 합친 3중주곡으로, 폭풍처럼 휘몰아치는 바이올린의 선율을 피아노의 소리가 점차 잠식하는 구도로 표현되곤 한다. 잔잔하게 곡의 분위기를 지배하는 첼로까지 합세해 세 악기가 경쟁하듯 기량을 발휘하는 것이 포인트지만, 그가 혼자서 연주하는 피아노 버전은 조금 다르다.

밤새 내리는 함박눈처럼 묵직하지만 묘하게 부드러운 도입부가 지나면 하얀 벌판 위를 비추는 햇살처럼 반짝거리는 연주가 시작된다. 그리고 서서히 녹아들어, 얼마나 녹았는지조차 알 수 없는 새하얀 벌판에 나타난 때 이른 나비처럼, 해맑은 선율이 이어진다.

시간이 자연스럽게 흘러 혹독한 겨울의 끝을 보여 주는 것이 원곡의 느낌이라면, 그의 피아노 편곡 버전은 때 이르게 나온 나비를 위해 봄을 재촉하는 느낌이었다.

'난 이쪽이 더 좋아요.'

'뭐가요?'

'피아노로만 연주하는 거요.'

'아, 원곡도 정하가 직접 연주하는 거 들어 보면 생각이 바뀔지도 몰라요. 언제 한 번 만나서 들어 볼래요?'

'……바보.'

작게 내뱉은 말을 들었는지 그가 웃음을 터뜨렸다.

그는 그녀가 편히 마음을 풀길 바라며 이 노래를 선택했을 거다. 어쨌거나 겨울이 가면 봄은 오니까. 어차피 가만 둬도 봄은 오는데 그는 그것을 조금 더 재촉했다. 미안한 마음을 품고 있을 그녀가 편해지도록.

'그냥 됐어도 난 언젠가 강윤 씨한테 사과했을 거예요.'

'알아요.'

'그래 놓고 또 나중에 화낼지도 몰라요.'

'그래도 유민 씨는 이제 그러지 않으려고 노력할 거잖아요. 지금도 후회하고 있으니까.'

'그렇게 멋대로 남의 마음 다 안다는 것처럼 이야기하는 거 되게 미워요. 나 원래 코코아도 별로 안 좋아하는 거 알기나 해요?'

그가 웃는다. 그 고운 눈매를 응시하며, 유민은 되뇌듯 천천히 말했다.

'어차피 다 일어날 일이고 결과도 다르지 않잖아요. 하지만 그렇게 놔뒀으면…… 나는 강윤 씨에게 이런 이야길 하지 않았겠죠? 우리가 이야기를 나누는 시간도 없었을 거고, 어색한 시간도 좀 더 길었을 거고…….'

'…….'

'그래서 지금은 재촉하는 거, 싫지 않아요.'

봄을 재촉하는 건 나비를 위해서다. 겨울이 지속되어 봤자 괴로운 건 바보 같은 나비뿐. 못 이기는 척 봄을 불러 보자. 이 경직된 마음을 풀도록 유도하는 것조차 그를 위해서가 아니라 그녀 자신의 마음이 상처 입지 않도록 배려하는 거니까.

'아깐 미안했어요.'

이렇게 하는 사과도 결국 그녀 자신이 편하기 위한 사과.

'그리고 밥…… 진짜 맛있었어요. 고마워요.'

'유민 씨…….'

그럼에도 그는 꼭 선물이라도 받은 것처럼 환하게 웃는다. 이 사소한 말이 그를 기쁘게 한다는 건 정말 이상한 기분이었다.

'한 번만 안아 봐도 돼요?'

'네?'

뭐라 할 새도 없이 그의 품 안으로 끌려 들어갔다. 덩치 큰 강아지처럼 멋대로 덤비고 비벼 대는데, 싫지 않다. 왠지 고구마가 떠올라 웃어 버렸다.

'웃었어요?'

유민은 대답 대신 그의 가슴팍으로 얼굴을 숨겼다.

'숨겨도 소용없어요. 이미 다 봤으니까. 유민 씨 웃는 얼굴이 얼마나 예쁜지 알아요? 꼭 보물찾기 하는 기분이에요. 유민 씨 웃는 거 볼 때마다.'

'……'

'그러니까 앞으로는 좀 더 이렇게 웃어 줘요. 비웃음도 좋고 헛웃음도 좋으니까, 조금만 더 즐겁게, 편하게 생각하면서 웃어요.'

'……네.'

대답을 한 순간, 유민은 그를 다르게 느꼈던 이유를 깨달았다. 그는 이제 자신이 원하는 대로, 그 자리에서 지켜보던 사람이 아니었다. 당당히 뭔가를 바라고 권유하는 사람이었다. 남편이라는 이름으로.

그것 역시…… 싫지는 않았다.

점심은 강 회장의 저택을 찾기로 약속이 되어 있었다. 유민은 다소 긴장한 채 윤의 손을 잡으며 고즈넉한 정원을 걸었다. 강 회장의 저택을 찾은 건 이번이 두 번째였다. 상견례 전 인사차 처음 들렀을 땐 이런저런 용무를 가진 사람으로 집 안이 온통 북적거렸고, 평소에도 그렇다고 들은 기억이 있는데 오늘은 꽤 조용한 분위기였다.

"우리 새아기 귀찮을까 봐 아무도 오지 못하게 했다."

갑작스러운 말에 유민은 눈을 휘둥그렇게 떴다. 딱딱한 태도에서 나오는 말치곤 꽤 낯간지러운 투다. 간단하게 인사를 하고 준비한 선물을 건넸을 때는 아주 무뚝뚝한 얼굴로 '뭘 이런 걸 다 사 왔니?' 라고 해서 그만 움츠러들고 말았다. 식사를 위해 식탁 앞에 앉았을 때도, 그는 웃지 않았고 별달리 즐거운 기색도 없었다.

그런 그의 입에서 새아기라니.

강 회장은 아무렇지 않게 말을 더했다.

"인사하는 것도 고역이었을 텐데, 또 볼 필요 있겠니?"

폐백을 말하는 것이었다. 강 회장은 형제가 많았다. 대부분 KS그룹의 한 계열사를 맡거나 혹은 사회적으로도 한자리를 차지하는 사람들로, 보는 것만으로도 위압감을 자아내는 존재들이었다. 그 사람들이 앞에 앉을 때마다 유민은 도우미의 부축을 받으며 서툴게 절을 해야 했다.

'더도 덜도 말고 딱 둘만 낳아요, 아들딸 구별 말고.'

'왜, 힘닿는 데까지 낳으면 더 좋지!'

'무슨 소리예요? 그래 봤자 신부만 고생이지. 여자는 사람 많아 봐야 좋을 게 하나도 없어. 우리 형제만 봐도 그래. 경조사만 쌓이지.'

까르르 웃는 소리와 함께 쏟아지던 덕담들. 생각보다 화목한 분위기 속에서 유민은 얼떨떨한 채 식은땀을 흘렸다. 고개 숙인 그녀의 눈에 선연하게 맺히던 빨간 치마. 자수가 놓인 하얀 천의 위로 웃음소리와 함께 떨어지던 밤과 대추. 단단히 천을 맞잡은 윤이 왠지 미안한 듯 웃는다. 마지막으로 그와 마주 앉아 입술에 댔던 미지근한 술에선 아무 맛도 나지 않았다.

"그땐 저도 정말 죽는 줄 알았습니다."

"대신 절값은 많이 챙겼지."

"그거야 그렇죠."

"그럼 남는 장사인데 뭘 그러냐? 나도 해 봤음 좋겠구나."

"글쎄요. 아버지는 이제 나이가 드셔서 꽤 힘들 겁니다."

"내 아들이지만 참 염치도 없지. 새아기 보는 앞에서 나이는 거론하지 않는 게 좋을 거 같다만."

왠지 농담이라 주고받는 말 같은데 두 사람 다 농담처럼 들리지 않게 하는 묘한 재주가 있다. 저것도 유전인 걸까. 유민은 식탁으로 눈을 돌렸다. 스무 명은 족히 앉을 것 같은 넓은 식탁이 음식으로 가득이었다.

"인천댁이 오늘 아주 실력 발휘를 한 것 같으니 많이 들어요."

다시 저를 향한 말에 유민은 고개를 들었다. 기분 탓일까. 여전히 무뚝뚝한 얼굴에서 언뜻 다정함이 느껴진다.

"네…… 아버님."

잘 떨어지지 않는 입으로 작게 대답하고 젓가락을 입에 문 순간 강 회장의 눈가가 조금 움직인 것도 같았다.

"그런데 궁금한 게 있어요. 두 사람, 만난 지는 얼마나……."

"아버지, 그런 건 사생활이에요."

"너한테 안 물었다. 어차피 대답도 안 해 주는 놈이."

짐짓 심통을 부려 보는 강 회장의 태도에 유민의 입에도 작게 웃음이 배었다.

"1년하고…… 3개월 정도 된 거 같아요."

공원에서의 첫 만남을 떠올리며 천천히 대답하자 강 회장은 뭔가 생각하듯 턱을 쓰다듬었다. 그러더니 처음으로 얼굴에 미소를 담았다.

"원래 한 사람이랑 4계절을 다 겪어 보면 그 사람을 다 아는 거라고 했다. 두 사람은 충분하구만. 그 정도 연애해 봤으면 됐어."

만남이라는 말을 연애라는 말로 이해한 모양이었다. 그대로 오해하도록 두는 게 더 나을 거 같아 유민은 따로 정정하지 않았다. 그런데,

"애는 셋이면 충분해요."

"아, 아버지!"

─딸꾹!

아니, 정정을 할 걸 그랬나. 유민은 딸꾹질을 하며 잠깐 후회했다.

"어이쿠, 죽겠다."

서재로 들어서자마자 정석은 끙, 신음 소리를 내며 소파에 털썩 주저앉았다.

"술 너무 많이 드신 거 아닙니까?"

윤이 싱긋 웃으며 문을 닫았다. 매사 근엄하기만 하던 정석이 이렇듯 크게 웃으며 즐겁게 식사를 하는 모습은 본 기억이 없었다.

"아니다. 딱 다섯 잔밖에 안 마셨다. 그보다 제대로 초야조차 못 치뤘구나 싶은데. 어떠냐. 이 애비가 잘 하지 않았니?"

"아니요. 민망해서 혼났습니다."

"거놈 참, 도와줘도 말이 많구나. 이래서야 손주 녀석 얼굴 구경이나 할는지……."

나직하게 웃음을 터뜨린 윤이 그의 맞은편으로 다가와 앉았다. 정석은 물끄러미 그런 아들을 눈에 담았다.

유민이 처음 인사를 온 날. 정석은 나이답지 않게 무심한 눈빛을 대하고선 기가 막혀 저도 모르게 탄식했다. 사랑에 빠져 있는 사람 특유의 행복한 표정은커녕, 그 또래에서 볼 수 있는 발랄함조차 없는 아이였다. 그나마 고운 외모와 차분한 태도, 총명함이 엿보이는 말씨가 마음에 들었지만 그것도 그뿐. 어째서 윤이 그런 아이와 결혼을 한다는 건지 이해를 할 수 없었다.

그런데 생각이 바뀌었던 건 상견례 자리에서였다. 신이 나서 딸아이의 장점을 늘어놓는 예비 사돈의 말을 듣는 둥 마는 둥 하던 정석은 무심코 윤을 바라봤다. 하염없이 유민을 바라보는 그 시선. 그 얼굴에 절로 떠오르는 미소와 호기심. 그저 남이라면 애달픈 외사랑이구나, 하고 넘어갈 수 있는 일이라도 그게 윤이라면 있을 수 없는 일이 된다.

"새아기는…… 그게 안 보이는 거냐?"

그것은 신중하게 상대의 의중을 파악하려 애쓰는 태도였다. 눈앞으로 쏟아지는 타인의 감정이 힘겨워 제 곁을 떠난 아들이, 웃음으로 벽을 치며 모두를 외면해 온 아들이 하염없이 바라보고 또 바라볼 수 있는 사람이라면 그것밖에 없었다.

윤은 차분하게 답했다.

"네."

"그래. 그런 사람이라면 너한테 특별하긴 하구나. 지키고 싶은 것도 당연하겠지."

그 순간 윤의 미소에 왠지 모를 허전함이 깃들었다. 그 모습을 보는 정석의 입가에도 씁쓸함이 감돌았다. 어젯밤 저를 찾아온 정 원장의 말이 떠오른 것 역시 그와 무관하지 않을 것이다.

잠시간 안부와 시시콜콜한 이야기를 늘어놓던 정 원장은 뭔가 할 말이 있는 눈치였고, 결국 꽤 어렵게 말을 시작했다.

'무엇보다 문제는 몸의 상처들이었는데…… 꽤 오래전부터 그런 일을 당하고 산 것처럼 보였습니다. 그리고 아주 최근까지 반복된 것 같구요.'

'……'

'네, 가정 내 폭력입니다. 드문 일은 아니죠.'

예상하지 못한 일은 아니었다. 감정을 잃은 듯 무표정한 얼굴로 앉아 있던 아이는 제 아버지가 어깨를 두드린 순간 눈에 띄게 몸서리를 쳤다. 그 아비란 사람은 그런 딸아이의 반응마저 눈여겨보지 않고 웃음 지었다. 게다가 그의 딸은 원래 삼연모직과 연을 맺기로 되어 있었다. 그것만으로도 그 집안의 꼴이 어떨지 뻔했다. 적어도 정상적인 아버지라면 15살이나 차이 나는 이혼남과 결혼을 시킬 생각은 하지 않을 테니까.

대체, 그런 아이가 뭘 보고 자랐겠는가…….

"유민 씨는 요리를 너무 못해요. 그렇게까지 못하는 사람은 처음 봤어요."

"음?"

그런데 윤의 말은 엉뚱했다. 잠시 생각에 빠져 있던 정석이 한쪽 눈썹을 밀어 올렸다.

"양파 껍질 까다가 홈런 치는 여자 보셨어요?"

"헛, 허허헛…… 그 정도냐? 네 엄마도 요리라면 엉망인데 그 정돈 아니었다."

무심히 말을 꺼낸 정석이 아차 하며 입을 다물었다. 그런데 윤의 반응이 놀라웠다.

"풋……. 그래도 유민 씨는 배우면 잘할 겁니다. 똑같다고 생각하지 마세요."

흠칫한 정석이 윤의 얼굴을 바라봤다. 이십여 년이 되도록 두 사람 사이에서 금기시되다시피 한 이야기였다. 제 입에서 아내에 대한 이야기가 나온 것도 놀랄 일이지만, 윤이 그걸 듣고도 웃을 줄은 정말 몰랐다. 세월의 힘으로 그 응어리마저 삭이고 삭여 없앤 걸까. 아니면, 그의 품 안에 들어온 여자로 인해 아무것도 생각하지 않게 된 걸까.

"그래……. 어쩌면 이게 너한테도 조금은 좋은 일일지도 모르겠구나."

어쨌거나 아들이 그 아이를 마음에 둔 건 확실했다. 그로 인해 조금이라도 아들의 마음이 편해진다면, 상처마저 생각할 수 없을 만큼 아무것도 떠올리지 못하게 만드는 사람이라면, 상대가 어떤 사람이든 대수일까.

"맞아요. 저한텐 세상에서 가장 편한 상대예요."

금세 호의적으로 바뀐 강 회장의 감정을 읽은 윤이 싱긋 웃으며 대답했다.

"그리고 보기보다 유민 씨, 귀여운 데가 많습니다. 머리도 좋고, 생각도 깊어요. 게다가 웃기 시작하면 얼마나 예쁜데요."

"그래, 알았다. 팔불출 녀석 같으니. 그보다 이제 어쩔 셈이냐. 그 어린것을 데리고 부부 노릇하는 게 쉽지 않을 것 같다만……."

"일단은 제 곁에 두는 것으로 행복합니다."

"쯧쯧, 그래. 네가 좋다는데 어쩔 도리가 없지."

참 기막힌 조합이었다. 드러내는 방식은 다르지만, 두 사람의 상처는 가장 안온을 느껴야 할 가족에게서 받은 것이다. 그런 그들이 서로를 어떻게 받아들여 갈지 걱정되는 건 당연한 일이다.

아들의 마음은 진정 사랑일까. 그 측은한 아이는 아들을 가슴 깊이 받아들여 줄 수 있을까. 묻지 못한 걱정이 태산이고, 이미 이런 마음도 다 알아챘을 텐데 윤은 더 말이 없다.

"자, 그럼, 네 부탁은 들어줬으니, 내 부탁도 들어줘야지."

그러니 이젠 덧없는 걱정보다 두 사람에게 힘을 실어 주는 쪽이 더 나으리라.

정석은 미리 준비해 둔 수첩과 만년필을 집어 윤의 앞에 내놓았다. 그 순간 윤의 얼굴이 조금 굳었지만 정석은 내색하지 않았다. 잠시간의 괴로움은 미래를 위한 투자일 뿐.

"네가 본 게 있겠지. 그중에 걸러 낼 사람이 누군지, 적어 보거라."

―오독오독.

옆자리에 앉은 유민이 연신 한과를 입에 넣는다.

"맛있어요?"

유민은 고개를 끄덕거리더니 그제야 생각났다는 듯이 그의 입에도 하나 넣어 준다. 인천댁이 직접 만들었다며 한사코 들려 준 것이었다. 그것을 받을 때 윤은 막 주방을 들어서던 참이었다. 유민은 아주 어색한 표정이었는데, 그런 얼굴로도 고개를 꾸벅 숙이곤 '고마워요'라고 말하는 걸 잊지 않았다. 다른 짐과 함께 트렁크에 넣어도 될 걸 굳이 제 무릎에 상자를 올려놓은 그녀는 한참이나 상자를 만지작거리고 바라보고…… 그랬다.

그 모습에 왠지 가슴이 서걱거려 한동안 아무 말도 하지 못했다.

"그보다 유민 씨. 나 서재 간 사이에 뭐 했어요?"

"그냥 계속 주방에 있었어요. 인천댁 아주머니랑 파주댁 아주머니랑 수다 떨면서 그릇 치우는 것도 도와 드리고. 자꾸 하지 말라시는데, 내가 불안해서 그런 건지, 아니면 손님이라 그런 건지 잘 구별은 안 갔어요."

"하하……."

"음식이 너무 맛있다고 그랬더니 담에 또 오래요. 만드는 거 가르쳐 주신댔어요."

"그렇지 않아도 일주일에 두 번 정도는 집안일 도와주러 오실 거예요."

"정말요?"

잠시 신호가 걸린 사이 힐끗 바라본 유민은 이상하게 밝은 표정이었다.

"아, 혹시 냉장고에 있던 밑반찬들 그거⋯⋯."

"네, 맞아요. 그것도 다 이모님이 챙겨 놓으신 거예요. 우리 결혼식하고 집에 오면 먹을 거 없을까 봐."

"이모님."

연습하듯 중얼거리던 유민의 입가에 언뜻 미소가 배었다. 그 모습을 보며 윤은 다시 차를 출발시켰다.

"오늘 너무 좋았어요. 다들 너무 잘해 주셔서⋯⋯ 이런 분위기일 줄은 몰랐어요."

"걱정했어요?"

"그야, 다들 어른들이시니까⋯⋯."

유민은 말끝을 흐렸다. 모든 말을 다 내놓지 않아도 윤은 충분히 그 뜻을 이해했다. 처음 들어설 때만 해도 잔뜩 긴장한 채 그의 손을 꼭 붙들고 있던 모습이나 강 회장 앞에서 제대로 눈조차 들지 못하던 모습. 그것은 어려운 상대를 앞에 둔 불편함이 아닌, 어른을 향한 본능적인 두려움이었다. 어른. 특히 어른 남자는 그녀에게 곧 아버지를 투영하게 만들 테니까.

"아버⋯⋯님은 되게 독특하신 분 같아요."

그래서 유민의 말에 웃어 버렸다. 웃음소리에 유민이 눈썹을 찡그린다.

"기분이 좋으시다는 건지, 나쁘시다는 건지 모르겠어요. 계속 표정이 굳어 계시니까⋯⋯ 내가 뭘 잘못했나 싶은데 막상 하시는 말씀은 그게 아니시고⋯⋯. 그러다 느닷없이 웃으시니까 당황했어요."

"아버지가 원래 좀 그런 면이 있으세요. 포커페이스를 넘어서서, 상대를 혼란시키는 전법의 대가시거든요. 그런데 반쯤은 다 장난이세요. 짓궂은 면이 많아서 상대가 당황하거나 하면 더 재밌어하시거든요. 아마 오늘도 무지 기분 좋으셨을 거예요."

"아하, 유전이구나."

"네?"

"내가 보기엔 강윤 씨도 딱 그래요."

"이럴 수가, 내가 그 정도예요?"

"그 말 녹음했다가 아버님 보내 드릴까요?"

윤은 크게 웃음을 터뜨렸다. 아버님이라는 말이 그녀의 입에서 나오는 게 좋았다. 강 회장의 남다른 면은 그녀에게 일반적인 어른의 모습을 떠올리지 않게 만들었는지 모른다. 아마도 그녀가 영신을 편하게 대하는 것과 비슷한 원리일 것이다.

"잘못했습니다."

"네, 반성하세요."

어느덧 한결 가벼워진 그녀의 웃음소리가 들려왔다.

그리고 강 회장의 무거웠던 목소리가 겹쳤다.

"대충 예상은 했었다."

윤은 침묵했다. 강 회장의 주변에서 느껴지던 악의 어린 감정들이 지금도 그의 눈앞을 가로막는 것만 같았다.

"그래도 이렇게까지 많이 돌아선 줄은 몰랐구나."

"미리 말씀드렸어야 했는데…… 죄송합니다."

"아니다. 나야말로 미안하다. 너한테 이런 일이나 시키고."

정석은 적어 낸 명단들을 보며 한숨을 내쉬었다.

내색하지 않는 자들의 마음을 읽고, 그들이 우호적이지 않다는 사실을 밀고해야 하는 마음이 어떨지는 충분히 이해하고도 남는다. 무던하고 올곧은 아들에겐 더 괴로운 일일 것이다. 씁쓸한 웃음으로 괴로움을 애써 감추는 강 회장의 얼굴엔 회한이 어렸다.

어린 아들이 가장 힘들었을 때, 그 선연한 상처가 맺힌 얼굴을 보고도 감싸 주지 못했다. 가장 가까이서 지켜 주는 게 아비의 도리임에도 외면해 버렸다. 도리어 제 아픔조차 떠넘기며 원망까지 했었는데도 그 아들은 이렇게 자라 저를 위해 구정물을 뒤집어쓰고 있었다.

용서는커녕 미움과 원망으로 얼룩진 눈으로 바라보지나 않으면 다행이었다. 그 세월의 보상을 바랄 수도 있었다. 하지만 윤은 그 어느 것에도 해당하지 않았다. 단지, 아버지라는 이름만으로, 같은 아픔을 겪었다는 것만으로 모든 걸 덮으려 했다.

이것 역시 아들이 보통 사람과 다르다는 걸 증명하는 걸까. 아니면…….

윤이 엷게 웃었다.

"저는 괜찮습니다."

어차피 모두가 지난 일.

'난 말 안 했어, 엄마.'

'네가 아니면…… 네가 아니면 그 사람이 어떻게 그걸 알아? 응?'

절규하던 어머니의 목소리가 어땠는지는 기억나지 않는다.

'가까이 오지 마! 난 너 같은 거 낳지 않았어! 이 괴물!'

무겁게 그의 심장을 쥐고 있던 말도…… 이젠 상관없다.

그녀만 있으면.

"이젠 잘 기억도 나지 않는 일인걸요."

"유민 씨, 재밌어요?"

정확히 4분만이다. 정말 한시도 가만두질 않는다. 소파 앞에 앉아 있던 유민은 저도 모르게 입술 끝을 올리다 모르는 척 책장을 넘겼다. 하지만 윤은 집요했다.

"나 심심해요. 같이 놀아요."

"요즘 공부 너무 안 했단 말이에요. 그리고 어제, 그제는 신나게 돌아다녔잖아요."

결국 유민은 뒤를 돌아봤다. 뭔가 당기는 느낌이 난다 싶었는데 아니나 다를까. 그의 손가락에 걸려 있던 머리카락이 스르륵 떨어진다. 분명 그의 앞에도 책이 놓여 있는데 뭘 하는 걸까.

"남의 머리카락은 대체 왜 세고 있어요?"

슬쩍 눈을 치켜뜨자 윤은 그제야 아쉽다는 듯 한숨을 쉬며 소파에서 일어섰다.

"유민 씨, 코코아 마실래요?"

"음…… 커피 마실 거예요."

"커피는…….

"카페인 때문에 죽으려면 커피 400잔은 마셔야 될걸요?"

"하지만 유민 씨는 되도록이면…….

또 이상한 데서 심각해진 남자가 뭔가 말을 늘어놓으려던 찰나, 전화벨이 울렸다.

"네, 강윤입니다."

차분한 목소리로 전화를 받은 윤이 어디론가 사라졌다. 그제야 유민은 슬그머니 그의 손이 닿아 있던 머리카락을 당겨 봤다.

뭘 하고 있었던 걸까. 뭐가 묻은 것도 아닌데.

"어쩌죠? 나 어디 좀 다녀와야 할 것 같은데."

잠시 후 나타난 윤은 난처한 얼굴로 말했다. 왜 그런 얼굴을 하는 건지 알 수가 없어 유민은 저도 모르게 고개를 갸웃거리며 대답했다.

"네, 다녀오세요."

"유민 씨 혼자 괜찮겠어요? 심심하지 않아요?"

아, 그게 문제였던 건가? 금세 납득한 유민이 문득 뭔가를 떠올렸다.

"맞다. 그럼 나 인정이 만나고 와도 돼요?"

바뀐 전화번호를 알려 주기 위해 연락을 하긴 했지만, 직접 만나고 싶긴 했었다. 할 이야기도 많고, 준비한 선물도 전해 주고 싶었는데 언제쯤 가능하려나 생각하던 참이었다. 그런데 윤은 별 대답도 없이 조금 굳은 얼굴로 그녀를 바라봤다. 왜 또 그런 눈으로 보는 걸까…… 생각하는 사이, 윤은 흘깃 시계를 바라보곤 손바닥을 내보였다.

"잠깐 기다려요."

어디론가 사라졌던 윤이 돌아왔을 땐 손에 뭔가를 들고 있었다. 그러고는 곧장 그녀의 옆에 앉으며 그중에 하나를 그녀의 손바닥에 얹었다. 딱딱한 감촉. 카드였다.

"이건……?"

"이제부터 설명할 거니까, 잘 들어요."

영문을 몰라 눈만 깜빡이는 사이 윤은 현재 그가 가진 것과 수입원 등에 대해 아주 구체적으로 이야기를 해 줬다. 동물병원의 건물이 그의 것이라는 사실도 처음 알았다.

"미리 이야기했어야 했는데, 이야기할 시간이 없었어요. 내가 깜빡 잊기도 했고."

결혼한 게 너무 좋아서 그랬나. 싱겁게 덧붙이던 그가 웃음을 터뜨렸다.

어떻게 반응을 해야 할지 알 수 없었다. 사실 가지고 있는 돈이라곤 조금 모아 둔 용돈이 전부였고, 그나마 비빌 구석이었던 통장은 아버지한테 뺏긴 지 오래다. 하다못해 부모님은 그녀에게 지참금조차 내놓지 않았지만, 그녀는 앞으로의 일에 대한 계획을 세운 적이 없었다.

허를 찔린 기분이었다. 물론 갑작스러운 결혼에 당황한 것도 있지만 제 허술함에 기가 막힐 지경이었다. 스스로 살아갈 자신이 없어 아버지의 그늘조차 나서질 못했는데, 지금도 현실은 막연하기만 했다. 그렇다고 윤에게 그걸 기대할 만큼 염치가 없는 사람도 아니었는데 그는 모든 걸 꿰고 있었다는 듯이 준비한 걸 내밀었다.

"그러니까 이 카드는 생활비랑 유민 씨 용돈이에요. 유민 씨 원하는 대로 써요. 차를 사 오든, 가구를 사 오든. 뭐든 괜찮아요. 유민 씨 사고 싶은 것, 입고, 먹고 싶은 것 뭐든 다 좋아요. 단, 집만

사 오지 말고."

농담처럼 하는 말이었다. 정말 농담일까? 이걸 농담으로 받아
줘야 하는 걸까?

"그건 너무…… 비싸니까?"

어색하게 미소를 올린 유민이 작게 중얼거리자 가만히 그녀의
모습을 눈에 담던 윤이 빙그레 웃으며 답했다.

"아니요. 우리 집은 하나면 되니까."

대체 뭘까.

"그리고 유민 씨는 앞으로 그런 허락받지 말아요. 유민 씨는 어
디든 갈 수 있고, 무엇이든 할 수 있어요. 단, 어딜 가더라도 이야
기만 해 주면 돼요. 그리고 너무 늦지 않게. 언제든 집에만 돌아오
면 다 좋아요."

어째서 저 사람은 이 모든 게 자연스러운 걸까.

또다시 아무 말도 하지 못했다. 묘하게 가슴이 일렁여 숨을 편
히 쉬기가 어렵다. 부끄럽기도 하고, 미안하기도 하고, 고맙기도
한 복잡한 감정이 멋대로 뒤섞인 채 그녀의 입을 막는다. 하지만
뭔가 말은 해야 할 것 같아 입술을 뗀 순간, 그는 그 생각들을 털
어 내듯 그녀의 머리를 슥슥, 쓰다듬으며 말했다.

"빨리 준비해요. 안 그러면 놓고 갈 거니까."

생각할 여유조차 주지 않는 데는 이제 조금 익숙하다.

그리고…… 그의 슈트 차림도 이젠 조금 익숙해졌다. 준비를 마
치고 먼저 기다리던 그가 빨리 오라는 듯 손짓했다. 정말 놓고 갈
까 쪼르르 다가가 신발을 꺼내 신은 순간, 그녀의 허리가 당겨지
고 놀랄 새도 없이 다가온 입술이 그녀의 뺨을 지그시 누르고 사

라졌다. 휘둥그레진 눈을 들자 태연히 내려다보는 시선이 그녀의 얼굴에 닿는다.

"원래 남편이 외출할 땐 뽀뽀해 주는 거예요."

저도 모르게 입이 벌어졌다. 저 말은 뭔가 어폐가 맞지 않는데. 뭔가 토를 달아야 하는데 또 말이 나오지 않는다. 멍하니 그의 입술을 눈에 담은 순간, 닿았던 곳이 확 달아올랐다. 그제야 고개를 숙인 유민은 저도 모르게 손을 올려 뺨을 슥슥 문질러 버렸다.

이상해. 뺨에 뭔가 화끈한 것이 번지는 기분이었다. 웃음소리와 함께 그의 숨결이 머리카락을 건드린다. 두근두근. 심장이 뛴다. 가슴속에 있던 뭔가가 사르륵 소리를 내며 무너지는 것 같았다.

"그런데 아내가 안 해 주니까 오늘은 남편이 대신."

분명 크게 놀란 건 아니었다. 게다가 그의 기습뽀뽀 따윈 벌써 두 번이나 당해 본 거다. 정말 별것 아니야. 아무것도 아닌, 그냥 장난에 가까운 스킨십일 뿐인데…….

"으허! 귀하신 몸이다. 우리 유부녀께서 웬일로 이렇게 연락을 다 했어?"

보자마자 너스레를 떠는 인정의 말에 유민은 피식 웃어 버렸다.

"어디 보자. 졸업식 때 보고 얼마 만인가? 한 달도 안 됐는데 난 왜 1년쯤 못 보고 산 거 같지?"

인정은 여전했다. 교실에서 볼 때와 전혀 다른 점이 없어 유민은 내심 안심했다. 그리고 미안했다.

"미안, 결혼식도 초대 못 해서. 섭섭했지?"

"아니야. 네 사정 뻔히 아는데, 뭐. 야, 그리고 누군 연애도 못해 봤는데 누군 벌써 결혼이냐? 게다가 어휴, 난 그런 자리 무거워서 초대했으면 널 미워했을 거 같다.”

인정은 정말로 질색이라는 듯이 손을 내저었다. 하긴, 나이 스물에 친구의 결혼식이라니. 흔하지 않고 달갑지도 않은 경험일 건 확실했다.

“그래도 난 네 결혼식엔 꼭 갈게.”

“그래, 고맙다. 그전에 남자부터 구해 주지 않으련?”

“남자는 아쉽게도 없고…… 선물은 있어.”

유민은 준비한 쇼핑백을 들어 올렸다.

“짠~ 널 위해 준비했어.”

“헐~ 대박! 이게 뭐야. 프라다잖아!”

동시에 19세 소녀이던 시절로 돌아간 두 사람은 따뜻한 커피와 케이크를 앞에 놓은 채 한참이나 웃으며 수다를 떨었다. 고작 2주 만에 만난 사이인데도 할 이야기는 태산처럼 쌓여 있었다.

“진짜 웃겨서 말도 안 나와. 처음엔 무슨 결혼이냐고 비웃더니 상대가 그 꽃미남 피아니스트 강윤에다 시댁이 KS그룹이 되니까 이젠 배 아파서 죽으려고 한다니까.”

“뭐야, 그게. 바보들.”

“그러게나 말이다. 그리 부러우면 지들도 정략결혼하면 될 거…… 아차.”

툭 하니 내뱉던 인정이 흠칫하며 입을 다물었다. 유민이 어떤 과정을 거쳐 윤의 곁으로 가게 된 것인지 이미 들어 알고 있던 그녀라 실수를 했음을 깨달은 것이다.

“미안.”

"아니야, 그런 거 신경 쓰지 마. 난 괜찮으니까."

괜찮다는 말은 의외로 쉽게 나왔다. 그렇게 대답하고 속으로 놀랐다. 분명 제 신세는 예나 지금이나 똑같은데, 어느 기점을 두고 생각이 뒤집혔다. 뒤집히다 못해 지금은 그와 결혼을 한 건 잘한 일처럼 생각되고 있었다. 결혼 이후에도 이어지던 두려움. 혹여 그가 변하거나, 자신이 괴로워지지 않을까, 하는 생각이 그의 행동 하나하나에 점차 옅어짐을 느꼈다.

'괜찮아요.'

그의 말대로 정말…… 괜찮아지고 있으니까.

어느덧 약속한 시간이 되어 두 사람은 카페 밖으로 나왔다. 윤을 기다리며 남은 수다를 마저 처리하던 인정이 왠지 아쉽다는 얼굴로 한숨을 푹 쉬었다.

"그보다 이젠 학교에서 못 만나니까 자주 못 보겠네. 유부녀를 멋대로 이리저리 불러 댈 수도 없고."

"음. 그래도 어떻게 시간은 나겠지, 뭐."

"글쎄다. 그게 쉽겠니?"

왠지 음흉하게 웃던 인정이 그녀의 옆구리를 쿡쿡 찔렀다. 어느새 저만치서 윤이 두 사람을 향해 손을 흔든다. 멀리서도 눈에 확 들어오는 키와 멋들어진 슈트의 조합이 눈이 부실 지경이다. 주변 사람들의 시선이 온통 그를 향해 있다 그의 손짓을 따라 두 사람에게로 옮겨 왔다.

"아우, 부러워 죽겠어 그냥."

인정의 말에 이상하게 웃음이 났다.

"안녕하세요?"

어느새 눈앞까지 다가온 윤이 인사말을 건네고 당연하다는 듯이 유민의 어깨를 감싸 안았다. 부러움 반, 괴로움 반이 섞인 묘한 표정으로 제 팔뚝을 비비던 인정이 적당히 인사를 받곤 잽싸게 돌아섰다.

　"그럼 다음에 또 보자."

　"태워다 줄게요."

　"아니에요. 저 그렇게 눈치 없는 사람 아니거든요? 신혼부부라니, 훠이!"

　그러고는 재빨리 뛰어가 버렸다. 유민은 그런 인정의 뒷모습을 한동안 지켜보고 있었다. 묘하게 가슴속이 허전했다. 생각하는 것만으로도 웃음이 나는 감정을 함께 떠나보낸 것처럼, 아릿한 기분……

　"재미있었어요?"

　"네. 너무 즐거웠어요."

　인정은 학창 시절의 유일한 좋은 기억이었다. 물론 그녀를 다시 만나는 건 쉬운 일이다. 다만 그 시절은 다시 돌아오지 않을 것이다. 어쩐지 그 순간, 훌쩍 자라 버린 기분이었다.

　"그러니까……"

　잔뜩 인상을 쓴 영신이 손을 뻗어 제 이마를 문질렀다. 지긋지긋한 두통에 10년쯤 시달린 듯한 표정이다.

　"저 깨소금 통에 며칠 잤다 나온 것 같은 종자들이 왜, 어째서,

내 병원에 있는 건지, 누가 설명 좀 해 줄 사람?"

그러나 그의 목소리는 그대로 묻혔다. 호들갑스러운 간호사들의 목소리가 터져 나왔다.

"꺅, 꺅! 웬일이야! 이거 너무 예쁘다!"

"어머, 어떡해, 어떡해. 이거 프라다죠? 프라다!"

은영과 지민은 새까만 바탕에 앤티크한 글씨가 써진 상자를 보며 연신 비명을 질러 댔다.

게다가 테이블 위엔 바구니에 담긴 과일과 예쁘게 포장한 떡이 한가득이었다. 손님들을 위한 답례품이었다. 마침 그 자리에 있던 낯익은 여자 손님 서너 명도 간호사들과 함께 선물을 들여다보며 탄성을 질렀다.

"인사 참 빨리도 온다. 그동안 뭐 했길래 아주 잠수냐? 신혼여행도 안 갔다면서."

제 선물로 건네준 만년필과 커프스 세트를 바라보던 영신이 투덜거렸다.

"물어볼 걸 물어보세요. 신혼인데 둘이서만 놀고 싶지 밖에 나오고 싶겠어요?"

"원장님 질투하시는 거 아니에요?"

"하긴, 몇 년을 함께 살았는데 갑자기 휙 날아가 버렸으니. 우리 원장님 얼마나 허전하실까."

"그랬던 거야?"

간호사들의 말에 이어 윤이 저를 불편한 눈으로 바라보기 시작했다. 게다가 묘하게 납득이 간단 얼굴로 힐끗거리는 유민을 본 순간, 영신은 결국 터져 버렸다.

"시끄러워! 그게 아니라고! 결혼은 내가 먼저 할 줄 알았단 말이야!"

우어어어―

한 마리 노총각의 절규와 함께 이어진 소란이 진정되고 곧, 소식을 들은 단골손님들이 하나둘 안부를 전하러 왔다. 하나같이 축하한다며 인사말을 건네고 두 사람이 준비한 떡과 다과를 챙겨 가긴 했지만, 어딘지 모르게 기운이 빠진 얼굴들이었다. 그리고 늦은 오후는 꽤 한가했다.

"보기 좋네요."

은영이 중얼거리는 말에 영신과 지민이 테라스로 눈을 돌렸다. 뜰을 향한 채 마룻바닥에 나란히 걸터앉은 두 사람의 뒷모습을 보며 하는 말이었다. 제 주인을 만난 고구마도 두 사람의 곁을 빙빙 돌다 어느샌가 얌전히 앉아 그녀의 손길을 받고 있었다. 언제 챙겨 간 건지 애견 간식도 서로 나눠 먹고, 때로는 멍하게, 때로는 뭔가 이야기를 나누며 꽤 오랜 시간을 그렇게 앉아 있었나 보다. 어느덧 두 사람의 머리 위로 하늘이 붉게 물들기 시작했다.

"어우, 지루하지도 않나."

"보기만 해도 좋을 때죠, 뭐. 원래도 저러고 잘 놀지 않았어요?"

"하긴, 그러고 보면 천생연분은 진짜 따로 있나 봐요. 여자 나이 스물에 결혼한다는 게 쉬운 일은 아닌데 유민 씨도 대단하고, 쭉 친구처럼 보고 있었던 강윤 씨도 대단하고."

은영이 화두를 던지자 지민이 황홀한 표정을 지으며 거들었다. 하지만 영신은 뭔가 못마땅한 듯 입을 다문 채 은영이 건넨 녹차를 받아 들었다.

"원장님은 저 두 사람 저렇게 될 줄 알고 있었죠? 하여간 남녀 사이에 친구는 무슨."

"아, 부럽다. 나도 빨리 시집가고 싶은데…… 어디 좋은 자리 없나요? 은영 언니, 남자 좀 소개시켜 줘요. 원장님 닮은 남자로."

"많고 많은 남자 중에 왜 하필 원장님인데?"

"강윤 씨는 너무 잘생겨서 여자가 들끓을 거 같단 말이에요. 강윤 씨처럼 착하라는 보장도 없으니, 원장님처럼 적당히 생기고 적당히 돈 많은 남자가 좋아요."

"하긴 조건으로 보면 원장님이 낫지. 풋……."

본인을 앞에 두고 하는 소리에 영신은 혀를 찼다.

"시끄럽고, 이만 문 닫고 술이나 한잔하러 가자."

"벌써요? 이제 다섯 시도 안 됐는데?"

"윤이 자식한테 실컷 얻어먹을 거다. 왜?"

"어우, 원장님은 정말 못 말려."

까르르 웃음을 터뜨린 간호사들이 바삐 움직였다. 은영의 부름에 그제야 뒤를 돌아보는 윤의 얼굴엔 미소가 가득했다.

"유민 씨 술 마셔 봤어요?"

폐백 때 마셔 본 게 전부였지만 지민의 물음에 유민은 당당히 고개를 끄덕였다. 그러나 이런 술자리는 난생처음이었다. 일행이 도착한 곳은 약간 어둑한 분위기의 고급스러운 주점이었다. 아까까진 인정과 함께 잠시 소녀로 돌아갔던 기분이었는데, 지금은 조금 더 어른에 가까워진 기분이었다.

"자자, 받으시오~ 우리 유민 씨는 맥주?"

벌써부터 흥이 오른 은영이 한 잔 한 잔 술을 권하기 시작했다. 유민의 앞에도 떡하니 맥주잔이 놓였다.

"조금만 마셔요."

걱정스러운 눈으로 바라보던 윤이 결국 그녀를 당기며 속삭였다. 그 모습을 본 은영과 지민이 난리가 났다.

"어우! 어우! 여긴 솔로들밖에 없는데 정말!"

"유민 씨! 괜찮아, 펑펑 마셔! 어차피 남편이 데려다 줄 걸 뭘 걱정해, 안 그래요?"

솔로들의 난이 시작되었다. 순순히 마시지 않으면 한도 끝도 없이 비난당할 기세라 유민은 픽 웃음을 터뜨리곤 잔을 집어 한 모금 마셔 봤다. 알싸한 알콜 냄새만 아니라면 보리차 맛 콜라 정도로 생각해도 될 것 같았다.

"생각보다…… 나쁘지 않은 거 같아요."

"이것도 같이 먹어요."

힐끗 눈치를 보던 윤이 사과 한 조각을 건넸다. 또 한 번 솔로들의 아우성을 들어 가며 과일 조각을 입에 넣고 오물거리던 유민은 잠시 후, 다시 잔을 입에 댔다. 약간 신 듯 달콤한 맛과 어우러져 시원하게 넘어가는 맥주의 조합이 의외로 괜찮았다.

"맛있어요?"

귓전에 은근하게 닿는 목소리. 유민은 살짝 고개를 틀어 목소리의 주인공을 바라봤다. 조금 더 다가온 건지 윤의 얼굴이 가까웠다. 맞닿은 몸 어딘가에서 그의 온기가 느껴진다. 왠지 열이 오르는 느낌이라 유민은 고개를 끄덕이는 척 눈을 내리깔아 버렸다.

"두 사람 언제 그렇게 연애한 거예요? 정말 깜짝 놀랐어요."

"그러게요. 우리 병원 손님들 다 난리난 거 알아요?"

"맞아, 유민 씨도 봐서 알겠지만 사실 우리 병원 유독 여자 손님 들끓었잖아요. 난 솔직히 속 시원해. 와서는 강윤 씨랑 원장님 한테 은근 추파 던지는 거 되게 보기 싫었어."

"그게 문제가 아니야, 그 덕에 손님이 줄었다고."

영신이 자못 심각하게 고개를 젓자 간호사들이 웃음을 터뜨렸다. 별로 심각한 일은 아닌 게 확실하다.

"그보다 이제 윤이 네가 병원 안 나오면 고구마는 어쩌냐?"

하나의 질문에 의문점은 두 가지다. 대답을 요구하듯 빤히 바라보자 윤이 엷게 웃으며 말했다.

"고구마는 내가 데려온 녀석이라 내가 책임져야 해요."

"애초에 고구마는 강윤 씨 아니면 말을 잘 안 들어요. 어제 제가 산책 데리고 나갔다가 죽는 줄 알았어요."

절레절레 고개를 저으며 질색하는 지민의 말투에 유민은 펄쩍펄쩍 뛰어와 온몸에 발 도장을 찍으며 반가워하는 고구마의 모습을 떠올렸다. 생각해 보면 고구마가 그렇게까지 반가워하는 사람은 윤뿐이었던 것도 같다. 그게 말을 잘 듣는 녀석의 태도인지는 모르겠지만, 나름 고구마도 진짜 주인과 주변인들을 차별하고 있었단 소리다.

"그나저나, 강윤 씨는 왜 병원 안 나오신다는 거예요? 바빠지신 거예요?"

"윤이도 자기 일 해야지. 장가도 갔는데."

"우리 병원 정식 직원 아니었어요?"

"지민 씨 바보야? 강윤 씨 원래 피아니스트잖아. 연습실 때문에 겸사겸사 들르는 거지."

"너무 자연스러워서 하는 말이죠, 뭐. 그나저나 혹시 몇 년 전처럼 콘서트 투어하시는 거예요? 아니면 앨범 준비?"

그의 근황으로 말이 옮겨 가자 윤은 곤란한 얼굴로 웃음을 터뜨렸다.

"그것보다 일단 고구마 녀석부터 해결해요. 난 우리 집에 데려가는 것도 괜찮지만, 일단 유민 씨 의견이 먼저라서…… 유민 씨는 어때요?"

멍하니 그들의 이야기를 듣다 질문을 들은 유민은 얼결에 고개를 끄덕였다.

"저는 괜찮아요. 고구마랑 같이 있으면 심심하지도 않고. 그런데 고구마가 집에서만 지내면 심심하지 않을까요? 저도 학교 다녀야 하고, 강윤 씨도 집을 비우면……."

"아, 그러네요. 혼자 두면 외로움 타는 녀석인데……."

진지하게 고민하는 윤의 옆얼굴을 바라보다 문득, 뭔가 떠올린 유민이 입을 열었다.

"저기, 내가 날마다 고구마 산책시키러 들르는 건 어때요? 아르바이트처럼."

"아, 그럴래요? 사실 고구마가 강윤 씨 빼면 유민 씨를 제일 좋아하는 거 같긴 해요."

지민이 제일 먼저 찬성표를 던졌다. 그러나 영신은 인상을 쓰며 이마에 손을 짚었다.

"잠깐, 설마 고구마 하나 때문에 나더러 아르바이트생을 들이라고?"

"어차피 강윤 씨가 하는 일도 그렇지 않았어요? 가끔 수납하고, 가끔 이런저런 정리해 주는 거 말곤 대부분 동물들이랑 놀아 주기 아니면 주워 오긴데. 그러다 미래의 아내까지 주워 왔죠?"

"기왕 그러시는 김에 제 남편감도 좀 주워 주시지."

은영과 지민의 적나라한 놀림에 윤의 고개가 푹 떨궈졌다. 동시에 웃음소리가 터져 나왔다. 그리고 한참 후, 제일 크게 웃던 영신이 문득 정색하고 말했다.

"잠깐, 이거 왜 이래? 윤이 끌고 온 여자 손님이 얼마나 되는데. 우리 손님 대다수가 여자인 거 몰라?"

"혹시 알아요? 유민 씨를 앉혀 두면 남자 손님이 기하급수적으로 늘어날지."

은영의 말이 나온 순간, 아니나 다를까. 영신은 심각하게 고민에 빠졌다.

"그런 걸로 납득하지 마."

더 심각해진 윤이 정색하자 다시 웃음소리가 이어졌다.

이상하게 즐거운 분위기에서 홀짝홀짝 들이켜다 보니 꽤 많은 양을 마셨다. 그 와중에 누군가가 건넨 샴페인을 입에 댄 것 같기도 하고……. 유민은 눈을 깜빡거렸다. 잠깐 잠이 든 것 같기도 하고 기억도 드문드문하다. 여전히 수다 중인 간호사들을 바라보다 주섬주섬 자리에서 일어났다. 윤과 영신의 모습이 보이지 않는다. 화장실이라도 간 걸까.

"왜 하필 유민이냐? 사정이야 딱했지만 그렇다고 네가 결혼까지 할 필요가 있었어?"

갑자기 들려온 말에 유민은 그 자리에서 굳어 버렸다. 화장실로 가는 길목엔 흡연구역인 2층으로 가는 계단이 있었고, 목소리는 그곳에서 들려왔다.

"후우…… 진짜 모르겠다. 네가 그동안 어떻게 살아온 줄 뻔히 아는데. 어차피 연애한 것도 아니고 이런 식으로 결혼할 거면 좀 더 어른스럽고 편한 사람도 있잖아. 너한테 필요한 건 널 이해하고 쉽게 해 줄 사람이지, 네가 돌봐 줄 사람이 아니라고."

허탈한 웃음소리가 섞인 영신의 말에 곤란한 듯 나직해진 윤의 웃음소리가 이어졌다. 영신이 처음부터 두 사람의 결혼을 탐탁지 않아 했다는 건 알고 있었다. 두 사람의 사이가 어떤지 아는 그로서는 당연한 일이었다.

"오해하진 마라. 나도 유민이 밉고 싫고 그런 거 아니야. 나름 착할 때도 있고 불쌍하기도 하고. 나라도 돌봐 주고 싶긴 할 거야. 그래도 이건 아니란 생각밖에 안 드니 하는 말이지."

"알아. 너도 나름 유민 씨 귀여워했잖아."

"제길, 두 번 귀여워했다간 소름 돋겠다. 결혼이라는 게 이리 쉬운 거였냐? 동정심으로 결혼까지 해 주는 남자가 세상에 어디 있어?"

담배 냄새가 났다. 아마도 영신이 참다못해 입에 물었을 것이다. 유민은 그대로 돌아와 버렸다. 윤이 거기서 어떤 대답을 할지 듣고 싶기도 했고, 듣고 싶지 않기도 했다. 왠지 머리가 멍해 뭔가 묻는 은영의 말에도 힘없이 미소만 지었다. 은영은 많이 취했나 보네, 라고 하더니 걱정스러운 얼굴로 웨이터를 불러 물을 주문했다. 그리고 얼마 후, 돌아온 두 사람은 아무렇지 않은 얼굴로 자리에 끼어들었다.

"아, 마침 이야기 나온 참인데, 두 분 고등학교 동창이라 그랬죠? 길이 전혀 다른데 어떻게 동창이 된 거예요?"

지민의 물음이었다.

"나도 피아노 전공이었다. 어쩔래? 우리 학교 다닐 땐 S예고의 꽃미남 4인방으로 서울 내에선 소문이 자자했어. 왜들 이래?"

"말도 안 돼!"

"헉, 안 어울려!"

두 여자의 경악에 영신은 피식 웃음을 터뜨렸다.

"예고 나와서 재수 끝에 수의학과 합격한 멋진 남자지. 안 어울리긴 뭘. 근데 더 무서운 게 뭔지 알아? 윤이 저놈이야. 경영학과 출신에 MBA까지 따고 온 피아니스트인데 우리 병원에선 잉여잖아. 얼마나 무섭냐?"

"와, 대박. 인력 낭비!"

"게다가 군대도 안 갔다 온 신의 아들이야."

"그런데 하는 일은 고구마 담당……."

척척 죽이 맞는 영신과 은영의 말에 지민이 몸을 젖히며 웃어댔다. 유민의 입가에도 희미하게 웃음기가 배었다. 자꾸 제 이야기로 몰아가는 것이 멋쩍은지 윤이 슬그머니 입을 열었다.

"유민 씨도 공부 무지 잘해요."

"하긴, 유민 씨 지난번에 수능 거의 만점 나왔다고 그러지 않았어요?"

"수능 이야기하니까, 어우……. 유민 씨 진짜 애기구나. 새삼 나이가 와 닿네. 너무 귀엽다."

다시 웃음소리가 이어졌지만 유민은 웃을 수가 없었다. 어린아이처럼 취급하는 말투가 싫었다. 제 부족함의 근원을 여실히 깨닫게 해 주는 말이었다. 알고는 있었다. 처음부터 그와의 사이엔 무엇을 해도 좁힐 수 없는 간극이 존재했었다는 걸. 절대로 동등할 수 없다는 걸.

그렇게까지 생각 없는 바보는 아니니까.

　—우욱.

속이 뒤집히고 머리가 어지럽다. 한참이나 속을 게워 내고서도 도무지 이 어지럼증이 끝나질 않았다. 찬바람이 머리에 닿자 간호사들을 하나둘 택시에 태워 보내고, 영신이 두 사람을 향해 손을 흔들었던 기억이 난다. 이미 밤안개마저 자욱하게 낀 늦은 밤. 택시를 잡아타고 그의 어깨에 기댄 채 한숨을 흘렸는데…….

"걸을 수 있겠어요?"

다시 기억을 잃었고, 낯선 길목 어딘가에 쭈그려 앉아 있었다.

"하아…… 여기 어디예요?"

"집에 다 왔어요. 조금만 걸으면 돼요."

하지만 도무지 걸을 처지는 아니었다. 결국 부끄러움을 무릅쓰고 그의 등에 업혀야 했다. 넓은 등판에 뺨을 댄 채 유민은 스르륵 눈을 감았다. 좋은 향이 물씬 풍기고…… 따뜻하다.

"어쩌다 그렇게 많이 마신 거예요?"

기분 좋은 울림이 귀와 몸으로 이어졌다. 유민은 저도 모르게 웃었다.

"모르겠어요…… 언니들이 많이 줬어요."

"주는 대로 다 마시면 바보예요."

"그럼 말려 주지……."

"사실 귀여워서 그냥 뒀어요. 취한 거 보고 싶어서."

말랑말랑. 그의 대답이야말로 귀여웠다. 그 역시 조금은 취한 것 같다.

"유민 씨, 아르바이트하게 되면…… 남자들이랑 친해지지 마요."

역시나, 엉뚱한 소릴 한다.

"피…… 강윤 씨도 만날 여자들 틈에 끼어 있었잖아요."

난 그게 얼마나 속상했는데…….

아, 그래. 그게 속상했었다. 그래서 화가 났었다. 그걸 지금에야 알았다. 하지만 왜 속상했던 걸까……?

"어쨌든…… 유민 씨는 안 돼요."

"……왜요?"

"아무튼 안 돼요."

또 웃음이 나왔다. 품 안 가득 느껴지는 그의 체온이 이상하게 간지럽다.

"강윤 씨."

"네?"

"강윤 씨…… 정말 좋은 사람이에요."

"하하, 갑자기 왜요?"

나와 결혼해 줬잖아요. 답은 아는데 내뱉을 수 없다. 염치없어 보일까 봐. 유민은 어지러운 머릿속 생각을 하나하나 줄로 세웠다. 그래, 친구는 결혼을 하지 않아. 결혼은 사랑하는 사람끼리 하는 거야. 우리는…… 서로 사랑하지 않았어.

의문은 거기서 시작된 것이었다. 그럼, 그의 마음은 무엇이었을까?

'미안해요. 순서가 엉망이지만 이제 우리가 결혼하는 수밖에 다른 방법이 없어요.'

당연하다는 듯 말하던 목소리에 사실은 가슴이 떨렸는데…….

그런데 그와 나 사이에 있는 것이 뭔지 알 수가 없었다. 아는 사람에서 친구. 어쩌면 남들보다 약간 특별한 친구. 그런 친구를 위한 결혼……. 그것이 가능한 건, 아마도 그 마음의 바탕에 자리했을 감정은 더 모자란 상대를 향한 안타까움 탓이었겠지.

그래, 처음부터 알고는 있었다.

'동정심으로 결혼까지 해 주는 남자가 세상에 어디 있어?'

그런 바보가 정말 있으니까. 그 마음이 아니고서는 설명되지 않을 테니까. 애써 생각하려 하지 않았을 뿐, 이미 깨닫고는 있었다. 그와는 달리 난 바보가 아니니까.

"강윤 씨."

또 불러 봤다.

강윤 씨는 나한테 왜 이렇게까지 해 주는 거예요?

강윤 씨는 날 어떻게 생각해요?

물을 말은 많은데 물을 수가 없었다.

난 왜 강윤 씨만 생각하면 복잡해지는 걸까요?

사실은 곁에 있는 게 좋은데. 아무 데도 안 갔으면 좋겠는데. 그냥 계속 옆에 있었으면 좋겠는데…….

자꾸 눈이 가고 가슴이 뛰는데 알 수가 없어. 누구에게 물어야 이걸 알려 줄까.

사실은 그의 마음이 동정이라도 상관없다고 생각했었다. 어찌 되었건 그로 인해 나은 세상을 살 수 있게 되었다는 것만으로 충분하다고, 그렇게 다짐을 했었다. 그러면서도 비굴해지고 싶진 않았다. 그 역시 자신이 비굴해지는 걸 바라진 않을 테니까.

그래서 지금처럼, 예전과 다르지 않은 모습으로 지내는 것만이 제 자존심도 지키고, 그를 존중하는 방법이라 생각했다. 어린 마음으로도 그 정도의 눈치는 있어야 한다고 생각했었다.

그러니 이제 자격지심은 버리고 더 이상은 그의 선의를 곡해하지 않기로. 지난번 같은 실수는 더 하지 않기로. 착한 사람의 동정이라면 적어도 사랑처럼 쉽게 식진 않을 테니까. 그런 감정에라도 매달려 살 수 있을 테니까. 그랬는데…….

"강윤 씨."

"네, 유민 씨."

그는 귀찮지도 않은지 또 대답했다. 나직한 대답에도 느껴지는 다정함에 가슴이 아프다.

동정이라는 걸 알면서도, 그게 아니었으면 하는 이 마음이 뭔지도 몰라 괴롭다.

"나 정말…… 나쁜 애예요."

"그렇지 않아요. 유민 씨는 표현을 못해서 그렇지, 착한 사람이에요. 내가 잘 알아요."

그걸 알면서도 그가 그렇게 대답해 주는 게 기뻐서, 또 가슴이 아프다. 자꾸 뭔가 묻고 싶어지는데, 물을 수가 없다.

취해서 그런 거다. 술이란 건 이래서 마시지 말라는 거였나 보다.

그러니까, 오늘은 조금 이상한 생각을 할 거 같으니까.

"나…… 미워하지 마세요……."

앞으로는 그런 생각 안 할 테니까…….

"……버리지 마세요."

꼬옥 안겨 보기. 살짝 입 맞추기. 오늘은 훌쩍 업혀 보기…….

아무것도 없던 그녀의 인생 위에는 어느덧 그의 흔적만이 차곡차곡 쌓여 있었다.

5화.

slow to learn

어느덧 일상이라 생각한 것에서 문득 또 다른 낯섦을 느꼈을 때…….
눈에 보이는 세상은 이미 설렘투성이였다.

벌써 3월도 하순. 게슴츠레 눈을 뜨니 창밖은 이미 밝았다. 여
느 때처럼 몸이 무거운 아침이었다. 작게 한숨을 내쉰 유민이 멈
칫했다.

'아닌……데?'

잠이 덜 깬 머리로도 금세 구분이 가능했다. 그런 의미의 무거
움이 아닌 다른 무게감. 평소보다 조금 더 따뜻하고 나른한……
어떤 실체가 그녀의 등 뒤에 꼭 붙어 몸을 감싸고 있다.

뭐야, 지금 이건 무슨 상황?

갑자기 정신이 번쩍 들었다. 누군가 있다. 꿈지럭거리며 움직인

유민이 간신히 뒤를 돌아봤다. 눈앞에 보이는 지나치게 낯익은 잠옷 위로…… 세상모르게 잠이 든 남자의 얼굴을 본 순간 저도 모르게 벌린 입을 손으로 막았다.

미쳤어!

왜 이 남자가 여기서 자고 있냐고!

그대로 비명을 지를 뻔한 걸 간신히 참아 냈다. 그 와중에도 이 남자는 새근새근 숨소리를 내며 아주 깊이 잠이 들어 있었다. 펄떡거리는 심장을 추스른 유민은 조심스럽게 품을 벗어나려 했다. 그러나 몸에 감긴 팔을 슬쩍 들어내려 하자 윤은 갑자기 몸을 크게 뒤척이더니 그녀를 거세게 당겨 안았다.

"헉!"

그대로 그의 온몸이 밀착되자 아찔해졌다.

"아, 아니…… 이거, 이, 이거……."

"……우유민."

어찌할 바를 모르고 팔만 휘젓던 유민이 딱 멈췄다. 뭐야, 이 남자. 설마 깨어 있었던 건가? 휘둥그레 뜬 눈으로 그의 얼굴을 바라봤다. 분명 눈이 마주쳤다. 초점 없는 눈동자가 그녀를 빤히 바라보고 있었다. 그런데…….

"……우유민은 우유를…… 마시면…… 좋아."

"……."

스르륵, 그의 눈이 다시 감겼다. 유민은 힘이 빠져나간 그의 팔을 슬며시 옮기며 몸을 일으켰다. 그리고 베개를 집어 들었다.

―퍽!

"미안해요. 요즘 너무 피곤해서…… 잠깐 자는 거만 보고 간다는 게 그만 같이 잠들었나 봐요."

멋쩍게 웃는 윤을 외면하며 유민은 그가 따라 놓은 우유를 노려봤다. 자는 거만 보고 가려던 사람이 왜 남의 침대에 같이 누운 건데. 기가 막혀. 거기다 우유가 어쩌고저쩌고…… 대체 무슨 꿈을 꾸는 거야, 저 바보 같은 남자. 내내 머릿속에 담아 둔 거지. 순진한 척만 하고 이런 순 변태 같으니라고.

차마 입 밖으로 내뱉진 못한 유민은 속으로만 구시렁거렸다. 아직도 제 온몸을 덮고 있던 체온을 생각하니 가슴이 두근두근하다. 절로 얼굴이 달아오른다.

"화났어요?"

빨개진 얼굴을 봤는지 그가 묻는다. 모른 체하며 입술을 삐죽이자 가만히 바라보고 있던 그가 툭 내뱉었다.

"주정뱅이씨?"

"어우 씨, 그 말은 하지 말란 말이에요!"

"말 잘하면서 왜 아무 말도 안 해요? 내 얼굴도 안 보고."

"이 바보 변태 멍청이!"

"유민 씨, 남편한테 그런 나쁜 말하면 안 돼요."

윤이 정색했다. 남의 속도 모르고 애 취급이다. 달아오르는 얼굴을 숨기지 못하고 자리에서 벌떡 일어난 유민은 재빨리 욕실로 도망치며 소리쳤다.

"바보, 바보! 한 번만 더 내 방에서 자면 진짜 가만 안 둬요!"

그렇게 한 달은 크게 달라진 것도 없는 일상이 조용히 흘러갔다. 요즘의 윤은 꽤 바쁘다. 자세한 사정은 묻지 않았지만, 음반

계약에 관한 이야기를 들은 적이 있었다. 강 회장이나 KS그룹 관계자들과의 만남도 잦아졌다. 어제도 강 회장과 함께 모임에 나갔다고 들었는데, 꽤 늦은 시간까지 돌아오지 않았었다. 윤은 9시가 넘자 정확히 1시간마다 전화를 걸어왔다.

[미안해요, 이야기가 조금 길어질 거 같아. 늦을 거 같은데…… 좀만 기다려요.]

[어떡하죠? 벌써 시간이 이렇게 됐는데 도무지 이 자릴 나올 수가 없어요.]

[하아…… 유민 씨 먼저 자야겠어요. 문단속 잘하고 인형 꼭 껴안고 자고 있어요. 꼭 들어갈 테니까. ……아침에 봐요.]

전화기 너머로 들리는 그의 목소리는 굉장히 낯설었다. 피곤한 듯 나른하게 잠긴 목소리가 천천히 귀를 타고 들어와 몸 어딘가에 쌓여 갔다. 가슴 속에 묘한 일렁임이 인다. 어딘지 모르게 긴장이 되어 입술만을 깨문 채 고개를 끄덕였었다. 보일 리가 없는데도. 그렇게 대답이 없는 그녀 대신 그가 웃고, 한숨을 쉬었다.

일 때문에 늦는다는 게 잘못된 건 아니었다. 그러니 닦달하거나 화를 낼 생각은 전혀 없었다. 어차피 그를 목매고 기다려야 할 이유도 없으니까. 그런데 그는 이상하게 그녀를 혼자 두는 걸 미안해했다. 곁에 있는 걸 아주 당연하게 생각했다.

'우린 부부잖아요.'

순 억지. 그러나 그렇게 생각하는 유민의 입가에는 희미하게 웃음기가 어렸다.

"다 됐어요?"

샤워를 마치고 파우더 룸으로 들어서는 순간 윤의 목소리가 들려왔다. 이젠 가볍게 문을 여는 소리까지 듣는 모양이다. 저 남자는 전생에 개였을지 몰라. 아님 정말 스토커의 자질이 있거나.

"네. 말리기만 하면 돼요."

"어, 잠깐만요."

갑자기 타다닥, 뛰어오는 소리가 들려 드라이기를 꺼내다 멈칫했다. 금세 파우더 룸으로 들어온 남자는 잽싸게 드라이기를 뺏어든다. 토스트까지 입에 물고 달려온 남자가 씩 웃어 보이는 게 좀 불안하다 싶더니 아니나 다를까.

―위잉.

젖은 머리카락 위로 따뜻한 바람이 불어온다. 유민은 멍하니 거울을 바라봤다. 진지하게 그녀의 머리를 내려다보는 남자의 표정이 눈에 들어왔다. 그러다 어느덧 입에 물고 있던 토스트를 손에 든다. 다시 고쳐 문다. 손에 묻은 빵가루는 어쩔 거야. 머리카락에다 묻는 거 아닐까……. 그런 걱정을 하면서도 유민은 거부하지 않았다.

머리카락을 스치는 감촉이 나쁘지 않다. 천천히 나른한 감각이 그녀의 몸을 감싸고 어느덧 보송보송 말라 가는 머리카락 틈으로 그의 기다란 손가락이 스며든다.

그사이에도 그녀의 몸 어딘가에 닿던 시선이 이따금씩 그녀의 드러난 목덜미로 향한다. 평소엔 강아지처럼 순한 눈망울을 하고 있으면서도 뭔가에 몰입하거나 진지할 때의 그는 전혀 다른 얼굴이다. 그런 눈으로 저를 바라보는 건…… 이상하다.

똑바로 바라보기조차 힘든 묘한 느낌이 닥쳐와 눈을 내리깔았다. 다시 가슴 깊은 곳에서부터 너울이 친다. 왜인지 말라 가는 입술을 슬쩍 깨물었다가 입을 열었다.

"……강윤 씨 늦은 거 아니에요?"

"괜찮아요. 멀지 않으니까."

다시 거울을 보자 눈을 맞춰 보인 그가 싱긋 웃는다. 뭔가를 꿰뚫린 것 같은 기분에 유민은 황급히 시선을 돌렸다.

"그보다 유민 씨. 오늘은 뭐 할 거예요?"

그리고 이어지는 질문에 유민은 작게 한숨을 쉬었다. 원래 같으면 한창 신입생 환영회다 엠티다, 하며 바쁠 시기였다. 하지만 유민은 학교를 다니지 못했다. 입학식 날. 떡하니 정문에 버티고 있던 아버지의 차를 발견했다. 꽤 먼 거리였는데도 한 번에 알아봤다. 그 끔찍한 나날들의 기억이 본능적으로 그녀의 발을 멈추게 했었다. 주차장에 그 차가 들어선 날이면 어김없이 이어지던 폭력과 폭언의 날들이.

그렇게 정신없이 집으로 돌아왔다. 완전히 새파랗게 질린 얼굴로 들어온 그녀를 그는 말없이 꼭 안아 주었다.

'……아버지가 왔었어요.'

그 후로 그녀는 쭉 집에 있었다. 약속한 대로 고구마를 산책시키는 일 이외에는 하는 게 없었다. 그래, 정말 하는 일이 없었다. 오늘도 그는 그녀에게 뭘 할 건지 물어왔지만, 그 의미는 단순한 호기심이었다. 그는 자신이 없는 시간대에 그녀가 뭘 하는지 항상 궁금해했고, 지극히 사소한 이야기로도 아주 흥미로워하며 경청할 뿐 아무것도 강요하지 않았다.

바빠진 남자를 보며 더 확실히 깨달았다. 하는 것도 없이 그저 얹혀살았다. 하다못해 집안일조차 제대로 하지 않는 자신을 그는 어떻게 생각하는 걸까.

"나…… 뭘 하면 좋을까요?"

바보 같았다. 차라리 뭔가 하라고 강요하는 게 더 나을지도 모른단 생각이 들자 저도 모르게 입을 열어 버렸다. 드라이기의 소리가 멈췄다. 거울을 통해 바라보는 눈빛이 고요하다. 어떤 말을 들어도 그는 동요가 없었다.

"내가 유민 씨한테 바라는 건 딱 두 가지예요."

"……."

"웃어 주기, 내 곁에 있기."

"……."

"다 됐어요."

싱긋 웃어 보인 그가 재빨리 어깨를 당겨 관자놀이에 입을 맞춘다. 미처 뭐라 할 새도 없이 가 버리는 남자를 유민은 멍하니 바라봤다.

KS그룹에게 3월은 안팎으로 시끄러운 달이었다.

한 투자회사의 주가조작 사건을 조사하던 검찰은 거액의 자금이 KS그룹 부회장인 강정민으로부터 흘러나온 정황을 포착, 수사를 시작했다. 그가 검찰에 출석하는 모습이 뉴스 화면에 잡히고 난 후, 세간엔 KS그룹을 향한 비난 여론이 거세졌다. 그 와중에 한 시행사를 통해 추진한 사업과 관련해서도 비자금을 조성한 정황이 드러나자 의혹은 더해만 갔다. 결과가 나오기 전의 정황만으로도 대역 죄인이 된 강정민은 그대로 침묵했다.

그 와중에 KS그룹의 내부에서는 대대적인 인사이동이 있었다. 그중 가장 큰 변화를 겪은 곳은 KS그룹의 핵심인 전략기획부였다. 특히 인사팀의 운영기획 담당으로 있던 박재권을 KS전자의 가전 사업부 부사장으로 승진시킨 일은 모두를 놀라게 했다. 변변한 학벌도 없고 강 회장 일가와는 혈연도 없는 데다 나이 서른에 늦깎이 입사를 했던 박재권은 현재 15년째 근속 중으로 3년 전, 상무 자리에 오르며 모두를 기함시킨 바가 있다. 강 씨 일가가 아닌 사람이 이토록 빠른 승진을 한 건 지극히 이례적인 일이었다.

대외적으로는 자성하자는 의미로 승진보다는 자리 이동에 중점을 둔 인사라고 설명했으나 추측은 무성했다. 뭔가의 꿍꿍이가 있거나, 혹은 뭔가를 미연에 방지했거나. 그중 가장 강하게 신빙성을 받는 건 '경영 승계'를 위한 포석이라는 주장이었다.

―똑똑.

"들어오너라."

무뚝뚝한 강 회장의 목소리가 흘러나오자 윤은 주저 없이 문을 열어젖혔다. KS그룹의 본사로 정식 출근을 한 날이었다.

"그래, 돌아온 기분이 어떠냐?"

강 회장의 쓴웃음이 아니더라도 이미 그 목소리를 들었을 때부터 윤의 눈앞은 짙은 안개로 뒤덮여 있었다. 그 평온한 겉모습으론 상상하기 힘든, 거센 파도에 휩쓸린 해변처럼 엉망으로 흐트러진 그의 속내가 고스란히 읽히고 있었다.

"무리하진 마십시오."

"아니, 무리해야지. 아들을 이 개싸움에 끌어들였으면 어떻게든 이겨야 애비로서 체면이 살지 않겠니."

어떻게 대답을 해야 할지 몰라 윤은 묵묵히 미소만을 올렸다.

"아무래도 이쯤 되면 나한테 문제가 있는 게 아닌가 싶구나."

갑작스러운 사고로 세상을 떠난 선대 회장은 불행히도 후계자를 정확히 지목하지 않았고, 그룹의 내부는 첫째인 정석과 둘째인 정운을 두고 둘로 나뉘다시피 했다. 바야흐로 형제의 난이 시작되고만 것이다. 그러나 그룹의 핵심 사업인 KS항공과 KS전자를 꽉 쥐고 있던 정석은 쉽게 압승을 거뒀고, 정운은 KS쇼핑을 들고 독립, 현재는 신우백화점으로 이름을 변경해 그 불편한 속내를 여실히 드러낸 상태다.

문제는 셋째 강정민의 행보였다. 그는 정석을 지지했고, 그가 회장 자리에 오르는 걸 도운 장본인이었다. 그런 그가 어느 순간부터 그룹 내의 입지를 넓히고 자기 사람을 모으고 있었다.

"능력보다 조금 과하게 대우를 했지. 형제라고."

그런 정민의 싹을 자르기로 마음을 다진 건 몇 개월 전이었다.

KS전자 산하의 반도체사업부에선 미국 전역에 설치된 빌보드 투광 조명등 교체작업 프로젝트에 LED제품을 공급하기로 되어 있었다. 세계 최대의 규모로 약 5조 원대의 수출로 이어지는 중대한 일이었다. 그러나 공급하기로 한 LED제품엔 내부에서만 아는 미미한 결함이 있었다. 다행히 그것의 보완 연구도 거의 막바지 단계였다. 계약 후, 납품하는 데까진 전혀 문제가 될 게 없는 일이었다.

그러나 어떻게 알았는지 일본의 한 업체에서 그 사실을 들먹이며 미국에 협상을 제시했다. 미국에선 곧바로 해명을 요구했고, KS전자 측에서는 보완된 제품을 한 번 더 검증하는 걸 조건으로 내세워 현재, 겨우 무산되는 것만을 막아 둔 상태였다.

"정말…… 사람의 속내는 겉으로 봐선 알 수 없구나."

그 일에 강정민이 연루되어 있었다는 건 어지간한 강 회장에게도 충격이었다. 제아무리 형을 꺾고 싶었기로서니 지켜야 할 것과 공격해야 할 것마저 구분하지 못할 줄은 정말 생각지도 못했었다.

그런 강정민이 준비한 카드가 박재권이었다. 겉으로 보이는 조건에 비해 치밀하고 넓은 시야를 가진 뛰어난 인재였다. 아마 이 모든 계획은 박재권의 머리에서 나온 것이리라.

명목상의 승진이지만 KS전자는 강 회장의 손이 직접 닿는 곳이다. 그곳에 박재권을 가두며 교묘히 인사권한을 박탈해 전략기획실을 장악하는 걸 막아 낸다. 그 계획은 윤의 머리에서 나온 것이었다.

'작은아버지는 의심이 많습니다. 정작 모든 전략을 구성하는 박 상무님에게조차 따로 사람을 붙여 감시 중입니다.'

'그 사람이 바보는 아니지. 이 인사가 실질적으로는 변방으로 덜어 내는 작업이란 걸 알고도 남을 텐데.'

'현재 그룹 내 가전 사업부 위치가 그렇습니다만, 스마트 가전 시장이 있는 한 어찌 될지 장담할 수 없습니다. 아마 박 상무님은 그 중요성을 알고 있을 거고, 그 성격상 맡은 일을 먼저 생각하게 될 겁니다.'

'흠…….'

'아버지는 그런 박 상무님을 믿어 주시면 됩니다. 그러면 자연히 작은아버지는 박 상무님을 의심하게 될 거고, 박 상무님은 그런 작은아버지에게서 신뢰를 덜어 낼 겁니다.'

그야말로 상대의 패를 모조리 읽으며 시작하는 포커판과 다를 바가 없었다. 그렇게 만들어진 판에 강 회장은 마지막으로 조커를 던져 넣었다. 박 상무의 자리에 윤을 불러들인 것이었다. 비자금비리와 인사이동으로 어수선한 판에 떨어진 황태자의 귀환이었다.

"믿을 만한 사람이 이리 없다니. 내가 인생을 헛살았어."

자조 섞인 강 회장의 말에 윤은 멋쩍게 웃으며 말을 아꼈다. 커다란 재물 앞에 초연할 수 있는 사람이 오히려 드물 것이라는 말은 별로 도움이 될 것 같지 않았다.

"그렇다고 너한테 이 짐을 떠넘길 생각도 없다. 다만, 사리사욕만 채우려는 녀석한테 넘겨주고 싶지 않을 뿐이다."

이미 강 회장은 자신의 대에서 가업이 끝나더라도 더 이상의 욕심은 부리지 않겠다고 선언한 바 있다. 사후의 재산은 대부분 사회에 환원하기로 결정했고, 남은 형제들과 자식에게 물려줄 유산은 환원하기로 한 액수에 비하면 지극히 소액이었다.

하지만 그것을 믿는 사람은 거의 없었다. 그저 기업의 이미지를 그럴듯하게 만들기 위한 작업이거나, 혹은 은퇴 후 정치계로 진출하기 위한 초석이 아니냐는 추측. 혹은 언젠가는 하나뿐인 아들을 기업전선에 끌어들이리란 예상이 지배적이었고, 실제로 이번 일로 윤은 그룹에 발을 들였다. 그로 인해 곱지 않은 시선을 보내는 이들도 있었다.

그러나 강 회장의 의지는 확고했다.

"김 사장이 돌아오고 정리가 되는 대로 모든 걸 원위치시켜 놓을 테니 그때까지만 잘 부탁하마."

이제 강 회장이 완벽하게 믿을 수 있는 사람은 반도체사업부의 김선경 사장뿐이었다. 현재 그는 미국에서 고군분투 중이었다. 그가 다 된 밥에 뿌린 재를 힘겹게 거둬 내는 동안, 강 회장은 KS그룹의 곪은 종양을 짜내야 했다.

"넌 절대 나처럼 살지 마라."

윤은 그런 강 회장의 얼굴을 바라봤다. 지금의 저보다 어렸던 30살이란 젊은 나이에 그룹을 짊어진 후, 그렇게 또 30여 년을 수많은 위협과 배신 속에 살았고, 아내와 큰아들마저 손 놓고 잃어야 했다.

"물론입니다. 전 가장 소중한 게 뭔지 잘 압니다."

"그래. 너라면 그럴 거다. 허헛……."

한동안 강 회장의 허탈한 웃음소리만 이어졌다.

"우재명이 찾아왔었다."

회장실을 나올 무렵, 강 회장이 한 말이었다.

"일단은 만나지 않고 돌려보냈다. 당내에서 입지가 좋지 않은 모양이더구나. 조만간 탈당하고 행보를 정할 것 같은데, 그것에 대해 뭔가 도움을 받고 싶은 모양이야."

"그렇지 않아도 주시하고 있었습니다."

"집요한 사람이다. 정 아니면, 적당히 인맥이나 주선해 주고 앞으로 우리 그룹과의 관계에 대해선 기대하지 마라 해 두는 수도 있는데……."

윤은 고개를 저었다. 절대 그것으로 끝날 사람은 아니었다. 주

선해 준 것으로 도리어 강 회장과의 친분을 과시하며 나올 가능성
이 훨씬 높았다.

"그 사람은 지금처럼 두는 게 최선입니다."

한 치의 빛도 없는 절망 속에 두는 것이 그나마 얌전해질 기회
였다.

"건설부의 곽 상무님과 김 부사장님께서 기다리고 계십니다."

업무실로 들어서자마자 아직은 낯선 얼굴의 여비서가 그를 반겼
다. 젊은 상관을 모시게 된 유능한 여비서의 설렘 어린 마음도, 출
근 첫날부터 저를 찾아온 임원들의 행보도 모두가 예상했던 바다.
훤히 보이는 그들의 속마음은 제 생각이 틀리지 않았음을 여실히
증명하는 것.

만남은 차 한 잔을 마시는 시간이면 족했다. 그들은 조만간 또
찾아뵙겠다는 말을 끝으로 업무실을 나섰다. 윤은 재빠른 그들의
행보에 감탄할 새도 없이 지쳐 버렸다. 습관적으로 미소를 짓곤
하지만, 급격히 밀려드는 피로에 눈앞이 아찔할 지경이었다.

"후우……."

눈앞에 보이는 모든 것이 버겁다. 이곳은 제 색깔로 보이는 것
이 없다. 이미 오전의 임원회의와 시찰을 돌며 수많은 사람들이
쏟아 내는 감정에 지쳐 있었다. 각오는 했지만 막연히 생각한 것
과 현실로 겪는 건 확실히 달랐다.

언제 문을 열고 나왔는지조차 알 수 없었다.

"외출하십니까?"

"잠시 바람 좀 쐬고 오겠습니다."

비서의 목소리에 무심히 대답하던 그의 눈에 문득 작은 빛이 비쳐 들었다. 타인의 감정으로 인한 빛이 아닌 천연의 색상을 지닌 빛이었다. 그것의 정체는 그녀의 귀에서 발견한 귀고리였다.

새끼손톱 반절만 한 크기의 보석이 박혀 있었다. 그 작은 보석에서 그렇게 빛이 났다.

비서의 얼굴에 의아함이 비칠 정도로 그것을 바라보던 윤이 문득 표정을 굳히곤 고개를 돌려 버렸다. 왠지 가슴속이 저릿하고 입 안이 바짝 마른다. 갑자기 바뀐 윤의 분위기에 비서의 고개가 의아한 듯 기울어졌다.

"상무님?"

비서의 목소리가 들린 순간 윤은 재빨리 걸음을 옮겼다.

정신을 차린 순간 기가 막혔다. 기막혀서 웃음이 날 지경이었다. 그 짧은 시간 떠올린 건 젖은 머리카락 사이로 보이던 유민의 동그란 귓바퀴였다. 매끈한 귓불에 날카로운 피어스가 박히고, 피처럼 붉은 보석 하나가 그 자리에서 빛을 발하는 상상을 했다.

그것에 입을 맞추고 있었다. 황홀한 듯 눈을 감은 채 귓불을 머금다 옮겨 간 입술이 그녀의 턱 선을 스치고 하얗고 고운 목선을 파고들었다. 그렇게 그의 입술이 닿은 곳에서 붉은 꽃이 피어나는 그런 상상을…… 해 버렸다.

엘리베이터에 오른 윤은 그제야 막힌 숨을 내쉬었다. 마른 입술을 축이다 문득 들어 올린 손을 물끄러미 바라봤다. 아직도 그녀의 젖은 머리카락이 부드럽게 감기던 느낌이 생생하다. 언뜻언뜻,

가녀린 목으로 혹은 동그란 어깨로 향하는 시선을 애써 바로잡은 기억도.

'무슨 생각을 한 거야. 아직 어린 사람을 두고……'

아마 지나치게 지친 탓이었다. 도무지 무슨 생각을 하는 건지 알 수가 없었다. 되뇌면서도 정말 그게 맞는 건가, 싶었다. 정말 어린 건가. 혼란스러웠다. 이제 막 성인이 되었을 뿐이니 어린 건 맞을지도. 그러니까…… 처음엔 별생각이 없었다. 그 아침만 해도 그냥 조금 삐쳐 있을 그녀의 얼굴이 예뻤고, 더 보고 싶었고…… 조금이라도 더 함께 있고 싶은 생각뿐이었다.

그녀와의 결혼도 그런 식이었다. 그저, 그 집에서 그녀를 구해 내는 것. 그렇게 제 곁에 두고 함께 웃으며 사는 것. 바라는 건 오직 그것뿐이라 생각했는데…….

어느 틈에 그랬다. 갑자기 그런 느낌이었다.

그의 눈앞에 있던 건 여자였다. 한창 피어나기 직전의.

허탈한 웃음이 비어져 나왔다.

'결혼이라는 게 이리 쉬운 거였냐? 동정심으로 결혼까지 해 주는 남자가 세상에 어디 있어?'

기막혀하는 영신의 말을 틀렸다고 생각하면서도 그땐 그 이유를 설명할 수 없었다. 그래서 그땐 그냥 웃어 버렸다.

취한 채 잠든 그녀의 모습은 정말 귀여웠다. 택시 안에서도 꾸벅꾸벅 졸며 잠이 들었던 그녀는 간간이 제 이름을 부르며 품 안을 파고들었다. 정에 굶주린 듯, 애정을 갈구하듯. 언제나 새초롬하게 눈을 치뜨기만 하던 그녀가 그렇게 제게 기대 오는 모습은 처음이었다. 그런 그녀가 그저 안타깝고 애처로워 꼭 안아 줬다.

그러면서도 달아오른 그녀의 뺨이 언뜻 눈에 띌 땐 입술을 대고 싶었고, 내뱉는 가냘픈 그녀의 숨소리가 들릴 때마다, 그 숨결이 그의 턱 언저리에 닿을 때마다 가슴이 시리도록 허전한 느낌이 밀려들어 견딜 수가 없었다. 뭔가를 채우듯, 그녀를 꼭 당겨 안고 마른침을 삼키다 문득 정신을 차리곤 한숨을 내쉬길 몇 번.

그래도 몰랐었다. 그 마음이 뭔지. 뼈근하도록 벅차오르는 이 느낌이 뭔지.

'나…… 미워하지 마세요…….'

그날, 불량한 어른들 사이에서 알게 된 그녀의 술버릇은 자는 것과.

'……버리지 마세요.'

이상한 말을 중얼거리는 것이었다.

어떻게 그래.

내가 널 어떻게…….

절대 그럴 리가 없다고, 오히려 너 없인 살 수 없다고.

그렇게 그녀의 불안해하는 마음을 일축했었다.

그러나 지금은 왠지 그 마음을 이해할 수 있었다.

이런 생각으로 바라본 걸 안다면 너야말로 날 버리고 싶을 테니까.

"뭔가 해야겠단 생각이 드는데…… 뭘 해야 할지 모르겠어."

"……."

"아니, 내가 하고 싶은 거 말고. 그런 거 있잖아."

4월의 햇살은 제법 따뜻했다. 길 건너 공원의 어린 벚꽃나무에선 벌써 분홍빛 꽃망울이 맺히고 뜰의 노랗게 말라 있던 잔디에도 연둣빛 물이 오르는 시기. 아직은 쌀쌀한 바람이 날카롭게 뺨을 스치고 황사와 꽃샘추위로 곱지 않은 날이 많지만, 봄은 봄이었다.

"있잖아, 고구마. 넌 나보다 더 오래 알았잖아. 그래서 말인데……. 강윤 씨는 뭘 좋아해?"

―끄응. 끙.

"아니, 어떤 사람을 좋아할까?"

물론 대답은 없었다. 고구마는 어두운 표정의 그녀가 이상한지 안절부절못하며 끙끙거렸다. 힘없이 웃으며 손을 뻗은 유민이 고구마의 머리를 쓰다듬었다. 뭔가 다른 것이 묻고 싶은 것도 같은데, 도무지 말이 되어 나오지 않는다.

난 대체 뭐가 궁금할 걸까.

황금빛 햇살이 넘실거리는 봄날. 바로 곁에 찾아온 봄조차 느끼지 못하는 그녀의 입술에선 깊은 한숨만이 새어 나왔다.

그런 유민을 지켜보는 여섯 개의 눈동자가 있었다.

"안 했다에 만 원."

"나도 안 했다에 2만 원."

두 여자의 말에 영신이 무표정한 얼굴로 툭 내뱉었다.

"이것들이 정말 어디서 못 하는 소리가 없어."

"원래 조직 내에서 커플 생기면 다 이렇거든요?"

"맞아요! 그러니까 CC 같은 것도 하면 안 되는 거고."

"양심적으로 인과관계는 똑바로 따지지? 니들은 안 생겨서 못 한 거고 그거 때문에 안 한 게 아닐걸?"

"어우! 원장님!"

서로 맞장구치던 두 여자가 이번엔 동시에 그를 향해 소리를 질렀다. 하지만 눈 하나 깜짝하지 않고 테라스 쪽을 바라보던 영신은 태연히 덧붙였다.

"나는…… 안 했다에 내 오른 손목을 걸지."

"그럼 내기가 안 되잖아요!"

그렇게 모두를 놀라게 하며 결혼식을 올린 커플이건만, 두 사람의 분위기는 사정을 잘 몰랐던 은영과 지민에게도 남다르게 보이긴 했다. 그 풋풋하기만 한 공기라니. 신혼초기 부부의 끈끈한 애정 행각이나 야릇한 눈빛 교환은커녕 제대로 연애나 하는 건지조차 알 수가 없다.

"강윤 씨는 여자 경험 있을까요?"

"있다에 만 원. 그 얼굴에 그 몸매를 그 나이 되도록 썩히고 다녔다는 게 말이 돼?"

"그럼 난 없다에 만 원. 너무 해맑고 착해서 도무지 상상이 안 돼요."

"아니야, 생각해 봐. 강윤 씨 키도 크고 손도 크다? 게다가 악기 다루는 남자는 손놀림도 장난 아니거든? 아, 상상하니까 죽이네. 겉으로는 저렇게 순수하고 선비 같아도……."

대화가 점점 노골적이 되자 영신은 눈살을 찌푸렸다.

"있다에 내 잘생긴 얼굴 걸 테니까, 거기서 그만."

"헉! 진짜 있어요?"

"말이 그렇단 소리지. 그걸 내가 어떻게 아냐?"

"그럼 두 사람 키스는 했겠죠?"

"그것도 안 했다에 10만 원."

"……나 지금 너희들한테 성희롱당하는 기분인 거 알아?"

때마침 유민이 문을 열고 들어섰다. 이상하게 시무룩한 얼굴로 들어온 그녀는 주섬주섬 고구마의 목줄에서 버클을 풀어 내렸다. 누가 먼저랄 것도 없이 제 할 일에 열중하는 척하던 세 사람은 서로의 얼굴을 흘깃거리며 눈으로 이야기를 나눴다. 그러다 결국 은영이 슬쩍 유민의 곁으로 다가갔다.

"유민아, 무슨 고민 있어? 안색이 안 좋네?"

술자리 이후로 제법 친해진 은영이 생글생글 웃으며 물었지만 유민은 왠지 흠칫하며 표정을 굳혔다. 그렇게 뭔가 생각하던 유민은 잠시 후 어색하게 입을 열었다.

"저기…… 어른들은…… 그러니까, 어른 남자는 뭘 좋아할까요?"

"음? 뭘 좋아하냐니? 구체적으로 어떤 거?"

"그러니까, 선물도 좋고…… 어떤 행동이라든가, 뭐, 그런 거요."

은영의 얼굴에 의미심장한 미소가 어렸다.

"강윤 씨한테 뭐 해 주고 싶은 거야?"

슬쩍 웃으며 대답을 회피한 유민은 어느새 곁에 드러누운 고구마의 두툼한 발만 만지작거렸다. 이런 질문이 이토록 쑥스러운 건지 미처 몰랐다. 아니, 왜 쑥스러운 기분이 들어야 하는지도 의문이었다. 별걸 하려는 것도 아닌데. 그냥, 좀…… 그를 기쁘게 해 주고 싶을 뿐인데.

웃음을 참는 듯 은영의 얼굴이 오묘해졌다. 당황한 듯 어쩔 줄
몰라 하는 모습이 귀엽기도 하고, 왠지 배도 아프고, 놀리고도 싶
고. 복잡한 기분이다.

"뭐니뭐니 해도 선물은 정성이 든 게 최고죠. 뜨개질한 머플러
나, 아니면 특별한 요리. 깜짝 도시락 같은 거요. 사실 강윤 씨라
면 유민이가 해 주는 건 다 좋아할 거 같지만."

지민이 불쑥 끼어들었다. 은영은 말없이 고개를 끄덕이며 동의
를 표했다. 그런 두 사람을 번갈아 바라보던 유민이 진지하게 고
민했다. 요리로 그를 기쁘게 해? 그게 가능할까?

"야, 그런 거 하지 마. 남자들은 그런 거 싫어해. 막말로 명품
사서 안겨 주는데 여자 친구는 어디서 줘도 안 가질 듬성듬성한
머플러 안겨 주네? 얼마나 화나겠어?"

"그거야 원장님 같은 남자나 그렇죠!"

"아, 정말 뭘 모르네. 생각 좀 해 봐라. 어차피 집에서 엄마가
다 해 준 걸 여자 친구한테까지 받고 싶겠냐? 심지어 엄마는 솜씨
도 더 좋은데? 기대하는 게 달라요~"

"우우우! 말도 안 돼! 그럴 리 없어요!"

"이건 여자들의 환상을 깨는 소리라구요!"

시끌시끌, 떠들어 대는 틈에서 듣는 둥 마는 둥 유민은 골똘히
생각에 잠겨 있었다. 그러자 영신은 짐짓 큰 목소리로 말을 이어
갔다.

"어떤 남자든 홀랑 넘어오게 하는 비법을 공개할 테니까 잘 들
어. 일단 속옷가게로 들어가서, 야한 속옷부터 갖춰 입어. 그리고

남자 옷 아무거나 윗옷만 꺼내 입고 딱 대기해. 그거면 어떤 남자든 100% 넘어올 테니까."

"어우, 저질! 유민아, 저런 거 따라 하면 안 돼!"

"우린 연애를 하고 싶은 거라구요! 연애!"

가능할 리가 없잖아! 몸서리를 치던 유민은 다시 진지하게 고민을 시작했다. 그런 유민을 보는 영신의 얼굴에는 어우, 저 답답한 것! 이라고 외치고 싶은 기색이 역력했다.

—땡그랑.

때마침 문이 열리며 누군가가 들어왔다. 자그마한 체구의 여자 손님이었다. 재빨리 표정을 바꾼 은영이 먼저 손님을 맞았다. 그런데 영신의 반응이 뜻밖이었다.

"어? 너 선이 아니냐?"

"어라? 신이 오빠? 헐, 진짜 수의사가 됐네? 우와, 신기해!"

그제야 유민은 여자에게로 눈을 돌렸다. 짧은 머리에 작은 체구 탓인지 저보다 어려 보일 정도로 귀여운 여자였다. 지민과 은영의 눈에도 언뜻 경계의 빛이 어렸다.

"신기하긴 뭐가? 그보다 넌 여기 웬일이야? 어떻게 알고 왔어?"

"아, 고양이 찾으려요. 여기 혹시 톰이라고……."

"네가 정하 자식 물건을 왜 찾으러 와? 너 설마 정하 그놈이랑—"

"에이, 에이. 말도 안 돼. 절대 그런 거 아니에요. 그냥 사정이 있어서 어쩌다 보니. 아, 저기 뚱뚱한 애, 쟤가 톰이에요?"

왠지 화가 난 듯한 영신의 표정에도 쾌활하게 웃어 보이던 그녀는 재빨리 톰의 곁으로 다가갔다. 그제야 지민이 어디선가 캐리어를 꺼내 왔고, 그녀는 여전히 꼼짝도 하지 않는 톰을 조심스럽게 밀어 넣었다. 그사이 또 문이 열렸고, 동시에 강윤의 목소리가 들려왔다.

"유민 씨."

"어? 강윤 씨. 일찍 오셨네요?"

먼저 발견한 은영이 알은체를 했지만, 곧바로 유민을 향해 다가온 윤은 먼저 그녀의 허리를 감으며 이마에 입을 맞췄다. 영신의 인상이 순식간에 구겨지고 구경하던 지민의 입에서 어우, 닭살! 소리가 절로 튀어나왔다.

내내 그의 생각으로 머릿속이 꽉 차 있었던 탓인지 이상하게 가슴이 뛰는 바람에 유민은 그만 당황해 버렸다. 미처 다녀왔냐는 인사조차 하지 못한 채 눈만 깜빡이다 정신이 돌아와 입을 열려는 때였다. 여자의 목소리가 들려왔다.

"강윤…… 선배?"

"병아리?"

조금 놀란 얼굴로 나직하게 내뱉던 윤이 문득 얼굴을 굳혔다. 묘하게도 그 순간 영신은 유민의 눈치를 살폈다.

"아니, 최선. 네가 여긴 어떻게……."

"아, 우와. 우와, 진짜 선배……네요."

선이라 불린 여자의 얼굴에는 마치 동경하던 연예인을 만난 듯한 기쁨과 함께 묘한 그리움이 맺혀 있었다. 그리고 그녀를 바라보는 윤의 미소도 어딘지 평소와는 다른 느낌이었다. 누구에게나 보여 주는 웃음이 아닌, 조금은 다른 감정의.

"민정하, 아니 정하 선배한테 결혼하셨다는 소식은 들었어요. 축하해요."

"그래, 고마워."

단지 몇 마디가 오간 짧은 시간이었다. 의식하지 않았다면 몰랐을 미미한 변화였다. 다시 원래의 윤으로 돌아간 그가 미소를 보이자 그녀는 그제야 유민의 존재를 알았다는 듯 눈을 돌리더니 생긋 웃었다.

"와, 이분이구나. 미인이시다. 만나 봬서 정말 반가워요. 축하드려요."

현관에 들어서고야 유민은 나직하게 한숨을 흘렸다. 오후 내내 햇살을 받아 둔 거실에 들어서자 금세 몸이 노곤해지는 기분이었다. 이제 집은 가볍게 샤워를 마치고 잠옷 바람으로 돌아다녀도 전혀 어색하지 않은 곳이 되었다. 익숙한 듯 마주 앉아 봄바람 냄새가 듬뿍 밴 빨래를 개고, 나란히 서서 저녁을 만들었다.

"유민 씨, 정말 많이 늘었어요. 역시 금방 배우네요."

유민이 썰어 놓은 야채가 제법 균일하게 모양이 잡혀 있는 걸 본 윤이 진심 어린 얼굴로 감탄했다. 인천댁이 올 때마다 졸졸 따라다니며 칼을 쥐는 법부터 그릇을 씻는 법까지 배워 가며 노력한 보람이 있었다. 어느덧 그녀가 안쳐 놓은 밥도 고소한 향을 풍기기 시작했다.

"이제 물건 제대로 사는 법만 배우면 아주 완벽하겠어요."

"그 얘긴 하지 마세요."

불만스러운 표정으로 투덜댔지만, 윤은 키득거리며 오목하게 패인 눈썹의 위를 슬슬 건드려 댄다. 아이를 다루는 듯한 손길에 도리질을 치며 반항하던 유민이 결국 그의 품에 풀썩 안겨 들자 나직한 웃음소리가 척추를 타고 흐른다. 유민은 작게 몸을 떨었다.

"그런데 난 아무리 생각해도 궁금해요. 왜 3분 카레를 샀어요?"

"자, 잘못 집은 거라구요, 그냥!"

"그래서 많이 당황했어요? 그래서 나 모르게 숨긴 거였어요?"

"어우, 정말! 미워! 그만 좀 해요!"

버둥거리며 그의 품을 밀어내자 웃음기 가득한 윤의 얼굴이 한눈에 보였다. 왠지 얄미워 저도 모르게 그의 가슴팍을 툭툭 쳐 댔다. 그러자 윤은 간지럽다는 듯 웃음을 터뜨렸다.

"알았어요, 알았어. 진짜 안 할게. 그런데 너무 귀여워서 자꾸 생각나는 걸 어떡해요."

"자꾸 그러면 다신 요리 안 할 거야."

아직도 그때만 생각하면 얼굴이 저절로 빨개진다. 인천댁 아주머니의 조언을 듣고 처음으로 만들어 본 카레였다. 힘들게 야채를 썰어 넣어 푹 끓이고 이제 카레를 넣을 찰나에 발견한 3분 카레라니. 무작정 카레라는 글씨만 보고 사 온 게 탈이었다.

'유민 씨, 여기 웬 야채수프가 있어요!'

빨래를 걷어 오던 윤이 놀란 얼굴로 베란다에 숨겨 둔 냄비를 들고 왔을 땐 정말 울고 싶었다. 그리고 사정을 안 윤은 그녀를 껴안고 한참이나 부비며 웃어 댔었다. 그 후, 윤은 툭 하면 그 일을 꺼내 그녀를 놀려 대곤 했다.

어느덧 윤의 특제 계란찜이 놓이고, 간만에 물을 잘 맞춰 고슬고슬한 유민의 밥이 놓였다. 작은 뚝배기에 담긴 김치찌개도 알맞게 끓어올라 어느덧 식사 준비는 끝이 났다.

"맛있다!"

계란찜을 입에 넣은 유민이 저도 모르게 미소를 지었다. 그 모습에 윤의 입가에도 흐뭇한 웃음이 머물렀다. 조금 조용해진 두 사람 사이에선 한동안 젓가락과 식기가 부딪치는 소리만 간간이 들려왔다. 그러다 문득, 유민이 입을 열었다.

"다용도실 있잖아요. 거기 써도 돼요?"

"네. 필요하면 뭐든 마음대로 써요."

"뭐 할 건지 안 물어봐요?"

"음, 유민 씨가 필요하다면 뭐든 괜찮은데요?"

윤의 대답은 간결하고 다정했다. 하지만 어느새 젓가락을 놓은 유민의 표정엔 왠지 모를 불만이 서려 있었다.

"아니, 그거…… 그런 게 아니에요."

제가 뱉어 놓고도 혼란스러운 듯 잠시 말을 멈추고 눈썹을 찡그리던 유민은 한참 만에야 다시 입을 열었다.

"내가 뭘 할 건지, 물어봐요. 말해 달라고 해요."

윤의 표정도 미묘해졌다. 조금 당황한 듯 어리둥절한 표정 위에 언뜻 웃음기가 비치기도 했다. 그제야 유민의 의도를 안 그가 다정히 물었다.

"거기서 뭐 할 건데요?"

"암실 만들 거예요. 사진 찍어서 현상하고 인화하는 곳이요."

"사진이요? 유민 씨 사진도 찍었어요?"

"네. 셀카 뭐 그런 거 말고, 이렇게 대포 같은 거 들고 하는 거 요. 느낌 있는 필름 사진도 찍고 싶고, 조엘 로빈슨 같은 작품도 만 들고 싶어요. 원래 대학 가면 사진 배우려고 했었거든요. 몰래 학원 다니면서 좀 배우기도 했고. 그런데 나…… 지금은 아무것도 없어 요. 카메라도 거기 두고 와서 아마 다 사야 할 거 같은데……."

이토록 신이 나서 말을 늘어놓는 유민의 모습은 아마 처음 보는 것이었다. 윤의 얼굴에도 덩달아 흥미로운 기색이 어렸다.

"필요한 건 뭐든 사도 좋으니까. 뭐든 골라 봐요."

"……."

"아니다. 언제 같이 사러 갈래요? 이번 주 토요일 어때요? 데이 트도 할 겸."

그 순간 꽃이 피듯 유민의 입가에 미소가 맺혔다. 이끌리듯 손 을 뻗은 윤이 그녀의 뺨을 툭 건드리곤 웃음을 터뜨렸다. 그런 윤 의 행동에 심장 근처 어딘가가 간지러워진 유민은 작게 기침을 하 며 조심스럽게 제 가슴을 눌렀다.

식사를 마치고 갈아입은 옷을 들고 나온 유민은 세탁기가 있는 다용도실로 간다. 재빨리 세탁 망을 꺼내 속옷을 따로 챙겨 넣자 인기척이 났다.

"여기 있었어요?"

유민은 대답 대신 그에게 손을 내밀었다. 윤이 웃음을 터뜨렸 다.

"괜찮아요. 내가 할게요."

아직까지 서로의 손에 속옷을 맡긴 적이 없었으니 그런 윤의 태도가 새삼스럽진 않았다. 그러나 유민은 물러서지 않았다. 뺏다시피 그의 손에서 옷을 건네받은 유민은 난처한 듯 멋쩍어하는 윤의 앞에서 착실하게 분류를 마치곤 아무렇지 않게 그를 바라봤다.

"평생 강윤 씨한테 집안일 맡아 달라고 할 순 없잖아요. 일만으로도 바쁜데."

"난 괜찮은데요."

"내가 싫어요. 아무것도 하지 않고 얹혀사는 거 같아서."

짐이 되는 거 같아서.

차마 하지 못한 말은 꾹 삼켰지만, 윤은 감정이 상한 듯 굳은 얼굴이었다.

"얹혀살다니. 그런 말이 어디 있어요?"

"알았어요. 그런 말은 안 할게요."

애써 웃으며 정정한 유민은 제 마음이 왜곡되지 않길 바라며 덧붙였다.

"그냥 나 스스로 할 일을 찾는 거예요. 내가 강윤 씨 도와주고 싶어서 그래요. 서툴러도 노력할 테니까. 그러니까…… 믿어 줘요."

그가 저보다 잘나서, 혹은 제가 그보다 못해서 그에게 보호받으며, 그에게 빌붙어야 하는 인생이라서가 아니라…… 그냥 저 자신이 그를 위해 할 수 있는 걸 찾는 거라고.

이건 비굴한 마음이 아니라, 스스로 당당해지기 위함이라고.

그저 자신의 선택이자, 제가 원해서임을. 이것이 제 진심이라는 걸 알아줬으면 했다.

"이젠 내가 할 수 있는 건 다 할 거예요."

비록 시작부터 공평하지 못한 게임이고 절대로 그와 동등할 수 없는 상황이라도.

"우린 부부잖아요."

이렇게 생각하는 것조차 어쩌면 그보다 못한 현실로 인한 열등감이 된다 해도.

어째선지 윤은 말이 없었다. 왠지 복잡해 보이는 눈빛으로 한참을 그렇게 바라보기만 했다. 괜스레 부끄러워진 유민은 잽싸게 그의 시선을 피하며 남은 일을 마저 해치웠다. 그렇게 마지막으로 세탁기의 버튼을 눌렀을 때였다. 등 뒤로 감싸온 온기. 온몸을 포근히 덮으며 밀착해 온 그가 속삭였다.

"그래요. 우린 부부니까."

이제는 안다. 어떤 말을 해도 그는 당연하다는 듯이 자신을 이해해 주려 한다는 걸. 그렇기에 더해 가는 욕심이 버거워진다는 걸.

작게 한숨을 내쉰 유민은 눈을 감고 따뜻한 그의 품을 느끼며 속으로 기도했다. 여기서 더 부질없는 욕심을 부리지 않기를. 지금처럼만 살 수 있기를…….

"그럼 다녀올게요."

윤이 밝은 얼굴로 현관에 섰다. 배웅하던 유민은 뭔가 할 말이 있는 얼굴로 미적거렸다. 그런 유민이 이상한지 윤의 얼굴에 의아함이 서린다.

"왜요? 할 말 있어요?"

"저기…… 잠깐만 가까이……."

기어들어 가는 목소리로 손짓하던 유민이 고개를 푹 숙였다. 정작 윤이 얼굴을 가까이 대자 심장이 터질 것만 같다. 하지만 오늘은 꼭, 해야 한다. 다시 다짐한 유민은 크게 숨을 들이켰다. 그가 너무 커서인지, 아니면 이쪽이 작아선지 숙인다고 숙인 높이가 너무 높다. 잠시 울상을 짓던 유민은 에라, 모르겠단 심정으로 그의 재킷을 붙잡으며 발끝을 세웠다.

─쪽.

묘하게 상큼한 소리가 났다. 드디어 했다!

처음으로 입술을 대 본 그의 볼은 묘하게 말랑거리고 부드러웠다. 그리고 입술을 떼자 그의 놀란 듯 휘둥그레진 눈이 아주 가까이에 있었다.

"다, 다녀오세요!"

유민은 서둘러 재킷을 놓고 한 걸음 물러나 고개를 푹 숙였다.

두근두근두근…….

심장이 터질 것처럼 뛰어 댄다. 이렇게 떨리는 걸 저 사람은 어떻게 그리 아무렇지 않게 해 댄 건지 알 수가 없었다. 부끄러워 죽을 것만 같은데 앞의 남자는 도무지 움직이는 기색이 없다. 자라목을 한 채 얼어 있던 유민이 쭈뼛거리며 고개를 들었을 때였다.

"유민 씨!"

"꺅!"

어설픈 뽀뽀의 대가는 엄청났다. 갑자기 달려든 윤이 그녀를 와락 껴안았다. 그러고도 모자라 그대로 훌쩍 들어 올리더니 빙글빙

글 돌기까지 했다. 놀란 심장이 펄떡거리고 머리가 어지럽다.

"하, 하지 마요⋯⋯."

그런데 알 수가 없었다. 하지 말라 하면서도 정작 그녀의 손도 그의 옷자락은 꼭 붙든 채였다. 지금도 이렇게 숨이 막힐 것처럼 답답한데, 버겁도록 심장이 뛰어 대는데, 어느덧 그 품에 안길 때마다 제자리를 찾은 양 가슴이 벅차오른다. 그녀의 입가에도 결국 참지 못한 웃음이 터져 나왔다.

왠지 조금은 알 것도 같았다. 이렇게 저절로 웃음이 나오는 지금이. 아마도 이것이 남들이 말하는 '행복한 것'일 거라고⋯⋯.

'뭐니뭐니 해도 선물은 정성이 든 게 최고죠. 뜨개질한 머플러나, 아니면 특별한 요리. 깜짝 도시락 같은 거요. 사실 강윤 씨라면 유민이가 해 주는 건 다 좋아할 거 같지만.'

지민의 말이 떠오른 것도 아마 그런 이유였을 거다. 한참이나 그녀를 껴안고 나갈 생각을 않는 윤을 쫓아내다시피 출근시킨 유민은 멍하니 앉아 있다 후다닥 냉장고로 다가갔다. 틈나는 대로 마트를 돌아다니는 통에 식재료는 언제나 한가득이다. 잘 정리된 재료들을 바라보던 유민은 다시 주방 테이블 위의 노트북으로 눈을 돌렸다.

—남자 친구를 위한 깜짝 도시락 레시피.

남자 친구. 왠지 낯간지러운 이름과 함께 화면엔 사진만 봐도 깔끔하고 먹음직스러운 도시락이 펼쳐져 있었다. 정말 이런 이상한 짓을 해도 되는 걸까? 걱정스러운 듯 그녀의 이마가 찌푸려졌다.

하지만 고민은 짧았다. 어쩌면 이런 건 다 그냥 핑계인지도 모른다. 결국 도달한 결론은 하나뿐이다. 그가 보고 싶어. 그의 웃는 얼굴이 보고 싶어. 그가 놀라는 모습, 그가 기뻐하는 모습이 정말 보고 싶어.

"좋아. 해 보자."

유민은 결심했다는 듯 주먹을 쥐어 보였다.

고작 롤 샌드위치와 과일샐러드. 모양을 낸 한 입 주먹밥이 이리 어려울 줄은 미처 몰랐다. 실패한 주먹밥이 산처럼 쌓이고 간신히 그럴듯하게 예쁜 것만 주워 담고 보니 벌써 세 시간이나 지나 있었다.

"헉! 늦었다……."

부랴부랴 외출 준비를 마친 유민은 미처 다 말리지도 못한 머리카락을 휘날리며 달리기 시작했다. KS그룹 본사의 사옥은 그다지 멀지 않았다. 버스를 타고 30여 분 거리. 점심시간 전에는 충분히 도착할 거리였다.

무사히 입구를 지나, 그의 업무실이 있는 16층으로 가기 위해 엘리베이터에 올랐을 때도 유민은 그저 기대감으로 부풀어 있었다. 하지만 모든 일이 다 순조롭지는 않았다.

"선약하신 건가요?"

딱딱한 비서의 말투에 순간, 거품이 꺼지듯 기분이 확 가라앉았다. 그 싸늘한 말투가 아니었더라도 고급스럽고 세련된 꾸밈의 여비서를 본 순간, 이미 그녀의 얼굴은 굳어 있었을 거다.

"그런 건 아니고 잠깐 볼일이 있어서 찾아온 거라……."

"상무님께서는 지금 회장님과 함께 회동 중이시라 자리에 안 계십니다."

"아…… 그럼 언제쯤 들어오실까요?"

"회장님과 함께 다니실 땐 저희도 언제 오신다고 확답을 드리기 어렵습니다. 다른 스케줄은 딱히 없는 거로 봐서 아마 꽤 늦게 오시거나 그대로 퇴근하실지도 모르겠습니다."

분명 예의는 갖춘 말투지만 비서의 태도는 꽤나 고압적이었다. 얼마나 기다려야 할지 모르니 그만 가 달라는 말을 온몸으로 하고 있었다.

"알겠습니다. 그럼 수고하세요."

결국 돌아서 나오는 수밖에 없었다. 하긴, 생각해 보면 이곳에서 강윤은 강윤이라는 이름 이전에 회장님의 아들. 점심시간에 다른 약속이 없는 게 더 이상하잖아.

무안해진 유민은 무겁게 걸음을 떼었다. 들어설 때만 해도 잘 느끼지 못했는데, 복도를 지나치는 사람들도 괜히 그녀를 흘긋거리는 것만 같았다. 외부인을 배척하는 듯한 눈빛에 어깨가 절로 움츠러들었다. 수많은 사람들로 가득한 건물이지만, 청바지에 운동화를 신고 캐쥬얼한 재킷을 걸친 그녀의 모습은 누가 봐도 회사원처럼은 보이지 않을 테니까. 결국 그 눈길을 피하듯 복도 한 켠에 보이는 화장실로 들어섰다.

그렇게 한 칸 자리를 차지하고 앉아 한숨을 쉴 무렵이었다. 누군가 들어오는 소리가 나더니 여자들의 웃음소리가 들렸다.

"하여간 고딩이 어른 꼬셔 가지고 연애하고 결혼했다 할 때부터 알아봤어. 얼마나 까져야 그게 가능해?"

"그래도 예쁘더라. 청순하고 얌전하게 생긴 얼굴 부러워. 하……
전생에 뭘 하면 그리 예쁘니?"

"원래 그렇게 생긴 애들이 더 발랑 까졌어. 그리고 그 나이에 안 예쁜 애도 있니?"

"아무튼, 너 좀 그렇다. 아무리 그래도 상무님 가족인데 그렇게 쫓아낸 거 나중에 상무님이나 회장님 아시면 어떡하려고 그래?"

이건 어떻게 들어도 제 이야기임에 틀림없었다. 유민은 저도 모르게 긴장한 채 숨을 죽였다.

"알긴 어떻게 알아? 그리고 난 규정대로 선약도 없는 사람한테 언제 오실지 모른다고 대답했을 뿐이거든? 하여간 웃기더라. 보자마자 딱 견제하는 눈빛 있지? 어린것이 건방지게. 가뜩이나 주는 거 없이 미운상인데."

"응. 여자들이 별로 안 좋아할 얼굴이긴 해. 뭔가 건방지고 도도해 보이는 게."

왠지 찔끔했다. 그 세련된 여자의 모습을 본 순간, 저도 모르게 굳었을 제 표정을 좀 더 어른인 그녀는 쉽게 읽었을 거다.

'바보같이 왜 그랬을까.'

그녀들의 목소리에 학교에서 저를 욕하던 친구와 선생님들의 모습이 오버랩되었다. 허탈한 웃음기가 그녀의 입가에 머물렀다. 학교에서도, 처음 보는 회사의 직원들에게도 똑같은 취급을 받는 제 처지가 이젠 속상하다, 조금…….

"그런데 너 솔직히 상무님 노리고는 있잖아."

"아니거든? 이혼하고 오면 모를까 유부남은 됐어."

"피, 그래 놓고 정작 상무님이 은근하게 눈길 주면 바로 넘어갈 거면서."

"뭐…… 솔직히 우리 상무님 정도라면 한 세 번째 부인까진 괜찮을 거 같아."

"난 피아노만 쳐 주면 열 번째도 괜찮아."

금세 강윤의 이야기로 옮겨 간 여자들이 깔깔거리며 화장실을 나섰다. 유민이 화장실을 나선 건 그러고도 한참이나 시간이 지나서였다.

오늘따라 바람도 없고, 하늘은 유난히 맑다. 딱 정처 없이 걷고 싶은 날이었다. 정문을 나선 유민은 깔끔한 보도블록을 따라 걷다 건물 옆의 휴게실에 도착했다. 듬성듬성, 꽃을 피운 벚꽃나무 아래의 벤치에 앉아 멍하니 하늘을 바라봤다. 햇살이 따뜻해 목이 메었다.

별다를 것도 없는 날인데. 그냥 평소 같으면 이런 도시락 따위, 다른 사람을 줘도 되고 내가 먹어도 되고. 게다가 남이 저를 미워한다 해서 달라질 건 뭐 있던가. 저를 욕하는 소리는 들어 넘기면 되는걸. 새삼스레 속이 상할 이유도 없는, 그저 지극히 일상일 뿐인 그런 일 따위…….

그런데 간신히 가라앉힌 눈시울이 다시금 뜨거워졌다.

그냥 그의 웃는 얼굴이 보고 싶었다. 동정이라도 좋으니 그냥 곁에 있는 것만으로 족해야지, 생각했다. 자꾸 꿈틀거리는 어떤 생각을 억누르며, 그에게 맞출 수 있도록. 그냥 그를 편하게 대하고 조금 더 친해지도록 노력하려던 것뿐인데…….

어느 순간 답답해 뭔가 내뱉고 싶었다. 자꾸 이상한 것만 생각을 한다.

'병아리?'

그날도 그랬다. 처음 들어 보는 어조였다. 어쩐지 당황한 듯도 한 말투였다.

'그 사람 누구예요?'

차마 물을 수 없었다. 어쩐지 그 답이 뭔지 알 것 같았으니까.

과거의…… 여자. 그 답을 그의 입으로 들으면 왠지 하늘이 무너질 것만 같았다. 막연히 그에게도 여자 친구가 있었을 거란 생각은 했지만 직접 눈으로 보는 건 전혀 다른 기분이었다. 자신이 알지 못하는 시절의 그가 궁금해 미칠 것만 같은데 물을 수 없었다.

생각은 속절없이 번져 갔다. 그는 어떤 얼굴로 그녀를 바라봤을까. 그녀도 지금의 저처럼 똑같이 안아 주고, 똑같이 입 맞춰 줬을까. 어쩌면 지금의 자신보다 더 아끼고 예뻐했을지도 몰라…….

어쩌면…… 좋아해, 사랑해, 그런 말을 그녀의 귓가에 속삭였을지도.

저는 한 번도 들어 본 적 없는 그 말을…… 그녀는 들었을지도 몰라.

눈을 질끈 감아 버린 유민이 아릿한 가슴을 꾹 눌렀다. 그럼에도 눈앞에 모두를 향해 미소를 보이는 그의 모습이 떠올랐다. 그게 더 아팠다. 그게 더 괴로웠다.

그렇게 웃어 주지 마요. 나만 보고 웃었으면 좋겠어.

모두의 관심 속에 있는 게 싫어. 다른 사람이 그를 바라보는 게 싫어.

그의 친절, 그가 주는 행복. 그런 거 모두 나만 알고 싶어.

그의 미소마저 독차지했으면 하는 그런 어처구니없는 생각. 그런 말도 안 되는 욕심 따위…… 가지면 안 되는 건데. 이러면 안 되는데.

"유민 씨?"

봐. 이런 말도 안 되는 곳에서 그의 목소리가 들리는 상상이나 하고.

"여기서 뭐 하는 거예요?"

너무 보고 싶어서. 그를 보지 못하는 게 너무 속상해서 들리는 환청일 텐데.

"왜 그래요, 어디 아픈 거예요?"

정말 환상이 아닐까 생각했다. 그의 머리 위로 비치는 햇살이 너무 눈이 부셔서.

"연락도 없이 어떻게 왔어요? 아직 추운데, 이렇게 얇게 입고 와선……."

하지만 너무 낯이 익잖아. 마지막 꿈마저 잃었던 절망의 날. 그 햇살 속에서 저를 내려다보던 그 남자와 바보 같은 개 한 마리를 봤던 그날처럼. 걱정 가득한 얼굴로 미소 짓는 저 사람은.

아마, 그때 이미…… 그 첫 만남에 이미 그를…….

유민의 커다란 눈망울에서 방울방울 눈물이 흘러내리기 시작했다. 결국 터져 나온 눈물이, 순식간에 그녀의 얼굴을 적셔 갔다.

"유민 씨? 왜 그래요? 무슨 일 있었어요?"

당황한 얼굴로 다가온 그가 서둘러 그녀를 품에 안았다. 유민은 하염없이 그의 품을 적시며 흐느꼈다. 이젠 더 누를 수도 없고 주워 담을 수도 없는 감정으로 북받친 울음소리가 새어 나왔다.

'나 어떡해요. 강윤 씨…….'

그때 이미 그를 가슴에 담아 뒀나 보다. 뭔지조차 모르고 담아 둔 그 감정이 이젠 너무 자라서, 더 이상 감당할 수조차 없이 꽉 차 있었다.

이렇게 지치도록 울어 본 기억은 없었다. 아주 어릴 적. 기억에도 없는 그때도 그녀는 별로 울지 않는 아이였다고 했다. 그 말을 해 준 건 어머니였다. 언제나 야무지고 똑똑한 아이. 어른스럽고 강한 아이. 그래서 아버지의 폭력 앞에 방치해도 괜찮았을 아이.

하지만 전혀 괜찮지 않았다. 사실은 언제나 엄마가 그녀와 아버지 사이를 가로막아 주기만을 바랐다. 편히 울 수 있도록 그 품으로 안아 주길 바랐다. 그렇게 사랑받는다는 느낌을 받고 싶었다. 언제나.

얼마나 오래 울었던 걸까. 어느덧 벤치에 앉은 그의 품에 아이처럼 안긴 채였다. 그의 허벅지에 걸터앉아 있는데 온몸이 붕 떠 있는 듯한 기분이었다. 너무 포근하고 아늑해 벗어나고 싶지가 않았다.

"다 울었어요?"

그는 자연스럽게 등을 토닥이고, 긴 머리카락을 쓸어내렸다. 아무 말도 하지 않고 그녀가 다 울기만을 기다렸다.

"유민 씨가 이렇게 눈물이 많은 줄 몰랐어요. 우는 얼굴도 처음 봤고."

울음이 잦아들자 그의 가슴팍에서 나직한 웃음소리가 전해졌다.

그가 고개를 기울이자 눈앞으로 그의 입술이 다가왔다. 가만히 그 상태로 바라보던 그는 이내 조심스럽게 그녀의 눈꺼풀에 입을 맞췄다. 남은 눈물이 그의 입술 틈새로 스며들었다. 유민의 입에선 힘겹게 숨을 들이켜는 신음이 새어 나왔다.

"왜 그렇게 울었어요?"

그 상태로 나른하게 묻는 목소리가 들리자 심장이 다시 울렁거렸다.

"모, 몰라요. 그냥……."

"그냥이 아닌 거 같은데…… 왜 나를 보고 울어요?"

심지어 정곡을 찌르자 이젠 심장이 식도를 타고 기어 나올 것만 같았다.

"그, 그냥…… 딱 그때 강윤 씨가 온 거지, 다른 거 아니에요."

"흠."

"그보다 저기…… 여기 있는 건 어떻게 알고 왔어요?"

"아, 마침 들어오던 참이었어요. 여기 정문에서 보면 잘 보이거든요. 다시 회장님이랑 나가서 점심 들려던 참이었는데……."

"네? 그럼 이러고 있으면 안 되는 거 아니에요?"

유민의 얼굴이 사색이 되었다. 그러나 윤은 태연히 웃음을 터뜨렸다.

"아, 괜찮아요. 크게 중요한 약속은 아니고, 회장님은 뭐가 가장 중요한 건지 아주 잘 아시니까."

그의 말대로 유민의 모습을 함께 발견한 강 회장은 윤을 기다리지 않고 그대로 차를 출발시켰다. 어차피 그가 오지 않으리란 걸잘 아는 탓이었다. 그러나 그 사실을 모르는 유민은 그야말로 청천벽력과도 같은 소리였다.

"말도 안 돼, 그러면 아버님한테 저는…… 어, 어떡……."

"그보다 이건 뭐예요?"

그런데 이 남자는 걱정을 할 틈도 주지 않았다. 옆에 있던 쇼핑백을 불쑥 들어 올려 또 그녀를 당황하게 만들었다.

"설마, 나 주려고 도시락 싸 온 거였어요?"

"그, 그게……."

유민이 당황하며 몸을 일으키려 하자 윤은 다시 그녀를 고쳐 안았다. 이번엔 그의 다리 사이에서 그가 등을 감싼 자세로. 도무지 품에서 빼놓으려 하지 않는 그의 태도에 유민은 적잖이 당황하면서도 안도감을 느꼈다. 어쩔 수 없이 심장이 뛰어 댔다.

"와, 맛있겠다."

귓가에 그의 목소리가 내려앉았다. 그녀의 허벅지 위에 놓인 도시락은 다행히 별로 망가진 곳이 없었다. 신기하다는 듯 바라보던 그가 불쑥 말했다.

"먹여 줘요."

"네?"

"나 이렇게 뒤에 있으니까 불편하잖아요. 빨리 먹여 줘요."

대체 뭘 하자는 건지. 하지만 제 어깨에 턱을 얹으며 싱긋 웃는 얼굴을 보고 있자니 도무지 거절을 할 수가 없었다. 유민은 떨리는 손으로 간신히 젓가락질을 했다. 손을 떠는 걸 들키지 않으려 애쓰며 한 입 주먹밥을 그의 입에 넣어 주는 순간 기분이 아주 이상해졌다.

"진짜 맛있다. 유민 씨 요리 실력 엄청 늘었어요. 유민 씨도 먹어 봐요."

"나, 난 이미 만들면서 많이 먹었어요."

"그래요? 그럼 정말 나 이거 다 먹어도 돼요?"

순수하게 다 먹어도 되는 걸 기뻐하는 건지 윤은 천연덕스럽게 웃었다. 그 순간 다시 심장이 아릿해졌다. 저 웃음을 그렇게나 보고 싶었구나, 하고 생각하니 또 눈물이 날 것 같았다. 그는 언제나 가장 최악일 때 나타나 그 늪에서 그녀를 훌쩍 건져 냈다. 아무것도 생각하지 못하게 만든다. 그렇게 눈앞에 있는 사람만 바라보게 만드는…… 나쁜 사람이었다.

"강윤 씨는…… 나한테 어떤 사람이에요?"

"네?"

"왜 그렇게 나한테 잘해 주는 거예요?"

정말로 싸 온 도시락을 다 받아먹고, 어느덧 보온병에 담아 온 따뜻한 녹차를 든 그가 의아하다는 눈으로 그녀를 바라봤다.

"남편이 아내를 아끼는 건 당연한 거죠."

유민이 작게 웃음을 터뜨렸다.

날 좋아해요?

사실 원하는 답을 유도하는 건 어렵지 않다. 아니, 그는 분명 좋아한다고 말을 해 줄 것이다. 그런데 그 좋아한다는 말의 의미, 그 범위를 모르겠다. 친구로서, 아니면 너무나 착한 사람이니까 그녀가 가엾고 딱해서. 아니면 그냥 보기에 귀엽고 예뻐서…… 그 모든 것의 정답도 똑같이 좋아해라고 나올 수 있으니까.

내가 듣고 싶은 좋아해, 와 그의 입에서 나오는 좋아해.

그것이 같은 의미를 가지려면 그녀가 느끼는 설렘과 두근거림을 그 역시 느껴야 한다는 말. 하지만 저 평온한 얼굴 어디에도……
그런 건 없다.

"무슨 생각 해요?"

뺨을 만지작거리던 그가 물었다. 여전히 그녀의 등을 감싸 안
은, 조금은 야릇해 보이는 포즈로. 빤히 그의 얼굴을 바라보던 유
민이 말했다.

"나…… 미워하지 마요."

그의 얼굴에 다시 의아함이 깃든다.

"왜 그런 생각을 했어요?"

"모르겠어요, 나도."

"……."

"이런 생각 해도…… 미워하지 마요."

잠시간, 윤은 입을 열지 않았다. 뺨을 쓰는 손길에 조금 힘이
들어가 있었다. 고개를 돌릴 수가 없었다. 어쩐지 그의 시선이 조
금 아래를 향하고 있단 생각을 했다. 그의 시선이 닿고 있을 입술
이 묘하게 말라붙는다. 길게 내려앉은 그의 속눈썹. 반듯하게 자리
잡은 콧날. 이 밝은 햇살 아래서도 흠잡을 곳 없는 그의 얼굴이 바
로 코앞에 있었다.

혹시…….

혹시 지금…….

저도 모르게 흠칫한 그녀가 몸을 뒤로 뺐다. 동시에 점점 기울
어지며 다가오던 입술이 멈칫했다. 그러고는 조금 각도를 바꿔 그
녀의 관자놀이를 꾹 눌렀다.

아.

저도 모르는 탄식이 새어 나왔다.

"잘 먹었어요, 유민 씨."

다시 그의 웃음소리가 들려왔지만 유민은 대답을 하지 못했다.

6화.
Apple of my Eye

　"손님이 오셨습니다."

　오전 회의를 마치고 단정한 남자 비서의 말에 윤은 무심히 고개를 끄덕였다. 그 목소리에서 왠지 모를 불온한 감각이 느껴졌다. 아니나 다를까.

　"강 서방."

　손님용 소파에 앉아 있던 우재명이 반갑게 팔을 벌리며 자리에서 일어섰다. TV와 각종 뉴스를 통해 알려진 황태자의 귀환 소식은 그에게도 발 빠르게 전해졌음이 분명했다. 언젠가는 찾아오리란 걸 예상했기에 그다지 놀랍지는 않았다.

　"무슨 일로 오셨습니까?"

　"무슨 일은. 부모가 자식 보러 오는 것에 무슨 이유가 있다고……
허헛."

꽤 모욕적인 말이 오갔음에도 불구하고 재명은 다 잊었다는 듯 아무렇지 않게 웃으며 그의 근황을 묻고, 마지막엔 딸의 안부를 물어 왔다. 그러고는 짐짓 슬픈 얼굴로 말을 이어 갔다.

"곁에 두고 사랑을 많이 주지 못해서 많이 후회스럽네. 알다시피 딸은 둘이네만 하나는 소식조차 알 수 없고, 남은 하나가 우리 유민이 아닌가? 어미가 딸아이 얼굴 한 번 보고 싶어서 마르는 걸 보고 있자니…… 내가 너무 가슴이 아파서 말이지. 자네도 아내를 사랑하는 사람이니 내 마음 잘 이해할 거라 믿네."

후회와 깊은 반성으로 가득한 태도였다. 자애롭고 인자해 보이는 인상 탓에 모르는 사람이 본다면 연락조차 주지 않는 딸이 더 매정하게 느껴질 만큼.

그러나 윤의 얼굴은 담담했다. 이럴 때마다 어떤 얼굴을 해야 할지 알 수가 없었다. 그래서 미소를 지었다. 가면처럼 의미 없는 미소로 눈앞의 상대를 향한 끔찍한 마음을 숨겼다. 이후로도 별다른 말이 오가진 않았다. 더 할 말이 없어질 무렵, 윤은 미리 준비해 둔 통장을 꺼내 그의 눈앞에 놓았다.

"새로운 출발을 위해 도움이 될 겁니다. 부족한 부분은 이걸 담보로 더 대출을 받으셔도 괜찮습니다."

"가, 강 서방……. 내가 이런 걸 어찌……."

짐짓 당황한 얼굴을 하며 손사래를 치던 재명은 곧 울음이라도 터뜨릴 얼굴로 연신 고맙다는 말을 되뇌었다. 자식밖에 없다, 라는 말을 덧붙이며. 그 과정에서 유민에 대한 이야기는 재명의 머릿속에서 이미 사라진 지 오래였다.

윤의 입가엔 다시 비릿한 조소가 떠올랐다.

"이번 기회가 마지막입니다. 그러니…… 훌륭하게 재기해 보시기 바랍니다."

아비로서 더는 부끄러운 짓을 하지 말라는 경고였지만, 그가 어떻게 이해했을지는 알 수 없었다. 윤은 더 말을 잇지 않았다. 여전히 끈끈하게 얼룩진 탐욕과 다시 얻은 굴욕으로 자욱한 그의 속을 물끄러미 바라봤을 뿐이었다.

오후의 일정을 마치고 자리에 돌아오자 기다리고 있었다는 듯 전화벨이 울렸다. 발신인은 민정하. 별다른 안부 인사가 필요 없는 상대기에 윤은 곧바로 용건을 꺼냈다.

"왜 보낸 거냐?"

[너를 도려내 보려고. 알잖아. 나 철저한 거.]

어지간해선 감정을 느낄 수 없는 정하의 목소리에서 그 순간 강한 적의가 느껴졌다.

"벌써 10년도 넘은 세월인데 아직까지 유지될 거라 생각하는 게 더 우습지 않아?"

[농담이야. 널 보고 싶어 하는 거 같길래 마지막으로 한 번 보여 준 거야. 그래서 어때? 어떤 색이었어?]

"글쎄. 어떤 색이었을 거라 생각해?"

[물론, 아주 귀여운 병아리 색이었겠지.]

"네 그런 면이 그 애 감정을 그렇게 만든 거야. 지나쳐, 넌. 그때도 네 행동 때문에 일이 그렇게 된 거잖아."

권태로움이 어린 윤의 목소리에 수화기 너머로 나직한 웃음소리가 들려왔다.

[글쎄다. 내가 무슨 짓을 했지?]

눈곱만큼의 죄책감도 없는 정말 민정하다운 태도에 윤은 헛웃음을 터뜨렸다. 어느덧 정하의 목소리엔 아득하게 검은색만이 남았다. 웃고 있으나, 어떤 감정도 느낄 수 없는.

[그래, 넌 계속 모른척해. 우린 옆에서 누가 죽어 나가든 신경 안 쓰는 인간들이잖아.]

미쳐 있는 것 외에는 보이는 것이 없다. 다시 깊은 어둠으로 침잠하는 정하의 감정은 오로지 한 여자를 통해서만 발산했다. 그것이 친구라 이름 불리는 자를 향한 적의라도 그는 감추지 않았다.

그런 정하를 지금껏 이해하지 못했지만 지금은 아니었다. 여자의 치마폭에 싸여 사소한 실수마저 용서하지 않는 속 좁은 상사, 강윤. 질투심으로 가득한 여비서들 사이에서 도는 소문은 유민이 관련된 일이라면 앞뒤 가리지 않는 그의 상태를 여실히 증명하고 있었다.

'제가 부재중일 때 찾아오는 손님에 대한 규정은 어떤 경우를 막론하고 모두에게 같이 적용되는 겁니까?'

'네?'

왠지 모를 기대감으로 눈을 빛내던 이 비서의 얼굴에 당황함이 어렸다.

'계열사의 손님이나, 외부의 손님. 언론이나 혹은…… 가족이 방문했을 시에 모두가 똑같은 안내를 받게 되느냐를 물은 겁니다.'

인간관계에 서툰 유민을 몰아내고 같잖은 승리감에 도취되어 있

230

던 비서는 그제야 뭐가 잘못되었는지를 깨달으며 다급히 변명거리를 생각해냈다.

'무, 물론 같습니다. 돌아오는 시간이 확실할 시에만 모시는 것이 규정입니다.'

'대답을 들으니 제가 무엇 때문에 이런 걸 묻는 건지 알고 계신 모양입니다.'

'……'

'그렇다면…… 이런 생각을 하며 비서님을 보는 제가 잘못된 거군요.'

선문답 같은 윤의 말에 비서는 의아한 눈으로 숨을 죽였다.

'이 비서님께서는 내일부터 파주 R&D센터로 출근하시기 바랍니다.'

비서의 안색이 하얗게 질렸다. 전략기획실은 KS그룹의 두뇌나 다름없는 곳이다. 그렇기에 비서진은 유능한 인재들 사이에서 입이 무겁고 충성도가 강한 직원을 뽑아 올리는 것이 정석이었고, 또한 그들의 자부심도 대단했다. 그러나 KS전자의 반도체 연구소와 가전 사업부가 있는 파주R&D센터는 기업 내부에서도 살인적인 업무량으로 유명한 곳이었다.

'이유를 모르겠어요. 제가 대체 뭘 잘못했죠? 왜 이런……. 전 상무님 곁에서 일하는 것만 생각했었는데…….'

금세 가련한 모습으로 고개를 떨군 비서가 훌쩍였다. 지금껏 그의 눈엔 보이지 않았지만 그녀는 꽤 미인이었다. 그런 모습으로 눈물을 흘리면 어떤 남자라도 측은히 여기리란 걸 아는 그녀의 생각을 무심히 읽던 윤이 느릿하게 말했다.

'원래는 해고를 염두에 두고 있었습니다만…….'

가짜 눈물도 말라 버릴 만큼 놀란 그녀가 숨을 들이켰다.

'말씀드렸다시피 규정대로 행동하신 이 비서님의 잘못은 없습니다.'

냉정한 말과 차가운 시선에 그녀는 그대로 얼어붙었다.

'다만, 어떤 상황이라도…… 내 사람을 힘들게 하는 일은 없어야 했습니다.'

앞으로 이 비서를 볼 때마다 싸늘한 벤치에 웅크리고 앉아 있던 유민의 모습을 떠올리게 될 테니까.

'내일부턴 이 비서를 보는 일이 없었으면 좋겠습니다.'

그렇게나 냉정히 타인을 몰아붙이는 자신의 모습은 지극히 낯설었다.

[사람의 속내야 다 거기서 거기고, 남들 앞에서 어떻게 얼마나 표현해 내느냐에 따라 사회성을 평가하는 거지. 나는 필요에 의해서만 적극적이고, 너는 철저히 무관심이고. 그 안에 가진 생각은 똑같다는 거지.]

그래서 수긍할 수밖에 없었다.

"그렇다고 네가 했던 미친 짓을 다 옹호하는 건 아니야."

[그래도 네가 날 친구로 생각하는 건 잘 알고 있다.]

단호한 윤의 말에 한참 키득거리던 정하가 전화를 끊었다. 윤은 한숨을 쉬며 휴대폰을 집어넣었다.

'우린 옆에서 누가 죽어 나가든 신경 안 쓰는 인간들이잖아.'

정하가 내뱉었던 말이 계속해서 머릿속을 맴돌았다. 어떤 누구도 사랑할 수 없을 것 같았던 지난날, 분명 그런 시절도 있었다.

윤은 커다란 책상 한쪽에 놓인 사진을 바라봤다. 고구마와 나란히 앉아 웃고 있는 유민의 모습을 본 순간, 쇼핑백을 만지작거리며 풀 죽은 채 벤치에 앉아 있던 모습이 떠올라 가슴이 미어질 것만 같았다. 그 기억은 다시 공원 벤치에 앉아 있던 모습을 떠올리게 했다. 행여 바람이라도 불어오면 그대로 날려 사라질 것처럼, 금방이라도 스러질 것처럼 안타까웠던 모습을……

'미워하지 마요.'

제 품에 안겨 있으면서도, 그녀는 애원하듯 말했다.

'이런 생각을 해도…… 미워하지 마요.'

왜 자신이 그녀를 미워할 거라 생각했던 걸까.

그렇게 바라보던 눈빛에 어린 어떤 감정. 마치 짝사랑을 하는 소녀처럼 애틋한 눈빛으로 얼굴을 붉히고 있던 그녀를 보며 피어올랐던 어떤 기대감. 저도 모르게 입을 맞출 뻔했다. 그녀가 흠칫 놀라며 몸을 빼지 않았다면 그곳이 어디란 것도 잊은 채 미친 듯이 그녀의 입술을 탐했을 것이다. 그 순간엔 정말 그 자리도, 시간도 아무것도 보이지 않았었다. 그것이 제 한계였음을 윤은 절실히 깨닫고 있었다.

퇴근 시간보다 조금 앞서 나오던 윤은 서늘한 복도에서 한 남자와 마주치며 생각했다. 오늘은 아주 날을 잡았구나.

"오랜만입니다, 강 상무님."

평범한 체구에 웃는 인상. 그러나 가느다란 눈에서 내쏘는 눈빛이 꽤 날카로워 함부로 대할 수 없게 만드는 사람, 박재권이었다. 윤은 묵묵히 고개를 숙였다. 가벼운 안부를 묻자 그는 우연찮게 누군가를 만나러 왔고 가는 길에 마주친 거라며 허허, 웃었다. 적당히 속도감 있게, 적절한 단어를 써 가며 대화를 유도하는 박재권에겐 확실히 사람을 끌어당기는 매력이 있었다.

그러나 그가 더욱 특별하게 느껴지는 건 다른 것이었다. 그 목소리에서 느껴지는 짙고 검은 궤적. 윤은 그런 사람을 아주 잘 알고 있다.

'정말 날 잡은 건가.'

하필 정하의 전화를 받고 박재권을 만났다. 묘한 우연에 웃음이 났다. 두 사람은 타인의 생각이나 감정을 배려하지 않는 사람이고, 어떤 사람이건 필요한 대로 쓰고 버리는 것이 철저한 존재들이다. 아군일 때는 누구보다 편한 상대지만 적일 때는 가장 위험한 상대.

"참, 그보다 이 비서가 다시 제 밑에서 일을 하게 됐는데, 혹…… 큰 실수라도 저지른 건가요?"

"질문의 의미를 잘 모르겠습니다."

노련하게 묻는 재권의 말에 윤은 넘어가지 않았다. 표정 하나 바뀌지 않고 받아치는 윤의 태도에 재권은 나직하게 웃음을 터뜨렸다.

"하하…… 그렇군요. 강남에서 파주로 옮기는 걸 저도 모르게 좌천이라 생각한 모양입니다. 오해는 마세요. 소문도 그렇고 하다 보니 묻는 말이었습니다."

윤의 입가에도 싱거운 웃음이 머물렀다.

"사실 어린 아내가 너무 예쁘다 보니 그것도 벅차서 다른 여자의 관심은 부담스럽고 귀찮습니다."

"하하하. 그래요. 그러고 보면 사모님께서 꽤 미인이셨죠. 이해가 갑니다."

납득하듯 고개를 끄덕이던 재권은 다시금 윤의 얼굴을 지그시 바라봤다. 그 눈빛에서는 적개심도, 호의도 느껴지지 않았다. 굳이 설명하자면 이미 장난감을 가진 아이가 조금 더 흥미로운 것을 발견한 듯한 눈빛이었다. 그런 얼굴로 말했다.

"겉보기엔 영전이나, 실상은 조금 다른 것. 교묘한 술책도 두 번이라면 누구나 알기 쉬운 이야기가 되죠. 하지만 강 상무님의 속은 잘 모르겠습니다. 이해하기 힘든 행동을 가끔 하십니다. 그래서…… 아주 흥미롭습니다."

"그렇습니까?"

윤의 미소는 온화했다.

"또 뵙겠습니다."

그 앞에서 꾸벅 고개를 숙여 보인 재권이 먼저 자리를 떴다.

멍하니 앉아 있던 유민은 한 정거장을 더 지나고서야 버스에서 내렸다. 리가야로 가는 길이었다. 원래 내려야 할 곳이나 지금 정거장이나 거리는 크게 차이 나지 않았지만 유민은 이 길이 별로 내키지 않았다. 조금 한가한 대낮의 길가. 버스 정류장 뒤에 위치한 커다란 전자매장도 이제 막 문을 연 듯 수선스러운 분위기였다. 그녀의 시선이 쇼윈도 바깥에 설치해 놓은 커다란 TV를 향했다.

[이번에 무소속으로 출마를 선언한 우재명 의원께서는 오늘 출마의 변을 통해…….]

하나둘, 그녀의 주변을 스치는 사람들이 아니었다면 시간이 멈춘 줄 알았을 거다. 화면 가득히 잡힌 아버지를 바라보며 유민은 창백한 안색으로 표정을 굳혔다.

[어떤 자리에서건 결국 다 나라와 국민을 위한 일이 먼저일 뿐입니다. 다만, 한 사람의 아버지로서 가족과 자식에 대한 사랑을 보이지 못하면 그 진심이 제대로 전해질 수 없을 거라고 생각했기에…….]

대체 무슨 소릴 하고 있는 거야. 하얗게 뼈마디가 드러나도록 주먹을 쥔 유민이 하염없이 화면을 노려봤다. 한없이 인자한 얼굴로 최고의 아버지를 연기하는 남자의 모습에 격하게 토기가 치밀어 올랐다.

아니, 상관없다. 상관없어야 했다.

[어떤 부모든 자식의 행복이 먼저 아니겠습니까? 그렇듯 자식을 사랑하는 부모의 마음으로 떳떳하게 국민의 앞에…….]

더는 듣고 있을 수 없어 유민은 그대로 걸음을 떼었다.

"유민아, 유민이 맞지?"

그때, 난데없이 들려온 여자의 목소리. 그와 동시에 유민은 얼음물이라도 맞은 듯 전율했다.

그래, 이럴 가능성을 배제하고 산 건 아니었으니까. 그래서 지금껏 이곳으론 발걸음을 하지 않았던 거다. 그렇다고, 하필 이런 순간에 마주칠 건 또 뭘까.

"……엄마."

낯선 여자들과 함께 나타난 어머니가 화색을 띠며 다가왔다. 저도 모르게 흠칫하며 반걸음 정도 물러났지만, 어머니의 눈엔 보이지 않는 모양이었다.

"어머, 심 여사 따님이에요?"

"세상에 엄청 미인이시네. 여기서 만나기로 한 거였어요?"

"아, 그…… 시집갔다는 따님 맞죠?"

사실은 도망치고 싶었는데 주변의 눈이 너무 많았다. 어느새 옆에 선 어머니가 생글생글 웃으며 대답했다.

"아무래도 우리 딸이 몸담은 곳이 평범한 집안이 아니라서 친정이라도 함부로 불러낼 수가 있어야죠. 호호……."

"하긴, 그렇긴 하겠네요."

"그래도 이렇게 만나는 걸 보면 역시 부모 자식은 천륜이라는 게 맞나 봐요. 그래, 우리 따님. 여긴 어쩐 일이야? 혼자 왔어? 강 서방은?"

호기심 어린 시선들을 받으며 유민은 굳어 가는 표정을 애써 다듬었다. 여기서 어머니를 뿌리치고 갈 수도 없었기에 난처했다. 게다가 지나치게 아무렇지 않은 어머니의 모습은 소름이 끼쳤다. 일방적으로 연락을 끊어 버리고 잠적한 지도 몇 개월. 보통이라면 반가워하거나 혹은 화를 내고도 남을 상황인데도 어머니는 그저 떠받들며 칭찬을 늘어놓는 여자들의 목소리에 한껏 기분이 들뜬 채, 그녀를 바라보며 웃고만 있었다.

마치, 이런 일이 일상이었던 것처럼. 역시나 그런 두 사람의 모습에서 별다른 위화감을 느끼지 못한 여자들은 또 한 번 까르르 웃더니 먼저 가겠다며 이동했다.

"……여긴 어쩐 일이세요?"

"어쩐 일이긴. 그냥 여사님들이랑 조촐하게 모여서 잠깐 바람 쐬러 나온 거야. 그나저나 우리 딸은 어쩐 일이야? 엄마 보러 왔니? 아, 아버지 소식 듣고 응원하러 온 거니?"

무슨 뜻으로 하는 말일까. 순간 흠칫하자 어머니는 태연히 그녀의 팔을 붙잡으며 웃었다.

"우리 딸, 얼굴이 확 피었네. 강 서방이 잘해 주나 보지? 이렇게 아니고 집으로 가자. 아버지는 저녁때나 돼야 오실 텐데. 네 아버지가 오죽 바쁘셔야 말이지. 그때까지 엄마랑 같이 있다가 저녁이라도 먹고 가는 게 좋겠다."

이대로라면 말려들기 십상이다. 그대로 이끌려 몇 걸음 떼던 유민이 슬며시 그녀의 손을 뿌리쳤다.

"왜 그러니? 아, 혹시 다른 약속이라도 있었어? 그럼 볼일 보고……."

유민은 여전히 미소 짓는 어머니를 향해 고개를 저어 보였다.

"아니, 난 안 가요. 아버지도 만나고 싶지 않아. 만날 이유도 없고, 만나서도 안 돼요. 이제 아버지란 사람, 내 인생에 없어요."

"너 그게 무슨 말버릇이니? 네가 네 아버지 아니면 어디서……."

그녀의 목소리가 싸늘하다. 아버지에 대한 불만을 이야기하거나, 혹은 아버지에게 아무 이유 없이 폭행당했을 때 들어온 그 목소리.

"낳고 길러 줬다고 해서 내 인생까지 아버지가 살아 줄 건 아니잖아요. 목소리만 들려도 공포에 떨고, 아무 이유 없이 아버지의 눈치부터 살펴야 하고. 이젠 그렇게 못 해. 그렇게 사는 거 엄마도 싫잖아. 이제 엄마도 제발 아버지한테서 벗어나요."

"이 시건방진 년! 어디서 잘난 척이야?"

갑자기 어머니의 목소리가 높아졌다.

"강 서방이라고 뭐 다를 줄 아니? 남자란 다 똑같아! 지금이야 어리고 예쁘니 잘해 줄지 모르지. 너도 나처럼 애 낳고 늙어 봐. 그때 되면 그나마 네 아버지 딸이라도 돼야 그만큼 대우받지, 너 하나로 대접받을 줄 아니? 어림없어."

악에 받친 목소리가 그녀를 향해 터져 나왔다. 수십 년 세월 쌓여 온 스트레스는 곧 딸을 향한 열등감과 분노로 치환되어 쏟아졌다. 결국 어머니도 자신보다 강한 사람보다 약한 사람에게 분풀이를 하길 선택한 거다.

"아니. 엄마는 몰라. 사람은 뿌리까지 쉽게 변하지 않아. 강윤 씨는 절대 그럴 사람 아니란 거 내가 제일 잘 알아. 엄마는…… 그냥 그런 사람을 선택한 거야."

단호하게 부연한 유민은 여전히 분노로 가득한 어머니의 눈을 보며 서글프게 웃었다.

"이제껏 엄마도 피해자라고 생각했어. 같이 아프고 힘든 사람이라고 생각했는데…… 이젠 아니야."

눈가가 시큰거리고 목이 메어 왔다.

"원망스럽다고."

격앙된 감정이 좀처럼 가라앉지 않았다. 곧바로 아무 버스에나 올라타고 그 자리를 벗어난 유민은 구석진 자리에 앉아 한참을 숨죽여 울었다. 울고 싶지 않은데 자꾸만 눈물이 쏟아졌다.

비참하리만큼 잘 알고 있었는데. 마지막의 마지막까지, 어머니는 그녀의 편이 되지 않으리란 걸. 이미 오래전에 어머니는 저를 버렸다는 걸.

❖

"어, 저기……."

고구마와 함께 산책을 하고 돌아왔을 때였다. 흠칫하며 돌아선 유민의 눈에 짧은 머리카락을 한 여자가 들어왔다.

"와, 맞네. 저 모르시겠어요?"

황금색 햇살을 받으며 참 예쁘게도 웃는 여자……. 심장이 덜컥 내려앉는다.

"아…… 네. 기억나요."

유민은 눈앞의 여자를 향해 어색하게 웃어 보였다. 최선. 그녀가 또 나타났다. 게다가 오늘은 윤의 친구이자 톰의 주인인 정하와 함께였다. 얼결에 그와 목례를 하는 사이, 싱긋 웃던 선은 불쑥 그녀의 팔짱을 끼며 말했다.

"잘됐다, 유민 씨. 우리 차 한 잔 할래요? 내가 살게요."

갑작스러운 일에 거절을 할 새도 없었다.

얼결에 도착한 카페에 자리를 잡고 앉아 있는 사이, 달달한 캐러멜 마키아토에 또 시럽을 쭉 짜 넣은 선은 신이 난 얼굴로 다가와 헤벌쭉 웃는다. 도무지 영문을 알 수 없는 상황에 유민은 슬그머니 눈썹을 찡그렸다. 그녀의 앞에도 어느덧 밀크 티가 놓여 있었다.

"커피는 별로 안 좋아해요?"

천진하게 묻는 선을 보며 유민은 고개를 저었다가 다시 끄덕였다. 그녀가 커피를 마시는 시간은 윤과 아침을 먹을 때뿐이다. 그 외의 시간에 마시는 건 윤이 좋아하지 않았다.

"······강윤 씨가 별로 좋아하지 않아요."

"아하····· 그렇구나. 미안해요."

납득이 간다는 듯 고개를 주억거리던 선이 문득 사과했다. 역시나 알 수 없는 반응에 가만히 바라보자 그녀는 멋쩍게 웃음을 터뜨렸다.

"아, 그게 아니라 갑자기 끌고 와서 미안하다고 한 거예요. 사실 정하 선배랑 신이 오빠는 서로 좀 껄끄럽거든요. 별로 사이가 좋은 편은 아니에요. 거기다가 신이 오빠는 저만 보면 불편해하는 눈치고, 뭐 그런 사이라······. 혹시 기분····· 나쁘셨어요?"

눈치를 보듯 선의 웃음이 수그러들었다. 마주친 얼굴엔 정말로 미안한 기색이 깃들기 시작했다. 제 불편한 마음이 눈앞의 상대에게로 전이되는 건 순식간이었다. 유민은 천천히 눈을 내리깔아 눈앞의 잔을 바라봤다. 어느새 양손으로 잔을 붙잡고 있었다.

그렇게 멍하니 잔 속을 바라봤다. 우유거품 위에 쌓인 덜 녹은 가루가 마치 어떤 감정의 찌꺼기처럼 보여 헛웃음이 났다. 뭘 하고 있는 걸까. 남편과 바람피운 여자를 잡으러 온 사람처럼, 긴장에 가득해서.

"저기, 최선····· 씨는······."

"우유민 씨는······."

동시에 말이 나왔다가 서로 말을 멈췄다. 다시 눈이 마주치자 선은 먼저 이야기하라는 듯 고개를 끄덕였다. 어차피 이렇게 불편한 생각만 하느니 터놓고 묻는 게 나을지도 모른다.

"강윤 씨랑 어떤 사이였어요? 혹시…… 연인이었다거나……."

"네? 아니에요, 무슨! 말도 안 돼! 아하하……! 제가 어떻게 강윤 선배랑…… 으아……."

힘겹게 물은 게 무색하도록 격한 부정이었다. 그러나 그 말투엔 윤을 향한 강한 호감을 품고 있었다. 굳어 있는 유민의 얼굴을 봤는지 선은 좀 난처한 얼굴로 말을 이어갔다.

"그게, 뭐랄까…… 그냥 동경했던 사람이에요. 물론 선배로서. 같은 피아노과였거든요. 외모부터 눈에 안 띌 수가 없는 사람이기도 했지만, 같이 피아노 치는 사람이라서 더 그런 게 있었어요. 아, 저런 연주를 하는 사람도 있구나. 진짜 천재란 저런 거구나."

슬쩍 미소 짓고, 다시 진지해진 그녀의 얼굴에선 경외감마저 느껴졌다.

"사실은 제대로 이야기 한 번 나눠 본 적 없었어요. 멀리서 보기만 했지. 아마, 그 학교 다니는 학생들은 대부분 그랬을 거예요. 굉장히 예리한 사람이었거든요. 뭐든 딱 꿰뚫어 보고 정곡을 짚어 내고. 그러다 보니 표정이나 말투는 유한데, 뭔지 모르게 오싹, 서늘한 느낌? 아무튼 다들 어려워했어요. 선생님들도 대하기 힘들어할 만큼."

그녀의 말이 이어질수록 유민은 혼란스러워졌다. 전혀 다른 사람의 이야기를 듣는 것만 같았다. 꼭 그 생각을 읽은 것처럼 선이 웃음을 터뜨렸다.

"맞아요. 분위기가 엄청 바뀌어서, 저도 얼마 전에 봤을 땐 순간 몰라봤어요. 그때랑 달라요, 아주 많이. 벌써 십 년도 넘은 일인데요, 뭐. 그런데 유민 씨는 몇 살이에요?"

그리고 이어진 뜬금없는 질문에 유민은 무심코 대답했다.

"올해 스물 됐어요."

"으엑? 진짜요? 그렇게 안 보여! 분위기가 하도 시크하길래 못해도 스물다섯은 되겠거니⋯⋯. 아, 아니 나이 들어 보인다는 게 아니라 뭔가 이미지가 성숙해 보여서요. 외모는 어려 보이는데 왜 그런 거 있잖아요, 하하⋯⋯ 아, 아무튼 두 분 너무 예쁘고 잘 어울려요."

횡설수설, 어쩔 줄 몰라 하는 걸 보다 저도 모르게 픽 웃어 버리자 그녀는 더 크게 웃음을 터뜨렸다.

"하하. 미안해요. 사실 내가 고딩들한테 좀, 많이 데어 가지고 그 또래만 생각하면 자꾸 말이 헛 나온다든가, 뭐, 그런 부작용이 좀 있어요. 하아⋯⋯ 팔자가 왜 이런지. 저 원래 고등학교 선생님 이거든요. 애들 일 때문에 이래저래 하다 보니 징계 먹었어요. 덕분에 지금은 근신 중. 하여간 저는 고딩이란 존재들이랑은 평생 악연인가 봐요."

유민은 재잘재잘 말을 잇는 선을 물끄러미 바라봤다. 그녀는 서른 살이라고 했다. 정말 그쪽이야말로 그렇게 안 보인다고 말하고 싶었다. 노란 햇살이 튀는 것처럼 활기찬 웃음소리와 싱그러운 미소가 참 예쁘고 귀엽다고. 어째서 그가 당신을 병아리라고 불렀는지 알 것 같다고⋯⋯.

그러나 아무 말도 하지 못했다.

다른 사람이 아닐까 싶을 만큼 달랐던 그가. 지금처럼 타인에게 쉽게 곁을 내주지도 않고, 별달리 친절하지도 않았던 그가. 그런 그가…… 남다른 호칭을 붙여 불렀다. 그 의미는 하나뿐일 것이다.

몰래 가슴에 품고 있던 사람.

유민은 희미하게 허탈한 웃음을 올렸다.

이루지 못한 사랑은 이루지 못했기에 더 오래 기억에 남을 것이다. 특히나 남자의 첫사랑은 특별하다고 했다. 그녀는 저와 전혀 다른 사람이었다. 저는 절대로 닮을 수 없는 사람이었다. 그런 그녀와 자신을 비교하는 가슴이 에일 듯 아파서. 그런 그녀를 질투하는 마음이 나빠서. 이런 자신이 슬퍼서…… 그저 웃을 수밖에 없었다.

무겁게 눈꺼풀을 들어 올린 윤은 믿을 수 없단 표정으로 창밖을 바라봤다. 잔뜩 흐린 하늘이라 해가 뜬 줄도 몰랐던 건가. 모처럼의 주말 아침을 송두리째 날려 버렸다. 윤은 서둘러 자리에서 일어났다. 그리고 방문을 열자마자 풍겨오는 북엇국 냄새에 미소를 올렸다.

간밤엔 전략기획실을 포함한 본사 임원진들의 회식이 있었다. 거창한 요리집에서 고급스러운 음식을 앞에 둔 채. 가장 젊은 임원이자, 가장 낮은 팀장급 임원인 윤은 밀려드는 술잔을 차마 거절하지 못하고 웃으며 받아 들었다. 수십 명의 임원들이 웃고 떠들며 건넨 잔이니 한 잔씩만 받아도 어마어마한 양이었다. 사실 어떻게 집에 들어왔는지조차 기억은 잘 나지 않았다. 비틀거리며 들어오니 새벽 세 시가 되어 가는 시간이었고, 내내 그를 기다렸는지 걱정 어린 얼굴로 맞이하는 유민을 본 순간 밀려든 안도감에 그대로 잠이 들어 버린 것 같았다.

간단히 씻고 주방에 도착하자 유민은 진지한 모습으로 요리에 몰두 중이었다. 그대로 유민의 뒤로 다가간 윤은 그녀의 머리를 잔뜩 물고 있던 집게 핀을 슥 빼 들었다. 스르륵, 풀린 머리카락이 하얀 목과 등을 덮고, 화들짝 놀란 그녀가 고개를 휙 돌렸다.

"아, 깜짝이야. 언제 일어났어요?"

"방금요."

싱긋 웃던 윤이 집게 핀을 벌려 유민의 어깨 부분 옷자락을 콕 물었다. 유민이 웃음을 터뜨렸다.

"이건 뭐 하는 거예요?"

"……잡아먹고 싶은 마음을 표현한 거?"

"음. 별 맛은 없을 거 같은데……. 그보다 일단 앉아요. 그렇지 않아도 깨우러 가려던 참이었는데 딱 맞춰서 잘 일어나셨어요."

"그게 그런 뜻은 아닐 텐데……."

"그런데 남의 머리는 왜 푸는 거예요?"

"유민 씨는 머리 풀고 있는 게 더 예쁘거든요."

사실은 뒷목을 보면 자꾸 기분이 야릇해져서다.

"못 말려. 아직 술 덜 깬 거예요?"

"그런가 봐요. 으…… 나 속 쓰려요, 유민 씨. 나 약손 해 줘요."

"식사하세요."

유민은 아주 시크하게 무시했다. 윤은 짐짓 어깨를 늘어뜨려 보이곤 냄비를 바라봤다.

"이건 해장국 끓인 거예요?"

"네, 술꾼 남편 때문에 어쩔 수 없이요."

유민은 집게 핀을 매단 그대로 상을 차리기 시작했다. 그 입가에 어린 웃음기를 본 윤은 그녀의 뒤로 다가가 허리를 끌어안았다. 품 안 가득 느껴지는 부드러운 감촉이 너무 좋다. 가슴이 아릿하도록.

"미안해요. 모처럼 주말인데 혼자 놀게 만들어서."

"음? 난 괜찮은데요?"

"내가 안 괜찮아요. 이런 시간 1분 1초가 아까워 미치겠어요."

정말 매 순간이 아쉬웠다. 눈을 깜빡이는 시간조차 아쉬워 아예 눈에 담아 버리고 싶은 마음을 알기나 할까…….

"유민 씨는 내 사과예요."

"왜요?"

"눈에 넣어도 안 아프니까?"

"풋……. 그래서 사과예요?"

유민이 웃음을 터뜨렸다. 품 안에 잔잔한 떨림이 전해졌다.

아마 그 순간 그녀가 떠올렸을 말 'Apple of my Eye'.

눈에 넣어도 아프지 않은 사람. 소중하고 소중해, 이젠 어떻게 해야 할지조차 알 수가 없는 그런 사람. 윤은 가만히 그녀의 뒤통수에 입을 맞추고 숨을 불어넣었다. 온몸에서 풍기는 향긋함에 그대로 젖어 들고 싶었다. 간지러운 듯 그녀의 웃음소리가 커졌다.

그러다 작게 바르작거리던 유민이 돌아섰다. 맑은 눈동자가 그를 올려다본다. 아침부터 왜 이리 사람을 귀찮게 하느냐고 묻는 듯 살짝 찡그려진 눈썹이 사랑스럽다. 더 놓치기가 싫어진 윤이 슬쩍 당겨 안자 유민은 한숨을 섞어 중얼거렸다.

"못 말려, 정말."

그러고는 허리를 마주 안아 왔다.

아…… . 정말 어쩌면 좋을까.

그녀의 작은 얼굴이 그의 품에 묻힌다. 아무리 껴안고 품에 넣어도 좀처럼 채워지지 않는 갈증. 이젠 더 차지도 못할 만큼 가득 차 버린 감정만큼이나 커져 가는 욕심이 버거워진다. 그럴수록 그녀를 놓칠까 무서워진다. 간밤의 일을 떠올린 윤의 한숨이 그녀의 머리카락 틈으로 배어들었다.

'우 의원님 결국 탈당하시고, 이번 총선에는 무소속으로 출마하신답니다.'

지난밤, 건설부의 김 부사장이 꺼낸 말이었다. 어느덧 거나해진 술자리를 잠시 벗어나 고즈넉한 정원이 보이는 곳에서 쉴 무렵이었다.

'그렇군요.'

'여기저기 접촉을 많이 시도하는 모양입니다. 얼마 전 저도 연락을 한 번 받았지요.'

재명이 악착같이 그 자리를 유지하기 위해 무슨 짓이든 할 거란 건 충분히 예측했었다.

'소문이 영 좋지 않아요. 다들 웬만하면 피하는 눈치긴 한데…… .'

이미 모든 걸 읽어 낸 윤의 표정이 어두워졌다.

'그 과정에서 좋지 않은 이야기가 나오는 모양입니다.'

그렇지 않아도 최근의 우재명이 여기저기 은근히 내뱉어 놓은 말들이 어떤 건지는 알고 있었다. 몸담았던 정당을 배신한 건 오로지 딸의 결혼을 위한 선택이었고, 불가피한 일이었음을 강조하며 '자식을 사랑하는 아버지'로서의 이미지를 내세워 동정을 사려했다. 그 과정에서 재벌가에 시집간 딸아이를 자주 볼 수 없음을 언급하며 슬그머니 강 회장 일가를 깎아내리는 것도 잊지 않았다. 그렇게 어디까지나 우재명은 선량한 아버지이자, 재벌가의 힘에 눌린 피해자라는 걸 대중에 알리며 여론을 호도해 얻으려는 게 뭔지는 뻔했다.

'게다가 박재권이 그 손을 잡은 것 같습니다.'

모든 경우의 수에서 가장 최악의 수가 뽑혔다. 윤은 조용히 한숨을 삼켰다. 자연스럽게 강정민의 진영에 우재명이 흡수되었으니, 그들이 공통적으로 가졌을 불편한 감정이 어떤 식으로 발휘될지는 이제 알 수가 없다.

'별일 없이 사는 게…… 참 어렵네요.'

그저, 아무 일 없이. 그녀와 단둘이 행복하게 살고 싶은 것뿐인데.

'뭐, 인생사가 다 그렇지 않겠습니까?'

대꾸하던 김 부사장이 픽 웃으며 담배를 물었다. 새어 나온 희뿌연 연기가 어둠 속으로 빨려 들어갔다. 알 수 없는 미래로 빨려드는 운명처럼.

무작정 재촉하는 윤의 등쌀에 못 이겨 차에 오르고, 그렇게 한참을 달려 도착한 곳은 근교의 동물원이었다.

　"유민 씨랑 이곳저곳 안 가 본 곳 없이 다 가 볼 거예요. 유민 씨, 동물 좋아하잖아요."

　천진하게 웃는 얼굴이 예뻤다. 괜히 심술이 날 만큼. 유민이 샐쭉 웃으며 말했다.

　"강윤 씨가 더 가고 싶었던 건 아니구요?"

　"아, 들켰네요."

　말과는 달리 별로 찔리는 구석도 없는 말투로 대꾸하던 남자는 아무렇지 않게 유민의 손을 잡아끌었다. 날은 흐렸지만 사람은 꽤 많았다. 대부분은 어린아이를 데리고 나온 가족들이었다. 눈을 돌리는 곳마다 보이는 모습에 유민은 미묘한 웃음을 짓다 입을 열었다.

　"처음이에요. 동물원 와 본 거."

　"나도 처음이에요."

　의외의 답에 유민이 눈을 휘둥그렇게 떴다. 그러고 보면 그의 환경에 대해 생각해 본 적이 없었다. 재벌 회장님의 하나뿐인 아들이면서 그 나이가 되도록 바깥세상을 전전하며 피아니스트로만 살아온 그의 인생. 언뜻 생각해도 평범하진 않았다.

　강 회장과의 사이가 나빠 보이는 것도 아니고, 심지어 피아니스트라는 일에 크게 몰두하는 것 같지도 않고. 언제나 유유자적해 보이던 그의 일상. 그리고 결혼 후, 갑작스러운 집안으로의 복귀. 게다가 그의 입에서 한 번도 나오지 않은 어머니와 형에 대한 이야기.

알지 못하는 게 너무 많았다. 그는 대체 어떤 인생을 살아왔고, 살아가려는 걸까.

꺼내지 못한 질문을 머릿속에서만 굴리며 물끄러미 바라보는 사이, 윤은 웃음 띤 얼굴로 그녀의 어깨를 끌어안았다.

그렇게 상점가 앞에 도착하자, 윤은 분홍색 털이 달린 토끼머리 띠를 하나 끼더니 당연하다는 듯 그녀의 머리에도 둘러줬다.

"이런 거까지 해야 해요?"

"원래 이런 데 오면 같이 끼는 거예요."

기막혀하는 유민의 얼굴을 보고도 그저 좋은지 싱글벙글 웃던 윤은 곧 커다란 솜사탕까지 두 개나 들고 와 하나를 내밀었다. 꼼짝없이 이 꼴로 솜사탕까지 물고 다녀야 할 판이다. 유민은 절로 웃음이 새어 나오는 입술을 솜사탕 사이로 묻었다. 단맛을 느낄 새도 없이 사르르 녹는 감촉이 아주 낯설다.

"묻었어요."

"네?"

갑작스러운 말과 함께 윤의 얼굴이 불쑥 다가왔다. 그리고 놀랄 새도 없이 촉촉하고 말캉한 감촉이 그녀의 입가를 슥 핥고 지나갔다. 기겁한 유민이 그의 가슴팍을 툭툭 두들겼다.

"뭐, 뭐하는 거예요? 여기 애들도 많은데."

"그래서 그냥 핥는 거잖아요."

그럼 그전엔 뭘 할 셈이었던 건데. 두근거리는 가슴을 애써 누르며 눈을 흘기던 유민이 손에 들고 있던 솜사탕을 조금 떼어 그의 윗입술 위에다 톡톡, 붙였다. 분홍빛 수염이 보기 좋게 그의 인중에 내려앉았다.

"짠, 콧수염. 산타 할아버지 같고 좋네요. 그러니까 이제 애들 앞에서 모범적으로 굴어 봐요. 동심 파괴하지 말고."

"얌전하게 굴면 좀 있다가 유민 씨가 핥아 줄 거예요?"

"어우, 정말!"

"하핫, 알았어요. 유민 씨 목마르죠? 잠깐 이거 들고 여기 앉아서 기다려요."

태연히 제 솜사탕을 건넨 그가 저만치 보이는 음료가게로 향했다. 조심스럽게 벤치에 앉은 유민은 멀거니 주변을 둘러봤다. 오가는 사람들. 뛰어다니는 아이들.

지금껏 이런 풍경에 제가 섞이리라곤 생각지도 못했었다. 언제나 내 이야기가 아닌 다른 사람들의 이야기였고 TV 속을 들여다볼 때와 같은 괴리감으로 가득했던 풍경이었다. 행복해 보이는 웃음들로 가득한 이곳의 한 풍경을 제가 담당하고 있다는 사실이 놀라웠다. 가슴이 벅찰 만큼.

어느덧 윤의 모습이 그 풍경에 들어왔다. 이쪽을 향해 웃어 보인 그가 성큼성큼 큰 걸음으로 걸어오기 시작했다. 그러다 문득 옆을 돌아보며 멈칫했다. 유민의 시선도 그의 눈을 따라 어느 한 지점에 박혔다. 약 5m 떨어진 벤치엔 조그만 아이가 앉아 있고, 주변엔 가족들로 보이는 사람들이 함께 있었다. 윤이 움직인 건 그 다음이었다.

"강윤 씨?"

그녀가 의아한 얼굴로 자리에서 일어났을 때, 윤은 이미 아이의 앞에 눈높이를 맞춰 앉아 있었다. 그리고 아이를 향해 부드럽게 웃으며 말했다.

"엄마 찾으러 가자."

무슨 엉뚱한 소린가. 아이의 가족이 바로 앞에 있는데. 그런데……

"으아아앙—"

물끄러미 윤의 얼굴을 바라보던 아이가 갑자기 울음을 터뜨렸다. 그러고는 풀쩍 의자에서 내려와 윤의 품에 안겨 들었다.

아이는 정말 미아였다. 하필 사람이 많이 오가는 길목에 앉아 있었기에 모두가 그녀처럼, 근처에 누군가가 있는 걸 보며 미아라고 생각을 하지 못했던 모양이었다. 안내소에선 몇 번이나 미아 안내방송을 했었지만 누구도 그 아이를 눈여겨보지 않았었다.

아이의 가족들은 안내소에서 세상이 무너진 듯한 표정으로 앉아 있다가 아이를 안고 나타난 윤을 보고 달려와 소리를 질렀다. 왜 그랬어! 엄마 옆에 꼭 따라다니라 했지! 혼자 엉뚱한 거 보고 있지 말라고 했지! 화를 내며 타박하곤 또다시 아이를 껴안고 울어 댔다. 엄마가 미안해, 미안해.

그 광경을 바라보며 유민은 멍하니 그 자리에 서 있었다. 다른 세계의 일처럼 굉장히 낯선 장면인데, 가슴이 아릿해 견딜 수가 없었다. 저도 모르게 움직인 손이 윤의 옷자락을 붙잡았다. 말없이 그녀의 어깨를 감싸 안은 윤이 걸음을 떼었다.

"어떻게 안 거예요?"

한참 만에야 그녀가 물었다. 잠시 난처한 듯 웃던 윤이 나직하게 말했다.

"아이가 웃질 않았어요."

"그럴 수도 있죠."

"가족이 함께 놀러 왔는데 웃지 않는 아이는 없어요. 그리고 겁을 먹은 얼굴이라 금방 알아봤어요."

언뜻 납득이 가는 소리였지만, 그녀도 그때 두 사람을 보고 있었다. 아이는 아주 평온한 표정으로 뭔가에 정신을 뺏긴 듯한 얼굴이었고, 윤이 말을 걸고 나서야 제가 혼자라는 사실을 안 것처럼 울음을 터뜨렸었다. 그 아이의 마음속을 들여다보지 않는 이상은 절대 알 수 없는 일이었다.

'굉장히 예리한 사람이었거든요. 뭐든 딱 꿰뚫어 보고 정곡을 짚어 내고. 그러다 보니 표정이나 말투는 유한데, 뭔지 모르게 오싹, 서늘한 느낌?'

그래서였을까. 문득 선이 했던 말이 귓속을 맴돌았다. 오싹하고 서늘한 느낌과는 거리가 멀지만, 확실히 그녀의 이야기대로 윤의 행동엔 묘하게 예리한 구석이 있긴 했다. 그렇게 그때는 별로 의식하지 못했던 일들이 다시금 떠올랐지만, 유민은 이내 고개를 저어 버렸다.

'그런 게 어딨어. 그냥 관찰력이 좋고 배려심이 커서 그런 거지.'

생각해 보면 남의 속도 모르고 천진하게 구는 경우가 더 많지 않았던가. 어리둥절하거나 정색할 때의 얼굴은 나이답지 않게 귀엽기까지 하다. 저도 모르게 픽 웃었을 때였다.

—툭.

뭔가 차가운 것이 이마에 떨어졌다. 고개를 든 유민의 눈에 보이는 건 잔뜩 흐린 하늘이었다. 그녀의 입이 절로 열렸다.

"비다."

"어라, 비네요."

덩달아 하늘을 올려다보는 윤의 입에서도 같은 말이 나왔다. 유민은 그런 윤에게 눈을 돌리며 눈썹을 찡그렸다.

"그러게 이런 날에 무슨 동물원이에요?"

"설마 올까 했죠."

윤이 멋쩍은 듯 웃음을 터뜨렸다. 참으로 대책 없는 남자.

'이런 남자가 예리하긴 무슨…….'

유민은 고개를 절레절레 저으며 쓸데없는 생각을 일축했다.

금세 거세진 비 탓에 윤은 조금 당황한 것 같았다. 유민은 그런 윤의 손을 잡아당기며 고개를 저어 보였다.

"그냥 좀 맞으면 어때요. 천천히 걸어요."

"유민 씨, 그러다 감기 걸려요."

"괜찮아요. 설령 걸리면 또 어떤데요."

"……."

"이렇게 비 맞고 걸어 본 적 한 번도 없어서 해 보고 싶어요."

조금 상기돼 있던 유민의 얼굴에 연한 웃음기가 번졌다. 머리와 얼굴, 어깨로 튀는 물방울 탓인지 묘하게 몽환적인 그런 웃음이었다. 그의 입가에도 설핏 웃음기가 맺혔다. 갑자기 쏟아진 비로 사람들의 대부분은 근처의 가게로 피신을 하거나 어디선가 우산을 준비해 쓰고 있었다. 그 사이에서 유민은 강윤의 손을 꼭 붙잡은 채 걸었다.

"강윤 씨는 동물도 좋아하고, 아이도 좋아하고. 어떤 사람에게도 친절하고…… 좋은 사람이에요."

"꼭 그렇지만은 않아요."

"하지만 리가야에 있었던 것도 동물을 좋아해서잖아요. 아, 거기 강윤 씨 건물이라서 그런 건가? 거기다 병원 차리려고 생각한 건 강윤 씨예요?"

투둑투둑, 땅바닥에 부딪치는 빗소리 사이로 그녀의 목소리가 이어진다. 조금 멋쩍게 웃던 윤이 유민의 손을 당기며 그 자리에 세웠다.

"반은 맞고 반은 아니에요. 마침 신이가 개원할 거라고 연락이 왔고, 우연찮게 그 건물을 사게 됐거든요. 어차피 연습실도 필요했고……."

느릿하게 설명하던 윤이 슬쩍 그녀를 내려다봤다. 그러고는 젖은 머리카락에서 흐르기 시작한 물기를 조심스럽게 손으로 쓸어내며 중얼거렸다.

"꼭 그 위치여야 할 이유는 따로 있었지만요."

"……"

"그건 안 물어봐요?"

묻지 않아도 알 만한 답이었다.

'네. 매일 이 앞을 지나가잖아요. 여기 3층에서 보면 잘 보이거든요.'

그곳은 그녀가 지나는 길목이었기에. 눈에 띄지 않고 지켜볼 수 있는 곳이었기에. 버젓이 스토커임을 인정하던 그였으니까. 속눈썹에 매달린 빗방울 탓에 눈앞이 흐려지자 싱긋 웃던 윤이 그녀의 눈가를 가만히 문질렀다.

"이런 모습 처음 봐요."

"뭐가요?"

"나에 대해 궁금해하는 거."

"전부터 계속 궁금했었어요. 그냥…….."

덤덤한 듯, 웃음기 어린 말투였지만 그녀의 목소리는 조금 떨렸다. 빗속이라면 조금 용기가 날 거로 생각했는데. 빗소리가 그녀의 떨리는 목소리를 조금은 감춰 줄 거로 생각했는데, 그건 다 오산이었나 보다.

"물을 용기가 없었을 뿐이지."

차라리 아무도 가슴에 담은 적이 없는 남자였으면 했다. 그런 감정을 모르는 사람이었으면 했다. 그러면 가장 가까운 곳에 있는 자신에게 사랑한다고 말해 주지 않는 걸 이상히 여길 이유는 없으니까.

하지만 과거에 연인이 없었다 해서 그가 누군가를 마음에 담지 않았었다고는 장담할 수 없다. 그의 나이 31. 그녀가 알지 못한 30여 년. 절대로 따라잡을 수 없는 11년……. 그 사이에 어떤 일이 있었는지, 어떤 사람을 만나 왔는지 궁금하다. 궁금해 미칠 것만 같았다.

빗물이 스며들기 시작한 몸은 간헐적으로 떨려 왔다. 이것이 가벼운 흥분 탓인지, 아니면 단순히 추워서인지 알 수는 없었다. 4월 말. 이상 고온이 기승을 부리고 소나기가 잦았던 봄이지만 비를 맞고 있기엔 조금 무리였을지도 모른다.

"추워 보여요."

가만히 바라보던 윤이 그녀의 어깨를 감아 당겼다.

"이상하네요. 그런 일에 왜 용기가 필요했을까요?"

그가 가볍게 등을 토닥이며 나직하게 내놓은 말에 유민은 가만
히 입술을 깨물었다. 금방이라도 눈물이 터져 나올 것만 같아 그
의 품에 얼굴을 묻어 버렸다. 정말 남의 속도 모르는 남자. 남의
타는 속도 모르는 남자.

'어떻게 생각할진 모르겠지만, 난 절대로 유민 씨를 불행하게
만들진 않을 겁니다. 그러니까, 날 믿어 봐요.'

이젠 그 말을 믿는다. 어느 순간부터 그렇게 되어 있었다.

무엇도 기대하지 않았을 때는 몰랐었다. 제 편 하나 없는 세상.
낳아 준 엄마도 내 편이 되어 주지 않는다는 걸 알았을 때, 이제
그가 자신의 전부가 되어 버렸다는 걸 여실히 깨닫고 말았다.

그녀의 불행은 곧 그가 그녀의 인생에서 사라지는 것. 그의 마
음이 다른 곳을 향하는 것.

그가 없는 세상. 그의 마음에 다른 사람이 있는 세상에서 살 수
는 없다는 걸. 절대 불행하게 만들지 않는 대신, 그가 없이 살지
못하게 되었다는 걸…….

'그 사람을 좋아했어요? 왜, 사귀지 못한 거예요?'

그런 현실이 그녀의 실낱같았던 용기마저 앗아 갔다. 유민은 결
국 아무것도 묻지 못하고 그의 품에서 뜨거워진 눈가를 가라앉혔
다. 그 질문이 나오는 순간, 그의 표정이 바뀐다면, 그 절망감을
어떻게 받아들여야 할지 알 수 없었으니까.

동물원을 빠져나온 두 사람은 젖은 몸으로 차에 올랐다. 그렇게 돌아오는 동안 윤은 차 안에 있던 하나뿐인 담요를 당연하다는 듯 그녀의 몸에 두르고 히터를 올렸다.

"엣취—"

집에 들어서자마자 윤은 작게 재채기를 했다. 엉뚱하게 윤이 감기가 든 모양이었다.

"미안해요, 괜히 나 때문에 강윤 씨가……."

"오래 앓는 체질은 아니니까, 걱정 마요. 씻고 푹 자면 금방 떨어져요."

웃으며 그녀의 머리를 쓰다듬던 윤은 아무렇지 않게 제 방문을 열고 들어섰다. 그 모습을 지켜보던 유민은 그의 잠옷을 세탁해 놓고는 그대로 베란다에 걸어 뒀다는 사실을 떠올렸다. 서둘러 잠옷을 가지고 돌아온 그녀는 무턱대고 그의 방문을 열어젖혔다.

"잠옷 여기……."

그러고는 흠칫 굳었다. 마침 침대 근처를 살피던 그가 고개를 들고 빙긋 웃었다. 이미 윗옷을 탈의한 그는 막 벗으려던 참인지 지퍼가 열린 바지만을 골반에 헐렁하게 걸친 채였다.

"아, 거기 있었구나. 어쩐지 없더라구요."

싱긋 웃던 그가 그 모습 그대로 다가왔다. 저도 모르게 숨을 들이켠 유민은 꼼짝도 하지 못하고 그 광경을 바라봤다. 도저히 눈이 떨어지지 않았다. 아침마다 운동을 한 보람이 있는 걸까. 후리후리한 몸매에 적당히 붙은 근육이 형광등 불빛을 받아 하얗게 빛을 내고 있었다. 게다가 눈앞까지 와서 팔을 뻗으니 예쁘게 각이 진 어깨와 깊고 반듯하게 패인 쇄골의 움직임까지 속속들이 눈에 들어온다. 그 와중에 쭉 뻗은 허리선과 바지 위로 조금 드러난 속옷은 또 왜 보는 건데!

"유민 씨?"

"네?"

저도 모르게 그의 몸을 훑어 내리던 유민이 화들짝 놀라며 눈을 치켜떴다. 의아한 얼굴이 그녀를 내려다봤다.

"빨리 씻어요. 그러다 유민 씨까지 감기 걸릴 텐데. 혹시, 같이 씻을……."

"미, 미쳤어요?"

그제야 얼굴이 확 달아오른 유민은 던지듯 그의 옷을 건네고 후다닥 돌아섰다. 그러고는 제 방으로 뛰어 들어가 쾅, 소리를 내며 문을 닫아 버렸다. 그리고 문에 기댄 채 갑자기 차오르는 숨을 골랐다.

"후아…… 대체 뭘 본 거야."

윤은 생각보다 컨디션이 많이 안 좋았다. 결국 피아노를 치는 것도 포기하고 쉬기로 결정한 윤이 방으로 들어섰다. 유민은 걱정스러운 얼굴로 그 뒤를 졸졸 따라 들어갔다.

"병원 안 가 봐도 돼요?"

침대에 걸터앉은 윤은 걱정으로 가득한 그녀의 얼굴을 보곤 웃음을 터뜨렸다.

"원래 감기는 푹 쉬는 게 최고예요. 비타민 섭취하고."

그러더니 손을 뻗어 그녀의 팔을 잡아당겼다. 그대로 끌려 들어간 유민은 얼결에 그의 머리를 품에 안았다. 꽤 놀랐으면서도 유민은 뿌리치지 않았다. 그의 머리카락에선 그녀와 같은 샴푸향이 풍겨났다. 정말 열이 있는 건지, 제 품에 닿은 그의 이마가 조금 뜨겁다.

"내 비타민. 미리 잘 챙겨 먹을 걸 그랬나……."

그의 간지러운 웃음소리가 품 안에 담겨 있다는 게 묘한 느낌이었다.

"미안해요. 놀아 주지도 못하고. 유민 씨도 오늘은 방에서 푹 쉬어요."

그 와중에도 윤은 그녀의 걱정뿐이었다. 그래서 용기를 냈던 건지도 모른다. 문득 몸을 조금 낮춘 유민은 그대로 그의 목을 꼭 끌어안으며 물었다.

"강윤 씨, 지금 많이 졸려요?"

"크게 졸리진 않아요."

"그럼 조금 더 이야기하고 놀아요."

습관처럼 그녀의 등허리를 쓰다듬던 손길이 멈칫했다. 하지만 그녀는 모르는 척 키득거리며 그에게 체중을 실었다. 풀썩, 소리와 함께 드러누운 그가 나직하게 웃음을 터뜨렸다. 어느덧 그의 팔 하나를 베고 누운 유민의 눈에 방 안의 풍경이 들어온다. 윤의 방은 제 방과 비교해서 불공평할 만큼 넓었다. 하지만 서재가 없는 탓에 벽의 한 면은 책으로 가득한 책장이 놓여 있었고, 다른 한쪽은 커다란 책상과 모니터, 이름 모를 기계장치들로 가득이었다. 두 사람이 누운 침대가 아니었다면 일을 하는 곳인지 잠을 자는 곳인지 분간하기 힘들지도 모른다.

"방 안이 너무 삭막해요."

"하하, 작업실이 따로 없다 보니 그러네요. 혼자일 땐 이런 것 도 괜찮았는데……."

나른한 목소리로 중얼거리던 그가 조금 뒤척이더니 그녀의 얼굴을 바라봤다.

"역시, 누군가 옆에 있으면 신경 쓸 게 많네요."

"불편해요?"

"아니요. 뭔가 살아간다는 느낌이에요."

"……."

"지금까지는 그저 '살아 있다' 였는데, 지금은 '살아간다'. 조금 더 생각하고 주변을 보게 돼요. 부평초처럼 둥둥 떠다니는 게 아니라 물고기처럼 물살을 헤쳐 나가는 느낌."

"……."

"예쁜 아내를 등에 업고서. 그렇게 생각하면 기분이 좋아져요. 함께 살아간다는 것이."

유민의 입가에 배시시 웃음기가 맺혔다.

"그렇게 웃으면 좀 위험한데요."

"뭐가요?"

"있어요, 그런 게."

싱거운 대답. 그러나 왠지 열기가 느껴지는 눈빛에 유민은 조금 그 뉘앙스를 알 것만 같았다. 남자로서 여자를 원한다는 말……. 그 역시 생물학적인 욕구를 충족하고픈 본능은 있을 테니까.

어느 순간부터 그녀도 조금은 그런 기분이었다. 그와 나누는 애정 표현으로는 이제 뭔가 부족한 느낌이었다. 조금 더 깊게, 제 안에 온전히 그를 담고 싶었다. 그를 완벽하게 제 것으로 만들고픈 욕심. 그가 과거에 어떤 사랑을 했건 지금은 제 곁에 있고, 제 남편이니까. 이토록 소중하게 아껴 주니까.

그러니 조금 더 노력하면 그의 사랑도 차지할 수 있을 거라고. 그러니 조금 더 그에게 다가가도 괜찮을지 모른다는 생각이 들었다. 커 가는 욕심에 가슴이 꽉 막혀 온다. 작게 숨을 내뱉은 유민은 손을 뻗어 그의 허리를 끌어안고 그의 품으로 파고들었다.

그사이 윤은 한 손으로 그녀의 뺨을 툭툭 건드려 댔다. 말랑말랑한 감촉이 기분 좋아선지 자꾸만 손이 간다. 언젠가부터 그의 스킨십은 조금 더 잦아졌고, 유민은 그것을 피하지 않았다. 어쩔 줄 몰라 하며 아무나에게 가시를 세우던 고슴도치는 어느덧 내미는 손을 양손으로 꼭 붙잡고 배시시 웃으며 제 얼굴을 부빌 줄도 알았다.

문득, 윤은 웃음을 터뜨렸다. 헐렁한 잠옷의 휑하니 파인 옷자락 사이로 하얀 목선과 선명한 쇄골을 드러낸 고슴도치라니. 이렇게 야릇한 고슴도치가 어디 있단 말인가.

"왜 웃어요?"

"잠깐 이상한 생각을 했어요."

"어떤 생각?"

"비밀인데. 음…… 그렇게 보면 어떡하나. 알았어요. 그냥, 좋아서 웃었어요. 진짜예요. 유민 씨가 날 생각하고 걱정해 주는 게 좋아서 웃은 거예요."

슬그머니 찌푸려지는 눈썹을 본 그가 멋쩍게 웃는다. 그의 엄지가 유민의 눈 밑을 가볍게 쓸었다.

"내가 걱정하고…… 옆에 있는 게 좋은 거예요?"

"네. 유민 씨는 언제나 반짝반짝 빛이 나서 보는 것만으로도 기분이 좋아지거든요. 비타민처럼 상큼하고 과일처럼 예쁘고."

낯간지러운 말을 잘도 한다. 슬쩍 얼굴을 붉히던 유민이 은근한 말투로 되물었다.

"그건 무슨 뜻이에요? 잘 익은 과일 같단 말? 맛있게 생겼다는 말이에요?"

"하하하. 비슷해요. 그런데 그런 말은 내 앞에서만 해요."

"네? 왜요?"

"다른 사람 들려주긴 싫은 말이라서요."

또 무슨 말이지. 멍하니 생각하던 유민은 잠시 후, 그의 손을 놓았다. 이상하게 얼굴이 확 달아오르는 게 뭔가 엉뚱한 말을 해 버린 것 같다.

그 모습에 윤이 또 웃었다. 맛있게 생겼다는 말은 마치 그의 마음을 읽은 것처럼 적나라한 말이었으니까. 슬그머니 붉어진 얼굴을 천천히 훑던 시선이 그녀의 입술로 향한다. 상큼한 체리를 문 것처럼 침이 고이고 묘한 갈증으로 속이 타들지만, 그는 아무것도 내색하지 않았다.

또 주저주저하며 힐끗거리던 유민이 입을 열었다.

"저기, 강윤 씨는 내가 해 주는 건 뭐든 좋은 거죠?"

"물론이죠."

"어떤 거라도? 조금…… 이상해도?"

"어떤 이상한 건지는 모르겠지만, 유민 씨라면 다 귀엽고 예쁘니까 걱정 마요."

"음…… 잠깐만 기다려요."

그 순간 뭔가를 떠올린 건지 배시시 웃던 유민이 몸을 일으켰다. 갑자기 허전해진 품을 아쉬워할 새도 없이 문 밖을 나서는 유민을 바라보던 윤이 나른하게 숨을 내쉬었다. 그러고는 벌렁 드러누워 눈두덩 위로 팔을 올린 채 몸의 긴장을 풀었다.

"하아…… 나야말로 이상한 거 같아요."

내내 품 안에서 꿈틀거리던 여체에 반응해 달아오른 몸이 슬슬 괴로울 지경에 이르렀다. 애정을 갈구하듯 품 안을 파고드는 그녀의 모습이 애처롭고 반갑다가도 급격히 밀려드는 욕구를 숨기기에도 급급한 제 모습을 깨달으면 헛웃음이 난다. 그럴 때면 아주 고문이 따로 없는 느낌이었으니 말이다.

아직은 이른데. 이제야 그녀의 신뢰를 조금씩 얻기 시작했는데.

감정의 성장보다 이르게 커 가는 욕심. 그 균형을 지켜야 하는데, 이상하게 막막하다.

그렇게 얼마나 시간이 흘렀을까.

"잠깐만, 그대로 있어요. 눈 뜨지 말고."

깜빡 잠이 들었던 모양이다. 뭔가 부스럭거리더니 하얀 손이 그의 눈을 가렸다.

"나 재미있는 거 발견했어요."

"어떤 건데요?"

"놀리면 안 돼요. 절대로. 이상하다고도 하면 안 돼요."

묘하게 들뜬 듯한 목소리에 윤의 가슴도 덩달아 뛰었다. 알았다며 웃음을 터뜨리자 유민은 천천히 그의 눈에서 손을 떼곤 뒤로 물러났다. 무슨 일인가 싶어 몸을 일으킨 윤은 흐릿해진 눈으로 그녀를 바라봤다. 맑아진 눈에 처음으로 들어온 건 온통 새하얀…….

"강윤 씨 옷 입어 봤는데 무지 커요."

와이셔츠 하나로 몸을 감싼 유민이 상기된 얼굴로 해맑게 웃고
있었다. 하늘하늘한 몸매와 봉긋한 가슴 선을 그대로 드러낸 채.
그런 그녀의 모습을 한눈에 담으며 굳어 버렸다. 뭔가 반응을 할
거로 생각했던 건지 유민은 조금 당황하며 웃음을 터뜨렸다. 그러
더니 쪼르르 침대를 넘어 그의 눈앞으로 다가와 섰다.

"봐요, 완전 원피스 같죠? 웃기죠?"

보란 듯 소매를 펄렁이더니 또 해맑게 웃는다. 그 덕에 조금 위
로 올라간 셔츠 아래로 하얗고 매끈한 허벅지가 더 드러난다는 걸
전혀 모르는 듯한 행동이었다.

얼마나 그녀를 눈에 담고 있었는지조차 알 수가 없었다. 머리가
있으나 생각을 할 수 없고, 입이 있으나 말을 할 수 없는 시간이
아득하게만 흘러갔다.

"다…….."

곧 정신을 차린 윤이 황급히 그녀의 어깨를 잡아 돌려 세웠다.

"당장 가서 갈아입어요!"

거친 손길에 놀랐는지 유민이 어깨를 바짝 움츠렸다. 게다가 미
친 듯이 뛰는 심장을 가라앉히려다 내뱉은 말이 지나치게 딱딱했
다. 얼굴을 보지 않아도 알 것 같았다. 가엾게도 잔뜩 움츠러든 그
녀는 그 자리에서 움직이지 못했다.

"유민 씨. 지금 이건…… 그러니까, 곤란…….."

다시 설명을 하려 그녀의 뒷모습에 눈을 돌렸으나 또 말문이 막
혀 버렸다. 망할 실크셔츠의 안으로 움츠린 등의 모양까지 적나라

한 데다 긴 머리카락이 내려앉은 모습은 한결 묘한 느낌이라 도무지 눈을 둘 곳이 없었다.

"그게, 난 지금 화를 내려는 게 아니라······."

"······미안해요."

기어들어가는 목소리였다.

"다신 안 그럴게요."

조금 울먹이던 유민이 톡톡 발소리를 내며 방을 나가 버렸다. 그렇게 가 버리는 유민을 잡을 수조차 없었다. 제 어디에 이런 충동이 숨어 있었을까. 그 순간, 그의 머릿속은 제 몸 아래에 깔려 그가 이끄는 대로, 잔뜩 흐트러진 채 가쁜 숨을 내쉬는 유민의 모습을 그리고 있었다. 비록 상상이었지만 맨살갗의 감촉을 느끼며 더 깊게 그녀의 품 안을 헤치던 제 모습을 떠올리자 기가 막혔다.

"왜 그렇게······ 유민 씨."

가녀린 어깨를 휘어잡았던 손이 아직도 떨린다. 그대로 주먹을 꾹 쥐어 보인 윤은 허탈하게 웃어 버렸다.

"미치겠다, 정말."

7화.
End of the moonlight

유민이 집 안에 있지 않다는 걸 깨달은 건 꽤 시간이 흘러서였다. 차마 유민이 있는 곳으로 발을 들일 엄두를 못 내서 그저 제 방 안에 있다 잠이 든 거로만 생각했는데, 유민은 어느새 집을 빠져나간 후였다. 윤은 멍하니 그녀의 빈방을 바라보다 문을 닫았다. 서둘러 휴대폰을 집어 전화를 걸어 봤지만 그녀는 전화도 받지 않았다. 그녀가 갈 만한 곳이라곤 없다. 11시를 조금 넘긴 시계를 바라보며 윤은 마른침을 삼켰다. 연락처를 뒤지는 그의 손길에 조급함이 묻어났다.

"언제 또 거기까지…… 알겠습니다."

그리고 한참 만에야 은영과 연락이 되었다. 술집에라도 간 건지 주변은 음악소리로 소란스러웠고, 은영은 조금 취한 목소리로 유민과 함께 있다고 말했다.

[대체 왜 그랬어요? 유민이는 나름 용기를 내서 한 건데. 무슨 남자가 정말 밥상을 차려 줘도…….]

블라블라 이어지는 말을 다 듣지 않고 끊어 버렸다. 은영이 알려 준 술집은 한 대학가에 위치한 감성주점이었다. 윤은 요란한 노랫소리가 새어 나오는 계단으로 진입했다.

"어, 좀 있다 데리고 갈게. 지금 다 됐어. 야, 기가 막혀. 엄청 이쁘다니까. 옆에 누나들도 괜찮게 생겼고. 순진하게 생겨 가지고 남자 손 한 번 안 타게 생긴 앤데……."

젊은 남자 하나가 큰 목소리로 통화 중이었다. 남자는 윤을 흘깃거리더니 눈을 피하곤 슬쩍 계단 한쪽으로 비켜섰다. 시커 멓기 그지없는 남자의 속마음에 피가 거꾸로 솟는 것 같았지만 윤은 아무것도 내색하지 않고 곧장 주점 내로 들어섰다. 한창 붐비는 시간대라선지 사람이 많았지만, 윤은 한눈에 유민을 찾아냈다.

조금 상기된 얼굴로 눈을 깜빡이는 그녀의 얼굴엔 이미 잠이 가득했다. 남의 말이 들리지 않는 상태였다. 그런 그녀의 앞에서 두 명의 남자가 뭐라 열심히 지껄여 댔다.

"일단 여기 말고 다른 데 재밌는 데 있거든요. 가서 밤새 놀죠?"

"관심 없으니까 그만 가요. 얘 그런 거 안 좋아한다니까 그러네."

"안 좋아하는지 어떻게 알아요? 누나들도 같이 놀아요. 끝내주게 재밌게 해 줄게. 응?"

지민의 짜증 섞인 말에도 남자들은 통 물러날 기미가 없었다. 반응이 없는 유민의 태도를 수줍어하는 걸로 생각하는지 어떻게든 낚아 보려 애를 썼다. 그 사이 먼저 윤을 발견한 은영이 도와 달라는 듯 손을 흔들었다.

"어, 왔다. 강윤 씨! 여기예요, 여기!"

반가워하던 것도 잠시, 은영의 얼굴에서는 어느덧 미소가 사라졌다. 고요하게 가라앉은 윤의 눈빛이 정확히 그녀들이 앉은 자리를 향했다. 동시에 이상한 위압감이 주변의 분위기를 누르기 시작했다. 왠지 섬뜩함을 느낀 은영과 지민은 미처 뭐라 말을 걸지도 못하고 그의 행동을 바라봤다. 자리로 들어선 윤은 곧장 유민의 허리를 감고 안아 일으켰다.

"흐음…… 강윤 씨?"

설핏 잠이 깬 유민이 그의 품에 얼굴을 묻으며 안겨 온다.

"뭐, 뭐야? 당신이 뭔데 지금 껴들……."

한 남자가 황당하단 얼굴로 입을 열다 차갑게 굳은 시선이 똑바로 제 얼굴을 향하자 멈칫했다. 큰 키로 내려다보는 것만으로도 위압감이 드는데, 몸을 꿰뚫는 듯한 그 눈빛은 절대 평범한 사람의 것은 아니었다. 이상하게 움찔하며 물러서게 만드는 것이었다.

그런 남자의 얼굴을 잠시간 바라보던 윤이 차분하게 말했다.

"난 내 아내를 데리러 왔는데……."

"……!"

"그쪽이야말로 내 아내랑 어떻게 되는 사입니까?"

"아, 아내? 그, 흠! 흠……."

싸늘한 윤의 말투에 남자들은 서로 얼굴을 마주 보며 헛기침을 하다 재빨리 자리를 피했다. 그제야 윤은 은영과 지민에게로 눈을 돌렸다. 아까보다는 조금 누그러진 분위기에 그녀들은 간신히 숨을 내쉬었다.

"더 늦으면 위험하니까 그만 들어가세요."

"네, 저희야 뭐 괜찮아요. 그보다 유민이가 그렇게 돼서…… 사실 그렇게 많이 마신 건 아닌데 이상하게 기분이 안 좋은지……."

"저기 유민이도 속상해서 그런 거니까, 너무 혼내지 마세요."

왠지 이상한 걱정을 하는 두 사람을 바라보던 윤이 싱긋 웃었다.

"왜 그런 생각을 하는 거죠?"

그러고는 유민을 훌쩍 안아 들었다.

"먼저 가 보겠습니다. 두 분도 너무 늦게까지 밖에 있지 마시고 일찍 들어가세요."

그렇게 곧장 돌아서 버리는 윤의 뒷모습을 두 여자는 멍하니 바라볼 수밖에 없었다.

은영이 가만히 한탄하며 맥주잔을 집어 들었다.

"흑…… 지금 내가 흘리는 것이 눈물은 아니여……."

"저도 배 아파서 이러는 거 절대 아니에요. 쿵."

하릴없이 오징어 다리를 뜯던 지민이 훌쩍였다.

어떻게 돌아온 건지는 알 수 없었다. 깜빡 잠이 들었다가 눈을 뜨니 침대 위였다. 윤은 머리맡에 앉아 있다가 막 일어나려던 참이었는지 멈칫하며 그녀와 시선을 맞췄다.

"깼어요?"

힘없이 눈을 깜빡이던 유민은 작게 한숨을 흘렸다. 그러자 천천히 손을 뻗은 그가 그녀의 이마를 쓸어 올렸다. 커다란 손에서 느껴지는 온기에 왠지 목이 멘 유민은 바르작거리며 몸을 돌리려 했다.

"하지 마세요."

하지만 작은 반항은 다시 부드럽게 몸을 돌려세운 그의 힘에 무산되었다. 다시 바라본 그는 평소와는 달리 웃음기 하나 없는 얼굴로 그렇게 한참 동안 그녀의 눈을, 혹은 입술을 가만히 응시하고 있었다. 처음 보는 얼굴. 왠지 그의 눈빛이 닿는 어느 언저리가 저밀 듯 아파 와 저도 모르게 묻고 말았다.

"······화났어요?"

"네."

꽤나 단호한 대답이었다.

"뭐 때문에 화났는지 안 물어봐요?"

어떻게 대꾸할지 알 수가 없어진 유민이 슬그머니 입술을 깨물었다.

"말도 없이 나가 버리고. 연락도 안 받고. 술도 잘 못하면서 겁도 없이 취하도록 마시고."

"······."

"남편이 걱정할 거란 건 생각 안 했어요?"

행여 어딘가로 날아갔을까 봐. 무슨 일이라도 생겼을까 봐. 그렇게 가슴 졸이던 시간은 정말이지 끔찍했다. 그러나 더 싫었던 건, 이렇게나 화가 나는 이유는 그녀를 눈에 담는 남자들의 모습 때문이었다는 걸 부정할 순 없다.

"나······ 아파요."

한참 후에야 유민은 기어들어 가는 목소리로 칭얼거렸다. 그 순간, 굳어 있던 윤의 눈가가 조금 부드러워졌다. 정말 한숨이 나올 만큼 쉽게 무너지고 만다.

　"어디가 아픈데요?"

　"몰라요. 자꾸만 열이 나고…… 아파요."

　윤은 술기운으로 붉어진 유민의 얼굴을 조심스럽게 쓸어 봤다. 정말 열이 조금 있다.

　"그래요, 그럼. 일단 오늘 밤은 자고 내일……."

　"같이…… 있으면 안 돼요?"

　어쩌면 오기로 내뱉은 말이었다. 하지만 윤은 난처한 듯 웃는 얼굴로 아무 말도 하지 않았다. 가슴 한복판이 욱신거리며 아프다. 어떤 대답을 듣고 싶었는지조차 모르면서, 왜 아무 말도 하지 않는 것이 서운한 걸까. 가만히 입술을 깨물던 유민이 다시 말했다.

　"같이 자면 안 돼요?"

　"안 돼요."

　"왜요? 어차피 볼 거 다 봤으면서…… 내 옆에서 몰래 같이 잔 적도 있으면서 왜 이제 와서 안 된다는 건데요, 왜……."

　"유민 씨."

　"나 아파요, 진짜. 감기 걸렸어요. 봐요, 열도 나고 가슴도 아프고…… 흑."

　칭얼거리며 보채던 유민이 숨을 들이켰다. 순식간에 그녀의 몸 아래로 팔을 넣은 윤이 그대로 그녀를 껴안으며 자리에 누웠다. 털썩, 소리와 함께 고요가 찾아왔다. 짧은 시간 갑작스럽게 이뤄진 일에 유민의 심장이 미친 듯이 뛰어올랐다.

맞닿은 몸에서 열기가 올라왔다. 그제야 그가 감기로 열이 조금 있었다는 사실을 기억해 낸 유민은 터져 나오려는 울음을 이를 악물며 간신히 참아 냈다. 그렇게나 저를 아끼면서. 어째서…….

"알았어요. 재워 줄 테니까, 일단 푹 자요."

"……."

"정말 못 말려요, 유민 씨는."

아이를 다루듯 상냥해진 목소리였다. 뒷머리를 쓰다듬는 손길에도 온몸이 홧홧 달아오르는 저와는 달리 평온한 그의 태도에 가슴이 아릿했다.

난 이런 걸 바란 게 아니었는데…….

아이처럼 안기고, 보살핌을 받고 싶은 게 아니었는데…….

그렇게 점점 깊어 가는 밤. 두근거림마저 잦아들고, 몽롱하게 올랐던 술기운마저 사라진 시간. 천천히 몸을 일으킨 유민은 잠이 든 그의 얼굴을 내려다봤다. 고르게 내쉬는 숨결이 눈에 보일 듯 가깝다. 고요하게 내려앉은 속눈썹이 짙게 그늘을 그린다. 흠 하나 없는 고운 피부가 이젠 어떤 감촉인지도 안다. 그토록 옅게 비쳐 드는 빛에도 그의 얼굴은 또렷하게 그릴 수 있었다.

"내가 귀찮아요?"

술기운을 빌려 응석을 부리고 귀찮게 했다. 하지만 그는 무엇이든 받아 줬다. 이런 자신이 잘못되었다는 걸 알면서도 멈출 수 없었다. 제 마음을 강요하고 휘두르는 게 그를 얼마나 괴롭게 할지 알면서도.

눈앞이 흐려졌다. 정말 이젠 어떻게 해야 할지 알 수가 없었다. 좀 더 안아 줬으면 좋겠는데. 아니, 조금만 다르게 대해 줬으면 좋겠는데…….

눈을 깜빡여 물기를 걷어 내고 다시 그의 얼굴을 바라봤다. 조금 벌어진 그의 입술을 하염없이 눈에 담았다가, 숨을 들이켰다.

가지고 싶다. 이젠 울고 보채서라도 가지고 싶었다.

바스락.

이불을 스치는 소리에 흠칫 멈춘 그녀가 나직하게 한숨을 흘렸다. 그의 얼굴이 점점 가까워지자 그녀의 떨림도 점점 강해졌다. 숨을 멈춘 채 눈을 감은 그녀는 살포시 그의 입술에 제 입술을 얹었다.

그렇게, 닿았다.

지극히 짧은 입맞춤에도 확연히 다른 느낌이었다. 제 뺨에 닿고, 이마에 닿았던 감촉과는 전혀 다른 느낌. 금세 가빠진 숨을 내쉰 그녀가 잽싸게 몸을 일으켰다. 심장이 너무 뛰어서 도무지 견딜 수가 없었다. 나가서 신나게 심호흡을 하려던 참이었다.

―덥석.

뭔가가 팔을 붙잡았고, 그녀는 그 자리에 굳어 버렸다.

다시 숨소리조차 들리지 않는 고요로 가득찬 방 안에.

“……우유민.”

깨어 있었다. 그가.

“저, 저기…… 난…….”

차마 그가 있는 곳으론 눈조차 돌리지 못한 유민이 간신히 소리를 밀어냈지만 더 이상 말은 이어지지 못했다.

“힉!”

나직한 비명과 함께 순식간에 제자리에 눕혀지고 그녀의 몸 위로 그의 체중이 실렸다.

"나쁘네, 그렇게 도망치면……."

"……."

"난 어쩌라고요."

이 이상 놀랄 수가 있을까. 움직이는 걸 잊어버린 듯 굳어 버린 유민이 눈앞의 남자를 바라봤다. 그녀의 눈을 빤히 응시하는 눈빛이 여느 때와는 확연히 다른 느낌이었다.

"내가…… 착각하는 거 아니죠?"

확인시켜 주듯 들려온 목소리와 함께 그의 엄지가 그녀의 입술 아래를 가볍게 쓸었다. 눈도 감지 못하고, 바짝 말라 버린 입술을 어찌하지도 못한 채 묶인 듯 그를 바라보는 사이, 그의 얼굴이 조금 기울어졌다. 그제야 유민은 눈을 감아버렸다.

천천히 그녀의 입술을 눌러 오는 부드러운 감촉과 함께 나른한 숨결이 퍼진다. 이어 달래듯 느릿하게 움직이며 제 입술을 머금고 핥아 오자 몸이 움찔거리며 떨려 왔다. 정신이 아득해지도록 숨이 차올랐다. 부드러운 입술로 앙다문 틈을 노리며 파고들던 그는 그녀의 아랫입술을 애무하듯 느릿하게 빨아들여 야릇한 소리를 내곤 떨어져 나갔다.

"히끅."

숨이 막히다 못해 그만 딸꾹질이 튀어나왔다. 당황한 그녀가 그제야 숨을 헐떡이며 고개를 돌리자 웃음소리와 함께 그의 숨결이 뺨으로 쏟아졌다.

"안 되겠네. 딸꾹질도 멈춰야겠다."

"네, 네?"

당황한 물음과 동시에 다시 턱이 붙잡혀 돌려졌다. 그리고 이번 엔 더욱 깊게 입술을 물어 왔다. 얼결에 뻗은 손이…… 결국은 그의 옷자락을 그러쥐었다.

'하지 마.'

어느 순간, 그녀는 소리를 질렀다. 초등학생으로 보이는 남자아이 네 명이서 뭔가를 둘러싸고 있었고, 그녀는 그런 그들의 가방에 매달리며 울부짖었다. 분명 초등학생인데 그녀는 그들을 올려다봤고 힘으로 이길 수가 없었다. 뭔가 굉장히 슬프고 괴로운 시간이었다.

'아, 시끄러워! 저리 가!'

휙 돌아선 아이 하나가 그녀의 머리를 쥐어박았다. 그리고 누군가가 그녀를 발로 찼다. 그런데도 그녀는 악착같이 가방을 붙잡고 매달렸다. 그런 그녀의 눈앞에 보인 건 이상한 옷을 입혀 놓은 황금색 털의 커다란 개 한 마리였다. 또 한 아이는 그 사이에도 개의 발을 짓밟았다. 개는 비명조차 지르지 않고 꿈틀거리며 발을 뺐다.

'때리지 마! 그러면 안 된단 말이야!'

'이게 진짜, 저리 가라고!'

한 아이가 그녀를 휙 밀쳤고 그녀는 바닥을 나뒹굴었다.

어느덧 장면이 바뀌었다. 아이들은 사라지고 벌떡 일어난 개는 주인으로 보이는 한 아저씨의 곁에 바짝 붙어 절뚝거리며 걷기 시작했다. 그녀는 눈물이 그렁그렁한 눈으로 그 뒷모습을 바라봤다.

'괜찮아?'

누군가의 손길이 어깨에 닿았다. 낯설지만 부드러운 남자의 목소리였다.

전혀 괜찮지 않았다. 욱신거리는 무릎이 아파서 더 화가 났었다.

'확 물어 버리지……'

바보 같은 개. 왜 짖지도 못해.

그렇게 덩치도 크면서 확 물어 버리지. 바보. 저 바보 같은 개.

울분으로 씨근거리는 그녀의 앞에서 남자는 한숨을 쉬었다. 그러고는 조심스럽게 그녀의 다리를 살펴봤다.

'무릎이 다 까졌네.'

그날은 언니 유리를 따라 피아노학원을 구경 갔던 날이었다. 남자의 손을 잡고 피아노학원으로 돌아오자, 갑자기 없어진 그녀를 찾고 있었던지 언니가 창백한 얼굴로 화를 냈었다. 저도 모르게 옆에 있던 남자의 옷자락을 붙잡고 말았다.

"제가 잠깐 보고 있을 테니까 마저 연습하고 와요."

그 말에 이상한 안도감을 느꼈다. 어디선가 약통을 꺼내 온 남자는 기다란 피아노 의자 위에 그녀를 앉히고 마주 앉았다. 유민은 그제야 남자를 바라봤다. 이상하게 그 얼굴이 기억나지 않는다. 기억나는 건 당시 중학생이던 유리마저 한참을 올려다봐야 했던 큰 키와 교복 차림. 나이에 어울리지 않게 묘하게 차분하고 권태로운 분위기뿐…….

그제야 호기심을 보인 유민은 코를 훌쩍이며 물었다.

'오빠도 피아노 쳐요?'

'응.'

'반짝반짝 작은 별 칠 줄 알아요?'

'……응.'

귀찮은 듯 조금 늦게 내뱉었던 대답. 그다음에 나올 말이 뭔지 아는 투였다. 역시나 유민이 한 말도 그랬다.

'쳐 봐요.'

반짝, 눈을 뜬 유민은 한참 동안 멍하니 천장을 바라봤다.

"몽 레브……?"

아주 오래전 있었던 일. 이젠 까맣게 잊어 기억조차 없던 일이었다. 그런데 꿈에서 깬 그녀의 귓가에 남은 멜로디는 분명 윤의 대표곡인 '몽 레브'였다.

아니, 이것도 확실하지 않았다. 원래 '모차르트의 작은 별 주제에 의한 12개의 변주곡'이 '몽 레브'의 레퍼런스가 되었다는 건 그녀도 잘 아는 사실이다. 그러니 이런 전개도 가능한 거다. 그래, 꿈이니까. 자신이 알고 있는 것으로 기억을 재구성한 건지도 몰라.

어차피 제대로 기억하는 일도 아니니까…….

그런데도 가슴속엔 아릿한 여운이 남아 있었다. 묘한 그리움과 설렘. 그 순간 느꼈던 감정이 고스란히 되살아난 기분이었다.

"이상한 걸 기억해 냈네."

중얼거리던 유민은 다시 눈을 깜빡였다.

그래. 기억하니까 뭔가 이상한 게 떠올랐어!

"일어났어요?"

그 순간 그녀의 귓가로 낮게 잠겨 조금 갈라진 목소리가 내려앉

앉다. 움직일 수가 없었다. 몸 한쪽으로 느껴지는 온기가 낯선데 익숙한 이 느낌! 게다가 지난밤 그녀가 마지막으로 한 건…….

"기억나요?"

움찔 몸을 떠는 사이 스르륵, 그녀의 허리를 감아 오는 팔과 함께 목덜미로 나른한 숨결이 닿았다. 저도 모르게 눈을 감아 버렸다.

아, 어떡해. 그거까지 꿈이었으면 좋았을 텐데.

"유민 씨."

묵묵히 아침 식사를 마치고 난 다음이었다. 그릇을 치우고 깨끗하게 식탁을 닦아 낸 유민은 싱크대 앞에 선 남자를 보고 움찔했다. 새삼 자신이 무슨 짓을 한 건지 떠올리자 이젠 그의 얼굴조차 마음껏 볼 수가 없었다. 미쳤지. 이게 다 술 때문이야!

"빠, 빨리 준비해요. 설거지는 내가 할 테니까……."

유민은 손에 든 행주를 구길 듯 쥔 채 간신히 입을 열었다. 주방엔 아직도 달콤한 버터 향이 진동하고 부드러운 크림치즈의 맛이 아직 입 안에 남아 있는데, 그것이 어떻게 입에 들어왔는지는 도통 알 수 없다. 식사하는 내내 그의 눈길을 피하고, 그가 묻는 말에 짤막하게만 답했다. 연신 고개만 끄덕이며 속으로 '시간아, 빨리 가라'를 외쳤는데, 시간은 멈추다시피 가질 않았다. 대체 언제까지 아침인 건데!

"자꾸 그렇게 피하면 주정뱅이씨라고 불러야지."

"하, 하지 마요!"

"왜요, 주정뱅이 맞잖아요. 이상한 술버릇까지 있는 주정뱅이.

남의 입술이나……."

"으악! 악!"

안 들린다, 안 들려!

유민은 저도 모르게 퍼덕거리던 손을 들어 올려 제 귀를 틀어막았다. 온몸에 열이 오르다 못해 이젠 활활 타 버릴 것만 같다. 이 나쁜 남자! 그런 건 제발 그냥 넘어가란 말이야!

"세상에 그런 상황에서 기절하는 사람이 어디 있어요?"

하지만 막힌 귓구멍으로도 빌어먹게 잘 들리는 이 말은 뭐란 말이냐.

"그게 아니죠! 그, 그건 술 때문에 그냥 잠든 거라니까요!"

"하여간 유민 씨 나빴어요. 사람은 잔뜩 이 지경으로 만들어 놓고. 그러고 보면 우리 첫날밤에도……."

"악! 꺅! 바보, 내가 미쳐!"

남은 죽을 것 같은데, 그의 입가엔 언뜻 웃음기까지 맺혔다. 어느새 불쑥 다가온 그가 도리질을 치며 도망치는 유민을 덥석 안아 올려 주방 테이블에 앉혔다. 피할 새도 없이 단단한 두 팔이 그녀의 양옆을 막아 가두자 한결 가까워진 그의 몸에서 깔끔한 섬유유연제의 향이 풍겨 났다.

"자, 잠깐만……."

그리고 생각이 끊어졌다.

따뜻한 숨결이, 그의 숨이 입 안으로 밀려 들어왔다. 저도 모르게 손을 뻗어 그의 팔을 붙잡았다. 뒤로 기울어지는 몸을 간신히 지탱하는 동안 그는 아무렇지 않게 그녀의 입술을 열고 안의 여린 살결을 부드럽게 핥아 왔다.

가슴속부터 퍼져 가는 이상한 떨림. 유민은 땅에 닿지 않는 발끝을 오므리며 숨을 참았다. 아니, 숨을 쉴 수가 없었던 건지도 모른다.

숨이 끊어질지도 모른단 걱정이 들 무렵에야 간신히 그가 입술을 놓아줬다. 유민은 그대로 그의 입술을 외면하며 힘겹게 숨을 내쉬었다. 진한 여운으로 몸이 떨릴 지경이었다.

"무슨 생각 해요?"

멍한 얼굴을 봤는지 나른한 목소리와 함께 부드러운 손길이 천천히 젖은 입술 끝을 매만졌다. 그제야 눈을 연 유민의 몽롱한 시야에 잔영처럼 그의 모습이 맺혔다.

"모르겠어요."

정말이지, 이상한 기분이었다. 아주 짧은 시간 의식하고 헤아릴 수 없는 모든 것이 와르르 쏟아졌고, 서서히 사라지고 있었다. 그와 숨결을 나눠 마신 순간이 마치 꿈이었던 것처럼.

"심장이 뛰는 소리가…… 너무 크게 들려서…… 귀가 심장 속으로 파묻힌 것처럼요. 그리고……."

"그리고?"

그녀의 머리카락을 만지작거리던 그가 손에 쥔 머리카락을 입술에 대며 묻는다. 왠지 모를 야릇한 느낌에 움찔하며 눈을 돌리자 그의 입술에서 새어 나온 잔잔한 웃음소리가 흩어졌다.

"그건 유민 씨가 눈을 감아서 그래요."

"……."

"다리에 장애가 생기면 팔 힘이 세지고, 눈이 안 보이면 다른 감각기관이 더 발달한다고 하잖아요. 그런 것처럼 눈을 감으면 다

른 감각을 좀 더 강하게 느끼게 되는 거예요. 일종의 서번트신드
롬 비슷한 거죠."

묘하게 그럴듯한 말이다.

"정말요?"

"다시 해 볼래요? 이번엔 눈 뜨고."

슬쩍 올라가는 입꼬리를 바라보며 절레절레 젓는 유민의 얼굴엔
미심쩍은 기운이 가득했다. 다시 웃음을 터뜨린 그가 은근하게 귓
가에 입술을 댄 채 속삭였다.

"비교해 보면 금방 알 텐데."

"하, 하지 마요⋯⋯."

달래듯 입술을 열고 애타게 그녀의 작은 혀를 불러들이던 그의
부드러움을 떠올리자, 다시금 심장이 뛰어올랐다. 거센 움직임이
공간에 파문을 그리는 착각. 눈에 보일 듯 생생한 심장의 움직임
에 또 당황한 유민이 입을 열었다.

"그, 그러니까 지금은 멀쩡한 거 봤죠? 술 때문에 잠든 거 맞
죠? 이, 이런 걸 해도⋯⋯."

"네, 키스 때문에 기절한 건 아니라고 해 둘게요."

이 바보 돌직구남!

유민이 경악하며 몸을 떨었다. 정말 이 남자에겐 필터링 따윈
기대하면 안 돼!

"멀쩡한 김에 한 번 더 할래요?"

아니, 어쩌면 속에 능구렁이 백만 마리를 숨긴 남자일지도 몰라.

저도 모르게 입을 가린 유민이 필사적으로 고개를 저었다. 그런
그녀의 모습을 내려다보는 윤의 입가가 길게 늘어졌다.

—찰칵.

셔터 소리에 가만히 엎드려 있던 고구마가 휙 하니 고개를 돌려 외면했다. 퍽, 하고 터진 플래시가 끔찍하단 태도다.

"고구마, 여기 좀 봐. 여기."

유민은 집요하게 고구마에게 카메라를 들이댔다. 투박한 모양의 필름카메라와 최신형 디지털카메라를 구한 유민은 본격적으로 사진을 찍기 시작했다. 그녀의 발길이 닿는 곳에서 볼 수 있는 무엇이든 그녀의 소재가 되었다. 그러나 주로 찍히는 건 병원의 풍경이었다.

"고구마아—"

다시 부르며 다가서자 고구마는 훌쩍 일어나 그녀를 피해 어디론가 가 버렸다. 움직임을 따라 넘실넘실 황금색 털이 출렁였다. 그 털의 느낌이 좋아 자꾸만 찍게 되는 건데, 참 비싸게도 군다. 어지간해서 잘 뛰지 않는 고구마를 물끄러미 바라보며 입술을 삐죽이자 왠지 그 꿈이 생각났다. 발을 밟히고도 끙, 하는 소리조차 내지 못하던 순박한 개 한 마리가.

'하지만 성격이 다른걸.'

고구마라면 분명 물었을 거다. 그러고 보니 고구마는 어쩌다 이리로 오게 된 걸까. 문득 궁금해졌지만 물어볼 상대는 지금 없었다.

"차라리 나가서 찍지 그러냐? 저놈 지금 플래시 터지는 게 싫어서 삐졌다."

몇 차례 고구마를 부르던 유민이 카메라를 든 모습 그대로 눈을 돌리자 뷰파인더에 영신의 모습이 들어왔다.

　"설마 나 찍는 거면 모델료 내놔라. 세상에 공짜는 없다."

　"얼마면 되는데요?"

　"여대생이랑 소개팅 세 번……."

　"안 찍을래요."

　칼같이 잘라 낸 유민이 다시 고개를 휙 돌렸다. 그 순간 웃음소리가 들리더니 은영이 끼어들었다.

　"제대로 된 모델 놔두고 왜 엄한 걸 찍어? 필름 아깝게. 강윤 씨 피아노 치고 있는 모습이나 자는 거 찍으면 대박 날 텐데. 아주 화보겠다, 화보."

　"찍어다 몰래 팔아요. 다들 사겠다고 줄을 설걸? 신비주의 피아니스트 강윤의 일상 공개~ 킥……. 그런 게 사진이 모델발 받는 케이스죠."

　지민이 키득거리며 맞장구를 쳤다. 은영이 고개를 절레절레 저었다.

　"신비하긴 무슨. 우리 병원에서 잉여 플레이했던 거 동네 사람 다 아는데."

　"그런데 잠깐, 아까 은영이가 한 말. 그 말 무지 이상하지 않냐? 나 욕하는 것처럼 들린 거 기분 탓이야?"

　"우리 원장님은 가끔 쓸데없는 데서 되게 똑똑하신 거 같아요."

　"뭐가 어째?"

　투닥투닥 다퉈 대는 목소리를 들으며 유민이 눈을 돌렸다. 이번엔 봄 햇살이 아련하게 비치는 창밖의 풍경이었다. 맞은편에 위치한 공원에서 어느덧 녹음이 짙어진 나무가 보인다. 바람이 부는지 아른아른 움직이는 그늘을 보다 눈을 돌리자 운동을 나온 건지 하나, 둘 지나치는 사람들의 발걸음이 가볍다. 여느 때와 다름없는 하루. 똑같은 일상인데 바라보는 모든 것이 묘한 설렘을 불러일으킨다. 저도 모르게 입가를 올리던 유민이 다시 카메라를 들어 올렸다.

—찰칵.

이미 자각한 감정으로 바라본 세상은 지금껏 알던 것과는 많이 다른 느낌이었다.

그의 피아노가 좋다. 그의 낮고 부드러운 목소리가 좋다. 그의 커다랗고 긴 손가락이 좋다. 언제나 좋아했었다. 그러나 이 좋은 느낌은 조금 달랐다.

뒤따르는 이름을 빼고 말하면 이 느낌을 설명하긴 쉬워진다.

그냥, 그가 좋다.

강윤이…… 좋다.

어느덧 일상처럼 추가된 그의 키스. 그 맛을 음미하게 된 건 얼마 되지 않았다. 그의 맛, 그 숨결의 향기를 느끼며 반응을 시작한 것도 얼마 되지 않아서다. 작은 혀를 내밀어 멋대로 침범한 그의 혀를 건드려 보고 그의 도톰한 입술을 슬쩍 빨아들이기도 하며, 틈만 나면 입술을 가져다 대는 그에게 호응을 시작했다. 그런 그녀의 반응에 그의 미소는 한층 부드러워졌다.

키스는 정말 시도 때도 없었다. 그가 퇴근한 현관에서. 잠들기 전 방문 문 앞에서. 함께 요리를 하다가. 어쩔 땐 식사 중에도…….

게다가 윤은 키스를 잘했다. 잘은 모르지만 그런 느낌이었다.

소파에 앉은 그의 허벅지에 올라앉아 또 한참이나 그의 숨을 나눠 마신 후였다. 그의 어깨에 머리를 기댄 채 작게 한숨을 흘린 유민이 중얼거렸다.

'입술이 아파요. 이러다 닳아 없어질 거 같아.'

'저런.'

낮게 웃던 그가 그녀의 몸을 푹 감싸 안으며 어르듯 등을 토닥였다. 그러나 그의 입에서 나온 말은 엉뚱했다.

'피곤해서 비타민 보급하는 거니까, 앞으로도 유민 씨가 잘 협조해야 해요.'

'……말도 안 돼.'

'어쩔 수 없어요. 유민 씨가 날 이렇게 만들었으니 책임질 수밖에.'

저도 모르게 눈썹을 찡그린 순간, 윤은 가만히 눈을 빛냈다.

'그거 알아요?'

'네?'

'그 표정 때문에 더 미치겠는 거.'

다시 턱을 잡아 올린 그가 입을 맞춰 왔다. 어떤 준비도 없이 밀고 들어온 그의 혀가 거침없이 입 안을 헤치며 유영을 시작했다.

정말 이상해.

조금 힘들고, 조금 낯설고, 참을 수 없이 야릇한데, 좋다. 더는 설명할 수 없는 감각이 점차 몸으로 퍼져 나갔다. 가슴 언저리에서 시작된 열로 몸이 달뜨기 시작하자 이상한 부끄러움에 자꾸만 움츠러들었다. 하지만 그것도 잠시, 그는 머리카락을 휘감던 손을 내려 그녀의 등을 쓸어내렸다. 그러다 그녀의 옷자락 허리춤 어느 한 곳을 움켜쥐었다. 순간, 유민은 본능적으로 그 손을 붙잡아 버렸다. 그제야 멈칫한 그가 입술을 뗀다.

'아차, 미안해요.'

한없이 낮아진 목소리에 가슴이 울렁거렸다. 게다가 정작 그 손을 붙잡은 유민은 도통 제 행동을 이해할 수 없었다. 이상해. 싫은 건 아니었는데…….

그러나 이미 해 버린 행동은 주워 담을 수 없고, 애꿎은 그의 어깨에 손을 올리곤 옷자락만 구겼다. 말끔히 손을 거둬 낸 그는 멋쩍은 듯 그녀의 등을 토닥이더니 한숨을 푹 내쉬었다.

'벌써 그럴 생각은 없었어요. 이건 그냥…… 본능이라.'

머뭇머뭇 몸을 웅크리며 그의 시선을 피하면서도, 이상하게 아쉬운 마음은 뭔지 알 수가 없다. 꿈지럭거리는 모양새를 본 그가 다시 손을 뻗더니 그녀의 몸을 훌쩍 당겨 안았다. 그리고는 정수리에 턱을 얹으며 중얼거렸다.

'사실 조금 힘들긴 해요. 한계도 온 것 같고.'

무심히 그의 허리에 손을 올리려던 유민이 주춤했다. 그러고 나서 고개를 갸웃거렸다. 무슨 말을 하는지도 모르면서 왜 자꾸 움츠러드는 건데. 그 움직임에 웃음을 터뜨린 그가 더 꼭 껴안으며 중얼거렸다.

'그러니까, 잘 피해요.'

대체 그 본능은 뭐고, 잘 피하라는 건 또 뭔데. 피할 틈이나 줘야 말이지. 그리고 키스는 왜 그렇게 잘하는 건데. 뭐가 그리 익숙하냔 말이야. 순진해 빠진 얼굴을 하고선!

'이 나쁜 남자!'

왠지 이상한 생각을 떠올리며 눈살을 찌푸리고, 벌게진 얼굴로 심호흡을 한 유민은 저만치서 풀을 뜯으며 장난치다 고개를 든 고구마에게 포커스를 맞췄다. 햇살이 가득한 공원. 최고의 조명이 내려앉은 자연 스튜디오에서 이번엔 고구마의 모습을 제대로 찍을 수 있었다.

"유민이 아직 안 왔어."

퇴근하고 병원으로 들어서자마자 시큰둥한 영신의 얼굴이 윤을 맞이했다. 요즘 사진 찍는 것에 몰두하는 모습을 종종 봤었는데 오늘도 시간이 가는 줄 모르나 보다.

뉘엿뉘엿 자줏빛으로 저물어 가는 하늘을 바라보던 윤은 결국 공원까지 들어섰다. 꽤 넓은 공원이지만 윤은 그녀가 자주 다니는 길목을 잘 알고 있었다. 흐드러지게 핀 벚꽃도 어느덧 하얀 꽃잎을 바닥에 수북이 쌓으며 파릇파릇한 이파리를 내보였다. 이맘때쯤 피는 꽃이 뭐가 있더라……

전화라도 걸어 봐야 하나, 생각하며 걷던 그의 눈앞에 잠시 후 익숙한 모습이 나타났다. 긴 생머리를 질끈 묶고, 하늘하늘한 몸매가 드러나는 니트 티셔츠와 꼭 맞는 청바지 차림. 얼마 전 함께 골랐던 분홍빛 운동화를 곱게 신은 그녀를 찾아낸 순간 또 가슴이 뛰어올랐다. 멀리서 봐도 어쩌면 저리 예쁜지 모르겠다. 그가 아는 곳, 그가 떠올린 곳에서 떠나지 않고 머물러 있는 그녀가 마냥 기특하고 예쁘다. 그러나 저도 모르게 미소를 올리던 윤은 슬쩍 눈썹을 찡그렸다. 달갑지 않은 모습이 그를 기다리고 있었다.

"크로스포인트를 맞추고 반 셔터를 누른 상태에서 앵글을 움직여 보세요. 그리고 원하는 위치를 잡고 셔터를 누르면……"

―찰칵.

"네, 그렇게 하시면 돼요. 그리고 뛰어다니는 걸 찍고 싶으면 셔터스피드 우선모드나 조리개 우선모드 설정하고 AF전체영역으로."

낯선 남자가 함께였다. 저 멀리에 있는 고구마를 향해 몇 번 셔터를 누른 유민이 이윽고 제 카메라의 액정을 들여다보며 환하게 웃었다. 남자의 어깨에도 커다란 카메라가방이 매달려 있었다.

"디지털은 바로 확인이 되는 게 참 좋은 거 같아요."

"필름도 현상하고 인화하는 재미 들이면 나름 괜찮아요. 사진 느낌은 확실히 필카 쪽이 낫거든요. 오늘 찍은 거 현상하고 결과물 나오면 연락 줄래요?"

"그럴게요. 참, 어디 동호회라고 했죠?"

"잠시만요."

재빨리 가방을 뒤적이던 남자는 메모지를 꺼내 뭔가를 적고는 북, 찢어 내밀었다. 그러고는 별말 없이 메모지를 챙기는 유민을 잠시 바라보다 입을 열었다.

"저기…… 그보다 전화번호 좀 알 수 있을까요?"

그제야 유민이 고개를 들고 그를 바라봤다.

"네?"

"그게 갑자기 이런 말은 좀 그렇긴 한데…… 개인적으로 알고 싶어서 그렇습니다. 저한테 사진도 더 배워 보시면서 친해져 볼까 하고……."

멋쩍은 듯 머리를 긁적이는 남자는 기껏해야 대학생 정도로밖에 보이지 않았다. 하지만 그런 젊은 남자보다 더 어려 보이는 유민의 풋풋한 모습에 그의 입맛이 씁쓸했다.

멀뚱하게 남자를 바라보던 유민이 받았던 메모지를 도로 내밀었다.

"저기 그냥, 불편하게 생각하지 마시고……."

"저, 남편 있어요."

단호한 유민의 말에 남자의 말이 딱 멈췄다. 왠지 당당해진 유민이 어깨를 쭉 펴며 말했다.

"보기엔 이래 보여도 유부녀라서요. 이런 관심은 엄청 불편해요."

그 광경을 지켜보던 윤이 소리 없는 웃음을 삼켰다.

—컹!

어느새 그를 발견한 고구마가 크게 짖으며 달려오기 시작했다.

"재미있었어요?"

운전대를 붙잡은 윤이 흘깃 그녀를 바라보며 물어왔다. 기분이 아주 좋아 보이는 말투에 유민은 고개를 갸웃거렸다. 공원에선 묘하게 굳은 얼굴로 다가와 제 옆에 있던 남자를 잔뜩 얼어붙게 만들더니만……. 그러나 남자를 견제하는 기색이 역력했던 윤의 모습을 떠올리자 배시시 웃음이 난다.

"네, 재밌었어요."

"그래도 너무 늦은 시간까지 공원에 있으면 안 돼요. 위험하니까."

"요즘엔 날 풀려서 저녁 시간에도 운동하는 사람 많이 나와요. 위험하진 않아요."

"그게 더 위험해요. 남자도 많이 나오고. 그러니까 낮에만 돌아다녀요. 애들이랑 아주머니들 많이 나오는 시간에."

"애들이 자꾸 고구마한테 덤벼서 안 돼요. 고구마 녀석 까칠해서 애들이라면 질색하잖아요."

"유민 씨 말 안 들을 거예요?"

윤은 짐짓 엄하게 목소리를 깔았다. 그런데도 유민은 키득거리며 웃기만 했다.

"안 되겠어요. 유민 씨."

"뭐가요?"

"이제부터 특단의 조치를 취하러 갈 겁니다."

"네? 그건 또 무슨 소리예요?"

엉뚱한 말에 유민이 눈을 동그랗게 떴지만 윤은 더 설명해 주지 않았다. 그러고 보니 집으로 향하는 길은 진작 지나친 지 오래였다. 그렇게 도착한 곳은 한 액세서리 매장이었다. 어리둥절한 유민의 손을 붙잡고 들어선 윤은 곧장 여직원을 향해 물었다.

"아까 강윤이라는 이름으로 예약했는데요."

"아, 네. 준비해 뒀습니다. 잠시만 기다리세요."

으리으리한 조명과 휘황찬란한 액세서리들로 유민은 눈을 둘 곳이 없었다. 오늘따라 옷차림도 지나치게 평범한데 이런 차림으로 명품매장엘 들어서려니 자꾸 몸이 움츠러든다. 견디지 못한 유민이 재빨리 윤의 옷깃을 잡아당기며 속삭였다.

"여, 여긴 왜 온 거예요?"

"기다려 보면 알아요."

싱긋 웃는 얼굴이 더 불안한 건 왜일까.

"준비됐습니다, 고객님."

어느덧 매니저로 보이는 남자 하나와 아까의 여직원이 다가왔다. 매장 안에 있던 여자 손님들의 눈길을 받으면서도 표정 하나 변하지 않고 유민의 머리카락을 지분거리던 윤이 그제야 눈을 돌렸다. 유민도 조심스럽게 직원이 내민 상자를 바라봤다. 그녀의 눈이 크게 뜨였다. 작은 다이아몬드가 세팅된 심플한 커플링과 청색의 보석이 박힌 귀고리 한 세트가 놓여 있었다.

"이건……."

윤은 뭐라 말을 잇지 못하는 유민의 손을 덥석 붙잡고 반지를 집어 들었다. 그러고는 야위어 보일 만큼 가느다란 손가락 끝으로 반지를 밀어 넣으며 나직하게 말을 이었다.

"예물반지는 너무 거창해서 끼고 다니긴 불편할 거예요."

결혼식 예물로 준비한 캐럿 다이아는 확실히 너무 컸다. 그것보다 고운 마음으로 결혼한 것이 아닌 그녀에게 그 반지는 좋지 않은 기억의 일부나 마찬가지였다. 괴로웠던 결혼식 날의 기억. 그리고 부모님. 도저히 낄 엄두도 나지 않고 생각조차 하기 싫은 것……. 분명 그 역시 그녀의 그런 마음을 알 것이다. 그럼에도 그는 굳이 그 사실을 들추지 않았다.

"그보다 한 번쯤은 이렇게, 연애하는 기분으로 해 주고 싶었어요."

"……."

"이제 시작하는 연인들처럼."

맞춘 듯 자연스럽게 그녀의 손가락을 감은 반지를 바라보며 그는 만족한 듯 미소를 올렸다. 이어 보란 듯 제 왼손을 그녀 앞에 내밀고 천진하게 웃는다.

"나도 끼워 줘요."

분명 주변에 사람이 있는데도 참 뻔뻔하기도 하지. 매장 한복판에서 제대로 닭털을 풀풀 날려 대는 남자와 난처한 듯 주변의 눈치를 보는 여자의 모습에 직원들의 표정도 미묘해져 갔다.

어느덧 서로의 왼손에 끼워진 반지가 화려한 조명 아래서 빛을 냈다. 유독 찬란한 매장의 빛 탓일까, 아니면 묘하게 술렁이는 그녀의 속마음 탓일까. 가만히 반지를 바라보다 다시 윤을 바라보는 유민의 눈동자엔 유난히 반짝이는 빛이 어려 있었다.

"귀고리는 어떻게 할까요, 고객님?"

조심스럽게 끼어든 매니저가 묻자 그제야 모두의 시선이 그녀의 매끈한 귓불로 향했다. 그가 골라 놓은 모델은 귀를 뚫어야 했다.

"여기 귀도 뚫어 주는 거 맞죠?"

"네, 맞습니다. 지금 준비할까요?"

흔쾌히 대답하는 남자의 말에 유민의 얼굴이 사색이 되었다.

"네? 저 그거 싫어요!"

"왜요?"

"무, 무섭단 말이에요!"

유민은 당황하며 귀를 막았다. 그녀는 얼굴 가까이에 뭔가를 하는 게 질색이었다. 성형은 생각도 하기 싫고, 치과는 물론, 이비인

후과 진료도 끔찍했다. 라식을 해야 할 만큼 눈이 나쁘지 않다는 걸 그나마 축복이라 생각하는 사람이었다.

"그냥 귓불에 대고 총 같은 걸로 한 번 딱 쏘면 끝나는 거예요, 손님. 부작용도 별로 없어요."

"힉!"

보다 못한 여직원의 설명에 더욱 질겁한 유민이 뛰듯이 자리에서 일어나려다 윤의 손에 붙들렸다. 버둥거려 봤자 그의 힘을 당해낼 수 없었을 것이다. 결국은 얌전히 그의 품에 안긴 채 고개를 푹 수그렸다. 어지간히 싫은 듯한 태도에 웃음을 터뜨린 윤은 달래듯 그녀의 등을 토닥이며 말을 이었다.

"유민 씨, 전에 내가 말한 거 기억나요?"

"네?"

"눈을 감고 집중하면 더 강하게 느낀다는 거."

이 상황에 이건 또 웬 이상한 소리야. 얼결에 고개를 끄덕이자 윤은 나직하게 웃으며 그녀를 놓아줬다. 다시 원래 자리로 그녀를 앉히며 다정히 손을 붙잡고는 얼굴을 가까이 댔다.

"이번엔 그 반대로, 집중하지 마요. 그럼 하나도 안 무서울 거예요."

그러니까 이건 무슨 귀신 씨나락 까먹는 소리냐고요!

뭔가 항변하려는 순간, 어느덧 장치를 준비한 여직원이 그녀의 귓불을 만지작거렸고, 그것에 소스라치기도 전에 윤의 입술이 그녀의 입술을 덮었다. 그렇게 놀란 눈을 감지도 못한 사이,

―탁.

정확히 그녀의 한쪽 귓불이 뚫렸다. 연이어 다른 쪽의 귓불마저

해결한 여직원이 돌아서며 한숨을 흘렸다. 정말 살다 살다 별꼴을 다 보는구나, 싶은 표정이었다.

정작 용건은 끝났음에도 윤의 집요한 키스는 한참 이어졌다. 그나마 남들의 눈을 의식한 듯 입술만을 건드리는 간지러운 키스에 유민은 흠칫거리며 몸을 떨어야 했다. 그리고 윤은 한참 만에야 아쉬운 듯 입술을 댄 채 속삭였다.

"어때요?"

아직도 꼭 붙잡혀 있는 손이 뜨겁다. 유민은 조심스럽게 감았던 눈을 떴다.

"……눈, 감아 버렸는데."

"……"

"괜찮은 거 같아요."

울먹이듯 떨리는 목소리에 윤은 웃음을 터뜨렸다. 그리고 조심스럽게 그녀의 머리카락을 쓸어 넘기다 하필 빨간 큐빅이 박힌 귀고리를 보며 슬그머니 눈살을 찌푸렸다. 누굴 피 말려 죽게 할 셈인가.

"그럼, 괜찮아야죠."

나는 별로 괜찮지 않지만. 뒷말은 붙이지 못한 윤은 몰래 마른 침을 삼켰다. 낫는 대로 꼭 저 파란 보석을 달게 해야겠다.

"그런데 갑자기 이건 무슨 일이에요?"

그리고 이어진 불만 어린 목소리에 윤은 조금 심술궂게 입술을 비틀었다.

"어린 아내를 둔 나이 든 남편의 걱정?"

"무슨 이상한 소릴 해요? 바보같이."

유민이 눈썹을 찡그렸다. 또 멋모르고 그 귀여운 표정이나 지어 대니 큰일이다.

윤은 조용히 한숨을 내뱉었다. 네가 그러니까 자꾸 날파리들이 꼬여 대는 거라고. 제 눈에만 예쁜 줄 알았더니, 남들 눈에도 예쁜 너 때문에⋯⋯.

"이게 다 우유민 씨 때문이에요."

너의 처음부터, 너의 끝까지. 모두 다 내 손안에 넣고 혼자서만 보고 싶어서.

그렇듯 욕심은 시간이 갈수록 더 커져만 가서. 가도 가도 이상 하게 끝이 없어서.

"정말 미치겠어요."

이렇게 나의 흔적을 하나 더하는 거라고.

8화.
love me, like piano

"하아……."

조금 부풀어 오른 입술 틈으로 여린 신음이 새어 나왔다. 그 순간 윤은 흠칫 몸을 떨었다. 등골을 타고 솟아오른 전율이 머리끝까지 치솟는 기분이었다. 어느 틈에 부드럽고 따뜻한 여체가 제 몸 아래에 있었다.

"강윤…… 씨……."

견딜 수 없이 사랑스러운 목소리였다. 끊어질 듯 가녀린 목소리가 작게 떨리고 있었다. 가슴속이 아릿하도록 밀려드는 감정에 그의 입에서도 낮은 탄식이 새어 나왔다. 정신없이 그녀의 입술을 다시 품었다가 뺨을 스치고, 가볍게 귓볼을 물었다. 미칠 듯한 충동과 욕심으로 뒷골이 얼얼할 지경이었다. 그리고 다시 목선을 따라 훑어 내려가던 입술이 어느 한 지점을 깊게 빨아들였다.

"아……."

슬쩍 몸을 뒤틀던 그녀가 작게 신음을 뱉었다. 그러고는 천천히 그의 목을 끌어안았다. 그 순간 윤은 멈칫하며 그녀의 얼굴을 바라봤다.

"유민……."

"괜찮아요."

홍조를 띤 얼굴로 그녀는 속삭이듯 말하고 웃었다. 달뜬 숨에서 풍기는 달콤한 향과 허락이나 다름없는 신호에 마지막으로 남아 있던 망설임마저 어디론가 사라지고 말았다.

이젠 더 멈출 수 없었다.

다시 그녀의 입술을 머금은 그가 한쪽 허벅지로 그녀의 다리 사이를 파고들었다. 도톰한 둔덕에서 느껴지는 묘한 감촉. 그리고…….

흠칫 놀란 윤이 눈을 떴다.

어지간해서 내뱉지 않는 거친 말이 절로 튀어나올 뻔했다. 이런 꿈은 또 뭔가. 혈기왕성한 10대나 꿀 만한 꿈이라니! 폭신한 베개 위에 엎드린 제 꼴이 우스워 웃음이 났다. 이미 부풀 대로 부풀어 버린 아래가 뻐근하게 아플 지경이었다. 신체 건강한 남자에겐 지극히 자연스러운 현상이지만, 꿈 탓인지 오늘은 쉽게 가라앉을 것 같지가 않았다.

"하아……."

저도 모르게 한숨을 흘린 윤이 몸을 움직이려다 멈칫했다. 뭔가 부드러운 것이 그의 품 아래에서 느껴지고 있었다. 정확히는 엎드린 제 몸의 반쯤이 뭔가를 품고 있었다. 그는 천천히 덮고 있던 이

불을 걷어 냈다.

길게 헝클어진 머리카락을 봤을 때부터 이미 심장은 철렁 내려 앉아 있었다. 게다가 꿈에서처럼 유민의 다리 사이에 제 한쪽 다리가 얽혀 있는 걸 본 순간, 머릿속이 아찔해졌다.

"유민 씨!"

서둘러 몸을 일으키고는 그녀를 깨웠다. 여전히 아침에 약한 그녀가 느릿하게 눈을 깜빡인다. 그 무방비한 모습에 아래부터 거센 맥동이 치솟았다. 저도 모르게 이를 악문 윤은 황급히 베개를 집어 앞을 눌렀다.

"왜, 왜 유민 씨가 여기 있어요?"

"네? 아……. 그게 강윤 씨 잠드는 거만 보고 가려고…… 한 건데…….."

나른하게 대답하던 유민이 꿈틀거리며 몸을 일으켰다. 그녀가 움직일 때마다 헐렁한 목둘레로 그녀의 도톰한 윗가슴이 언뜻언뜻 보인다. 다시금 몸 안의 피가 끓어올라 이를 악문 윤은 힘겹게 눈을 돌렸다. 평소엔 괜찮았던 모습조차 지금은 꽤 위험했다. 긴장으로 목소리마저 딱딱해지는 기분이었다.

"알았으니 일단 방으로 돌아가요."

"흐음…… 조금만 더 자면 안 돼요?"

그런데 눈가를 비비며 중얼거리던 그녀가 그의 허벅지에 올려놓은 베개를 끌어당겼다. 흠칫 놀란 윤이 재빨리 당긴 순간, 그 반동인지 그의 몸으로 풀썩 넘어진 유민이 베개에 얼굴을 파묻었다.

"아!"

"음?"

동시에 튀어나온 말.

"뭐예요? 딱딱해⋯⋯."

보이지 않아도 안다. 한껏 자극당한 그것이 더 바짝 고개를 치켜들었다. 눈앞이 캄캄하다.

게다가 잠이 덜 깬 그녀는 더듬더듬 베개를 누르더니 고개를 들었다. 여기다 뭘 숨기고 있냐는 듯한 표정이다. 간신히 신음을 삼킨 그의 등으로 식은땀이 흘러내렸다.

"아, 유, 유민 씨 이건⋯⋯."

"으응? 대체 뭐예요?"

잠이 덜 깬 사람은 위험하다.

오늘 윤은 그것을 처음으로 깨달았다.

"꺄악!"

"이야, 윤이 너 입술이 아주 멋지다?"

영신은 어딘지 심오한 얼굴로 제 턱을 쓰다듬었다. 하필 윤은 평소보다 이른 시간에 리가야로 찾아왔고, 유민은 도망칠 새도 없이 아주 어색한 순간을 맞이하는 중이었다.

"어머, 어쩌다가⋯⋯."

은영과 지민의 얼굴에도 언뜻 놀라움이 스쳤다. 윤의 얼굴을 향했던 시선은 곧 웅크린 채 꼼짝도 않는 유민에게로 못 박혔다. 그러고 보니 유민은 오늘따라 묘하게 침울한 얼굴이었고, 사진 찍는 것도 그만둔 채 줄곧 고구마의 곁에 멍하니 앉아 있었다.

영락없이 부부싸움이라도 한 것 같은 상황이 아닌가. 힐끗거리던 영신이 의미심장하게 웃더니 물었다.

"혹시 윤이 너, 나 모르게 집에다 고양이라도 들인 거냐? 뭔가 무지하게 욕구불만인 고양이가 곁에 있는 거 같다만?"

"그러게요. 뭔가 깨무는 거 그거 상당히 쌓여 있단 표신데……."

"원래 순수한 동물일수록 쌓이면 더 크게 물죠."

싱긋 웃으며 거드는 은영과 지민의 얼굴에도 음흉한 웃음기가 배었다.

욕구불만. 쌓여 있다. 깨문다.

푹푹푹. 그들의 말이 살처럼 유민의 가슴팍에 꽂혀 들었다.

'안 물었어! 안 물었다고! 나 아무것도 안 했단 말이야. 왜 하필…….'

유민은 더욱 몸을 웅크렸다. 부끄러워서 죽는다면 아마 이런 기분일 거다. 가능하다면 눈앞에 엎드린 고구마의 털 안에라도 숨고 싶어졌다.

여느 때처럼 집에서의 일과는 다를 바 없었다. 저녁 식사를 마치고 윤은 자연스럽게 피아노 앞에 앉는다. 그 곁을 알짱거리면서도 최대한 방해하지 않는 게 그녀가 할 일이었다. 하지만 어제의 윤은 어딘지 모르게 지쳐 보였다. 평소보다 조금 가라앉은 느낌의 '몽 레브'를 듣다 발소리를 죽이며 그의 뒤로 다가간 유민은 연주가 끝나자 가만히 그의 목덜미를 끌어안았다.

"무슨 고민 있어요?"

돌아보는 그의 표정에 언뜻 놀란 기색이 비쳤지만 그것도 잠시였다. 나른하게 웃던 그가 몸을 돌려 그녀의 허리를 마주 안아왔다.

"일이 조금 많아서 그런가 봐요."

언젠가 지나는 말로 한동안 바쁠지도 모른다 한 걸 기억해 냈다. 정부에서 새로운 전투기를 구입하기로 했고, 그 과정을 함께 수행할 파트너로 KS항공이 선정되었다. 판매사들이 제시한 조건을 분석, 조율하는 일을 맡게 된 강 회장과 함께 관련된 일을 처리하게 된 윤은 쌓이는 서류들에 치여 갔고, 조만간 미국과 유럽을 오가는 기나긴 출장이 기다리고 있었다.

"많이 피곤해 보여요."

"그런 건 괜찮아요. 이러다 피아노 앞에 앉을 시간도 없어질까 봐 걱정되는 거 말곤."

평생을 피아노만 치며 살아왔다는 그에게는 확실히 큰 문제였다. 그의 연습 시간을 뺏는 것 중 하나가 저 자신임을 깨달은 유민이 슬그머니 팔을 풀었다. 그러나 윤은 아쉬워하는 마음을 안 듯 그녀의 몸을 훌쩍 안아 올리더니 제 허벅지에 앉히고 입을 맞춰 왔다. 그렇게 한동안은 자연스럽게 서로의 호흡이 오갔다. 커다란 손이 뒷목을 감싸고 그의 혀가 여린 입속을 건드릴 때마다 유민은 수줍게 몸을 움츠렸다. 이상하게 달아오르는 숨을 애써 삼키며.

"나 들어가서 쉬고 있을게요."

진한 키스의 여운으로 숨을 고르며 내뱉은 말에 윤은 의아한 얼굴을 했다.

"강윤 씨 연습하는 거 방해될 거 같아서요."

"그런 걸로 방해되진 않아요. 그냥 옆에 있어요."

그러나 유민은 고개를 절레절레 저으며 슬며시 그의 품을 빠져나왔다. 결국 너털웃음을 짓던 그가 다시 건반 위에 손을 올리고, 유민은 가만히 그 모습을 지켜보다 제 방으로 돌아왔다. 잔잔한 피아노 소리가 온 집 안을 따뜻하게 메운다. 꿈을 꾸는 것처럼 몽환적인 그의 선곡은 어디서든 듣고 있을 그녀를 위한 것. 침대에 누운 유민은 묘한 허전함을 느끼며 이불을 돌돌 말았다.

깜빡 잠이 들었다가 일어나니 이른 새벽이었다. 이미 그는 잠이 들었을 시간. 가만히 문을 열고 방을 나서자 거실은 엷은 빛으로 가득했다. 보름달이 뜬 밤이었다. 유민은 베란다의 창을 열고 한껏 숨을 들이켰다. 야경 사이로 띄엄띄엄 달리는 자동차의 불빛. 어딘지 술렁거리며 들뜬 봄밤의 향기가 잔잔한 바람을 타고 밀려 들어왔다.

'기분 좋았는데…….'

멍한 얼굴로 제 입술을 만지작거리던 유민이 한숨을 폭 내쉬었다. 키스를 할 때의 그는 모든 걸 잊은 것처럼 그 순간에 집중했다. 부드럽게. 때로는 아플 만큼 거칠게. 익숙해질 듯 또 새로운 감각이 녹아내릴 듯 달콤하게 스며들었다. 언젠가 입에 댔던 솜사탕처럼.

거기서 조금 더 다가왔으면 하는 생각을 했었다. 얼굴을 쓰다듬던 그의 손이 천천히 목을 쓸어내리고 어깨 위를 스칠 때 느꼈던 아찔한 고양감. 안타까울 만큼 몸이 달아 품에 다 넣지도 못하는 그를 끌어안으려 애를 썼었다. 조금 더. 조금만…… 더요.

'……나 너무 막 나가는 건가.'

유민은 생각만으로 또 달아오르고 마는 얼굴을 손으로 감싸야 했다. 정작 그는 자신이 좀 더 마음을 열기를, 조금 더 자라기를 기다려 주는데 자신은 벌써부터 엉뚱한 생각을 하고 있다니.

'잠이나 자자.'

그러나 돌아온 유민은 문득 그의 방문 앞에 멈춰 섰다. 언젠가 그는 그녀가 잠이 들어 있을 때 들어와 함께 잠을 잔 적이 있었다. 처음 입맞춤을 했던 날에도 함께였다. 그런 일도 있었는데 새삼 어떠랴 싶었다.

아니, 조금이라도 더 함께 있고 싶어서. 그래서 낼 수 있었던 용기였다. 조심스럽게 그의 방문을 열고, 곤히 잠이 든 그의 곁에 웅크렸다. 그렇게 뛰는 심장을 간신히 가라앉혔을 때만 해도 내일이면 그의 놀라는 얼굴을 보며 웃을 수 있을 거로 생각했는데…….

덮치듯 치워 낸 베개 아래 불룩 솟아 있던 것. 바로 그 앞을 짚고 있던 제 손. 잠이 확 달아나는 순간이었다. 아무리 잠이 덜 깼어도 그렇지. 위치가 거긴데 그걸 모르다니 어쩌면 이렇게 멍청할 수가!

게다가 당황해 비명을 지르고 뒤로 나자빠지려는 그녀를 그가 황급히 붙잡았다. 자칫 침대 밑으로 떨어질 뻔한 걸 잡아 줬는데 그녀는 또 비명을 지르며 몸부림치다 그의 입술에 이마를 부딪치고 말았다. 그야말로 민폐도 이런 민폐가 없다.

그렇게 아침의 일을 떠올린 유민이 더욱 몸을 움츠렸다.

"아무튼 그런 건 빨리 짝짓기를 시키든가, 아니면 중성화를 해야지. 가급적이면 나는 욕구를 충족시켜 주는 걸 추천한다만……."

"그, 그만 좀 하세요!"

시간만 허락한다면 밤새도록 따라다니며 놀릴 기세다. 달아오른 얼굴로 흘겨봤자 영신은 콧방귀만 뀔 뿐이었다. 게다가 말릴 마음이 없는지 싱글싱글 웃기만 하는 윤의 태도도 문제다. 유민은 아무렇지 않게 손을 내미는 윤을 원망스럽게 바라봤다. 그러게 그런 얼굴을 하고 여기까지 찾아오면 어쩌냔 말이다. 아니, 바보처럼 멍하니 그가 올 시간까지 붙어 있었던 게 문제였다. 종일 그 얼굴을 한 채 사람들을 만나고 일을 했을 거라 생각하니 미안해서 딱 죽고만 싶었다.

"아, 깜빡했다. 윤아. 잠깐만."

뭔가 잊고 있었다는 듯 두 사람을 멈춰 세운 영신이 은영을 통해 하얀 봉투 하나를 건넸다. 뭐냐고 물으려는데 영신의 입이 열렸다.

"생일 축하한다."

저도 모르게 바라본 윤의 입가엔 조금 미묘한 웃음기가 어려 있었다.

"뭐, 거창한 건 아니고 준영이 닦달해서 호텔 숙박권 얻은 거니까, 언제 시간 내서 오붓하게 보내라고."

"고맙다."

짤막하게 대답한 윤이 이번엔 평소처럼 싱긋 웃어 보였다.

"왜 말 안 했어요?"

재킷을 벗던 그가 멈칫했다.

"미리 말을 해 줬으면 아침에 미역국이라도 끓였을 텐데……."

그 순간 나직하게 웃던 그가 앞으로 다가와 얼굴을 가까이 댔다.

“아, 나 아직 이거 아픈데…….”

“…….”

“호, 안 해 줘요?”

검붉은 딱지가 앉아 있는 입술이 그녀의 눈앞에서 길게 호선을 그렸다.

하지만 유민은 웃지 않았다.

“내가 알면 안 되는 일이에요?”

“음, 그런 게 아니라 조금…… 유민 씨에게 불편한 이야기가 될 수도 있어서요.”

“뭐가 불편한데요? 나 이제 강윤 씨에 대해 다 알고 싶단…….”

“어머니의 기일이기도 해요.”

갑작스럽지만 차분한 말이었다. 잠시 할 말을 잃었던 유민은 곧, 뭔가를 깨달으며 목소리를 높였다.

“네? 자, 잠깐만요, 그럼 오늘 제사 같은 거 지낸다거나 하는 날 아니에요? 마, 맞나?”

어린 신부의 당황하는 모습에 윤은 웃음을 터뜨렸다.

“네, 그렇긴 한데 남은 가족이 남자들뿐이라 따로 그런 걸 챙길 여력이 없어요. 그렇다고 유민 씨에게 그런 걸 시킬 마음도 없구요.”

“…….”

“사실 별로 달가운 기억도 아니라서요.”

언젠가 한 번 생각해 본 적은 있었다. 윤은 지금껏 돌아가신 분에 대한 이야기를 입에 올린 적이 없었다. 그건 짧게 생각해도 이상한 일이다. 그토록 다정한 사람이 누군가를 지워 버린 듯 잊고 산다는 건…….

"어머니는 날 좋아하지 않았어요. 어릴 때 많이 아팠거든요. 하루 종일 울고, 하루 종일 보챘죠. 원인을 모르는 증상이라서 나을 방법도 없었고. 어느 순간 갑자기 아프고, 조금 나아지고. 그게 전부였어요."

저렇게 미소 짓는 얼굴로 아픈 이야기를 하는 사람이니까.

"끔찍했을 거예요. 언제 또 아프다고 울고 덤빌지 모르는데…… 평생을 그리 살아야 할지 모르니 괴로웠겠죠. 그래서 도망치려 했고, 그러다 사고가 나서 영영 해방되셨죠."

정작 가장 힘들었을 건 본인인데도 결국은 그런 말을 하는 사람이라서. 그런 그조차 꺼내지 못했던 이야기는 이런 것이었는데.

아득하게 먼 기억이었을 것이다. 잠시간 미소 띤 얼굴로 뭔가를 생각하는 그의 눈빛이 점점 깊어졌다.

'오지 마! 가까이 오지 마!'

울며 따르는 그를 벌레 보듯 바라보며 몸서리치던 어머니. 어머니는 형을 데리고 도망치듯 차에 올랐다. 차는 대로변에 그를 버려 둔 채 출발했고,

—끼이이익!

그의 눈앞에서 난데없이 끼어든 트럭과 부딪치며 도로 위를 굴렀다. 귀를 찢는 소음과 튀어 오르는 부품 조각. 그리고 많은 사람들의 비명 소리. 눈앞을 뒤덮은 경악과 공포의 색.

단 한 순간도 잊어 본 적 없는 그날의 풍경을 떠올리며 그는 차분히 말했다.

"그날이 하필 내 생일이었던 것뿐이에요."

사랑해.

입 바깥으로만 내놓던 말. 그러나 그녀의 진심과는 언제나 달랐던 말.

사랑한다, 내 아들.

어쩔 수 없다는 듯이 내뱉는 말. 형식적으로 벌어지던 두 팔.

언제나 웃고 있던 어머니였지만 윤은 그녀가 웃고 있다는 걸 인식하지 못했다. 피곤함과 원망, 편하지 않은 인생에 대한 증오로 얼룩진 어머니의 미소는 기괴했고, 무서웠다. 그런 그녀가 진심 어린 미소를 보여 주는 건 그가 아플 때마다 달려갔던 병원의 한 젊은 의사 앞에서만이었다.

'강 회장님께서 아셨더군요. 별 사이가 아니라 하더라도, 여기서 더 관계를 지속하는 건 곱게 넘어가기 힘들 겁니다.'

'대체 누가 그런 걸……'

그의 말은 어머니에겐 청천벽력이었을 것이다. 망연자실한 어머니에게 그는 냉정하게 말을 이어 갔다.

'얼마 전에 정 과장님께서 통화하는 내용을 언뜻 들었습니다. 둘째 아드님이 이상한 능력이 있는 것 같다고.'

'능력이라뇨?'

'참 웃기는 일인데…… 상대의 마음을 읽는답니다. 목소리를 듣거나, 몸이 닿거나 하면 눈에 그 색깔이 보이고 그 색깔에서 감정을 읽어 들인다고요. 공감각 능력인지 초능력인지. 두통의 원인도 그거 때문이라는 것 같고…… 아마 이야기도 그쪽을 통해 들어갔겠죠. 대단한 아들을 두셨습니다.'

—달칵.

그 순간 저도 모르게 휘청하며 소리를 내 버렸다.

'네가 왜 여기에⋯⋯!'

'쉿, 말하면 안 돼요!'

그 순간 동시에 저를 향하는 눈초리엔 경악과 공포가 머물렀다. 그들의 목소리로부터 밀려드는 감정이 그를 에워쌌다. 미움, 절망, 고통⋯⋯ 그리고 두려움. 눈앞이 어지럽고 세상이 기울었다. 벽으로 부딪친 몸이 서서히 가라앉았다. 그러다 마주친 어머니의 얼굴, 그 표정엔 처음으로 그녀의 속마음이 그대로 드러나고 있었다.

'저 괴물!'

아직은 모든 걸 말해 줄 수 없었다. 아버지조차 받아들이지 못하고 외면했던 현실을 유민이 쉽게 받아들이리라 생각하긴 힘들었다. 게다가 이젠 친구로 지켜보던 시절과는 다르다. 차라리 몰랐다면 모를까, 함께하는 기쁨을 알아 버린 지금은 오랜 시간을 외면당하며 살 자신 따윈 없었다. 그러니 숨길 수 있다면, 평생 몰랐으면 했다. 어차피 그녀 앞은 그가 유일하게 평범한 사람이 될 수 있는 곳이니까.

알리고 싶지 않다. 가능하다면⋯⋯ 평생.

"사랑한다고 했으면서 진심으로 웃는 얼굴은 보여 준 적이 없었어요."

그래서 그저 어머니를 원망하는 말로 마무리를 해야 했다.

"그래서 난 그 말이 싫습니다."

"⋯⋯미안해요."

윤의 이야기가 끝났을 때 이미 유민은 작은 손으로 얼굴을 가린 채, 눈물을 뚝뚝 흘리고 있었다.

"미안해요……. 미안해요."

싱긋 웃던 그가 스르륵 풀어낸 넥타이로 그녀의 뒷목을 감아 당겼다. 그러고는 장난스럽게 웃으며 슬쩍 얼굴을 기울였다.

"뭐가 미안한데요?"

그녀는 당황한 듯 눈물이 맺힌 눈을 동그랗게 뜨곤 훌쩍였다.

"억지로 말하게 해서…… 미안해요. 그 입술도…… 미안해요. 내가 잘못했어요."

"……이거 어쩌나."

절로 한탄이 나오는 순간, 아주 묘한 기분이었다. 설명하는 내 내 저를 바라보는 표정이 시시각각 변해 갔다. 읽히지 않는 마음 대신 그 표정으로 짐작하는 다양한 감정에 제 가슴속이 뿌듯하게 차올랐다.

가볍게 뛰었다가, 철렁 내려앉았다가, 다시 설레었다가.

분명 누구에게도 말할 수 없었던 아픈 기억이고, 어떤 식으로도 웃으며 꺼낼 이야기는 절대 아니었다. 그런데도 그 이야기를 하는 내내 아무렇지 않았다.

"나 정말 이상해진 거 같아요."

눈앞의 사람에게 모든 신경을 빼앗겨서…….

"유민 씨가 나 때문에 표정 바뀔 때가 제일 좋아요. 나 때문에 웃고, 나 때문에 울고. 나 때문에 빨개지고."

"그, 그게 뭐예요. 바보같이……."

"안 되겠네. 아직도 남편보고 바보라니."

그의 양손이 유민의 얼굴을 감싸 올렸다. 꼼짝없이 그의 손바닥에 갇힌 얼굴이 위로 들리고 휘둥그렇게 뜬 눈에 그의 상처 입은 입술이 선명히 들어왔다.

순식간에 그녀의 입술 틈으로 밀려든 혀가 그녀의 혀로 얽혀든다. 휘청 가라앉을 뻔한 몸에 그의 단단한 팔이 감겨 왔다. 평소와 달리 성마르고 거친 키스. 뒤로 밀린 몸이 어느덧 벽에 부딪치고 그녀의 입에선 약한 비명이 새어 나왔다. 어느 순간부터 그의 혀를 타고 들어와 입 안을 돌기 시작한 피의 맛. 그것이 어디에서 비롯한 건지 모를 수가 없다. 그럼에도 그는 멈추지 않았다. 하염없이 입술을 깨물고 거세게 혀를 빨아들이며 그 순간의 욕망을 거침없이 드러냈다. 어쩔 수 없이 새어 나오는 신음과 서로의 타액을 삼키는 소리로 드레스 룸의 공기는 순식간에 야릇해졌다.

언제나 부드럽기만 하던 키스가 이렇게 거칠어질 수도 있단 사실을 처음 알았다. 도무지 숨을 편하게 쉴 수가 없었다. 짓누르듯 밀고 들어오는 그가 버겁고 괴로운 한편, 묘한 희열감에 몸이 떨린다. 정신없이 그의 옷자락을 붙잡은 손에서도 힘이 빠져나가고 머릿속마저 아득해질 무렵이 돼서야 그는 천천히 그녀의 입술을 놓아줬다.

"후아……."

어깨를 들썩이며 힘겹게 숨을 몰아쉬는 사이, 그는 느릿하게 그녀의 빰과 귓가에 입술을 댔다. 이어 나른한 웃음을 흘리곤 묻는다.

"어때요?"

"바…… 바보! 상처 터졌잖아요, 이 바보…… 바보 같아!"

간신히 숨을 고르다 그의 목소리를 듣고 또 눈물이 터졌다. 울면서 화를 냈다.

"사람이 왜 그래요, 정말! 아까도 다들 놀려 대는데 웃기만 하고!"

"그건 일부러 둔 건데요. 유민 씨 벌받으라고. 화난다고 남의 입술이나 물어뜯고 도망가는 못된 고양이. 이름이 우유민이더라고 못을 박아 줄 걸 그랬네요."

"안 물었어요! 그, 그건 부딪친 거잖아요!"

"그러게요, 먼저 덤빌 줄도 알고 정말 많이 컸어요."

"아니에요! 아니라니까요!"

"하하하……."

"웃지 마요! 입술은 그래 가지고 웃음이 나와요? 내가 못살아, 정말. 어디 봐요. 어떡해, 아프지 않아요?"

유민은 눈물이 글썽글썽한 눈으로 그의 얼굴을 붙잡고 입술을 살폈다. 그런 유민의 진지한 얼굴을 보며 윤은 또 입을 맞출지 말지, 잠시간 고민을 해야 했다.

작은 냄비 안의 크림소스에서 기포가 하나둘 터지기 시작하자 윤은 솜씨 좋게 스테이크 고기를 굽기 시작했다. 그 곁에서 유민은 미리 씻어 둔 샐러드용 야채를 찢고 있었다. 오늘 저녁 메뉴는 안심 스테이크와 파스타였다.

'사랑한다고 했으면서 진심으로 웃는 얼굴은 보여 준 적이 없었

어요.'

소스를 젓던 그녀의 손이 점점 느려졌다.

무엇보다 진실해야 할 말로 가장 큰 상처를 입었으니 그런 감정 자체에 꽤나 회의감을 가지고 있을지도 모른다. 그러고 보면 그 역시 사랑한단 말은 한 적이 없었으니까.

아니, 그것도 모를 일이다. 꼭 말로 표현하지 않는다고 해서 그런 감정까지 사라지는 건 아닐 테니까.

'말로 하지 않으면 알 수가 없잖아.'

하지만 그의 다정함을 섣불리 과신하기엔 자신이 지나치게 부족하게만 느껴졌다. 다시금 머릿속을 점령하는 단어는 동정. 못난 열등감에 얼굴이 붉어져 고개를 저었다. 아니야, 뭐든 좋게 생각하는 게 더 나을지도 몰라. 그러니까 그가 말하는 '소중해'를 '사랑해'로 치환해 들으면 되는 건지도 몰라. 그리 소중하니까 더 지켜 주는 건지도…….

'그렇게 오래 안 지켜 줘도 되는데…….'

괜스레 수줍어진 유민이 힐끗 냄비로 눈을 돌렸다.

"이거 간 다 된 거죠?"

걸쭉해진 소스를 숟가락으로 떠내 약지로 소스를 찍어 입에 대려는 순간, 갑자기 윤이 그 손을 낚아챘다. 그리고 뭐라 할 새도 없이 그는 태연한 표정으로 그녀의 손가락을 입에 넣었다. 잠시간 야릇한 느낌이 손가락을 감싸들고, 그녀는 흠칫 몸을 움츠렸다.

"음, 간은 잘 맞는 거 같은데 유민 씨 치즈 좋아하죠? 하나 더 넣으면 짜려나……."

"저기 소, 손 좀……."

"손? 아, 이거요?"

여전히 손을 꼭 붙든 그가 싱긋 웃었다. 그 웃음 위로 그녀의 손이 올라앉았다. 부드러운 감촉이 그녀의 손바닥에, 그리고 손가락에 닿자 심장 속까지 가려운 느낌이다. 유민은 황급히 손바닥을 접으며 피하려 했다.

"하, 하지 마요."

그러나 윤의 행동이 더 빨랐다. 금세 허리를 감아 온 손길에 그의 품으로 빨려 들어간 유민이 당황하며 몸을 비틀었다.

"잠깐만요, 소스 다 졸아붙으면……."

"불이야 끄면 되죠."

"아니, 그, 그게 아니라…… 선물!"

입술이 그녀의 코앞에서 멈췄다. 난데없이 튀어나온 말에 그도, 자신도 어안이 벙벙했다.

"선물?"

"그게, 오늘 강윤 씨 생일이잖아요. 결혼하고 처음 맞이하는 생일인데 그, 그냥 넘어가면 섭섭하니까…… 뭐 받고 싶은 거 있어요?"

그대로 잠시 고민하던 윤이 픽 웃음을 터뜨렸다.

"딱 하나 있는데…… 지금은 무리 같고."

왠지 뭘 말하는지 알 것 같은 기분은 뭐지.

"아쉬운 대로 이거라도 받고 싶은데……."

달칵, 소리가 나고 보글거리며 끓는 소리마저 잦아들었을 땐 이미 그의 입술이 그녀의 입술에 닿아 있었다. 고소한 크림소스 맛의 말캉한 것이 거침없이 입 안을 파고들었다. 가슴속에서 뭉근히 부풀어 오르는 이 감정이 무엇임을 그녀는 모르지 않는다. 그래서 행복했고, 그래서 조금은 서운했다.

사랑받고 싶다. 언젠가는 그에게서…… 사랑해라는 말을 듣고 싶다.

격렬했던 키스가 끝나고 식사 준비를 마쳤을 때였다. 갑작스럽게 전화가 온 것에 이어 넉살 좋게 웃으며 나타난 남자를 보며 유민은 고개를 갸웃거렸다.

"안녕하세요, 제수씨. 오랜만입니다."

결혼식 전과 당일 날 본 기억이 있다. 강윤의 친구 중 한 명인 송준영. 운동선수처럼 남자다운 얼굴의 미남은 커다란 꽃바구니를 내밀더니 입장료라도 치른 듯 당당하게 집 안으로 들어섰다.

"오, 집 좋다. 나도 여기로 이사 올까 보다. 식사 중이었어? 잘됐다. 이 기회에 생일 파티도 할 겸 아예 집들이를 하지? 애들 부를까? 이야, 이게 새 신부께서 만든 요리야?"

그렇게 남의 스케줄까지 변경할 기세로 떠들던 준영은 주방 테이블 앞에 서더니 두 사람을 돌아보며 씨익 웃었다. 윤이 고개를 절레절레 저었다.

"느닷없이 남의 집에 오면 어쩌자는 거야? 저녁도 안 먹었지?"

"먹긴 먹었어."

"안주로?"

정곡을 찔린 준영이 낄낄거리며 웃어 댔다. 그러고는 큰 소리로 말했다.

"오늘은 대낮부터 낮술을 무지하게 마셨더니 말이야. 해장 짬뽕이라도 시켜 주면 고맙겠는데."

새로 상을 차리는 사이에도 준영은 이곳저곳 집 안을 기웃거리더니 TV도 없냐, 집이 왜 이렇게 심심해, 투덜투덜대다가 윤의 방으로 들어갔다. 그 묘한 남자를 힐끗거리던 유민이 소곤거리며 물었다.

"보기엔 멀쩡해 보이는데 술 취한 거였어요?"

"하하, 좀 묘한 술버릇이 있는 놈이라서요. 미안해요."

"아니에요. 그보다 친구분들은 다 알고 있었나 봐요. 그러고 보니까 원장 아저씨도 알고 있었죠?"

"사실 준영이가 나랑 생일이 같거든요. 그거 때문에 친해지기도 했고요. 원래 이렇게까지 개념이 없는 녀석은 아닌데……."

저녁 시간의 신혼집까지 쳐들어올 줄은 몰랐다며 풀이 죽은 윤의 모습에 유민이 킥, 하고 웃음을 터뜨렸다.

"있잖아요. 드라마 같은 데서 보면 남편 친구들이 술 취해서 몰려오면 아내들이 어쩔 줄 몰라 하고 화내고. 남편은 쩔쩔매면서 막 변명하고. 지금 우리가 딱 그러고 있네요? 그래서 그런지 이제 좀 제대로 된 부부 같아요."

"그런가요?"

뭔가 연상되는지 윤은 키득거리며 요리에 열중했다. 그러더니 문득 정색하며 대답한다.

"아니죠. 우린 처음부터 제대로 된 부부였습니다. 유민 씨."

그런 윤의 반응에 유민이 한참을 킥킥거렸다. 하여간 농담 하나도 제대로 넘겨 주질 않는 남자다. 식은 요리를 데우고 금세 끓인 얼큰한 찌개 하나를 곁들인 국적불명의 상차림이 끝났다. 냄새를 맡고 뛰어온 준영이 환호성을 질렀다.

"우와, 제수씨 솜씨 끝내주네. 완전 부럽다. 나도 이런 마누라 좀 어디 없나?"

"제가 한 거 아니에요. 강윤 씨가 한 건데……."

멀뚱한 유민의 대답에 준영의 눈이 휘둥그레졌다.

"뭐야, 너 이런 재주도 있었어? 아깝다. 이럴 줄 알았으면 내가 낚아채서 같이 사는 건데……."

"이상한 소리 하지 마."

윤이 질색하자 준영은 또 낄낄거리며 웃음을 터뜨렸다.

"이렇게 밥 같이 먹는 것도 되게 오랜만이네. 난 아직도 고등학교 때가 제일 그립다. 기억나? 넌 수업 시간에도 만날 피아노 앞에 죽치고 있고 선생님들 곤란해하면 그제야 내가 찾으러 나왔다가 같이 땡땡이 치고."

"네? 강윤 씨가요?"

믿을 수 없는 말에 유민이 놀라자 준영은 왠지 더 신이 난 얼굴로 말을 이었다.

"오죽하면 그해 피아노과 애들 실력들이 다 엄청났어요. 왜냐면 윤이가 종일 연습실에 박혀 있으니까 여자애들이 그거 보러 오느라 연습실이 아주 미어터지고."

"그만하고 밥이나 먹지?"

결국 윤이 숟가락을 들어 준영의 입에 집어넣고서야 조용해졌다. 하지만 처음 듣는 윤의 과거사에 이미 혹한 유민은 저도 모르게 몸을 앞으로 기울이며 재촉하듯 그의 얼굴을 바라봤다. 그 모습에 윤은 슬며시 눈살을 찌푸리고, 숟가락을 빼 문 준영은 의미

심장한 미소를 올렸다.

"에~이, 제수씨는 너무 재미있어하시는데? 하여간 윤이 저 자식은 시험 볼 때 말곤 교실에 들어오질 않았거든요. 나중엔 결국 선생님들도 포기해서⋯⋯."

결국 윤은 포기한 듯 고개를 절레절레 저었다.

꽤 늦은 시간이 되도록 준영은 돌아가지 않았다. 처음엔 신나하며 윤의 과거사를 캐내던 유민도 밤 10시가 되어 가자 어느덧 졸린 눈을 비비기 시작했다. 결국 윤은 반쯤 잠이 들어가는 유민을 안아 올리다시피 하며 방에 데려가 재웠다. 그리고 다시 돌아왔을 땐, 컴퓨터 앞에 선 준영이 헤드폰을 낀 채 그를 기다리고 있었다.

"용건은 그거야?"

어깨를 툭 건드린 순간, 그의 감정이 복잡하게 밀려 들어왔다. 난처함과 의아함, 후회, 그리고 뜻 모를 호기심. 뒤를 돌아본 준영이 말없이 헤드폰을 벗어 내밀었다.

"응, 어떤 놈이 던지고 간 CD인데 내가 듣기엔 아무 소리도⋯⋯."

말을 잇던 준영이 멈칫했다. 헤드폰을 귀에 대던 윤이 눈살을 찌푸렸기 때문이다.

"뭐야, 혹시나 했더니 정말 들려? 이 돌고래 같은 놈."

"그래서 나 찾아온 거잖아."

빈정거리는 윤의 말에 준영이 허탈하게 웃음을 터뜨렸다. 그 사이에 윤은 스펙트럼분석기를 켰다. 그리고 윗부분으로만 몰려 있는 녹색을 가리키며 설명했다.

"의도적으로 30Hz 이하 극저음으로만 채운 곡이야."

"하, 그게 노래라고?"

"어, 비트가 있어. 적당히 구겨 넣은 게 아니라 명확하게. 아마 평범한 사람들은 헤드폰이나 이어폰으로 듣기 힘들 거야. 출력이 강한 스피커에서 예민한 사람들만 느껴지는 정도. 아니, 너희 클럽이 평선원 댄스 스택 시스템이지? 보통 40Hz 이하 극저음은 몸으로 느끼는 건데, 그 정도 출력이면 아마 꽤 많은 사람들이 느꼈을 거 같다."

다시 인상을 쓰던 윤이 노래를 끄고 헤드폰을 내려놓았다.

"이걸 다른 노래랑 동시에 틀었다면 장난 아니었겠는데? 게다가 적당히 믹싱만 하는 솜씨는 아니야. 꽤 이름 난 프로듀서 같은데…… 최근에 들어 본 곡 중에서 비슷한 걸 꼽으라면…… 미국의 프로듀서 렌지, 아니면 노바 정도?"

"진짜 노바라니……."

준영은 신음을 흘리며 머리를 싸쥐었다. 그리고 클럽의 손님과 트러블이 있었는데 그 사람이 노바로 추정되는 인물이었고, 그 현장을 지켜본 손님들이 SNS를 통해 이상한 소문을 퍼뜨리는 바람에 곤란해지고 있다는 둥의 이야기가 이어졌다.

"이번에 정하가 기획하는 페스티벌이 있는데…… 아직 라인업이 다 안 떴거든. 그중에 거물이 있을 거라고 다들 기대 중이야. 그 와중에 그 자식이 우리 클럽에 나타나서……."

"안됐다."

이미 사정을 꿰뚫은 윤이 시큰둥하게 내뱉었다.

"그럴 게 아니라고! 이제 그놈 섭외 못 하면 정하가 날 갈아 마실 거야!"

"어쩌겠냐. 이 기회에 너도 네 일에 좀 더 집중해 보고 좋지, 뭐."

"나쁜 놈. 넌 왜 나한테만 냉정한 거야?"

말은 그렇게 하지만 준영에게서 비쳐 드는 빛의 색상은 여전히 황금색이었다. 윤이 너털웃음을 지으며 손을 내저었다.

"자, 이제 용건 끝났으면 돌아가. 신혼부부 집에 이렇게 오래 붙어 있는 거 아니다."

"부러운 놈. 그런 예쁘고 어린 마누라에 경쟁할 형제도 없고, 하고 싶은 음악 하고…… 그런 능력도 있고."

"별게 다 부럽긴."

"부럽지! 다른 사람 마음이 훤히 보이는데. 나도 그랬으면 이 꼴로 당하지만은 않았을 거라고."

"……"

"하긴, 그런 능력이 있었다면 난 더 못된 놈이 됐을 거다. 관심 보이는 여자마다 다 건드리고 다닌다거나, 대놓고 사기꾼이 되었거나."

"너…… 그런 놈이었냐?"

"농담 아니야. 너처럼 제정신으로 착하게 살 사람이 세상에 몇이나 더 있을 거 같냐? 나라면 절대 그렇게 못 살았어."

과장되게 자조하는 준영의 모습에 윤의 입가에도 씁쓸한 웃음이 배었다.

"아무튼…… 그런 너니까, 네가 선택한 사람이면 믿으라고."

역시 오랜 친구는 친구였다. 부부라기에는 아직 미묘한 두 사람 사이의 기류와 그것의 원인을 일찌감치 꿰뚫은 말이었다. 그러나 준영은 그 이상 파고들지는 않았다. 언제나처럼 신뢰감과 호의로 가득한 황금빛을 내보이며 그의 어깨를 두드려 줬을 뿐이었다.

돌아가겠다며 일어서는 준영과 함께 방문을 향하던 윤은 제대로 닫혀 있지 않은 문을 보며 잠시 멈칫했다. 닫은 것 같긴 한데 기억이 분명하진 않았다. 그러나 준영을 배웅하고 돌아와 무심코 유민의 방문을 바라본 순간, 그의 가슴이 철렁 내려앉았다.

문이 조금 열려 있었다. 분명 그녀의 방을 나섰을 땐 잠이 들었기에 확실히 문을 닫아 준 기억이…… 난다.

'설마……'

스르륵, 소리 없이 열리는 문 사이로 거실의 빛이 새어 들어갔다. 그리고 이불을 뒤집어쓴 인영이 다시금 꿈틀거리는 모습이 눈에 들어왔다.

"유민 씨."

유민은 말이 없었다. 가슴 언저리부터 살얼음이 퍼져 나가는 느낌에 몸서리를 치던 윤은 이내 조심스럽게 이불을 걷어 내렸다. 스멀스멀 밀려드는 불길한 예감. 차라리 잘못 봤으면 했는데…….

"……들었어요?"

윤의 시선이 꼼짝 않고 웅크린 어깨로 향했다. 기어이 이 순간은 찾아오고야 말았다.

"유민 씨."

떨어지지 않는 입을 열어 그녀를 불렀지만 묵묵부답이었다. 그의 목소리조차 듣기 싫은 듯 더욱 웅크리는 그녀의 태도에 가슴이 답답해졌다. 조심스럽게 손을 뻗었다. 그러나 유민은 그의 손이 어깨를 스치는 순간 벌떡 일어나더니 후다닥 침대를 벗어났다. 평소의 그녀답지 않은 민첩함에 놀란 것도 잠시, 재빨리 뒤따라간 윤은 문 앞에서 그녀를 붙잡았다.

"그러지 마요, 유민 씨. 얼굴 보고 이야기해요."

양팔을 붙잡아 돌려세우자 유민은 더욱 당황한 듯 뒤로 물러나려다 벽에 부딪치곤 황급히 얼굴을 가렸다. 그를 보려 하지 않았다.

"……진짜예요?"

그리고 한참 만에야 기어들어 가는 목소리로 물었다.

"네."

윤의 목소리는 가라앉을 듯 낮았다. 도망칠 기운조차 잃은 듯 굳어 버린 작은 몸. 여전히 얼굴을 가린 하얀 손이 작게 떨린다. 저절로 그녀의 얼굴로 향하던 손이 그녀의 손등 앞에서 멈칫하고 힘없이 아래로 떨어졌다. 그녀를 그렇게 만든 것이 자기 자신이라는 사실을 깨닫자 심장이 아프게 죄어들었다.

"다 말할게요, 다 말할 테니까……. 제발 나 좀 봐요."

지금껏 눈앞에 선 상대의 침묵이 무서웠던 적은 한 번도 없었다. 상상조차 해 보지 못했던 상황은 눈앞에 닥친 순간 그에게 최고의 공포를 선사했다.

"말하지 못해 미안해요. 아니…… 사실은 말하고 싶지 않았어요. 하지만 유민 씨……."

"더 말하지 마요. 강윤 씨가 더 말하면…… 나 여기서 울어 버릴 거 같아."

그의 말을 잘라 낸 유민이 어깨를 들썩이며 숨을 골랐다. 이미
울먹이기 시작한 그녀는 이제 눈에 보일 만큼 몸을 떨고 있었다.

"그랬구나. 그래서……."

"유민 씨, 잠깐만 내 말 들어 봐요."

"아니요, 하지 마요. 아무 말도 하지 마. 나 지금 너무 비참해서
죽어 버리고 싶어요."

"무슨 그런 말을……."

말문이 막힌 윤은 하염없이 그녀의 손등을 바라봤다. 제발 꿈이
었으면 했다. 이 상황이 현실이 아니었으면 하면서도 붙들고 있는
손에 느껴지는 그녀의 온기가 너무 확연해서, 그 손에 힘을 빼면
그대로 놓칠까 두려워서. 그럼에도 행여 그녀가 아프다고 할까 봐
겁이 나서, 이러지도 저러지도 못한 채 마른 입술만을 축였다.

"그래도 아닐 거라고. 조금은 기대도 했는데…… 정말 동정이
었던 거예요?"

"무슨 말이에요? 누가 누굴……."

"아니요, 나도 알 건 알아요. 그래도 괜찮았어요. 날 구해 준 사
람이니까 날 행복하게 만들어 준 사람이니까…… 그래서 그냥 미
움받지 않는 거로만 만족하려고 했는데……."

"유민 씨."

"그래서 좋아하지 않으려고 했단 말이에요. 그런데 마음이 그렇
게 안 되는 걸 어떡해요. 그러게 왜 그렇게 잘해 줘선…… 강윤
씨가 그러니까 나도 모르게 욕심이 나서……. 알고 있었으면 알고
있다고 이야기라도 해 주지. 내가 그 여자 질투하는 것도 알면서

왜 아무 말도 안 했어요, 왜? 진짜 나빴어. 그렇게 다 알았으면서 어떻게……. 내 마음 다 알면서 어떻게……."

"……네?"

그러나 생각지도 못하게 쏟아지는 말. 순간 얼이 나간 윤이 멍한 얼굴로 되물었다. 대체 무슨 말을 하는 건지. 아니, 그 말의 의미를 충분히 이해하면서도 섣불리 믿기지가 않았다. 확실한 건 그녀가 자신이 생각하는 일로 슬퍼하는 것 같진 않다는 거다.

"유민 씨는 내가…… 아무렇지 않아요?"

"아니에요, 미안해요! 내가 잘못했어요. 자꾸 보채서 미안해요. 불편하게 해서, 귀찮게 해서 정말 미안해요. 내가 너무 어려서. 강윤 씨는 힘들게 지켜 주는 건데…… 난 그런 강윤 씨를 더 힘들게 만들고……. 자꾸 못된 생각만 하고…… 자꾸 욕심이 나는 걸 어떻게 할 수가 없어서……."

가엾게도 잔뜩 얼굴을 붉힌 유민은 하염없이 눈가를 비비며 울음을 터뜨렸다. 그 순간 묘하게 울렁이던 가슴속을 어떻게 설명해야 할까. 새빨개진 얼굴을 감싸며, 정작 몰랐던 사실을 마구 내뱉는 그녀의 모습이라니.

"그래도 나빠요, 강윤 씨 정말 나빠. 너무했어. 나 지금 부끄러워서 죽어 버릴 거 같다구요!"

"잠깐만요, 유민 씨. 방금 한 말이……."

"그래요, 나 강윤 씨 과거에도 질투하는 못난이예요. 누군 십일 년이나 늦게 태어나고 싶어서 태어난 줄 알아요? 그래도 어떡해요, 나만 가지고 싶은데…… 자꾸 보고 싶고 키스해 줬으면 좋겠고 안아 줬으면 좋겠는데…… 나 이제 어린애 아니란 말이에요!"

"그 말…… 진짜예요?"

"뭐 하는 거예요, 왜 자꾸 모른다는 것처럼……."

울컥, 목소리를 높이던 유민이 멈칫하며 입을 다물었다. 한창 치솟았던 숨을 가라앉히듯 어깨를 들썩이며 눈물이 그렁그렁한 눈을 올려 그를 바라봤다.

"언제부터예요?"

그녀는 말이 없었다. 그제야 뭔가 이상하다는 사실을 눈치챈 듯이.

"정말 내가 그렇게 좋았어요? 날…… 그러니까 유민 씨는 지금까지 날 남자로 좋아했던 거예요?"

수없이 키스를 나누고 품에 안아도 완전히 제 것이라 생각한 적은 단 한 번도 없었다. 혹시나 그녀도 저와 같은 마음일까, 기대를 하면서도 섣불리 자신할 수 없었던 건, 그녀가 정상적이지 않은 상황에서 제 품에 들어왔다는 사실 때문이었다.

그러니 그의 스킨십에 조금씩 호응해 온 그녀의 태도도 어쩌면 그 때문이지 않을까. 지금껏 제대로 된 사랑을 받고 자라지 못했으니까. 이제야 안정을 찾아가는 단계니까, 가족에게서 받지 못한 온기를 제게서 느끼는지도 모른다고. 그것을 사랑이라 착각하는 건지도 모른다고…….

그렇게 그저 덜 자란 아이로만, 아무것도 모르는 아이로만 생각하면서 행여 제 급한 마음이, 끝도 없는 욕심이 상처를 줄까 겁냈었다. 그것이 그녀에겐 더 상처가 되고 있었을 줄은 꿈에도 몰랐다.

"다시 말해 봐요."

이제 어린애가 아니라고.

"정말 날 가지고 싶었어요? 아니, 내 욕심껏 다가가도 되는 거였어요?"

그래서 다 받아들일 준비가 되어 있다고.

더 참지 않아도 된다고…….

여전히 눈물 젖은 얼굴로 멍하니 바라보던 그녀가 천천히 눈을 내리깔았다. 의아함이 가득한 얼굴로. 지금의 상황을 이해하려 애쓰는 얼굴로.

"다…… 보이는 거 아니었……어요?"

마치 그녀 자신이 예상한 답, 그것만은 아니기를 바라는 것처럼 물었다.

"……미치겠다."

그의 입에서 처음으로 참지 못한 웃음이 터져 나왔다.

"그걸 알았으면 내가 참았을 거 같아요?"

알고 싶지 않아도 보이는 세상에서 보이지 않는 사람의 존재는 커다란 위안이자 가장 높은 벽이기도 했다. 하물며 그것이 가장 사랑받고 싶은 사람이기에, 그의 목숨보다 소중한 존재기에 더욱 몸을 사릴 수밖에 없었다. 아슬아슬 줄타기를 하는 것처럼 긴장한 채, 당장 도망이라도 칠 것처럼 웅크린 고양이를 향해 걷듯 한 걸음, 한 걸음, 그렇게 다가갔었다. 그렇게…… 그녀의 마음을 확신하지 못했다. 아니, 믿지 못했다. 두려움 탓에. 그녀가 없는 세상, 그녀가 저를 보지 않는 세상은 더 살아갈 자신이 없었으니까.

"처음부터 유민 씨는 아무것도 보이지 않았어요."

그렇게 생각했던 답이 튀어나온 순간에도 유민은 표정을 만들지 못했다.

　세상에 무슨 말을 해 버린 걸까. 가지고 싶다니. 안고 싶다니……. 그제야 현실을 깨달은 유민이 제 입을 가렸다. 제 입으로, 제가 가진 은밀하고 야릇한 마음을 당사자 앞에 모두 쏟아 버린 걸 깨닫자 그에게 마음을 꿰뚫렸다는 것보다 더한 부끄러움에 온몸이 터질 것만 같았다. 핑 도는 머리를 간신히 추스르며 중얼거렸다.

　"하, 하지만 강윤 씨는 계속 내 마음 다 아는 것처럼……. 피아노도……."

　"내가 그렇게 많이 맞혔던 거예요?"

　"……."

　"그거야 유민 씨가 뭘 좋아하는지, 뭘 하고 싶은지 쭉 지켜보고 생각했으니까. 좋아하는 사람을 알고 싶어 하는…… 그래요, 평범한 남자들처럼."

　"……."

　"유민 씨만 날 이렇게 만들어요."

　점점 다가온 얼굴에 놀란 유민이 고개를 돌리자 나른한 웃음소리와 숨결이 귓가에 닿는다. 다시금 온몸이 떨려 왔다. 저도 모르게 뻗은 손이 그의 가슴팍에 닿자 윤은 가볍게 그 손목을 잡으며 몸을 밀착해 왔다.

　"그러니까, 방금 전에 했던 말, 다시 해 봐요."

　한결 은근해진 말투와 그 입가에 잔잔히 떠오르는 미소 속에 머문 어떤 기대감. 다시 고개를 돌리며 애써 화를 내보려는 그녀의 목소리가 떨리기 시작했다.

"하, 하지 마요."

"가지고 싶다고 한 거 맞죠? 자꾸 키스하고 싶고, 안고 싶다고……."

"익…… 그만해요! 능구렁이 같아, 정말!

그렇게 달아오른 얼굴조차 가릴 수 없고 뛰는 심장의 박동마저 그가 모두 느껴 버렸을 순간, 기어이 눈물이 터져 나왔다. 아까처럼 처참한 심정이 아닌 다른 감정을 품고서. 조금 놀란 듯 손목을 쥔 힘이 헐거워지자, 그녀는 손을 들어 제 눈가를 슥슥 문질렀다. 맑아진 눈에 비쳐 보이는 그의 미소는 여전히 예뻤다.

"그래요, 나 강윤 씨 좋아해요. 강윤 씨가 어떤 짓을 했건, 어떤 사람이건 상관없어요. 그냥 강윤 씨면 돼요."

그 순간 윤은 부드럽게 눈웃음을 지었다. 확연히 뭔가를 덜어낸 듯, 살랑거리는 그 웃음이 얼마나 예쁜지도 모르면서.

"이제부터 나만 보고, 나만 안아 주고, 나한테만 웃어 줘요. 아무한테도 웃지 마. 싫어. 질투도 많고 못됐지만 어떡해요. 이게 난데."

투정이라도 좋고, 말도 안 되는 요구라고 나무라도 좋았다. 그가 어떻게 생각한대도 절대 놓지 않을 테니까. 이렇게 만든 건 다그의 탓이니까.

"강윤 씨는 내 거야, 아무한테도 못 줘요."

그 순간 내뱉은 말은 그가 기억하는 가장 그녀다운 말이었다. 그녀 자신조차 알지 못할. 그의 입가에 웃음기가 번졌다. 차츰 가까워진 그의 입술이 그녀의 눈꺼풀에 닿았다.

"정말, 언제 이렇게 자란 거예요?"

속삭이듯 나른한 말과 함께 따뜻한 숨결이 눈꺼풀을 스쳤다.

"바보, 진작 자랐는데 강윤 씨만 몰랐거든요?"

"그랬어요?"

천진하게 묻던 그가 그녀의 턱 밑을 들어 올리곤 그녀의 입술에 슬며시 제 입술을 올렸다. 재빨리 눈을 감은 순간 쪽, 하는 귀여운 소리가 들려왔다. 툭툭, 장난치듯 부딪쳐 오던 입술이 조금 벌어지 며 부드럽게 입술을 물어 왔다. 그리고 슬며시 멀어졌다. 유민은 금세 멀어진 그의 숨결을 아쉬워하듯 고개를 들었다가 똑바로 저 를 향해 있는 눈과 시선이 마주쳤다. 조금 장난스럽기도 한 눈웃 음과 어울리지 않게 묘한 열기가 느껴지는 눈빛이 얼굴에 닿자 심 장이 덜컥거리며 뛰기 시작했다. 눈으로만 사람을 홀린다는 게 어 떤 건지 알 것 같았다.

정말 나쁜 남자. 그런 눈빛을 하고서도 뭐가 잘못된 줄도 모르 는 바보 같은 남자.

슬며시 눈썹을 찡그린 유민이 그의 셔츠 앞자락을 잡아챘다.

"다른 사람 앞에선 그런 얼굴 하지 마세요. 가만 안 둘 거야."

"가만히 안 두면?"

"……혼내 줄 거예요."

갑자기 웃음을 터뜨린 그가 몸을 구부려 한 번에 그녀의 몸을 안아 올렸다. 순식간에 그의 눈높이까지 올라온 그녀가 놀라며 그 의 목에 팔을 감은 순간, 나른한 목소리가 들려왔다.

"나야말로 이젠 싫다고 울고 소리 질러도 안 멈출 거니까, 각오 해요."

작은 공간은 쌔근거리는 호흡과 바스락거리는 마찰음만으로 가득했다. 쿵쿵, 공기 중에 퍼지는 심장 소리가 점차 커져 간다. 달아오르는 얼굴을 숨길 데도 없어 유민은 타조처럼 눈만 질끈 감아 버렸다. 어둠이 이토록 반가운 건 처음이었다.

"유민 씨 속눈썹이 무지 길어요."

그러나 들려온 건 어리둥절할 만큼 느릿하고 담담한 목소리였다.

의아함에 다시 눈을 뜬 유민이 그의 얼굴을 바라봤다.

"눈동자를 보고 있으면 빨려드는 것 같고 눈을 감아 버리면 만지고 싶고. 품에 안으면 말랑말랑해서 기분이 좋은데, 가슴이 아려요. 따뜻하고…… 부드러워서."

그런 말을 하면서도, 그의 목소리는 얄밉도록 평온했다.

"정말 미치겠어요. 일을 하다가도, 피아노를 치다가도 문득 떠올리기 시작하면 끝도 없어요. 머릿속이 온통 유민 씨로 꽉 차 있어요."

그래서…… 묘하게 이것이 꿈이 아닌가, 하는 생각을 하게 했다. 몽롱한 그 목소리가 설레어 가슴이 뛰고, 부드럽게 뺨을 쓰는 손길이 너무 따뜻해 눈물이 날 것 같은데도 눈을 감았다 뜨면, 아무 일도 없었던 것처럼 혼자 잠들어 있지 않을까. 몸을 누르는 온기와 무게감이 연기처럼 사라지지는 않을까. 어쩌면 이 모든 게 다 없었던 것처럼 되돌아가 아침이 되고, 그 집에서 무겁게 몸을 일으키는 건 아닐까.

"……너무 좋아요. 유민 씨가."

좋아요.

그녀를 향해 내놓는 말이면서도 언제나 뜻은 모호했던 그 말이.

"쭉 좋아했어요. 다시 만났을 때부터. 아니, 어쩌면 그전부터……."

처음으로 목적을 가진 채 그녀에게 닿았다.

"정말 상상도 못 할 거예요. 유민 씨가 나한테 얼마나 특별한 사람인지."

그녀의 앞에선 유일하게 사람이 되니까. 평범한 남자가 되니까.

어떤 조건에라도 그녀를 사랑하는 순간, 그저 평범하게 사랑에 빠진 남자가 된다.

"아니, 특별하지 않았어도 난 유민 씨를 찾았을 거예요."

목이 메고 눈앞은 점점 흐려지는데, 눈을 깜빡이는 사이에도 뭔가 달라져 버릴까 봐 유민은 눈을 감을 수가 없었다. 뭔가 말을 해야 하는데, 어떤 말을 해야 할지 몰라 가만히 손을 들어 올려 그의 얼굴을 만져 봤다. 손끝에 만져지는 살결이, 붙잡은 그의 옷자락에서 느껴지는 섬유의 감촉이 낯설지 않아서…….

그 안도감에 입술을 달싹이다 나와 버린 엉뚱한 말.

"유민아, 해 봐요."

그가 웃었다. 나른한 웃음소리가 몸을 타고 전해진다. 저도 모르는 새에 친밀하게 저를 부르는 목소리가 듣고 싶었던 걸까. 민망함에 움츠린 어깨로 애써 얼굴을 감추려는데 기울어진 그의 얼굴이 다가와 속삭였다.

"유민아."

"……."

"남편이 여기 있는데 어딜 봐요? 여기 봐야지, 우유민."

간지럽게 속삭이는 목소리에 더 부끄러워진 유민이 눈을 감아 버렸다. 이윽고 나직하게 웃던 그의 입술이 그녀의 입술을 찾아냈다.

첫 포옹. 첫 키스. 첫 사랑…… 그 모든 처음을 그와 함께한다는 사실이 좋다. 설령 다른 사람을 만날 기회가 있었다고 해도 지금처럼 행복하진 않았으리란 걸 그녀는 잘 안다. 이런 행복을 줄 수 있는 건, 이토록 온 마음과 몸으로 사랑을 말해 주는 건 세상에 단 한 명뿐이니까. 이런 감정이 들게 하는 사람은 오직 강윤, 단 한 사람뿐이니까.

"무슨 생각 해요?"

그가 입술을 댄 채 물었다. 그는 습관처럼 묻곤 했다. 그것이 어떤 의미인지 이제야 알게 된 유민이 슬며시 입술 끝을 올리며 웃었다.

"어떤 바보 같은 남자 생각이요."

"……."

"나도 하루 종일 그 남자 생각이 머리에서 떠나질 않아요. 24시간이 모자라서 꿈에도 나올 거 같아요."

다시 웃음을 터뜨린 그가 그녀의 입술로 파고들었다. 이젠 내쉬는 숨결 한 모금마저 다 마셔 낼 기세로 얽혀 드는 그의 몸짓에 속수무책이었다. 본능적으로 그의 가슴팍을 밀어내던 손이 매트리스 위에 눌리고 잠옷 아래로 파고든 그의 손이 맨살갗을 스치며 올라오기 시작하자 숨을 내쉬는 게 더욱 힘들어졌다.

왠지 모를 초조함과 두려움, 기대감. 도무지 뭐라 설명하기도 힘든 감정들로 복잡해진 머릿속을 비우려 애썼다. 그를 가지고 싶은데, 겁이 난다. 이런 그가 무서운데, 여기서 멈추긴 싫다. 묘하

게 늘어지는 몸의 반응도, 멎을 것처럼 차오르는 숨도…… 무섭
다. 이러다 죽는 게 아닐까 싶을 만큼. 작게 흐느끼자 그가 멈칫하
며 물어왔다.

"싫어요?"

"모르겠어요, 나 뭔가 이상해서……."

슬쩍 몸을 뗀 그가 사색이 된 유민을 내려다보며 작게 웃었다.

"어쩌죠? 난 멈추지 않겠다고 미리 말한 거 같은데……."

"그, 그거야……."

"겁도 없이 남편을 그렇게 건드려 놓고, 이제 와 발뺌하면 진짜
혼날 텐데."

"아, 알아요, 알고 있…… 헉!"

그 순간 윤의 손이 옷 위로 그녀의 가슴을 쥐었다. 당황한 유민
이 작게 버둥거렸다. 가벼이 제압한 윤은 곧장 그녀의 목 안쪽에
깊게 입술을 눌렀다. 다시금 그녀의 입에서 짧은 비명이 새어 나
왔지만, 윤은 더 지체하지 않고 그녀의 옷을 벗겨 나갔다. 하나,
둘 풀려 나가는 단추 사이로 뽀얀 젖가슴을 감싼 새하얀 브래지어
가 드러난다. 윤의 입에선 나직한 탄식이 새어 나왔다. 이런 흥분
조차 죄처럼 느껴질 만큼 가냘프고 애처로웠던 몸은 그동안에도
예쁘게 자라 갓 꽃망울을 터뜨린 꽃처럼 화사하게 피어 있었다.

"예뻐요, 유민 씨."

감탄하듯 중얼거리던 그가 그녀의 이마에 입을 맞췄다. 동시에
아래로 향한 그의 손에 그녀의 하의가 걸려 내려갔다. 아슬아슬하
게 걸린 팬티를 붙잡은 채 비명을 삼키던 유민은 몸을 일으킨 윤
이 티셔츠를 벗고 맨몸을 드러내자 허둥지둥 눈을 돌려 댔다.

"어, 어떡해……."

당황과 난처함으로 붉게 물든 몸이 이러지도 저러지도 못하고 시트 위만 동동거렸다.

그 광경에 윤은 어쩔 수 없다는 듯 웃음을 터뜨리곤 몸을 숙였다.

"잘 봐야지, 유민아. 이제 매일 봐야 하는데 그렇게 부끄러워만 하면 어떡해요?"

"하, 하지 마요."

은근하게 낮아진 그의 목소리도, 고약하게 한 번씩 내뱉어 대는 반말도 낯설기 그지없었다. 유민은 한결 야릇해진 느낌에 몸서리를 쳤다. 눈을 감아 버리자 철컥거리며 버클이 열리는 소리, 사각사각 천이 스치는 소리가 한결 생생해졌다. 이젠 소리만으로도 점점 더 달아오르는 몸이 이상해 견딜 수가 없었다. 이 모든 게 그가 심어 놓은 암시들. 이 순간을 위한 포석이었는지도 모른다 생각하니 미칠 것 같았다.

정말 얄궂은 사람. 나쁜 사람. 어떻게 사람을 이런 지경으로 만드느냔 말이다.

호기롭게 그를 가지고 싶다 외쳤던 마음은 어느새 쑥 들어가고, 낯설고도 낯선 감각들에 그녀는 점차 움츠러들었다. 천천히 그녀를 덮어 누르는 체온에 이어 겨드랑이로 파고든 손이 등으로 향했다. 생각보다 여유 있게 풀어낸 브래지어가 그의 입술에 위로 밀려 올라가자 뜨거운 숨결이 맨가슴 위로 쏟아진다. 급히 들이켠 숨이 턱, 멈췄다. 축축한 감촉이 그녀의 말랑한 살을 거세게 빨아 들이고 잘 여문 돌기를 건드려 댔다.

"흐윽. 잠깐, 잠깐만요, 아……."

몸을 뒤틀던 유민의 입에서 참다못한 신음이 흘러나오자 하염없이 그녀의 몸을 쓰다듬고 어르던 손길에도 힘이 실렸다. 그녀의 떨림이 더욱 강해졌다.

"많이 아플 지도 몰라요."

어느새 그녀의 턱과 목선을 훑던 입술이 작게 속삭였다. 그의 목소리가 잔뜩 잠겨 있었다. 그 순간 유민은 허벅다리에 닿는 감촉을 가늠하며 몸을 움츠렸다. 이미 뜨겁게 부풀어 오른 그것은 그의 얼굴을 봐선 도무지 상상이 되지 않도록 굵고 단단한 느낌이었다. 이것이 제 몸에 들어올 거라 생각하니 무서웠다. 저도 모르게 몸이 경직되는 것만은 막을 수가 없었다.

"미안해요. 해 본 적이 없어서 아프지 않게 하는 방법은 모르겠어요."

"바, 바보……."

게다가 이런 때마저도 쓸데없이 솔직한 그의 태도라니.

"뭔가 듣긴 했는데, 사실 지금 머릿속이 텅 빈 거 같아요. 그러니까, 서툴러도 이해해 줘요."

천연덕스럽게 설명하며 온몸을 쓸어내리는 손길은 내뱉은 말과는 다르게 부드럽고 자연스러웠다. 이미 달아오른 몸이 짧게 경련했다. 저도 모르는 신음을 내뱉으며 뒤척이는 동안에도 윤은 붉은 자국을 새겨 가며 열심히 그녀의 몸을 탐색했다.

"아!"

그러다 어느 순간, 남은 속옷 틈으로 그의 손이 들어왔다. 기겁하며 튀어 오르는 허리를 살살 가라앉히던 윤이 웃으며 달랬다.

"놀라지 말고."

"하, 하지만…… 지금 좀 이상해서……."

젖은 몸이 부끄러워 뒷말을 잇지 못하는 그녀에게 다정히 입을 맞추던 윤이 속삭였다.

"우리 둘 다 서투르고 모르는 거투성이니까, 이상할 거 없어요."

"흑……."

"유민이 그렇게 또 울 거야?"

"흐잉, 안 울어요."

절레절레 고개를 젓는 유민을 향해 미소를 보인 윤은 부드러운 숲을 헤치며 손가락을 움직였다. 그리고 작은 돌기를 찾아 쓸어내자 절로 비명이 터져 나왔다.

"아윽, 잠깐…… 잠까―안."

다급히 제 몸을 가로지른 그의 팔을 붙잡았지만, 윤은 개의치 않고 부드럽게 손가락을 움직였다. 허리가 튀어 오르고 온몸이 떨려 견딜 수가 없었다. 절로 다리 사이를 오므리며 튀어나오려는 비명을 집어삼켰다. 방해가 된 건지 나직하게 한숨을 쉬던 윤이 걸리적거리는 속옷을 마저 끌어내렸다.

"아!"

유민은 비명을 지르며 이미 허벅지까지 내려와 걸린 속옷을 필사적으로 붙잡았다. 온몸이 바들바들 떨려 도무지 손에 힘이 들어가지 않았다.

"하, 하지 마요, 흑……."

"안 멈출 거라고 미리 말한 거 같은데……."

"그래도 나 지금은 너무…… 흐읍……."

그러나 더 말은 잇지 못했다. 다시금 입술이 겹치고 이어 뺨으로 향한 입술이 턱으로, 목으로. 다시 쇄골 아래의 가슴으로. 온몸에 그의 흔적이 낙인처럼 새겨지는 동안 유민은 가쁜 숨을 내쉬며 몸을 떨었다. 그의 입술이 닿는 곳마다 불길이 이는 것만 같다. 어느덧 움푹 들어간 배꼽 위에서 그의 숨결이 느껴지자 간지러운 느낌이 아랫배로 번져 갔다. 움츠러드는 다리 사이로 손을 찔러 넣은 그가 그녀의 동그란 엉덩이를 붙잡으며 허벅지 안쪽에 입을 맞춘다. 그의 시선이 닿는 곳. 그리고 보일지도 모르는 곳들을 생각하자 부끄럽고 민망해 견딜 수가 없었다.

"아! 가, 강윤 씨!"

갑자기 허벅지를 단단히 고정한 그가 그대로 깊숙한 곳에 입을 맞췄다. 소스라치게 놀라며 그의 머리카락을 붙잡은 순간, 뜨거운 숨과 함께 그의 혀가 여린 돌기를 핥아 왔다. 그녀의 손가락이 스르륵 풀려 나갔다. 머리끝이 쭈뼛 서는 것만 같았다. 그 아찔한 고양감에 유민은 몸을 젖히며 신음했다. 이런 경험은 놀랍다 못해 충격적이었다. 상상도 하지 못한 일이었다.

"자, 잠깐…… 하아! 아윽, 잠깐만요!"

견딜 수 없는 감각에 제대로 숨을 쉴 수조차 없었다. 입을 다물 수도 없었다. 힘이 들어가지 않는 다리를 느긋하게 붙잡은 그가 이번엔 천천히 더 아래의 입구로 파고들었다. 부드럽고 말캉한 감촉이 여린 살결을 헤치는 동안 아랫배 속으로부터 고통스럽기까지 한 쾌감이 밀려들자 까무러칠 지경이었다. 유민은 크게 흐느끼며 몸을 떨었다. 질끈 감은 눈가로 새어 나온 눈물이 관자놀이를 타고 흘렀다.

그제야 입술을 뗀 윤이 낮게 잠긴 목소리로 물어왔다.

"울어요?"

"흑…… 안 된다고 했는데……."

느른하게 웃는 입술이 눈앞으로 다가왔다. 유민은 흐려진 눈을 깜빡이며 그 입술을 흘겨봤다. 얄미워 죽겠다, 정말…….

"벌써부터 울면 어떡해. 이젠 울고 싶어도 참아야 하는데……."

"흐응……."

잔뜩 열이 올라 붉어진 얼굴로 울먹이자, 그는 달래듯 부드럽게 입을 맞춰 왔다. 그사이에도 그의 손가락은 부드럽게 속살을 휘저으며 길을 넓혀 갔다. 예민해질 대로 예민해진 몸은 조금의 자극에도 움찔거리며 반응을 보인다.

"이제 조금만 참아 봐요."

부드럽게 어르는 말에 유민이 애써 고개를 끄덕였다. 윤은 긴 머리카락을 움켜쥐고 입술을 겹쳐 왔다. 마치 다음의 일을 미리 미안해하듯, 한참이나 그녀의 입술을 핥고 애무하던 그가 서서히 그녀의 허벅지를 당겨 안았다. 동시에 낯선 감촉이 그녀의 입구를 조금 열고 들어왔다.

"아, 아파……."

뭐라 말로 할 수조차 없는 아픔에 절로 비명이 터질 것만 같았다. 반쯤 밀고 들어오던 그가 멈칫하다 몸을 세웠다. 그러고는 허리를 붙잡고 단숨에 밀어붙였다. 완전히 몸 안으로 들어온 순간 두 사람의 입에선 동시에 신음이 터져 나왔다.

"하아…… 아파요."

그답지 않은 단호함에 또 한 번 기절할 듯 놀라고 상상하지 못한 아픔에 굳어 버렸다.

"미안해요."

가쁜 숨을 뱉으며 괴로워하는 그녀를 감싸 안은 그가 달래듯 그녀의 눈가를 핥았다. 꾹 조여 오는 감촉. 뜨겁게 자신을 죄고 있는 여린 살의 감촉은 상상한 것 이상이었다. 생전 처음 느껴보는 타인의 몸 안은 이런 것이었다.

"믿기지가 않아요, 내가 유민 씨 안에 있다는 게……."

생각만으로도 뒷골이 뻐근해질 것 같은 쾌감이었다.

"너무 좋다, 유민아."

"자꾸 그렇게 부르지 마세요."

투정을 부리던 유민이 젖은 눈으로 그를 바라봤다. 조금 헝클어진 머리카락과 멍하게 풀린 눈이 하염없이 묘한 기분을 불러일으켰다. 그게 또 행복해 윤은 계속해서 유민아, 유민아 불러 댔다. 작게 웃으려다 아픈지 눈썹을 찡그리던 그녀가 손을 뻗어 그의 머리카락을 만지작거렸다.

"그렇게 좋아요?"

"네, 어떻게 설명해야 할지도 모르겠어요. 너무 좋아서……."

"……바보."

제가 걱정되어 움직이지도 못하면서. 이번엔 그녀의 손이 뭔가 참는 듯 찌푸려진 이마를 조심스럽게 쓸어 냈다. 엷게 스며든 땀이 그의 고충을 알려 주는 것만 같았다.

"난 괜찮으니까……."

그 순간 낮게 신음을 흘린 그가 아주 천천히 허리를 움직였다.

몸 안을 가득 채우고 움찔거리던 것이 함께 움직이기 시작했다. 뻑뻑한 느낌과 함께 조금 멀어지던 이물감이 다시 치고 들어온 순간, 유민은 비명을 지르며 그의 어깨를 세게 붙잡았다.

"조금만 힘 빼고…… 옳지."

"흐으음……."

밀려드는 고통에 정신이 아득해졌지만 유민은 가쁘게 숨을 뱉으며 참아 냈다. 그런 유민이 안타까운지 그는 하염없이 입을 맞추고 쓰다듬으며 그녀를 달랬다. 그러나 그녀의 고통을 의식해 배려하듯 천천히 움직이던 그도 더는 버틸 수가 없었는지 어느 순간 무너지듯 내달리기 시작했다.

"흐윽, 아, 강윤 씨……."

유민의 입에서 그의 이름이 나온 순간, 그는 어떻게 설명할 수 없는 표정으로 그녀를 내려다봤다. 언뜻 그 입가에 미소가 어리는 듯도 했다. 이어 단단히 고정하듯 두 팔로 몸을 휘감은 그가 거세게 부딪쳐 왔다. 젤리처럼 여린 몸 안을 꽉 채운 그것이 사납게 움직이기 시작하자 고통은 더욱 진해졌다.

둔중한 고통, 묵직하게 부딪쳐 오는 무게감. 짓이기듯 밀고 들어오는 그의 몸짓에 유민은 몸이 부서질 것만 같았다. 그럼에도 그를 멈출 수 있을 것 같지 않았다. 멈추고 싶지 않았다. 그는 멈추지 않았다.

이런 것이구나, 이런 느낌이구나. 생각했던 모든 것이 점차 희미해져 갔다. 무엇으로도 이 느낌을 설명할 수 없었다. 자신에게 몰두하는 그의 표정이 얼마나 사랑스러운지. 온전히 그를 손에 넣었다는 그 뿌듯함이 어떤 것인지. 짐승처럼 그르렁거리며 귓가를 맴도는 그의 낮은 신음성이 얼마나 감미로운지……

이 모든 것이 오로지 저로 인한 것이다. 저만이 윤을 그렇게 만들 수 있다.

고통을 주는 행위마저 감당할 수 있는 건 오로지 그 때문이었다. 이렇게 뿌리 깊이 연결된 채 서로의 숨결로 호흡하며 가장 원초적인 면모를 보일 수 있는 상대라서. 한 번도 본 적 없는 얼굴로 완벽하게 저 자신에게 몰두하는 그와 마주하는 시간이라서.

잠시 속도를 늦추며 몸을 일으킨 그가 그녀의 한쪽 무릎을 위로 올리며 팔로 고정했다. 더욱 벌어진 다리와 그의 눈앞에서 적나라하게 연결되어 있을 몸을 부끄러워할 새도 없이 그는 더욱 깊고 격렬하게 치고 들어왔다. 유민은 정신없이 베개를 움켜쥐며 비명을 삼켰다. 조금 빠져나갔다가도 끝을 볼 듯 치고 들어오는 격한 진퇴에 그녀의 호흡이 멈춰지고 이어지기를 반복했다.

쉴 새 없이 여린 속살을 헤집어 내는 통증도, 몸 안 어딘가에 부딪쳐 오는 감각도, 참을 수 없이 묘한 것이었다. 몸 안을 가득 채운 이물감이 점차 기묘한 포만감으로 바뀌어 간다는 것도 정말 이상했다.

"눈 떠, 우유민."

점차 흐려지는 시야를 감당하지 못해 눈을 감아 버리자, 어느 순간 깊게 밀어붙인 그가 상체를 숙이며 낮게 속삭였다. 아랫배에 힘이 들어가고 짜릿한 전율이 흘렀다. 이성을 잃고 본능이 지배를 시작한 그의 눈을 대하자 어떤 감정과 함께 묘한 감각이 밀려 들어왔다. 그녀의 감정으로 깊은 환희가 찾아오는 순간이었다. 참을 수 없는 신음이 토해졌다.

이윽고 가슴속 깊은 곳에서부터 흘러나오는 신음과 함께 파정한 그가 몸을 겹쳐 왔다. 그의 짐승처럼 낮고 거친 신음이, 그의 뜨거운 숨결이 그녀의 목덜미로 쏟아졌다.

"아…… 유민아."

신음하듯 부르던 그가 그녀의 목덜미에 입을 맞췄다. 아직도 작아지지 않은 그의 남성이 몸 안을 가득 메우고 있지만 고통은 적었다. 유민은 천천히 그의 등으로 손을 올려 품에 다 넣지도 못하는 그를 끌어안았다. 그를 꼭 품고서 벅차오르는 눈물로 그의 뺨을 적시자, 윤은 의아한 듯 그녀의 얼굴을 바라봤다.

"왜 울어요? 아픈 거 다 견뎌 놓고선……."

"몰라요. 갑자기 조금 억울한 거 같아서……."

행위가 끝나고 나서야 다정함을 되찾은 그는 엉뚱한 대답에도 나직하게 웃음을 터뜨렸다. 접은 손가락이 그녀의 눈물을 훔치고 이어 자잘한 입맞춤이 그녀를 달랬다. 그런 그가 이토록 사랑스러울 줄은 몰랐다. 아무것도 걸치지 않은 맨몸으로 서로를 감싸 안은 지금이 이토록 행복할 줄은 몰랐다. 내내 웅크리고 있던 어떤 단어가 그녀의 가슴속에 저릿하게 퍼져 나갔다.

"이런 말 별로 좋아하지 않는다는 거 알아요."

의아한 듯 고개를 슬쩍 기울이는 그 얼굴이.

"그래도 이 말밖에 표현할 말이 없어서…… 말하지 않으면 모르잖아."

여전히 그녀가 무슨 말을 하건 집중하는 그 눈빛이.

"사랑해요."

너무나 사랑스럽다고.

그녀의 입술이 다시금 열렸다.

"사랑해요."

사랑해 줬으면 좋겠다고.

9화.

someday somewhere

"좀 친절하게 대해 주지 그랬어? 상대는 감수성 예민한 여고생인데."

오랜만에 만난 남자는 실내임에도 선글라스를 벗지 않았다. 햇빛을 보지 못해 하얀 얼굴을 삐뚜름히 돌리며 기묘한 표정으로 웃었다. 교복 차림의 윤은 그런 남자를 무심히 바라봤다. 호의로 가득한 황금 백색의 빛이 눈앞을 가득 메우고 있었다.

"어설프게 희망 주는 거보단 나으니까요."

꽃샘추위가 막 가시고 난 18살의 봄은, 그 어느 누구보다 환한 미소를 지으며 가장 두꺼운 벽을 치던 시절이었다. 무엇도 알고 싶지 않고, 보고 싶지 않았던 시절.

어느 순간부터 타인에 대한 감정을 닫을수록 전해지는 감정도 적다는 걸 깨달았고, 그는 철저히 주변을 외면하기 시작했다. 타고 난 재능과 얌전한 외모로 가려진 그의 속은 그렇게 썩어 들어갔다.

"오늘 출발하시는 거예요?"

"응. 일 년쯤 있다 돌아올 예정이니…… 그때쯤엔 윤이가 없겠네."

"어차피 자주 만나는 사이도 아니었잖아요. 새삼스럽게."

차분하지만 냉정한 윤의 말투에 레슨실 한쪽에 앉아 있던 남자가 일그러진 얼굴로 웃었다. 평생 자신의 얼굴을 봐 본 적이 없다는 남자는 어느 순간 어떤 표정을 지어야 할지 잘 모르는 것 같았다. 그럼에도 그의 감정은 뼈저리게 느끼게 된다. 어떤 아쉬움과 안타까움. 그것이 호의이기에 더욱 아프다는 걸 안다.

그렇듯 타인에게 벽을 쌓는 건 그만큼 조금 더 다가오려 노력하는 사람들에겐 상처가 되었다. 겁먹고 움츠러드는 저로 인해 상처받는 사람들의 마음마저도 읽게 된다는 것. 그것은 또 다른 방식으로 자신을 괴롭히는 딜레마였다.

'흘려보내는 물도 결국은 흔적이 남지. 아무리 깨끗하게 비워 내도 젖어 있는 동안엔 신경 쓰일 수밖에 없고. 피한다고 능사는 아니란 소리지.'

시각장애를 가진 피아니스트 정인준. 그는 윤의 피아노 스승이자 인생의 멘토로, 그의 유년시절을 구원해 준 사람이었다. 서로 얼굴을 볼 일이 뜸해진 요즘은 인준의 친구인 미선의 음악학원에서 간간이 만나 안부를 전해 왔고, 오늘도 그런 날이었다.

"그런데 정말 경영학과로 진로 잡은 거야?"

무심히 고개를 끄덕이던 윤이 다시 '네' 하고 대답했다.

"뭐, 네 집안이 그러니 당연하긴 한데……. 좀 아깝네. 조금만 세상에 애정이 있으면 좋은 연주자가 될 텐데. 그게 아쉬워."

윤은 멋쩍은 웃음을 지었다. 그가 지금의 얼굴을 보지 못하는 걸 다행이라 여기며.

"알잖아요."

그에게 피아노는 도피의 수단이었다. 흑과 백만으로 이루어진 산소호흡기였다.

타인이 내뿜는 감정과 색상들로 얼룩진 머릿속을 정화시키는 유일한 곳.

완벽하게 절제된 감정으로 연주하는 그의 피아노는 버석한 모래바람처럼 건조했다. 그 건조함마저 매력으로 다가오고 마는 천부적인 재능. 그에겐 그런 것이 있었다.

"까다로운 녀석. 그건 엄연히 재능 낭비라니까."

정색하며 타이르는 인준의 말을 한 귀로 흘려 넘기며 밖으로 나왔을 때였다. 아이들끼리 싸움이 난 건지 다투는 소리가 들려왔다.

"얘들아! 너희들 지금 뭐하는 거야?"

마침 뒤따라 나온 미선이 소리를 지르자 아이들은 순식간에 달아나 버렸다. 남은 자리엔 주저앉은 채 울고 있는 여자아이와 그 곁에서 어쩔 줄 몰라 하며 끙끙거리는 인준의 안내견 고구마가 있었다.

"뭐야, 무슨 일이야? 고구마. 무슨 일 있었어?"

"그러게 데리고 들어오라니까. 이 동네 애들 장난기 많아서 골치 아프단 말이야."

"잠깐이라 괜찮을 줄 알았지. 거기 애는 괜찮아?"

"우리 학원 애 동생이야. 언제 나온 거래? 일단 윤이한테 맡기고 출발부터 하자. 늦겠어."

"아 참. 그럼 나 먼저 갈게. 윤이는 언제 또 기회되면 보자."

그렇게 두 사람이 택시를 잡으러 저만치 떨어진 길가로 가 버리자 윤은 한숨을 푹 내쉬었다. 비쩍 마른 꼬마아이. 많이 봐 줘야 유치원생으로밖에 안 보이는 아이다. 겉과 속이 다른 어른들보다 직선적인 아이들이 덜 불편하긴 하지만…… 그래도 이건 아니잖아.

윤은 한숨을 쉬며 아이에게 다가갔다. 그러다 문득 느껴지기 시작한 위화감. 그것의 정체가 뭘까, 생각하다 무심히 아이의 어깨를 붙잡았을 때였다.

"괜찮아?"

갑자기 온몸에 전율이 흘렀다.

'……어?'

당연히 덮쳐 왔어야 할 아이의 감정이 하나도 느껴지지 않았다. 저도 모르게 다른 손마저 뻗어 아이를 붙잡아 일으켰다. 여전히 아무것도 느껴지지 않는 아이의 얼굴을 멍하니 바라봤다. 대체 이건…….

"어엉— 바보 똥개가 계속 맞기만 하잖아요! 흐아아앙— 바보, 멍청아! 콱 물어 버리지! 왜 물지도 못해! 와아아앙."

그의 얼굴을 보자 안심이 된 건지 아이는 더 크게 울어 댔다.

아이는 유리라는 여학생의 동생이었다.

"너 어디 갔다 왔어? 언니가 가만히 기다리라고 했잖아! 무릎은 또 그게 뭐고!"

내내 찾고 있었는지 유리는 어지간히 화가 난 기색이었다. 아이는 잔뜩 움츠러들어선 그의 옷자락을 붙잡고 훌쩍였다. 미선이 유리를 달래 다시 연습실로 데려간 사이, 윤은 덩그러니 제 옷을 붙잡고 선 채 또 울먹거리는 아이를 보며 한숨을 쉬었다. 이젠 연습이 끝날 때까지 보모 역할을 해야 할 모양이다.

"약 바르자."

약통을 가지고 와 마주 앉히고 보니 아이는 아직도 뭔가 억울한지 씨근거리며 코를 훌쩍여 댔다. 그러면서도 정작 낯선 사람인 저를 경계하진 않았다. 상처 난 무릎에 약을 바르고 커다란 밴드를 붙여 주자 아이는 눈물이 그렁한 눈을 들어 그를 바라봤다. 비쩍 마른 몸에 눈만 커다란 것이 왠지 애잔한 느낌이다.

"그만 울어."

저도 모르게 손을 뻗어 머리를 쓰다듬어 버렸다. 그 순간 아이의 주변으로 뭔가가 반짝거리기 시작했다. 투명하게 빛나는 공기. 왠지 그 빛이 손에 잡힐 것 같아 아이의 머리 위에서 손을 움직이다 눈이 마주쳤다. 뭘 하느냐는 듯 눈을 말똥말똥 굴리던 아이가 헤벌쭉 웃는다.

"우리 언니 피아노 잘 치는데."

"그래?"

엉뚱한 말. 더 엉뚱한 건 그 웃음이 예쁘다고 생각한 저 자신이었다.

"오빠도 피아노 쳐요?"

"응."

"반짝반짝 작은 별 칠 줄 알아요?"

그제야 아차 하는 기분이었다. 내키지 않는 태도로 짧게 대답했지만 이미 늦었다.

"쳐 봐요."

마지못해 시작한 연주였지만, 열심히 귀를 쫑긋거리는 아이를 보니 대충 넘길 수가 없었다. 비록 변주 부분이 낯설어 다시 처음의 주제로 돌아가라며 졸라 대는 통에 같은 부분을 반복해야 했지만.

"또 해요, 또."

"오빠 다른 노래도 잘 치는데."

"반짝반짝. 반짝반짝 해 주세요."

아무리 생각해도 귀찮은 일임에 분명한데…….

작게 한숨을 쉬며 아이를 바라봤다. 그 순간 머릿속에 어떤 멜로디가 떠올랐다. 반짝반짝. 반딧불처럼 빛을 매달고 폴짝거리는 아이의 발걸음을 따라 생동감 넘치는 음이 머릿속을 뛰놀았다. 그것을 현실로 옮기는 건 어렵지 않은 일이었다. 통통 건반 위를 뛰어오를 듯 가벼운 터치와 함께 산뜻한 멜로디가 울려 퍼지자 아이의 눈이 휘둥그레졌다.

그는 한 번 듣거나 연주한 곡은 모조리 기억하곤 했다. 같은 원리로 머릿속에 기억한 멜로디는 언제든 그대로 연주해 낼 수 있었다. 아주 어릴 적부터 악보를 읽지 못해도, 기록으로 남겨 두지 않아도 피아노만 있으면 뭐든 가능했다. 그 천부적인 소질을 인준은 언제나 아까워했었다.

"우와, 우리 언니보다 훨씬 잘 친다!"

연주가 끝나자 유민은 넋이 나간 얼굴로 바라보다 소리를 질렀다.

자기 딴엔 최대의 찬사였다. 정말 대단하다는 칭찬이었다. 분명 아무것도 보이지 않는데, 그 표정과 말투만으로도 전해지는 감정에 그의 입가에도 미소가 어렸다.

"어떻게 그렇게 스타일이 바뀐 거야? 네 연주 들으면 아주 가슴이 간질간질해."

요즘 들어 자주 듣게 되는 말이었다. 윤은 애매한 웃음으로 대답을 대신했다. 뭔가 좋은 일이라는 건 알겠는데, 설명을 하는 게 쉽지가 않다. 모노톤이었던 제 음악의 색에 우유민이란 아이의 빛을 투영하기 시작했다는 걸로 설명이…… 될까?

제가 생각해도 기가 막혀 웃음이 났지만, 웃을 수는 없었다. 어쨌거나 그게 현실이고, 실제로 일어나는 일이었으니까.

"그 곡 정말 그대로 묻어 둘 거야? 이참에 아예 작곡도 더 해 보고, 제대로 녹음해서 앨범이라도 하나 발표해 보자. 응?"

미선은 그를 설득하려 애썼다. 이미 소식이 들어간 모양인지 어젯밤에는 인준에게서도 전화가 왔었다. 진심으로 그의 재능을 아쉬워하는 두 사람의 말에 흔들리는 건 사실이었지만, 지금은 그런 건 아무래도 좋았다.

"유민이 찾아?"

휴게실 쪽을 두리번거리던 윤이 다시 미선을 바라봤다.

"오늘은 안 왔어요?"

"그게…… 유리가 그만뒀어."

난처한 듯한 미선의 말투에도 윤은 덤덤했다. 이런 날이 곧 오리란 건 알고 있었던 것 같다.

"그렇게 피아노를 좋아하던 앤데…… 왜 갑자기 마음이 바뀐 건지 모르겠어. 원래 이번 주부터 유민이도 같이 배우기로 했었거든. 기대가 컸는데……."

언제나 침침하게 그늘져 있던 유리의 색을 기억한다. 경계심 어린 눈빛. 조금은 이기적으로 보일 만큼 타인을 배척하던 모습. 그것은 자신처럼 사랑받지 못하고, 원하지 않는 상황에 떨어져 지쳐가는 사람의 모습이었다.

반면에 유민은 웃음도 많고 호기심도 많았다.

'나 오빠랑 결혼할 거야!'

스스럼없이 다가와 애정 표현을 했다.

'오빠는 언니보다 내가 더 좋지? 오빠는 유민이만 예뻐하는 거지?'

천진한 독점욕을 드러내며 자기만 봐 달라며 애정을 갈구했다.

그런 유민의 목덜미에서 발견했었던 폭행의 흔적. 그것은 훨씬 침울한 분위기인 유리에게서조차 발견하지 못했던 거다. 정신적인 학대와 육체적인 학대 앞에 방치된 아이들. 어째서 중학생인 유리가 초등학교조차 진학하지 못한 동생을 데리고 다녔었는지 알고는 있었다. 그것은 조금이라도 폭력의 당사자에게서 떼어 놓으려는 노력이었다.

"……안됐네요."

묘한 아쉬움과 함께 가슴이 아릿했다. 그러나 지금의 자신은 그 아이들을 위해 할 수 있는 게 아무것도 없다. 아니, 이렇게 마음을 쓰는 것조차 우스운 일일 뿐이었다.

전혀 상관없는 타인이 끼어들기엔 지나치게 먼 존재였다.

"혹시 다시 오면 잘 지내고 있는지…… 피아노 오빠가 궁금해 한다고 전해 주세요."

"그래, 애들 다시 오면 꼭 연락해 줄게."

알아서 그의 마음을 꿰뚫고 대답해 주는 미선에게 윤은 희미하게 웃어 보였다. 그러나 이후로도 소식은 전해 오지 않았다. 그해, 윤은 유학을 떠났고 그렇게 그녀와의 인연은 끝난 거라고만 생각했다.

몇 년 후.

유학을 마치고 한국으로 돌아온 그에게 인준의 갑작스러운 사망 소식이 전해졌다. 멀쩡히 횡단보도를 건너던 인준이 고구마의 목 줄을 놓아 버린 순간, 제어력을 잃은 트럭이 그 위를 덮쳤다고 했다. 결과는 즉사.

장례식장에 도착한 윤은 유가족의 옆에 죽은 듯 엎드려 있는 고구마를 발견했다. 사고 현장에서 주인의 마지막 순간까지 보고 말았다는 개는 깊은 우울증에 빠져 있었다.

"인준 씨가 워낙 예뻐했잖아요. 자기 자식처럼 예뻐하다 보니까 이제 인준 씨 아니면 말도 안 듣고 본 체도 안 하던 녀석인데……."

다시금 눈시울을 붉히는 인준의 아내 앞에서 윤은 묵묵히 고구마를 바라봤다.

세상과의 연결 고리가 모두 끊어져 버린 기분이겠지.

녀석이 느끼는 기분이 어떤 건지, 그는 뼈저리게 알고 있었다.

"이제 저 녀석은 어떻게 되는 건가요?"

"마음 같아선 가엾어서 데리고 있고는 싶은데…… 자꾸 그이가 생각나서……."

이해 못 할 일은 아니었기에 윤은 말없이 고개만 끄덕였다.

안내견은 평생 하나의 주인만을 모시는 게 원칙이다. 은퇴를 하기엔 비교적 젊은 축에 속하는 고구마지만 이건 어쩔 수 없는 일이었다. 운이 좋으면 강아지 시절 퍼피워킹을 했던 집으로 돌아가겠지만, 그런 운은 기대하기 힘든 편이었다.

그렇게 며칠은 실의에 빠진 채 죽은 듯 움직이지 않던 고구마의 모습이 눈앞을 아른거렸다. 하지만 냉정해야 했다. 당장 그의 앞에도 고민할 일은 많았으니까.

자신이 돌아오길 바라는 아버지와 저를 경계하는 수많은 사람들의 눈초리. 당연하게 경영학 공부를 마쳤지만, 사실 냉정한 기업의 세계로 들어가 잘 버틸 수 있을지는 알 수 없었다. 생각만으로도 두통이 밀려드는 기분이었다. 영원히 피아노만 치며 세상과 단절하고 싶은 게 솔직한 심정이었다.

그렇게 저 자신의 미래조차 감당하기 힘든 와중에 누군가를, 거기다 말도 통하지 않고 속마음도 보이지 않는 동물을 단순 동정심만으로 자신의 영역에 들이다니. 그야말로 미친 짓이나 다름없었다.

그럼에도 하루에도 몇 번씩 고민하게 되는 이유는 단순하다.

누구보다 그 외로움을 뼈저리게 느끼는 사람이기에. 마치 유년 시절의 저를 보는 것 같아 견딜 수가 없는 거였다. 그때 자신에겐 인준이 있었는데, 지금의 고구마에겐 누가 있을까.

"야, 너 꼰지르면 진짜 뒤진다. 알았어?"

멍하니 횡단보도 앞에 서 있던 윤은 갑작스럽게 들려온 목소리에 뒤를 돌아봤다. 근처의 학교에서 수업이 끝났는지 주변은 학생들로 가득했다. 그 사이에서 대여섯 명의 남학생들이 조그만 남학생 하나를 윽박지르는 걸 발견했다. 짓궂은 장난질인지, 아니면 심각한 왕따인지. 한 녀석이 남학생의 소지품 하나를 뺏어 어딘가로 던지곤 낄낄거렸다. 그제야 남학생의 소지품이 바닥에 잔뜩 늘어져 있는 걸 발견한 윤이 이맛살을 찌푸렸다. 이건 좀 문제다, 생각이 들 무렵 흥미를 잃은 녀석들이 어디론가 가 버렸고 남학생은 황급히 제 물건을 챙기기 시작했다. 무심히 고개를 돌렸다. 그러나 1초도 되지 않아 다시 남학생이 있는 곳을 바라봤다.

"이거."

목소리가 들린 순간, 맑게 비쳐 보이는 빛. 절대 몰라볼 수 없는 빛.

낯선 교복을 입은 여학생은 무심한 얼굴을 한 채 남학생에게 주운 물건을 건네고, 시선을 느꼈는지 그를 바라봤다.

믿을 수 없게도 그 순간, 가슴이 철렁 내려앉았다. 기막힌 상황에 헛웃음을 지으며 고개를 돌리자, 그녀는 아무렇지 않게 그의 옆으로 와 신호를 기다렸다. 그러다 시선을 느꼈는지 고개를 돌려 그를 바라봤다.

"저기요, 할 말 있으세요?"

"왜 도와준 거예요? 아는 사람?"

제가 생각해도 뜬금없는 말이었다. 아니, 혹시나 저를 기억할지도 모른단 기대였을 것이다. 그러나 그녀는 무심히 그를 바라보더니 경계하듯 눈살을 찌푸리며 대답했다.

"그냥…… 모른 척하기엔 내가 불편해서요."

이어 신호가 바뀌고, 그녀는 그대로 길을 건너기 시작했다. 하지만 윤은 못 박힌 듯 그 자리에 선 채, 하염없이 그녀의 뒷모습을 바라봤다.

기억 밖으로 밀쳐진 것 같아도 어쩌면 마음 한 켠에 고이 심어 둔 바람이었던 것 같다. 언제 어디서 만나든, 그렇게 빛을 내고 있기를. 그 바람은 기적처럼 이루어졌다. 처음부터 그녀는 그에게 기적이었다. 그 많은 사람 중에 기적처럼 그녀를 알았고, 기적처럼 다시 만나, 기적처럼 유지하는 빛을 봤다.

그런 것에 비하면 스스로의 노력으로 인해 바꿀 수 있는 세상이란 얼마나 쉬운가. 알면서도 외면하는 건 얼마나 비겁한 것인가. 왜 시도조차 하지 않고 고민만 했나…….

뒤통수를 얻어맞은 듯한 깨달음이었다.

그 길로 인준의 집을 찾은 윤은 고구마를 데려왔다.

그 후로 그의 삶은 고구마와 함께 생활하며 피아노를 치는 게 전부였다. 오랜 시간이 지나 차츰 마음의 문을 연 고구마는 그를 향해 꼬리를 흔들고, 젖은 코를 들이밀었다. 잠이 든 그의 침대로 뛰어 올라와 놀아 달라 보채기 시작했다. 처음, 잠이 든 그의 머리 맡에 떡하니 발을 올린 채 그가 깨어나길 기다리고 있던 고구마의 모습을 봤을 땐 가슴이 벅찰 지경이었다.

그것은 마음이 보이지 않는 상대와의 첫 교감이었고, 삶의 자세를 바꾸게 하는 경험이었다. 그렇게 그녀의 존재가, 그 말 한마디가 그를 변화시켰다.

시간은 착실하게 흘렀다.

"우리 유민 씨, 진짜 예쁘다. 그치?"

중학교 교복은 어느덧 고등학교의 교복으로 바뀌었고, 그녀는 한층 성숙해진 얼굴로 리가야의 앞을 지나쳤다. 그렇게 점차 어른이 되어 가는 모습을 고구마와 함께 지켜봤다.

그리고 그 겨울의 어느 날.

산책을 나온 공원에서 느닷없이 고구마가 뛰기 시작했다. 지금껏 제대로 뛴 적이 없는 고구마가 미친 듯이 뛰어갔다는 것에 놀란 것도 잠시, 뒤따르던 윤은 그 자리에 굳은 듯 멈춰 섰다. 저 멀리 고구마가 붙잡아 둔 인영을 발견한 순간, 크게 뛰어오른 심장에서 이어진 떨림이 온몸을 저릿하게 관통했다.

고구마가 짖었다.

―멍멍! 컹!

빨리 와! 빨리!

질책하며 재촉하는 듯 의기양양한 짖음.

이것은 새로운 주인의 행복을 위해 만들어 준 첫 걸음.

부스럭.

품 안의 작은 움직임이 그의 잠을 깨웠다. 옅게 스며든 푸른 빛이 방 안의 풍경을 비추고 있었다. 낯이 익은 듯 낯선 그녀의 방이다. 동그랗게 움츠린 등을 감싸 안았던 기억이 난다. 그대로 함께 잠이 들었던 모양이다. 슬그머니 제 몸에서 그의 팔을 밀어내던 유민이 흠칫 굳더니 아, 하고 작게 신음을 흘린다. 그렇게 잠시 굳어 있던 유민은 한숨을 폭 내쉬곤 다시금 꼼지락꼼지락 움직이기 시작했다.

윤은 가만히 실눈을 뜬 채 그 광경을 지켜봤다.

나무늘보처럼 느릿하게 움직이던 유민이 힘겹게 침대 아래로 발을 뻗었다. 괜찮을까, 하고 생각한 것도 잠시. 발을 딛고 걸음을 뗀 유민은 금세 털썩, 소리와 함께 주저앉아 버렸다.

"아야야…… 온몸이 다 아파……."

그리고 들려온 말에 윤은 간신히 웃음을 삼켰다.

"으잉…… 움직일 수가 없잖아. 너무해……."

행여 잠이 깰까 작은 목소리로 연신 투덜거리던 유민은 잠시 후, 낑낑거리며 자리에서 일어나서니 흘깃거리며 뒤를 돌아봤다. 잽싸게 눈을 감아 버리자 잠시 후, 그의 눈앞에서 뭔가가 아른아른 움직였다.

"이 변태 아저씨."

마지막까지 투덜거리던 유민은 킥, 웃음을 터뜨리더니 스르륵 움직였다. 그렇게 그녀의 자취가 사라지고 나서야 눈을 뜬 윤은 비어져 나오는 웃음을 참지 못하고 한참을 웃었다.

"그러게 누가 그렇게 예쁘게 굴래요?"

나직하게 중얼거리던 윤은 가만히 눈을 감았다. 가만히 누운 채 몸 안을 울리는 심장의 박동을 느낀다. 가벼운 떨림과 함께 몸 안에서 뭔가가 뭉클거리며 벅차올랐다. 머릿속이 멍할 만큼 행복했다. 너무 행복해서 무서울 만큼.

'사랑해요.'

날카롭고 묵직한 칼날처럼 그의 심장을 찔러 온 말. 먹먹한 귓가로 환영처럼 맺히던 목소리. 가장 무방비한 상태에서, 가장 달콤한 목소리가 전해 준 말.

어떤 표정을 지어 버린 건지 알 수가 없었다. 얼마나 그렇게 바라보고 있었는지도.

아니, 어떤 말을 해야 하는지는 알고 있었다. 이 감정이 무언지. 그녀가 원하는 것이 어떤 건지 분명 알고는 있었다. 그럼에도 입이 떨어지지 않았다. 꼬리를 물고 이어지는 거부감과 함께 되살아나는 기억들로 머릿속이 엉망이었다.

'괜찮아요.'

그러나 유민은 아무렇지 않게 웃으며 그의 뺨을 쓰다듬었다.

'앞으로도 평생, 나만 보게 만들 테니까.'

마치 그의 마음을 다 안다는 것처럼, 그를 이해하려 했다.

'우유 열심히 먹인 보람 있죠?'

다시 한 번, 제가 다 자랐음을 과시하며 사랑스러운 웃음을 흘렸다.

그 순간, 충족하지 않으면 참을 수 없는 극렬한 충동이 그의 온몸을 관통했다. 정말 끝도 없는 욕심이었다. 이젠 품에 안고 있으면서도, 가장 깊은 곳까지 도달해 있으면서도 자꾸만 갈증이 나고 조바심이 났다. 점점 가까워진 입술이 금세 서로를 찾아 맞물렸다. 그녀의 입술을 벌리며 작은 혀를 느릿하게 감아올리다 입술을 옮겨 귓불을 잘근거리자 나른한 비음이 흘러나왔다. 금세 열기로 물든 그녀의 숨소리가 가빠진다.

'동정한 적…… 한 번도 없어요.'

말캉한 입술을 문지르다 내뱉은 말에 그녀는 의아한 표정을 지었다.

'원래 빛이란 동정받는 쪽이 아니라…… 동경받는 쪽이니까.'

나의 빛. 타 죽는 한이 있어도, 다가가 손에 넣고 싶은 것.

'나한테 유민 씨는 그런 사람이에요.'

'그게 무슨…… 흑!'

허리를 당겨 안은 순간, 뭔가를 물으려던 그녀가 짧게 신음을 뱉었다. 그녀의 안에서 다시 부풀 대로 부푼 남성이 그녀의 젖은 내벽을 문지르며 깊게 진입한 탓이었다. 예상하지 못한 일에 당황한 듯 유민이 그의 어깨를 움켜쥐자 윤은 나직하게 물었다.

'아파요?'

'네? 아니 그렇게 많이는 아니지만…….'

'다행이네요.'

'뭐가…… 아학!'

가볍게 허리를 쳐올린 순간 그녀의 눈이 휘둥그레졌다. 윤은 그 눈에 새겨진 놀람과 당황을 가리듯 그녀의 눈가에다 입술을 누르며 괜한 죄책감을 덮어 냈다.

'하, 하지…… 마요. 나 이제 씻을 건데……. 흐윽.'

그제야 의도를 안 유민의 항변은 다시금 이어진 짧은 왕복에 툭 끊어졌다. 오묘하게 움찔거리며 조여 오는 감촉에 이미 쾌감을 알아 버린 그의 것이 점점 더 단단해지고, 그의 움직임은 더욱 단호해졌다.

'같이 씻어요, 조금 있다가.'

'하아…… 변태…….'

발그레하게 열이 오른 얼굴로 그의 가슴을 두드리던 그녀가 눈썹을 찡그린다. 묘하게도 애교 있는 눈웃음이 함께였다. 싫다는 건지, 좋다는 건지. 애간장을 녹여 대는 작은 반항을 조심스럽게 누르며 그녀의 턱을 붙잡은 윤이 다시 그녀의 입술 사이로 혀를 밀어 넣었다. 머뭇머뭇, 화답해 오는 그녀를 부드럽게 핥으며 천천히 속도를 올렸다.

녹아내릴 듯 부드러운 감촉이 바짝 죄어 온다. 작은 신음소리에 걷잡을 수 없이 짜릿한 쾌락이 밀려들고, 금세 거칠어진 숨결이 서로의 얼굴을 뒤덮기 시작했다. 차츰 거세지는 그의 몸짓에 힘겹게 숨을 잇던 유민이 그를 끌어안았다. 하염없이 그의 품에 얼굴을 묻으며 그를 부른다.

'강윤 씨, 강윤 씨…….'

가슴속으로 뻐근한 아픔이 밀려들었다. 불덩이를 삼킨 것처럼 타드는 목구멍으로 깊은 한숨이 새어 나왔다. 이렇게 그의 모든 것이 그녀의 손짓 하나, 말마디 하나에 무너지고 만다. 윤은 거칠게 움직이며 짙은 신음을 흘렸다. 온몸이 걷잡을 수 없는 열기로 후끈거렸다. 아무리 파고들고, 파고들어도 충족되지 않는 욕심이 괴로울 지경이었다. 낮은 신음이 토해지고 한결 거칠어진 침범에 그녀의 입술에서 새어 나오는 신음이 높아졌다. 좀 더 몸을 숙인 윤이 그녀의 귓불을 물었다.

'흐읏.'

유민이 젖은 눈가를 찡그리며 힘겹게 숨을 몰아쉬었다. 그 순간 윤은 몸 안 깊숙한 곳부터 밀려드는 감정에 한탄했다.

나의 영원한 빛이자, 유일한 휴식. 모든 음악이자 꿈, 그리고 바람.

벅차오르는 감정에 가슴이 터질 것만 같다.

'사랑해요. 사랑해…… 강윤 씨.'

행복해서 미칠 것만 같다.

짙은 신음을 흘린 윤이 한 팔로 그녀의 한쪽 허벅지를 감아올렸다. 좀 더 깊게, 그녀의 몸에 새기듯 자신을 박아 넣고, 작은 몸을 으스러지듯 껴안았다. 벌어진 입술 사이로 새어 나오는 달뜬 신음. 그의 움직임에 따라 작은 새처럼 가녀린 몸이 정처 없이 흔들린다.

물기 맺힌 눈으로 하염없이 시선을 맞추며 그녀는 열심히 그의 목을 끌어안았다. 그런 그녀가 미치도록 사랑스러웠다. 지금의 저처럼, 감당할 수 없는 감정으로 어찌할 바를 모르는 그녀의 마음이 전해지는 것만 같았다.

소중히 지키고 싶으면서도 이 순간 폭발하는 마음이 그를 미치게 만든다. 폭력과 집착으로 시들었던 꽃이 되살아나길 바라면서도 저 역시 미쳐서 그녀를 괴롭게 만들까 겁이 났다. 맹렬히 그녀의 몸을 탐하며 거친 숨을 내뱉던 윤은 입술을 옮겨 그녀의 귓가를 깨물며 속삭였다.

네가 살아 숨 쉬는 한, 내 영혼이 존재하는 한. 내 세상의 전부는 오직 너라는 걸.

꼭 기억해. 오직 너만이 날 죽일 수도, 살릴 수도 있다는 걸.

거실은 푸르스름한 빛으로 가득했고, 조금 싸늘했다. 어깨를 움츠리던 유민은 느릿하게 피아노가 있는 곳으로 향했다. 걸을 때마다 뼈마디가 쑤시고 다리 사이가 욱신거리지만 그게 나쁘지만은 않았다.

아직도 그녀는 과거의 꿈을 꾸곤 한다. 웃음소리 하나 들리지 않는 삭막한 집. 휑하니 넓기만 한 방에서 아무런 의욕도 없는 어머니의 목소리를 들으며 눈을 뜨는 꿈을. 그러다 잠이 깨면 한동안 머릿속이 멍하다. 그쪽이 꿈인지, 이쪽이 꿈인지. 현실이 너무 행복해 가끔은 이쪽이 꿈이 아닐까 생각하며 멍하니 천장을 바라보곤 했다.

오늘도 그런 꿈을 꾸었다.

자상하게 웃는 아버지가 그녀를 향해 손짓하는 꿈을.

저도 모르게 흠칫하며 눈을 떴다. 그렇게 동이 터 올 무렵의 창밖을 바라보다 등 뒤를 감싼 온기를 느끼고 진심으로 안도했다. 지금이 현실임을 알려 주는 몸의 통증에 감사했다. 잠이 든 윤의 얼굴을 보며 웃을 수 있어 행복했다. 눈물이 나도록.

'어떤 부모든 자식의 행복이 먼저 아니겠습니까?'

가증스럽고 끔찍한 사람.

생각만으로도 화가 치밀었다. 이제 와 정말로 다정한 아버지가 되겠다고 다가선다 생각하니 끔찍했다. 지난 세월 동안 무자비한 폭행과 억압 속에서 숨죽여 살아온 것만으로도 억울한데, 이제 와 하하호호 웃으며 다시 아버지가 되려 하다니.

지그시 입술을 깨물던 유민이 피아노 앞에 앉았다. 그리고 건반에 손을 올리고 가만히 쓸어 봤다. 차갑고 묵직한 느낌이 들지만, 그만큼 든든하게 그 자리를 지키고 있어 줄 것 같았다. 오랜 시간 그의 애정을 받은 것도 아마 그렇게 그의 마음을 지탱해 주었기 때문일 것이다.

"뭐 하고 있어요?"

"아, 깜짝이야. 언제 일어났어요?"

언제 온 건지 나직한 목소리와 함께 윤이 그녀의 어깨를 감싸 안았다. 흠칫하며 돌아보려던 유민은 몸을 감싸 오는 포근한 온기를 느끼며 수그러들었다. 윤은 그런 그녀의 목덜미에다 잠이 덜 깬 짐승처럼 그르렁거리며 숨결을 뿜어 댔다.

"으음…… 간지러워요."

"아침 인사 중이에요."

"뭐야. 갑자기 고구마 빙의한 거예요?"

조금 투덜거리는 말투가 재미있는지 그가 웃음을 터뜨렸고, 다시 목덜미로 간지러운 입김이 쏟아진다. 흠칫거리는 게 재미있는 모양이다. 결국 포기한 듯 한숨을 내쉰 유민이 물었다.

"잘 잤어요?"

"네, 변태 아저씨는 아주 잘 잤습니다."

"네?"

분명 혼잣말이었는데!

"이, 일어나 있었어요?"

당황하며 돌아보려는 유민을 눌러 앉힌 그가 그대로 그녀의 뒤로 걸터앉았다. 자연스럽게 그의 허벅지 사이에 앉게 된 유민은 제 엉덩이를 쿡 찔러 오는 단단한 것의 정체를 짐작하며 흠칫 몸을 움츠렸다.

"자, 잠깐 강윤 씨……."

"피아노 쳐 볼래요?"

"네? 그, 그것보다 저기…… 지금은 새벽인데……."

"가만히 손가락 펴고."

그러나 어느덧 그녀의 왼손을 붙잡아 건반 위에 올린 그가 속삭인다. 나른한 목소리마저 달콤하기 그지없다. 이어 그의 커다란 손이 그녀의 손등을 덮고 손깍지를 낀 채 움직였다. 가만가만 눌리는 건반에서 청아한 음이 흘러나온다.

"이건 뭐예요?"

멜로디를 연주하는 게 아닌, 단순한 건반을 조합해 누르는 것에 가까웠는데 머릿속에선 그런 느낌이 아니었다.

"꼭 노래가 이어지는 거 같은데, 이건 반주 같은 거예요?"

"정확히 짚자면 화성진행인데, 잠시……."

싱긋 웃던 그가 이번엔 그녀의 손바닥 아래로 파고든다. 가볍게 손바닥을 스치는 감촉에 움찔했지만 그것도 잠시뿐. 커다란 손등 위에 자리 잡은 자그마한 손을 보는데, 마치 그와 자신의 관계를 설명해 주는 것 같아 웃음이 났다. 슬며시 검지와 중지로 그의 손등에 돋아난 파르스름한 혈관을 툭툭 건드리자 나직하게 웃던 그가 그녀의 왼쪽 귓가에 입을 맞추며 속삭였다.

"더 들어 봐요."

좀 더 자유로워진 음이 공간을 메우기 시작했다. 한 손으로는 그녀의 배를 지그시 눌러 제 몸에 밀착한 채. 남은 왼손만으로 시작된 연주는 자연스럽고 매끄럽게 음을 연결시켜 갔다. 분명 들어 본 적이 없는 멜로디인데, 방금 전 들었던 것처럼 낯이 익는다.

한없이 달콤하고 감미로운 멜로디. 그리고 그녀의 뺨에 닿는 숨결.

온몸이 노곤해지는 감각에 절로 눈이 감긴다. 그의 품에 푹 파묻힌 채, 조금 더 눈을 감고 있고 싶은 이 기분은 뭘까.

"이건 대체…… 무슨 곡이에요?"

"달콤한 낮잠."

마치, 그녀의 감정을 전해 들은 것처럼.

"유민 씨와 함께 있는 지금 느낌을 표현해 본 거예요."

아니, 그의 몸속에 들어갔다 나온 것처럼 완연해진 일체감.

꼼지락거리며 몸을 반쯤 돌린 유민이 그를 마주 봤다.

"그럼 이건…… 날 생각하면서 만든 곡이에요?"

"아니요."

천연덕스럽게 대답한 그가 씩 웃었다.

"애초에 내 음악은 모두 유민 씨예요."

그 순간, 녹아내릴 듯 달콤한 미소를 짓던 그녀가 그의 입술에 가볍게 마킹했다. 피아노 소리가 멈추는 것도 순간이었다. 귀여운 버드키스가 불러낸 뜨거운 숨결은 여지없이 그녀의 입술을 덮어 왔다.

알 수가 없다.

가슴이 터질 것처럼 행복한데, 그만큼 커다란 괴로움이 어깨를 짓누른다.

어째서일까. 이런 세상이 있다는 걸, 자신이 이토록 사랑받을 수 있다는 걸 부모님은 왜 한 번도 알려 주지 않은 걸까.

분명 아버지는 잘못되었다. 그렇게 힘으로 억누르고 지배하는 것으로 자신의 주변을 채우려 했다. 배우고자 하는 자식의 마음

마저 무너뜨리며 그렇게 가두려고만 했다. 어쩌면 세상의 좋은
점을 알면 알수록 그 자신과 비교하게 될 걸 두려워한 건지도 모
른다.

겁쟁이. 비겁자.

다시금 숨이 차올랐다. 이젠 생각하고 싶지 않은데 자꾸만 분노
가 치민다.

이젠 다 잊고 싶은데, 그녀의 지난 세월을 모조리 갉아먹은 상
처가 좀처럼 낫질 않는다.

아직도, 오늘도……. 지금도.

"다른 생각 하지 마요."

살짝 입술을 뗀 그가 속삭였다.

"여기, 난 여기 눈앞에 있으니까."

그래서 이어지는 말에 눈물이 났다.

"나도…… 피아노 배우고 싶었어요."

"알아요."

그 순간, 불현듯 떠올랐던 어느 날의 꿈.

이른 봄날. 순박했던 개 한 마리와 피아노. 그리고 낯설지만 따
뜻했던 남자.

그것은 내내 잊고 있었던 오래전의 기억이었다. 그녀의 얼굴을
만지작거리며 바라보던 그의 표정에 묘한 웃음이 맺혔다.

"혹시…… 그 육교 앞 피아노 학원에서……."

"기억났어요?"

뭐라 대답해야 할지 알 수가 없었다. 기억을 한 것도 같고, 아
닌 것도 같았다.

"반짝반짝 작은 별."

그러나 곧 이어진 말에 그녀의 눈망울이 흔들렸다.

"내 작은 별은 언제 이렇게 큰 거예요?"

믿을 수 없는 인연이었다.

"정말…… 그때 그 오빠……?"

"오빠라, 그것도 나름 듣기 좋네."

가만히 웃던 윤이 자리에서 일어나 그녀의 다리를 붙잡고 빙그르 돌렸다. 그대로 눈앞에 무릎을 짚고 앉은 그가 그녀의 발목을 붙잡고 바지 자락을 밀어 올린다. 그리고 정확히, 그때 상처 입었던 곳을 엄지로 쓸며 말했다.

"다행히 흉터는 안 남은 거 같고."

그러더니 다른 손으로 매끈한 발을 가볍게 주무르며 웃는다.

"하, 하지 마세요. 거긴 더러운데……."

"더럽긴 어디가?"

"하지만 이건 그, 그게……."

이상하다. 세심한 손가락의 움직임을 따라 단순한 간지러움보다 조금 더 진한 감각이 밀려든다. 몸이 흐물흐물 녹아내릴 것처럼…… 기분이 좋다는 게 문제다. 다시 멍해지려는 머릿속에 어젯밤의 잔상이 아른거렸다. 그의 손길이 닿는 곳마다 묘하게 달아올랐던 걸 떠올린 유민의 머릿속에 빨간 경광등이 켜졌다.

"잠깐만 가, 강윤 씨……."

"작다, 정말."

그러나 곧 이어진 말에 멈칫했다. 정말 사랑스럽다는 듯 그녀의 발을 바라보던 그가 발등에 입을 맞췄다. 정성 들여 입을 맞추는 그의 행동에 유민은 흠칫거리며 얼굴을 붉혔다.

"대체 뭘 먹고 자라야 이렇게 예뻐져요? 우유 덕분인가?"

나직한 말이 이어질 때마다 발끝에서부터 묘한 떨림이 전해진다.

다시금 열이 오르는 느낌이 심상치가 않다. 이러다 제대로 말려들 기세다.

"그, 그만!"

재빨리 그를 저지한다고 한 것이 하필 발끝으로 그의 입술을 누른 채 굳어 버렸다. 기다렸다는 듯이 그의 입술이 길게 늘어진다. 다시 그녀의 발목을 낚아챈 그가 입술에 닿은 발가락을 슬쩍 깨물었다.

"아응!"

저도 모르게 이상한 소리를 내 버렸다. 당황하며 입을 가리자 그는 뭔가를 알았다는 듯이 미묘하게 웃었다.

"아, 그래서 피한 거였어요?"

"무슨, 무슨 말을 하는 거예요? 그냥 이건, 저기……!"

"그냥 안마만 해 주고 참으려고 했는데…… 안 되겠네."

나른하게 잠긴 목소리와 함께 발가락 사이로 축축한 것이 감겨들었다. 유민은 소스라치며 비명을 질렀다.

"하윽, 자, 잠깐 이건 너무…… 앗! 잠깐만요!"

그녀의 몸부림에도 윤은 아랑곳 않고 발가락을 물고 빨며 애무를 이어 갔다. 그사이에도 묘하게 저를 바라보며 눈웃음을 짓는 표정은 미친 듯이 섹시했다. 세상에, 저런 얼굴로 저런 표정을 짓는 건 사기잖아! 유민은 안간힘을 쓰며 버텼다. 이대로 정신을 놓으면 그에게 매달려 조를 것만 같은데, 뭘 조르게 될 건지조차 알 수가 없었다.

"하, 하지 마…… 요, 흑!"

그 순간, 윤이 파르랗게 핏줄이 선 발등을 슬쩍 깨물었다. 이어 부드럽게 키스를 흩뿌리는 입술이 종아리를 타고 올라오자 유민은 신음을 삼키며 의자를 움켜잡았다. 절로 고개가 뒤로 넘어가고 허벅지 사이에 힘이 들어갔다. 이런 곳에서 이런 느낌이 올 줄은 꿈에도 생각하지 못했다.

"그, 그만……. 그만해요! 흐윽…… 그만하란 말이에요!"

결국 울음이라도 터뜨릴 것처럼 흐느끼고 나서야 그의 미소가 그녀의 배에 닿았다. 열기로 후끈해진 몸에 얼굴을 묻은 그가 웃음을 터뜨렸다. 유민은 새빨개진 얼굴로 그의 어깨를 두드려 대며 타박했다.

"뭐 하는 거예요, 정말! 추, 출근 준비 안 할 거예요?"

"해야죠."

한 시간쯤 후에.

윤은 뒷말을 숨긴 채 고개를 들었다. 눈앞에 보이는 몸을 힘껏 당겨 안으며 봉긋한 가슴과 쇄골에 입을 맞췄다. 내려다보는 얼굴이 가볍게 일그러진다. 그러나 절대 싫지 않은 얼굴이다. 그대로 그녀의 목을 당겨 입을 맞췄다. 포기한 듯 입술을 연 그녀가 그의 입술을 핥아 왔고, 이내 기다렸다는 듯이 서로의 입술이 맞물린다. 짧지만 진하게 입속을 탐하던 그가 입술을 댄 채 중얼거렸다.

"그전에 할 일이 생각난 거 같지만."

"무, 무슨 일이요?"

대답 대신 벌떡 일어난 윤이 그녀를 번쩍 안아 올렸다. 갑작스러운 일에 당황하며 그의 어깨를 짚은 순간, 윤은 그의 허리와 엉덩이를 받치며 훌쩍 추켜올렸다. 그대로 그의 몸 쪽으로 무게중심이 기울자 유민은 화들짝 놀라며 다리로 그의 허리를 휘감았다.

"앗! 하, 하지 마요!"

"꼭 붙잡고 있어요."

"네?"

후다닥 이동하는 걸음이 그녀의 방을 향했다. 의아함을 느낄 새도 없이 침대 위에 놓인 유민은 순식간에 제게 몸을 기대 오는 윤의 공세에 휘말리며 깨달았다.

"자, 잠깐 지금은 이러면…… 안 되는데."

당황으로 가득한 항변이 그대로 멈췄다. 어느덧 질척하게 오가는 입맞춤 소리와 바스락거리는 소리만이 공기 중을 메우기 시작했다. 어쩔 수 없이 터져 나온 나른한 웃음소리. 이어 열기 가득한 숨소리가 주변을 가득히 채웠다.

유민은 눈앞에 펼쳐지는 광경을 보며 멍하니 입을 벌렸다. 한눈에도 범상치 않은 느낌의 식당이었지만, 손님은 그다지 많지 않았다. 겉은 분명 빌딩처럼 생긴 건물이었는데, 안으로 들어가니 잘 다듬어진 정원수와 작은 연못으로 꾸며진 정원이 있었다. 유민은 두어 걸음 앞서 걷는 중년 남자의 등을 바라보며 걸음을 떼었다. 직원이 안내한 대로 전통 한옥의 양식을 잘 살린 방 앞에 도착하자 한복을 곱게 차려입은 여자가 두 사람을 반겼다.

"어서 오세요, 강 회장님."

"안녕하십니까, 최 여사님. 오랜만입니다. 장사는 잘 되십니까?"

"덕분에요. 오늘은 며느님만 모시고 오신 건가요? 아드님은요?"

"하하, 아들 녀석이 오늘은 지방에 출장을 가는 바람에, 우리 새아기 심심할까 봐 데리고 왔습니다."

"어머, 다정하기도 하셔라."

"김 회장님의 며느님 사랑에 비하면야 아직 멀었죠."

오랜 친분을 자랑하듯 친근한 인사가 오갔다. 강 회장의 너스레에 함박웃음을 짓던 최 여사가 자연스럽게 두 사람을 방 안으로 안내했다. 이미 식사 준비가 끝난 방 안에서 유민은 눈을 휘둥그레 떴다.

"그럼 맛있게 드세요."

다정히 웃어 보인 최 여사가 문을 닫고 나가자 방 안에는 조금 어색한 공기가 맴돌았다. 소심하게 굳어 버린 유민은 고개를 숙인 채 눈앞의 국그릇만 바라봤다.

먼저 말을 걸어온 건 강 회장이었다.

"식기 전에 들어요. 불편하게 생각하지 말고 편하게."

하대와 존대를 적절히 섞은 말투는 묘하게 친밀함을 어필하는 것만 같았다.

"이렇게 가끔이라도 서로 얼굴을 봐야 정도 더 들지 않겠니? 이

제 새아기도 나한테 엄연히 자식이고, 자식한테 밥 한 끼 먹이는 거야 애비의 낙이니 편하게 생각해요."

윤의 그 고약한 말투도 사실은 유전이었나 보다. 새삼 두 사람의 닮은 점을 떠올리는 유민의 입가에 살포시 미소가 떠오른다.

참, 이상한 날이었다.

오전에는 한가한 틈을 타 미뤄 두었던 필름현상을 해치웠다. 그중 몇 장을 인화하고는 잔뜩 흔들려 왠지 심령사진 같은 고구마의 사진을 보며 키득거릴 무렵 전화가 왔다. 차 실장으로부터의 연락이었다.

'우리 새아기랑 오붓하게 시간 보낼까 하고 불렀지.'

낮 도깨비 같은 강 회장의 행동에 당황한 것도 잠시, 눈앞의 광경에 유민은 더욱 당황하고 말았다.

'가지고 싶은 거 있으면 뭐든 골라 보거라. 이 애비가 선물해 주마.'

느닷없이 도착한 곳은 한 자동차 매장. 가격도 종류도 알 수 없는 예쁘장한 외제차들 앞에서 유민은 왠지 모를 현기증을 느꼈다. 게다가 강 회장은 중요한 순서를 빼먹은 상태였다.

'저기…… 아, 아버님.'

'응, 그래. 골라 봤니?'

'정말 감사하지만 저…… 사실은 아직 면허가…….'

'뭐? 하핫, 으하하핫…….'

새빨개진 얼굴로 선 그녀의 앞에서 강 회장은 통쾌하게 웃음을 터뜨렸다.

'하하, 그렇구나. 그래, 그런 순서가 있었지. 이런…….'

그러고 나서도 한참을 웃어 대는 바람에 유민은 부끄러운 듯 눈을 내리깔았다.

'일단 차부터 사고 바로 면허학원까지 등록하자.'

그런 유민의 어깨를 툭툭 두드려 준 강 회장이 이번엔 손수 진열된 차들을 둘러보며 직원에게 설명을 요구했다. 그러고는 유민을 향해 어떤지 묻는다. 이상하게 이 상황이 싫지는 않았다. 아직도 그가 어려운 건 사실이지만, 강 회장의 두툼한 손바닥이 그녀의 어깨에 닿았을 때도 싫거나 곤란한 것과는 다른 감정이 밀려들었다.

윤의 다정함과는 다른 종류의 다정함이었다. 지금껏 어른이라는 이름에 막연하게 느껴 온 공포와 거부감이 그에게선 느껴지지 않았다. 그것은 처음으로 느껴 본 부정(父情)이었던 건지도 모른다.

"어떠냐, 입맛엔 잘 맞니?"

천연덕스럽게 물어오는 말에 유민은 멈칫하며 앞을 바라봤다. 인자하게 웃는 얼굴이 그녀를 향해 있다.

"네, 아주 맛있어요."

"그렇지? 우리 인천댁 요리 솜씨도 좋긴 하지만 여긴 더 기가 막히거든. 참, 이건 인천댁한테는 비밀이다."

장난스러운 말투지만 여전히 진담인지 농담인지는 알 길이 없다. 그러나 그런 실없는 말에 한결 긴장이 풀린 건 사실이었다. 식사를 마친 두 사람은 후식으로 나온 전통차를 마시며 대화를 나눴다. 처음엔 강 회장의 이야기를 경청하며 웃거나 고개를 끄덕이는 게 전부였지만, 어느 순간 상황이 조금 달라져 있었다.

"그냥 보고만 있길래 왜 그러나 했더니 순댓국을 먹어 본 적이 없다는 거예요. 아니, 그럼 그렇다고 이야기라도 해 줄 것이지 그냥 따라 들어와서 웃고만 있는 거 있죠? 미안하게시리. 그래서……."

조곤조곤 말을 이어 가던 유민이 문득, 얼굴을 붉혔다.

"왜 그러냐?"

"저, 말이 너무 많았죠? 죄송해요."

"음? 아니다. 무에 미안할 게 있다고. 더 해도 괜찮다."

그러나 유민은 좀체 이야기를 더 꺼내려 하지 않았다. 그저 부끄러운 듯 배시시 웃더니 고개를 숙여 찻잔을 들여다본다. 그러면서도 한 번씩 흘깃거리는 것이 굴에서 고개만 내미는 토끼 같아 귀엽기만 하다.

싱긋 웃던 강 회장이 말했다.

"요즘은 면허 따기가 쉽다고 하는데, 제대로 가르치기나 하는 건지, 원. 우리 새아기는 연습 좀 오래하고 제대로 연수도 받고 해야지. 면허 땄다고 혼자서 무작정 타고 나오면 안 된다. 알았니?"

"네, 열심히 연습할게요."

"그래, 기왕 연수받는 거 윤이 녀석이랑 오붓하게 교외로 데이트 다니는 것도 좋을 거다."

그 순간 생글생글 웃던 유민이 조금 정색했다. 강 회장의 얼굴에 의아함이 서린다. 그 표정이 왜냐고 묻는 것 같아 유민은 조금 주저하며 말을 이었다.

"그게, 남편한테 뭘 배우는 거 좋지 않대요. 특히 운전이요. 자꾸 싸우게 돼서 사이 안 좋아진대요."

"뭐? 하하하핫. 그렇구나. 그래. 맞는 말이다. 하하하하."

엉뚱하지만 틀린 말은 아니었기에 강 회장은 박장대소를 했다. 그러고는 잠시 후, 고개를 끄덕이며 말을 덧붙였다.

"그러고 보면 내 아내도 그랬던 거 같구나. 운전하고 하루 만에 담벼락 들이받고는 내가 제대로 못 가르쳐서 그렇다고 어찌나 화를 내던지. 아주 혼쭐났었다. 하하하, 그 사람, 아주 자존심이 강한 사람이었거든."

웃음 섞인 밝은 목소리만 들었다면 알 수 없었을 것이다.

하지만 유민은 그 목소리와 어울리지 않게 짙은 회한으로 가득한 얼굴을 봤다.

'사랑한다고 했으면서 진심으로 웃는 얼굴은 보여 준 적이 없었어요.'

처음으로 속엣말을 털어놓았던 윤의 얼굴이 아른거린다. 그때도 묘한 위화감을 느꼈었다. 자신을 고통스럽게 했던 어머니의 행적을 입에 올리면서도 증오라는 감정을 잊은 것처럼 온화했던 윤의 표정. 그리고 그런 그와 강 회장의 표정은 묘하게 닮아 있었다.

마치 처음부터 그 사람이 없었던 것처럼 행동하던 두 사람. 그것은 그렇게나 잊고 싶은 과거라는 사실을 뜻했다. 그렇게라도 잊으려 했으나 잊을 수 없었던.

"저…… 어머님은 어떤 분이셨어요?"

강 회장이 서글프게 웃었다.

"내 아내는 아주 아름답고…… 어리석은 사람이었다."

차 실장이 힐끗 시계를 바라봤다. 어느덧 밤 9시가 넘는 시간이었다. 회장실의 호출만을 기다리던 그의 입에서 결국 한숨이 새어 나왔다. 유민과의 만남을 위해 꽤 많은 스케줄을 뒤로 미룬 탓도 있지만, 오늘의 강 회장은 그것만이 아닌 다른 일로도 고민이 많아 보였다.

　—삐.

　드디어 호출이 왔고, 차 실장은 회장실의 문을 열다 멈칫했다. 이미 해가 졌음에도 회장실은 불이 꺼진 상태였고, 희뿌연 빛이 새어 들어오는 창가에 누군가가 서 있었다. 뭔가 생각에 잠긴 듯, 문이 열리는 소리에도 남자의 인영은 움직이지 않았다.

　"부르셨습니까?"

　차 실장은 조심스럽게 걸음을 떼었다. 그리고 창밖을 보고 선 남자의 뒷모습을 바라봤다. 낮에만 해도 한창 꽃이 필 나이인 며느리의 말에 박장대소를 하며 누구보다 즐거워하던 모습이었는데, 지금은 뒷모습만으로도 느껴지는 고독감에 숨이 막힐 지경이었다.

　"차 실장."

　"네, 회장님."

　나직한 부름에 차 실장은 두어 걸음 떨어진 곳에 멈춰 섰다.

　"자네가 생각하기에도 내가 무모해 보이나?"

　차 실장은 어떻게 대답할지 몰라 입을 다물어 버렸다. 사실 입을 다문 것으로 회장의 말을 긍정해 버린 것이나 다름없었지만,

이제 와 정정을 하기에도 애매한 타이밍이었다. 잠시 뜸을 들이던 차 실장은 결국 고개를 푹 숙였다.

"죄송합니다."

"아니, 그런 말을 듣고 싶은 게 아니야. 나도 알지, 왜 모르겠나."

창밖을 향해 아예 굳어 버린 듯했던 시선이 차 실장을 향했다. 어느덧 희끗해진 차 실장의 머리카락이 눈에 들어온다.

"벌써 40년인가?"

"정확히는 37년입니다."

"하핫…… 그렇군."

질문의 앞에 생략된 말이 무엇인지 말하지 않아도 차 실장의 대답은 시원시원했다. 그가 강 회장을 보필한 햇수가 37년이었다. 그런 차 실장조차도 오늘의 일은 이해하기 힘든 듯했다.

"새아기가 알아선 절대로 안 될 일이니까. 절대 들키지 않도록 해. 따라다니는 놈들한테도 그리 전하고."

"네, 확실히 주의시키겠습니다."

깍듯한 차 실장의 대답을 들으며 강 회장은 다시 창밖을 바라봤다. 열린 문틈으로 비쳐드는 빛 탓일까. 커다란 창에 어느덧 늙어 가는 제 모습이 비쳐 보였다. 그 모습은 며칠 전, 심각한 얼굴로 제 앞에 선 윤의 모습으로 바뀌었다.

'이번 총선 전에 뭔가 일이 터질 겁니다. 우 의원님은 얻을 게 없는 일에는 절대 움직이지 않을 테니까요.'

'확실한 거냐?'

저도 모르게 내뱉은 말에 윤의 표정이 조금 굳었다. 그가 알 수 있는 건 타인의 감정과 뭉뚱그려 읽게 되는 생각의 일부일 뿐, 미래를 읽는 것이 아니다. 그럼에도 사람의 욕심이란 그 순간, 확연한 답을 바라고 만다.

'미안하구나.'

'아닙니다. 그보다 작은아버지의 동태도 심상치 않습니다. 당분간 회장님께서는 차 실장님 외의 사람들과 만남은 자제하시는 게 좋을 거 같습니다.'

별것 아닌 주의사항처럼 가볍게 이야기하려는 윤의 태도였지만, 숨기려야 숨길 수 없는 감정이 표정에 고스란히 드러나고 있었다. 강정민의 손발을 묶고 서서히 그 세력을 압박하는 동안, 저에 대한 증오를 얼마나 키웠을지는 짐작이 가능하다. 그 감정을 눈으로 생생히 보게 되는 윤의 속마음은 어떨 것인가.

'제 생각엔 이번 일을 그르치게 만드는 것이 그분의 작전인 것 같습니다.'

'나도 그렇게 생각한다.'

'그럴 걸 경계하고 있다는 것도…… 작은아버지는 아마 잘 아실 거구요.'

'흠……'

'이젠 수단과 방법을 가리지 않을 겁니다. 언제 어떤 식으로 접근해 올지 알 수 없으니 답답하시더라도 되도록 회사 내에서만 행동하시는 게 좋을 거 같습니다.'

그렇게 오늘도 제가 갔어야 할 모임에 대리 참석하러 가는 윤을 보며 착잡해했다. 유민을 만나고 싶었던 것에는 다른 사람을 만나서라도 그 착잡함을 해소하고 싶은 마음도 있었을 것이다.

물론 그 이유만은 아니었지만.

목적지까지 데려다 주겠다는 걸 한사코 사양하던 그녀가 넙죽 고개를 숙이곤 근처의 버스정류장을 향해 달렸다. 그런 그녀의 뒤를 자연스럽게 따르는 남자. 물끄러미 그 광경을 지켜보던 강 회장은 그대로 차를 출발시켰다.

"아무 일이 없기를 바라면서도 이런 준비까지 하는 걸 보면 난 내심 일이 터지기를 바라는지도 모르겠군."

"회장님."

"알고 있네. 그런 건 아니겠지. 그런데 나도 늙은 건지 요즘은 생각이 잘 나지 않아. 이렇게까지 해서라도 지키고 싶은 게 과연 뭐였을까. 불가피하게 희생당할 아이도, 그걸 지켜보게 될 아이도. 그렇게 결과가 나온 후에는 날 이해할까? 이상하게 그것이 불안하고 겁이 나."

강 회장의 목소리가 차분히 가라앉았다. 고요한 눈빛엔 어떤 동요도 없었다.

"어렵게 고민하실 거 없습니다. 언제나 그렇듯이 회장님께서는 최선의 선택을 하셨을 테니까요."

"고맙네."

짤막하게 대답하는 강 회장의 눈은 지극히 공허했다.

"아직 안 잤어요?"

문이 열리자마자 그녀를 발견한 윤이 눈을 휘둥그렇게 뜬다. 밤 12시가 되기 조금 전이었다. 늦을 거라 연락했기에 전혀 예상하지 못했는지 그 얼굴에 반가운 기색이 완연하다. 그대로 품 안에 풀썩 뛰어들었다. 힘껏 그의 허리를 껴안으며 그의 품에 얼굴을 비벼 댔다.

"왜 그래요, 유민 씨? 그렇게 남편이 보고 싶었어요?"

귓가에 닿는 다정한 웃음. 장난스러운 말투. 피곤할 텐데도 그는 언제나 웃음을 잃지 않는다. 한 손으로는 그녀의 어깨를 껴안고, 한 손으로는 서류가방을 든 윤이 간신히 거실로 들어섰다. 어느새 툭 하니 놓인 가방. 훌쩍 들어 올려진 그녀의 얼굴이 그의 코앞까지 둥실 떠올랐다.

"이상하네. 무슨 일이에요? 갑자기 애기가 된 건가?"

"누가 애기예요? 아니거든요?"

짐짓 눈을 흘기며 뾰로통하게 입술을 내밀자, 그의 속눈썹이 조금 아래로 처졌다. 눈앞에 보이는 목울대가 천천히 움직인다.

"오늘도 엄청 멋진 분이랑 데이트도 했는걸요?"

"그래요? 남편보다 멋진 남자가 세상에 또 있어요?"

"와, 엄청난 자신감이시다."

"그럼요. 누구 남편인데."

능청스러운 대답에 유민의 눈매가 가늘어졌다.

"오늘 만난 분도 무지 멋있었어요. 꼭 어떤 남자가 20년, 30년 후에 그런 모습이 될 거 같아서 설레더라구요."

"이런, 남편 없는 사이에 다른 남자나 보고 설레다니. 화내도 돼요?"

윤이 슬그머니 눈썹을 찡그렸다. 그러나 유민의 눈에 먼저 보인 건 곧 웃음이라도 터뜨릴 것 같은 입매였다.

―쪽.

입맞춤은 언제나 충동적이다. 부드럽고 말랑말랑한 입술을 툭툭 건드려 그의 웃음을 끌어내고 그 웃음이 좋아 다시금 그 입술을 머금는다. 다신 놓지 않을 것처럼 그의 목을 휘감고 스르륵 벌어진 입술 틈으로 작은 혀를 밀어 넣어 가만가만 도발하면 금세 습해진 한숨이 새어 나온다.

이윽고 그는 격렬하게 입술을 헤치며 모든 걸 잊어 버린 것처럼, 저에게 열중했다. 그 기세에 만족하며 제 입 안으로 들어온 혀를 슬쩍 깨물었다. 그가 나른한 신음과 함께 살짝 입술을 뗀다.

"뭐죠? 이거 좀 짜릿한데?"

장난기 어린 말투와는 달리 바라보는 눈빛엔 정염이 가득하다. 작은 악마처럼 짓궂어진 유민은 방금 전의 키스로 촉촉해진 입술을 가볍게 깨물어 댔다. 간지러운지 그가 웃음을 터뜨렸다. 언제나 순수했고, 단정했으며 때론 금욕적이기까지 했던 남자는 이제 그녀의 손에 쉽게 무너지고, 달아오르곤 한다. 그 사실에 묘하게 흥분이 된다.

어느덧 소파에 앉혀지고, 그녀의 허벅지 위로 자리를 잡은 그가 몸을 구부리며 그녀의 입술을 찾아들었다. 점점 몸을 붙여 오는 그의 기세에 유민은 소파에 깊숙이 파묻혔다. 아까보다 한결 거칠어진 뒤섞임이 조금 버거울 정도다. 한숨 섞인 신음, 혹은 호흡곤란으로 인한 비명이 그녀의 입에서 새어 나왔다.

"무슨 생각 해요?"

그가 입술을 붙인 채 묻는다. 게슴츠레하게 뜬 눈을 바라보던 유민이 열기로 가득한 숨을 내뱉었다.

"키스…… 너무 잘해서 얄밉다고요. 대체 어떤 여자랑 이렇게 연습했을까, 하고."

"그거 참, 못된 생각인데요?"

"농담하는 거 아니에요."

새치름하게 대답하며 눈을 흘겨봤지만 그는 입가를 길게 늘일 뿐이었다. 묘하게 관능적인 표정으로.

"없어요, 그런 거."

"그래도 좋아했던 여자는 있었을 거 아니에요. 지난번 그 여자 처럼……."

"그 여자?"

그다지 궁금하지 않은 말투였다. 그의 시선은 온통 그녀의 입술 에 가 있었다.

"왜 있잖아요, 그 병아리라는……."

순간 아, 하고 입을 벌리던 그가 슬며시 눈썹을 찡그렸다. 난감 한 듯한 표정에 유민은 지그시 입술을 깨물었다. 이번에도 확연히 달라지는 그의 표정이 그녀의 가슴을 아프게 했다.

"거봐요. 그렇게 표정이 달라지면서…… 좋아했던 거죠?"

그러나 그의 반응은 조금 의외였다. 물끄러미 그녀를 바라보던 그가 잠시 후, 나직하게 웃음을 터뜨렸다.

"그렇게 웃으면서 넘기지 말란 말이에요! 난 진짜 심각한데……."

"그게 아니에요. 유민 씨, 잠깐만요. 아 참, 이거 무지 곤란하네요."

이젠 징징거리며 울음까지 터뜨릴 기세라 난처해진 윤이 재빨리 유민을 당겨 안았다. 정말 언제 이렇게 질투쟁이에 응석받이가 되 어 버린 건지 모르겠다. 토닥토닥 유민을 달래던 그가 작게 한숨을 내쉬곤 말을 이었다.

"그게 그렇게 보일 수도 있었군요. 미안해요. 하지만 정말 그런 게 아니었어요."

좋지 않은 기억을 떠올리는 그의 목소리가 점점 낮아졌다.

'특이해. 개나리색은 처음 봤어.'

질척한 정염과 야망으로 가득했던 시선들 사이에서 처음으로 발견한 색이었다. 그토록 순수하게, 동경만으로 빛을 내는 사람은 처음이었다.

그 아이의 색에 대해 처음으로 말을 꺼냈던 상대는 정하였다. 아무것도 보이지 않았기에 그땐 정하의 마음을 몰랐다는 게 화근이었다.

그로부터 얼마 후. 정하가 손목을 다쳤고, 그 부상의 원인이 최선이라는 소문이 전교에 파다하게 퍼졌다. 바이올린 유망주이자 학생회장까지 맡고 있던 정하의 치명적인 부상 소식에 모두들 경악했고, 선은 그 이후 극심한 왕따에 시달렸다. 실제로 두 사람 사이에 어떤 일이 있었는지는 모르지만 선은 그런 소문에 대해 부정하지 못했다.

'나 때문이야?'

정하는 아무렇지 않게 웃어 보였다. 한없이 비틀린 애정. 모두에게 사랑받던 여자를 모두에게 고립시켜서라도 독차지하고 싶은 심리는 그 여자의 마음이 다른 곳에 있음을 알게 된 순간 거침없이 발현되었다.

'그렇다고 어떻게……'

'네가 신경 쓸 일은 아니잖아.'

딱 잘라 말하는 정하의 날카로운 시선 앞에서 윤은 입을 다물어야 했다. 여기서 섣불리 그녀를 편들고 끼어들었다간 더욱 정하를 자극하게 될 것임을 알기에.

"아니, 난 비겁했어요."

그녀가 더욱 크게 고통당할 걸 염려하는 척 물러났지만 그게 전부는 아니었다. 타인과 엮일수록 괴로운 시절이었다. 사실은 귀찮아지는 게 싫었다.

그래, 알 게 뭔가. 어차피 남의 인생. 상관없는 여자의 고통 따위……

"그때 난 그런 사람이었어요."

"아니에요. 그건……"

유민은 고개를 저었다. 싱긋 웃어 보이는 그의 미소가 왠지 슬프다. 내내 가슴 한 켠에 묻어 두고 죄책감에 시달렸을 그가 안쓰러워 눈가가 시큰거렸다.

후회로 가득했던 강 회장의 목소리가 떠오른 것도 그래서였다.

윤이 가진 능력과 그 능력으로 인해 벌어진 일을 알게 되었음을 이야기하자 강 회장은 진지한 얼굴로 고개를 끄덕였었다.

'그래, 다 알고 있단 말이지? 그럼 설명이 쉽겠구나.'

아내의 사고 소식. 그리고 사망 선고. 순식간에 모든 것이 그의 곁에서 사라졌다고 했다.

그리고 그의 눈앞엔 완전히 정신을 놓은 윤이 앉아 있었다.

'말을 못 했어. 아니, 눈앞에 있는 사람이 누군지도 못 알아봤지.'

윤의 기묘한 능력은 일종의 병력으로 취급받았다. 그리고 몸조차 움직일 수 없을 만큼 심각한 우울증과 실어증. 그에 대한 판정은 심인성정신질환.

그렇게 2년 가까이 병원에 있었다고 했다. 몸은 살아 있으나 정신이 죽은 상태로.

'그때…… 내가 무슨 짓을 했는지 아니?'

강 회장의 얼굴이 무참히 일그러졌다.

스스로를 추스르지 못한 그가 분노를 쏟아 낸 곳은 이미 미쳐 버린 아들의 앞이었다. 아니 그 자신도 미쳐 있었다. 정말 죽도록 원망했었다. 병실 침대에 멍하니 누운 채 저를 바라보는 아들을 보면서도, 제 마음을 훤히 읽는다는 걸 알면서도 그 분노와 절망을 고스란히 내보이며 아들의 마음을 짓밟았다.

그 능력 탓에 아내가 죽고, 큰아들이 죽었다고. 네가 죽인 거라고.

버리다시피 병원에 맡겨 두고, 찾지 않았다. 아이를 볼 때마다 참을 수가 없었다. 괴롭고 끔찍했다. 가능하다면 평생 보고 싶지 않을 만큼.

그러나 그 마음은 시간이 지나자 차차 가라앉았다. 그제야 제 유일한 핏줄은 그 아이뿐임을. 자신은 그 아이를 지켜야 할 의무가 있었음을 깨달으며 후회했지만, 그땐 이미 8개월이라는 시간이 흘러 버린 후였다.

그렇게 아이의 곁에는 아무도 없었다.

그런 아이가 찾아낸 건 병동의 어느 구석진 곳에 있던 낡은 피아노. 그 피아노 앞에 앉은 것이 기적의 시작이었다. 병동에 울려 퍼지기 시작한 희미한 피아노 소리. 힘없이 미끄러지는 손가락으로 어설프게 연주해 낸 곡은 브람스의 자장가였다. 저녁 무렵만 되면 으레 병원에서 틀어 주던 곡이었다. 한 번도 피아노를 배운

적이 없는 아이는 정확히 그것을 기억하고 연주해 냈다.

이후, 그가 다시 윤을 데리러 갔을 때 처음으로 본 것은 하루에 한 끼도 제대로 먹지 않아 비쩍 마른 몸으로 미친 듯이 피아노만 쳐 대는 모습이었다.

'무엇으로도 그때 일을 용서받지 못할 줄 알았는데…… 알다시 피 윤이는 날 위해서 지금도 뛰고 있지. 못난 아비를 지킨다고 저 렇게나…….'

그리고 새롭게 안 사실에 그녀의 가슴도 무너졌다.

'그럼 강윤 씨는…… 저랑 결혼하기 위해서…….'

'그래. 그냥 도울 수도 있었다만, 그 아이는 그런 걸 용납하는 성격이 아니지. 더군다나 내 주변이 위험하기도 했고, 날 지킬 사 람이 없다고 판단했겠지. 그래도 네가 아니었으면 절대 움직이지 않았을지도 모른다.'

'…….'

'그 아이가 널 그렇게 사랑하고 있단다. 알겠니? 그러니 제발 잘 살아다오. 더 이상 아프지 말고 즐겁게, 행복하게만. 이 아비의 부탁이다.'

강 회장이 남긴 마지막 말이 귓가에 아른거린다.

즐겁게, 행복하게. 과연 이 사람은 나로 인해…… 행복한 걸까?

"강윤 씨는…… 행복해요?"

참 이상하지. 웃으며 가볍게 묻고 싶었는데, 눈가가 뜨겁고 그 의 얼굴이 아른거린다.

싱겁게 웃던 그가 그녀의 머리를 슥슥 문질렀다.

"그런 당연한 걸 왜 묻는지 모르겠네요."

"훗……."

"어디 보자. 울면서 웃으면 어디가 어떻게 된다는 거 같은데……."

눈물이 뚝뚝 떨어지는데 웃음이 난다. 가슴이 아파서 숨이 막힐 것 같은데 그의 얼굴을 보고 그의 얼굴을 만지는 지금이 너무나 행복해 또 웃게 된다.

"나처럼 모자란 사람이 대체 어디가 그렇게 좋은 거예요?"

"모자란 게 아니에요. 어차피 사람은 누구나 완벽할 순 없으니까. 나 역시 완벽하지 못하고, 유민 씨는 많은 가능성이 피어나는 시기고. 그러니 좋은 짝이란 서로를 채워 주는 상대가 최고예요. 우리처럼."

"……바보. 순 엉터리. 억지투성이."

"어허, 자꾸 남편 말 안 믿고 의심하다간 혼날지도 모르는데."

슬쩍 입술을 댄 그가 은근한 목소리로 위협한다. 하나도 무섭지 않아 유민은 그의 가슴을 툭툭 두드려 댔다. 그러자 크게 웃음을 터뜨린 그가 그녀를 당겨 안았다. 그의 입술에서 나온 숨결이 그녀의 귓가를 간지럽혔다.

그렇게 그가 속삭인 말은 이것이었다.

There is a crack, a crack in everything. That's how the light gets in.

모든 것엔 균열이 있다. 빛은 거기로 들어온다.

10화.
Every Teardrop
Is a Waterfall

아침저녁으로는 아직 쌀쌀했지만 낮의 햇살은 슬슬 버거울 만큼 따가워질 시기였다. 그래서일까. 요즘 부쩍 고구마의 낮잠이 늘었다. 리가야에 들어선 유민이 카디건을 벗으며 고구마의 앞에 다가가 앉았다.

"고구마, 또 자?"

옆으로 벌렁 드러누운 녀석의 배를 몇 번 쓰다듬던 유민이 다시 자리에서 일어선다. 평소 같으면 그래도 반갑다고 꼬리라도 흔들어 주던 녀석이 도통 반응이 없다.

"얘 어디 아픈 거 아니에요?"

"안 그래도 아까 진료 좀 봤다. 썩 건강하다곤 못하겠다만 크게 아픈 데도 없어 보여서 그냥 둔 거지."

식곤증인지 대답하는 영신의 얼굴에도 졸음이 가득하다. 그는 은영이 가져다 준 냉커피의 빨대를 문 채 설명을 이어 갔다.

"원래 안내견 출신 애들이 좀 그런 게 있어. 딱딱한 아스팔트만 종일 밟고 다녀야 하니까 뼈도 상하고 관절도 마모가 심한 편이거든. 물론 스트레스야 말할 것도 없고. 그래도 고구마는 은퇴가 빨라서 다른 애들보단 나은 편이야. 게다가 주치의가 항시 대기 중이잖냐. 걱정 마."

매일 으르렁거리면서도 영신은 고구마를 챙기는 걸 잊지 않았다.

'겉으로 내색은 안 하지만 실은 정도 많고 정의감도 많은 녀석이에요.'

최선이 학교 내의 모든 학생들에게 왕따를 당할 때도 나서서 싸운 사람이 영신이라고 했다. 그때 일 이후 정하와 준영과는 사이가 조금 멀어졌지만, 윤은 여전히 영신을 가장 가까운 친구로 여겼다. 네 남자의 관계는 그렇게 조금 오묘했던 모양이다.

"아저씨는 좋은 사람 같아요."

"그걸 이제 알았냐?"

"트럭으로 주면 난지도로 발송한다는 거 취소할게요. 물론 난 유부녀니까 다른 사람 주는 걸로 할게요."

"그거 참 무지 고맙다."

영신이 콧방귀를 뀌며 진료실로 가 버리자 그제야 고구마는 기지개를 켜며 일어나 앉는다. 왠지 우연은 아닌 거 같은 기분은 뭘까.

괜스레 키득거리며 고구마의 목덜미를 꼭 껴안았다. 뭔가를 품에 안는 건 참 기분이 좋다. 고구마에게선 보송보송하고 부드러운 냄새가 났다. 그렇게 고구마를 꼭 껴안은 채 킁킁거리는 유민을 봤는지 어디선가 웃음소리가 들려왔다.

"뭐야, 냄새는 개가 맡아야지 사람이 개 냄새를 맡으면 어떡해?"

"이상해요, 왠지 고구마한테 맛있는 냄새 나요."

"아서라, 고구마 기겁한다."

농담 반, 진담 반을 섞어 핀잔하던 은영이 유민의 옆에 같이 쭈그려 앉았다.

"그렇게 외로워?"

그리고 묻는 말에 유민은 멋쩍은 웃음을 지었다.

"그냥 좀 어색해서요."

그와 함께 지낸 건 기껏해야 석 달이 조금 안 되는 기간인데, 어느덧 그런 일상이 당연해진 모양이다. 오늘로 고작 3일. 윤이 출장을 떠나고 3일째의 아침을 혼자 맞이했다. 강 회장과 함께 출국한 윤은 지금쯤 미국 땅에서 바쁘게 일을 처리하고 있을지 모른다. 아니, 시차가 있으니 지금은 자고 있으려나. 모르겠다.

"강윤 씨 언제 돌아오는 거야?"

커피잔 세 개를 솜씨 좋게 들고 온 지민이 그중 하나를 내밀었다.

"열흘 일정인데, 조금 빨리 올 수도 있대요."

"어우, 혼자 무섭겠다. 매일 남편이랑 같이 자다가 혼자 자려면."

자다, 의 의미가 꼭 그런 뜻만은 아닐 텐데 괜히 얼굴이 붉어진다. 받아 든 커피잔을 입술에 대며 슬며시 눈길을 피하자 은영이 말했다.

"아, 오늘은 우리집에 와서 잘래? 지민이 너도 오고. 우리 셋이서 밤새 수다나 떨자. 어차피 내일은 토요일이잖아."

"오~ 그거 좋은 생각. 간만에 여자들끼리 남자들 가루가 되도록 까면서, 응? 완전 좋다."

"그렇지? 유민아, 오늘은 바로 우리 집으로 가자."

순간 솔깃했다. 그러나 유민은 곧 고개를 저었다.

"왜, 불편해서 그래? 불편할 거 하나도 없어. 그냥 내 집이다, 생각하고—"

"아니에요. 절대 불편해서가 아니라……."

다시금 얼굴을 붉힌 유민이 고개를 푹 수그렸다.

"되도록 잠은 집에서 자기로 약속했거든요. 걱정시키고 싶지 않아요."

"어우! 어우어우어우! 닭살이야!"

"웬일이야, 웬일! 어우! 그래, 혼자 자라, 자!"

기겁하며 가 버리는 그녀들의 뒤에서 유민은 미안한 듯 웃음을 터뜨렸다. 그러나 그녀의 미소엔 그와의 약속을 지키려 했다는 것에 대한 뿌듯함이 깃들었다. 지극히 사소하고 절대로 강요받지 않았음에도 약속이라는 이름 자체만으로 그녀에겐 무엇보다 우선했다.

요즘은 꽤 바쁘다. 고구마를 산책시키고 병원의 잔일을 조금 돕다 면허학원에 다녀오면 딱 저녁 시간이 된다. 비어 있는 집에 들어서는 게 어제오늘 일만은 아니지만, 오늘은 기다려도 그가 오지 않을 거란 생각에 들어서는 발걸음이 무거웠다.

게다가 집 안은…… 꽤 엉망이었다. 유민은 서둘러 테라스 창

앞에 늘어진 화구들을 주워 모았다. 커다란 이젤엔 얼마 전부터 그리기 시작한 한강변의 풍경이 아직 덜 완성된 상태로 걸려 있었다. 가만히 정리한 물건을 들고 윤의 방, 아니 이제 서재 겸 작업실이 되어 버린 곳으로 들어섰다. 커다란 침대가 사라진 곳엔 유민의 책상이 놓였고, 그 위엔 커다란 모니터와 이런저런 도구들로 어수선하다. 서둘러 화구를 정리해 둔 유민은 책상 위에서 먼저 책들을 골라내기 시작했다.

"못살아. 나 왜 이렇게 어지른 거야."

윤이 없다고 그간 너무 방심했나 보다. 아니, 알게 모르게 그가 정리하고 치워 둔 물건이 그리 많았는지도.

새삼 그의 빈자리가 느껴져 또 외로워졌다. 지금쯤 그는 무얼 하고 있을까.

그의 흔적이 가득한 방 안에 서 있어도 정작 그가 없으니 낯선 기분이다. 멍해진 얼굴이 어느 한 지점이 머무른다. 얼마 전 그가 읽던 책이었다. 제목이 뭐였더라. 그녀의 손이 점점 느려진다. 이러면 안 되는데…… 슬슬 저녁 식사 준비를 해야 하고, 아침에 널어 둔 빨래도 걷어야 하는데……. 옷도 갈아입고…… 아니, 그전에 씻어야 하나?

정말 아무것도 할 수가 없다. 바보같이. 터덜터덜 거실로 나온 유민은 곧장 피아노로 다가가 엎드렸다. 닫힌 뚜껑 위를 쓸며 눈을 감았다.

"빨리 와요…… 보고 싶어."

휑한 가슴을 지나 기나긴 한숨이 새어 나온다. 허전한 품 안에 당장이라도 그의 온기를 가득히 넣고 싶다. 그의 부드러운 입술에 키스하고 싶다. 바람은 조금 더 구체적인 상상이 되었다. 그가 돌아오면 실컷 그의 얼굴을 만지고 격무에 지친 그의 어깨를 열심히 주물러 줘야지. 엎드린 그의 등에 올라 앉아 꾹꾹 눌러 주는 것도 괜찮을 거 같다. 벌써부터 눈앞에 그의 모습이 아른거리는 거 같아 지그시 입술 끝을 올리는 그녀의 표정이 조금 평온해졌다.

아침에 먹다 남은 국을 데우고 막 밥을 뜨려던 참이었다. 주방 테이블에 놓아둔 휴대폰이 울렸다. 처음 보는 번호. 휴대폰 화면을 확인하는 유민의 미간이 모여들었다. 받을지 말지 잠시 고민하던 유민이 통화 버튼을 눌렀다.

"여보세요?"

처음엔 목소리가 들리지 않았다. 잘못 걸린 전화려니 생각하며 끊으려는 순간, 여자의 목소리가 들려왔다.

[유민이…… 맞지?]

"네? 누구……."

무심히 되묻던 유민이 멈칫했다. 그 순간, 스치듯 머릿속에 떠오르는 기억이 있었다.

언제나 창백하던 얼굴. 언뜻 냉정해 보일 만큼 차분하게 가라앉은 태도와 웃음기 없이 무심한 눈초리. 그러면서도 그녀가 힘이 들 땐 언제나 나타나 손을 잡아 주었던…….

"언니?"

[그래, 나야.]

놀랍게도 유리로부터의 연락이었다.

집 근처의 카페에서 기다리겠다는 유리의 말에 유민은 부랴부랴 겉옷을 챙겨 입고 뛰쳐나갔다. 조금이라도 늦으면 또다시 그녀가 홀연히 사라져 버릴 것만 같아서였다. 카페에 도착한 유민은 부딪치듯 요란하게 문을 열어젖히고 뛰어들었다. 서둘러 카페 안을 둘러봤지만 카운터에 서 있는 직원 외엔 아무도 없다. 턱 끝까지 차오른 숨을 가라앉히지도 못하고 급하게 직원에게 다가가 물어보려는 찰나, 등 뒤에서 웃음소리가 들려왔다.

"유민아."

뒤를 돌아보자 생긋 웃던 유리가 그녀의 손을 잡아끌었다.

"우리 자리는 저쪽."

구석진 자리에 도착해 먼저 앉는 유리를 보면서도 유민은 멍한 얼굴로 그녀를 바라보기만 했다. 아직 숨이 가라앉지 않은 탓도 있지만 눈앞에 있는 사람이 정말 유리가 맞는지 믿기지가 않아서였다. 자신이 기억하고 있던 모습과는 전혀 달랐다. 아니, 같은 얼굴임에는 틀림없는데 같은 사람처럼 느껴지지가 않았다.

"저, 정말…… 언니야?"

"그러고 있지 말고 앉아."

그제야 유민은 허둥지둥 그녀의 맞은편에 앉았다. 그 광경을 본 유리가 소리를 내 웃었다. 이런 모습도 처음이었다. 미소는커녕 밝은 표정 한 번 짓지 않았던 유리의 모습이 아직도 그녀의 기억에 선했다.

"대체 어디에 있었던 거야? 다들 얼마나……."

말을 꺼내려던 유민이 입을 다물었다. 아버지와 어머니가 유리를 미친 듯이 찾아 헤맸던 이유를 떠올렸기 때문이다. 유리는 다 알고 있다는 듯 웃음을 터뜨렸다.

"당연히 외국에 있었지. 그렇게 나갔는데 잡혀 들어갈 순 없잖아. 다 계획했던 일이고 무사히 잘 지냈으니까 걱정 마. 아는 교수님께서 추천해 주신 덕에 대학원에도 들어갔고 지금은 취업하고……."

안심시키듯 말을 잇던 유리가 설명 끝에 제 왼손을 들어 보였다.

"결혼도 했고."

그녀의 약지에서 작은 다이아몬드 반지가 빛을 냈다.

유민의 눈이 휘둥그레 커졌다.

"결혼했어? 정말? 언제 한 거야? 아니, 어떤 사람……."

"결혼은 너도 했잖아."

"아, 맞다. 나, 저기, 그러니까……."

"들었어. 강윤 씨 맞지? 누군지도 알고, 만난 것도 기억하는걸? 너 어릴 때 언니 따라서 학원 갔을 때 종종 만났었잖아."

"언니는 그거 기억해?"

"그래, 네가 엄청 좋아했잖아. 데리고 갈 때마다 오빠 보러 간다고 신나서 뛰어다녀 놓곤 기억 안 나? 오빠랑 결혼할 거라고 그랬었잖아."

"정말 그랬어? 내가?"

유민은 경악하며 되물었지만, 유리의 표정을 봐선 절대 거짓말은 아닌 것 같았다. 왠지 얼굴에 열이 확 오른다. 그리고 동시에 의문이 일었다.

"그보다 언니, 내 번호는 어떻게 안 거야?"

그 순간 유리는 묘한 미소를 지었다. 뭔가 말을 하는 대신 찬찬히 유민의 얼굴을 뜯어보고, 가만히 손을 뻗더니 그녀의 손을 꼭 붙잡는다. 그런 유리의 행동에 왠지 가슴이 욱신거렸다. 오랜만에 만난 동생을 향한 반가움과 기쁨보다 처연히 다가오는 어떤 감정.

"미안해."

그것은 눈앞의 상대를 향한 죄책감이었다. 유민의 입가에 걸려 있던 미소도 어느 순간 사라져 있었다.

"내가 그렇게 사라지는 바람에 너한테 더 지독하게 굴었다는 거 알아."

"언니……."

"이제 와서 사과해 봤자 이미 지나 버린 시간을 돌려줄 수 없다는 것도 알고."

괜찮다고, 그렇게 미안해하지 않아도 된다고 말해 주고 싶은데 입이 떨어지지 않았다. 유리의 말대로 저를 짓눌러 온 지난 세월은 결코 가볍지 않았으니까. 그녀를 원망하지 않았다는 건 거짓일 테니까.

"이렇게 말하는 거 미안하지만, 어쩔 수 없었어. 그래, 평생 간섭당하고 뭐든 시키는 대로만 하고 살아야 하는 거. 그렇게 사는 건 상관없었어. 그런데…… 아무리 해도 남자랑 사는 것만큼은 안 되더라."

"그게 무슨……."

의아한 듯 되묻는 유민의 앞에 유리는 사진 하나를 내놓았다.

웨딩드레스를 입은 두 여자.

유민은 멍하니 그 사진을 들여다봤다. 세상 누구보다 아름답게 웃고 있는 유리와 누구보다 행복한 얼굴로 그녀를 바라보는 또 다른 여자. 이 사진이 의미하는 바가 뭔지 모르지는 않는다.

"예쁘지? 외모는 동양인 같지만 미국 사람이야. 제니퍼라고 해. 우리 대학 강사로 있었고, 지금은 반도체 연구소에서 근무하고 있어."

유민의 눈이 느릿하게 깜빡였다. 어떤 얼굴을 해야 할지 알 수가 없었다.

"미안, 놀랐지?"

"아니, 괜찮아. 그냥 조금…… 어, 맞아. 놀라서 그래. 놀라서. 언니가 이상하거나 나쁘거나 그런 건 아닌데…… 그냥 생각하지 못했던 일이라서."

"알아. 그런 반응 같은 거 난 신경 안 써."

"아니, 그게 아니야, 언니."

유리가 어떤 사람을 사랑하건 그건 문제가 될 것은 아니었다. 다만, 단지 마음에 걸리는 건…… 다른 것이었다.

"내가 조금만 더 컸다면 언니한테 힘이 됐을 텐데……."

대체 얼마나 오래전부터 그녀는 이런 고민을 했던 걸까. 누구에게도 말 못 할 비밀을 숨긴 채 얼마나 괴로웠을까. 가족을 향해 폭정을 휘두르는 아버지. 방관하는 어머니. 그 사이에서 이런 고민을 안은 채 얼마나 힘들어했던 걸까.

그런 상황에서도 유리는 더 어린 동생을 감싸며 버텨야 했다. 그 고독감과 책임감은 얼마나 그녀의 어깨를 짓눌러 왔던 걸까. 저 자신만도 감당하기 힘든 곳에서…….

"축하해…… 정말 축하해, 언니……."

울고 싶지 않았다. 웃는 얼굴로 정말 축하한다고, 고마웠다고 말하고 싶은데 자꾸만 눈물이 흘러내렸다. 미처 닦아 내지 못한 눈물이 테이블 위로 투둑투둑 떨어졌다. 황급히 눈가를 훔치고 멋대로 훌쩍이려는 입을 틀어막듯 숨을 멈췄다.

"그래, 알아."

어느새 유리가 그녀의 옆자리로 옮겨 앉았다. 다정히 눈물을 훔치는 그녀의 손길에 유민의 울음이 크게 터져 나왔다.

"아무래도 지금까지와는 차원이 다른 일이긴 하죠. 국가와 관련한 사업을 잘 처리해 준다는 건 기업의 이미지는 물론이고 실제로 사회적으로도 공헌하는 바가 크니까요. 더군다나 우리나라에서 국방과 관련된 사안이면 매우 중대한 일이 되죠."

고저 없이 단조로운 억양으로 내뱉는 말에 끼어드는 이는 없었다. 숨소리조차 크게 나지 않는 방 안. 세 명의 남자가 앉아 이야기를 나누고 있었지만, 실상 말을 늘어놓는 건 한 사람뿐이었다.

"강 회장이 이 일에 굳이 강 상무님을 끌어들이는 건 그런 이유에서입니다. 자연스럽게 중요한 자리에 노출을 시켜 후계자의 자리를 확고히 하려는 셈이죠."

"으음……."

그제야 다른 남자의 입에서 신음 같은 한숨이 새어 나왔다. 뭔가 생각에 잠긴 듯한 태도에 내내 말을 늘어놓던 남자의 시선이 지그시 멈추었다. 그의 눈앞에 보이는 건 끝없는 탐욕의 수렁에 빠진 이의 탁한 눈빛이었다.

"그래서 내가 해야 할 일은 뭐요?"

재명의 반응은 빨랐다. 원하는 반응을 이끌어 낸 남자의 입가에 슬며시 미소가 어렸다.

기다렸다는 듯이 그는 하얀 종잇조각을 내밀었다. 종이를 받아 든 재명이 의아한 얼굴을 했다. 명함만 한 종이에 적힌 건 약도와 주소.

"이건⋯⋯."

"현재 따님이 살고 있는 곳입니다. 어렵게 알아냈죠."

"⋯⋯."

재명은 조금 혼란스러운 얼굴을 했다. 지금껏 정치인 생활을 하며 쌓아 온 통찰력은 눈앞에 있는 남자의 앞에선 아무 소용이 없었다.

박재권. 강 부회장의 두뇌라는 평가를 받는 남자. 그의 입술이 천천히 움직였다.

"아버지가 자식을 그리워하는 건 당연한데, 결혼식을 올리자마자 감금하듯 내놓지 않으니 보고 있을 수가 있어야죠. 천륜을 끊으려 하는 재벌가의 비인간적인 처사에 그냥 두고 볼 수만은 없었습니다."

마치 정해진 대본을 읽듯 단조로운 말투였다. 그 순간 재명의 표정이 진지해졌다. 그의 머리도 빠르게 돌기 시작했다.

"법으로도 어쩔 수 없는 일은 대중에 호소하는 것도 괜찮은 방법이지요."

"그렇지요. 그거야 어렵지 않은 일입니다만……."

언론플레이를 하는 것 정도야 어렵지 않다. 그러나 완벽하게 제 편을 만들어 낸 딸은 얼마 전 제 어머니의 손길마저 거침없이 뿌리쳤었다. 이제 어지간한 말 몇 마디로 유민을 그 집구석에서 끌어내는 건 쉽지 않을 것이다. 그의 시선이 무심코 손에 든 종이로 향했다. 그 순간, 그의 머릿속을 읽은 것처럼 재권의 말이 이어졌다.

"아무 때나 찾아가서 괜스레 말이 나올 상황을 만드는 건 좋지 않습니다. 싸움은 치밀한 자가 승리하는 법이니까요."

"……."

"물론, 적당한 시기가 되면 말입니다. 오붓한 시간을 보내는 것도 나쁘진 않습니다. 그렇게 아버지가 딸을 만나는 게 뭐가 문제겠습니까?"

"그렇군요."

금세 모든 걸 이해한 재명이 고개를 끄덕이며 손에 든 종이를 비서에게 넘겼다.

"이러면 되겠습니까?"

대답 대신 미소를 올린 재권이 찻잔을 집어 들었다. 그 광경을 물끄러미 바라보던 재명이 마주 찻잔을 들었다. 지금껏 두어 번의 만남을 가졌으나 함께 술을 마신 적은 한 번도 없었다. 언제나 침착하고 여유로운 태도에선 신뢰감마저 느껴졌다. 저를 등진 딸과 사위에게선 기대할 수 없었던 것을 기대하게 만드는 그런 태도였다.

'부회장님께서는 절대 섭섭하지 않게 대해 주실 겁니다.'

언젠가 그가 했던 말이 새삼 떠오른 것 역시 그 이유일 것이다.

"비가 오나 봅니다."

재권의 말이었다. 툭툭, 두들기는 소리가 다시금 고요로 가득한 방 안을 울렸다. 세 남자의 시선이 무심히 창밖을 향했다.

"큰 비가 될 것 같습니다."

좀처럼 잠을 이루지 못하는 밤. 유민은 미동도 없는 휴대폰을 쥔 채 한참이나 몸을 뒤척였다. 아직도 붉게 물들어 있는 눈두덩이 무겁고 머리도 깨질 것처럼 아픈데 잠은 오지 않는다. 얼마 전 새로 장만한 두 사람의 침대는 혼자 누우니 쓸데없이 넓었다.

한숨을 쉬며 휴대폰을 협탁 위에 내려놓았다. 물이라도 한 잔 마시고 다시 잠을 청해 볼 생각이었다. 그런데 침대에서 벗어나 두어 걸음 떼었을 무렵 벨소리가 울렸다.

생각을 할 겨를도 없었다. 본능적으로 뛰어 돌아간 유민이 휴대폰을 집어 들었다. 이 늦은 시간에 전화가 올 곳이라곤 한 곳뿐이다.

"강윤 씨!"

먼저 들려온 건 맑은 웃음소리.

[아직 안 잤어요?]

그리고 들려온 잔잔한 말투에 심장이 훌쩍 뛰어올랐다. 이름조차 제대로 확인하지 않고 바로 통화 버튼을 눌렀는데 정말, 그다. 그의 목소리다. 가슴이 벅차 목이 메어 왔다. 그의 웃음소리. 그의 숨소리. 하나하나가 미칠 듯 그리웠다.

[혼자 있다고 무서워서 잠 못 잔 건 아니죠?]

"무, 무섭긴 누가요?"

[어라, 그건 아닌가?]

"당연하죠!"

유민은 보이지도 않을 그를 향해 잔뜩 이맛살을 찌푸려 보였다. 어째 이 남자 갈수록 장난기가 늘어만 간다.

"미워요, 자꾸 그렇게 장난치고 그러면."

[하하하. 미안해요. 유민 씨 반응이 너무 귀여워서 나도 모르게 그만……]

멋쩍은 듯 웃음소리가 이어졌다. 그런 태도가 크게 싫은 건 아니었지만 가끔은 아내가 아니고 귀여운 동생을 다루는 것처럼 느껴질 때가 있다. 물론, 이건 제 자격지심이란 걸 알고는 있다.

"몰라요, 돌아오면 안마 안 해 줄 거예요. 뽀뽀도 안 해 주고 잠도 따로 잘 거야."

[잘못했습니다. 다신 안 그럴 테니까 잠은 같이 자요.]

"바보."

[네, 바보 맞습니다.]

"변태!"

[변태도 맞아요.]

영혼 없는 사과에 유민의 입술이 씰룩거린다. 장난은 치지 않겠다고 해 놓고선 또 시작이었다. 그러나 이번엔 그녀도 웃음을 터뜨렸다.

"거긴 지금 몇 시예요?"

[음, 오전 8시 조금 넘었어요. 막 식사 마치고 나오는 길이에요.]

장난기가 쏙 빠진 담백한 목소리가 한결 낮아지자 다시금 심장이 콩닥거린다. 통화는 많이 하지 않는 편이라선지 수화기 너머로 들리는 목소리가 낯이 익은 듯 낯설다. 괜히 더 설레는 것도 같고.

"보고 싶어요."

갑작스럽고도 솔직한 말. 잠시간 그의 대답이 들려오지 않았지만, 작은 숨소리만으로도 그의 마음을 알 수 있었다. 그 역시 저와 같으리란 걸.

"그리고 고마워요."

고마운 마음은 언제나 가지고 있지만, 오늘은 특별했다.

"언니랑 만나게 해 줘서 정말 고마워요."

그의 웃음소리를 듣자 그의 얼굴이 눈앞에 있는 것처럼 그려진다. 쑥스러운 듯 희미하게 미소를 지으며 부드러운 눈빛으로 지그시 저를 응시하는 모습이, 손을 뻗으면 닿을 것처럼 생생해 절로 미소가 떠올랐다.

KS전자의 반도체사업부와 함께 일을 진행하게 된 미국의 반도체연구소는 마침 유리가 일을 해 온 곳이었다. 연구소의 중책을 맡고 있는 제니퍼와 그녀의 연인 유리. 우연치고는 기막힌 인연이었다. 자연스럽게 엮이고 엮인 인연을 건너 유리를 직접 만나게 된 윤이 유민의 연락처를 전해 주기까지는 어렵지 않았을 것이다.

[생각보다 빨리 만났네요.]

"네, 마침 이번 일이 끝나고 휴가를 받을 생각이었는데 연락이 닿았대요. 정말 고맙다고 꼭 전해 달래요."

[고맙기는요. 남편으로서 당연한 일을 한 것뿐인데.]

다시 훌륭한 남편 모드로 돌아간 윤의 목소리가 당당하다.

그녀의 입술에서 소리 없는 웃음이 흘러나왔다. 조금 더 그립고, 보고 싶어졌다.

"오늘도 바쁘죠?"

[네, 안타깝지만 그럴 거 같아요.]

"너무 바쁘면 전화하는 거 잠시 잊어도 괜찮아요."

[큰일 날 소리. 잊어먹었다간 정말 큰일 나요.]

"왜요?"

[연료 떨어지거든요. 비타민이라는 연료.]

어쩌면 좋을까. 시간이 너무 가지 않는다. 그가 오는 날이 너무나 기다려져서 숨이 막힐 것만 같다.

[꼭 전화할게요. 그러니까 지금은 일단 푹 자고, 꿈에서 보고 있어요.]

"잠이 안 와요."

[그래도 자야죠. 피곤하면 더 힘들어요.]

"자장가 불러 주세요."

그리고 불쑥 튀어나온 말. 그의 대답이 쑥 들어갔다. 왠지 이거다, 싶은 기분과 함께 유민의 입술이 슬쩍 늘어졌다.

"빨리요, 노래 불러 줘요."

[유, 유민 씨…….]

"노래 안 불러 주면 밤새서 그림 그려야지. 아니다, 무섭다고 엉엉 울어야겠다."

수화기 너머로 나직한 한숨소리가 들려왔다. 그러나 그는 절대로 그녀의 요구를 거절하지 못한다는 걸 잘 안다.

[좋아요. 그럼 지금 당장 침대에 누워요.]

"네."

바스락바스락. 이불이 스치는 소리와 함께 유민이 침대에 자리를 잡았다. 솔직히 말하자면 걱정 반, 기대 반이었다. 그와 대화한 내용을 생각하면 호텔의 식당에서 식사를 한 것 같았는데…… 어떻게 노래를 한다는 걸까. 괜찮은 걸까. 정작 졸라 댄 건 자신이면서도 걱정이 되는 건 어쩔 수 없다 보다.

"누웠어요."

[좋아요. 그러면 휴대폰을 귀에 대고, 눈 감아요.]

왠지 뜸을 들이는 것 같았는데, 손가락을 푸는 듯한 피아노 소리가 들리기 시작했다.

[들려요?]

"방금 피아노 소리가……."

[네, 피아노 앞에 앉았어요. 이제 대답은 못 해 줄 거예요. 그러니까 미리 인사할게요. 잘 자요, 내 사랑.]

뭐라 대답도 하기 전에 달칵거리는 소리가 들려왔다. 이상하다. 방금 뭐라고 한 거지?

그리고 곧 그 특유의 가벼운 터치와 상큼한 느낌이 가득한 연주가 시작되었다. 환호성과 감탄이 함께였다. 눈에 보일 듯 그가 있는 곳의 광경이 그려지기 시작했다.

그리고 이어진 그의 노래는……

[You would not believe your eyes If ten million fireflies Lit up the world as I fell asleep.]

온몸의 솜털이 자잘하게 흔들리는 듯한 떨림이었다. 이미 정상적으로 뛰지 못하는 심장이 불러내는 효과일까. 그의 섬세한 연주와 함께 들려오는 목소리는 생각한 것과 차원이 달랐다. 현실은 그렇게나 달콤했다. 평소에 듣던 목소리와 크게 다르지 않으면서도 조금은 허스키하게 잠긴 목소리. 왜 지금까지 노래를 부르는 앨범은 내지 않았던 건지 의문이 들 지경이었다.

그의 목소리엔 능숙하진 않아도 말을 거는 듯 자연스러운 발성과 저음 특유의 울림이 있다. 듣는 사람의 가슴속을 파르르 떨리게 만드는 오묘함이……. 왠지 뭔가 잘못한 느낌이었다. 갑자기 이런 그의 모습을 보고 있을 사람들에게 질투가 나 견딜 수가 없었다.

"어떡해. 바보, 잘 수가 없잖아."

대체 어쩌자고 이렇게 잘난 거야.

지그시 눈을 감아 보는 유민의 입술 사이로 낮은 한숨이 새어 나왔다.

그리고 다시금 떠오르는 어떤 말.

'내 사랑.'

아무렇지 않게 툭 하니 던져 놓고, 그 자신조차 감당하지 못했을 그 말.

그녀의 입가에 미소가 떠오른다.

[I'd like to make myself believe, That planet Earth turns slowly.

It's hard to say that I'd Rather stay awake when I'm asleep,

Cause everything is never as it seems.]

나직한 그의 노랫말이 모두 사랑해, 사랑해로만 들리니 큰일이었다.

아, 정말 괜한 짓을 했다. 더 보고만 싶어지고…….

하루하루가 진저리 나게 길었다. 며칠 사이에 상사병이라도 걸린 거냐며 핀잔해 대는 영신의 말에 대꾸할 기운조차 없을 만큼. 정말 이러다 시름시름 앓게 되지 않을까, 보고 싶어서 정말 죽을 수도 있겠다, 싶을 때가 되어서야 그날이 왔다.

[내일 저녁엔 같이 밥 먹을 수 있을 거예요.]

유민은 뛸 듯이 기뻐하며 그를 맞이할 준비를 했다. 오랜만에 마트에 가 싱싱한 식재료를 잔뜩 사다 두고, 얼마 전 은영의 권유로 사 둔 야릇한 속옷도 미리 챙겨 둔 채 빨리 시간만 가기를 기다렸다. 하루하루도 길었지만 한 시간, 일 분, 초침 한 번이 이렇게 길 줄은 정말 몰랐다.

[보고 싶어 미칠 거 같아요.]

나도 그래요.

다시금 그의 목소리를 떠올리던 유민이 크게 숨을 들이켰다.

그래도, 내일이면. 내일이면 그가 온다.

다행히 날은 맑았다. 현지엔 조금 안개가 끼었지만, 비행기 운항에 크게 지장을 주지 않는다고 했다. 전용기를 타고 돌아오는 회장 일가를 맞이하기 위해 많은 사람들이 공항으로 몰려갔다는 소식이 들려왔다. 그 사이에서 그녀가 할 일은 따로 없었다. 그저 평소처럼 활동하며 그가 현관문을 열고 들어설 순간을 기다리면 되는 거다.

그러나 오늘따라 묘하게 주변의 공기가 술렁이는 느낌이 든다. 좀처럼 가슴이 진정되지 않고 불안하게 뛰어 대는 것이 이상했다. 그를 보게 될 순간을 기대하는 설렘과는 전혀 다른 감정.

고구마와 함께 공원에 나온 유민이 무심히 하늘을 바라봤다. 얼마 전 비가 내려 깨끗하게 청소된 쾌청한 하늘이 보인다.

대체 뭘까. 왜 이런 불안한 느낌이지.

맥없이 휴대폰만 붙잡고 만지작거리며 걷던 그녀의 눈앞에 난데없이 자전거가 튀어나왔다. 황급히 옆으로 빠져나가긴 했지만, 그 서슬에 그만 휴대폰을 떨어뜨리고 말았다.

"아, 어떡해!"

당황하며 집어 들었지만, 하필 액정이 있는 곳으로 떨어진 건지 화면이 나가 버렸다.

대체 이건 또 무슨 일인데. 기가 막히기도 하고 화도 나는데 어쩔 방법이 없다. 유민은 지그시 입술을 깨물며 휴대폰에 남은 먼지를 털어 냈다. 이건 그가 처음으로 '커플'이라는 이름을 붙이며 사 줬던 선물이라는 걸 떠올리자 가슴속이 서걱거리며 몹시 불길한 느낌이 스며들었다.

그때 전화벨이 울렸다.

흠칫 놀란 것도 잠시, 다시금 묘한 기분이 덮쳐 온다.

"여보세요?"

[우유민 씨 되십니까?]

낯선 남자의 목소리에 왠지 등골이 서늘해졌다.

"네, 무슨 일……."

[KS서울병원의 원장 정경호라고 합니다. 우유민 씨. 놀라지 말고 잘 들으세요.]

놀라지 말라는 말이 더욱 불안했다. 불안해. 불안해서 견딜 수가 없었다.

병원. 병원에서 그녀에게 전화를 걸어올 일은 대체 뭐지? 그것도 원장씩이나 되는 사람이. 어쩐지 하나의 상황이 머릿속에 그려졌지만, 유민은 흠칫 몸을 떨며 생각을 날려 보냈다. 아니야. 그럴 리가. 그럴 리가 없어.

[지금 강윤 씨와 강 회장님께서 병원에 계십니다.]

삐익—

거센 이명과 함께 정 원장의 목소리가 가물가물 멀어졌다.

[인천공항에서 서울로 오는 길에 사고가 있었습니다. 병원 뒤편에 VIP전용 입구가 있으니 그쪽으로 오시면 안내해 드릴 사람이 있을 겁니다. 취재진이 몰리기 전에 서둘러서…….]

그녀의 손이 힘없이 아래로 떨어졌다.

절대 그럴 리가 없는데…….

'있잖아요. 그때 한 말 다시 해 봐요.'

[뭘요?]

'딴청 부리지 말구요. 노래 불러 주기 바로 직전에. 잘 자요, 하고 뭐라고 했잖아요.'

[아…….]

'……아, 하고 넘어갈 일 아니거든요? 나 오늘은 무지 집요해질 거예요.'

[아하하하…….]

'웃지도 말구요!'

[하핫…… 아, 미치겠다. 그게, 그땐…… 음. 아…… 정말…….]

'말 안 해 주면 안 잘 거예요. 강윤 씨 돌아와도 같이 안 자고…….'

[하아…… 알았어요, 알았어. 잠시만. 잠시…….]

'…….'

[…….]

'왜 말 안 해요?'

[……한 번만 봐주면 안 될까요.]

'…….'

[얼굴 보고. 그래요. 유민 씨 얼굴 보면 그땐 할 수 있을 거 같아요.]

'…….'

[집에 돌아가면…… 그땐 꼭 이야기해 줄게요.]

어떻게 리가야로 돌아갔는지, 거기서 어떻게 병원까지 가게 된 건지 알 수가 없었다. 정 원장의 전화를 받았을 때부터 이미 정신이 반쯤은 날아가 있었다.

그녀가 리가야를 출발할 무렵, KS그룹의 회장과 그의 아들이 탄 롤스로이스가 근처를 지나던 트럭과 부딪치며 2m 아래로 추락했다는 소식이 뉴스를 탔다. 그룹은 비상이 걸렸다. 그러나 자세한 내막은 철저하게 통제되어 보도되지 않은 상황이었다.

그 과정에서 그녀 역시 아무런 설명을 듣지 못했다. 아니, 들었어도 기억하지 못했을 것이다. 미리 기다리고 있던 병원 관계자의 안내를 받으며 9층으로 진입했다. 걷는 것도, 눈앞에 있는 것을 보는 것도 도무지 현실감이 없었다. 멍하니 타인의 일상을 바라보는 느낌이었다. 그러다 엘리베이터 앞에서부터 병실의 복도까지 서 있는 경호원들의 모습을 보자 순간 등골이 오싹해지며 뭔가 실감이 났다.

그렇게 안내된 병실 앞에서 그녀는 저도 모르게 휘청했다. 마침 옆에서 그녀를 안내하던 남자가 붙들지 않았다면 그대로 쓰러졌을지도 모른다. 간신히 몸을 가눈 유민이 괜찮다며 남자의 손을 밀어내자 남자는 그녀를 대신해 문을 노크했다.

"들어오세요."

나직한 말. 꿈에서도 그리던 그 목소리.

저도 모르게 움직인 손이 병실 문을 열어젖혔다. 그리고 그녀의 눈앞에…….

"아, 유민 씨."

침대에 걸터앉은 윤이 빙긋 웃었다. 낯선 환자복 차림으로.

그 순간 사르륵 하고 뭔가가 그녀의 심장에서 떨어져 나갔다. 온몸의 긴장이 한꺼번에 풀려 다리가 휘청거릴 지경이었다.

"이…… 바보!"

그대로 윤의 몸으로 뛰어든 유민은 펑펑 울며 소리를 질러 댔다.

"바보, 바보! 괜찮다고 말 좀 해 주지, 왜 아무 말도 안 해 줘요! 전화라도 할 수 있었잖아! 왜 아무 말 안 했어요, 왜!"

"아야, 잠깐, 잠깐만요……."

정말 아픈지 윤이 작게 신음을 흘렸다. 그제야 그가 사고를 당한 사람임을 인식한 유민이 흠칫하며 물러났다. 방울방울 맺히는 눈물이 그녀의 얼굴을 타고 흘러내렸다. 떨리는 목소리가 좀처럼 가다듬어지지 않는다.

"얼마나 걱정했는데…… 정말 어떻게 되어 버렸을까 봐, 다신 못 볼까 봐…… 왜 이렇게 사람을 걱정시켜요, 왜……."

"미안해요."

손을 뻗은 윤이 그녀의 몸을 당겨 안았다. 부상은 크지 않았지만, 아프지 않은 건 아니었다. 온몸이 무겁고, 여기저기가 욱신거리는데…… 이상했다. 품 안에서 온몸을 떨며 울어 대는 그녀를 보니 이젠 내쉬는 한숨이 더욱 무겁고, 죄어 오는 가슴이 더 아프다.

"아주 울보가 다 됐어요, 유민 씨."

"강윤 씨 때문이잖아요!"

"그러게요. 또 나 때문에 우네요."

가만히 그녀의 뒤통수를 당겨 안은 채 중얼거리는 그의 목소리가 점차 가라앉았다. 숨 막히게 길었던 열흘이 지나 그의 어린 아내가 처음 보여 주는 얼굴이 우는 얼굴이라니.

"나쁘지 않은 거 같아요."

엉뚱한 말에 유민이 그의 품에서 고개를 들어 바라봤다. 걱정 반, 원망 반으로 가득한 눈망울이 아직도 그렁그렁 눈물을 매달고 있다. 무슨 말이냐고 묻는 것만 같다.

"나 때문에 우는 동안엔 내 생각만 하는 거잖아요."

"하……."

그녀가 기가 막힌다는 듯 입을 벌렸다.

"지금 그걸 말이라고 해요?"

"앞으로 내 앞에서만 울어요. 나 때문에 우는 건 내가 고쳐 줄 수 있잖아."

"그건 말은 멀쩡할 때나 하란 말이에요!"

퍽!

"아!"

"엄살 부리지 마세요!"

그녀가 툭 하니 때린 어깨는 강 회장을 보호하기 위해 필사적으로 껴안았을 때, 앞의 좌석과 부딪치며 가벼운 염좌가 생긴 곳이었다. 억울하다. 정말 아픈데.

"다신 다치지 마요. 아프지도 말고."

제가 때려 놓고, 엄살이라며 타박하더니 이번엔 손을 올려 문질러 댄다. 그러더니 다시 눈물이 맺혔다. 저렇게 울다 눈가가 다 짓무를 기세다. 눈물로 폭포라도 만들 셈인가.

"먼저 죽으면 안 돼요. 죽지 마. 나 혼자 남기 싫어요, 혼자 두지 말란 말이야……."

이것은 그녀가 할 수 있는 가장 무서운 상상.

잠시간 혼자 집을 지키며 이젠 더 지독한 외로움을 알아 버린 그녀에게 오늘은 정말 큰 죄를 지어 버린 날이었다. 가만히 그녀의 몸을 당겨 안았다. 기분 탓인지 그녀의 몸이 한없이 약하게만 느껴졌다. 제가 없는 세상에선 살 수 없다는 그녀가 좋고, 그렇게 되어 버린 그녀가 가엾다. 덧붙여 밀려드는 책임감. 묘한 뿌듯함…….

정말 만감이 교차하는 심정이란 게 이런 것일까.

"걱정 마요. 내가 유민 씨보다 오래 살 테니까."

가능하다면, 같이 눈을 감는 것보다 네 마지막 순간의 두려움을 없애 줄 수 있도록.

아니, 가능할 것이다. 너를 만난 기적이 가능했고,

"사랑해요. 유민 씨."

너를 사랑한 기적이 가능했으니.

사고의 정황은 애매했다. 겉으로 보이는 건 4차선에서 나란히 달리던 두 차량의 단순한 접촉사고였다. 부딪쳐 온 쪽은 덩치가 큰 5톤짜리 컨테이너트럭이었다. 충돌한 순간, 차 실장은 필사적으로 핸들을 꺾으며 액셀러레이터를 밟아 근처의 황폐한 논으로 뛰어들었다. 만약 그 기지를 발휘하지 않았더라면 다른 차량이나 단단한 벽에 부딪쳐 더 큰 사고로 이어졌을지도 모를 일이었다.

"아무래도 평범한 사고는 아닌 거 같습니다."

"그런 게 아닐까 생각하긴 했다만……."

강 회장은 불편한 듯 눈썹을 찡그렸다. 이미 윤이 경찰의 입회 하에 트럭 운전수와 만나고 온 후였다.

"그것보다 여론이 좋지 않습니다."

강 회장의 차량이 지나치게 고급이라는 점이 문제였다. 단순 접촉사고 정도로 끝났을 사건이었는데, 롤스로이스란 이름 하나로 한순간에 인생을 말아먹게 생긴 트럭 운전수에 대한 동정론이 대두된 것이다. 인터넷에는 전국을 활보하는 고급차량들을 향한 성토가 이어지고, KS그룹에 대한 근거 없는 악성루머가 판을 쳤다. 이때다 싶어 시류에 편승하는 기사를 올려 대는 언론들이 그 상황에 부채질을 해 대는 것도 문제였다.

'정상적인 사람이라면 그런 고급차와 사고를 내는 게 어떤 의미인지 모를 리 없지요. 후미 등만 봐도 정신이 번쩍 날 텐데……. 무지하게 강심장인 건지, 아니면 정말로 미친 듯이 피곤했던 건지.'

조사를 마친 경찰의 말이었다. 결국, 여론을 의식해 각자 서로의 차를 수리하기로 합의를 본 참이었다. 피해자이면서, 졸지에 가해자가 된 기분이었다.

"그 경찰의 말대로 보통 사람이라면 그게 힘들죠. 그리고 그날 도로 사정은 저희가 가장 잘 알지 않습니까. 그렇게 과속을 할 이유도, 부딪쳐 올 이유도 없었습니다."

"그렇다면……."

강 회장의 미간에도 주름이 잡혔다.

"사고를 낼 이유가 있었다, 고 생각해야죠. 어디까지나 추측이지만."

그러나 이것을 입증할 방법은 없었다. 트럭 운전수는 장시간 운전을 해 피곤했다는 말로 일관하며 제 잘못은 거기까지임을 강조했다. 뻔한 거짓말을 늘어놓는 속내를 훤히 보면서도 윤은 입을 다물어야 했다.

만사에 지친 듯, 그러나 될 대로 되란 듯, 어딘지 모르게 공허했던 그 운전수의 눈빛.

여기서 집요하게 운전수의 뒤를 캐면 상대를 아는 것쯤이야 어렵지 않을 것이다. 아니, 이미 어느 정도는 윤곽을 잡고 있다. 그만큼의 증오와 목적성을 품고 있는 상대는 흔하지 않았다.

아마 눈앞의 남자가 어느 날 갑자기 죽는다 해도 전혀 이상한 일이 아니겠지.

그 뒤에 도사린 상대는 충분히 그러고도 남을 존재일 테니.

모두가 잠이 든 밤. 그러나 잠을 이룰 수 없는 윤의 한숨이 어둑한 방 안에 퍼져 나갔다. 침대 헤드에 기대앉은 윤은 태블릿을 들여다보며 생각에 잠겨 있었다. 태블릿의 희미한 빛이 그의 얼굴을 한층 창백하게 비추었다.

사고가 일어난 지도 어느덧 일주일이란 시간이 지났다. 다행히 모두가 크게 다치지 않아 약간의 후유증 외엔 정상 생활이 가능했다. 다만, 강 회장의 부상만은 좀 부풀려 외부에 알려 놓은 상태였다. 그가 활동을 하지 않아도 의심을 하지 않도록.

분명 고의적인 사고였다. 그렇다면 그 목적은 무엇이었을까.

그 사고의 목적이 사망자를 내는 것이 아니라는 건 쉽게 알 수 있었다. 정말로 죽여 버릴 생각이었다면 그 트럭은 좀 더 빠른 속도로 그들을 덮쳤어야 했다. 롤스로이스가 아무리 튼튼한 차라고 해도 5톤의 중량을 버틸 수 있다곤 장담할 수 없으니.

목적은 어느 정도의 부상. 강 회장과 자신이 적당한 선에서 발이 묶일 만큼의.

그러나 왜 그렇게 해야 했을까.

그 시점에서 윤은 정확히 박재권의 얼굴을 떠올렸다. 속내를 알 수 없었던 인물이다. 악(惡)이라는 걸 알면서도 그 방법이 필요하다면 서슴없이 선택한다. 심연처럼 빛 한 줄기 느껴지지 않는 어둠. 기묘한 평정심으로 가득해 아무것도 느껴지지 않는 사람이었다. 그것은 곧 자신이 하는 모든 행동이 곧 정의(正義)가 되는 존재.

하지만 그는 게임을 즐기는 사람이었다. 표적이 제 발로 벼랑으로 걸어가 떨어지는 걸 구경하는 사람이지 제 손으로 벼랑으로 밀어 떨어뜨리는 존재는 아니었다. 그렇다면…….

"으음…… 강윤 씨……."

뒤척이던 유민이 그에게로 바짝 몸을 붙여 왔다. 옆구리로 간질간질한 느낌이 전해 온다.

고개를 돌려 바라보자 유민이 그의 옆구리에 얼굴을 박고 작은 손으로 그의 옷자락을 당기고 있었다. 무슨 꿈이라도 꾸는 걸까.

복잡하던 머릿속이 이내 잠잠해졌다. 얌전히 태블릿을 협탁에 올려놓은 윤이 이불 속으로 파고들어 그녀의 몸을 당겨 안았다.

그녀의 온기로 가득한 이불속에 파묻히자 온몸이 녹는 것만 같다.

"유민 씨."

"……지 마……."

"응?"

"가지…… 마세요……."

"……."

아직도 그때의 꿈을 꾸는 걸까.

가만히 그녀의 이마를 쓸고 눈가를 만져 본다. 그러다 괜한 욕심 탓에 온기로 발그레한 얼굴에다 제 입술도 대 보고, 그녀의 입술을 슬쩍 핥아보기도 한다. 언뜻 그녀가 웃는 것도 같았다. 잠결에 바뀌는 표정 하나인데 괜히 제 마음이 설레고 있다.

"사랑한다."

이젠 조금 더 자연스러워진 말.

"사랑해, 유민아."

내뱉을수록 벅차오르는 말.

"앞으로도 내가 널 사랑한다는 거만 믿고, 기억하면 돼."

좋은 꿈꾸라고. 언제나 예쁜 말, 고운 말만 들으며 행복해지라고. 편안해지라고.

나른하게 속삭이는 말에 그녀의 입가로 꿈결처럼 희미한 미소가 머무른다.

"혹시…… 나 때문에 이런 일이 생긴 거예요?"

유민은 눈앞의 인영을 바라보며 물었다. 새하얀 셔츠가 그의 매끈한 상체를 덮는다. 고개를 숙인 이마에 그의 부드러운 머리카락이 흘러내리고, 그 사이로 그의 눈빛이 그녀를 향했다. 의아한 얼굴이었다.

"아버지가 이런 짓을 꾸미지 않았나…… 해서요."

"그건 아니에요."

대답은 단호하다. 단정히 선 칼라가 그의 목덜미를 덮고 단추가 잠겨 간다. 유민의 시선이 무심코 그의 손을 따랐다. 하얗고 기다란 손가락이 능숙하게 움직이는 걸 멍하니 바라보고 있자 어디선가 쿡, 하는 소리가 들려온다.

"그렇게 보고 있으면 남편 흥분할 텐데."

"무, 무슨 소리예요?"

황급히 고개를 돌렸다가 다시 돌아봤을 땐 이미 그가 코앞까지 다가와 있었다. 그 입에서 미소를 발견한 것 같은데 어찌할 새도 없이 다가온 입술이 그녀의 입술을 눌러 온다. 그러나 유민은 넘어가지 않았다. 슬그머니 고개를 돌려 그의 입술을 피하고는 다시 말을 꺼냈다.

"그렇게 얼렁뚱땅 넘기려고 하지 마세요. 그럼 어째서 이런 일이 생기는 건데요?"

"정말 아니에요. 유민 씨와는 관련 없는 일이에요."

"하지만…… 나 때문에 회사 일도 시작하게 된 건 맞잖아요."

그의 입술이 굳게 다물렸다. 그녀도 말을 꺼내면서 알았다. 그는 그녀와의 결혼을 위해 강 회장의 일을 돕기 시작했다. 강 회장과의 동행도 그것의 일환이었다. 그녀가 없었다면 그는 분명 피아니스트라는 위치에서 벗어나지 않았을 것이다. 그것은 곧, 이런 사고에 그가 휘말릴 일도 없었단 뜻이다.

"어떤 원인이든 결국, 나 때문에 다친 건 맞잖아요."

"아니에요. 단순한 사고였고, 유민 씨가 잘못한 건 하나도 없어요. 설령 우리 결혼이 문제가 되었다 해도 억지로 채 온 건 나니까…… 그런 생각은 하지 마요."

"그럼 이건 뭐예요?"

윤의 시선이 그녀가 내민 휴대폰으로 향했다. 포털의 기사가 띄워진 화면을 보며 윤은 다시금 입을 다물었다. 이미 그도 읽었던 기사다.

우재명의 인터뷰였다. 언뜻 보기엔 꽤나 인기 있는 후보와의 단순한 인터뷰처럼 보였지만, 실상은 고이 길러 온 정을 무시하고 결혼 후 인사조차 오지 않는 딸에 대한 원망과 그런 딸에게 동조하며 자신을 냉대하는 사위에 대한 은근한 비판이 실려 있었다. 물론, 그 자신은 아직도 자나 깨나 딸을 걱정하고 보고 싶어 하는 것뿐인 훌륭한 아버지처럼 포장하는 것도 잊지 않았다.

"이런 건 신경 쓰지 마요."

"아니요. 난 신경 쓰여요. 아버지란 사람, 이런 일에 능숙해요. 상대만 깎아내리고 더럽히는 일 따윈 아무것도 아니라구요. 지금은 이것뿐이지만, 나중엔 어떤 소리를 할지 장담 못 해요. 그러고도 남을 사람이니까."

그녀의 말대로였다. 사실 유민이 알지 못하는 기사엔 더 기가 찰 내용이 많았다. 그중 압권이었던 건 윤이 미성년자인 유민을 꼬여 내 꽤 오랜 기간, 깊은 연애를 했을 거라는 내용이었다. 그의 도덕성을 의심하고 더럽히는 기사와 그 밑에 달린 더러운 댓글들을 떠올리던 윤이 눈살을 찌푸렸다. 기사는 KS그룹 측의 압력 탓인지 두 시간도 되지 않아 삭제되었지만, 이것은 우재명이 어디까지 더럽게 굴 수 있는지 단적으로 보여 주는 일화 중 하나였다.

물론, 이 사건과 유민의 아버지는 직접적인 관련은 없었다. 하지만 강정민과 우재명이 손을 잡은 건 사실이었다. 우재명은 왜 굳이 총선을 앞둔 민감한 시기에 움직이는 걸까. 말 한마디로 수많은 표를 잃을지도 모르는 우재명은 왜 굳이 그런 리스크를 감수하는 걸까.

막연한 생각들로 머릿속이 어지럽다. 말을 잃은 윤이 무심히 손목의 단추를 만지작거렸다. 걱정을 끼치고 싶지 않은데. 아무 일도 없을 거라 말을 해야 하는데…… 어떻게 말을 해야 할지 모르겠다.

잠겼다, 풀렸다. 다시 잠그려다 그의 손이 멈췄다. 어느새 그녀의 손이 그의 손목 단추를 채우고 있었다. 눈을 들자 고개를 숙인 그녀의 이마가 눈에 들어온다.

"나 어린애 아니에요."

단정히 단추를 채운 손이 그의 손목을 감쌌다.

"그 인간이 날 괴롭히는 거야 참을 수 있어. 하지만 강윤 씨만은 안 돼요. 절대로 싫어. 용서 안 할 거야. 만약…… 만약에라도 이번처럼 그런 짓을 벌이면 내가……."

죽여 버릴 거예요.

분명 그녀의 입 모양이 그렇게 말했다.

"무슨 수를 써서라도."

"고구마, 산책할까?"

무료한 듯 피아노 옆에 엎드려 있던 고구마가 그녀의 말에 번쩍 고개를 든다. 익숙한 거실에서 고구마의 모습을 보는 게 그다지 어색하지 않은 기분이었다.

"강윤 씨 피아노가 그렇게 좋아?"

—끄응. 끙. 끙.

"그래, 좋지?"

양손으로 턱살을 살살 쥐고 흔들어 주자 꼭 웃는 것처럼 입을 벌린 고구마가 그녀의 몸에 코를 박고 킁킁거렸다.

그날, 윤은 집요하게 묻는 유민에게 결국 모든 걸 털어놓았다. 현재의 상황이며, 석연치 않은 구석이 있음을 시인하고 되도록 그녀에게 집 밖으로 나서지 말 것을 권유했다.

그 범위엔 리가야도 포함되어 있었다. 지난번 그 동네에서 어머니와 마주쳤던 적이 있음을 실토하자 윤은 당분간 그 근처에 가지 않는 게 좋겠다고 말했다. 그 과정에서 부쩍 늙어 가는 고구마를 맡겨만 둘 수 없었기에 집으로 데려와 돌보기로 했다. 윤은 그녀의 결정을 기꺼이 반겼다. 건강엔 별 이상이 없음을 재차 확인한 고구마를 데리고 집에 돌아온 날, 고구마는 마치 제집에 돌아온 것마냥 꼬리를 흔들며 기뻐했었다.

'예전에 여기서 꽤 오래 살았거든요.'

윤의 설명처럼 고구마는 능숙하게 피아노 밑으로 들어가 엎드렸다. 마치 거기가 제자리라고 말하는 듯이. 깨끗한 담요를 깔아 준 후로 그 자리는 정말 고구마의 자리가 되었다.

"청소기 돌릴 거니까, 신경 쓰지 마. 알았지?"

여기저기 널린 고구마의 털을 치우기 위해선 하루 두 번 청소가 필수였다. 로봇청소기를 작동시킨 유민이 흘깃 고구마를 바라봤다. 점잖게 몸을 세워 앉은 고구마가 짐짓 근엄한 표정을 짓는다. 가만히 그 모습을 바라보다 외출 준비를 시작했지만 역시나.

두다다다다—

고구마는 연기도 수준급이었다.

유민은 열심히 털을 빨아들여 대는 청소기와 껑충껑충 주변을 뛰며 털을 뿜뿜거리는 고구마를 바라봤다. 이래서 청소를 언제 끝내냔 말이다.

오전 일찍부터 정리하기 시작한 서류를 하나하나 챙겨 담은 윤이 자리에서 일어섰다. 그리고 휴대폰을 꺼내 들었다. 언뜻 본 시계는 정확히 10시 48분을 찍고 있었다.

"접니다. 일단 브리핑 준비는 마쳤습니다. 지금 바로 청와대로 출발할 예정입니다."

간략하게 강 회장에게 보고를 마친 윤이 서류가방을 집어 들었다. 때마침, 노크 소리가 들리더니 차 실장이 업무실로 들어섰다.

"어서 오세요."

"안녕하십니까, 상무님. 혹시 제가 도울 건 없습니까?"

그때의 사고로 차 실장이 가장 큰 부상을 입었지만, 그는 한사코 자리를 박차고 일어나 윤의 일을 돕겠다고 나섰다. 오늘도 그는 회장실에 들러 관련된 업무를 정리하고 곧장 달려오는 참이었다.

"없습니다. 마침, 다 끝낸 참이었어요."

"그럼 바로 출발하실 겁니까?"

대답 대신 싱긋 웃던 윤이 걸음을 떼자 차 실장은 얼른 업무실의 문을 열었다.

전투기 구입 건은 착실히 진행되고 있었다. KS항공 측에선 경제적인 면을 분석한 자료를 올렸고, 그것을 면밀히 검토한 정부와 국방부에선 잠정으로 결론을 내렸다. 이어 정부에서는 KS항공 측에 전투기 조립과 관련해 부지를 제공하고 공장을 지어 줄 것을 요구했고, 그에 합당한 보상을 제안했다.

KS항공은 그 제안을 적극 수용했다. 오늘은 대통령과 국방부장관을 비롯한 인사들을 만나는 자리로, 그곳에서 윤은 강 회장과 KS항공을 대표해 최종브리핑을 하고 함께 점심식사를 할 예정이었다. 1층의 로비엔 이미 KS항공의 정 부사장과 몇몇 임원이 대기 중이었다. 가볍게 인사를 나눈 윤이 그들에게 둘러싸여 걸음을 떼려는데, 입구 쪽에서 몰려오는 사람들이 눈에 띄었다.

"아, 강 상무."

강정민과 그의 일행들이었다.

순간, 넓은 로비 안은 묘한 긴장감으로 휩싸였다. 대놓고 적의를 드러내는 사이는 아니라도 알 만한 사람들은 아는 그룹 내의 세력 다툼이 주변인들을 불편하게 만들었음은 당연지사. 그러나 태연히 윤을 부르며 눈앞까지 다가온 강정민은 밝은 얼굴로 그의 어깨를 두드렸다.

"중요한 일이니 잘 치르고 오게. 형님도 그리되셨으니 이제 믿을 만한 사람은 자네밖에 없지 않은가."

"고맙습니다."

단순한 격려 차원의 방문이라며 말을 덧댄 강정민은 곧 정 부사장을 비롯해 동행하게 될 임원들의 어깨도 두드려 가며 유난스레 말을 이어 갔다. 눈에 띄지 않게 한숨을 내쉰 윤이 씁쓸한 미소를 올렸다. 겉으로 드러내는 반응과는 전혀 다른 질척한 욕심과 증오. 그것을 느끼자 순간적으로 지치는 기분이었다.

"안녕하십니까."

그리고 등장한 아득한 심연.

아이러니하게도 박재권의 목소리는 그런 불편함을 희석시키는 효과가 있었다.

"기업을 위해서도 좋은 일 아니겠습니까? 강 상무님이라면 모쪼록 잘하고 오시리라 믿습니다."

"그래야죠."

도무지 꿍꿍이를 알 수 없는 존재였다. 그래서 더욱 두려운 상대.

그러나 윤은 아무것도 드러내지 않고 웃었다. 느긋한 태도로 그에게서 눈을 돌렸을 때였다.

"참, 요즘 우 의원님께서도 잘 풀리시나 보던데, 여러모로 겹경사가 날 모양입니다."

이어지는 말에 멈칫한 윤이 박재권을 바라봤다. 어딘지 미묘한 웃음이 그를 마주했다.

그 웃음의 의미는 무엇이었을까. 왠지 모를 불길한 느낌에 미간을 찌푸린 순간, 재권은 느긋하게 말을 이었다.

"오전 중에 잠깐 얼굴을 뵀었는데, 아주 기분 좋으신 모양이더군요. 오랜만에 따님을 만나기로 했다고. 오붓하게 시간을 가질 예정이라고 하시면서요."

유민은 고구마의 목 끈을 좀 더 단단히 쥐었다. 여간해서 날뛰거나 멋대로 뛰어다니는 녀석은 아니지만, 커다란 개는 의외로 반응이 좋지 않았다. 공원이야 그런 녀석들이 많으니 다들 신경을 쓰지 않았던 걸까. 간단히 집 주변만 돌려는 계획이었는데 호의적이지 않은 사람들의 시선에 움츠러든 채 결국 한강변까지 나가서 운동을 시키고 돌아오는 길이었다. 그런데, 집으로 들어서는 길목에 커다란 세단 한 대가 기다리고 있었다.

굳은 듯 그 자리에 멈춰 선 유민이 멍하니 눈앞의 차를 바라봤다. 정확히 이쪽을 향한 보닛과 그 앞에 달린 번호판. 아니, 그걸 확인하지 않아도 충분히 알 수 있다.

뒷문이 열리고, 중년의 남자가 내려섰다.

"유민아."

사라락 얼어붙은 피가 온몸을 타고 흘렀다.

11화.

wish you stand by

　"……이에 KS항공에서는 수원 공군기지 근처에 약 4만 평방미터 면적의 부지를 제공해 공장을 건설할 예정입니다. 아울러 이미 양성되고 있는 전문 기술 인력을 투입, 전투기의 조립은 물론 차후 수리와 복구에 이르기까지……."

　약 10분의 발표를 마친 남자가 주변을 돌아봤다. 대통령을 비롯한 주요 인사들 사이에서도 특유의 꼿꼿하고 느긋한 태도로 선 반백의 남자에게 박수와 찬사가 이어졌다.

　"좋은 결정 감사합니다, 강 회장님."

　"그간 수고 많으셨습니다."

　강 회장의 얼굴에 흐뭇한 미소가 떠올랐다.

　묵직하던 분위기는 곧 화기애애한 담소가 오가는 식사 장소로 바뀌었다. 잠시 자리를 뜬 강 회장이 저 멀리 서 있던 차 실장에게 눈짓을 했다. 표정은 아까와 달리 긴장으로 굳은 채였다.

"소식은?"

"아직…… 죄송합니다."

미안할 것도 아닌 일에 사과를 하는 차 실장의 앞에서 강 회장
은 답답한 속을 한숨으로 삭여야만 했다.

어떻게 집을 알아낸 걸까. 집 앞의 골목을 막아서고 있던 차량
에서 우재명이 내린 순간, 유민은 머릿속이 텅 비어 버리는 것만
같았다. 긴 세월 몸으로 인지된 폭력과 억압은 그 순간 그녀의 사
고력을 몽땅 뺏어 버렸다.

전혀 예상하지 못한 일은 아니었다. 그의 집요함이라면 언제든
이런 일이 생길 수는 있었다. 다만, 알면서도 눈앞에 덮쳐 오는 순
간과 막연한 생각의 갭은 그렇게나 컸을 뿐이었다.

"유민아."

"……아버……지."

"그래, 나다. 우리 딸."

점점 가까이 다가온 재명이 인자한 목소리로 그녀를 부르며 두
팔을 벌려 보였다. 언젠가 그 꿈처럼.

유민은 그제야 주춤거리며 뒤로 물러났다. 뒤늦게 등골을 타고
솟아난 소름이 온몸을 덮는 기분이었다.

"여긴…… 무슨 일이세요?"

"그야, 우리 딸이랑 식사라도 할까 해서 왔지. 그래, 잘 지냈니?"

그의 등 뒤로 익숙한 집이 보이는데 갈 수가 없었다. 언덕길 끄트머리에서 한강을 향해 세워진 건물까지는 꽤 거리가 있었고, 재명의 차는 정확히 그 길목을 가로막은 상태였다.

재명은 자연스럽게 다가서며 손을 뻗어 왔다. 이번엔 크게 흠칫하며 그의 손길을 피했다. 그의 얼굴이 슬쩍 구겨졌지만, 이런 태도에 다른 설명을 하고 싶은 생각도 없었다. 아니, 할 필요도 없을 것이다.

"밥 먹은 지 얼마 안 돼서요. 생각 없어요. 그럼 이만 돌아가세요."

"미안하다."

그러나 갑자기 들려온 말. 유민의 얼굴에 언뜻 황당함이 스쳤다. 그사이, 정말로 미안한 듯 풀이 죽은 표정으로 다가온 그가 고개를 푹 숙여 보였다.

"아빠가 잘못했다. 네게 몹쓸 짓을 많이 했구나. 정말 미안하다. 그렇게 네가 연락을 끊어 버리고 나서 곰곰이 생각하고 지금은 깊이 뉘우치고 있어. 네 엄마도 그렇다. 제대로 감싸 주지 못해 미안하다고. 지금도 널 많이 보고 싶어 해. 이제 다신 그러지 않으마."

갑자기 혼란스러워졌다. 어째서 이렇게 갑자기 변한 걸까. 아니, 갑자기라고 하기엔 꽤 오랜 시간 동안 그를 피해 왔었다. 어쩌면 정말로 자신의 잘못을 반성하고 있는 걸까?

"그럼…… 그 기사는 뭔데요?"

"그거야 네가 너무 보고 싶은 나머지…… 나도 모르게 울컥해서 나온 말이었다. 사실 강 서방이 원망스러운 것도 사실이야. 배우자란 자식이 부모를 만날 수 있도록 배려하고 협조해야 하지 않니? 아무튼 이건 중요하지 않다. 중요한 건 이제 그만 우리도 화해하자는 거다. 그러니 이제 그만 용서해 주려무나. 난 너와 잘 지내고, 그래. 지금부터라도 제대로 아빠 노릇 하면서……."

"아니, 하지 마세요."

예상하지 못한 듯 재명의 표정이 확연히 굳는 게 보인다.

"난 아버지, 용서 못 해요."

이런 상황도 예상하지 못한 건 아니었다. 그가 사과를 하거나 정말로 반성하고 뉘우치는 순간이 올지도 모른다고. 제 앞에서 용서를 빌며 참회의 눈물을 흘리는 날이 올지도 모른다고 생각해 본 적은 있었다. 그가 아주 늙고 병들어 아무것도 할 수 없을 때, 모두에게 버려진 그제야 지난날을 뼈저리게 후회하며 통곡할 날이 올지도 모른다고.

그러나 그런 가상의 순간을 떠올릴 때에도 결과는 언제나 같았다.

처절하게 눈물을 흘리는 그의 앞에서 냉정히 돌아서는 상상을 했었다. 그것으로도 부족해 더 괴롭히게 될지도 모른다 생각했었다. 그렇게 차곡차곡 쌓아 온 생각들이 그 순간 그녀의 머릿속에 명확히 떠오르기 시작했다.

"내가 얼마나 아팠는지, 얼마나 괴로웠는지. 그걸 이해해 달라곤 안 할 거예요. 아버지에게선 그런 거 기대 안 해요. 하지만 이건 아니에요. 지금도 아버지는 저한테 잘못하셨어요. 사과요? 반성이요? 정말로 그런 마음이면 내 앞에 나타나지 않았어야 해요. 나한테 시간을 주셨어야 해요. 지금의 아버지는 그때랑 다를 바가 없어요. 왜 나한테 용서를 요구하시는 거예요?"

처음으로 아버지를 향해 쏟아 낸 말들조차 그녀에겐 아픔이었다. 저 스스로 상처에 비수를 꽂고 헤집는 고통이나 다름없었다. 그러나 그런 아픔 속에서도 어떤 쾌감이 밀려들었다. 일부러 상처 위에 소독제를 뿌리는 듯한 후련함이었다.

"뭐든 제멋대로. 상대의 마음 따위는 중요하지 않죠. 그냥, 아버지가 필요하니까. 아버지가 당장…… 보고 싶으니까?"

그 믿을 수 없는 말을 입에 올리며 저도 모르게 지었던 조소.

이젠 스스로가 정답을 안다. 아버지는 절대 변하지 않았다. 이건 그와 함께한 과거와 눈앞의 현재가 알려 준 답이었다.

"앞으로 10년, 20년이 지나면 또 몰라요. 그땐 나도 더 어른이 될지 모르니까. 지금보다 더 여유롭고 느긋해서 그런 일쯤 다 잊어 주겠다고 할지도 모르죠. 하지만 적어도 지금은 아니에요. 난 아무것도 잊지 않았고, 잊어 줄 생각도 없어요."

재명의 얼굴은 이미 대리석처럼 단단히 굳어 있었다. 그 얼굴은 절대로 그녀의 말을 수긍하는 것처럼 보이지 않았다. 그래서 더욱 허탈했다. 이것이 그의 인생의 방식이라면, 더 말해 봤자 소용없을 거라 생각했다.

"가 볼게요. 가자, 고구마."

재명이 가로막고 선 곳을 향해 바로 걸을 자신은 없었다. 차라리 이 자리를 벗어나는 게 나을 것 같았다. 그렇게 막 돌아서려 했을 때였다.

"이 시건방진 계집애가 지금 누굴 가르치려 들어?"

갑자기 눈앞으로 뛰어든 재명이 그녀의 팔뚝을 세게 낚아챘다.

그대로 휘청한 유민이 그만 비명을 지른 순간,

—크와앙!

큰 울부짖음과 함께 고구마가 펄쩍 뛰어올랐다.

"아아아악!"

모든 일이 눈 깜짝할 사이에 일어났다. 그의 손에서 풀려난 유민이 바닥에 넘어진 사이, 재명은 비명을 지르며 고구마를 떼어 내려 안간힘을 썼다. 그러나 한 번 재명을 덮친 고구마는 끝내 그의 손목을 놓지 않았다.

"장 비서! 빠, 빨리! 빨리 와서 이 새끼 좀 빨리! 으아악! 아악!"

—크르르. 크으.

바닥에 주저앉은 유민은 눈앞에 벌어지는 광경을 멍하니 바라볼 수밖에 없었다. 이것이 현실인지 꿈인지 분간이 가질 않았다. 미친 듯이 비명을 지르며 몸부림치는 재명과 꿋꿋하게 그를 문 채 그가 휘두르는 대로 흔들리는 고구마를 보니 정신이 아찔했다.

공포와 절망으로 정신이 나가 버릴 지경이었다. 순식간에 차에서 대기 중이던 두 명의 수행원들이 튀어나왔고, 그중 한 남자는 손에 골프채를 들고 달려들었다. 달려온 남자들은 거침없이 고구마를 걷어차고 때리기 시작했다. 퍽, 퍽. 둔탁한 소음이 아스라이 멀어졌다. 고구마는 비명조차 없었다. 그들이 내지르는 발길질에 흔들거리면서도.

"아…… 안 돼……."

축 늘어진 고구마는 끝끝내 손목을 놓지 않았다. 누구의 것인지 알 수 없는 핏방울이 고구마의 황금빛 털과 함께 검은 아스팔트

위에 흩뿌려졌다.

"안 돼, 하지 마! 고구마! 고구마아!"

기어가다시피 다가선 유민이 제 몸으로 고구마를 감쌌다. 그 순간 누군가의 손이 그녀의 얼굴을 강타했다.

"여기 누가 좀 와 봐요!"

"꺄악! 꺅—!"

어디선가 들려오는 남자의 고함 소리. 그리고 여자의 비명 소리. 그러나 모든 소리가 곧 희미해졌다. 유민은 필사적으로 고구마를 붙잡고 매달렸다. 다시금 몸의 어딘가에 강한 통증이 밀려들었다.

"유민 씨!"

윤은 미친 듯이 병원으로 뛰어들었다. 그의 외침에 웅성거리며 모여 있던 손님들이 길을 터 주었다. 창백한 얼굴로 의자에 앉아 지민에게 치료받고 있던 유민이 그를 바라봤다. 빨갛게 부어 버린 얼굴. 뚜렷하게 터져 있는 입술. 그리고…….

"강윤 씨……."

완전히 넋을 잃은 눈동자.

"나 어떡……해요. 나 때문에 고구마가…… 고구마를…… 내가……."

윤은 황급히 유민을 끌어안았다. 흥분과 놀람으로 잔뜩 긴장한 자그마한 몸에선 떨림이 멈추지 않았다. 그의 옷자락을 잔뜩 붙잡은 채, 알 수 없는 말을 중얼거리는 유민을 안아 주며 그 역시 놀란 가슴을 진정시키려 애를 썼다.

"유민 씨, 유민아. 괜찮아. 네 탓이 아니야. 괜찮아."

"흑…… 흐윽……."

"늦게 와서 미안해. 미안……."

"으아아앙— 아악! 아! 으아아—!"

그제야 그녀는 울음을 터뜨렸다. 너무나 놀라 울지도 못하고 넋을 놓고 있던 그녀는 이제야 가슴속 맺힌 설움을 풀어내듯 소리를 질러 댔다. 두려움과 분노로 얼룩진 그녀의 울부짖음은 한참이나 더 이어졌다.

"어쩜 세상에 이럴 수가 있어요. 그런 사람이 무슨 아버지예요. 정말 기가 막혀서!"

치솟는 울분 탓인지 최대한 작게 말을 꺼내는 지민의 목소리마저도 떨리고 있었다.

"주택가라서 사람들이 많이 없었나 봐요. 데려와 주신 분도 지나가다가 발견하고 아주 식겁했다고. 어떻게 사람을, 생명을 골프채로…… 그런 미친 인간 망종들 같으니!"

그 자리를 지나는 사람이 없었다면 폭행은 더 지속되었을지 모른다. 이미 이성을 잃은 남자들이 무자비하게 개를 밟아 대는 광경을 본 사람들이 기겁하며 비명을 질렀고, 그렇게 소란스러워진 틈을 타 재명은 황급히 자리를 벗어나 버렸다.

그 속에서 유민은 이미 반쯤 죽어 가는 고구마를 껴안고, 질질 끌며 살려 달라고, 도와 달라고 애원했었다. 그러나 붉은 피와 터져 나간 상처로 엉망인 개를 안고서 똑같이 엉망이 된 그녀에게

선뜻 손을 내미는 사람은 없었다.

"아, 언니. 고구마는요?"

마침 수술을 마친 모양인지 은영이 밖으로 나왔다. 꼬박 몇 시간을 수술실에 박혀 있었던 은영은 꽤나 지친 얼굴이었다.

"일단 고비는 넘긴 거 같아. 그런데……."

짧게 설명하던 은영이 조금 곤란한 표정을 짓다 맥없이 고개를 숙였다. 그사이 뒤따라 나온 영신이 한숨을 푹 내쉬며 말했다.

"척추 손상이 커서 걸을 수 있을지 장담은 못 하겠다. 죽진 않아도 최악의 경우엔 종일 누워만 있어야 할 거야."

"어머, 어떡해……."

지민이 곧 울음을 터뜨릴 것처럼 얼굴을 가렸다. 순식간에 병원은 침통한 분위기로 가득했다. 그 순간 윤의 가슴팍을 슬며시 밀어낸 유민이 스르륵 자리에서 일어났다.

"지금 고구마 어디 있어요?"

"아직 안 돼. 아직 마취도 덜 풀렸고 계속 누워 있어야 해. 안정 찾을 때까진 일단 여기 두고 너부터 몸 추슬러."

"하지만…… 고구마는 나 때문에……."

"그런 소리 하지 마. 나쁜 건 그 사람들이지 네가 아니야."

유민은 멍하니 은영의 얼굴을 바라봤다. 모두의 얼굴에 어린 걱정이 그녀를 향해 있었다. 그리고 옆에서 묵묵히 몸을 감싸 오는 온기. 다시금 눈물이 쏟아졌다. 이런 순간에도 아무것도 할 수 없다는 사실을 깨닫자 끔찍하도록 비참해졌다.

"네, 유민 씨는 무사합니다. 많이 놀란 거뿐이니 잘 다독이면 될 거 같습니다."

[그래, 다행이구나.]

"심려 끼쳐 드려서…… 면목이 없습니다."

윤의 목소리가 낮게 잠겨 들었다. 간신히 잠이 든 유민을 눕혀 두고 잠시 거실로 나온 참이었다. 고구마의 곁에 있어야 한다며 좀처럼 병원을 나서려 하지 않는 걸 떠메다시피 하며 데리고 왔다. 돌아오는 내내 울던 유민은 어느덧 지쳐 잠이 들었다.

[무슨 소리냐. 넌 충분히 잘하고 있다. 미리 내가 움직이게끔 준비한 것도 다 네 생각 아니었니?]

윤의 입가에 씁쓸한 미소가 떠올랐다.

'오전 중에 잠깐 얼굴을 뵀었는데, 아주 기분 좋으신 모양이더군요. 오랜만에 따님을 만나기로 했다고. 오붓하게 시간을 가질 예정이라고 하시면서요.'

그 말을 내뱉는 재권에게서 처음으로 흐릿한 감정이 느껴졌다. 잔잔한 흥분이 그의 평정심을 흩트린 상태였다. 상대의 아킬레스건에 정확히 칼을 겨누며 게임을 시작하자고 재촉하는 아이처럼, 아주 즐거운 얼굴이었다.

표정을 가다듬지 못했다. 완벽하게 굳어 버린 얼굴로 당황한 심경을 내보이고 말았다.

'어디 몸이 불편해 보이십니다만……. 쉬시는 게 좋지 않을까요?'

그러나 그 순간, 놀리듯 내뱉은 재권의 말에 윤은 모든 퍼즐이 들어맞았다는 걸 깨달았다. 그들의 목표가 무엇인지. 이런 일을 벌이게 된 이유가 무엇인지.

윤은 그 자리에서 휴대폰을 꺼내 들었다.

'전 참석하지 못할 것 같습니다. 네, 아주 급한 일입니다. 도착하셨으면 곧 차 실장님께 자료를 보낼 테니 미리 준비하신 대로 발표하시면 됩니다.'

의아함 가득한 시선들이 모여들었다. 느닷없이 결정된 일에 다들 혼란스러운 눈치였다. 하지만 윤은 침착하게 입을 열었다.

'이미 회장님께서 청와대 근처에 도착하셨답니다. 그럼 저는 급한 일이 생겨서 먼저 가 보겠습니다.'

'뭐? 이게 무슨 소리야!'

그렇게 돌아서는 그의 등 뒤로 강정민의 노여움이 터져 나왔다. 저를 향한 말이 아니라는 것쯤은 알고 있었다.

강 회장의 말대로 이미 어떤 일이 터질지도 모른다는 걸 예상은 했었다. 정민은 이미 반도체사업부의 일을 훼방하려다 실패했었다. 그런 그가 이번 일을 가만히 두고 넘길 이유가 없었다. 국방과 관련된 사업을 무사히 성공시킨다는 건 의미가 달랐다. KS항공의 위상은 좀 더 높아질 것이고, 그 일을 해결한 윤의 그룹 내 위치도 훨씬 견고해질 것이 분명했다.

가뜩이나 스스로 비자금 비리를 일으켜 위태로운 판에 윤의 등장은 정민에게 아주 치명적이었다. 호시탐탐 노려 온 회장의 자리는 이제 영원히 제 손에 들어올 수 없을 거라 여겼을 것이다. 그런 정민에게 이번 일은 마지막 기회였다. 마지막 발표와 결정만을 앞둔 지금, 그 자리에 불참하게 만드는 것이 그들의 목표였다. KS항공과 더불어 KS그룹의 신뢰도를 깎아내림과 동시에 여자의 치마폭에 싸여 공과 사를 구분하지 못하는 윤의 무능함을 대외적으로 과시하려는 수작이었다. 더불어 그런 아들을 발탁해 키우려는 강 회장을 핏줄에 연연하는 노인네로 몰아세워 입지를 낮추고, 서서히 모아 온 우호 세력들과 함께 몰아낼 계획이었을 것이다.

그러나 그들은 하나만 알고 둘은 몰랐다. 애초에 강 회장이 저를 불러들인 것부터가 미끼였다는 것을.

일부러 눈에 띄게 강 회장의 곁에서 일을 처리한 것도. 강 회장을 병원에 두고 차 실장에게마저 그의 행적을 알리지 않은 것도. 비밀리에 청와대로 오게끔 연락을 해 둔 것도. 모두 저 자신에게 어떤 일이 일어날 것을 가정해 만들어 둔 트랩이었다. 강 회장에게 쏠릴 화살을 제가 대신 맞겠다는 계획이었다. 그러나 이것은 어떤 일이 생겨도 저 자신은 위험을 벗어날 수 있다는 확신이 있었기에 가능한 작전이었다.

"생각이 짧았습니다."

모든 것은 생각대로였다. 다만, 그것이 저 자신이 아닌 유민을 노리게 될 것이라곤 생각하지 못했을 뿐이었다. 가장 먼저 지켰어야 할 존재를 가장 큰 위험에 노출시켰다는 사실이 그의 어깨를 무겁게 만들었다.

통화를 마친 윤의 시선이 한강변을 향했다. 딱 지금처럼 가라앉은 기분으로 지금과 비슷한 시간에 이 자리에 서 있었던 적이 있었다. 유민의 결혼 소식을 들었을 때였다. 그때의 절망감과 허탈함을 다신 느끼고 싶지 않았는데…….

갑자기 뭔가가 그의 허리를 감아 왔다. 흠칫하며 고개를 돌리자 몸을 잔뜩 움츠린 유민이 그에게 매달려 있었다.

"언제 일어났어요?"

잠이 덜 깬 건지 풀이 죽은 건지. 고개를 푹 숙인 유민은 왠지 기운이 없어 보였다. 몸을 돌린 윤이 가볍게 그녀의 허벅지를 감고 안아 올렸다. 그제야 저를 내려다보는 얼굴이 눈에 들어온다. 아직도 부기가 빠지지 않은 얼굴을 보니 가슴이 먹먹해졌다.

"유민 씨."

어딘지 공허한 눈빛이 그를 마주했다. 가슴속에 모래알이 찬 것처럼 버석거린다.

"유민…….."

재차 부르려는 순간, 그녀의 입술이 그의 입술에 찾아들었다. 아무런 열정도, 감정도 느껴지지 않는 메마른 입맞춤. 그러나 애가 타고 목이 마른 듯, 내내 숨을 쉬지도 못하던 자가 산소호흡기를 발견한 듯, 갈급한 움직임.

"잠깐, 유민 씨. 잠깐만…….."

허겁지겁 입술을 물며 덤벼드는 유민의 공세에 윤은 주춤거리며 물러나다 소파에 털썩 앉았다. 그대로 잠시 떨어졌던 입술은 그의 허벅지에 무릎을 세우며 올라탄 유민이 다시금 덤벼들며 한층 깊게 맞물렸다.

어쩔 수 없이 달아오르는 숨을 그녀의 입술로 불어넣었다. 그렇게 가슴속까지 저릿하던 키스는 이내 입 안에서 느껴지는 눈물 맛과 함께 멈추었다.

"유민아."

그녀를 부르자 제 목에선 한층 가라앉은 소리가 흘러나왔다.

그녀의 눈에 맺혀 있던 눈물이 주루룩 흘러내렸다.

"처음부터…… 이랬어야 했는데……."

무슨 말일까. 윤은 띄엄띄엄 이어지는 말에 귀를 기울였다.

"용기가 없어서…… 이 지경이 됐어요. 처음부터 내가……."

유민은 다시금 입술을 깨물며 뭔가를 삭이듯 눈을 감았다.

그렇게 한참 후, 다시 눈을 뜬 그녀가 단호하게 말했다.

"고소할 거예요."

유민은 꼬박 사흘을 앓았다. 눈을 뜨면 39도를 넘나드는 고열과 머리가 깨지는 듯한 격통에 시달렸고, 약발이 조금 든다 싶으면 지친 채로 잠이 들었다. 그리고 꿈을 꿨다. 그 집으로 돌아가는 꿈을. 그 끔찍한 곳에서 눈을 뜨는 꿈을.

그러나 문을 열고 들어온 사람은 어머니가 아니었다. 어째선지 인천댁 아주머니가 와서 다정히 그녀를 깨우고, 뒤이어 들어온 고구마가 그녀의 침대 위로 뛰어들었다. 그렇게 방을 나서자 또 다른 곳이었다. 소파에 앉아 책을 보고 있던 강 회장이 그녀를 발견하고 손짓한다. 저도 모르게 한달음에 달려가 그의 품에 안겼다. 꿈에서 그녀는 강 회장을 아버지라고 불렀다.

꿈이라는 걸 알면서도 전혀 위화감이 느껴지지 않았다. 모두가 다정했고, 모두가 웃고 있었다.

그러나 가장 중요한 것이 없었다. 무엇이 없는지도 모르면서 그녀는 하염없이 주변을 둘러봤다. 아무리 행복해도, 아무리 즐거워도 느껴지는 이 허전함.

'유민아.'

그때 어디에선가 그녀를 부르는 소리가 났다.

목소리만으로도 비어 있던 마음이 가득 차오르는 것만 같았다.

'유민아, 여기.'

반짝 눈을 뜨자 그녀의 눈앞에 누군가가 서 있었다. 검은 안개가 낀 듯 눈이 침침하다. 다시금 눈을 깜빡이다 바라보니 말끔히 슈트를 차려입은 윤이 그녀를 바라보고 있었다.

"……어디 다녀왔어요?"

"푹 잠든 거 같아서 잠깐 회장님한테 갔다 왔어요."

달래듯이 말하던 그가 그녀의 이마에 손을 올렸다. 적당한 온기가 느껴졌다.

"이제 열은 다 내렸네요."

한시름 놓은 듯한 말에 유민은 희미하게 웃어 보였다. 정작 다행이라 생각하는 건 저 자신인데…….

"왜 그런 얼굴이에요?"

빤히 바라보고만 있자 그가 뺨을 톡톡 건드려 댄다. 그 손길이 간지러워 키득거리다 가만히 손을 올려 붙잡았다. 열이 심할 땐 몸이 제 몸 같지가 않아 그의 손을 잡아도 멀게만 느껴졌는데 이젠 아니다. 확연하게 느껴지는 온기에 한결 푸근한 감정이 밀려들었다. 안도감과 함께.

"이젠 하품까지."

작게 하품을 한 유민이 배시시 웃음 지었다.

"……흐음, 이상한 꿈을 꿨어요."

"어떤 꿈?"

"기분 좋은데…… 싫은 꿈. 그래서 잔 거 같지가 않아요."

게슴츠레하게 뜬 눈이 점점 더 가늘어지다 곧 기다란 속눈썹에 가렸다. 기분 좋은데 싫은 꿈이란 대체 뭘까. 고민하는 사이 유민은 그대로 잠이 들어 버렸다. 그의 손을 꼭 붙든 채. 꼼짝없이 거기서 머물러야 할 모양이다.

자리를 찾아 앉은 윤은 금세 잠이 들어 버린 얼굴을 바라봤다. 헝클어진 머리카락과 가볍게 홍조가 머문 얼굴을 바라보다 협탁 위에 놓아 둔 태블릿으로 눈을 옮겼다. 차마 손이 가진 않았다. 앞으로도 당분간은 손을 대지 못할 것 같았다.

환영처럼 떠오르는 그때의 광경.

굳은 얼굴로 침대 위에 앉은 그녀가 집어 올린 건 언제나 그녀의 곁에 있던 곰인형이었다. 그리고 그의 눈앞에서 봉제 선을 가른 그녀가 그 틈에서 USB메모리를 꺼내 들었다. 건네는 손이 잘게 떨리고 있었다.

'안에 거 열어봐요.'

동영상 파일 두 개와 이미지파일 삼십여 개. 그리고 문서파일 하나.

'이건…….'

'내 기록이에요.'

윤은 천천히 동영상의 목록을 훑어봤다. 그중 한 동영상의 날

짜가 유난히 눈에 띄었다. 재작년 12월. 절대 잊을 수 없는 그 날. 엉망이 된 그녀가 그의 눈앞에 처음으로 모습을 드러냈던 날.

재생된 영상 안에는 하얗고 마른 여자가 똑바로 이곳을 바라보고 있었다. 상체는 속옷뿐인 몸으로, 미동도 없이. 엉망이 된 얼굴과 함께 온몸에 시퍼렇게 든 멍 자국이 선명했다.

[20XX년 12월 XX일. 아버지한테 폭행을 당했습니다. 머리를 크게 부딪쳐 정신을 잃어도 난 병원에 갈 수 없었고, 집으로 의사 선생님을 불러와 치료를 받았습니다.]

무심한 목소리로 중얼거리던 그녀가 카메라를 움직였는지 화면이 잠시 흔들렸고, 곧 팔에 주사 자국이 보였다. 한 번씩 화면이 움직이고 몸의 상처가 하나하나 클로즈업되었다. 그렇게 몇 분간의 촬영이 끝나고 다시 그녀의 얼굴이 화면에 들어왔다.

[앞으로도 이걸 몇 번이나 더 찍게 될지는 모르겠습니다. 언제부터 내 꼴이 이랬는지도 모르겠고. 너무…… 오래전부터라서…….]

더 말을 잇지 못한 그녀가 입술을 꽉 깨물었다. 그러나 시선은 여전히 렌즈를 향해 있었다. 마치 화면 바깥의 누군가를 향해 도움을 청하듯 간절한 눈빛이었다.

2분 30초가량의 영상이 끝날 때까지 윤은 입을 열지 못했다. 이미지파일은 그보다 이전의 날짜들이었다. 디지털 카메라와 휴대폰 촬영이 가능할 무렵부터 찍은 것이었다. 그리고 문서의 내용 역시 그와 비슷한 시기부터의 기록을 담고 있었다.

'언젠가 그 인간 꼭 벌받게 하고 싶어서 준비했던 거예요.'

단호하지만 조금은 떨리는 목소리였다. 고개를 돌려 바라보자 또다시 새처럼 파들파들 떨고 있는 그녀의 모습이 눈에 들어왔다.

'그런데 못 했어요. 왜냐면 나 혼자 싸울 자신이 없었거든요. 그 집에서 싸움을 걸어 봤자 어차피 난 계속 그 집에 있어야 하니까. 그 사람이 내 아버지라서.'

철저하게 불리한 싸움이었기에 한 줌 용기마저도 낼 수 없었던 거다.

하지만 지금이라면 어떨까.

'그러니까…… 솔직하게 말해 줘요. 이 싸움 내가 이길 수 있을 거 같아요?'

'네. 꼭 이길 거예요.'

윤이 대답한 순간 유민은 처음으로 웃었다.

그러나 그 눈에선 눈물이 흘러내렸다.

'바보……. 거짓말.'

누군가의 신고로 경찰의 조사를 받게 된 재명은 자신이 피해자임을 호소하고 있었다. 미친개의 공격을 받아 벗어나려다 보니 어쩔 수 없이 폭행하게 되었다는 말로.

게다가 경찰은 이 사건을 단순한 해프닝으로 처리하려 했다.

'어지간하면 서로 합의 보시는 게 나을 것 같습니다. 가족끼리 이런 일로 얼굴 붉히는 것도 서로 민망한 일이고, 사회적으로도 이름도 있으신 분들끼리 이러는 거 서로 손해입니다. 게다가 지금 상황에선 그 개가 이유 없이 사람을 공격한 거나 다름없지 않습니까?'

은근한 압박. 이길 수 없는 싸움…….

이제야 그녀의 말이 무슨 뜻인지 확실히 알 것 같았다.

윤은 생각해 보겠다는 대답만을 남기고 경찰서를 나왔다. 그런 끔찍한 일이 있었는데도 세상은 무섭도록 조용했다. 재명이 필사적으로 기사를 막은 탓일 거다. 무섭도록 평온한 세상에서 피해자는 홀로 아파할 수밖에 없었다.

그것을 너무나 잘 알기에 그녀는 망설여 왔던 거다. 다 잊은 척, 아니 잊기 위해 생각하지 않고 살고 싶었을 거다. 현실은 지나치게 높은 벽으로 둘러싸여 있었고, 그녀는 그것을 넘을 수 없으리란 걸 일찍이 알았기에. 그렇게 그녀 자신도 현실과 타협하며 폭력에 길들어 왔던 거다. 그 오랜 절망과 좌절, 패배감과 그로 인한 자괴감은 쌓이고 쌓여 결국 그녀의 몸을 무너뜨렸다. 이유 없는 고열과 두통은 그녀가 받아 온 스트레스가 불러들인 병이었다.

그 길로 윤은 강 회장을 찾아갔다.

'고소를 하겠다…… 이 말이냐?'

강 회장은 굳은 얼굴로 턱을 만지작거렸다. 가만히 지켜보던 윤이 불쑥 입을 열었다.

'뭘 가지고 계신 겁니까?'

얼마 전부터 강 회장을 볼 때마다 전해 오는 감정이 있었다. 자신을 원망하고 미워했던 과거를 떠올리며 괴로워할 때보다 훨씬 더 지독한 죄책감. 그 감정은 그가 유민의 이야기를 꺼낼 때 한결 진하게 다가오곤 했다.

그러나 모른 척했다. 이것은 마지막까지 강 회장을 믿어 보려는 마음이었다. 그도 이젠 유민을 딸처럼 아끼고 사랑하고 있음을, 그녀를 볼 때마다 흐뭇하게 휘어지는 눈가에서 느끼는 감정이 진심임을 믿고 싶어서였다.

강 회장은 주저 없이 서랍을 열고 뭔가를 꺼내 들었다. 작은 캠코더였다.

'우 의원이 정민이랑 손을 잡았다고 들었을 때부터 생각했던 것이다.'

그리고 머뭇거리듯 캠코더를 만지작거리던 강 회장이 고개를 들었다.

'직접 확인해 보려무나.'

윤은 굳은 얼굴로 캠코더에 녹화된 영상을 재생시켰다. 한적한 길목. 멀리서 줌을 잔뜩 당겨 찍은 영상은 약간 흐릿했다. 그러나 한눈에 알 수 있었다. 개의 목줄을 쥐고 한 남자와 대치 중인 여자. 그런 상태로 몇 분이 지나고…… 그다음은 그도 익히 아는 광경이 벌어졌다.

[꺄아악—! 하지 마요! 하지 마!]

찢어지는 비명 소리가 그의 가슴속을 후벼 팠다. 눈으로 보이는 광경은 생각했던 것과는 비교도 되지 않았다. 심장이 미친 듯이 뛰어올랐다. 온몸이 불에 타는 것만 같았다. 그의 손이 부들부들 떨리기 시작했다.

모든 상황이 끝이 나고서야 카메라는 조금 더 가까이 그녀를 향해 다가갔다. 이미 대여섯 명의 남녀가 모여들어 어디론가 전화를 걸고 주변을 지키는 모습이 보였지만 누구도 그녀를 적극적으로 나서 돕지는 않았다. 그 사이에서 그녀는 축 늘어진 고구마를 품에 안고 끌며 이동하려다 그 자리에 털썩 주저앉았다. 맥없이 늘어진 그녀의 어깨가 한없이 처량했다.

[살려 주세요…….]

점차 가까워진 카메라를 통해 가냘픈 목소리가 들려왔다.

[우리 고구마 좀…… 누가 좀 제발…… 도와주세요.]

혀를 차는 소리. 구급차를 재촉하는 목소리가 이어졌지만, 피로 범벅이 된 개와 여자를 도우려는 손길은 없었다.

그곳에서 그녀는 대체 어떤 마음이었던 걸까.

[제발…… 강윤 씨.]

어떤 심정으로 저를 기다렸을까.

영상이 끝나고 나서도 윤은 화면에서 눈을 떼지 못했다. LED화면으로 굵은 물방울이 투둑, 툭 떨어졌다. 차분한 태도로 끝까지 영상을 확인했지만 눈물까지는 막지 못했다. 한참 만에야 강 회장을 향하는 그의 얼굴이 온통 젖어 있었다.

'날 원망해도 좋다. 하지만 이 방법밖에 없었다.'

아들의 눈물에 한층 착잡한 심경이 된 강 회장이 길게 한숨을 내쉬었다.

'목적은 확실하게 증거를 잡는 거였다. 신뢰 없이 단순한 이익으로만 뭉친 집단은 한쪽을 무너뜨리는 것으로 줄줄이 엮을 수 있으니 말이다. 특히나 우 의원처럼 잃을 게 많은 사람일수록 발광하는 법이고.'

'…….'

'하지만 이렇게까지 심한 일을 겪게 할 줄은 몰랐다. 미안하구나.'

어떤 대답을 해야 할지 알 수가 없었다. 그녀를 먼저 보호하지 않고 증거를 먼저 확보하라고 지시했을 그가 원망스러웠다. 하지만 지금은 냉정하게 생각할 때였다. 유민이 가진 증거물은 폭행의 현장을 담지 못했다. 고소를 한다 해도 자칫 증거불충분으로 넘어가거나, 그전 경찰처럼 적당히 무마시키려 할 확률이 높았다. 근방의 CCTV를 자료로 요청할 생각이었지만, 그것만으로는 우재명이 어떤 위협을 했는지 어떤 정황에서 어떤 말이 오간 건지는 알 수 없었을 것이다.

그런 상황에서 강 회장이 준비한 카드는 완벽했다. 이것과 과거의 기록들을 증거로 제출하면 아무것도 하지 못하고 역공세에 밀리는 일은 없을 것이다. 그렇다고 그런 이유들을 들어 이 상황을 흔쾌히 받아들이기도 힘들었다.

유민 씨를 이용하신 겁니까?

머릿속을 가득 메운 질문은 끝내 내놓지 못했다. 이성으론 그것만은 아닐 거라 이해하고는 있지만 감정은 따라오지 못했다.

그런 윤의 감정도 강 회장은 이미 예상했다는 듯 초연했다.

'어차피 너라면 절대 하지 못할 일이다. 너희들의 미래를 위해서라도 난 이렇게 할 수밖에 없었다. 이 모든 죄는 내가 받겠다.'

윤이 다시 입을 연 건 오랜 숙고의 시간이 흘러서였다. 체념한 듯 무거워진 그의 목소리가 흘러나왔다.

'구설수에 오를지 모릅니다. 아버지를 고소하는 자식이라고 욕을 먹고, 그걸 말리지 않았다고 욕을 먹고, 제대로 가르치지 못했다고…… 욕을 먹을지도 모릅니다.'

아버지와 딸. 과거의 일로 아버지를 고소하는 딸의 이야기.

그것만으로도 그녀를 비난할 사람들이 분명 있었다. 그것도 모자라 그걸 말리지 않은 저나 그런 자식을 가진 제 아버지를 욕하는 사람도 나올 것이다. 아직까지 대한민국의 정서는 그렇다. 부모 자식 간의 일. 부부지간의 일은 타인이 함부로 끼어들 수 없다는 것이 불문율처럼 번져 있었다. 가정폭력으로 신고를 받은 경찰이 '잘 이야기해서 풀어 보라'는 말만 남기고 다시 가 버리는 것이 현주소가 아니었던가.

'상관없다. 그런 걸 겁냈으면 애초에 이런 생각도 하지 않았겠지.'

강 회장의 대답은 단호했다.

'이것도 새아기가 용기를 냈기에 시도라도 할 수 있는 일 아니냐? 난 거기다 최대한 힘을 보태고 남은 싹을 잘라 내면 될 일이다. 그러니 할 만큼 해 보거라.'

"흑……."

고구마의 병실 앞에 쭈그려 앉은 유민이 또 울음을 터뜨렸다.

"그렇게 쳐다보면 어떡하라고. 빨리 나아야 같이 놀지…… 바보야."

정작 고구마는 대꾸도 않고 멀뚱히 그녀를 바라봤다.

다치기 전이나 지금이나, 누가 오든 말든 드러누운 채 시큰둥한 건 똑같은데, 바짝 깎인 털과 몸에 감긴 붕대. 게다가 묘하게 애처로워 보이는 눈빛이 그렇게나 가슴 아픈 모양이다. 윤은 그런 유민을 바라보다 한숨을 푹 내쉬었다. 그럼 제가 안 보면 될 걸 굳이 들여다보면서 울고 또 운다.

"쟤는 아무렇지도 않은 얼굴인데 왜 유민 씨가 자꾸 울어요?"

"흐윽……. 안 울어요. 흐읍."

지금도 눈물이 뚝뚝 떨어지는데 안 운단다. 어쩔 수 없다는 듯 고개를 젓던 윤이 가볍게 그녀의 머리를 쓰다듬어 주고 걸음을 옮겼다. 아래층으로 내려가자 꽃바구니와 과자 세트. 기묘한 장난감 등등의 물건들이 눈에 띄었다. 빨간 리시얀셔스가 잔뜩 꽂힌 바구니를 향해 다가간 윤이 무심코 꽃잎을 만지작거리자 지민이 말했다.

"아, 그거는 유민 씨 선물이고 과자랑 장난감은 고구마 선물이에요. 빨리 나으라고 손님들이 놓고 가셨어요."

"그래요?"

신통한 일이다. 언제 이렇게 손님들하고 정을 쌓았던 걸까. 예전의 그녀라면 상상조차 하지 못할 일이라 오랜만에 그의 입가에도 미소가 떠올랐다.

정식으로 고소장을 제출한 지도 며칠이 지났다.

예상대로 검찰의 태도는 경찰서와 크게 다르진 않았다. 가족 간의 트러블이니 가급적이면 좋게 해결할 것을 권유했다. 현직 국회의원이자 잘나가는 총선 후보. 게다가 고소인은 재벌가의 며느리. 이것만으로도 충분히 속이 시끄럽고 머리가 아픈 사건이라 생각한 건지도 모른다.

그날 밤, 윤은 암실 구석에 무릎을 안은 채 쭈그려 앉아 울고 있는 유민을 발견했다.

"여기 있었어요?"

옆으로 다가가자 유민은 황급히 눈물을 닦으며 고개를 숙였다. 더 이상 울고 힘들어하는 모습을 보이고 싶지 않은 눈치였지만, 윤은 모르는 척 다가가 그녀의 등을 감싸 안았다.

"무, 무거워요……."

못 들은 척 더 꼭 껴안았다. 그러다 뒤로 털썩 주저앉았고 그녀는 자연스럽게 그의 다리 사이에 앉게 되었다. 한결 밀착된 몸의 온기에 왠지 하체가 뻐근해진다. 생각해 보니 꽤 오래 굶었다. 이런 상황에도 본능에 충실할 수밖에 없는 제 몸의 반응이라니. 허탈한 웃음이 유민의 목덜미에 닿았다.

"이렇게 숨어 있으면 못 찾을 줄 알았어요?"

움찔 어깨를 움츠린 유민의 대답이 조금 퉁명스럽다.

"그러게 왜 자꾸 따라다녀요."

"자꾸자꾸 보고 싶은 걸 어떡해요."

당연한 대답을 하고 품 안에 있는 몸을 가볍게 쓸어내리자 그녀는 대답 대신 고개를 돌리더니 흘깃 노려봤다. 그러고는 그의 몸에다 관자놀이를 대고 문질렀다. 뿔난 양처럼, 조그만 머리통으로 불만을 표시하는 게 귀엽기만 해 저도 모르게 웃어 버렸다. 바스락거리며 쇄골을 스치는 머리카락의 느낌도 꽤 좋다.

"지금 반항합니까?"

"네, 반항할 거예요."

"좋아요. 그럼 앞으로 내 눈앞에서 벗어나는 거 금지."

"뭐야…… 그런 게 어딨어요. 사람이 혼자 있고 싶을 때도 있죠. 나갈 일 있으면요? 나도 바쁜 사람이거든요? 그리고 씻을 때랑 화장실 갈 땐 또 어쩌구요?"

"아무튼 안 돼."

더 몸을 틀어 올려다보는 그녀의 얼굴에 황당함이 가득하다. 그런 얼굴로 헛웃음을 짓더니 그의 몸을 마주 안아 왔다. 가슴팍에서 그녀의 목소리가 울린다. 뭐야, 순 억지. 독재자. 자기가 히틀러야, 뭐야. 닿는 숨결이 간지러워 저도 모르게 웃어 버렸다. 이럴 땐 아직도 아이 같기만 한데…….

"나 독한 년이래요."

그녀의 머리카락을 쓸던 손이 멈칫했다.

"길러 준 은혜도 모르고 아버지를 고소한다고. 자식을 교육시키다 보면 아버지가 손찌검도 할 때도 있는 걸 왜 민감하게 구냐고."

"……."

"아버지가 자식을 만나는 게 뭐가 문제인지 물어요. 보고 싶어서 왔다는데 어쩜 그리 매정하게 굴 수 있냐고. 나더러 사람 같지 않대요. 개가 아버지를 문 건 걱정되지 않냐고."

사건은 꽤 시끄럽게 사람들의 입을 오르내렸다. 선거 기간 국회의원 후보들이 고소를 당하거나, 각종 구설수에 오르거나 하는 일은 빈번했다. 그러나 보통은 선거법 위반이라는 이름을 달고 공방전을 벌였으니 이번 사건은 누구의 눈에도 특이했을 것이다.

"왜 하필 이럴 때냐고. 혹시 뭔가 다른 꿍꿍이가 있는 게 아니냐고도 하면서."

처음엔 짧은 기사 하나뿐이었다. 그러나 정치인과 재벌가로 시집간 딸. 게다가 이름난 피아니스트와 재벌가의 회장까지 엮인 사건은 금세 전 국민의 끝내주는 안줏거리로 등극하고 말았다.

어디에서든 그들의 이야기를 쉽게 들을 수 있었다. 게다가 이름 모를 사람들의 평가는 잔혹했다. 오로지 흥미 본위로만 이 사건을 입에 올려 가며 떠들어 댔다. 처음부터 모두가 제 편을 들어주리라곤 기대하지 않았다. 하지만 가정폭력의 혐의를 받고 있는 재명을 향한 비난보다 그녀를 향한 비난이 더욱 크다는 점은 이해할 수가 없었다.

그런 상황에서 재명은 원래 자신이 쌓아 왔던 이미지를 적극 활용해 능숙하게 여론을 자기 것으로 만들었다. 심하게 찢어진 팔뚝의 상처를 내보이며 이런 상황까지 겪고서도 딸과 그녀의 애견을 용서하겠다며 탁월하게 모두의 동정심을 산 것이었다.

하지만 무엇보다 그녀를 슬프게 만드는 건 윤과 강 회장을 향한 비난이었다. 사람들은 어린 여자의 말 한 마디만을 믿고 경솔하게 두둔하고 나선다며 그 두 사람을 비웃고 손가락질했다. 그것도 모자라 피해자인 그녀의 사진이 인터넷을 돌기 시작했고 지나치게 어린 그녀의 나이로 인해 빚어지는 악성루머와 성희롱에 가까운 댓글들이 줄을 이었다. 우연히 그 댓글들을 본 후로 유민은 인터넷조차 마음대로 할 수가 없었다.

어차피 남의 일. 시원하게 욕 한 번 해 주고 돌아서면 잊히는 그런 이야기. 술자리에 꺼내 놓고 시시덕거리면 잠시간의 즐거움을 주는 이야기였다. 그런 한 마디가 누군가의 가슴속을 무참히 뭉개 놓을 수도 있단 걸 전혀 염두에 두지 않는 듯, 그들은 서슴없이 돌을 던지며 웃어 댔다.

"예상 못 한 건 아니지만…… 그래도 좀 섭섭해요."

답답한 한숨이 새어 나오자 윤은 말없이 그녀의 등을 토닥였다. 그의 길어진 침묵에 무슨 생각을 하느냐, 물으려던 때였다.

"만약에……."

나른한 목소리가 흘러나오기 시작했다. 고개를 들자 엷은 미소를 올린 그가 다정한 눈으로 그녀를 내려다보고 있었다.

"이러는 것이 죄책감이거나…… 유민 씨 자신이 아닌 다른 걸 위해서라면 그러지 않아도 돼요."

행여 제 뜻이 제대로 전달되지 않을까 조심스럽게 고르며 하는 말이었다.

"어떤 선택을 해도 원망하는 사람은 없어요. 고구마도 유민 씨가 무사히 자기 눈앞에 왔다는 것만 기억할 거고."

그런 녀석이에요, 하고 덧붙인 그가 미소 짓는다.

유민은 다시금 뜨거워지는 눈가에 힘을 줬다. 힘들면 내려놓아도 된다고 말해 주는 그의 배려가 그녀의 상처 입은 마음을 매만져 주는 것만 같았다. 그러나 그녀는 고개를 저었다.

"나를 위해서예요."

고구마가 다친 것을 계기로 고소할 마음을 굳힌 건 맞다. 이제와 저로 인해 휘말린 윤과 강 회장의 수고를 헛되게 하고 싶지 않은 것도 사실이었다.

하지만 그것마저도 저를 위한 것임을 그녀는 확실히 알고 있었다.

"여기서 저 사람을 용서하고 물러나면 난 거기까지잖아요."

그렇게 포기해 버리고 외면하는 순간, 제 안의 상처는 평생 치유할 수 없게 될 테니까. 어린아이였던 우유민의 공포와 분노를 온전히 이해하고 받아들이는 건 결국 자기 자신뿐이다. 가장 사랑받고 위로받아야 할 자신을 위해서라도 여기서 놓아 버릴 수 없었다.

"저런 사람이 자꾸 용서받으니까, 아버지라고, 가족이라고 옹호받으니까 나 같은 사람이 계속 생기잖아. 자꾸 이런 일이 생기잖아…… 이젠 싫어요."

지금도 어딘가에서 또 다른 우유민이 살고 있을 것이다. 이건 세상의 수많은 우유민을 위해서였다. 스스로에게 떳떳하기 위해서였다.

'그냥…… 모른 척하기엔 내가 불편해서요.'

이 순간 윤이 떠올린 모습은 지금보다 한참은 앳되고 위태로웠던 시절의 그녀였다.

"정말 유민 씨는 변하지 않네요."

"네?"

"어릴 때부터 아주 예뻤다구요."

싱거운 대답에 그녀의 눈썹이 찡그려진다. 여전히 귀엽게 쑥 들어가는 눈썹 앞머리를 바라보던 윤이 소리 없는 웃음을 터뜨렸다. 정말 농담이 아닌데. 똑같이 예쁘고 보기 좋게 성장한 모습을 볼 때마다 다시금 사랑에 빠질 것만 같은데.

윤은 가만히 그녀의 목덜미에 얼굴을 묻었다.

"힘들 거예요. 생각보다 많이."

"그런 건 괜찮아요. 조금 울고 털어 버리면 돼요."

확실히 편안해진 목소리였다. 기특하게도 버텨 주겠다는 그녀의 좀 더 단단해진 대답에 뭉클한 감정이 밀려들었다. 한숨처럼 대답이 흘러나왔다.

"그래요."

다시 그녀의 몸을 당겨 안았다. 나른한 웃음과 함께 작고 부드러운 손이 그의 어깨를 토닥이다 그의 옷깃을 꼭 쥐었다.

"강윤 씨만 거기 있어 주면…… 괜찮아요."

시간은 빠르게 흘렀지만 고소 건의 진행은 어째선지 지지부진했다. 답답하도록 성과가 없는 하루하루를 보내면서도 유민은 의연히 제가 할 일을 찾아내 몰두하곤 했다. 거실엔 그녀가 그린 그림 몇 장과 고구마의 스냅사진들. 그리고 피아노와 그의 모습을 찍은 커다란 사진이 걸려 있었다. 하나하나 결실을 맺어가는 결과물에 그녀는 만족했고, 밝은 웃음도 되찾았다.

그리고 고구마의 부상은 기적적으로 호전되었다. 예전처럼 무난하게 뛰어다니진 못해도 절룩거리나마 걷게 된 녀석을 안고 유민은 마지막으로 크게 울음을 터뜨렸다.

그리고 어느덧, 선거가 끝났다. 총선 투표가 끝나고 재명은 별 무리 없이 재선되었다. 소식을 들은 건 윤에게 걸려온 전화를 통해서였다. 잠이 들 무렵, 수화기 너머로 작게 들려오는 목소리에 유민은 지그시 어금니를 악물었다.

"네…… 알겠습니다."

나직한 윤의 목소리를 들으며 자리를 벗어난 유민은 피아노로 다가가 앉았다. 기척을 느끼고 다가온 고구마가 걱정스러운 듯 그녀의 무릎에 턱을 올리고 바라봤다. 그 콧등과 이마에 푹 파인 흉터들을 바라보던 유민이 가만히 그 상처들을 손으로 덮어 줬다.

"미안해."

그리고 눈을 돌려 방금 닦아 놓은 건반 위를 바라봤다. 맥없이 처진 어깨와 부러질 듯 가냘픈 목덜미가 조금 떨리다 가라앉았다. 그렇게 그녀는 점차 희미해져 가는 까맣고 하얀 건반을 하염없이 바라보고만 있었다.

"유민……."

그녀를 부르려던 목소리가 잦아들었다. 윤은 더 움직이지 못하고 그 광경을 바라봤다.

절망 속에서도 꿋꿋하게 혼자 버텨 보려 애를 쓰는 그녀의 태도에 다가설 수 없었다. 그런 마음을 무시할 수 없었다. 그리고 이젠…… 가만히 앉아 보고만 있을 수 없었다.

"지금까지 좋은 이야기 들려주셔서 정말 감사합니다. 질문이 너무 많았죠? 워낙 알려지신 게 없는 분이라 팬분들께서 추려 주신 질문인데도 어마어마했네요."

멋쩍게 웃어 보이는 여자를 향해 윤은 괜찮다는 듯 고개를 끄덕여 줬다. 그녀가 웃을 때마다 호의로 반짝이는 황금빛이 눈앞을 가득 메웠다.

며칠 전, 한 유명음악잡지에서 인터뷰 요청이 왔었다. 본의 아니게 신비주의를 고수해 온 그에게 진솔한 이야기를 듣고 싶다는 요청은 많았으나, 그에 화답한 건 이번이 처음이었다. 많은 질문에도 가감 없이 솔직한 답변을 해 주는 윤의 태도에 여자는 아주 흡족한 얼굴이었다.

그러나 그녀가 정말로 궁금해하는 것은 다른 것임을 윤은 이미 알고 있었다.

"이건 음악 외적인 질문이지만, 강윤 씨의 결혼이야기는 워낙에 큰 이슈라서요. 11살 차이의 연인, 그리고 부부. 두 분 사이에 어떤 이야기가 있었던 건지 물어봐도 괜찮을까요?"

"음, 내 아내는……."

무심히 입을 열던 윤의 머릿속엔 재명이 재선에 성공한 날, 꾹꾹 울음을 참아 가며 버티던 유민의 모습이 떠올랐다. 이렇게 인터뷰에 응하기로 결심을 한 것도 그 광경을 본 직후였다.

"아주 예쁩니다. 보시면 깜짝 놀라실 거예요."

"어머……."

여자의 조금 샐쭉한 표정에 윤의 입가에는 잔잔하게 미소가 깃들었다. 누구라도 보는 순간 가슴이 철렁할 미소. 그런 얼굴로, 그는 가장 순수하고 아름다운 빛이었던 유민의 이야기를 꺼냈다. 아주 어린아이였던 그녀를 처음 만났을 때의 이야기. 그리고 그때부터 알고 있었던 그녀의 가정사. 그럼에도 꿋꿋하게, 올곧게 살아온 그녀의 모습…….

"그렇게 어릴 때부터 봐 왔던 거예요? 요즘 말로 설마 키워서……."

휘둥그레 눈을 뜨는 그녀의 앞에서 윤은 나직하게 웃음을 터뜨렸다. 그에 대한 대답은 할 수 없었다. 사실 자기 자신도 언제부터 유민을 그런 눈으로 보고 있었는지는 알 수 없었으니까.

난처하게 웃는 얼굴에 그녀가 은근한 표정을 지어 보이고는 질문을 이었다.

"그렇다면 한동안 떠들썩했던 그 사건의 진상도 혹시 알고 계셨던 건가요?"

"네, 저는 처음부터 알고 있었습니다."

묘한 우정을 나누는 친구에서 원치 않은 결혼 앞에 놓인 그녀를 구하기 위해 저 스스로 정략결혼이라는 선택을 하기까지. 그렇게 그녀가 저와 결혼하며 아버지의 그늘을 벗어나게 되었다는 이야기가 이어졌다.

"그럼, 두 분은 그때 연애를 한 게 아니었던 건가요?"

"네, 그렇습니다. 그 결혼식은 저와 아내의 인생에서 아마 가장 아픈 기억일 겁니다."

그렇게라도 해서 지켜 주고 싶었다고. 다 피지도 못하고 시들어 가던 그녀를 차마 그냥 둘 수 없었다고. 그렇게 다시금 제 곁에서 평온을 찾아가는 유민을 바라보며, 사랑하며 저 스스로도 많이 행복했음을 이야기하는 그의 앞에서 그녀는 넋이 나간 듯 황홀한 표정을 지어 보였다. 이러다가 눈만 높아져서 시집 못 갈 것 같다는 하소연과 함께.

그렇게 한참을 흥분해 떠들던 그녀가 다시 물어왔다.

"그럼 마지막으로 향후 계획은 어떻게 되는 건지 여쭤 봐도 될까요?"

"조만간 신곡을 발표할 예정이에요. 그리고 가정폭력에 희생당한 아이들을 돕기 위해 콘서트도 준비 중입니다."

"그거 정말 반가운 소식인데요! 사실 팬분들 사이에선 이대로 강윤 씨가 은퇴를 하는 건 아닌지 우려의 목소리가 컸거든요."

사실 데뷔 때부터 팬이었다며 큰 목소리로 실토하는 그녀의 앞에서 윤은 부드럽게 웃어 보였다. 알찬 인터뷰를 건지고 좋은 소식을 들은 데다, 그의 열렬한 사랑이야기에 훈훈해진 그녀의 뺨이 흥분으로 붉어져 있었다.

"정초에나 할 질문이긴 한데, 올해의 소원이라든가, 하고 싶으신 일이 있다면요?"

"음…… 제겐 없으면 죽는 것이 딱 두 가지 있습니다."

느닷없는 대답이었지만, 왠지 알 것 같다는 눈빛이 그를 향했다.

"네, 예상하시는 그겁니다. 피아노, 그리고 내 아내. 그래서 소원은 언제나 같습니다. 아무 일 없이 행복하게. 내 아내가 내 옆자리에 앉아 내 연주를 들어 주는 것. 그것뿐입니다."

조용한 목소리에 실린 간절한 바람. 오직 그것만을 위해서 그는 지금도 움직이고 있었다. 그의 잔잔한 미소에 여자의 흥분한 목소리가 이어졌다.

"어우, 세상에…… 그 소원 꼭 이뤄지길 바랄게요. 제가 꼭 기도할게요!"

윤의 인터뷰가 실린 잡지는 그 달 최고 판매량을 갱신했다. 그렇게 음악계에서 잔잔히 시작된 파동은 서서히 인터넷과 오프라인으로 퍼져 나가며 폭발적인 반응을 일으켰다. 사람들은 그가 이런 인터뷰를 했다는 것에 놀라워했고, 그 내용들에 또 한 번 놀랐다. 그러면서 자연히 유민과 재명의 싸움을 재조명하기 시작했다.

[증거도 없는 말에 왜 이리 소란입니까? 이건 모함이에요. 내 어린 딸을 채 간 뻔뻔한 사람입니다. 그 사람 때문에 난 딸도 잃어버렸고, 이제 남은 건 국민을 위해 일하는 것밖에 없는 사람이에요!]

짜증 섞인 재명의 반응이 방송을 탔다. 재명을 향해 마이크를 내미는 사람들의 입에서 당선축하인사보다 윤의 인터뷰에 관한 진위 여부를 묻는 말이 훨씬 많아진 탓이었다.

꺼져 가는 불에 부채질을 한 듯 벌어지는 상황에 난처해진 건 검찰이었다. 그 와중에 강 회장 측에서 잘 편집해 흘린 영상과 현장을 지켜본 증인들의 잇따른 증언이 인터넷을 떠돌며 모두의 공분을 샀고, 사건은 순식간에 급물살을 탔다. 제대로 된 조사와 빠른 진행을 촉구하는 항의가 이어지자 그제야 담당 검사는 부랴부랴 공소 제기를 했다.

그리고 그날 저녁.

강 회장의 저택에 모인 가족들은 모처럼 화목한 분위기에서 식사를 마쳤다.

"잘했다."

대뜸 내뱉은 강 회장의 말에 유민은 가만히 눈을 내리깔았다.

그에 대답을 한 건 윤이었다.

"죄송합니다. 시끄럽게 만들어서."

"아니다. 처음부터 난 너희가 뭘 하든 응원하기로 마음먹었고,

이보다 더 한 일이 있어도 그 마음은 변하지 않을 테니 안심해도 된다."

느긋한 태도로 말한 강 회장이 면목 없음에 고개를 들지 못하는 유민에게로 다가갔다.

"거짓말만 늘어놓는 사람은 끝까지 버틸 수 없다. 언젠가는 다 탄로 나게 되어 있지. 너희는 지금처럼, 너희 방식대로 진실하게만 이야기하면 된다."

가만히 그녀의 어깨를 토닥여 준 강 회장이 먼저 방으로 들어갔다. 눈치껏 자리를 피해 주는 강 회장의 배려에 유민은 미처 고맙다는 말조차 하지 못했다. 그런 그녀에게 다가온 윤이 살며시 어깨를 당겨 안았다. 언제나 그녀를 일깨우는 건 그의 존재였다.

"나 있죠. 요즘 내가 아버님 딸로 태어났더라면 얼마나 좋았을까…… 하고 생각하고 있어요."

"그건 곤란한데요. 남매는 결혼 못 합니다. 그냥 아버지를 넘기는 걸로 하죠. 그럼 아버지가 장인어른이 되려나……."

중얼거리며 대꾸하던 윤이 문득 눈살을 찌푸렸다. 능글능글하고 비꼬기를 잘하는 장인이라니. 매일 전화를 걸어 제 딸을 뺏어 갔다고 은근슬쩍 갈궈 대는 강 회장과 그 전화를 받으며 진땀을 흘릴 제 모습을 떠올리니 영 내키지 않는다.

"그냥 있는 대로 살죠."

특유의 진지한 태도로 정색하는 윤의 앞에서 유민은 또 한참 동안 웃음을 터뜨렸다.

⬦

　재명의 위치는 날로 불안해져만 갔다. 갑자기 미국에서 유리의 고소장이 날아든 것도 그에겐 치명타였다.

　"큰따님께서도 이번에 우 의원님을 고소하셨는데 이게 대체 어찌 된 일인가요?"

　"이건 말도 안 되는 일이에요! 내 남편은 평범한 아버지고 가장이었다구요. 얘들이 지금 기껏 그리 잘 살도록 키워 놨더니 은혜도 모르고, 분수도 모르고…… 유리, 이 계집애는 기껏 좋은 혼처 잡아 줬더니 가출이나……."

　"네? 그 말씀은 큰따님도 정략결혼을 하게 했다는 말인가요?"

　"어머, 제가 방금 뭐라고 한 거죠? 아니에요. 그게 아니라……."

　저도 모르게 실언을 한 어머니의 안색이 창백해졌다. 그러나 이미 그녀의 얼굴을 비추고 있던 카메라와 코앞에 위치한 마이크엔 그 모든 것이 고스란히 기록되고 있었다.

　재명의 상황도 마찬가지였다. 재명의 사무실까지 꾸역꾸역 몰려든 기자들은 수많은 의혹들과 제시된 증거들을 내밀며 그를 압박했고, 시달리다 못한 재명은 악다구니를 치며 본색을 드러냈다.

　"내 잘못이 아니야! 이건 모함이라고! 그래! 그 빌어먹을 강가 놈들이 날 이 지경으로 만들었어! 강정민 부회장이 날 이렇게 몰아넣었다고! 이 인간이 그날 나보고 딸년을 찾아가라고……!"

　"KS그룹의 강 부회장 말씀이십니까?"

　누군가의 물음에 재명은 눈을 희번덕거리며 몸을 떨었다.

"그래, 그러고 보니 이상해. 왜 하필 그날이었을까. 그 시간에 굳이 날 그리로 가라고 한 이유가 뭘까. 뭔가 꿍꿍이가 있긴 있었던 거지. 감히 날 소모품으로 생각해? 내가 그리 호락호락해보였던 거군."

쉴 새 없이 터져 나가는 플래시 앞에서 재명은 싸늘하게 웃음을 올렸다.

벼랑 끝까지 몰린 자가 같이 굴러떨어질 자를 찾아낸 눈빛이었다.

"무슨 생각 해요?"

오늘도 그는 습관처럼 그녀를 궁금해한다. 피식 웃던 유민이 눈을 치켜떴다. 강변의 벤치에 앉아 멍하니 강물 위로 흩뿌려진 햇빛을 바라보는 중이었다. 눈에 익은 운동복 차림. 훌쩍 커다란 키. 하늘을 뒤덮은 진한 아침의 햇빛 탓에 얼굴을 보는 건 쉽지 않다. 가볍게 눈살을 찌푸리자 그는 너털웃음을 짓더니 몸을 숙였다.

"춥진 않아요?"

"벌써 다 돌았어요?"

"벌써라니요. 한참 걸렸어요. 고구마한테 물어보세요."

제 이름을 듣자 발치에 누워 있던 고구마가 귀를 쫑긋거렸다.

"고구마는 시간을 몰라요. 알아도 대답해 줄 애는 아니에요."

싱거운 대답에 똑같이 싱겁게 대답해 줬더니 그가 웃음을 터뜨렸다.

슬슬 더워져 가는 날씨라선지, 좀 더 선선한 시간대를 찾아 운동을 하러 나온 사람들로 아침의 한강변은 꽤 북적이는 느낌이었다. 바쁘게 스쳐 가는 사람들. 그 사이에서 잔뜩 움츠린 채 앉아 있던 유민의 얼굴은 감추지 못한 긴장으로 굳어 있었다. 윤은 아마 그런 자신이 걱정되어 멀리 돌지도 못했음에 틀림없었다.

"미안해요. 이러고 싶지 않은데 나도 모르게 자꾸 이렇게 돼요."

"그건 미안할 게 아니에요."

좀 더 다가선 윤이 그녀의 손을 잡아 일으켰다. 그리고 몸을 조금 숙여 그녀의 이마에 입을 맞췄다. 다시금 흠칫하는 그녀의 앞에서 하하, 하고 웃어 보인 윤이 빤히 시선을 맞춰 왔다.

"어깨 펴고 당당해져요. 까짓 거, 좀 유명해져 주면 되죠."

"못 말려……."

금세 붉어진 얼굴로 이마를 문지르던 유민이 픽 웃었다. 그녀가 피해자라는 사실이 이제 정론이 되자 인터넷을 돌아다니던 그녀의 사진은 점차 사라지기 시작했다. 강 회장 측에서도 사람을 풀어 최대한 삭제시키고 잡아내긴 했지만, 아직도 그녀는 저를 알아보는 사람들이 있을까 두려워했다. 행여 집 앞 편의점에 들렀다가 시선이라도 느끼면 저도 모르게 당황해 허둥지둥 집으로 돌아오기 일쑤였다. 그나마 리가야와 집, 그리고 강 회장의 저택만을 오가던 유민이 오늘은 큰마음 먹고 아침 운동을 나온 참이었다.

"이제 들어가요."

그리고 오늘은 첫 공판이 열리는 날이었다. 처음 들어가 보게 될 법정. 그리고 그곳에서 보게 될 아버지의 모습. 어떤 일이 벌어질지, 무섭지 않다면 거짓말일 것이다.

"긴장하지 마요. 유민 씨한테 잘못될 일은 없을 테니까."

한 손으로는 그녀의 손을, 나머지 한 손으로는 고구마의 목줄을 붙든 그가 싱긋 웃어 보였다. 언제나처럼 아무 일 없을 거라 믿게 되는 그 웃음이었다. 여전히 긴장은 벗지 못한 얼굴이지만 유민은 고개를 끄덕였다.

느릿하게 절룩거리는 고구마의 걸음에 맞춰 한 걸음을 떼었을 때였다.

"어?"

근처에서 들리는 목소리에 그녀의 어깨가 흠칫 움츠러들었다.

"어머, 맞지?"

"그러네, 어머머……."

분명 그들을 알아보는 목소리였다. 당황한 나머지 온몸이 굳어 버렸다. 그런 그녀의 뒤통수를 잽싸게 끌어당겨 품에 묻어 준 윤이 주변을 힐끗거렸다. 그러나 그의 표정은 그다지 나쁘지 않았다. 그런 두 사람의 모습에 미안해진 걸까. 저만치서 알은척을 하던 서너 명의 남녀가 서로를 재촉하듯 손을 내저으며 걸음을 뗀다.

그렇게 한시름 놓았구나 싶은 순간이었다.

"힘내요!"

그들 중 한 여자가 그들을 향해 손을 흔들어 보이고 돌아섰다.

"파이팅! 꼭 이기세요!"

또 저만치서 낯선 이가 두 사람을 향해 손을 흔들어 보이고 잽싸게 걸음을 옮겼다.

그제야 유민은 움츠렸던 몸을 풀며 그의 얼굴을 바라봤다. 이게 어찌 된 일인지, 영문을 알 수가 없었다. 그러다 결국 붉어진 눈가로 눈물이 고이기 시작했다. 황급히 눈을 돌린 유민은 눈물을 참으려 안간힘을 썼다. 그러나 아무것도 뜻대로 되지 않았다.

순식간에 그녀의 얼굴을 감싸 올린 윤이 고개를 숙여 눈가를 핥고는 능글맞게 물어왔다.

"우유민 씨, 인기 많으십니다?"

"하, 하지 마세요."

빨개진 얼굴로 주변을 흘깃거리던 그녀가 샐쭉한 표정으로 그를 노려봤다. 내려다보는 표정이 그답지 않게 심술궂다.

"안 되겠네. 나만 봐야 하는데……. 다시 가려 버려야지."

그러고는 그대로 유민의 얼굴을 당겨 안았다. 얼결에 그의 가슴 패기에 얼굴을 묻게 된 유민이 답답한 듯 버둥거렸지만 윤은 놓아주지 않았다. 그런 두 사람의 곁을 심드렁한 얼굴로 맴돌던 고구마가 결국 자리에 앉았다. 아무래도 당분간은 움직이지 않으리란 걸 아는 눈치였다.

"흡, 이제 그만……. 괘, 괜찮아요."

"아니, 지금은 내가 안 괜찮아요. 농담인 줄 알았어요?"

더욱 힘을 줘 그녀를 품는 그의 목소리가 짐짓 엄하다. 그러나 그녀의 목덜미를 꼭 당겨 안은 채 양옆으로 흔들어 대는 걸 보면 지금이 아주 즐거운 게 틀림없었다. 유민은 그런 그의 옷자락을 붙들고 작게 웃음을 터뜨렸다.

사실 무섭고 겁이 났었다. 이것이 잘하는 일일까, 고민하며 괴로웠었다. 모두를 진흙탕에 끌어들이고 버티는 제 모습이 미울 때도 있었다. 많은 사람들이 아니라고 하는 건 정말 아닌 건지도 모른다고 생각하며 자책도 했었다.

하지만 그는 끝까지 그녀를 믿어 줬다. 언제나 그녀의 선택을 지지하며 받쳐 줬기에 여기까지 올 수 있었던 거다. 어느덧 느슨히 풀린 그의 품 안에서 고개를 든 그녀가 생긋 웃었다.

"가요."

나란히 걷는 걸음이 가볍다. 지금껏 단단히 그녀를 지탱해 준 남자를 위해서라도 오늘, 그녀는 더욱 당당해질 것이다. 선택에 후회는 있을 수 있어도 그것으로 인해 더 이상은 좌절하지도 않고 절망하지도 않을 거라고.

이미 자신은 아버지와의 싸움에서 이겼다는 걸 안다. 어떤 결과가 나오든 이 사실만은 변하지 않을 것이다. 아버지는 평생을 거쳐도 얻을 수 없었던 것을 그녀는 이미 손에 넣었으니까. 어떤 일이 있어도 제 곁에 있어 줄 사람. 그런 그녀와 함께해 줄 사람을. 사랑하는 사람을 얻었고, 그 사람으로 인해 누구보다 행복하다는 걸 알았으니까.

유민은 잡은 손에 가만히 힘을 주었다. 그에 화답하듯 그의 손가락이 그녀의 손가락 틈을 파고들었다. 그렇게 단단히 손바닥을 쥐어 주는 그를 향해 그녀의 걸음이 가까워졌다. 그녀의 머리가 그의 팔에 닿았다.

"사랑해요."

언제든 할 수 있는 말. 그러나 언제나 하고 싶은 말.

가벼운 웃음소리가 전해져 왔다.

지친 날의 달콤한 낮잠처럼. 내게 그런 사람. 내가 그렇다는 사람.

그렇기에 우리는 부부입니다.

Epilogue 1.
Never Looking Back

"담배 피우십니까?"

남자의 물음에 윤은 고개를 저었다.

"그러실 거 같았습니다."

씩 웃던 남자는 양해를 구한다는 듯 고개를 꾸벅 숙여 보이더니 담배를 꺼내 물었다. 그리고 지포라이터에 불을 켠 순간, 바람이 불어왔다. 바짝 누운 불길에다 담배를 가져다 댄 남자는 이윽고 눈살을 찌푸리며 고개를 들었다.

"시간 참 빠르네요."

청명한 하늘. 폐부까지 시린 공기. 어느덧 겨울이었다. 피식 웃던 남자가 담배를 길게 빨아들였다.

파주 R&D센터의 옥상. 여느 때라면 점심을 먹고 담배를 피우러 오는 사람들로 꽤 붐비는 곳이지만 일요일인 오늘은 오가는 사람도 없이 한산했다.

"마지막까지 한 방 먹는 기분입니다."

산뜻하게 꾸며진 신도시를 내려다보며 나직하게 중얼거리는 남자의 입가에 묘한 미소가 배었다. 윤은 그런 남자의 옆모습을 물끄러미 바라봤다. 박재권. 여전히 그에게선 아무런 감정도 전해 오지 않았다.

"처음부터 이렇게 그만두실 생각이었던 거지요?"

"그렇습니다."

"그런데 이런 상황에서 저를 찾아오시다니……. 여전히 재밌는 분이십니다. 여전히 속을 알 수도 없구요."

흘깃 바라보며 내뱉는 말에 윤은 희미하게 미소를 올렸다.

"별거 없습니다. 뛰어난 인재는 어느 진영에서나 환영받는 법이니까요."

"……."

"제아무리 훌륭한 도구라도 사용법을 제대로 알지 못하는 이에겐 무용지물이죠."

윤을 바라보는 재권의 눈이 점점 가늘어졌다. 단조롭지만 여유로운 말투. 무엇에도 휘둘리지 않고 올곧게 자신의 정의를 관철시키며 전진해 온 자 특유의 솔직함이 조금은 불편하다. 단순히 아버지의 후광을 업고 등장한 재벌가의 아드님이 아니란 건 진즉에 깨달았지만, 그에게 윤은 알면 알수록 새로운 존재였다. 너털웃음을 짓던 재권이 물었다.

"그 말씀은 저라는 도구를 제대로 사용해 줄 상대는 따로 있단 소리군요."

"그렇습니다."

"자신감이 대단하십니다."

"아마, 유전일 겁니다."

싱거운 윤의 대답에 다시 웃음을 터뜨린 재권이 곧 고개를 끄덕였다.

"저 같은 사람은 위에서 내려다보는 것보다 올라서는 걸 좋아하죠. 필요하다면 위의 존재를 끌어내리는 것도 제겐 별일은 아닙니다."

"압니다. 그러니 부회장님을 선택하셨겠죠."

"그런 셈이죠. 상대가 강할수록 그건 재미있는 게임이니까요. 이기기 위해서 무슨 수든 쓰는 과정이 재밌거든요. 하지만 지나치게 저열한 방식의 게임은 질색입니다."

그런 재권의 방식도 잘 알고 있었다. 막다른 길에 몰린 트럭 운전수에게 돈을 쥐여 주고 사고를 사주하는 일 따위의 얄팍한 수는 그가 생각할 만한 게 아니었다. 이는 재권을 완전히 믿지 못한 정민의 단독 행동이었고, 다른 수를 준비하던 재권을 당황하게 만든 사건이기도 했다.

"사실 그전에도 이미 제 마음은 부회장님을 떴습니다. 다만, 상무님이 어디까지 대처를 할 수 있는지 궁금했습니다. 우 의원님이 사모님께 어떤 짓을 하건 그것은 결국 아버지와 딸의 이야기가 되는 것이니. 그러나 상무님께는 최고의 재앙……. 어떤 결과가 나더라도 리스크가 적기에 확보해 둔 패였죠."

"……."

"다만, 우 의원님도 제가 생각한 것 이상으로 저열한 사람이라는 것이 문제였지만."

완벽하게 빠져나갈 구석을 만들어 둔 작전이었으나 예상외로 터진 문제들에 결국 그 역시도 사건의 중심에서 벗어날 수 없었다. 다만 직접적으로 타인을 해하려 했다는 정황은 없고 재명을 이용해 강 회장의 일을 방해하려 했다는 증거 역시 잡히지 않아 무혐의로 풀려날 수 있었다.

"아무튼 재미있었습니다. 그럼 전 이제 어디로 가면 되는 겁니까?"

세 번의 항소 끝에 마지막 항소가 기각된 재명은 징역 1년 6개월, 집행유예 2년의 판결을 받았다. 자연히 그의 당선은 취소되었고 이후의 소식은 알 수가 없었다. 언젠가 사람을 시켜 알아본 그의 집은 이미 다른 사람들이 살고 있었다. 그 과정에서 재명은 기어이 정민의 일을 끌어들였고, 다시 수사선상에 오른 트럭 운전수는 사주가 있었음을 실토했다.

끝까지 자신이 한 일이 아님을 부정하던 정민은 이어 살해 의사는 없었다는 말로 용서를 구했고, 강 회장은 그런 정민을 몰아세운 걸로 만족한 듯 합의하는 것으로 사건을 마무리했다. 이후, 스스로 부회장직을 내놓은 정민은 일본으로 떠났고 그의 남은 세력들은 자연스럽게 와해되었다. 몇몇 측근들의 인사이동과 지방발령 소식을 전해 들은 재권은 이제나저제나 제 순서가 오길 기다리던 참이었다.

"그냥 그 자리에 계셔 주면 됩니다."

윤의 대답은 간결했다. 역시 예상하지 못한 듯 그를 바라보는 시선에 놀람이 깃들었다.

"첫째는 박 부사장님의 능력이 아깝고, 짧은 시간 내에 이뤄 놓은 일이 많다는 것 역시 무시할 순 없습니다. 강 회장님도 같은 마음이시고."

"그다지 재미는 없는 말이군요."

"그러니 그게 부사장님께 제가 줄 수 있는 가장 큰 벌 아니겠습니까?"

납득한 듯 고개를 끄덕이는 재권의 입가에 허탈한 웃음이 비어져 나왔다.

"알겠습니다. 그렇게 하도록 하죠."

Epilogue 2.
sweet siesta

―빛을 연주하는 피아니스트, 강윤의 달콤한 신보, '달콤한 낮잠'. 아름다운 아내와 사랑받을 자격이 있는 이 세상, 모든 아이들에게 전해 주는 그의 따사로운 메시지를 들어 보세요. 강윤의 겨울, 그리고 행복한 콘서트가……

콘서트 홍보용 팸플릿에 실린 사진을 바라보던 유민이 싱긋 웃었다. 커다란 그랜드피아노 옆에 선 늘씬한 남자. 그리고 한 마리의 골든리트리버가 몽환적인 빛에 싸여 있는 광경은 누가 봐도 미소를 짓게 만드는 광경이었다.

"누구 남편인지 몰라도 무지 잘생겼네."

키득거리며 팸플릿을 놓아둔 유민은 작은 쇼핑백을 들어 리가야의 식구들과 인정에게 줄 선물인 그의 사인CD와 초대권을 하나하나 챙겨 담았다. 이어 여기저기 늘어져 있는 서적과 갖가지 물건들을 집어 정리하기 시작했다. 겸사겸사 두 사람의 작업실도 치워 두려는 참이었다.

어떤 상황에도 윤은 자신이 할 수 있는 일은 미루지 않았다. 몸이 열 개라도 모자랄 일과에도 차근차근 준비한 그의 신곡이 발매된 지도 어언 일주일째. 그 어느 때보다 대중적 인지도가 올라간 상태에서 발매된 그의 앨범은 전에 없이 빠른 속도로 팔려 나갔다. 원체 팬이 많기도 했고, 그의 신곡을 애타게 기다리는 사람들도 많긴 했지만, 그의 다정함이 묻어나는 피아노 선율에 위로받은 사람들의 입소문도 만만치 않았다.

그러나 모두가 호의적인 반응을 보여 준 건 아니었다. 지난 몇 개월간, 세간을 시끄럽게 만든 재명과의 법정다툼 이후 발표한 앨범이라서일까. 3년이 넘도록 활동을 않던 그가 하필 이 시기에 앨범을 발매한 건 한창 이슈일 때, 시류에 편승하는 약삭빠른 짓이라 혹평하는 사람도 있었고, 수익금의 전액을 폭력에 희생당한 아이들을 위해 기부하겠다는 이야기조차도 이미지세탁을 위함 꼼수가 아니냔 말도 있었다.

'이미지세탁? 하, 그게 무슨 말이야 진짜! 강윤 씨에 대해 제대로 알지도 못하면서……'

처음 비판적인 기사가 나왔을 때 유민은 분해서 잠도 이루지 못할 지경이었다. 그러나 침대에 앉아 휴대폰을 들여다보며 씩씩거리는 그녀의 옆에서도 윤은 싱글거리며 그녀의 몸을 지분거릴 뿐 그다지 신경은 쓰지 않는 눈치였다.

'강윤 씨는 화도 안 나요?'

'어차피 그 사람들은 뭘 해도 그런 기사를 내는 사람들이라……. 뭐, 그런 것보다 유민 씨, 요즘 더 커진 거 같지 않아요?'

'네?'

뜬금없는 말에 제 어깨에 위치한 윤의 얼굴을 바라봤다가 고개를 숙였다. 아까부터 뒤에서 그녀의 몸을 감고 있던 단단한 팔이 그 순간 좀 더 위로 이동하며…….

'……뭐 하는 거예요?'

'음…… 눈 호강 중이에요.'

횡한 잠옷 틈으로 그녀의 뽀얀 살집이 슬쩍 부푼다.

'하, 하지 마요!'

짓궂은 장난에 기겁한 유민이 그의 팔을 붙잡으며 비명을 질렀다. 그러나 윤은 웃음을 터뜨리더니 그녀를 훌쩍 당겨 침대에 눕히곤 본격적으로 탐구를 시작했다. 미소가 가득한 입술이 그녀의 뺨에 가볍게 부딪치고, 그의 손가락이 잠옷 틈새로 파고 들어와 그녀의 살갗을 쓰다듬다 서서히 브래지어에 가려진 가슴 위로 올라왔다. 당황하며 품으로 파고드는 그녀의 얼굴을 당겨 그녀의 입술을 슬며시 깨물고는 장난스럽게 웃는다.

대체 저 해맑은 얼굴 어디에 이런 야릇한 면이 숨어 있는 건데! 유민은 불만스러운 듯 바르작거렸다. 정작 당하는 건 제 쪽인데, 어째서 달아오르는 제가 야한 여자처럼 느껴지난 말이다.

'잠깐, 이제 그만…….'

'예쁘네. 이거 작지 않아요? 속옷 새로 사야 하나?'

'그게 아니라……! 지금 이 이야기가 중요한 게 아니잖아요!'

'봐요, 이제 한 손에 다 안 들어와요.'

그러나 그 말이 들리지 않는 듯 브래지어마저도 젖히고 들어온 그가 말랑한 살덩이를 움켜쥐었다.

'악! 자꾸 가, 가슴만 만지지 마세요! 더 커진단 말이에요!'

저도 모르게 비명을 질러 버린 유민이 파닥거리며 그의 어깨를 때려 댔다.

그제야 뭔가 깨달았다는 듯 순진한 얼굴로 아, 하며 입을 벌리는 꼴이라니.

생각을 떠올리던 유민이 문득 상기된 얼굴에 부채질을 하며 한숨을 내쉬었다. 툭 하면 다가와 유난히 그녀의 가슴에 집착을 보이는 그의 손길 탓인지 요즘 정말로 속옷이 좀 답답하긴 했다.

"살찐 건가……."

여러 가지 가능성을 생각하며 괜스레 불편한 느낌에 팔을 움직였을 때였다.

―퉁, 챙그랑.

뭔가가 그녀의 팔꿈치에 걸린 느낌이었는데, 요란한 소리가 났다. 그대로 굳어 버린 유민이 당황하며 눈을 돌렸다. 책상 위에 놓여 있던 상자 하나가 굴러떨어진 모양이었다. 뭔지 몰라 막 주워 들려던 순간, 문이 열리는 소리가 들렸다. 돌아보니 윤이 젖은 머리카락을 문지르며 들어서는 중이었다.

"무슨 소리예요?"

"아, 미안해요. 청소하다가 그만……."

당황한 유민이 잽싸게 상자를 치우려던 때였다.

"만지지 마요!"

그보다 빠르게 다가온 윤은 낚아채듯 상자를 집어 들었다. 멈칫한 유민이 그 자리에 굳은 사이 윤은 꽤 심각한 얼굴로 상자를 흔들어 보더니 이내 한숨을 푹 내쉬었다. 아무래도 꽤 중요한 물건이 있었던 것 같다. 그 순간 드러난 윤의 표정은 처음 보는 것이라 그녀는 왠지 더 불안해지고 말았다.

"미안해요. 난 그냥……."

"어쩔 수 없죠. 괜찮아요. 나머지 정리는 내가 할 테니까 유민 씨는 이만 쉬어요. 무리하지 말고."

금세 이전처럼 웃으며 괜찮다고 말해 주긴 했지만, 다시 상자를 살피는 그의 태도는 뭔가 석연치 않았다. 괜찮다고 말하는데도 전혀 괜찮지 않은 느낌. 차마 상대가 그녀라서 할 말을 다 하지 못하는 느낌…….

방을 나서던 유민은 잠시 문간에 선 채 그를 바라봤다. 그러다 남은 소지품을 정리한 그가 마지막으로 상자를 다시 살피는 걸 보며 소리 없이 문을 닫았다.

"고구마, 창문 닫는다."

유민의 말에 마지못해 차창에서 고개를 내린 고구마가 불만 어린 태도로 몸을 웅크렸다. 고구마는 차를 타는 걸 별로 좋아하지 않았다.

"싫어도 어쩔 수 없어. 이젠 날씨가 너무 춥다고."

그나마 녀석이 얌전했던 건 차창 밖으로 머리를 내밀고 바람을 쐴 수 있어서였는데, 날이 추워지며 그것도 못 하게 되자 삐치는 기색이 역력했다. 고개를 절레절레 저으며 웃던 유민이 서서히 차를 출발시켰다.

어느덧 크리스마스도 지났고 새해를 앞둔 때였다. 대로변의 가게들에는 화려한 장식들이 눈길을 끌고, 가로수에도 크리스마스 장식이 아직 달려 있는 상태였다. 이대로 새해가 올 때까지 들뜬 분위기를 지속할 모양이었다.

"시간 빠르네. 그치?"

혼잣말처럼 묻던 유민이 멍하니 눈앞을 바라봤다. 신호에 걸린 사이 그녀의 머릿속에는 지난 몇 개월간의 기억이 떠오르기 시작했다. 그녀 측에서 내민 증거들로 인해 궁지에 몰린 재명이 악에 받쳐 소리를 지르던 모습. 그리고 저를 원망하며 눈물을 찍어 내던 어머니의 모습. 첫 공판장의 풍경은 그러했다.

그러나 그런 것보다 그녀를 더 놀랍고 슬프게 만든 건 다른 일이었다.

'강 회장 일을 방해한답시고 날 이용했다고! 그래, 강 회장 교통사고도 그치가 사주했고 그때 못 죽인 걸 아주 후회하고 있을지 모르지. 거짓말 같아? 딸년 주소도 모르는 나한테 주소 쥐여 준 것도 그 작자들이야!'

서슴없이 쏟아져 나오던 재명의 말에 유민은 경악했다.

그렇게 재판이 끝나고 집에 돌아오자마자 윤을 붙잡고 물었다.

'이게 어떻게 된 일이에요?'

사실 묻는 저 자신조차 뭘 묻고 싶은 건지 알 수가 없었다.

'왜 아무 말 안 했어요? 다 보이면서 어떻게 그렇게⋯⋯'

뻔히 자신을 위협하는 상대의 속내를 다 보면서도 그는 아무것도 내색하지 않았다. 어떤 위험이 닥칠지도 모르면서 꿋꿋하게 그 자리를 지키고 있었다. 그가 저와의 결혼을 위해 세상으로 나섰다는 건 알고 있었지만, 더 나아가 강 회장을 지키기 위해 이 모든 사건의 중심에 있었다는 건 정말 상상조차 하지 못했다.

도리어 멋쩍게 웃던 그가 그녀의 **뺨**을 쓸며 한 말은 이것이었다.

'제대로 지켜 주지 못해서 미안해요.'

어쩌면 이렇게 한결같은 걸까.

정작 힘든 건 그 자신이었으면서 이 순간에도 그는 그녀의 얼굴이 일그러지고 눈가가 붉어지는 걸 안타까워한다. 얼마나 괴로웠냐고 묻지도 못하는 그녀 앞에서 천진하게 웃어 보이며 감싸 안아 줬다. 그 순간 유민은 저 자신의 위치를 새삼 깨달았다.

그에게 그녀는 완벽하게 믿고 의지할 만한 존재는 아니었던 거다.

다시 말해, 그는 아직도…… 그녀를 어린아이로 생각했던 거다.

'내 비타민.'

그래서 **뺨**을 감싸며 속삭이는 말에도 마냥 기쁘지만은 않았다.

'다음부터는 이러지 마세요.'

'알았어요.'

흔쾌히 하는 대답. 옅게 미소를 보이고 그의 손바닥에 얼굴을 비비면서도 그녀는 묘하게 서걱거리는 가슴을 추슬러야 했다. 지금의 이 먹먹함이 그의 눈에 보이지 않는다는 걸 다행이라 여겼다. 그리고 생각했다. 그에게 의지가 되지 못한다면 편히 쉴 수 있게라도 해 주자. 좀 더 그를 믿고 엉뚱한 일로 힘들게 하진 않겠다고…….

그러나 그는 그녀가 실수를 저지르는 순간에도 싱긋 웃음 지었다. 분명 소중한 것이 담겨 있는 상자를 떨어뜨렸고, 그 안에 물건을 부순 게 틀림없는데 화조차 내지 않았다.

'어쩔 수 없죠.'

그렇게 허탈한 얼굴로 웃게 하고 싶진 않았는데…….

점심시간을 틈 타 만난 인정에게 선물을 전하고 곧장 리가야로 온 유민이 능숙하게 주차를 마쳤다. 답답한 차 안이 싫었는지 고구마는 차 문이 열리자마자 냉큼 뛰쳐나갔다. 카페 쪽의 입구로 들어서자 오늘은 익숙한 얼굴의 여자 손님들이 그녀를 맞이했다.

"어, 유민 씨 오랜만이네. 고구마~ 우리 고구마 잘 지냈어?"

"진짜 오랜만이네. 요즘은 별일 없지?"

반갑게 인사말을 전하는 그녀들 사이에서 황금빛 털을 가진 녀석 하나가 뛰쳐 나왔다. 고구마의 아들인 재복이었다.

"우리 재복이가 오랜만에 아빠 보니까 좋은가 보다. 아주 흥분하네."

재복의 주인인 희경과 그녀의 친구인 민아는 오랜 단골로, 유민이 교복을 입고 드나들던 시절부터 안면을 익힌 사이였다. 결혼을 하고 고구마를 돌보러 다닐 무렵부터 본격적으로 가까워진 그녀들은 소송 중에도 좋지 않은 소문으로 시달리는 유민을 두둔하고 나서 준 고마운 사람들이기도 했다.

"어쩐 일로 오신 거예요? 재복이 또 배탈 났어요? 아님 재순이가 다친 거예요?"

"어, 유민이 왔니? 재복이가 이번에 또 아빠 됐대."

때마침, 뭘 가지러 나온 건지 프런트로 나온 지민이 알은척을 했다.

"진짜요?"

"심지어 이번엔 다섯 마리야."

"와, 그렇게 많이 낳았어요?"

"그래, 네 마리까지 보고 다 낳은 줄 알고 정리하려는데 느닷없이 하나가 더 나오는 바람에 남편이랑 애들이 아주 다들 기겁했다니까."

고개를 절레절레 저어 보이는 희경의 앞에서 유민은 얼굴 가득 함박웃음을 지으며 재복을 끌어안았다.

"우와, 축하해. 재복아."

"그것보다 유민이 오늘은 좀 기다려야겠다. 지금 재순이 검진받고 있거든? 게다가 꼬맹이들 단체로 예방접종까지 해야 해서. 뒤에 다른 손님들도 계시고."

"그거야 뭐, 괜찮아요."

이윽고 뭔가 물건을 꺼내 든 지민이 뒤편으로 사라지자, 고구마는 말귀를 알아들었는지 제자리로 가 엎드렸다. 그런데도 뭐가 그리 좋은지 재복은 꼬리를 흔들며 그 옆을 알짱거렸다. 그 사이 유민은 프런트로 다가가 들고 온 쇼핑백을 놓아두었다. 바쁜 일이 끝나야 전해 줄 수 있을 것 같다.

"참, 나 강윤 씨 앨범 샀어. 노래 너무 좋더라."

말을 잇던 희경이 생각났다는 듯 유민을 향해 손짓하며 의자를 권했다.

"나도 샀어. 친구들 돌리려고 다섯 장 샀는데 언제 강윤 씨 여기 안 오나? 사인 받고 싶은데."

"얘는. 강윤 씨는 이제 여기서 그렇게 놀 사람 아니야. 엊그제 콘서트했지?"

"네. 크리스마스에 한 건 끝났고, 31일에 하는 건 아직 남았어요. 그렇지 않아도 그거 준비하느라 강윤 씨 요즘 많이 바빠요."

유민이 자리에 앉으며 대답하자 민아가 한숨을 푹 내쉬었다.

"아, 아무튼 그때가 참 좋았는데…… 벌써 또 일 년이 갔네."

이제 40대로 접어든다는 한탄과 함께 시작한 그녀들의 유쾌한 수다가 끝을 모르고 이어졌다. 주로 제멋대로인 시댁을 향한 성토나 남편이 숨겨 놓은 비자금을 털었다거나 하는 둥의 소소한 이야기였지만, 유민은 흥미진진한 얼굴로 그녀들의 말을 귀담아 들었다. 부부라는 말로 접해 본 건 부모님의 이야기가 전부였던 그녀에게 평범하고 행복한 부부들의 이야기는 또 다른 세상의 이야기처럼 들려왔다.

"에휴, 강윤 씨는 이런 적 없지? 사람이 너무 순수해서 뭘 숨기는 것도 잘 못 할 거 같고. 아니 애초에 그러지도 않을 거 같아."

"모르는 소리 마. 사회 나가 보면 강윤 씨처럼 매번 웃고만 있는 사람들이 더 무서운 법이야. 누구한테나 똑같잖아, 태도가."

"그런가? 에이, 그래도 그건 아니다…… 그보다 강윤 씨 같은 경우는 사람 본성은 쉽게 안 변한다고 말해 주는 거지."

슬쩍 굳는 유민의 표정을 봤는지 희경이 슬그머니 말을 돌렸다.

그러나 다소 눈치가 없는 편인 민아는 갑자기 건수라도 발견한 듯 눈을 빛냈다.

"어머, 유민 씨. 표정이 왜 그래? 무슨 고민 있나 봐. 왜? 강윤 씨랑 트러블이야?"

"뭘 그런 걸 묻고 그래?"

"왜— 원래 신혼 때는 한창 이런 트러블 생길 때고, 그런 건 빨리 풀어 줘야 해."

그러나 민아의 말에 정작 말리던 희경도 호기심이 동하는 눈치였다. 동시에 유민의 얼굴을 향한 그녀들의 눈빛이 묘하게 반짝였다. 무료한 그녀들의 오후에 느닷없이 생겨난 즐거움이었다.

그런 속내는 꿈에도 모르는 유민이 문득 한숨을 내쉬었다. 다시금 며칠 전의 일이 떠오른 탓이었다.

"속 시원하게 말해 봐. 남자들 속은 그래도 우리가 잘 알지. 결혼한 지가 벌써 10년이 넘는데."

"저기……."

"그래, 응."

주저하며 입을 열던 유민이 다시 한숨을 푹 쉬었다. 도무지 이 상황을 뭐라고 설명해야 할지 모르겠다.

"제가 아무래도 뭔가…… 실수한 거 같아요. 물론 강윤 씨는 화도 안 냈고, 괜찮다고는 하는데……."

띄엄띄엄 설명하는 유민의 표정이 어두웠다. 오늘 아침에도 윤은 뭔가 깊게 생각에 잠긴 얼굴이었다. 며칠 전에는 그녀가 없는 자리에서 어딘가 급하게 전화를 거는 모습도 눈에 띄었다. 그러나 정작 옆에 선 그녀를 향할 때면 평소처럼 웃으며 말을 걸고 입을 맞춰 댔다. 분명 평소와는 다른 느낌인데 꼭 집어 말할 수 없는 미묘함. 차라리 정말 화가 났거나 말이라도 하지 않는다면 왜 그러냐, 물을 수라도 있을 텐데.

"사실 평소에도 본인이 이건 말할 필요가 없다, 싶은 일은 그냥 혼자만 알고 터놓지 않는 편이긴 했거든요. 그런데 이번 일은 그거랑 느낌이 좀 다른 거 같아요. 왜인지는 모르겠는데 뭔가 다른 감정이 느껴져요."

"삐친 건가?"

민아의 말에 유민은 저도 모르게 이맛살을 찌푸렸다.

"남자들 의외로 그런 일로 되게 잘 삐쳐. 그 상자에 뭐가 있었는지는 모르겠는데, 아무래도 뭐 구하기 힘든 수집품이라도 있었던 거 아닐까?"

설마 그런 일로, 라고 묻는 듯한 유민의 표정에 두 여자는 깔깔거리며 웃음을 터뜨렸다.

"열한 살이나 많은 남자면 대단히 어른 같아 보이지? 그런데 남자는 안 그래. 사실 우리 남편도 일본드라마 광이라서 블루레이 CD같은 거 엄청 쌓아 뒀거든. 그런데 재순이가 장난치다 진열장을 한 번 엎어 버린 적이 있어. 그때 아마, 한 6개월은 재순이를 만지지도 않았을걸?"

"우리 남편도 그래. 심지어 더 쪼잔하다? 애들이랑 닭고기 배달시켜 먹는데 자기가 씻는 동안 애들이 가슴살 다 먹었다고 삐쳐 가지고 방에 들어가 그냥 잔 적도 있어."

"그러고 보니 그거 우리 남편도 그런 적 있다. 그러게 내가 밥상 차려 놓으면 바로바로 앉으라고 몇 번을 이야기했었는데……."

40살은 족히 넘는 남자들의 만행에 유민은 입을 떡하니 벌렸다. 그런 유민의 반응에 그녀들은 더 크게 웃어 가며 누가 더 속이 좁은지에 대해 다투듯 이야기를 풀어 댔다. 정말 상상을 초월하는 아저씨들의 이야기에 고개를 절레절레 젓던 유민이 한숨을 푹 내쉬었다. 그 이야기들은 그것대로 웃기고 재밌긴 했지만 정작 본인의 일이라 생각하니 웃을 수만은 없는 거다.

"저기…… 그럼, 그럴 땐 어떻게 해야 기분이 풀릴까요?"

그 순간 두 여자의 얼굴에 음흉한 웃음이 깃들었다.

"뭐, 별거 있겠어? 밤 서비스가 최고지."

가볍게 둥당거리는 콘트라베이스와 익살스럽게 박자를 맞춰 가는 젬베. 재즈풍의 리듬이 실린 상큼하고 가벼운 피아노 선율이 이어지자 관객석을 가득 메운 관중들의 몸도 조금씩 들썩이기 시작했다. 올해의 마지막 날. 그의 콘서트 일정의 마지막 밤은 그렇게 무르익어 갔다.

한 곡의 연주가 끝나고 다음 곡의 세팅을 위해 준비하는 동안 윤은 마이크를 잡고 작은 의자에 걸터앉았다. 그러다 어느 한 곳을 보며 피식 웃음을 터뜨렸다. 누군가가 질문을 던진 모양이었다.

[네? 왜 하필 이런 날에 콘서트를 하냐구요? 그러게요. 저도 제가 왜 그랬는지 모르겠어요.]

—와하핫.

아담한 콘서트홀은 빈자리가 없었고, 콘서트는 내내 화기애애한 분위기 속에서 진행되고 있었다. 실없이 대답한 그가 같이 웃고는 말을 이었다.

[어, 벌써부터 졸고 계시는 분 보입니다. 싱글이시죠? 커플분들이야 옆에 사람이 있으니 잠은 안 오겠지만 혼자 오신 분들은 조금 졸리실 수도 있을 거예요. 네? 제가 더 안쓰럽다구요? 아, 유부남이 왜 아내도 없이 이렇게 궁상맞게 피아노나 치고 있냐구요? 아니에요. 절대 안쓰러워하실 필요 없습니다. 왜냐면 내 아내는 지금 이 자리에 계시거든요. 그리고 전 같은 공간에만 있어도 비타민이 충족됩니다.]

그의 엉뚱한 대꾸에 또 한 번 웃음소리가 터져 나왔다. 이번엔 그의 시선이 정확히 그녀가 있는 곳을 향했다. 조명이 환한 무대에서 관객석이 잘 보이지 않을 텐데 어떻게 안 걸까. 아니면 우연이었던 걸까.

[오늘 같은 날 이렇게 멀리서만 보게 만들어서 미안하고, 이해해 줘서 고마워요. 아, 어디 있는지는 찾지 마세요. 저만 알고 있을 거예요.]

그의 시선을 따라 두리번거리는 사람들을 향해 그가 손가락 하나를 입술에 대고 씩 웃었다. 이번엔 야유 반, 환호 반이 섞인 웃음소리로 바뀌었다. 못 들은 척 손을 내저으며 피아노로 돌아간 그는 여유로운 태도로 자리에 앉았다.

[힘든 하루를 보내고 집에 왔을 때 누군가가 나를 기다리다 꼭 안아 준다면 얼마나 행복할까요. 여기 계신 여러분들께도 그런 행복이 찾아갔으면 좋겠습니다.]

그리고 그의 신곡 달콤한 낮잠이 흘러나왔다. 그의 손끝에서 흘러나오는 선율은 봄의 햇살처럼 따뜻했다. 그녀와 나란히 앉아 연주를 할 때처럼 위로하듯. 때로는 끌어 올리듯. 찬 겨울바람을 몰아내듯 부드러운 터치와 단조로운 듯 자연스러운 멜로디가 삶에 지친 사람들의 곤두선 감정을 토닥토닥 다독여 줄 것이다.

그렇듯 그의 피아노를 들으면 대번에 그의 진심을 이해하게 된다. 행복한 자신처럼, 그의 음악을 듣는 사람들도 행복하길 바라는 마음이 한결 쉽고 강하게 전달된다. 말과 행동은 꾸밀 수 있을지라도 그의 연주는 그렇지 않으리란 믿음을 가지게 했다. 그런 연주를 하는 사람이었다.

가만히 그의 모습을 지켜보는 유민의 입가에 흐뭇한 미소가 깃들었다.

이 자리의 모두가 같은 마음으로 행복하길 바라며.

두어 곡의 앙코르 공연을 끝으로 콘서트는 끝이 났다. 관계자들과 지인이 모인 조촐한 애프터파티가 진행되는 동안에도 유민은 다소 긴장한 상태였다. 꽤 늦은 시간이라 배가 고팠지만 도무지 넘길 수가 없어 준비된 음식은 입에도 대지 못하고 누군가가 권한 샴페인만 홀짝거렸다. 아니, 권하지 않았대도 오늘만큼은 취하는 게 나을 것 같았다.

"괜찮아요?"

현관을 들어서며 휘청거린 순간 그가 팔을 붙잡으며 물었다. 크게 취한 것도 아니었는데 이상하게 몸이 잘 움직이지 않았다. 애써 몸을 꼿꼿이 세운 유민이 작게 한숨을 내쉬었다. 그런 유민의 모습에 바라보는 그의 입가가 가만히 늘어졌다.

"취, 취한 거 아니에요."

"알아요. 많이 마신 거 아니잖아요."

또 뭐든지 다 안다는 듯 말한 그가 한 손으로 그녀의 몸을 감고 걸음을 옮겼다. 익숙한 거실을 지나 두 사람의 방 안으로 들어섰다. 비틀거리는 그녀를 안다시피 하며 침대에 앉힌 그가 눈높이를 맞춰 무릎을 구부렸다. 여전히 다정한 미소. 부드러운 눈매가 온전히 그녀만을 향했다. 어쩔 수 없이 웃게 된다.

"오늘 강윤 씨 최고로 멋있었어요."

"당연하죠, 누구 남편인데."

왠지 뜨거운 것이 천천히 목을 타고 올라왔다. 묘한 아픔을 참으며 그의 옷자락을 당기자 그는 나른한 웃음과 함께 그녀의 몸을 감싸 왔다. 뒷머리를 누르며 품에 꼭 품어 주는 그의 손길이 너무나 좋다. 많은 이의 사랑을 받는 그 손이 이 순간만큼은 온전히 저를 감싸 준다는 것이 행복했다.

"강윤 씨."

"네?"

"오늘은 내가 하자는 대로 해 주면 안 돼요? 아무 말 하지 말고."

슬쩍 몸을 뗀 그가 흥미롭다는 듯 빤히 바라봤다. 그 눈길이 조금 부담스러울 때쯤 고개를 기울인 그가 흔쾌히 대답했다.

"그러죠. 뭘 하면 되는데요?"

잠시 고개를 숙인 유민은 긴장으로 말라 오는 입술을 축였다. 정말 자신이 그걸 할 수 있을지 의문이었다. 그날, 리가야에서 만났던 희경과 민아의 조언은 지극히 생소했다.

'눈 딱 감고 질러 봐. 분명 한 방에 무장해제 될걸?'

다시금 귓가를 맴도는 그녀들의 목소리에도 좀처럼 용기는 나지 않았었다. 그렇게 미루고 미루다 결국 오늘이었다. 원인을 알 수 없는 그의 태도는 오늘도 마찬가지였다.

아니, 근본적으로 그는 어딘가 잘못되어 있었다. 매사 솔직하지만, 늘 차분하고 여유로운 태도 탓인지 그 솔직함마저 가끔은 가면처럼 느껴지니까. 그래서 헷갈렸다. 분명 솔직한데, 완벽하게 자신을 가다듬어 버리는 그가 당황해 무너지는 광경을 봐야 속이 시원할 거 같았다. 때론 허술함조차 자연스러워 사람을 혼란스럽게 만드는 사람이 모든 걸 적나라하게 드러내는 순간이 보고 싶었다. 하다못해 제 안에서 신음을 토할 때마저 이성을 지키는 그가 완벽하게 제게 미쳐 버리는 순간을…….

이윽고 유민이 몸을 일으켰다. 자연스럽게 따라 일어선 그가 멈칫했다.

"유민 씨?"

그 부름에 대답은 없었다.

—철컥.

느닷없이 손목에 감겨 오는 차가운 감촉. 그의 미간이 가볍게 일그러졌다. 차가운 고리가 단호하게 손목에 감긴 순간, 왠지 올 것이 왔구나 싶은 기분이었다. 아마 괜한 죄책감이겠지만.

"음…… 유민 씨 이건…….."

"아무 말 하지 마요!"

"그래도 이건…….."

"그러기로 했잖아요. 여, 여기서 조금만 기다려요."

본인이 저질러 놓고도 아주 이상한 기분이었다. 안절부절못하던 유민은 부랴부랴 그의 손을 붙잡아 침대에 앉혀 두고는 방을 나섰다. 그리고 드레스 룸에 들어가 미리 준비해 둔 쇼핑백을 꺼내 들었다. 안에 든 물건을 꺼내는 그녀의 손이 조금 떨렸다.

"이거 진짜 괜찮은 거야?"

눈앞으로 들어 올린 걸 보고 있자니 더 미칠 것만 같다. 은영과 지민이 장난기 가득한 얼굴로 전해 준 경찰 코스튬이었다. 슬릿이 깊게 파인 치마와 꼭 끼는 셔츠. 그리고 조금 작다시피 한 재킷을 걸치고 나니 대체 이건 또 무슨 꼴인지 알 수가 없었다.

쇼핑백은 내내 드레스 룸에 처박혀 있었다. 생각만 해도 부끄럽고 민망해 한동안 열어 본 적도 없었는데 막상 입고 보니 이건 더하다. 잠시 울상을 짓던 유민이 힐끗 제 가슴을 내려다봤다. 아슬아슬하게 단추 하나로 버티고 있는 셔츠가 굉장히 불안하다. 당장이라도 벗어 버리고 싶은 마음이 굴뚝인데…… 이미 그의 손목에 채워 둔 수갑은 또 어쩌란 말이다.

거울 앞에서 한숨을 푹푹 쉬던 유민이 드레스 룸을 나선 건 꽤 오랜 시간이 지나서였다.

쭈뼛거리며 방으로 들어선 유민이 멈칫했다. 침대 위에 있어야 할 사람이 없었다. 당황하며 주변을 돌아보려는 순간, 갑자기 그녀의 머리 위로 휙 덮쳐 온 팔이 그녀의 몸을 낚아채듯 끌어당겼다.

"왜 이렇게 늦었어요?"

목덜미로 닥쳐오는 숨결. 등을 감싸 오는 온기에 그만 흠칫해 버렸다.

"가, 강윤 씨……."

"와, 이거 보여 주려고 한 거예요? 경찰? 무지 예쁘네요."

"아니! 지금은 이게 아니라, 잠깐, 잠깐만요!"

허둥지둥 그의 품 안을 빠져나온 유민이 천진한 얼굴을 한 윤을 바라봤다.

"어떻게 움직인 거예요!"

"그야 걸어서 움직였죠."

"아니, 그게 아니라구요!"

이젠 제가 무슨 생각을 하는 건지도 모르겠다. 손을 묶었다고 못 움직이는 게 아닌데!

바보 같은 생각을 털어 내듯 고개를 저은 유민이 다시 윤을 밀다시피 하며 침대로 데려가 넘어뜨렸다. 털썩 소리와 함께 침대 헤드에 기대앉은 그가 의아한 얼굴로 그녀를 바라본다.

"아무튼! 이제부터 가만히 있어요! 알았죠? 이제부터 내가 하는 대로 가만히!"

그대로 그의 허벅지 위로 올라탄 유민은 새빨개진 얼굴을 감추지도 못하고 말을 이었다. 정작 그를 덮치고 있는 건 저 자신인데도 목소리는 왜 이리 떨리는 건지 모르겠다. 그러나 윤은 묘하게 태연한 얼굴이었다. 느긋하게 뭔가를 감상하듯 그의 시선이 옮겨 가는 것이 보일 때마다, 그의 눈길이 닿는 곳이 어디쯤인지 짐작할 때마다 몸이 움츠러들었다. 저도 모르게 등을 움츠리고 손을 내려 슬릿 틈으로 드러난 허벅지 위로 치맛단을 옮기려 애를 썼다. 그러다 다시 마주친 그의 시선엔 옅은 흥분이 어려 있었다.

"그, 그럼 가만히 있어요…… 가만히……."

조금 더 의례적으로 갖춰 입은 정장과 아직도 단정한 그의 헤어 스타일 탓일까. 간신히 손을 올려 그의 옷자락을 붙잡은 순간 머리가 핑 돌 것 같았다. 긴장으로 떨리는 손이 허둥지둥 넥타이를 풀고 재킷을 벌렸다. 이어 셔츠 단추를 하나하나 툭툭 풀어내기 시작했다.

"간지러워요."

한층 가라앉은 목소리가 귓속을 파고든 순간, 그나마 움직이던 손이 우뚝 멈추고 말았다. 심장이 벌렁거려 미칠 것만 같다.

"마, 말하지 말고…… 그렇게 보, 보고 있지 말고 눈 좀……."

"간지럽다니까요."

어느새 움직인 그의 손이 하얗게 드러난 그녀의 허벅지를 쓸어 올렸다. 소스라치게 놀란 유민이 허둥지둥 몸을 뒤로 빼려 했지만 그의 행동이 더 빨랐다. 양손이 그녀의 가느다란 허리를 움켜쥐고 놓지 않았다.

"어딜 도망가요. 마저 해야지."

"그, 그러니까 움직이지 말란 말이에요!"

당황하며 퍼덕이던 유민이 그의 손을 붙잡았다. 그리고 그제야 제 실수를 깨달았다.

저걸 뒤로 묶었어야 했구나!

다급히 그의 손을 떼어 내며 그의 머리 뒤로 옮겨 주려다 또 털썩 그의 몸 위로 쓰러진다. 뭔가 해 보려는데 점점 더 실수만 연발하는 그녀의 모습에 결국 웃음을 터뜨린 윤이 그대로 손을 내려 그녀의 몸을 끌어안았다.

"아, 안아 달라는 거였어요?"

"아니 이게 아니라…… 이게 아닌데……?"

버둥거리며 그의 가슴팍을 짚고 일어나는 사이에도 그의 손은 얄밉게도 가만히 있질 않았다. 등을 쓸어내리고 가느다란 허리를 움켜쥐었다가 멋대로 엉덩이를 주물러 댄다. 그러면서도 그 표정은 태연하지 그지없다. 당황하긴커녕 장난이라도 치는 듯 즐기는 모습을 보고 있자니 이젠 이쪽이 미칠 지경이다.

"아! 정말!"

버럭 소리를 지른 유민이 옆에 풀어 둔 넥타이를 집어 들었다.

뭘 하려는 걸까, 짧게 생각하는 사이 그녀는 꿈지럭거리며 그의 몸에 기대 왔다. 윤은 가만히 한숨을 삼켰다. 그녀의 의도를 알면서도 모른 체하기가 슬슬 힘들다. 아니, 사실은 묘하게 진지한 얼굴로 그의 앞에서 '오늘은 내가 하자는 대로 해 주면 안 돼요?' 라고 했을 때부터 그대로 덮치고 싶었던 걸 꾹 참고 있었다. 지금도 잘근잘근 깨물려 빨갛게 된 입술이 그의 눈앞이었다. 빤히 바라보는 게 부담스러운지 내내 그의 시선을 회피하던 그녀가 마지막에 쭈뼛거리며 그와 눈을 마주했을 때는 인내심의 끈이 점점 가늘어지는 게 느껴질 지경이었다.

"누, 눈 가릴 거니까……."

중얼거리던 그녀의 말을 끝으로 그의 눈가에 넥타이가 감겼다.

"이러면 나 너무 흥분할 거 같은데요."

"말하지 마시라니까요!"

흠칫 놀라는 게 몸으로 생생하게 느껴진다. 그의 입가에 미소가 걸렸다.

그러나 그 미소는 오래 지속되지 못했다.

"웃……."

갑자기 턱 선을 물어 오는 입술의 감촉. 말캉한 입술 안쪽의 느낌이 생생해 저도 모르게 신음을 뱉고는 숨을 멈췄다. 그제야 온몸을 덮친 부드러운 생명체의 움직임이 아주 위험했음을 깨달았다.

서툰 입맞춤이 점차 그의 목덜미로 향한다. 어쩔 줄 몰라 당황하면서도 어떻게든 목적은 이루고자 하는 그녀의 몸짓. 뻔히 보이는데, 다 알겠는데……. 이상한 기분이 든다. 그 서툼 자체가 이렇게나 자극이 될 줄은 정말 몰랐다.

"뭐…… 하는 거예요?"

어느새 다 풀려 있던 셔츠 안의 맨몸이 그녀의 몸과 맞닿았다. 그의 목소리에 깃든 열기가 만족스럽다. 눈을 들자, 그의 목울대가 천천히 움직이는 광경이 보인다. 아무렇게나 흘러내린 푸른색 계열의 넥타이와 뚜렷하게 구별되는 하얗고 고운 피부. 왠지 바짝 마르는 입술을 축이고는 그의 쇄골에 천천히 입술을 내렸다. 단단한 뼈와 부드러운 살갗의 느낌이 야릇하다.

오랜 시간 조명을 받으며 연주를 했던 그에게선 엷은 땀 냄새가 났다. 한결 진해진 그 특유의 체취가 몸 안에 스며드는 것만 같았다. 이런 향기를 맡는 순간이 지극히 한정적임을 깨달은 그녀의 몸이 점차 달아올랐다.

"무, 묻지 말고……."

더 용기를 낸 그녀가 그의 맨살갗에 손을 얹고 쓰다듬었다. 단단한 남자의 몸을 손바닥으로 느끼는 것도 처음은 아닌데 가슴이 터질 것처럼 뛰어 댄다. 그럴 땐 정말 제정신이 아니었던 모양이다. 왠지 그가 나른하게 웃는다.

"우, 웃지 마요."

작게 타박을 놓은 그녀가 방금 손이 스치고 간 곳에 입술을 댔다. 그럴 때마다 웃음인지 신음인지 모를 그의 반응이 전해 온다. 이어 손끝이 그의 가슴 위로, 다시 단단한 정점을 쥐자 뭔가를 참는 듯 지그시 어금니를 악문 그가 고개를 튼다.

"으음⋯⋯. 유민 씨⋯⋯."

그러나 이것이 맞는 건지 틀린 건지 알 수가 없었다. 다시 한 번 그의 가슴패기에 입술을 묻고 혀를 내밀어 핥은 순간 그녀의 등을 감싸고 있던 손에 힘이 들어갔다. 멈칫한 유민이 저도 모르게 물었다.

"싫은 거예요?"

"아니⋯⋯ 이건, 그게 아니라⋯⋯."

열띤 목소리. 확연히 아까와는 다른 반응이었다. 다시 한 손으로는 그의 가슴팍을 쓸며 입술을 벌린 유민이 그의 정점을 물었다. 가만히 입안의 것을 빨아들였다가 혀로 지그시 누른 순간, 그는 크게 신음을 흘리며 몸을 떨었다.

"제길⋯⋯."

처음 듣는 거친 말과 함께 불쑥 몸을 일으킨 그가 그녀의 몸을 당겨 안았다. 그제야 흠칫 놀란 유민이 몸을 움츠렸다.

"잠깐 지금은⋯⋯ 가만히, 가만히⋯⋯."

뒷말을 채 잇지도 못했다. 무작정 덮쳐 온 입술이 그녀의 턱 선에 부딪쳤다. 놀라며 고개를 돌리려는데, 금세 뒷목을 부여잡은 그는 그대로 그녀의 머리를 당기며 입을 맞춰 왔다. 뺨에, 입가에, 다시 입술에. 보이지 않는 것에도 어떻게든 본능의 힘을 빌려 입을 맞추려는 그의 행동은 한 마리 굶주린 짐승 같았다.

"가, 강윤 씨! 가만히 있기로……."

"열쇠."

"안 돼요, 아직……."

도리질을 치며 그를 밀어내려는 손길이 허무하게 그의 품에서 벗어날 수가 없었다. 다시 그녀의 입술 틈새로 파고드는 그의 혀를 감당하기만도 벅차다. 간신히 그의 혀가 빠져나간 틈을 타 불러 보는 목소리가 떨려 나왔다.

"강윤 씨."

"열쇠 내놔요."

"읏……."

흥분에 가득한 목소리가 입 안에서 울리는 기분이었다. 목적은 그것밖에 없는 듯 하염없이 그녀의 입속을 탐하고 묶인 손으로도 그녀의 몸을 쓰다듬는다. 아니, 몸을 쓸며 뭔가를 찾고 있었다. 엉덩이부터 몸을 타고 올라와 없다는 걸 확인한 손이 그녀의 머리 위로 훌쩍 넘어왔다. 동시에 그녀의 몸이 침대로 풀썩 밀리며 쓰러졌다.

"아!"

곧장 몸 위로 덮쳐 온 그가 다급히 그녀의 몸을 뒤척였다. 이미 벗겨진 넥타이는 어디로 간 건지 찾을 수가 없고 마주친 눈은 열기로 가득했다. 이런 일까지는 예상 못 했던 유민이 당황하며 그의 행동을 막으려 했지만 부질없었다.

"앗! 으아! 잠깐……!"

엉덩이 바로 아래만을 간당간당 가리고 있던 치마가 좀 더 걷어 올라가고 남은 속옷과 허리춤을 뒤척거리는 손길이 더욱 바빠졌 다. 부욱, 소리와 함께 블라우스의 단추가 뜯기고 몸 이곳저곳을 수색하는 손과 그걸 피하려 애를 쓰는 유민의 가벼운 몸싸움이 이 어졌다. 그러다 결국, 브래지어 틈에서 열쇠를 찾아낸 그가 굳은 얼굴로 수갑을 풀어냈다.

"안 돼."

유민이 절망적인 얼굴로 중얼거렸다. 작전은 이게 아니었는 데…….

"뭐가 안 된다는 거죠?"

천진하게 묻던 그가 덮치듯 그녀의 몸을 눌러 왔다. 부드럽지 만, 조금은 강압적으로 눌러 오는 힘이 버겁다. 습관처럼 눈을 감 아 버린 유민이 고개를 돌려 버리자 그사이 조금 더 몸을 붙여 온 그가 자연스럽게 양손을 올려 그녀의 얼굴을 붙들었다.

"흥분할 거라고 했을 텐데?"

왠지 얄미운 느낌에 눈썹을 찡그리자, 이번엔 그녀의 얼굴에 잘 게 흩뿌려지는 키스로 바뀌었다. 유민은 견디다 못해 그의 가슴팍 을 밀어 댔다. 이 남자는 정말 전생에 개였을 거야!

제자리라도 찾는 양 말랑한 혀가 입술을 두드려 대다 결국 이를 드러낸다. 빨리 반응하지 않음을 책망하듯 가볍게 깨물며. 그녀가 작게 비명을 질렀다.

"뭘 하려고 했을까?"

한껏 짓궂어진 말투였다. 유민의 얼굴은 점점 더 울상이 되었다. 그냥 조금 얄미우니까 조금만 그를 괴롭히고 조금만 더 기분 좋게 해 줄 생각이었는데 순식간에 역공을 당했다. 버둥거리는 사이, 재킷과 셔츠를 마저 한 번에 벗어 낸 그의 상체가 그녀의 몸을 덮고, 벌어진 다리 사이로 들어온 그의 허벅지가 사타구니를 꾸욱 눌러 왔다.

"아니 나, 나는 그냥……. 윽!"

"대체 누구한테 이런 걸 배웠을까?"

"그게 아니라……."

"위험한 여자였네, 우유민은."

멋대로 헤쳐진 옷자락 틈으로 그의 숨결이 파고들었다. 어느 순간 젖가슴을 움켜잡은 그가 그녀의 몸에 키스를 퍼붓는다. 숨을 멈춘 유민은 새어 나오려는 신음을 참으려 입술을 깨물었다. 그러나 윤은 집요하게 도톰한 살결을 물고 혀로 짓이겼다.

"아응!"

허리가 멋대로 튀어 올랐다. 들썩이는 몸이 더욱 그의 몸을 자극하는지 그의 입에서도 거친 숨과 함께 나른한 신음이 새어 나왔다.

"각오해요."

더는 참을 수 없는지 단호하게 선언한 그가 그녀의 다리 사이로 자리를 잡았다. 급하게 버클을 여는 소리. 지퍼를 내리는 소리가 생생하다. 미처 어떤 상황인지 깨닫기도 전에 다리 사이에서 느껴지는 뜨거움.

"으흑!"

뒤이어 속옷을 젖히며 몸을 가르듯 힘 있게 파고드는 그것. 유민은 품 안에 가득한 남자를 껴안은 채 몸을 떨었다. 느릿하게 빠져나간 그가 다시 한 번 치고 들어왔을 때는 절로 몸이 뒤로 젖혀질 지경이었다. 벌어진 입으로는 신음밖에 나오지 않았다. 뭔가 해야 하는데 아무것도 할 수가 없었다.

"우유민."

"흐윽!"

"대답해. 뭘 하려고 한 거야?"

이미 젖어 있는 몸 안 깊숙이 그가 닿아 온다. 대답은커녕 그가 들이칠 때마다 튀어나오는 신음을 정리하는 것부터가 무리였다. 평소와는 다른 그의 태도가 무서운데 그만큼 새로운 감각이 온몸을 태우는 것만 같았다.

당황으로 일그러진 그녀의 얼굴에 입을 맞춰 준 윤이 싱긋 웃었다. 여린 그녀의 안에 가득 찬 그것이 진하게 문질러 올 때마다 눈앞이 아찔했다. 그리고 억울했다. 아직도 그는 여유를 잃지 않았다는 사실이 미울 지경이었다.

"하아…… 미워, 요."

짧게 숨이 끊어졌다. 다시금 찔러 들어오는 그의 것을 감당하기가 벅차다. 원망하듯 그의 어깨를 두드리는 손목을 잡아 시트에 꾹 눌러 버린 그가 조금 미안한 얼굴로 입을 맞춰 왔다. 느긋하게 치고 빠지는 움직임에 허벅지 사이에는 자꾸만 힘이 들어간다. 아랫배에서 시작된 묘한 쾌감에 그녀의 움직임도 조급해졌다. 파르르 떨리는 눈꺼풀이 감겨들고 절로 움직인 다리가 그의 허리를 당기며 쾌감을 재촉했다. 힘주어 올린 몸 안 깊숙이 그가 박혀 왔다.

"윽."

그리고 바짝 안이 조여든 순간 그의 표정도 일그러졌다. 간신히 뜬 눈으로 포착한 그의 표정에 그녀의 입가에도 엷은 미소가 떠올랐다.

"아…… 누가 이기나 보고 싶었나?"

나른하게 신음한 윤이 깊게 몸을 숙여 그녀의 입술을 물었다. 여린 입 안을 단숨에 헤치고 들어와 깊숙한 곳까지 훑어 내면서도 그의 진퇴는 멈추지 않았다. 점차 거칠어지는 신음이 두 사람의 입 안을 오갔다. 이어 그녀의 손목을 붙잡고 있던 손 하나가 그녀의 허리 밑으로 들어갔다. 좀 더 그의 몸 쪽으로 당기며 깊게 침범하는 순간, 유민의 입에선 억눌린 비명소리가 새어 나왔다.

"으흑, 이제 그만…… 잠깐만요."

"받아 줘야지. 네가 이렇게 만들었잖아."

그제야 슬며시 입술을 뗀 그가 입술을 핥으며 말했다. 뭐라 반박할 새도 없이 다시금 부딪쳐 오는 그의 몸과 깊숙한 곳을 헤집는 감각에 목구멍이 턱 막혔다. 신음 섞인 숨이 쏟아지고 그의 움직임은 좀 더 격해지자, 유민은 정신없이 고개를 저으며 신음했다.

어느새 몸을 일으킨 그가 가볍게 그녀의 두 다리를 올려붙이고 다시금 압박해 왔다. 그의 체중에 눌리며 삐걱거리는 매트리스의 소리. 살이 부딪치는 연한 소음. 짐승처럼 거친 숨을 내뱉으며 허리를 움직이는 그의 몸짓에 그녀의 몸도 쉴 새 없이 흔들렸다. 땀이 가득히 배어든 옷자락이 거추장스럽다. 뭔가에 묶인 것처럼 불편한 팔을 간신히 움직인 유민이 제 허리 옆을 단단히 짚은 그의 팔을 붙잡았다.

"하아, 아…… 아윽, 강윤 씨!"

몸 안 깊숙한 곳을 메우고 있던 감각을 터뜨리듯 그의 것이 찔러 올 때마다 밀려드는 쾌감에 머릿속이 핑 돌 지경이었다.

"조금만…… 조금만 더."

낮은 속삭임과 함께 접힌 몸 위로 그의 체중이 묵직하게 내려앉았다. 광폭해진 움직임에 잔뜩 자극당한 몸은 멋대로 떨며 달아오른 채 그의 공격을 받아 냈다. 굵고 단단한 것이 집요하게 몸 안을 자극한다. 나른한 신음이 들려올 때마다 그의 힘에 묶인 채 짓눌릴 뿐인 몸에 작게 경련이 일었다. 고조되는 긴장감에 유민은 필사적으로 그를 붙잡았다. 진한 쾌감에 몸이 녹을 것만 같았다. 머릿속엔 이대로 어떻게 되어 버리지 않을까 하는 공포심마저 깃들었다. 아니, 그런 생각을 유지하는 것조차 힘들 지경이었다. 그저 신음하며 그를 붙드는 게 전부였다.

"괜찮아, 괜찮아……."

간신히 이성을 붙든 그가 달래듯 중얼거리곤 두 다리를 놓으며 밀려 올라가는 몸을 단단히 껴안았다. 한결 진해진 숨이 그녀의 귓가에 닿는다.

"후우…… 유민아. 으음……."

평소엔 절대 들을 수 없는 농염한 신음성이었다. 그의 숨결이 뜨겁다. 닿는 곳마다 데일 것 같아 괴로울 지경이었다. 원했던 모습보다 더욱 야릇하게, 진한 쾌락으로 흐트러진 그는 짐승처럼 울부짖었다.

"하윽!"

그리고 어느 순간, 아랫배를 중심으로 뭉쳐 있던 감각이 터져 나왔다. 짧은 비명이 마지막이었다. 뒤이어 매섭게 몸 안을 휘젓는 쾌감으로 머릿속이 아득해졌다. 점차 흐려지는 의식이 침잠하는 순간, 그녀가 본 것은 무섭도록 짙은 쾌락으로 물든 눈동자였다.

"아우! 진짜 미워! 미워 진짜!"

분해 죽겠다는 듯이 시트를 쥐며 훌쩍이는 야릇한 경찰관 앞에서 대충 바지만 걸쳐 입은 야릇한 피아니스트가 웃음을 터뜨렸다.

"하하……."

"우, 웃지 마요! 웃지 말란 말이에요!"

제아무리 눈을 치뜨고 소리를 질러 봐도 윤은 태연했다. 도리어 점점 얼굴만 빨개진 유민은 결국 눈물까지 글썽거리며 침대에 풀썩 엎드렸다.

"가만히 있기로 했잖아요! 이게 뭐야, 흑……."

다시 웃음을 터뜨린 윤이 엎드린 그녀의 앞에 몸을 숙이며 은근하게 물었다.

"그거 내가 미안해해야 하는 거예요?"

"몰라요! 마음대로 하라면서…… 흐흑."

엉성한 도발의 끝은 이토록 굴욕적인 패배로 막을 내렸다. 그를 잔뜩 달아오르게 만들어 우위를 점유하려 한 작전에 실패한 것도 억울한데, 도리어 그에게 짓눌린 채 신음하다 정신까지 놓다니.

훌쩍이는 그녀의 머리를 쓰다듬던 그가 멋쩍게 웃었다. 이렇게나 억울해할 줄은 정말 몰랐다. 원래의 성격이 꽤 적션적이라는 건 알고 있었다. 그와 함께 지내며 밝아진 그녀는 이제 스스럼없이 사람과 마주하고 감정을 좀 더 솔직하게 드러내곤 했었다. 하지만 섹스와 관련해서는 또 다른 성격이었다. 조금만 건드려도 얼굴을 붉히고 부끄러움을 타 요구하는 것을 따르는 것만도 벅차 보였는데…… 이렇게 앙큼한 생각을 품고 있었을 줄이야.

"다음엔 가만히 있을게요."

달래듯 해 본 말이지만 사실 기대도 됐다. 적극적으로 요부가 되어 주겠다는데 마다할 남자는 없다. 아직도 제 몸 위에 앉아 서투르게 도발하던 그녀의 모습을 생각하면 허리가 뻐근해질 지경이다. 그러나 그녀는 여전히 시트에 얼굴을 붙인 채 훌쩍일 뿐 고개를 들지 않았다. 그런 그녀가 걱정이 되는데 왜 자꾸 웃음이 나는 걸까.

저도 모르게 치켜 올라가는 입술을 지그시 물던 윤이 뭔가를 떠올렸다.

"잠깐만."

그렇게 얼마 후.

간신히 눈물을 그친 유민이 고개를 들었다. 그런 그녀의 눈앞에 윤이 뭔가를 내밀었다. 왠지 낯익은 크기의 상자였다.

"받아요."

멍하니 바라만 볼 뿐 섣불리 손을 내밀지 못하는 유민의 앞에서 싱긋 웃던 윤이 대신 상자를 열었다. 가로세로 한 뼘 정도의 작은 상자. 그리고 그 안에서 꺼낸 건 얇은 천에 싸인…….

"피아……노."

한눈에 알 수 있었다. 거실에 있는 그의 그랜드피아노. 이것은 그것과 똑같은 모양의 미니어처였다.

"놀라긴 일러요."

그의 기다란 손가락이 뚜껑을 붙잡아 올렸다.

"아……."

오르골 특유의 음색이 흘러나왔다. 흔하면 흔할 수 있는 피아노 모양의 오르골이었다.

그러나 그녀를 놀라게 한 건 다른 것이었다. 느릿하게 퍼지는 평온함. 그녀가 사랑하는 노래 '달콤한 낮잠'이 흘러나오고 있었다. 멍하니 바라보고만 있는 그녀의 손안에 오르골을 쥐여 준 그가 속삭였다.

"내가 없을 때도 이거 보면서 꼭 내 생각해요."

어떤 표정을 지어야 할지 알 수가 없었다. 곧 눈물이라도 쏟아질 듯 일그러진 눈가에 작게 경련이 일었다. 결국 고개를 떨군 그녀의 앞에서 그가 나직하게 웃었다.

"사실 크리스마스 선물로 주고 싶었는데…… 선물하려는 찰나에 망가져서 고치느라 늦었어요. 자칫하면 더 늦을 수도 있다 그래서 얼마나 고민했는지……."

"흑……."

"유민 씨?"

"이 바보…… 흐윽. 난 그것도 모르고…… 화난 줄 알았는데…… 흐앙―"

"네?"

정말이지 억울한 날이다.

점차 커져 가는 유민의 울음소리. 그리고 뭔가 잘못되었음을 깨달은 윤의 표정에 혼란스러움이 깃들었다. 그렇게 1년이 지나고 새해를 앞둔 밤이지만, 두 사람은 아직도 풋풋하게 싹이 오르는 신혼이었다.

"미워엉—"

아마도 영원히.

— The End

이렇게 후기라는 걸 쓰는 게 벌써 네 번째네요. 열심히 달리고 있는 기특한 나무늘보입니다. 나무늘보가 왜 뛰고 있는지는 저도 모르겠지만 열심히 사는 거니 좋은 거라고 생각하렵니다 :)

달콤한 낮잠은 결여lack 시리즈의 첫 걸음이 되는 글이에요. 결여 시리즈에 대해 간단히 설명하자면, 단어 그대로 어딘가 결여된 채 살던 사람들이 제 짝을 찾아 서로를 메워 가는 이야기들이고 기본적으로 힐링이나 개과천선(?)의 요소를 띠고 있습니다.

그중에서 달잠은 한창 피곤했던 저 자신을 위해서 쓰게 된 거 같습니다. 몸과 마음이 고될 때 나를 편하게 해 주는 사람이 있다면, 아무것도 안 해도 그저 나이기에 사랑해 주는 사람이 있다면, 무엇도 이루지 못한 사람에게 힘을 실어 주는 사람이 있다면 얼마나 좋을까……. 그런 상상으로 만들어 낸 남주 윤과 그런 남자에게 사랑받으며 성장해 가는 여주 유민의 이야기는 이렇게 끝났습니다.

다소 피곤한 인간들도 등장하고 속 시원하게 악당을 무찌르는 이야기는 아니었지만, 그럼에도 불구하고 행복할 수 있는 사람들의 이야기를 쓰고 싶었어요. 두 사람이라면 앞으로도 엉성한 행복을 엮어 가며 잘 살 거 같지 않나요?

(혹시 조금 부족하다 싶은 남은 이야기는 '외전이북' 으로 만나실 수 있답니다! 특정 사이트만이 아니고 어느 곳에서도 볼 수 있으니 궁금하신 분들께서는 꼭 봐 주세요. ^^)

세상에 내보내기 직전의 마음은 언제나 불안합니다. 제가 이 아이들을 사랑한 만큼 누군가도 이 커플을 보며 웃고, 울고, 행복했으면 좋겠어요. 읽어 주셔서 고맙습니다.

아래는 고마우신 분들.

제가 글을 쓰면서부터 꼬박꼬박 빠지지 않는 두 여자의 이름! 류도하 작가, 정찬연 작가. 우리 동갑내기 친구들아. 이번에도 너희들의 도움이 컸다. 앞으로도 내 멘탈은 너희들이 죽을 때까지 책임져 줬음 좋겠다. 강제로 날 선물하겠음. 반품 없음. 하하하.

그리고 이아현 작가님. ^^ 소중하신 섹드립은 잘 받아 챙겼습니다. 좋은 아이디어도 주시고 글이 막힐 때 혼자 잘 써지신다고 염장 지르신 것도 정말 고마웠어요~^^ 날 타오르게 만드는 여자네요. 앞으로도 잘 지내 보아요~ 유후.

큐티함에서 갈수록 박력이 늘어 가신다는 주종숙 팀장님, 이번

에도 대박 표지 뽑아 주신 K님! 예쁜 책 만들어 주셔서 고맙고 앞으로도 잘 부탁드려요.^^

　마지막으로 작가연합 '그녀의 서재' 서식하시는 모든 작가 언니 동생 친구들~ 올해도 좋은 인연 쭈욱 이어 가요. 올해는 잼난 글도 많이 봤으면 좋겠어요. 모두 화이팅!

1판 1쇄 찍음 2014년 1월 20일
1판 1쇄 펴냄 2014년 1월 24일

지은이 | 달빛의 선율
펴낸이 | 정 필
펴낸곳 | 도서출판 **뿔미디어**

편집장 | 이재권
기획 · 편집 | 주종숙
편집디자인 | 이진선

출판등록 | 2002년 9월 11일 (제1081-1-132호)
주소 | 경기도 부천시 원미구 상동로 117번길 49(상동) 503호
전화 (032)651-6513 / 팩스 032)651-6094
E-mail | scarlets2012@hanmail.net
블로그 | http://blog.naver.com/dahyangs
홈페이지 | http://bbulmedia.com

값 9,800원

ISBN 978-89-6775-994-0 03810

Scarlet

스칼렛

Scarlet
스칼렛